# LAS HIJAS DE LA VILLA DE LAS TELAS

ANNE JACOBS

# LAS HIJAS DE LA VILLA DE LAS TELAS

Traducción de
Paula Aguiriano y Ana Guelbenzu

PLAZA JANÉS

Papel certificado por el Forest Stewardship Council®

Título original: *Die Töchter der Tuchvilla*

Primera edición: noviembre de 2018
Sexta reimpresión: septiembre de 2019

© 2015, Blanvalet Taschenbuch Verlag, una división de Verlagsgruppe
Random House GmbH, Múnich, Alemania, www.randomhouse.de
Este libro se negoció a través de Ute Korner Literary Agent, S.L.U., Barcelona, www.uklitag.com
© 2018, Penguin Random House Grupo Editorial, S. A. U.
Travessera de Gràcia, 47-49. 08021 Barcelona
© 2018, Paula Aguiriano Aizpurúa y Ana Guelbenzu de San Eustaquio, por la traducción

Printed in Spain – Impreso en España

ISBN: 978-84-01-02168-8
Depósito legal: B.-18.653-2018

Compuesto en La Nueva Edimac, S. L.

Impreso en Liberdúplex
Sant Llorenç d'Hortons
(Barcelona)

L 0 2 1 6 8 A

Penguin
Random House
Grupo Editorial

# I

## FEBRERO DE 1916 - ENERO DE 1917

# 1

El crepúsculo se cernía gris sobre el barrio industrial de Augsburgo. Aquí y allá resplandecían las luces de las fábricas donde, pese a la escasez de materia prima, aún se trabajaba; otros talleres, en cambio, permanecían a oscuras. Un grupo de mujeres y hombres mayores salieron al terminar su turno en la fábrica de paños Melzer. Algunos se subieron el cuello de la chaqueta; otros se protegían de la intensa lluvia con un pañuelo en la cabeza o un gorro. El agua bajaba borboteando por las calles adoquinadas. Quien ya no tenía un buen calzado de los tiempos de paz y caminaba sobre suelas de madera acababa con los pies empapados.

En la mansión de ladrillo de los dueños de la fábrica, Paul Melzer contemplaba junto a la ventana del comedor la silueta negra de la ciudad, que se iba fundiendo con el anochecer. Finalmente, volvió a correr la cortina y soltó un profundo suspiro.

—¡Siéntate de una vez, Paul, y tómate un trago conmigo! —oyó la voz de su padre.

Debido al bloqueo por mar de los ingleses, el whisky escocés era un lujo. Johann Melzer sacó dos vasos de la vitrina y aspiró el aroma del líquido color miel.

Paul lanzó una breve mirada a los vasos y la botella y negó con la cabeza.

—Más tarde, padre. Cuando tengamos motivo. Esperemos tenerlo en algún momento.

Se oyeron unos pasos presurosos en el pasillo y Paul se acercó corriendo a la puerta. Era Auguste, más redonda que nunca, con las mejillas sonrosadas y el encaje de la cofia erguido sobre el cabello despeinado. Llevaba un cesto con paños blancos arrugados.

—¿Aún no?

—No, por desgracia, señor Melzer. Aún tardará un poco.

Hizo una reverencia y corrió hacia la escalera de servicio para llevar la colada al lavadero.

—Pero ¡ya lleva más de diez horas, Auguste! —le gritó Paul por detrás—. ¿Es normal? ¿De verdad todo va bien con Marie?

Auguste se detuvo y le aseguró con una sonrisa que cada parto era distinto: unas daban a luz en cinco minutos y otras sufrían días de tormento.

Paul asintió, apesadumbrado. Auguste debía de tener razón, ella había sido madre dos veces, solo gracias a la generosidad de la familia Melzer conservaba su puesto en el servicio.

Desde la planta superior llegaban gritos de dolor contenidos. Paul dio sin querer unos pasos hacia la escalera y luego se detuvo, impotente. Su madre lo había sacado del dormitorio sin vacilar cuando apareció la partera, y Marie también le pidió que bajara. Paul debía ocuparse de su padre, Johann Melzer, enfermo desde que tuvo un derrame cerebral. Era un pretexto, ambos lo sabían, pero Paul no tenía ganas de discutir con su mujer justo en ese momento, en su estado, así que se resignó en silencio.

—¿Qué haces ahí plantado en el pasillo? —le gritó su padre—. Un parto es cosa de mujeres. Cuando haya terminado, ya nos lo dirán. ¡Ahora bebe!

Paul se acomodó obediente en la mesa y se bebió el contenido del vaso de un trago. El whisky le ardió en el estómago como el fuego, y recordó que no había comido nada desde el desayuno. Hacia las ocho de la mañana Marie había notado un leve tirón en la espalda, bromearon sobre sus continuos achaques durante el embarazo y él salió hacia la fábrica con el corazón encogido. Poco antes de la pausa para almorzar, su madre llamó desde casa para comunicarle que Marie tenía contracciones y que ya habían avisado a la partera. No había de qué preocuparse, todo seguía su curso.

—Cuando tu madre te trajo al mundo, hace ahora veintisiete años —dijo Johann Melzer, que contemplaba pensativo su vaso de whisky—, yo estaba en la fábrica, en mi despacho, haciendo cuentas. En semejante situación, un hombre necesita una ocupación, de lo contrario lo devoran los nervios.

Paul asintió, pero al mismo tiempo estaba atento a cualquier ruido en el pasillo, los pasos de la doncella, que subía a la segunda planta, el tictac del reloj de pie, la voz de su madre que ordenaba a Else que fuera a buscar dos sábanas limpias al lavadero.

—Por aquel entonces eras un auténtico incordio —continuó su padre, con una sonrisa de satisfacción—. Alicia pasó una noche de mil demonios. Casi le costaste la vida a tu madre.

No eran las palabras más adecuadas para aplacar los miedos de Paul, y su padre se dio cuenta.

—Pero no te preocupes, las mujeres que parecen débiles son mucho más duras y fuertes de lo que la gente suele creer. —Bebió un trago largo—. ¿Qué pasa con la cena? —gruñó, y pulsó la campana eléctrica del servicio—. Ya son más de las seis, ¿es que hoy todo se ha trastocado?

Ante los reiterados timbrazos apareció Hanna, la ayudante de cocina, una chica morena y un poco tímida a la que Marie protegía de manera especial. Alicia Melzer habría despedido a la chiquilla hacía tiempo, pues no servía para el trabajo y rompía más vajilla que cualquiera de sus antecesoras.

—La cena, señor.

Caminó haciendo equilibrios con dos bandejas de bocadillos: pan moreno, paté de hígado, queso cremoso con comino y pepinillos encurtidos del huerto de la cocina que había creado Marie el otoño anterior. La carne, el embutido y la grasa empezaban a escasear y solo se conseguían con cartilla de racionamiento. Quien quisiera disfrutar de exquisiteces o incluso de chocolate precisaba de buenos contactos y los medios necesarios. En casa de los Melzer eran leales al emperador y estaban decididos a cumplir con su deber patriótico, que incluía estar dispuesto a renunciar a determinadas cosas en tiempos difíciles.

—¿Por qué ha tardado tanto, Hanna? ¿Qué hace la cocinera ahí abajo?

Hanna distribuyó presurosa los platos en la mesa y dos panecillos y un pepinillo resbalaron sobre el mantel blanco. Volvió a colocar en su sitio a los fugitivos con los dedos. Paul levantó las cejas con un suspiro: era inútil llamar la atención a esa chica. Todo lo que le decían le entraba por un oído y le salía por otro. Humbert, el lacayo de la villa, que hacía su trabajo a la perfección y con entrega, había sido llamado a filas al inicio de la guerra. El pobre seguro que no se desempeñaba bien como soldado.

—Es culpa mía —soltó Hanna, sin mala conciencia—. La señora Brunnenmayer había preparado los platos, yo los he subido con el resto de la comida y luego me he dado cuenta de que estos eran para usted.

La alimentación de las señoras de la segunda planta requería dedicación absoluta por parte de la cocinera. Sobre todo la de la partera, que tenía un apetito insaciable y ya iba por la tercera jarra de cerveza. Además, la señora Elisabeth von Hagemann y la señora Kitty Bräuer habían avisado de que se unían a la cena.

Paul esperó a que Hanna hubiera salido y luego hizo un

gesto de enfado con la cabeza. Kitty y Elisabeth, sus dos hermanas. ¡Como si no hubiera suficientes mujeres dando vueltas por la casa!

—¡Cocinera! —rugió una voz desde la planta superior—. ¡Una taza de café en grano! ¡Pero del de verdad, no de esta cosa que parecen guisantes!

Debía de ser la partera. Paul ni siquiera le había visto la cara a aquella mujer. A juzgar por la voz, parecía una persona fuerte y muy decidida.

—Es como un sargento de caballería —dijo su padre despectivamente—. Igual que esa enfermera a la que contrató Alicia hace dos años. ¿Cómo se llamaba? Ottilie. Era capaz de derribar a un regimiento de dragones.

Se oyó la campana de la puerta de abajo. Una vez, dos veces. A lo que siguió el estruendo de la aldaba de hierro forjado golpeando sin cesar contra la pequeña placa metálica de la puerta.

—Kitty —dijo Johann Melzer con una sonrisa—. Esa solo puede ser Kitty.

—¡Ya voy, ya voy! —gritó Hanna, cuya estridente voz atravesó sin esfuerzo las tres plantas—. ¡Qué día! Virgen santísima. ¡Vaya día!

Paul se levantó de un salto para bajar al vestíbulo. Si bien antes la visita de Kitty le parecía un fastidio, ahora lo alegraba su llegada. No había nada más desesperante que estar ahí sentado sin hacer nada. La arrolladora alegría de Kitty lo distraería y ahuyentaría las preocupaciones.

Ya en la escalera que daba al vestíbulo percibió su voz alterada. Kitty, que llevaba apenas un año casada con el banquero Alfons Bräuer, también se hallaba en estado de buena esperanza y en unos meses salía de cuentas, aunque apenas se le notaba. Estaba fina y delgada como siempre. Al fijarse bien, Paul notó la pequeña curva bajo el vestido holgado.

—¡Por el amor de Dios, Hanna! ¡Qué lenta eres! Nos dejas ahí fuera con la humedad. Una puede buscarse la muerte con este maldito tiempo. Ay, y nuestros pobres soldados en Francia y en Rusia, deben de helarse. Espero que no se resfríen. Elisabeth, te lo ruego, quítate ese sombrero de una vez. Estás espantosa, tu suegra tiene un gusto pésimo. Tráeme unas zapatillas, Hanna, las pantuflas pequeñas con el bordado de seda. ¿Ya ha nacido el niño? ¿No? Gracias a Dios, me daba miedo habérmelo perdido todo.

Las dos hermanas habían ido sin chófer, y Elisabeth había llevado el coche porque Kitty no tenía intención de aprender a conducir. Tampoco lo necesitaba, pues el banco Bräuer disponía de varios automóviles y un chófer. Mientras Kitty se quitaba el abrigo, el sombrero y los zapatos, Elisabeth aún estaba delante del espejo ovalado de estilo imperio contemplándose con cara de ofendida.

Paul pensó que Kitty en ocasiones podía ser cruel con la mayor naturalidad. Dijo en voz bien alta:

—A mí me parece que el sombrero te queda muy bien, Lisa. Te hace…

No continuó porque Kitty se le lanzó al cuello, le dio un beso en cada mejilla y lo llamó «mi pobre, pobrecito Paul».

—Sé lo mal que lo pasan los futuros padres. —Soltó una risita—. Claro, han cumplido con su deber y ahora son prescindibles. Lo que viene a continuación es cosa nuestra, ¿verdad, Lisa? ¿Qué va a hacer un hombre con un bebé? ¿Le puede dar el pecho? ¿Alimentarlo? ¿Mecerlo? No puede hacer absolutamente nada.

—Déjame aclarar un punto, hermanita —dijo Paul entre risas—. ¿Y quién se ocupa de que la madre y el niño tengan un techo y algo de comer?

—Ya, bueno —dijo ella. Se encogió de hombros y lo soltó para ponerse las delicadas pantuflas que Hanna le había dejado delante, en el suelo—. Eso no es para tanto, mi querido Paul. ¿Sabes que en África hay tribus que le hacen al futuro padre un profundo corte en la pierna y le echan sal en la herida? Me parece muy razonable para que los hombres experimenten un poco el dolor del parto.

—¿Razonable? ¡Es una barbaridad!

—¡Bah, eres un cobarde, Paul! —dijo ella entre risas—. Pero no te preocupes: esa costumbre aún no está de moda en este país. ¿Dónde se ha metido mamá? ¿Arriba con Marie? ¿Han llamado a esa horrible partera? ¿La señora Koberin? Estuvo con mi amiga Dorothea cuando dio a luz. Imagínate, mi querido Paul, esa señora estaba borracha cuando recibió al niño. No se le cayó por un pelo.

Paul sintió un escalofrío. Solo le cabía esperar que su madre hubiera elegido a una persona que supiera de su oficio. Mientras seguía pensando en ello, el espíritu exaltado de Kitty ya estaba ocupado con otros asuntos.

—¿Vienes ya, Elisabeth? Madre mía, con ese sombrero pareces un soldado de campo. Furioso y dispuesto a todo. ¿Hanna? ¿Dónde te has metido? ¿Tenéis noticias de Humbert? ¿Está bien? ¿Escribe a menudo? ¿No? Ay, qué triste. Vamos, Elisabeth. Tenemos que subir enseguida con Marie, qué pensarán de nosotras si estamos en casa sin ocuparnos de ella.

—No sé si Marie tiene tiempo para ti ahora mismo… —intervino Paul, pero Kitty subió la escalera a paso ligero pese al embarazo.

—¡Hola, papaíto! —gritó desde el pasillo, y continuó hasta la planta de arriba, donde se encontraban los dormitorios.

Por mucho que quisiera, Paul no era capaz de adivinar qué ocurría ahí, pero supuso que Kitty había conseguido avanzar hasta el centro de los acontecimientos. Algo que él, el futuro padre, tenía terminantemente prohibido.

—¿Cómo está papá? —preguntó Elisabeth, que por fin se decidió a quitarse el abrigo y el sombrero—. Espero que todo este jaleo no sea demasiado para él.

—Creo que lo lleva bien. ¿Quieres reforzar el equipo de señoras de ahí arriba o vienes a hacernos compañía a papá y a mí?

—Me quedo con vosotros. De todos modos, quería comentarle un asunto.

Paul sintió cierto alivio al ver que por lo menos Elisabeth aguantaba con ellos en el comedor. Kitty, en cambio, había optado por interponerse en el camino de la partera. Dios mío, ¡qué ganas de que pasara todo! No soportaba pensar que Marie tuviera que aguantar tanto dolor. ¿No era él el causante? ¿El que había engendrado ese niño?

—Tienes cara de estar tragando renacuajos —comentó Elisabeth con una sonrisa—. También puedes estar contento. Vas a ser padre, Paul.

—Y tú vas a ser tía, Lisa —repuso él, sin mucho entusiasmo.


En el comedor, Johann Melzer había cogido el *Augsburger Neuesten Nachrichten* para releer el artículo sobre el transcurso de la guerra. Según las noticias, tan entusiastas, Rusia estaba prácticamente vencida y pronto acabarían con los franceses. Sin embargo, ya había empezado el tercer año de guerra y, pese a su lealtad al emperador, Johann Melzer también era realista y se mostraba escéptico. La exaltación que se apoderó de todos al inicio de la guerra se había desvanecido hacía tiempo.

—Papá, no estarás bebiendo… —dijo Elisabeth medio sorprendida—. ¡Sabes perfectamente que el doctor Greiner te ha prohibido el alcohol!

—¡Bobadas! —contestó enfadado.

Hacía tiempo que todos los habitantes de la villa se habían resignado a que fuese un paciente testarudo, incluso Alicia había dejado de molestarlo con instrucciones y advertencias. Sin embargo, Elisabeth no podía evitar reprenderlo. A fin de cuentas, alguien tenía que cuidar de su salud.

—¿Qué escribe el señor teniente sobre la guerra en el oeste? —preguntó, para esquivar más reproches.

Elisabeth llevaba un año casada con el comandante Klaus von Hagemann. La boda se celebró pocos días antes de que estallara la guerra, a toda prisa, pues él participó con su regimiento de caballería en la batalla del Marne. A principios de 1915, tanto Marie y Paul como Kitty y el banquero Alfons Bräuer también celebraron sus enlaces.

—Justo hoy ha llegado un mensaje de Klaus —le informó Elisabeth, y sacó la tarjeta de correo militar de su bolsito—. Está en Amberes, pero parece que su regimiento pronto recibirá la orden de marchar hacia el sur. No puede decir adónde, por supuesto.

—Al sur, ya… —gruñó Johann Melzer—. ¿Y tú sigues bien?

Elisabeth se sonrojó ante la mirada atenta de su padre. En octubre del año anterior su marido había tenido unos días de permiso y había cumplido de sobra con sus obligaciones conyugales. Cuánto había deseado quedarse por fin embarazada esa vez. Fue en vano. La fastidiosa menstruación se había presentado de nuevo, malvada y puntual, acompañada de los habituales dolores de cabeza y retortijones.

—Estoy bien, papá. Gracias por preguntar.

Paul empujó su plato hacia ella y le pidió que se sirviera. A él no le entraba nada.

Elisabeth no pudo resistirse al grasiento paté de hígado. Jesús bendito, cómo estaba Paul. Era evidente que Marie pasaba por un momento delicado, pero iba a tener un niño, y Kitty también se encontraba en estado. Solo a ella se la privaba de la suerte de la maternidad, pero debía habérselo imaginado. Kitty era la hija del sol, la niña mimada del destino, la dulce duendecilla. Todos sus deseos le eran concedidos, todo le caía del cielo. Literalmente. Elisabeth tuvo que recomponerse para no hundirse en la autocompasión. Con todo, estaba resuelta a cumplir con su deber con el emperador y su patria de otra manera.

—¿Sabes, papá? —dijo con una sonrisa mientras Paul salía de nuevo al pasillo—. Creo que, considerando nuestra posición social y las posibilidades de espacio de la villa, no tenemos elección. Klaus me ha dicho sin tapujos que no entendía tus dudas, al fin y al cabo es nuestro deber patriótico.

—¿De qué hablas? —preguntó Johann Melzer, receloso—. Espero que no sea de esa locura de montar en casa un hospital militar. ¡Más vale que te lo quites de la cabeza, Elisabeth!

Esperaba una negativa, así que no se dejó desanimar. Su madre ya había accedido más o menos a su plan, la señora Von Sontheim también había montado un hospital militar, y los padres de su mejor amiga Dorothea habían cedido una de sus casas a tal fin. Solo para oficiales, por supuesto, nadie quería hospedar a cualquier piojoso inculto.

—En el vestíbulo habría sitio suficiente para al menos diez camas, y en el lavadero se podría montar una sala de operaciones.

—¡No!

Para ratificar su negativa, Johann Melzer agarró la botella de whisky y se sirvió un buen trago. Luego explicó que en el vestíbulo siempre había corriente, lo que era extremadamente perjudicial para los enfermos, y faltaba luz; además, todo el que llegara tendría que pasar junto a las camas, pues el vestíbulo era la zona de entrada de la villa.

—Olvidas que hay una segunda entrada desde el jardín y a través de la terraza, papá. Y la corriente se puede evitar con cortinas de tela gruesa. No, yo creo que el vestíbulo es muy adecuado: es espacioso, está aireado y tiene fácil acceso desde las dependencias del servicio.

Johann Melzer bebió y volvió a dejar el vaso vacío con un movimiento brusco.

—Mientras mi opinión cuente en esta casa, no se hará semejante disparate. Ya tenemos suficientes bocas que llenar y un saco lleno de preocupaciones con la fábrica.

Elisabeth se disponía a replicar a su padre, pero él se adelantó.

—No sé cómo voy a pagar a mis empleados ni cuánto tiempo podré mantenerlos —dijo alterado—. No hay algodón desde el principio de la guerra, ahora escasea también la lana, y mis máquinas no sirven para hilar cáñamo. Así que no me vengas con tus locuras o…

Se oyó un revuelo en el pasillo, la voz exaltada de Kitty, arriba sonaron varios portazos y Else corría con una cesta llena de paños por el pasillo. Elisabeth vio horrorizada que las sábanas blancas estaban manchadas de sangre.

—¡Has tenido una hija, mi querido Paul! —gritó Kitty desde arriba—. Una hija preciosa y diminuta. Dios mío, es tan pequeña, pero tiene sus bracitos, sus manitas, incluso deditos y uñitas. La partera se la ha dado a Auguste para que la bañe.

Paul subió corriendo la escalera para que lo dejaran ver a Marie de una vez, pero Kitty se lanzó a sus brazos a medio camino y rompió a llorar de felicidad sobre su hombro.

—Suéltame, Kitty… —dijo con impaciencia al tiempo que intentaba zafarse de ella.

—Sí, sí, ahora —respondió Kitty entre sollozos, y lo abrazó con fuerza—. Pero espera a que esté bañada. Luego te pondrán a tu hija en brazos, bien envuelta. Ay, Paul, es fascinante. Y Marie ha sido muy valiente. Yo seguro que no lo conseguiré, ahora lo sé. Mis gritos se escucharán en todo Augsburgo si tengo que soportar semejante martirio.

En el umbral de la puerta del comedor que daba al pasillo, Elisabeth suspiró indignada. ¡Justo en ese momento tenía que dar a luz Marie! Aún le quedaban unos cuantos buenos argumentos en la recámara para poner a su padre entre la espada y la pared, pero se había levantado y había salido también al pasillo.

—Una niña —dijo descontento—. Bueno, lo importante es que la madre y la niña estén bien.

Tuvo que apartarse a un lado para dejar paso a Auguste, que llevaba la cuna de madera donde durmieron primero el pequeño Paul y luego sus dos hermanas. Procedía de la casa de los Von Maydorn, la rama familiar pomerana, y había mecido hasta dormirlos a unos cuantos niños de la aristocracia.

—¡Marie! —gritó Paul hacia el pasillo de arriba—. Marie, cariño, ¿estás bien? ¡Dejadme verla de una vez!

—¡Tiene que esperar! —sonó la imponente voz de la partera.

—Es una persona horrible —exclamó Kitty, indignada—. Si por mí fuera, no dejaría que esa bruja se me acercara. Se comporta como si fuera la dueña de la villa. Imagínate, le ha dado órdenes a mamá...

Elisabeth se decidió a regañadientes a salir del comedor y participar de los acontecimientos. Sentía una tremenda curiosidad por la niña. ¡Una niña! Le estaba bien empleado a Marie. Con qué decepción había recibido su padre la noticia. Esperaba un chico que más adelante pudiera hacerse cargo de la fábrica...

Arriba se oyeron cuchicheos. Paul estaba junto a Kitty en la escalera, ambos parecían contrariados. «Qué raro», pensó Elisabeth. ¿Acaso Marie no se encontraba bien? ¿Había perdido mucha sangre? ¿Podía llegar a morir de debilidad?

De pronto Elizabeth notó una fuerte palpitación y tuvo que agarrarse a la barandilla para subir los peldaños. ¡Cielo santo! Sin duda Marie merecía una pequeña fiebre, ¡pero no desaparecer de este mundo!

Se abrió la puerta del dormitorio y salió su madre. La pobre estaba descompuesta. La tez colorada, la blusa llena de manchas húmedas, y le temblaban las manos cuando se colocó un mechón rebelde detrás de la oreja.

—Paul, mi querido Paul...

—¡Virgen santísima, mamá! ¿Qué ha pasado?

Corrió hacia ella, le falló la voz.

—Es... es increíble —sollozó Alicia Melzer—. Tienes un hijo.

Nadie entendió el significado de sus palabras, ni siquiera Elisabeth. Acababan de decirle que tenía una hija, y ahora que un hijo. ¿La partera estaba borracha? ¿No diferenciaba a los varones de las niñas?

—¿Un hijo? —tartamudeó Paul—. Entonces, ¿no es una niña? ¿Es un niño? Pero ¿cómo está Marie?

Alicia tuvo que apoyarse en la pared, cerró un momento los ojos y se llevó el dorso de las manos a la frente caliente. Sonrió.

—Tu esposa ha dado a luz gemelos, Paul. Una niña y un niño. ¿Que cómo está Marie? Bueno, ahora mismo está estupenda.

Elisabeth se detuvo en mitad de la escalera. Su miedo se convirtió de pronto en un arrebato de ira. ¡Gemelos! ¡Increíble! Hay gente que nunca tiene suficiente. Y encima se encontraba bien. Entonces se oyó el chillido de un bebé, bastante débil y apretado, como si a la pobre criatura le costara un mundo emitir ese sonido. De pronto a Elisabeth se le encogió el corazón y la invadió una sensación de enorme ternura. Los dos debían de ser minúsculos si habían tenido que compartir el vientre de su madre.

Por fin apareció la partera, una mujer robusta con el pelo entrecano y las mejillas rellenas y plagadas de venitas rojas. Llevaba un delantal blanco almidonado que seguramente acababa de ponerse sobre el vestido negro. En sus imponentes brazos sostenía dos paquetes blancos. Los recién nacidos estaban envueltos en paños, solo se les veía la cabecita rosada. Paul observaba a sus hijos con la frente arrugada y una mirada de incredulidad, perplejo.

—Están... están sanos, ¿no? —le preguntó a la partera.

—¡Naturalmente que están sanos!

—Me refiero... —tartamudeó Paul.

No parecía precisamente un padre orgulloso ahí de pie, contemplando a los bebés, demasiado pequeños. Sus caritas parecían muecas: los ojos, estrechas ranuras; las narices, dos agujeritos; solo las bocas eran grandes. Uno de los dos lloriqueaba, profería unos peculiares sonidos amortiguados de impotencia.

—¿Cuál es el chico? —inquirió Johann Melzer, que también había subido.

—El gritón. Pesa menos que su hermana, pero ya está decidido a quejarse de las condiciones de este mundo.

La partera sonrió, por lo menos parecía satisfecha con el resultado de sus esfuerzos. Cuando Paul entró a toda prisa en el dormitorio ya no puso ninguna objeción.

—¡Marie! —oyó Elisabeth que la llamaba a media voz—. Mi pobre y dulce esposa. ¡Lo que has tenido que soportar! ¿Cómo estás? Nuestros niños son preciosos. Nuestros niños…

—¿Te gustan? —dijo Marie, y soltó una suave risita—. Dos de una vez, no me digas que no es práctico.

—Marie… —susurró Paul con una ternura desbordante.

Elisabeth no entendió lo que dijo a continuación, tampoco era para oyentes curiosos. Notó un nudo en la garganta que se iba inflando. Cielos, todo aquello era muy conmovedor. Cuánto deseaba que Klaus un día le dirigiera esas palabras de ternura y agradecimiento. Se acercó a su madre para darle un abrazo, y de pronto se percató de que estaba llorando.

—¿Ya tienen nombre para los dos? —preguntó la partera.

—Seguro que sí —dijo Alicia Melzer, al tiempo que acariciaba en la espalda a su hija Elisabeth.

—La niña se llamará Dorothea y el niño Leopold.

—¡Dodo y Leo! —exclamó Kitty, entusiasmada—. Papaíto, tienes que abrir una botella de champán, yo lo serviré. Ay, ojalá el bueno de Humbert estuviera también aquí. Nadie servía ni disponía con tanta destreza como él. Vamos, vamos, esos dos de ahí dentro tienen mucho que susurrarse.

Se dirigieron al salón rojo y llamaron a Else para que llevara las copas mientras Johann Melzer bajaba a la bodega a buscar el champán. Un día de júbilo como aquel, el personal también podía brindar a la salud de la recién nacida descendencia Melzer. Kitty llenó las copas y Alicia llamó a la cocinera y a Hanna para que salieran de la cocina. Else subió una bandeja al dormitorio, donde los felices padres, y también Auguste y la partera, disfrutaron del burbujeante champán.

—Por los recién nacidos —exclamó Johann Melzer—. Que los ángeles sagrados del Señor cuiden de ellos, igual que velan por nuestra patria y nuestro emperador.

Brindaron por Dodo y Leo, por Marie, la valiente madre, por el flamante padre y, naturalmente, por el emperador. La cocinera Brunnenmayer explicó que ella ya sabía que Marie esperaba gemelos porque tenía las piernas gruesas, y Hanna preguntó si más adelante podría sacar de paseo a los niños en cochecito. Se lo prometieron, pero siempre acompañada de una niñera, que aún tenían que contratar.

—Hacía tiempo que no me sentía tan contenta y aliviada —confesó Alicia cuando la familia estuvo sola de nuevo. Le brillaban los ojos, por tantas emociones y porque le había afectado la media copa de champán—. Para mí es como si volvieran los viejos tiempos. Cuando los dos éramos jóvenes, Johann, y nuestros hijos pequeños. ¿Te acuerdas? Sus risas alegres en el salón. Cómo alborotaban en el parque y desesperaban a los jardineros…

Johann Melzer solo había dado un sorbito de champán. Dejó la copa para estrechar a su mujer entre sus brazos, un gesto que había dejado de ser habitual entre ellos hacía mucho. Elisabeth vio que su madre cerraba los ojos con una sonrisa y apoyaba las mejillas calientes en el hombro de su marido.

—Bienaventurado aquel que puede recordar la felicidad pasada —murmuró él—. Es un tesoro que nadie le puede arrebatar.

# 2

—¿Por qué has tardado tanto? —increpó Else a Hanna—. ¡Hace un cuarto de hora que te espero bajo la lluvia! Si ya no podemos conseguir carne ni embutido, le diré a la señora quién tiene la culpa.

Else estaba de mal humor y no tuvo miramientos a la hora de desahogarse con Hanna. Así era Else, supuestamente tan callada y discreta. Nunca se atrevía a rechistarle a la imponente Auguste, ni siquiera a la enérgica cocinera. Con los señores mostraba una devoción absoluta. Hanna, en cambio, que recibía críticas y castigos constantes, era para la doncella Else su cabeza de turco.

Hanna arrastraba una gran cesta con asas y en su interior había metido un saco de cretona gruesa con la esperanza de pescar unas cuantas patatas.

—Aún tenía que lavar los platos y recoger un cubo de carbón —le dijo a Else, que la esperaba con el sombrero y el abrigo puestos bajo el portal de la entrada. En realidad no podía estar ahí, pues el personal utilizaba las dos entradas laterales. Para estar esperándola bajo la lluvia, no tenía ni una gota en el abrigo.

—Vaya tiempo —se lamentó Else al salir de su rinconcito para ponerse en camino con Hanna—. No para. Lo raro es que no me haya resfriado. Camina como es debido, Hanna.

Me estás salpicando la falda. ¿Puedes hacer algo como Dios manda? Ni siquiera sabes andar. Vigila que la cesta no...

Soltó un grito, abrió los brazos en un gesto extraño y se tambaleó hacia delante. El viento había arrancado una rama seca del viejo castaño, había caído en el camino y la hizo tropezar, con tan mala suerte que pisó un charco y se mojó el zapato izquierdo, que ya tenía un agujero.

—Ten cuidado, Else —dijo Hanna, muy seria, disimulando su satisfacción—. Hay una rama en el camino.

¡Cómo se puso Else! Era evidente que Hanna no tenía culpa alguna de aquel percance, pero por lo visto siempre había un motivo para reñirla. Que si hablaba demasiado alto, que si era torpe, que si al fregar la noche anterior había roto una de esas copas de champán tan caras y refinadas.

Mientras atravesaban el jardín hasta la calle, Hanna tuvo que oír unos cuantos reproches. Sin embargo, apenas prestaba atención, pues pensaba en lo desagradable que tenía que ser andar con el zapato empapado. Además, el dobladillo de la falda de Else también había recibido su parte.

Cuando salieron a la calle vio a lo lejos, por encima de fábricas, cobertizos y campos de manzanos, el techo puntiagudo de la puerta Jakober. Con la lluvia, las casas y las torres de la ciudad se habían teñido de gris oscuro y el cielo resultaba amenazador. Hanna se colocó bien el pañuelo que se había puesto sobre la cabeza y los hombros para protegerse de la lluvia. Tampoco ayudaba mucho que la llovizna atravesara fácilmente el tejido. En eso, por desgracia, Else llevaba razón.

—Mira que disgustar a nuestra joven señora. Justo ayer fue madre...

Qué bobadas decía Else. Seguro que a la joven señora Melzer le daba igual que hubiera once o doce copas de champán. Siempre estaba de parte de Hanna, igual que el joven señor. Cuando tuvo aquel accidente horrible en la fábrica, él la llevó al hospital. Era buena persona, a diferencia de su padre, que siempre estaba enfurruñado y echaba broncas a los empleados. El director Melzer solo era cauteloso con la cocinera, la señora Brunnenmayer. Esa mujer era especial, conocía todos los secretos de los fogones. También podía echar buenas reprimendas, pero era abierta y sincera, y nunca parloteaba a espaldas de nadie. Eso lo hacía Else, y también Auguste, que era una mentirosa. Con ella había que ir con cuidado, sobre todo ahora que su marido, Gustav, estaba en el campo de batalla. Antes de que lo llamaran a filas, Auguste era muy distinta. Alegre, a veces incluso bondadosa. Ahora se había convertido en un monstruo.

Entraron en la ciudad por la puerta Jakober y vieron con envidia cómo un matrimonio joven subía a una limusina y se iba. Qué suerte no tener que empaparse. Ya no había muchos vehículos privados porque el carburante se necesitaba para el ejército, pero los ricos, como el banquero Bräuer, podían conseguir gasolina. Sin embargo, toda su fortuna no logró impedir que el joven señor Bräuer tuviera que ir al campo de batalla como los demás.

En la Maximilianstrasse había un puesto donde se distribuían patatas. Se había formado una larga cola, sobre todo de mujeres, pero también había niños, ancianos y lisiados de la guerra. Los valiosos tubérculos aguardaban en sacos en un camión, y dos hombres uniformados habían colocado una balanza sobre una caja de madera y pesaban las patatas.

—Hay muy pocas —calculó Else—. Tienes que decir que somos diez personas, incluida una madre que dio a luz ayer mismo. Aquí tienes el dinero. ¡Y vigila que no te tomen el pelo!

Else le arrancó el cesto de la compra, le puso el saco en las manos y le dio un empujón en dirección a la fila. Hanna se colocó muy formal detrás y tuvo la deprimente sensación de estar aguantando bajo la lluvia en vano. Había más de treinta personas, y encima se coló una viejecita que temblaba tanto que nadie tuvo el valor de echarla. Hanna miró a Else con envidia: se dirigía a la panadería para comprar pan recién hecho y tal vez incluso panecillos, con ese delicioso olor. Luego iría a buscar leche y mantequilla, aunque seguramente solo recibiría ese asqueroso sucedáneo de manteca del que tanto se quejaba siempre la señora Brunnenmayer.

—Mira esa gentuza perezosa —dijo una mujer con un abrigo azul de lana que estaba un poco más adelantada en la fila que Hanna—. En vez de trabajar, se pasan el tiempo ahí sentados de cháchara.

Hanna miró intrigada en la dirección que indicaba el dedo de la mujer. Había unos trabajadores ocupados en mejorar el pavimento de la calle, figuras empapadas por la lluvia, ataviadas con ropa andrajosa; a algunos les chorreaba el cabello porque ni siquiera llevaban gorro. Eran prisioneros de guerra vigilados por dos uniformados de la reserva.

—Están haciendo una pausa —dijo un joven. Estaba muy pálido y más tieso que una vela. Sin embargo, al moverse se balanceaba de un modo peculiar porque en la pierna derecha llevaba una prótesis—. Son unos pobres desgraciados. Tampoco han hecho otra cosa que ir al campo de batalla por su patria.

—Rusos mugrientos —insistió la mujer del abrigo de lana—. Piojosos y descarados. Ya ves cómo miran a las chicas. ¡Ten cuidado con ellos, pequeña!

Se refería a Hanna, que observaba con los ojos abiertos como platos y llenos de compasión a aquellos hombres exhaustos. Los prisioneros de guerra no le parecían peligrosos, más bien hambrientos y sin duda enfermos de nostalgia. Esa guerra era una locura. Al principio estaban todos entusiasmados: «Les vamos a dar una buena a los franceses», se decía. Y: «En Navidad ya estaremos de vuelta en casa». La joven señora Melzer y sus cuñadas fueron a la estación de tren, y Else,

Auguste y ella, Hanna, prepararon cestas con bocadillos y pasteles para agasajar a los soldados que se dirigían al oeste en largos trenes. Agitaban banderitas, todos estaban como ebrios. Por el emperador. Por nuestra patria alemana. No había clase en los colegios; eso a Hanna le gustó. Dos de sus hermanos se habían alistado voluntariamente y se sintieron muy orgullosos cuando les pasaron revista con el uniforme puesto. Fallecieron en el primer año de guerra, el mayor por una fiebre y el más joven cayó en algún lugar de Francia, junto a un río que se llamaba Somme. Nunca vio París. Le había prometido a Hanna que le enviaría una postal cuando entraran victoriosos en la capital francesa.

Ahora, en el tercer año de guerra, Hanna había comprendido hacía tiempo que los habían engañado. Cómo iban a estar de vuelta por Navidad. La guerra se había estancado, estaba agazapada como un espíritu malvado en la tierra y devoraba todo lo que podía: pan y carne, hombres y niños, dinero, caballos, gasolina, jabón, leche y mantequilla. Nunca parecía darse por satisfecha. Acumulaban ropa vieja, metal, goma, huesos de fruta y papel. También se codiciaba el cabello de mujer. Solo faltaba que les arrebatara el alma, si es que no lo había hecho ya…

—No te quedes embobada, niña —dijo el joven de la pierna de madera—. Eres la siguiente.

Hanna dio un respingo y comprobó que la espera no había sido en vano. El hombre pesó dos libras de patatas y la señaló con un gesto amenazador de la cabeza.

—Son veinticuatro peniques.

—Pero necesito más patatas —dijo Hanna—. Somos diez personas, entre ellas una mujer que ayer tuvo gemelos.

Se oyeron gritos de enojo y risas por detrás. Otro tenía seis niños hambrientos en casa y los padres mayores.

—¿Gemelos? —exclamó un gracioso—. ¡Yo soy quintillizo!

—Y yo centillizo…

—¡Calma! —gritó enfadado el hombre de la balanza. Estaba cansado y le dolían los brazos—. Dos libras. O eso o nada. Punto.

Las patatas, que rodaban en el saco de Hanna, eran muy pequeñas. Calculó que tocarían a dos por cabeza.

Alguien la apartó de un empujón. El siguiente recibió sus dos libras de patatas y ella echó una mirada rápida al camión y vio que quedaban pocos sacos. Else volvería a echarle una reprimenda, pese a que no era culpa suya que no le hubieran dado más. Se quedó quieta, indecisa, pensando si debía volver a la cola, tal vez el hombre no la reconociera y le diera dos libras más. Entonces se percató de que alguien la observaba. Era una mirada fija de unos ojos oscuros y extraños, y procedía de uno de los prisioneros de guerra, que había tenido que volver al trabajo. Un muchacho delgado, bastante pálido, al que le crecía una pelusilla oscura en el mentón y las mejillas. Estaba ahí plantado con las piernas abiertas, la observaba y le sonrió durante un instante, luego alguien le dio un empujón en el hombro y él agarró el pico, lo levantó y se puso a romper el pavimento. Trabajó un rato sin interrupción, golpeaba con furia los adoquines, y a Hanna la sorprendió que alguien que sin duda apenas comía nada decente pudiera tener tanta fuerza.

«Un ruso», pensó. Pero un ruso muy guapo. Aunque piojoso sí que era.

—¡Mírala! —gritó una voz femenina que conocía bien—. ¿Estás mirando a los hombres? Menuda pieza he criado. ¿Es que ya eres demasiado refinada para saludar a tu madre?

Hanna se dio la vuelta y vio aterrorizada que su madre tenía el rostro colorado y el sombrero mal puesto. ¿Acaso ya estaba borracha a primera hora de la mañana?

—Buenos días, mamá. ¿Tú también has venido a comprar patatas?

Notó el aliento impregnado de alcohol y confirmó sus

sospechas. Grete Weber había sido despedida de la fábrica el año anterior, como tantas otras. Desde entonces todo se le hacía cuesta arriba.

—¿Patatas? —gimió su madre, y soltó una risotada—. ¿De dónde iba a sacar dinero para comprar patatas? Ya sabes que no gano nada, niña. Tu patrón, el joven director Melzer, me echó. Después de estar fielmente diez años en la hiladora haciendo mi trabajo con diligencia, me echó a la calle sin más.

Hanna calló, sabía por experiencia que no tenía sentido contradecirla, aunque su madre contara un montón de mentiras. ¿Qué decía de estar fielmente diez años trabajando con diligencia? Si por lo menos no gritara tanto, no se enteraría todo el mundo de que estaba como una cuba. ¿De dónde sacaba el dinero para el aguardiente? Su padre estaba en el campo de batalla, y los dos hermanos mayores se alojaban en casa de una tía en Böblingen.

—Eres mi único apoyo, mi Hanna —confesó llorosa la tejedora, que agarró del brazo a su hija—. Todos se han ido. Están arruinados. Muertos. Me han dejado sola. Paso hambre y frío…

—Lo siento, mamá. Cuando reciba mi sueldo, te daré algo. Pero será a final de mes.

—¿De qué hablas? Acabamos de pasar fin de mes. ¿Me estás mintiendo, Hanna? ¿A tu propia madre? ¿La que un día te salvó de la tumba?

Su madre la agarraba tan fuerte que Hanna tuvo que apretar los dientes para no soltar un grito. Intentó zafarse de ella, pero Grete tenía una fuerza sorprendente a pesar de la borrachera.

—¡Dame el dinero! —vociferó, y empezó a zarandearla—. ¡Dámelo! ¿Vas a dejar que tu madre se muera de hambre, desagradecida? Mira qué zapatos tan finos lleva. Y un pañuelo de lana buena. Pero su madre que lleve harapos…

—Solo lo quieres para comprar aguardiente —le espetó Hanna, que intentaba liberarse a la desesperada.

—¿Eso me dices? —gritó la tejedora, fuera de sí—. ¿Eso le dices a tu propia madre? ¡Pues aquí tienes!

La bofetada pilló a Hanna por sorpresa, y fue fuerte. Su madre había criado a cuatro chicos y una niña, sabía pegar. Hanna se apartó, gritó del susto y se le cayó el saco de patatas. Se agachó presurosa para recogerlo, pero antes de que se diera cuenta su madre se había hecho con el botín.

—De momento me llevo esto, y mañana iré a la villa a recoger el dinero.

—¡No! —gritó Hanna, que intentó arrebatarle el saco—. Las patatas no son mías, son de los señores. Devuélvemelas.

Fue inútil. Grete Weber ya estaba al otro lado de la calle, y en ese momento pasó un carruaje cargado con barriles de cerveza. El viejo caballo iba al trote y Hanna estuvo a punto de chocar con él.

—¿Estás ciega y sorda, niña? —la reprendió el cochero, furioso—. Siempre son las mujeres las que no prestan atención.

Como era de suponer, su madre había desaparecido entre las casas cuando el carruaje por fin dejó libre el paso. Aun así, aunque la hubiera alcanzado, Grete Weber no le habría devuelto el saco por voluntad propia y habrían tenido una pelea.

«Cambiará las patatas por aguardiente. Irá al primer bar que encuentre y regateará», pensó Hanna, angustiada.

Era horrible tener una madre así. Por lo menos Else no había presenciado la escena; de lo contrario, luego contaría en la cocina que Hanna procedía de los «bajos fondos» y que debía andarse con cuidado si no quería volver allí de nuevo. Lo cierto es que hubo una época en la que su madre sí era muy trabajadora. De eso hacía mucho tiempo, pero Hanna lo recordaba bien. Entonces era su padre el que siempre estaba borracho y les pegaba. Su madre a menudo se ponía delante de los niños para protegerlos de los golpes con su propio cuerpo. Por aquel entonces ya se ganaba la vida con la costura, y sus hermanos iban a la escuela. Sin embargo, más adelante Grete Weber empezó a agarrar la botella de vez en cuando, y en la fábrica nunca podía cumplir con sus obligaciones. Al final el joven señor Melzer la tenía ocupada con tareas menores solo por compasión.

Hanna pensó en cómo salir airosa de la situación. Miró hacia el camión y comprobó que solo había sacos vacíos. Los dos hombres estaban guardando la balanza en la caja, luego la colocaron en el camión y se subieron a la cabina. El motor traqueteó. El camión se puso en marcha despacio, y los que habían esperado para conseguir unas cuantas patatas tuvieron que apartarse para no ser atropellados. «No hay mal que por bien no venga», pensó Hanna. Podía contarle a Else que no le habían dado nada y que había aguardado en vano todo ese tiempo en la cola. El único inconveniente era que el dinero también había desaparecido. Veinticuatro peniques. Con eso se podía comprar un pan de centeno. O dos huevos. O un litro de leche…

Se dio la vuelta, pensó si no sería mejor ir a la lechería a buscar a Else. Al menos podría refugiarse unos minutos; la lluvia había arreciado, el pañuelo estaba empapado y le caían gotas por el cuello. Justo cuando había decidido ir hacia allí, se topó de nuevo, por algún motivo, con aquellos ojos oscuros y extraños. El prisionero de guerra ruso estaba agachado, con la azada en ambas manos y la cabeza girada hacia ella. La observaba sin entender pero con compasión; la siguió con la mirada mientras ella se dirigía a la lechería hasta que alguien rugió una orden iracunda y continuó con su trabajo.

«Encima eso», pensó Hanna. «Probablemente cree que una ladrona me ha robado las patatas. Me alegro de que no sepa que la ladrona es mi madre. ¿Y qué me importa lo que piense ese ruso de mí? Debería darme igual. ¡Qué tipo más descarado, no para de mirarme! Sería mejor que lo devolvieran a Rusia y que mirase allí a las chicas.»

Iba a abrir la puerta de la lechería cuando vio que Else se acercaba desde la carnicería. Else, que tenía más de cuarenta años y estaba bastante ajada, se detuvo en la acera frente a la tienda y sonrió con inocencia, como hacía cuando hablaba con una persona de mayor rango. En efecto, en ese momento salió de la tienda una mujer vestida de oscuro y con un horrible sombrero. ¿De qué le sonaba ese sombrero? Claro, pertenecía a la señorita Schmalzler, la que ocupaba el puesto de ama de llaves en la villa. Medio año antes la señora se la había «prestado» a su hija Kitty, y Schmalzler tuvo que organizar la casa y formar al personal. Auguste le contó que en la preciosa villa urbana de los Bräuer todo estaba «patas arriba». El personal se tomaba unas libertades increíbles, y la señora pintaba cuadros y moldeaba bloques de mármol con martillo y cincel en vez de ocuparse de la casa.

Eleonore Schmalzler era sin duda la persona adecuada para esa tarea. Hanna no tenía mucho cariño al ama de llaves, pero admitía que poseía una visión aguda y procuraba ser justa. Y ella tampoco tenía a Hanna en mucha estima. Nunca la había considerado una empleada de fiar, según le dijo unos meses antes, y tal vez tuviera razón.

Hanna se detuvo y observó cómo la señorita Schmalzler abría el paraguas negro, bajo el cual se puso a charlar con Else, a la que probablemente preguntaba por las novedades en la villa. Seguro que Else le contaba que esa inútil, la ayudante de cocina, había roto una de las refinadas copas de champán. Hanna suspiró y se secó las gotas de lluvia de la cara. Hacía frío, y la humedad penetraba a través de la ropa. ¿Cuánto iban a quedarse esas dos ahí susurrando? ¿Es que Else ya no pensaba en sus pies mojados?

Por lo menos parecía estar de buen humor. Cuando se

despidió de Eleonore Schmalzler con un gesto de la cabeza y se dirigió hacia Hanna con la cesta llena, aún se veía una sonrisa de satisfacción en su rostro. Le había sentado bien difundir todo tipo de chismorreos.

—Ahí estás —dijo a Hanna, como si llevara mucho tiempo buscándola—. ¿Dónde están las patatas?

Hanna empleó toda su imaginación en contarle que estuvo esperando en la cola y, justo cuando le llegó el turno, el hombre dijo que había tenido mala suerte porque lamentablemente las patatas se habían acabado.

Else siguió de buen humor, negó con la cabeza a regañadientes y le preguntó por qué no había intentado avanzar un poco. De ese modo habría conseguido algo.

—Se fijaban mucho. Un chico quiso colarse, y una mujer le dio una bofetada.

—¡Vaya! —dijo Else, y añadió que el hambre convertía a algunas personas en animales salvajes. Le dio la pesada cesta—. Pon el saco encima, no hace falta que todo el mundo vea que hoy nos han dado panecillos.

Ahí estaba el desastre. El saco había desaparecido, se lo había llevado su madre. Solo faltaba que Else le preguntara por el dinero.

—El saco lo he… regalado.

Else se quedó quieta, perpleja. Era inaudito. ¡Esa chica regalaba cosas que pertenecían a los señores!

—¿Lo has regalado? ¿Te has vuelto loca?

El asunto se puso peliagudo, Hanna tenía que pensar en algo muy inteligente para salir airosa.

—Se lo he regalado a un pobre lisiado —dijo Hanna con un parpadeo triste—. Estaba de cuclillas junto a los grandes almacenes, tiritando de frío. Ya no tenía piernas, Else. Solo dos muñones. Le di el saco vacío para que pudiera ponérselo sobre los hombros.

Sonaba casi tan conmovedor como el gesto de san Martín

compartiendo su capa con el mendigo. Else se mostró escéptica. Cuando se trataba de inventar una historia, la imaginación de Hanna era inagotable. Miró hacia el centro comercial, pero ahí no se veía a ningún mendigo, solo a una mujer joven con un niño que ofrecía postales de colores.

—¿Y dónde se ha metido el mendigo?

—Pues se habrá ido...

—¿Con los muñones? ¡No me hagas reír! Mentirosa. ¡Vamos a casa y ya te cantaré las cuarenta! Te has ganado una buena...

No había sido buena idea, pensó Hanna para sus adentros. Aunque hubiera existido un lisiado que anduviera sobre los muñones, la historia era muy rebuscada. Caminó desanimada detrás de Else, que se dirigía con paso enérgico hacia la puerta Jakober, sumida en un silencio amenazador.

La castigarían de nuevo, seguramente le quitarían algo del sueldo por el saco, y de lo poco que había ahorrado tendría que restar los veinticuatro peniques que Else le reclamaría cuando llegaran a la villa. Pero estaba dispuesta a cargar con todos los disgustos y castigos con tal de que nadie se enterara de lo que había ocurrido en realidad. Se avergonzaba mucho de su madre.

—No creas que vas a recibir ni un panecillo —retomó Else la reprimenda—. Son para los señores; si sobra algo, hay otros que tienen derecho.

Hanna calló. ¿Qué podía decir? Ya había olido los deliciosos panecillos dorados pese a las bolsas de papel húmedo. ¡Qué aroma! Harina blanca, un poco de leche, sal y levadura. Esponjosos y exquisitos. Muy distintos del pan de centeno, oscuro y duro como una piedra, que, según la cocinera, se estiraba con virutas de madera.

—Cada uno tiene lo que se merece —dijo Else. Era evidente que le gustaba tener otro motivo para dejar a Hanna como un trapo.

«Cuánta maldad», pensó Hanna con amargura. «¡Qué injusto! ¡No he hecho nada malo!»

De pronto su mano izquierda cobró vida propia. Se metió en la bolsa y sacó un panecillo redondo. Lo que ocurrió después fue un acto criminal, un delito contra el emperador y la patria, pero Hanna no pudo evitarlo. Escondió el panecillo debajo de un pañuelo hasta que pasaron junto a las obras. Ahí, la mano salió de pronto de debajo del pañuelo y esa delicia redonda cambió de propietario.

Ocurrió en un instante, y solo dos personas lo supieron. La ayudante de cocina Hanna Weber y un joven ruso que hizo desaparecer a toda prisa el regalo debajo de la chaqueta.

# 3

Por segunda vez, la secretaria Ottilie Lüders llamó a la puerta del despacho para preguntar si iba a buscar leña para el joven director. Paul dijo que no con una sonrisa, al fin y al cabo no tenía sabañones. En las salas donde estaban las trabajadoras tampoco había calefacción. La señorita Lüders reprimió un suspiro y le dejó en el escritorio una taza de sucedáneo de café que no había pedido. Porque todos necesitamos algo caliente una mañana de invierno tan fría y oscura.

—¡Qué detalle, señorita Lüders!

Paul se reclinó en la silla para observar su dibujo con ojo crítico.

—Ojalá el padre de Marie siguiera vivo. Jacob Burkard habría proyectado estas máquinas sin dificultad.

Hizo un gesto de desesperación y echó mano a la goma de borrar para hacer una corrección; luego estuvo un rato dibujando con una escuadra y una regla. Asintió satisfecho. No era un genio como el pobre Burkard, pero sí pragmático, y no se le daban mal los negocios. Le pediría a Bernd Gundermann, de la hilandería, que viera su dibujo. Hacía años que Gundermann se había ido de Düsseldorf. Allí había trabajado en Jagenberg, que por aquel entonces ya fabricaba fibras con papel. Cortaban los enormes rollos de papel en tiras de entre dos y cuatro milímetros que después encolaban y enrollaban como si fuera hilo. Con esos hilos de papel se podían fabricar telas. Eran sobre todo tejidos gruesos que servían para hacer sacos, cintas o correas de tiro, pero se podían refinar y hacer telas para ropa. Sin duda era un tejido incómodo, no se podía lavar como los demás y si pasaba mucho tiempo bajo la lluvia se quedaba en nada. Con todo, ante la catastrófica falta de materia prima, la fabricación de fibras de papel tenía una demanda enorme en el imperio. La existencia de la fábrica de paños Melzer pendía de un hilo, y solo si conseguía contribuir al negocio con esas fibras...

Llamaron con suavidad a la puerta del despacho y él salió de sus cavilaciones.

—¿Paul?

Una sensación desagradable se apoderó de él. ¿Por qué llamaba su padre a la puerta de su despacho? Normalmente entraba sin llamar cuando le convenía.

—Sí, padre. ¿Quieres que vaya yo?

—No, no...

La puerta tembló un poco, luego se abrió del todo y entró Johann Melzer. Desde que sufrió el derrame cerebral hacía dos años, había adelgazado, tenía el pelo cano y sus manos se movían con un desasosiego incesante. Le costaba aceptar la decadencia de la fábrica desde hacía un año. Al principio de la guerra el negocio iba bastante bien, fabricaban tejidos para los uniformes de algodón y lana. La empresa cumplía una función en la guerra, y por ese motivo su joven director no había sido llamado a filas...

—Ha llegado correo para ti, Paul.

Melzer dejó la carta sobre el dibujo de Paul, bajo el foco de luz de la lámpara de trabajo, y luego retrocedió un paso del escritorio. Paul miró el remitente: el Ayuntamiento de Augsburgo, la autoridad municipal. Algo en su interior se resistía a creer en esos reveses del destino. ¿Por qué precisamente ahora? En plena alegría por el feliz parto de Marie. Con todos sus planes y esperanzas.

—¿Cuándo ha llegado? —preguntó al tiempo que acercaba la carta a la lámpara para descifrar el sello. No podía ser de ese mismo día porque eran poco más de las ocho y el cartero llegaba a la fábrica hacia las nueve.

—Anteayer —dijo su padre con voz ronca—. Con todo el barullo se me olvidó dártela.

Una mirada rápida al rostro impenetrable de su padre lo hizo dudar de la veracidad de aquellas palabras, pero no dijo nada. Agarró el abrecartas de plata, abrió el sobre con un trazo limpio y sacó la carta. Por un instante albergó la esperanza de que fuera una simple solicitud de las autoridades relativa a los empleados de la fábrica. Sin embargo, antes de desplegar el papel leyó las palabras «orden de alistamiento» en gruesas mayúsculas. Le comunicaban que el miércoles 19 de febrero debía presentarse para la formación militar. Ya no gozaba de una categoría especial como director de la fábrica de paños. ¿A quién le importaba que fuera padre desde hacía dos días y que tuviera que dejar sola a su joven esposa?

Se hizo el silencio. Ni Paul ni su padre tenían ganas de hacer los típicos comentarios con que se recibían esa clase de noticias.

Aun así, era justo que todo el mundo cumpliera su deber con la patria. No deseaba irse a defender la patria alemana y al emperador mientras Marie se quedaba sola con los gemelos, pero escabullirse como un cobarde cuando otros sacrificaban su vida en el altar de la patria era una vergüenza.

—Mañana —dijo Paul en voz baja, con un deje de humor negro—. Me has traído la carta justo a tiempo, ¿eh?

Su padre asintió y dio media vuelta. Se acercó a la ventana y fijó la mirada en el patio vacío de la fábrica, iluminado por cuatro farolas eléctricas. Estaba amaneciendo, enseguida apagarían las luces.

—He llamado al doctor Greiner. Esta tarde puedes ir a hablar con él.

Paul soltó un suspiro de indignación. ¿Qué tipo de chanchullos había ideado a sus espaldas?

—¿De qué me iba a servir?

—Puede certificar que tienes una afección cardíaca. O un problema pulmonar. Para que por lo menos no te envíen al frente. Te necesitamos.

Paul negó con la cabeza. No, si iba al campo de batalla lo haría de verdad y sin privilegios. Además, la situación del ejército alemán no era tan desastrosa; en Francia se hallaba un poco estancado, pero Rusia estaba a punto de rendirse.

—Según las noticias —dijo Johann Melzer en un tono extraño.

Paul dobló la orden de alistamiento, la metió en el sobre y se lo guardó en el bolsillo interior de la chaqueta. Ahora las cosas eran así, y no de otra manera. Se trataba de sacar lo mejor de la situación. Él no era el único. Miles y miles de jóvenes de toda Europa seguían el mismo camino, ¿por qué precisamente él, Paul Melzer, iba a librarse?

—Trabajaré hasta el mediodía, padre —dijo con una calma que lo sorprendió a él mismo—. Me gustaría pasar la tarde y la noche con Marie y los niños.

Johann Melzer asintió. Dijo que lo entendía perfectamente.

—No te preocupes, hijo mío. No me resultará difícil volver a hacerme cargo del negocio yo solo. Para mí será como rejuvenecer, incluso me alegro.

—Voy a encargar la construcción de una máquina de cortar papel, padre. A partir de estos planos. Además de una hiladora especial que convierta las tiras de papel en hilos. Mira, será así.

Paul sabía muy bien que su padre no confiaba en esas «ridículas telas hechas con bolsas». Los hilos se hacían de lana, seda, algodón o lino, nunca de papel o celulosa. Johann Melzer no iba a rebajarse a tejer esos sucedáneos de tela que se deshacían con solo mirarlos. Se decía que en Bremen había varias tiendas con algodón de las colonias. Pero los desgraciados de ahí arriba se quedaban la materia prima para procesarla en sus propias fábricas.

—Ya veremos...

—Si la guerra se alarga, padre, es nuestra única oportunidad.

Paul decidió no dejar cabos sueltos. En cuanto su padre salió del despacho, hizo entrar a la señorita Lüders para dictarle varias cartas. Se trataba de fijar los precios del papel y quizá también de la celulosa para conseguir la materia prima a un precio razonable. Ottilie Lüders taquigrafiaba con eficacia, como de costumbre; luego escribió a máquina las cartas y las dejó listas para enviar.

—¿Las dejo en el escritorio de su padre?

Lüders era una mujer atenta. Era evidente que sabía que al día siguiente él ya no estaría. Seguramente su compañera, la señora Hoffmann, había estado escuchando detrás de la puerta. Lüders no hacía esas cosas. Las dos secretarias habían tenido que asumir reducciones de sueldo, como casi todos los empleados de la fábrica. A Paul le dolía tener que abandonar su puesto. Era responsable de esas personas, tenía que conseguir pedidos, encontrar nuevos caminos para poder darles trabajo y pan. Para entonces ya casi solo trabajaban las mujeres; los pocos hombres que quedaban en la fábrica o eran demasiado viejos para ir al frente o no eran aptos. Las mujeres tenían que alimentar a su familia, no pocas eran viudas, y las demás apenas sabían qué había sido de su marido: no había noticias, ni correo militar, estaban desaparecidos.

Paul evitó seguir pensando. Quería a Marie, llevaban un año casados, el Señor lo protegería a él y a su familia.

A continuación, llamó a Bernd Gundermann y le enseñó los planos para la construcción de la máquina. Sin embargo, el trabajador no tenía muchas luces, solo recordaba vagamente las grandes máquinas de Jagenberg. Tal vez si la viera ya terminada..., pero un dibujo no le servía de nada. Contestó de buena gana todas las preguntas de Paul y luego salió cojeando de allí. Gundermann había perdido los dedos del pie derecho en un accidente, por eso se había librado de ir al frente. Además, ya tenía casi cincuenta años.

Poco antes de mediodía, Paul ordenó su escritorio, dejó un par de notas a su padre y se despidió de Lüders y Hoffmann. Las dos tenían cara de funeral, pero se comportaron con valentía cuando él les estrechó la mano. Cuando bajaba la escalera, las oyó llorar. En el patio se le acercaron dos empleados del departamento de cálculo, y Mittermeier y Huntzinger, de las hiladoras, también quisieron estrecharle la mano. Luego algunas mujeres que tejían a mano las últimas frazadas de lana. Junto a la puerta estaba el viejo Gruber. Le caían lágrimas por el rostro rubicundo. Era increíble lo rápido que corrían las noticias en la fábrica. Y el cariño que le tenían todos, pese a los despidos y las reducciones salariales que se había visto obligado a realizar.

Se dirigió a pie a la villa, ajeno a la lluvia y al viento gélido que quería arrancarle el sombrero de la cabeza. Por una parte, el cariño de sus empleados lo había conmovido, pero por otra lo angustiaba una despedida tan lacrimógena. A fin de cuentas, pretendía regresar lo antes posible. Sano y salvo. Lo necesitaban.


Marie estaba esperándolo en la entrada cuando llegó. Qué guapa estaba tan sonrosada..., había una ternura nueva en sus ojos. La estrechó entre sus brazos.

—¿Te encuentras bien, cariño? Hoy estás más guapa que nunca.

Marie no contestó y se pegó a él, dejó que notara su cuerpo, más turgente y maternal debido al embarazo.

—Me lo ha dicho papá esta mañana a primera hora, Paul.

Es duro, precisamente ahora. Pero tenemos que aceptar los designios del Señor.

Él la abrazó con fuerza y se alegró de que se mostrara tan serena, de lo contrario él no habría podido contener las lágrimas. Sentir así lo que uno perdía…, abrazar a la mujer que amaba contra su corazón y saber que durante mucho tiempo, tal vez para siempre, estarían separados.

—Subamos, cariño —dijo él en voz baja—. Quiero estar contigo unos minutos a solas.

Subieron la escalera cogidos de la mano, recorrieron con sigilo el pasillo como dos ladrones y siguieron hasta la segunda planta.

Paul abrió la puerta de la habitación de Kitty; vacía desde su boda, servía de habitación de invitados. Sofocada por haber caminado tan rápido, Marie se desplomó en el sofá de color azul cielo de Kitty, y Paul se sentó a su lado. La abrazó en silencio, la besó, no podía parar, como si quisiera expresarle toda la ternura que sentía por ella. Abajo, su madre llamó a Auguste, quería saber si el señor director y el joven señor ya habían llegado. No entendió qué contestó Auguste, y tampoco era importante.

—Estoy orgulloso de ti, Marie —le susurró al oído—. Eres muy fuerte. Firme. Créeme, por dentro vivo una terrible tormenta, lucho contra el destino y lo que más deseo es quedarme contigo.

—¿Desde cuándo lo sabes? —preguntó ella.

—Apenas hace unas horas…

—Nos lo han ocultado…

Paul creyó oír un reproche en aquella afirmación, y negó con la cabeza.

—Lo han hecho por nosotros, Marie. No estoy enfadado con mi padre por eso.

—Bueno, probablemente tengas razón.

Paul vio con cierto desasosiego que Marie había bajado

sus ojos castaños, un gesto propio de cuando algo la contrariaba. No le gustaban las maneras autoritarias de su padre, ya se había enfrentado a él en varias ocasiones, y Paul había tenido que mediar entre los dos. Ahora Marie no contaría con su apoyo, solo le cabía esperar que fuera lo bastante lista para no desafiar a su padre.

—Papá está muy feliz con los nietos, Marie. No podrías haberle dado una alegría mayor.

—¿Yo? —preguntó con una mirada pícara—. Creo que tú también participaste en todo esto.

—Es verdad.

—Aunque tu aportación sea diminuta —dijo ella.

—Tampoco tan pequeña, cariño...

—Muy pequeña.

Marcó con el pulgar y el índice una distancia que no superaba la cabeza de un alfiler. Él ladeó la cabeza y arrugó la frente.

—Pequeña, pero decisiva —se enorgulleció él.

—Como meter una moneda en una máquina.

Qué descarada era su dulce esposa. Lo hizo reír. Luego se apretó contra ella con fuerza y la besó hasta que pidió clemencia.

—¿Cómo de grande es mi participación? —preguntó cuando ella gimió que se estaba ahogando.

—Considerable, cariño.

—¿Considerable? ¡Eso es muy poco!

—Paul, para..., de verdad que ya no me llega el aire... Paul..., cariño..., amor..., padre de mis hijos...

Marie intentó separarse de él, puso las dos manos en su pecho y empujó para apartarlo, sin conseguirlo. A Paul le encantaba ese juego. Su rebelde Marie, su descarada, dulce, lista y a veces terroríficamente pueril esposa. Cuántas veces habían dejado el dormitorio patas arriba y ella lo había ordenado antes de la hora de levantarse para no dar que hablar a Else ni Auguste.

—Dilo o no te dejo libre —dijo él entre jadeos, y la agarró con fuerza.

—Tu aportación es inmensa, mi señor. Infinita. Tan grande como el océano y la tierra. ¿Es suficiente? ¿O quieres que además mencione a Dios?

—No estaría mal.

—Eso te encantaría.

Marie le acarició el pelo de la nuca con el dedo y él se estremeció, esa suave caricia lo excitaba muchísimo. El destino era malvado. No le daba ni una sola noche de amor con su Marie, lo enviaba al campo de batalla precisamente ahora, cuando aún estaba en el puerperio. Solo le quedaría el recuerdo, e intuía que su imaginación le causaría felicidad y pena por igual.

—Ay, Paul —dijo en su hombro—. Qué tontos e ingenuos somos. Dos niños que se abrazan con deseo. Justo ahora tendríamos que ser prudentes y decirnos las cosas importantes. No olvidar lo que queremos transmitirnos. Para ahora y para el futuro.

—¿Y qué querías decirme, mi prudente Marie?

Sonó como si llorara, pero cuando la miró sonreía.

—Que te quiero… hasta el infinito…, sin límites…, mientras viva…

—Eso es lo más inteligente e importante que me has dicho nunca, cariño.

Ella quiso protestar, pero él no la dejó hablar.

—¿Sabes qué, Marie? A mí me pasa lo mismo.

—Entonces dejémoslo así, amor.

Se abrazaron, cerraron los ojos y escucharon el silencio de la estancia vacía. No se oía ni el tictac de un reloj, todos los ruidos habían enmudecido, el curso del tiempo se había detenido. En esos pocos minutos en que sus respiraciones se adaptaron al mismo ritmo y sus corazones latían al mismo compás, les pareció imposible que pudieran no volver a verse.

—¿Señor? ¿Está usted ahí?

La voz de Else rompió la feliz atemporalidad y los devolvió a la realidad de los hechos.

—La señora me dice que les informe de que la mesa ya está dispuesta.

Paul vio la mirada de enojo de Marie y le puso con cariño un dedo sobre los labios.

—Gracias, Else. Ahora bajamos.

Sus padres ya estaban sentados a la mesa. El padre frunció el entrecejo al verlos entrar; la madre sonrió comprensiva y llena de pena.

—¿Sopa de cebada? —dijo Paul con falsa alegría mientras desdoblaba su servilleta—. Y con trocitos de tuétano. Buen provecho a todos.

Se lo agradecieron, y Alicia le quitó a Else el cucharón de la mano; por un día serviría ella los platos. Por supuesto, su madre sabía que él notaría que había llorado. El personal también estaba al corriente, se veía en el rostro taciturno de Else y en que la señora Brunnenmayer había preparado su plato favorito. Le encantaba el tuétano desde niño.

—Kitty ha avisado de que vendrá hoy —anunció Alicia dirigiéndose a Paul—. Elisabeth también quiere venir. Espero que os parezca bien...

Marie lanzó una mirada reconfortante a Paul y comentó que se alegraba mucho de verlas. Sobre todo a Kitty, que siempre aportaba barullo y alegría.

—La cocinera ha hecho pasteles, y para esta noche hay ensalada de arenques.

Hablaron de la señora Brunnenmayer, que había resultado ser una maga y, con los pocos ingredientes que podían conseguirse, preparaba unos platos deliciosos. Cuando Else hubo servido el plato principal, asado de cerdo con bolas de patata y compota de manzana, se produjo un silencio extraño. Se oía el ruido de la cubertería sobre los platos. Johann

Melzer levantó la copa de vino y brindaron sin decir nada. Finalmente, Alicia se aclaró la garganta.

—Hemos preparado algunas cosas, Paul. Cosas que necesitarás. Échales un vistazo después de comer por si se nos ha olvidado algo.

—Gracias, mamá.

Nadie disfrutó del asado preparado con tanto cariño. A Paul le costaba tragar, pero se sirvió una segunda ración para no entristecer a la señora Brunnenmayer. Al día siguiente a esa hora estarían sentados a la mesa sin él. ¿Por qué iba a irles mejor que a otras familias? El padre de Serafina, una amiga de Elisabeth, el coronel Von Sontheim, había caído dos semanas antes, así como uno de sus hermanos y los tres hijos del director Wiesler. También Herrmann Kochendorf, del ayuntamiento, había sido llamado a filas. Se decía que se hallaba gravemente herido en Bélgica, en un hospital de campaña, y toda su fortuna no le servía de nada. El abogado Grünling estaba luchando en algún lugar de Rusia, no había noticias de él, y eso siempre era mala señal. Y muchos jóvenes que dos años antes disfrutaban del baile de los Melzer se encontraban en algún punto del territorio enemigo sin que sus padres supieran siquiera dónde estaban enterrados.

—¿Se sabe algo de Humbert? —preguntó Paul, pues el silencio le estaba bajando el ánimo de una forma terrible.

—¡Ah, sí! —exclamó Marie—. Se me había olvidado por completo. Humbert ha escrito a la señora Brunnenmayer. Está de refuerzo en Bélgica, cepillando caballos y limpiando establos.

Todos sonrieron al imaginárselo. Humbert era muy delicado, se ponía histérico con solo ver una araña, y siempre llevaba la ropa impoluta y los zapatos brillantes. Seguro que para él limpiar establos no era una ocupación agradable.

—Es un muchacho peculiar —comentó Johann Melzer—. Pero se las apañará, no me cabe duda.

Paul se alegró de que terminara el almuerzo. Tampoco había disfrutado del delicioso pudin de vainilla con sirope de frambuesa porque el ambiente en la mesa era demasiado asfixiante. Ojalá hubiera estado Kitty. Pasaría la tarde y parte de la noche con sus padres y hermanas. Solo después podría estar a solas con Marie. Con Marie y los dos pequeños.

—¿Qué ha dicho la partera? —oyó que preguntaba su madre en voz baja en el pasillo.

—De momento está sano —contestó Marie a media voz—. Pero es muy pequeño. Tiene que comer sin falta.

—Ya he buscado amas de cría. Mañana se presentarán tres mujeres.

De pronto a Paul lo asaltó el temor de que su hijo muriera. Era muy pequeño, y por lo visto no comía. ¿Cómo iba a sobrevivir? ¿Por qué su madre pedía un ama de cría para el día siguiente? ¿No tendría que comer ese mismo día? ¿Y por qué no le daba de mamar Marie? Abrió la puerta del salón rojo, donde Else les había servido café de verdad, y subió la escalera que llevaba a los dormitorios.

—¿Marie?

Subió a toda prisa. Arriba se cruzó con Auguste, que de momento ejercía de niñera. La noche anterior dejaron a los gemelos a su cargo y no había tenido ningún contratiempo.

—Todo va bien, señor —dijo, y le hizo una reverencia—. La señora está dando el pecho, es mejor no molestarla ahora.

—¿Qué pasa con el niño? ¿Ya come?

—En algún momento comerá.

La respuesta no lo tranquilizó, pero vio que poco podía hacer y volvió a bajar. En el pasillo lo esperaba su padre, que lo hizo entrar en el despacho, donde había todo tipo de cosas sobre el sofá: ropa interior, calcetines, una gabardina, una linterna con pilas de repuesto, un chaleco de abrigo, un buen cuchillo con cadena, una cajita con utensilios de coser y botones, una Browning, azúcar, chocolate, zapatillas de invierno, guantes…

—Si te falta algo, podemos enviártelo —dijo su padre.

Paul se quedó mirando los objetos y vio con claridad que a partir de entonces dejaría atrás las comodidades. Se acabaron las estufas calientes, la cama blanca y el baño diario. A partir del día siguiente no poseería mucho más que el empleado de menor categoría de su fábrica, pues no tendría rango de oficial, sería un soldado raso. Por extraño que resultara, le atraía la idea de sufrir privaciones, caminar durante días, treinta kilómetros, cincuenta kilómetros diarios: todo el mundo temía las marchas del ejército alemán. Sería duro, conocería sus límites y tendría que superarlos, pero participaría en la lucha por proteger a su país y a su familia. Debía recordarlo, eso lo sostendría durante la lluvia de balas y mientras padecía privaciones, y lo ayudaría a encontrar un sentido a su propia acción y a la guerra. Lo esperaba una época de prueba. Si regresaba, y por supuesto pretendía regresar, sería otra persona.

Se oyó en el pasillo la voz exaltada de Kitty. Luego la de Elisabeth, que estaba descontenta con algo, y por último la de su madre, que, como siempre, se esforzaba por evitar que sus hijas discutieran.

—¡Déjame tranquila con tus constantes sermones! —exclamó Kitty—. Me da igual lo que escriba tu apreciado señor comandante y esposo. ¡Victoria, victoria y siempre victoria! ¿Dónde está esa victoria? En ningún sitio. Todo son mentiras y tonterías.

—¡Cómo puedes hablar con tan poco honor, Kitty! Eso es traición al emperador y a la patria, eso es burlarte de los valerosos héroes que se dejan la vida en el campo de batalla. Klaus me ha escrito que la victoria está al caer. Al fin y al cabo, sabe de lo que habla.

—¡Por favor, Elisabeth! —intervino Alicia—. No te acalores. Precisamente hoy vosotras dos no…

—Vaya, ya vuelvo a tener yo la culpa. Claro, debería habérmelo imaginado.

Paul vio que su padre esbozaba una sonrisa divertida. Le gustaba la espontaneidad de Kitty, aunque rara vez lo admitiera.

—Me da exactamente igual si ganamos o perdemos —berreó Kitty—. Para qué queremos Francia; yo no la necesito para nada. Ni mucho menos la mugrienta Rusia. Por mí, ya pueden regalar las colonias y que Paul se quede con nosotros. Ya me han quitado a mi Alfons, lo decente sería que me dejaran por lo menos a Paul. Y no pongas esa cara, Lisa. Ya me callo, mamá. Estoy muy tranquila, como te prometí. Como un ratoncillo. Serena y tranquila. —Hizo una pausa y al poco continuó—: ¿Tienes un pañuelo, Lisa? Debo de haberlo perdido en algún lado…

Su madre llevó a las dos a la terraza acristalada, donde tomarían café y pasteles. Paul consultó su reloj de bolsillo, eran las cuatro de la tarde. Aún le quedaban quince horas. ¿Por qué pasaba tan lento el tiempo? Todas esas conversaciones, esas despedidas, esa presión por mostrarse sereno, por mostrarse optimista, era agotador. Recordó la despedida de algunos de sus amigos de juventud que se alistaron como voluntarios. Era el principio de la guerra, todos rebosaban entusiasmo y estaban ansiosos por enfrentarse al enemigo. Dos de sus compañeros de escuela fueron declarados no aptos por defectos físicos, y cómo se enojaron. Los demás celebraron la víspera de su entrada en servicio con alegría, marcharon en plena noche con antorchas por las calles de Augsburgo cantando a voz en grito *La guardia del Rin*. Paul estuvo con ellos, y en el ebrio entusiasmo general lamentó no ir a la guerra con sus compañeros.

—¡Paul, querido!

—¡Por favor, Kitty! —gritó Alicia—. Queremos mantenernos serenos y…

Pero era demasiado tarde, los sentimientos de Kitty eran más fuertes que todas las promesas y los buenos propósitos.

En cuanto Paul apareció en la terraza, se lanzó a llorar en su pecho.

—No te voy a soltar. Te voy a sujetar fuerte, mi Paul. Tendrán que arrancarme de ti si quieren…

—Nada de llorar, Kitty —le susurró él al oído—. Piensa en el niño que llevas en el vientre. Volveré, hermanita.

Tuvo que prestarle su pañuelo y esperó con paciencia mientras se sonaba y se limpiaba las lágrimas. Luego la llevó a una de las sillas de mimbre, donde Kitty se desplomó, agotada. Marie apareció con un vestido holgado de encaje de algodón blanco, y se había puesto una pañoleta de lana sobre los hombros. Parecía contrariada.

—¿Va todo bien con los niños? —preguntó él.

—Las madres primerizas suelen preocuparse demasiado —contestó Alicia en lugar de Marie—. Todo va de fábula, Paul.

Las horas pasaban a paso de tortuga. Comer pasteles, tomar café, oír los tratados de Elisabeth sobre la heroica victoria de la amada patria, soportar las miradas de perro degollado de Kitty, las sonrisas de Marie, que transmitían tanta preocupación y tristeza. La confianza de su padre en poder comprar pronto algodón de las colonias; la palidez de su madre, su actitud ejemplar, sus esfuerzos por no preocuparle. Hacia las cinco llegó el viejo Sibelius Grundig, el dueño de un estudio de fotografía en la Maximilianstrasse. Alicia le encargó un retrato familiar de recuerdo, así que se colocaron según los deseos del fotógrafo: Paul entre su madre y Marie, Kitty arrimada a su padre, Elisabeth al otro lado, con un gesto que decía: «Solo soy la quinta rueda del coche».

Al anochecer llegó la señorita Schmalzler para una breve visita, estrechó la mano a Paul y le deseó que el Señor lo protegiera. Había llegado desde Pomerania como doncella de la joven Alicia von Maydorn, luego ascendió a ama de llaves y había visto crecer a los tres niños. Paul siempre fue su preferido.

Después de la cena (¿es que querían cebarlo hasta morir?), Paul pidió pasar esas últimas horas con su esposa y los niños. Nadie se opuso, sus hermanas le dieron un beso de despedida y Kitty le hizo prometer que les enviaría un mensaje por lo menos tres veces a la semana.

Eran las ocho y pico de la noche cuando por fin se reunió con Marie en el dormitorio. Ella ya se había metido en la cama, estaba recostada sobre los cojines y lo miraba con semblante serio.

—Ven conmigo, amor.

Paul se quitó los zapatos y la chaqueta y se metió debajo del edredón, la estrechó entre sus brazos y disfrutó de su olor, tan familiar. Su cabello, el aroma a lavanda del camisón, su piel suave y ese pequeño hundimiento debajo de la garganta que tanto le gustaba acariciar con los labios. No, no iba a ser una noche de pasión, era imposible, hacía dos días que había dado a luz. Sin embargo, llevaba todo el día esperando para abrazarla, para sentir la energía tranquila que emanaba de ese cuerpo suave.

—Así debe ser siempre entre nosotros, Marie —susurró—. Para siempre. Tú y yo, así de juntos. Que nada pueda separarnos.

Se oyó una vocecita desde la habitación contigua. Marie buscó con sus labios los de Paul. Intercambiaron besos, se entregaron del todo al deseo y Paul lamentó infinitamente no poder poseerla. Cómo le había cambiado el cuerpo. Hasta entonces tenía una delgadez infantil, ahora se había convertido en una Venus.

—Eres preciosa, cariño. Me voy a volver loco de deseo...

Toqueteó la tira de botones del camisón para acariciarle los pechos, pero cuando apenas había desabrochado dos, ella le agarró la mano.

—Espera, amor...

—¿Qué pasa?

Marie se incorporó. Prestó atención a los sonidos de la habitación de al lado.

—¿No está Auguste con los niños?

—Sí.

Paul ya había estado un rato contemplando a sus hijos. Diminutos, dos cabecitas, dos bocas grandes, cuatro puñitos. El pequeño de los ojillos azules era su hijo. Leopold, lo llamaban Leo.

—Bueno, tampoco está rugiendo como un león —bromeó, y quiso arrimarse de nuevo a ella.

Marie se apartó y se puso en pie.

—Mejor voy a ver… Enseguida vuelvo.

—Sí, claro.

Salió a un paso sorprendentemente ligero y cerró la puerta con la loable intención de no molestar a Paul, pese a que él no quería otra cosa que estar cerca de ella.

Estuvo un rato esperando en la cama. Desde el otro lado se seguía oyendo el leve sollozo, así que los esfuerzos maternales de Marie no estaban surtiendo mucho efecto. Al final se levantó con un suspiro, fue al baño, se puso un pijama y regresó al dormitorio. La cama seguía vacía.

—¿Marie?

No obtuvo respuesta. Impaciente, agarró el pomo de la puerta de la habitación contigua y abrió con todo el sigilo que pudo. Ahí estaba su dulce Marie, su amor, su maravillosa esposa, fuerte, sentada en una silla, con el pecho derecho al descubierto e intentando introducir el pezón rosado en la boca bien abierta del pequeño de ojos azules.

—Creo que tiene un hambre horrible —dijo ella, preocupada—. Pero no sabe cómo comer.

Esa imagen provocó en Paul sentimientos encontrados. Por supuesto, estaba feliz de tener un hijo, además de una hija que a todas luces era más lista que su hermano, pues dormía saciada y satisfecha en su cuna. Sin embargo, compartir el dulce cuerpo de Marie, sus preciosos pechos, le causaba una sensación peculiar. Un hombre necesitaba acostumbrarse a eso, sobre todo cuando solo le quedaban unas horas para disfrutar al lado de su amada.

—¿Por qué no le da el pecho Auguste? Ella tiene un niño.

Marie estaba nerviosa, el pequeño Leo no lo conseguía. Gritaba desesperado pidiendo comida y no sabía cómo conseguirla, así que Marie le contestó airada.

—¿Crees que voy a dejar que Auguste dé de mamar a mis hijos? Es mi obligación, Paul. Y mamá debería entenderlo.

Paul calló, pese a no compartir su opinión. Era una lástima que esa última noche juntos estuviera siendo tan distinta a como esperaba. Rara vez había sentido a Marie tan distante. Sin embargo, era comprensible: el parto difícil, la orden de alistamiento y ahora la preocupación por el pequeño. Decidió tener paciencia y se retiró a la cama. Helado, se metió debajo del edredón; en la habitación hacía frío, solo la chimenea del salón rojo de abajo calentaba indirectamente.

«Qué débil soy. A partir de ahora ya no habrá edredones ni una chimenea caliente», pensó. En los refugios subterráneos y las trincheras había como mucho un catre de paja. Si no, se dormía sobre el suelo raso.

—Así no va a conseguir nada, señora —dijo Auguste al otro lado—. Debe sujetar el pezón con firmeza y meterlo. ¡Así! Para que el niño saboree lo que sale de ahí. Ahí, mire. Ahora se agarra el ladronzuelo.

«Gracias a Dios», pensó Paul, aliviado, aunque aquella conversación entre mujeres no le había gustado mucho. ¿No le dolía a Marie que el niño le «agarrara» el pezón? Vaya, le quedaba mucho que aprender como padre. Ojalá hubiera tenido tiempo para eso. Miró el reloj de bolsillo que había dejado en la mesilla de noche. Eran casi las diez. A las seis tenía que levantarse. Hacia las siete debía salir de casa. Su padre se había ofrecido a llevarlo en coche al registro, pero él se negó. Quedaría como un tonto delante de los compañeros si bajaba de un coche como un señor rico. Iba a servir a su país como todos los demás.

Marie estaba eufórica cuando volvió con él. Le pidió disculpas por su brusca respuesta, se arrimó a él, le acarició las mejillas, el cuello.

—Estás tan cerca… —murmuró Marie—. No me gusta pensar que voy a estar sin ti. Te sentiré de noche, amor. Aunque te encuentres a kilómetros de distancia, sentiré tu cuerpo y oiré tu voz.

Paul estaba profundamente conmovido. Todo iba bien, el pequeño comía y crecería. Marie lo esperaría. Sin duda, Klaus von Hagemann tenía razón y la victoria estaba cerca, en unos meses terminaría todo. Marie empezó a acariciarle con cuidado, y él se concentró en esos dedos que lo excitaban y lo liberarían. Su dulce esposa era muy sensual. Durante el embarazo ya había hecho cosas imposibles de mencionar en público, para no perjudicar al niño si se amaban a la manera convencional.

—Marie, Marie… —murmuró él, presa del deseo.

Ella se detuvo. Desde la otra habitación se oyó de nuevo la vocecilla.

—¿Qué pasa ahora?

—Enseguida… enseguida…

Marie salió de la cama como alma que lleva el diablo y desapareció en la habitación contigua. Se quedó allí una eternidad. Por lo visto el pequeño Leo había entendido de dónde salía el alimento y no se daba por satisfecho con una pequeña ración. Paul se puso boca arriba e intentó contener el rencor que se apoderaba de él contra su propio hijo.

Cuando Marie regresó, su pasión se había enfriado. Estuvieron charlando agarrados de la mano. Ella debía respaldar a su padre. La fabricación de fibras de papel era la salvación de la fábrica, tenía que convencerlo, era la única a la que escucharía. Marie le pidió que no se hiciera el héroe. Pero que tampoco fuera un cobarde. Debía mantenerse en el medio, con prudencia. Paul sonrió y se lo prometió. La vocecilla entrometida los molestó tres veces más, al final incluso les rompió el sueño. A Paul le pareció que en ese tiempo los gritos de su hijo se habían vuelto más intensos y potentes, pero Marie le dijo que se trataba de la hermana, que también quería su parte.

Durmieron las últimas horas mejilla contra mejilla, abrazados, compartiendo sueños. El estridente timbre del despertador los devolvió a la realidad, desnuda y áspera, en el frío del alba. Separación. Miseria. Tal vez la muerte.

—Quédate aquí, amor —susurró Paul—. Odio tener que despedirme de ti en el vestíbulo o en la puerta.

La habitación aún estaba oscura, y no se miraron cuando se dieron el último beso. Paul notó el sabor salado de las lágrimas de Marie.

# 4

—Los rusos viven como animales salvajes —dijo Auguste—. Duermen en la misma cama con sus osos bailarines.

Repasaba una y otra vez con la plancha la sábana blanca, que no acababa de quedar lisa. Era lógico, pues el fogón donde había puesto a calentar la plancha solo estaba tibio. Había poco carbón, y la madera también escaseaba.

—¿Se acuestan con los osos? —preguntó Hanna, incrédula—. Eso te lo acabas de inventar, Auguste.

—Pregúntaselo a Grete von Wieslers, me lo contó ella —se defendió Auguste—. Su prometido, Hansl, vino hace poco de permiso. Y ha estado en Rusia.

La señora Brunnenmayer hizo una mueca con su ancho rostro y rio burlona. Hansl, vaya cuento. No era la primera vez que Auguste lo utilizaba para inventarse historias.

Levantó la taza y bebió un sorbo de té de menta, se estremeció y gruñó que no soportaba ese líquido apestoso.

—Cuando termine la guerra, lo primero que haré será tomarme una taza grande de café —dijo—. Pero del bueno, nada de café de bellota. ¡Granos de café puros! Una cucharada colmada por taza.

Else puso cara de desesperación y frotó con energía el mango de plata de una cuchara de servir. Limpiar la plata era una tarea que no acababa nunca. Cuando terminaba con los azucareros y las jarritas de la leche, ya podía volver a empezar con la cubertería y los utensilios de servir. La parte buena era que podían sentarse juntas a charlar mientras trabajaba, mucho más agradable que sacudir alfombras o arrastrar carbón.

—No está bien albergar semejantes deseos, señora Brunnenmayer —dijo Else, de morros—. Todos debemos soportar con alegría las privaciones y así respaldar a nuestros soldados en el frente.

—¿De qué les sirve a esos pobres muchachos del frente que yo beba café de bellota? —repuso enfadada la señora Brunnenmayer.

—Tiene toda la razón —coincidió Auguste, que volvió a dejar la plancha sobre los fogones—. Además, dicen que en Francia nuestros soldados reciben café, salmón y langosta.

—En Rusia, en cambio, seguro que les dan porquería con piojos —dijo la cocinera, malhumorada—. Enciende dos haces de leña más, Auguste, o de lo contrario la plancha no te servirá de nada.

Auguste se agachó presurosa para cumplir la orden de la cocinera. Mientras la señorita Schmalzler no estuviera en la villa, la cocinera tenía la última palabra, y también decidía sobre el combustible, cada vez más escaso. Else se frotó los dedos entumecidos cuando el fuego de la cocina llameó crepitando, y Hanna se sirvió una taza de té de menta caliente. El año anterior, ellas mismas recogieron la menta en el bosque y la secaron, pues decían que ese té, además de ser muy sano, reactivaba el organismo y ayudaba a respirar.

—¿Qué más cuenta Hansl sobre los rusos? —preguntó Hanna—. ¿Alguna vez ha hablado con un ruso?

Tenía claro que los rusos no se metían en la cama con sus osos. Hansl le había soltado un cuento chino a Auguste.

—Seguro que ha tenido contacto con unos cuantos —repuso Auguste—. El contacto de una buena bala en el pecho.

Soltó una risa cruel y luego se chupó el índice para probar

si la plancha estaba lo bastante caliente. Se oyó un siseo cuando el dedo rozó el hierro.

—Me refiero a si sabe algo más de ellos —insistió Hanna—. Cómo viven. Y qué comen. Y...

—Mírala —comentó Else, y se empujó las gafas hacia arriba, pues se las había tenido que poner para limpiar la plata—. Es que no vas a parar con los rusos, ¿eh? Les echaste miraditas a esos tipos harapientos de la calle. Eres una depravada, Hanna.

—¡Eso no es verdad! —se defendió ella—. Solo me dan pena, nada más. Por eso los miraba.

Su respuesta arrancó una risa burlona a Else y a Auguste, mientras la señora Brunnenmayer, como casi siempre, se mantenía al margen.

—Cuidado con a quién miras o acabarás teniendo un niño ruso —le advirtió Auguste.

—Ya tienes la regla —dijo Else—, así que puedes quedarte embarazada. Va más rápido de lo que crees.

Hanna se puso colorada y bajó la mirada hacia la taza de té de menta. Ojalá no hubiera sido tan tonta de contarle a Else lo de su menstruación, pero aquel día, en otoño, se asustó tanto que al ver una gran mancha de sangre en su ropa interior creyó que se estaba muriendo.

—Qué sabrás tú lo rápido que va, Else —dijo la señora Brunnenmayer con malicia, pues no le gustaba que las dos mujeres atacaran siempre a la pobre Hanna.

Else levantó el mentón y apretó los labios. Hanna sabía que Else se mantenía virgen y que estaba orgullosa de ello, aunque ya nadie apreciara la decencia de una virgen tanto como antes. No era como Auguste, que se había quedado embarazada para obligar a un hombre a casarse con ella. Una empleada doméstica que quería ascender y mantenerse leal a sus señores debía quedarse soltera, siempre había sido así; también Eleonore Schmalzler, el ama de llaves, estaba soltera.

Solo Auguste, esa rata astuta, había conseguido pescar a un hombre, traer dos niños al mundo y además conservar su puesto. A Hanna le parecía muy injusto, pero no lo decía. Tenía mucho cuidado, pues Auguste era una persona de armas tomar.

—Ya que tanto te interesa, Hanna —siguió Auguste mientras pasaba la plancha por los paños—, Hansl dice que los rusos son unos mugrientos. Cuando uno camina por sus pueblos, el lodo le llega hasta las rodillas. A los rusos les gusta así. Sus mujeres llevan vestidos raros, parecen fundas para calentar las tazas. Hansl también dijo que no llevan mucho debajo. De hecho, una vez se tumbó con una rusa sobre la estufa.

Ahí la señora Brunnenmayer se hartó. Nadie podía tumbarse sobre una estufa, como mucho sentarse, pero se quemaría las posaderas. ¿Acaso Hansl le había contado esa historia con una botella de licor de genciana en la mano?

Auguste no se quedó callada. La cocinera no tenía por qué indignarse de esa manera, pues no conocía las costumbres rusas.

—Hansl dijo que en Rusia las estufas son grandes y tienen paredes anchas, como en las panaderías de aquí. Y que de noche, cuando se apaga el fuego pero la estufa sigue caliente, toda la familia duerme encima. También los gatos y los perros. Así es en Rusia, Hanna.

—Encima de la estufa —se burló Else—. Como los panes. Y con el perro y el gato. ¡Puaj!

Auguste dejó de planchar y levantó la cabeza. Ni Else ni la señora Brunnenmayer oyeron nada, pero Hanna, que tenía el oído fino, escuchó el llanto de un bebé.

—La señora, ya está otra vez —comentó Auguste, y puso cara de impaciencia—. Ha mandado a casa a todas las amas de cría porque quiere dar de mamar ella a los niños. Ya veremos cuánto aguanta. Cada cuatro horas tiene que darles el pecho, a veces cada menos tiempo. Día y noche. Dios mío, me alegro de haber tenido solo un hijo cada vez.

—Ya, espero que no mueran de hambre, los pobrecillos

—dijo la cocinera, compasiva—. Yo creo que para dos niños hacen falta dos amas de cría, pero la joven señora es muy testaruda.

—Ya entrará en razón —comentó Auguste mientras doblaba una sábana. Se quedó un rato quieta y con la vista fija en el timbre, pues pensaba que la iban a llamar enseguida. Al ver que no ocurría nada, se encogió de hombros y colocó la siguiente pieza de la colada. Y dejó caer que era triste lo vehemente que se mostraba la joven señora con su suegra, que casi no tenía voz en aquella casa, pues todo tenía que ser según la voluntad de los jóvenes Melzer. Y la suegra se adaptaba porque era una persona dulce a la que no le gustaba discutir.

Hanna frotaba con energía un azucarero de plata, estaba enfadada con Auguste, que no hacía más que difundir mentiras. La joven señora Melzer, que antes solía sentarse con ellas en la cocina, era una buena señora. Nadie lo sabía mejor que ella, Hanna, que le debía su puesto.

—Seguro que la joven señora está muy triste porque el joven señor Melzer ahora también está en la guerra —dijo.

—Sí, ¿y qué? —soltó Auguste con ligereza—. ¿Por qué tenía que irle mejor a ella que a nosotras? A mi Gustav lo llamaron a filas al principio de la guerra, y poco después al pobre Humbert.

—¡Sí, Humbert! —exclamó Else—. Lea en voz alta lo que ha escrito, señora Brunnenmayer. No entiendo por qué se anda siempre con tantos secretos.

Sin embargo, la cocinera se negó con un gesto. El correo militar iba dirigido a ella y no le incumbía a nadie más. Y ya les había transmitido los saludos para todos.

—Tiene que dormir en un establo, ¿no? —se burló Else—. Y limpiarles a los caballos la porquería del pellejo. Pobre tipo. Pero puede estar contento, otros están en las trincheras.

—Entonces, ¿está en Francia? ¿O en Bélgica? ¿No estará en Rusia? —preguntó Auguste, intrigada.

Sin embargo, la señora Brunnenmayer no se dio por aludida. Estaba en Bélgica, ya se lo había dicho hacía tiempo. Con eso bastaba.

Se hizo el silencio, Hanna se bebió el té tibio y azucarado, la estufa siguió crepitando un poco, su estómago siempre hambriento rugió y le dio una vergüenza horrible. Seguro que ahora le echarían en cara el panecillo robado, cosa que ocurría como mínimo dos veces al día y, por lo visto, así seguiría hasta que fuera mayor y canosa. Pero tuvo suerte, pues Auguste empezó a contar que la señora Marie ya había recibido cinco largas cartas de su marido, y que había escrito dos a su madre y solo una a su hermana. Por eso la señora Kitty Bräuer estaba fuera de sus casillas.

—Madre mía, esa es una excéntrica —repuso Else—. ¿Acaso creía que su hermano no tendría nada más que hacer que enviar cartas?

—Supongo que sí —dijo Auguste mientras doblaba la última pieza—. Además, seguro que recibe infinidad de cartas de su marido. Ojalá mi Gustav me escribiera tan a menudo, pero como mucho envía una postal.

Dejó la plancha en el platillo de latón y dijo que tenía que irse, ya eran más de las siete, hacía rato que su turno había terminado. Desde que se casó con el nieto del viejo jardinero, Auguste vivía en la casita del jardinero, en medio del parque. En invierno, cuando no había mucho que hacer en el parque, el abuelo cuidaba de los dos niños mientras ella hacía su trabajo en la villa. En verano le habían dejado llevar a la pequeña Liesel y al niño a la villa, la señora se divertía mucho con los pequeños. Sin embargo, ahora que habían nacido sus propios nietos, Auguste prefería dejar a su descendencia en casa.

Se puso el abrigo y se estaba atando un pañuelo en la cabeza para protegerse de la lluvia cuando alguien llamó a la puerta del servicio.

—¡Mira tú por dónde! —gritó Auguste al abrir—. ¿Nos echabas de menos, Maria? Pasa, estás empapada.

Maria Jordan había desaparecido casi por completo bajo una capa gris para la lluvia con la capucha puntiaguda. Chorreando en el pasillo de delante de la cocina, se desabrochó la capa y se la quitó con cuidado para colgarla en uno de los ganchos de la pared.

—Jesús, qué tiempo —gimió—. El jardín está hecho una ciénaga, y en el camino no paras de pisar charcos. Habría que arreglarlo con tierra y grava, pero cuando faltan los hombres...

—Así es —dijo Auguste—. Cuando mi Gustav aún estaba aquí no había charcos en el camino. ¿Qué nuevas nos traes, Maria? ¿Llevas las cartas encima?

Maria Jordan puso cara de sorpresa y dijo que había cogido las cartas a primera hora de pura casualidad. Era su día libre, había ido a visitar a una conocida y luego quería ir a dar un paseo por la ciudad, pero con tanta lluvia ni los perros andaban por la calle.

Maria Jordan era menuda. A Hanna le pareció que tenía el rostro ajado, y eso que contaba poco más de cuarenta años. Llevaba el cabello castaño recogido en un peinado alto. Auguste dijo en una ocasión que debajo de ese montón de rizos, que siempre tenían el mismo aspecto, había un falso moño, pero no estaba probado. Antes Maria Jordan trabajaba de doncella en la villa, pero tras la boda de Elisabeth Melzer con Klaus von Hagemann pidió trasladarse a casa del joven matrimonio. Elisabeth aceptó su petición.

Se apretaron un poco para hacer sitio a la recién llegada cerca de los fogones, donde aún había brasas. Auguste volvió a sentarse con intención de quedarse un ratito más. Maria Jordan siempre era una fuente de emocionantes chismorreos; además, llevaba las cartas encima.

—¿Es tu día libre? ¿Y vienes aquí, Maria? —preguntó Else

con una sonrisa—. En la ciudad actúa una bailarina de revista y en el cine dan películas románticas. ¿No tienes ganas de hacer una incursión en la vida nocturna de Augsburgo?

Maria Jordan lanzó una mirada hostil a Else y no respondió. Pensativa, se puso azúcar en el té de menta tibio que Hanna le había servido y preguntó como si tal cosa si ya habían cenado.

—¿Tienes hambre?

Auguste miró a la señora Brunnenmayer, que era quien decidía sobre lo que se comía o no, pero esta no era muy amiga de Maria.

—¿Acaso la señorita doncella es tan tacaña como para no ir a una fonda en su día libre? —dijo con malicia.

Maria se limitó a decir que ahora en las fondas solo servían nabos con cebada, salvo a los pudientes de la ciudad, que podían saborear una pierna de ternera a unos precios nada asequibles para una pobre empleada.

—Vamos, saque algo, cocinera —intervino Auguste—. Además, Maria nos echará las cartas, ¿verdad?

—Si no hay más remedio…

A Maria Jordan le gustaba que le pidieran que echara las cartas. Así nadie podría decir luego que ella le había impuesto sus predicciones. También contaba a menudo que había tenido sueños que después, por lo menos a su juicio, siempre se confirmaban.

—A mí no me hace falta que nadie me eche las cartas —gruñó la señora Brunnenmayer—. De todos modos, no son más que mentiras y embustes.

—¡Pues a mí me gustaría saber el futuro! —exclamó Hanna con los ojos muy abiertos, ilusionada.

Else también tenía interés, igual que Auguste. Así que la cocinera se levantó a regañadientes, resoplando, y se dirigió a la despensa. Allí Hanna la oyó toquetear el manojo de llaves, estaba sacando algo del armario enrejado. Cuando regresó, llevaba un platito de madera con un trozo de morcilla, un pedacito de queso alpino y dos rebanadas de pan de centeno, además de un pepino en vinagre.

—¡Ahí tienes!

Le puso el plato delante de las narices y volvió a sentarse. Hanna fue a buscar a la estantería la mostaza que le pidió Maria al ver la morcilla, y Auguste acudió enseguida con un cuchillo.

—Muchas gracias, cocinera.

Maria Jordan no se abalanzó sobre la comida como una muerta de hambre; comió despacio y con placer, hizo pequeñas pausas, y se bebió el té de menta. No dijo ni una palabra sobre que la morcilla estaba dura como una piedra y el queso tenía una punta mohosa.

—Si supierais lo valiente que es la señora Elisabeth —dijo—. Y todo lo que tiene que aguantar de su familia. Jesús, María y José.

Miró al grupo y comprobó con satisfacción que todas estaban pendientes de sus labios. Para Elisabeth era muy doloroso tener que presenciar tanta pena. Las preguntas mordaces de la suegra. Ver a su hermana menor, a su cuñada Marie Melzer, todas con su deber de esposa cumplido...

—¿Por qué no se queda embarazada? —preguntó Auguste—. Madre mía, seguro que conoces algún remedio, Maria. Tú que tienes recetas para todo...

La señorita Jordan le lanzó una mirada de advertencia. Hanna había oído que años atrás había ofrecido a Auguste un remedio contra su embarazo y que ella lo rechazó.

—Por supuesto que le he dado mis consejos. Y le hago un té una o dos veces al día, pero no sirve de nada. Aunque también puede ser que no sea cosa de ella, sino del mayor Von Hagemann...

Auguste soltó una risita histérica que atrajo todas las miradas. Fingió haberse atragantado, tosió un poco y luego le dio un buen sorbo al té de menta.

—En Austria, junto al Danubio —tomó la palabra la señora Brunnenmayer—, hay una cueva en la roca caliza. Cuando una mujer no logra tener hijos, debe ir allí a medianoche y sumergirse desnuda en un estanque de agua helada. Luego, dicen, se quedará embarazada.

Hanna escuchaba esas historias con los ojos desorbitados. ¿Sumergirse desnuda en el agua? Pero la cueva a medianoche estaría completamente a oscuras, así que de todos modos nadie la vería…

Auguste resopló y Else soltó una risa burlona. ¡Las historias de la señora Brunnenmayer no tenían desperdicio!

—¡Embarazada! —exclamó Auguste, y se limpió las lágrimas de la risa—. ¿Quién sabe de quién?

—Seguro que del espíritu de la cueva.

—¿Y qué pinta tiene? ¿Es un gnomo patizambo con barba larga y joroba?

—Seguro que tiene joroba —dijo Auguste muerta de risa—. Pero no en la espalda.

—A lo mejor es joven y guapo. Un buen hombretón con un gran…

—Ya basta —zanjó la cocinera.

—… con un gran abrigo de piel —terminó Auguste con fingida seriedad—. Porque seguro que ahí abajo, en la cueva, hace frío.

Maria Jordan se metió el último pedacito de queso en la boca, masticó con cuidado y pasó el bocado con un trago de té de menta.

—¿Queréis que os eche las cartas o no?

—¡Sí, claro! —exclamó Else.

Auguste estuvo dispuesta enseguida, quería saber cuándo volvería su Gustav. Y si seguía con vida. Hanna no dijo nada, pero probablemente cualquiera podía ver que ella también deseaba conocer su futuro.

—Veinte peniques —exigió la señorita Jordan con insolencia.

—¿Qué? —se indignó Auguste—. Ahora que te has saciado con nosotras, ¿encima quieres dinero?

A Else le pareció un descaro. La señora Brunnenmayer calló, conocía a Maria Jordan y a buen seguro la había visto venir. Era avariciosa, la cocinera siempre lo decía. Se rumoreaba que tenía una pequeña fortuna bajo el colchón.

—Yo le pagaré —dijo de pronto Hanna—. Si de verdad puede decirme el futuro, le pagaré.

—Pero ¿tanto tienes tú? —preguntó la señorita Jordan, desconfiada.

—Voy a buscarlo. Ahora vuelvo.

Hanna corrió a la escalera de servicio y subió a toda prisa hasta la tercera planta, donde se encontraban los cuartos de las empleadas. Después de descontar el dinero para los panecillos y algunos gastos en botones, calcetines de lana y una bobina de hilo blanco, le quedaban treinta y ocho peniques. Veinte peniques era mucho. Pero, de todas formas, si su madre, como había amenazado, se presentaba en la villa, tendría que darle todo su dinero.

Con las mejillas encendidas y el cabello al viento, Hanna regresó a la cocina y le mostró las monedas.

—Diez, doce, trece, quince… veinte —contó Maria Jordan, sin preocuparse por las miradas de enojo de las demás—. Bien, Hanna. Dame el dinero.

Hanna iba a depositar las monedas en la mano tendida de la señorita Jordan cuando un fuerte puñetazo hizo temblar la mesa de la cocina; la tapa de la tetera tintineó.

—Espera —dijo la cocinera—. Primero la mercancía, luego el dinero. Deja tus peniques aquí en la mesa, Hanna. Y ahora empiece, señorita Jordan.

—¿Para qué se mete, señora Brunnenmayer? —refunfuñó Maria Jordan.

No obtuvo respuesta, pero tampoco se atrevió a quedarse el dinero. Soltó un profundo suspiro para dejar claro que se sentía tratada injustamente, pero, como buena cristiana, perdonó a la torturadora. Ante las miradas curiosas de todas las mujeres, sacó su bolso, hurgó dentro y al final sacó un paquetito de cartas sujetas con una cinta de goma.

—Cartas francesas —comentó la cocinera con desprecio.

Maria Jordan ni la miró. Pidió que le acercaran la lámpara y apagaran la luz eléctrica del techo. Luego sacó un pañuelo de seda verdoso y lo colocó sobre la pantalla de la lámpara de petróleo. Enseguida se hizo una luz misteriosa en la cocina.

—Silencio absoluto —exigió—. Nada de cháchara. Necesito concentrarme.

Auguste apartó la taza medio vacía y limpió con la mano unas cuantas migas para despejar la mesa donde iba a echar las cartas. Maria Jordan soltó la cinta de goma, hizo chirriar la baraja entre los dedos y luego la empujó hacia Hanna.

—Baraja.

Hanna no era una jugadora experimentada, las cartas se le caían una y otra vez mientras las mezclaba, así que tenía que recogerlas y empezar de nuevo. Las mezcló con fervor, pues esperaba atraer así a los espíritus del futuro.

—Es suficiente. Dame la baraja.

Maria Jordan empezó a colocar las cartas sobre la mesa, boca abajo, una al lado de la otra, seis cartas en cada fila. Cuando hubo terminado, levantó la cabeza y observó con atención a Hanna.

—¿Tienes alguna pregunta concreta?

Lo que Hanna quería saber sobre su futuro no iba soltarlo ahí, en la cocina, rodeada de tantas miradas de escrutinio.

—Bueno —dijo mientras sus mejillas encendidas desvelaban sus deseos más ocultos—. Todo lo que pueda ver.

Maria Jordan reflexionó y luego empezó a contar las cartas. Destapaba la séptima y, cuando llegó a la última fila, empezó de nuevo por arriba.

—La sota de picas…, por un camino corto. El rey de corazones…, Jesús, y además el nueve. Uno, dos, tres, cuatro, cinco, seis…, la dama de rombos. Y además el nueve de picas…

Todas estaban hechizadas mirando el dedo índice de la señorita Jordan, bajo la luz verdosa, que saltaba de carta a carta y con cada roce provocaba un ruidito. Cuando destapaba una, primero colocaba la mano derecha encima y esperaba un momento hasta que la imagen atraía todas las miradas.

—¿Es muy grave? —preguntó Hanna, asustada.

—Grave —dijo la señorita Jordan en tono sombrío—. Llegará un hombre, joven, de pelo negro y sin escrúpulos. Te dará muchos problemas, Hanna. Llorarás. Te traerá la desgracia.

El dedo verdoso señaló la sota de picas, un muchacho con el cabello castaño oscuro largo, un bigote llamativo y unos amables ojos marrones. ¿Ese le iba a dar problemas?

—El nueve. —La señorita Jordan suspiró—. Ay, el maldito nueve. Estarás muy sola, pobre chiquilla. Nadie te ayudará. Te abandonará, y llorarás por él.

—¡Deje de contarle semejantes tonterías a la niña! —gruñó la cocinera.

—¡Chis! —exclamó Auguste, disgustada.

—Si me molesta, tendré que cancelar la sesión —dijo la señorita Jordan enfadada, y miró de reojo a la señora Brunnenmayer—. Pero se me deberán los honorarios completos.

—Continúe —suplicó Hanna—. ¡Por favor! ¿El chico de pelo negro no volverá nunca?

Maria Jordan empezó a contar de nuevo, destapó una carta aquí y allá y sintió su significado secreto.

—Hay una mujer… una mujer poderosa que hará valer su influencia. Lo cautivará. Se establecerá un vínculo fatal. El chico desaparece…, luego está el as de tréboles…, la desgracia. Tal vez incluso la muerte.

Hanna se estremeció. Miraba absorta a Maria Jordan, que

no paraba de tocar la dama de rombos con la uña del dedo, luego lo paseó entre el as de tréboles y el nueve de picas, para acabar finalmente en el rey de corazones.

—Sin embargo, al final el amor triunfará —dijo, y se reclinó agotada en la silla—. Tras la lluvia sale el sol. De la pena surgirá la alegría, y se unirá la prosperidad.

—¡Amén! —rugió la cocinera.

—Eso también me lo dijiste a mí —afirmó Auguste, que observaba a la señorita Jordan con suspicacia.

—Sí, ¿y? ¿Acaso no estás contenta con tu Gustav?

—Claro.

Entonces intervino Else para decir que hacía dos años que la señorita Jordan le había pronosticado un gran amor y de momento no se había cumplido.

—Ya llegará, Else. Un bonito día también te llegará el amor.

Maria Jordan recogió las cartas, las juntó y las ató con la goma. Luego arrastró las monedas con la mano derecha hasta el borde de la mesa y cayeron en su mano izquierda. Por último, retiró el pañuelo de seda verde de la lámpara y la cocina se vio inundada de nuevo por la acostumbrada luz vespertina.

—Os agradezco la agradable compañía y os deseo que paséis una buena noche.

*Croix,*
*5 de marzo de 1916*

Querida Marie:

Gracias por tu carta del 24 de febrero, me dio fuerzas y esperanzas durante una serie de días malos. ¿Ha tenido que estallar esta maldita guerra para conocer las maravillosas cartas de amor que es capaz de escribir mi esposa? Ahora espero ansioso más cartas y me esfuerzo por hacer lo mismo por ti.

Durante los últimos días hemos avanzado por la Francia ocupada y ahora estamos alojados en una fábrica de galletas parada. Necesitamos un descanso, sobre todo los fieles caballos, dan miedo de lo delgados que están. Ha habido días en los que han cargado con nosotros de la mañana a la noche sin comer ni beber. Los jinetes tampoco lo llevan bien, hay que conseguir comida y bebida, es cruel quitarles a los desgraciados campesinos el último pan. Lo que nunca falta en el regimiento es el vino. El champán y el vino tinto corren como el agua y se consumen en unas cantidades demenciales. Hemos aprendido a apreciar el alcohol, levanta el ánimo, sustituye a la comida y da fuerzas renovadas.

Hasta ahora hemos encendido pocas hogueras, los francotiradores son peligrosos: disparan a nuestras patrullas desde un escondite. Alrededor no hay más que destrucción, pueblos quemados, casas derruidas, graneros vacíos. Nuestros regimientos han dejado un rastro claro en esta tierra, y siguen haciéndolo. Hace dos semanas aún creía que como soldado y súbdito leal debía proteger al emperador, pero ahora tanto daño y destrucción en una tierra ocupada me repugna.

Pero miremos hacia delante, mi amor, esperemos no tardar mucho en poder abrazarnos. Escríbeme siempre que puedas, aprovecha cada minuto libre para escribir unas palabras y enviármelas. Cuando leo tus cartas, esa letra preciosa y tan tuya, es como si te tuviera delante, como si oyera tu voz. Me encanta cuando ladeas la cabeza y me miras con picardía. Adoro tu risa. Tus andares ligeros. Tus piececillos y mucho más sobre lo que no escribiré pero que llena mis sueños.

Miles de besos de tu

PAUL


*Augsburgo,
10 de marzo de 1916*

Mi amor:

Para ser un soldado cumplidor con nuestro emperador, escribes de forma bastante atrevida. ¿Qué pintan mis piececillos y mis miradas pícaras, como las llamas tú, en un correo militar del regimiento del emperador? Espero que nadie abra estas cartas y lea todas estas tonterías, me daría una vergüenza horrible. Deberías comunicarnos si la multitud de paquetes que te hemos enviado han llegado o se han perdido por el camino. Las pilas, el capote para la lluvia, la ropa interior, la espuma de afeitar, los imperdibles, los calcetines y los dibujos que te he preparado. También los botes con galletas y mermelada. Dinos si lo recibes todo, amor, queremos contribuir a que no te alimentes solo de vino tinto y champán.

Aquí todo sigue su curso, nuestros dos gritones comen con avidez y crecen tan rápido que se ve a simple vista. Han ocupado tu lugar en nuestra cama, los retiraré cuando vuelvas con nosotros, mi amor. No he sabido encontrar otro antídoto contra la soledad, esa sensación imprecisa al amanecer, aún vaga y medio en sueños, que me anuncia: «Te vas a despertar sola. Él está lejos, infinitamente lejos, en territorio enemigo, y solo Dios sabe cuándo volverá contigo».

Te pido con cariño que tengas mucho cuidado y precaución con tu vida, que no busques el peligro y seas siempre sensato. Es muy triste que esta guerra cause tanta desgracia y destrucción en las personas, ya sean franceses, serbios, rusos o alemanes. Protégete de los francotiradores y, por favor, no bebas demasiado vino tinto. Es importante que mantengas la cabeza clara, mi amor, porque me gustaría tenerte conmigo sano y salvo.

Te quiero, y pienso en ti día y noche. Sé que te vas a reír, pero estoy segura de que mis pensamientos tienen la fuerza de llegar hasta ti y protegerte de todos los males.

Cuando cierro los ojos, oigo tu voz y noto tus labios, que me rozan mil veces. Mi corazón rebosa ternura solo para ti, que guardo hasta que nos volvamos a ver.

Muchos abrazos de tu

MARIE

# 5

Alicia Melzer removió por tercera vez su café matutino, luego se llevó la taza a los labios y bebió el primer trago. Había que acostumbrarse a ese sucedáneo de café, era una cuestión de disciplina; además, ese brebaje era sano. Sobre todo para Johann, que tenía la presión sanguínea muy alta y, como había dicho el doctor Greiner con claridad hacía poco, en realidad no debería beber ningún tipo de café. Miró el reloj de péndulo de ágata del alféizar y suspiró compungida. Ya eran las siete y media. Antes «sus dos hombres», Johann y Paul, a las siete y pico estaban a su lado en la mesa, desayunando panecillos con mantequilla y mermelada mientras conversaban apasionadamente sobre máquinas, pedidos, entregas o el personal. Sin embargo, desde que su hijo único, su Paul, había sido llamado a defender al emperador y el país, casi siempre estaba sola hasta poco antes de las ocho, con la mesa del desayuno dispuesta. Johann, que antes no conocía nada más que su fábrica, que permanecía en su despacho hasta última hora de la tarde haciendo números, se había vuelto descuidado. A veces iba a la fábrica de paños Melzer hacia las nueve, otras incluso a las diez. Era imposible sonsacarle cómo iban las cosas, o si aún se trabajaba, pero como el taller estaba completamente a oscuras por la noche, Alicia se temía lo peor.

Else entró en el comedor con un montón de cartas en una bandeja de plata.

—El correo, señora.

—Gracias, Else. ¿Mi nuera se ha levantado ya?

Else contestó que no con cara de preocupación. La joven señora Melzer seguía durmiendo. El señor, en cambio, ya había pedido ropa interior limpia y una camisa almidonada. Auguste había ido a llevárselo. La había reprendido por haberle escogido los calcetines equivocados, pero a fin de cuentas Auguste no era doncella sino camarera de habitaciones, no podían exigirle que hiciera el trabajo de Humbert. Además, tampoco tenía experiencia con el sexo masculino, y por tanto no era la más adecuada para vestir a un hombre adulto.

Alicia dio a entender a Else con un gesto de la cabeza que ya había oído sus quejas y se dedicó al correo. Rebuscó a toda prisa en el montón, sacó dos cartas del correo militar y comprobó decepcionada que no llevaban la letra de Paul. Una iba dirigida a la señorita Katharina Melzer. Era raro. Hacía más de un año que Kitty estaba casada con Alfons Bräuer y vivía en una pequeña villa propiedad de los Bräuer. Alicia no conocía ni la letra ni el nombre del remitente y dejó la carta a un lado. Cualquier día de estos Kitty pasaría por la villa y le daría su correo. La segunda carta del correo militar era de Gustav Bliefert para su mujer, Auguste. Qué bien que por fin le escribiera, la pobre Auguste ya estaba preocupada. Sin embargo, Gustav no había nacido con el lápiz en la mano, escribir una carta le costaba sudor y lágrimas. La dejó en la bandeja con una sonrisa y se dedicó al resto de la correspondencia.

Cuando oyó los pasos de su marido en el pasillo, se quedó escuchando, pensativa. Caminaba despacio, un poco irregular; desde el derrame cerebral, de vez en cuando la pierna izquierda se le quedaba entumecida. A veces se paraba, resoplaba, se aclaraba la garganta y luego reanudaba el paso.

—Buenos días, Johann.

—Buenos días.

Johann rozó al pasar el hombro de su esposa, lo acarició más que posar la mano, luego se sentó y cogió el periódico. Alicia le sirvió café y añadió un poco de leche y azúcar.

—¿Cómo has pasado la noche? ¿Has podido dormir?

—Bastante —contestó detrás del periódico—. ¿Ha llegado carta de Paul?

—Hoy por desgracia no. Pero los Manzinger nos han invitado. Y la señora Von Sontheim dará una conferencia en una sociedad benéfica.

Johann Melzer soltó un bufido de desprecio y preguntó por Marie, quería saber por qué ya no desayunaba con ellos por la mañana.

—Ya sabes que durante la noche se levanta varias veces para amamantar a los niños. Tenemos que contratar a una niñera, sin falta.

Johann Melzer dejó el periódico a un lado y cogió su taza. El sabor a moho del sucedáneo de café no lo ayudó a aplacar la rabia; al contrario. No hacía falta ninguna niñera, dijo indignado, sino un ama de cría que también hiciera el trabajo de niñera. ¿Cómo pensaba Marie alimentar sola a dos bebés? Esa chica ya era una sombra de sí misma, estaba pálida y tenía la cara chupada.

—¿Por qué no te ocupas tú? Es tu tarea como suegra.

Alicia mantuvo la compostura, pese a que a su juicio no merecía sus reproches.

—Lo he intentado, Johann, pero Marie ha rechazado todas mis propuestas.

—Porque es una cabezota —criticó él—. Bueno, quiero hablar con ella. Yo no soy como Paul, a mí no se me gana tan fácilmente.

Alicia se imaginó con horror la inminente disputa familiar. Hasta entonces, Paul siempre había protegido a su joven esposa cuando a Johann le disgustaba la conducta de Marie. Ahora ella, Alicia, tendría que ejercer ese papel. Pensó en la mejor manera de distraer a su marido de sus ganas de pelea. Posó la mirada en las cartas abiertas.

—La señora Von Sontheim da su conferencia el domingo que viene. Estaría bien que me acompañaras…

Hizo la propuesta con naturalidad, un pequeño comentario mientras untaba una rebanada de pan de centeno con mantequilla y mermelada de fresa.

Johann Melzer volvía a tener delante de las narices el periódico, donde se hablaba de las victorias y las ocupaciones del ejército alemán en tono exultante. En Verdún, Francia, los ánimos y la capacidad de combate de los regimientos alemanes estaban triunfando, habían tendido una emboscada a los franceses para que se «desangrara» hasta el último hombre de su ejército. «Desangrarse», vaya palabra. ¿Eso era la auténtica guerra? ¿La aniquilación del enemigo hasta el último hombre? ¿Acaso habían sido todos unos ingenuos al creer que los soldados alemanes solo tenían que tomar París para vencer a Francia? ¿Qué pasaba con Paul, que llevaba unas dos semanas en aquel país?

—La señora Von Sontheim es una mujer muy valiente —continuó Alicia—. El coronel ha caído, además de uno de sus hijos, y aun así ha montado en su villa un hospi…

—No me vengas otra vez con esas, Alicia —repuso Johann Melzer, malhumorado. Estrujó el periódico y lo tiró al suelo, contra sus costumbres—. ¡En mi casa, la que yo he construido, no habrá ningún hospital!

Dio un puñetazo tan fuerte en la mesa que la vajilla tintineó. Alicia dejó de untar el pan.

—Por favor, Johann —dijo a media voz—. No te exaltes, no vale la pena. Nadie va a montar un hospital militar en la villa a tus espaldas. Aunque…

Lo miró muy preocupada, pues seguro que el enfado le

había subido la presión. Por otro lado, ya había empezado la frase, era absurdo no terminarla.

—... aunque a menudo pienso en lo que nos alegraría a todos si nuestro Paul encontrara a gente que lo ayudara en el extranjero, lo acogiera y lo cuidara.

—¿Qué tiene que ver eso? —gruñó Melzer—. Paul no es tonto. Saldrá adelante y volverá sano y salvo.

—Dios lo protegerá, Johann.

Le dejó el pan con mermelada en el plato y sirvió otro café. Se hizo el silencio en el comedor. Johann Melzer recogió el periódico del suelo, le devolvió la forma y se sumió en un artículo sobre los nuevos empréstitos de guerra.

«Tiene miedo», pensó Alicia, acongojada. «Le da miedo mirar a la verdad a la cara. No quiere ver a los heridos, a los pobres soldados a los que han amputado brazos o pies.»

Se sintió aliviada cuando se abrió la puerta y apareció Marie para desayunar.

—¡Buenos días a todos! Mamá, ¿estabas pensativa? Papá, ¿estás detrás de ese periódico arrugado?

Marie iba en camisón, llevaba el cabello recogido en una trenza descuidada y las zapatillas de color azul claro que le había regalado Kitty. A Alicia le pareció que su alegría era un poco forzada. Había adelgazado, y sus preciosos ojos oscuros estaban tan apagados como cuando era la ayudante de cocina Marie Hofgartner. Cuánto había cambiado esa chica la vida en la villa de las telas. Había conjurado las sombras del pasado, había exigido corregir las injusticias cometidas contra sus padres. Sin embargo, al mismo tiempo, con su integridad y ánimo se había ganado todos los corazones, sobre todo el de su hijo Paul. Así, un maravilloso gran amor pagó la vieja deuda.

—¡Ah! —exclamó Johann Melzer con ironía al tiempo que doblaba el periódico—. ¡Por fin! Pensaba que te habías ido a la guerra en secreto.

Marie se rio y se sentó en su sitio, sacó la servilleta del anillo de plata y acercó la taza a Alicia para que le sirviera café. Con una mirada rápida al correo supo que no había nada para ella. Alicia ya le habría separado la carta de Paul.

—¿A la guerra? Dios mío, sería lo último que se me ocurriría. Bastante tengo aquí, en el frente de los niños. Gracias, mamá. Leche, por favor. Sin azúcar.

Johann Melzer seguía sus actos con las cejas levantadas, y luego comentó que había llegado a esa conclusión porque apenas se le veía el pelo. ¿Es que no recordaba que había entrado en una familia al casarse?

—¡Johann! Te lo ruego… —le advirtió Alicia—. Marie ya tiene suficiente con sus dos niños.

Marie mantuvo la calma. Bebió un trago largo y luego se sirvió pan, mantequilla y tiras de jamón ahumado de Pomerania, que olían de maravilla y que la cocinera había cortado muy finas para que cundiera lo máximo posible.

—Déjalo, mamá. Papá tiene toda la razón. Es imperdonable cómo os he desatendido, y lo siento mucho.

—¡Escucha, escucha! —dijo Johann.

—Pero dentro de unas semanas todo será distinto —añadió Marie—. Auguste me ha dicho que con dos meses sus hijos ya dormían toda la noche.

Johann no se dejó impresionar. Mantener esa vida durante seis semanas más provocaría su muerte prematura. ¿Es que no se había visto en el espejo?

—¡Johann, ahora te has pasado! Marie, no le hagas caso, hoy está de mal humor.

—¡No te metas, Alicia! —la reprendió él con dureza—. ¡Estoy manteniendo una conversación con mi nuera y no quiero comentarios por tu parte!

A Alicia le costó contenerse. Nunca en su dilatado matrimonio la había acallado Johann de esa manera. No solo la hería, era un profundo desprecio hacia su persona. Hacía tiempo que notaba lo mucho que se había alejado de ella. Ya no la quería, se había resignado, pero que ni siquiera la respetara era insoportable.

—En ese caso, será mejor que me vaya.

Le temblaba la mano cuando dejó la servilleta encima de la mesa. Se levantó despacio, retiró la silla y salió. Johann Melzer hizo un gesto inútil con el brazo, como si quisiera retenerla, pero quedó en nada.

—¡Mamá! —la llamó Marie—. Mamá, espera. No te lo tomes en serio, papá no quería decir eso. Todos estamos nerviosos y sensibles, es culpa de la guerra.

Se levantó de un salto para ir detrás de Alicia, pero la enérgica voz de Johann Melzer se lo impidió.

—Tengo que hablar contigo, Marie. Siéntate y escúchame.

Marie dudó un momento, luego decidió quedarse, en parte porque Johann Melzer estaba muy colorado y temía que le diera un ataque.

—Es una lástima que esta conversación haya empezado con una discusión, padre —comentó ella mientras volvía a ocupar su sitio—. Pero habla, te escucho.

Paciente, lo dejó hablar, aunque ya sabía lo que quería decirle. Un ama de cría. Necesitaba ayuda. Sus hijos no se saciarían. Ella misma estaba hecha un espantajo.

Cuando terminó, agotado, quiso beber un trago de café, pero la taza estaba vacía. Marie cogió la cafetera para servirle, y a cambio solo recibió una mirada hostil.

—¡Espero que te decidas de una vez a contratar un ama de cría!

Marie sonrió con indulgencia y le dijo que se lo pensaría. Sin embargo, no llegó muy lejos con esa táctica de posponer la decisión.

—Has tenido tiempo suficiente para pensarlo, Marie.

En ese momento se oyeron los familiares llantos y berridos en la habitación de los niños. El oído entrenado de Marie reconoció enseguida las dos voces, el pequeño Leo se había despertado y había sacado de sus sueños a su hermana.

—Lo siento, padre —dijo ella, y se levantó para ir arriba—. Ya lo estás oyendo: tus nietos me necesitan.

—¡De eso nada! Primero quiero una respuesta. ¡Acabemos lo que hemos empezado!

Marie vio que le había subido la presión sanguínea: además de la cara, ahora tenía rojos el cuello y las orejas. Por otra parte, no siempre se iba a hacer la voluntad de ese hombre testarudo solo porque su salud corriera peligro.

—Bueno… —dijo Marie, y se volvió hacia él—. No quiero un ama de cría. Voy a amamantar yo a mis hijos. ¡Punto!

Johann Melzer se quedó inmóvil mirando la puerta que su nuera acababa de cerrar al salir. ¿Cómo era eso? ¿Punto? Se negaba. Le estaba haciendo frente.

—Hija de Hofgartner tenía que ser. Obcecada y terca como su madre. Hasta abandonarse a sí misma…

La ira se apoderó de él. No iba a permitir que acabara consigo misma y sus nietos. Se levantó y se dirigió a la puerta, pero de camino tuvo que agarrarse a la cómoda, pues notó que no tenía sensibilidad en la pierna izquierda.

—¡Mañana contrataremos a un ama de cría! —rugió hacia el pasillo—. ¡Le guste o no a la señora Marie Melzer!

Else, que iba al comedor con la bandeja vacía, se quedó quieta del susto y con cara de preocupación, como si el enfado fuera con ella.

—Disculpe, señor director —susurró—. Tiene visita.

—¿Visita? —masculló él—. Sea quien sea, estoy en la fábrica. Mi abrigo. El sombrero. Las polainas.

—De acuerdo, señor Melzer. Su hija Katharina está en el vestíbulo.

Iba a pasar junto a la criada, pero se detuvo y suspiró.

¡Kitty! ¿Pasaba un solo día sin que apareciera en la villa? Era evidente que no se sentía cómoda en la villa de los Bräuer, sobre todo ahora que Alfons estaba en el campo de batalla. Pensó que su visita tal vez podía serle útil.

—¿Papaíto? ¿Dónde estáis todos? ¿Dónde está mamá?

Llevaba una chaqueta ancha de color azul claro sobre una falda fina que le llegaba hasta los tobillos. Quien no supiera que se hallaba en estado de buena esperanza, no lo percibiría.

—Ah, la señora del banquero Bräuer —bromeó él, consciente de que no soportaba ese título.

—¡Ay, papá! Tienes que hacerme enfadar en cuanto pongo un pie en casa. No soy la señora del banquero, no sé nada de dinero ni de tipos de cambio. Eso es terreno de Alfons. Ay, el pobre en su última carta sonaba muy preocupado. Creo que lo está pasando fatal. ¿Aún queda algo de desayuno, papaíto? Mi bebé y yo tenemos un hambre canina. Y encima acabamos de estar con el doctor Greiner.

Se le lanzó al cuello y lo besó en las dos mejillas, pensó que estaba alterado y tenía que calmarse sin falta. Pero ¿dónde estaba mamá? ¿Arriba en su habitación?

—No estará enferma, ¿no?

—Claro que no. Un poco indispuesta, nada más. Vamos al comedor, Kitty. Creo que aún queda jamón y mantequilla, y tal vez café. Me gustaría hablar contigo de unas cuantas cosas sobre Marie.

Kitty se dejó llevar hasta el comedor y le contó emocionada que el doctor Greiner había oído el latido de su hijo.

—Me ha puesto un gran estetoscopio en la barriga y ha escuchado su corazoncito. Es maravilloso tener esa vida creciendo en mi cuerpo. El niño se parece mucho a ti, papaíto, lo noto —bromeó, y cubrió una rebanada de pan con tres lonchas de jamón—. Imagínatelo: todas las mañanas, a las siete en punto, este pesado empieza a dar vueltas en la barriga. Creo que es seguidor del «padre de la gimnasia» y hace sus ejercicios matutinos. —Dio un bocado y siguió hablando—: ¿Ha escrito Paul? ¿No? Yo no he recibido correo de él. ¿Te ha dicho mamá que el vestido verde no me entra? Una catástrofe. Pronto tendré que envolverme en una sábana porque todo me quedará pequeño. Voy a saquear el armario de Marie.

Melzer escuchó la verborrea de su hija, estaba acostumbrado, además le gustaba su vivacidad; también sabía que era inútil contestar a sus preguntas, saltaban de un tema a otro con demasiada rapidez. Sin embargo, cuando mencionó a Marie no lo dejó escapar.

—Exacto, Marie. Estoy muy preocupado por ella, Kitty. ¿Te has fijado en lo pálida y flaca que está?

Kitty lo miró intrigada, pero no contestó porque estaba concentrada en el pan con jamón y pepinillos. Se limitó a asentir, tragó y siguió comiendo. Mientras él daba rienda suelta a su enfado por la testarudez de Marie y le recordaba que su madre, Alicia, había hecho que sus tres hijos se alimentaran con un ama de cría y además tenía una niñera, Kitty se sirvió con abundancia, bebió una taza de leche, se puso mermelada de fresa y untó un dedo de mantequilla en un pedacito de pan de centeno. Al final se limpió la boca y las manos con la servilleta, soltó un suspiro y se reclinó en la silla.

—Sabes, papaíto —dijo con una mirada pícara—. Será mejor que esas cosas se las dejes a Marie. Yo no quiero dar el pecho ni cambiar pañales, pero Marie es distinta en eso. ¿Esta carta es para mí? Sí. ¿De quién es? «Simon Treiber.» ¿Un conocido de Alfons?

Limpió el cuchillo en la servilleta y abrió el sobre. Recorrió con el ceño fruncido las líneas escritas muy juntas y volvió a meter la hoja en el sobre con impaciencia.

—¿Sabes, papaíto? Quería preguntarte algo. Entre nosotros. Y, por favor, bajo ningún concepto le digas a Elisabeth que te he hablado de esto. ¿Me lo prometes? Tienes que prometérmelo o no te diré nada.

—Esperaba que tuvieras unas palabras sensatas con Marie —insistió en su estrategia. Sin embargo, fue en vano. Kitty no era buena aliada, debería habérselo imaginado.

—Se trata de lo siguiente, papaíto —empezó ella a media voz, y miró hacia la puerta porque le había parecido oír un ruido—. Ayer por la tarde Elisabeth vino a casa. Estuvimos tomando café y charlando un poco. Sobre todo de esa actriz y bailarina de la que todo Augsburgo habla. Ha elaborado un programa patriótico y lleva un traje increíblemente provocativo... Bueno. Eso, que estuvimos hablando de todo un poco y, cuando Elisabeth estaba lista para volver a casa, me preguntó... No, no me lo puedo creer. Me preguntó...

Contra su costumbre, Johann Melzer escuchó a su hija con mucha atención. Hizo un gesto con la cabeza para animarla a continuar.

—Te preguntó si podías prestarle dinero, ¿verdad?

Kitty lo miró con impotencia con sus ojos azules. Sí, así fue. Por supuesto, le dio algo, no mucho, doscientos marcos que encontró en su cofrecillo. Pero fue bochornoso. Y Elisabeth le hizo jurar que no le diría nada a nadie.

—Pero, al fin y al cabo, tú eres mi papaíto, y contigo no tengo secretos. Sobre todo si se trata de algo tan tonto como el dinero.

—¿No le preguntaste para qué necesitaba el dinero?

Elisabeth le explicó que los ingresos de su marido habían disminuido con la guerra y, como en sus fincas faltaban empleados masculinos, habían cosechado poco y no sacaron excedente.

—Me dijo que me lo devolvería cuando terminara la guerra. ¿Sabes, papaíto? No me preocupa en absoluto el dinero, solo me inquieta que mis suegros se enteren de algo. —El viejo director Bräuer era un «terrible ahorrador», ni siquiera se permitía un traje nuevo, y pensaba que su hijo gastaba demasiado en la casa. Por no hablar de los peculiares antojos de la joven esposa, como el mobiliario extravagante, los vestidos caros, los zapatos, los bolsos, los sombreros, los guantes y el maquillaje.

Johann Melzer respiró hondo para afrontar la inminente angustia. Así que sus sospechas eran ciertas: los Von Hagemann estaban arruinados. Por eso el exteniente, y actual mayor Klaus von Hagemann, al final había pedido la mano de su hija Elisabeth. La reputación de la rica familia Melzer era conocida, y ahora que además estaba emparentada con el banco Bräuer había aprovechado para tener crédito durante un tiempo más. Entretanto, la guerra había acabado con todas las reservas de los acreedores. Ya podía el mayor Von Hagemann alardear de que era oficial del ejército imperial y coleccionar condecoraciones. Los bienes que antes poseía la familia en las proximidades de Brandeburgo hacía tiempo que se habían vendido. Elisabeth también le había pedido dinero a Alicia en dos ocasiones, y su esposa había sido lo bastante débil para dárselo.

—A partir de ahora ya no deberías prestarle más dinero —dijo.

—Yo también lo pensé, papá. Pero ¿qué voy a hacer si Lisa me lo pide? Es mi hermana, y… me da mucha pena.

«Ver para creer», pensó casi divertido. En otra época sus hijas se atacaban como fieras, se arañaban, se mordían, se tiraban de los pelos. Pero en los dos últimos años habían pasado muchas cosas.

—Si Lisa tiene problemas de dinero, debe exponérnoslo a nosotros, a su familia, y juntos decidiremos qué hacer —dijo con resolución—. Es nuestra hija, igual que tú y que Paul. Estamos de su lado.

Kitty asintió con energía, parecía aliviada. Era justo lo que esperaba de su papaíto. Palabras claras. Asumía la responsabilidad, Lisa solo tenía que confiar en él.

—¿Sabes qué, papaíto? —dijo ladeando la cabeza, zalamera—. Hablaré con Marie. De mujer a mujer, ¿me entiendes? No es asunto mío cómo organice...

Él sonrió, contento. Así era su Kitty, una muchacha endiablada. Le tomaba el pelo, cuando sabía perfectamente lo que él esperaba de ella.

—De hecho, ¿qué pensará la gente de que la esposa de Paul Melzer dé el pecho a sus hijos como si fuera una campesina? Podemos permitirnos contratar a un ama de cría y una niñera, ¿verdad, papaíto?

—Por supuesto —dijo él aun sin estar del todo convencido.

Las perspectivas no eran buenas para la fábrica de paños Melzer. Si no hubiera invertido una cantidad de su fortuna privada, la actividad habría cesado. No había materia prima, no había producción. La rabia se fue apoderando de él al pensar que las fábricas de acero y de maquinaria estaban haciendo su agosto al cambiarse a la producción de cañones y munición. Él había conseguido un pedido que por lo menos aseguraba el puesto de sus trabajadoras unas semanas. Tenían que limpiar granadas para poder reutilizarlas. Era un trabajo miserable y sucio, pero mejor eso que no tener sueldo.

—Voy al taller —dijo él, y se levantó con dificultad—. De lo contrario, Lüders pensará que puede relajarse.


Kitty se levantó de un salto y sujetó a su padre hasta que la pierna izquierda volvió en sí.

—Puedes usar mi coche. Mi suegro ha recuperado a Ludwig. Se había jubilado, pero es un chófer excelente. Se alegra de cada metro que recorre con el coche nuevo.

Su padre lo rechazó con un gesto. La gasolina escaseaba demasiado para malgastarla, rugió. Pronto no habría gasolina para uso privado. Le sentaría bien un pequeño paseo.

Kitty volvió al comedor negando con la cabeza, se comió rápidamente la última loncha de jamón y, cuando se disponía a subir a ver a Marie, un sobre caído en la alfombra le llamó la atención. Madre mía, era la extraña carta de ese... ¿cómo se llamaba? Simon Treiber. Se agachó y, mientras recogía el sobre de debajo de la silla, notó emocionada que el niño se movía en la barriga.

—No te exaltes —susurró, y se acarició la curvatura que tan bien ocultaba la chaqueta—. Todo va bien, mi niño. Mamá hace gimnasia de vez en cuando.

Se incorporó, dolorida, y volvió a sentarse para leer la carta hasta el final. Qué letra tan enrevesada. ¿Eso lo había escrito un hombre? Parecía más bien la letra de una niña, con tantos garabatos y circulitos haciendo de puntos sobre las íes.

Estimada señorita Katharina:

Le escribo por encargo de un joven que se encuentra en el hospital militar y me ha pedido de corazón que le haga llegar este mensaje. No quiero engañarla, no está bien, ese también es el motivo por el que accedí a su petición, pues no suelo escribir cartas a los familiares de los heridos a mi cargo...

¡Paul! ¡Su hermano Paul! Estaba en un hospital en... Buscó el sobre que había dejado con descuido sobre la mesa. ¿Qué decía? «Amberes.» ¿Por qué Amberes? ¿No estaba en Francia? Notó un fuerte latido en las sienes, su propio corazón le sacudía todo el cuerpo. ¡Ay, ese estúpido embarazo! Antes no sabía lo que era eso. ¿Qué decía ese hombre? «No está bien.» ¡Dios mío!

Sin embargo, tal vez no se tratara de Paul sino de Alfons. Ese hombre tierno y bondadoso con el que se había casado unos meses antes, el padre del hijo que llevaba en el vientre y al que cada vez le tenía más confianza. De todos modos, si le dieran a elegir, preferiría que fuese Alfons el que estaba en el hospital y no su querido Paul. No, Paul no. Por favor, Paul no.

Necesitó un rato hasta que pudo volver a respirar con calma. El niño había notado sus nervios y no paraba de moverse.

Por deseo expreso de mi paciente no revelaré su nombre, pero deduzco que al leer las siguientes líneas reconocerá quién le envía el mensaje. Estas son sus palabras:

«Mi querida Kitty. No paro de pensar en ti día y noche, y no hay nada que desee más que lograr tu perdón. Te saqué del círculo de tu familia sin poder ofrecerte un hogar, una vida adecuada. Dudé de si llevarte al altar, me sometí a la voluntad de mis padres, sacrifiqué tu felicidad y la mía. Un sacrificio que ha resultado ser inútil. Si la voluntad de Dios es que abandone este mundo, no me irá mejor que a mis compañeros, y no tengo derecho a oponerme...».

Kitty dejó caer la carta, le temblaba tanto la mano que no podía leer las palabras. No, no se trataba de Paul. Gracias a Dios. Tampoco de Alfons. Era otro. Creía que hacía tiempo que había olvidado a Gérard Duchamps. La precipitada huida, su emocionante vida en París, donde cambiaban constantemente de alojamiento para pasar desapercibidos. Las maravillosas noches de amor, todas esas locuras, los sentimientos exaltados, tanta pasión, ese ardor... Iba a morir. Su amado estaba en Amberes, en un hospital militar, gravemente herido, a punto de morir. Lo peor era que estaba pensando en ella. Gérard había conservado su amor en el corazón.

Una lágrima cayó sobre la carta y, acto seguido, la segunda. La palabra «altar» empezó a hincharse, los bordes de las letras se difuminaron y, cuando movió el papel, las lágrimas dibujaron un camino irregular de color azul claro entre las líneas. ¿Por qué le hacía eso? ¿Por qué la ponía en esa situación? ¿Qué esperaba?

Parpadeó, se limpió con el dorso de la mano las mejillas y

hurgó en su bolso en busca del pañuelo. ¿Por qué no llevaba pañuelo, otra vez?

> Estimada señorita Melzer. Sin conocerla, me atrevo a transmitirle la petición urgente de mi paciente. Espera unas cuantas líneas, la certeza de que lo ha perdonado le procuraría un gran alivio. Por supuesto, depende únicamente de usted si desea concederle este deseo o callar. Sin embargo, cuando una trata a diario con el sufrimiento y la muerte de tantos hombres jóvenes, entiende que el orgullo y las convenciones dejan de tener lugar en estos momentos.
>
> Esperando que perdone mi sinceridad, la saluda,

SIMONE TREIBER
Enfermera voluntaria en el hospital de Amberes

Kitty tuvo que mirar dos veces hasta comprenderlo. No era «Simon», sino «Simone» Treiber. La carta la había escrito una enfermera.

«Unas cuantas líneas», pensó ella, y notó que el niño pataleaba en la barriga, como si protestara ante sus intenciones. Se reclinó en la silla jadeando y se quedó mirando el techo, las redondas rosetas de estuco con, en medio, la lámpara de bronce de seis brazos. ¿Quién podía tomarse a mal que escribiera unas palabras a Gérard? ¿Acaso no tenía razón Simone Treiber? ¿No era ridículo temer a saber qué convenciones ante la amenaza de la muerte? Pero… ¿no era una injusticia para Alfons? A fin de cuentas, Gérard había sido su amante. Se la llevó a París, donde vivieron amancebados. Se habría casado con él sin preguntárselo a sus padres, pero Gérard se acobardó, no le pidió su mano, así que ella lo abandonó. Qué amor tan salvaje, loco y apasionado. Mejor no recordarlo. No, quería a Alfons, era su sostén y su tierno amante, era listo y dulce, y sería un buen padre.

Dio un respingo cuando entró Else con la bandeja para recoger los platos del desayuno.

—¿Se encuentra bien, señora Bräuer?

Kitty forzó una sonrisa y dijo que una carta de una buena amiga la había hecho llorar de emoción. Dobló la hoja y la guardó con el sobre en su bolso.

—Su madre le pide que suba un rato con ella. Tiene una leve migraña, pero le alegraría mucho su visita.

En esa horrible situación, la compañía de mamá era lo último que necesitaba. Solo había una persona que podía ayudarla y en la que confiaba a ciegas.

—Gracias, Else.

Salió corriendo del comedor, subió hasta la segunda planta y llamó a la puerta de la habitación de Marie, pero fue Auguste quien abrió.

—Quiero hablar ahora mismo con mi cuñada.

Oyó llantos y la voz nerviosa de Marie diciendo que no dejara pasar a nadie, que no tenía tiempo.

—Dentro de una hora, señora —dijo Auguste, compasiva, y volvió a cerrar la puerta.

Para Kitty fue como una bofetada. ¿Una hora? ¿En qué estaba pensando Marie? La necesitaba en ese momento, ahí. ¡No tenía derecho a cuidar de sus niños sola!

# 6

—Eh, *messieurs les soldats...*, el café está listo..., *levez-vous...* ¡Levántense!

Una luz oscilante acarició el lecho de heno, rozó un momento a los hombres que dormían en el suelo y asustó a una serie de ratones grises, que se dispersaron como pequeños torpedos en busca de refugio.

—Ya vamos —masculló Hans Woltinger—. *On arrive...*

Humbert estaba hecho un ovillo, con los brazos cruzados y las piernas encogidas. No se movió. Como cada maldita mañana, esperaba que se olvidaran de él. ¿Por qué no podía convertirse en un haz de heno? Transformarse en ese rastrillo de madera que cuelga de la pared tan tranquilo, ajeno a los acontecimientos de la guerra.

—Malditas pulgas —dijo Julius Kerner con voz ronca, y se oyó cómo se rascaba—. Siempre vienen a mí. Tengo la sangre dulce, me van a comer.

En el rincón donde el cuarto hombre, el pequeño Jakob Timmermann, se había preparado su catre, se oyeron leves gemidos. El día anterior, uno de los caballos le había dado una buena coz mientras le rascaba el cuarto trasero izquierdo. Timmermann dio un salto atrás en el acto, pero el jaco dolorido le atizó en la espinilla. Humbert se llevó un susto de muerte y dejó caer el cubo de agua, por lo que a continuación el suboficial Krüger lo estuvo «puliendo» durante media hora.

—¿Cómo estás, Timmermann? —preguntó Hans Woltinger.

Largo y nervudo, Woltinger era un poco mayor que los otros tres y en la vida civil era maestro en una escuela de pueblo. Tal vez por eso pensaba que debía instruir a los demás. Humbert no lo soportaba, pero aún odiaba más a Julius Kerner por lo asqueroso que era. Cuando masticaba no cerraba la boca, se le formaban burbujas de saliva entre los labios y se veía cómo los dientes, pequeños y muy separados, trituraban los alimentos.

—Está muy hinchado —informó Timmermann—. Pero puedo caminar. Mierda, maldita sea.

Soltó un intenso gemido, seguramente se había levantado e intentaba apoyar la pierna. Woltinger encendió un fósforo, y el brillo amarillento del farol del establo creció en la oscuridad. Quedaron a la vista el heno gris con el que se habían preparado los catres y viejas vigas ennegrecidas de las que colgaban telarañas. Los tablones bajo sus pies no eran muy gruesos, y por las rendijas subía el cálido olor de la vaqueriza, que se encontraba justo debajo. No había nada más repugnante que ese hedor a estiércol que se pegaba a todo, absolutamente todo, a la ropa, el pelo, la piel. Humbert estaba convencido de que también su aliento olía a excrementos de vaca, y sentía asco de sí mismo.

—Vamos, pequeño. Levántate, no queremos discusiones por tu culpa.

Una patada de ánimos en el trasero hizo que se estremeciera. Por un breve instante contempló la luz titilante del farol que Woltinger sujetaba encima de él; luego cerró los ojos, deslumbrado.

—No te olvides la manta de montar.

No había opción de volver a sumergirse en la dulce oscuridad del sueño, el único refugio que le quedaba en ese infierno en la tierra. Tenía que levantarse. Abandonar esa postura encorvada en la que se sentía protegido, entregarse al frío húmedo y al juicio despiadado de sus supuestos «compañeros». Tenía que darse prisa o de lo contrario Woltinger bajaría con el farol y él tendría que buscar a oscuras la escalera que daba a la vaqueriza. Era fácil no ver la abertura en el suelo de tablones y caer. Humbert se levantó y se quitó la manta de montar de los hombros, la sacudió un poco y luego la enrolló. Tosió; el heno estaba polvoriento, una capa gris lo cubría todo.

Abajo, en la vaqueriza, sus compañeros ya orinaban en potentes chorros, igual que los demás varones de la familia de campesinos belgas. En principio, en invierno las mujeres también se aliviaban en algún lugar entre las vacas, pero eran discretas, nunca lo hacían cuando había algún soldado alemán cerca. En la granja nadie había oído hablar de los retretes. Humbert se apartó a un rincón, de espaldas a las vacas y los hombres, y se abrió la bragueta. Cuando se estaba aliviando, poco antes de terminar, notó una palmadita en el hombro y se manchó.

—¿Tienes la mermelada de fresa? —preguntó Julius Kerner—. ¿Y la mantequilla?

—La mantequilla se ha acabado.

—¿Ya? ¡Qué miseria! Eh, Jakob, ¿no recibiste ayer un paquete? ¿Había mantequilla?

—Mantequilla no, pero sí embutido. Y pasta de anchoa.

—Pasta de anchoa, ¡puaj!

Humbert se puso bien la ropa a toda prisa. Llevaba la mermelada en el bolsillo de la chaqueta, la señora Brunnenmayer le había enviado un bote. Ay, Fanny Brunnenmayer, si no fuera por ella, que le escribía cartas y le mandaba paquetes, se habría colgado de la primera viga que hubiera encontrado. O por lo menos lo habría intentado. No, no lo habría hecho.

En Wijnegem, dos saboteadores belgas se habían ahorcado y tenían un aspecto horrible. La cara azul y la lengua fuera.

Los cuatro soldados alemanes caminaron entre los excrementos de vaca hacia el salón de la familia campesina, donde les habían preparado el desayuno. Pasados unos días, Humbert comprendió que esa gente solo tenía una habitación, y allí comían, dormían, amaban, nacían y morían. Las gallinas correteaban entre sus pies, el viejo gato estaba tumbado en una caja junto a los fogones, y un hirsuto perro marrón dormitaba bajo la mesa, a la espera de que le cayera algo. Estaban sentados muy juntos. La familia era grande: el padre, la madre, dos hijas mayores y tres adolescentes, uno de doce años y otro de cinco, además de una rezagada, una preciosa niña rubia de dos años. Todos tenían la cara redonda y el pelo fino y claro. Eran personas buenas que se resignaban a alojarlos sin rencor y sentaban a los soldados alemanes a su mesa como si fueran sus propios hijos. Había café con leche, pan y un poco de mantequilla, y los soldados dejaban sobre la mesa lo que les enviaban de casa: mermelada, embutido y otros ingredientes. A Humbert le molestaban la suciedad y el olor de la vaqueriza, que estaba presente en toda la casa, pero las comidas eran soportables; si obviaba que nadie comía con cuchillo y tenedor, se chupaban los dedos sin inhibiciones, hacían ruido al comer, eructaban y sorbían el café con ansia. El verdadero espanto llegaba después. Poco antes de las siete —la puntualidad alemana era temida en todas partes— debía presentarse con sus compañeros en los establos. Había varios, porque habían cambiado el uso de diferentes edificios para tal fin; el establo donde servían Humbert y sus compañeros era antes el aula de la escuela. Caminaban bajo la lluvia y el viento, y quien tenía un capote, como Jakob Timmermann y Hans Woltinger, salía airoso, mientras que Humbert y Julius Kerner llegaban casi todas las mañanas empapados. Podían estar contentos de que el establo se mantuviera seco, pues alrededor la tierra estaba inundada y el agua llegaba al terraplén de la carretera.

En el establo ya esperaba el suboficial Krüger, calvo y con bigote rojizo, un pedante desagradable y engreído que tenía a Humbert en el punto de mira.

—¿El señor jefe de comedor ya se ha mojado los pies? Pues date prisa o harás veinte flexiones sobre este excremento de caballo.

Humbert nunca había tratado con caballos. Al principio esos animales grandes le daban miedo, hasta que comprendió que, pese a su fuerza, eran increíblemente obedientes. Ahora los veía como compañeros de sufrimiento, seres inocentes obligados a caminar bajo una lluvia de balas, destrozados por las granadas y que terminaban en la cuneta sin entender por qué les hacían eso. Por suerte, todos los caballos del establo se hallaban en buen estado, algunos habían sido confiscados a campesinos belgas y no servían para cabalgar, pero la mayoría podían montarse, y había que alimentarlos y darles de beber, además de moverlos.

Hasta aproximadamente las ocho estaban ocupados limpiando, alimentando y retirando estiércol. Los suboficiales no paraban de dar vueltas, siempre se encontraban en medio y siempre tenían algo que criticar. Aparte de Humbert, Jakob Timmermann, de cara enjuta, era el «preferido» de Krüger. Odiaba al joven sobre todo porque antes de la guerra era estudiante de filosofía y un día se le cayó un ejemplar del *Fausto* de Goethe. A sus ojos, Jakob era un «intelectual», un sabelotodo al que había que dejar claro que los chicos como él eran el último mono en el regimiento.

—¡Cuidado! ¿A eso lo llamas cepillar? ¡Está hecho un asco!

Palmeó al caballo en la grupa y se levantó una fina nube de polvo, por lo que el pobre Jakob se vio en un aprieto. Era inocente, Julius Kerner había cepillado el caballo el día anterior, pero este sabía engatusar a la gente; ponía cara de inocente y una sonrisa sumisa y en cualquier ocasión gritaba: «¡A sus órdenes, señor suboficial!».

Pese a la pierna dolorida, Jakob logró ejecutar unos cuantos «ejercicios», por supuesto en medio de las heces de caballo. Krüger era un perro perverso. Humbert sintió unas ridículas ganas de empujar al suboficial con la carretilla llena de excrementos. Era agradable imaginar los detalles de la escena. Ver a Krüger gritar y aterrizar en la caca de caballo. La yegua caería presa del pánico y le daría una coz. Krüger con la boca abierta llena de estiércol. ¡Maravilloso! Humbert era demasiado cobarde para hacer algo así. Las consecuencias serían la cárcel o algo peor, y para él era un precio muy alto por un poco de satisfacción.

—A ensillar —ordenó Krüger, y se puso el capote para protegerse de la lluvia.

Humbert miró por las ventanas cubiertas de porquería de la antigua escuela y vio que seguía lloviendo a cántaros. Caminaron en formación por el sendero reblandecido y luego, pasada media hora, cuando todos, incluso los que tenían capote, estaban completamente empapados, dejó de llover.

Salió el sol, los prados brillaban oscuros, la cosecha de invierno brotaba clara en los campos, en medio de bosquecillos de pinos. Bélgica era una tierra bonita, rica. Pasaron junto a antiguas casas señoriales, imponentes castillos, parques que se extendían sobre el terreno llano. A Humbert le subía el ánimo ver esas mansiones. Eran el hogar de la cultura y la belleza, la tradición y el lujo, una existencia como era debido, definida por el respeto y el trato educado, todo lo que amaba, por lo que vivía. Era edificante ver que aún existía todo eso en un mundo desquiciado.

Lo llamaron a filas justo al principio de la guerra y lo enviaron a Francia. Aún tenía metida en el cuerpo la pena que sintió al ver los pueblos destrozados. El ruido de las granadas a lo lejos: un «plop» cuando las lanzaban, el silbido que subía de tono hasta convertirse en un estruendo, y luego el segundo «plop», el impacto. Una vez cayeron en el refugio subterráneo donde se habían detenido poco antes y murieron cinco compañeros; él se salvó porque estaba en un agujero haciendo sus necesidades. Cuando enterraron a los compañeros, estuvo a punto de desmayarse. A medida que se acercaban al frente, se quedaba inconsciente cada vez con más frecuencia, hasta que llegó un momento en que se desplomaba cuando se acercaba un avión. Le daban golpes y patadas porque pensaban que fingía. No notaba nada, pero cuando volvía en sí se retorcía de dolor. Al final fue declarado no apto para el frente y lo enviaron a Bélgica para servir en tierras ocupadas.

—Pero ¡qué manera es esa de sentarse en el jamelgo! Pareces un payaso. La espalda recta, los muslos juntos. Al trote. Vamos, vamos…

De vuelta en el establo, había que secar y limpiar a los animales, alimentarlos, darles agua, lavarles las patas… Luego limpiarse como pudieran y a toda prisa los zapatos, el uniforme, poner orden, limpiar las armas y a las doce presentarse a la llamada. Dejarse gritar por una mancha en los pantalones, un botón que faltaba porque el caballo se lo había comido…

Regresaban a la granja exhaustos, con el uniforme húmedo y los calcetines mojados. El almuerzo. Aquella gente también recibía alimentos de las tropas pero, aunque eran serviciales, no sabían cocinar. Carne de cerdo en lata con col fermentada, patatas, manteca, embutido ahumado y queso, todo junto en una masa grumosa de color marrón. Cada uno se servía en el plato. Julius Kerner, el obrero de fábrica de Colonia, se servía con avidez, y el profesor Hans Woltinger también comía como una lima. Jakob Timmermann estaba sentado junto a Humbert en el banco, con pinta de Cristo doliente.

—¿Te duele?

—Bastante. Me temo que el hueso se ha llevado un buen golpe.

—Di que te envíen al médico. Tres semanas en el hospital. A tumbarte cómodamente en la cama y a soñar. O a leer.

Timmermann sonrió. No quería hacer el vago mientras sus compañeros luchaban por su país. No era de los que escurrían el bulto. Su país lo había llamado, y él había respondido.

—Mutilado no le servirás de mucho a la patria. Mejor cúrate.

Timmermann comió solo unas cucharadas y luego le pasó el plato a Kerner, que lo miró asombrado y engulló la ración adicional.

—En unos días se me pasará. Puedo caminar, así que no está roto. No quiero estar en el hospital cuando vayamos a Verdún.

A Humbert se le cayó la cuchara de la mano, un grumo de la masa marrón acabó en el banco y el perro enseguida se abalanzó sobre él.

—¿A... Verdún? —dijo a media voz.

—¿No te lo han dicho? Ayer por la noche, cuando nos tomábamos el vino francés tú ya dormías. De momento solo es un rumor, pero ese tipo de rumores casi siempre se confirman.

Humbert notó que el estómago se le encogía y quería expulsar la comida. Se levantó presuroso, pasó por encima del perro, abrió la puerta y corrió bajo la lluvia hacia el montón de estiércol. El perro engulló con avidez lo que vomitó.

Se quedó un buen rato bajo el tejado saliente de ripias de la granja, tiritando de frío y con la pena en los ojos. Habían visto un traslado de heridos al hospital de Amberes; Humbert los había observado un instante a través de una ventana. Estaban todos más muertos que vivos, con la cabeza vendada o un muñón en el brazo.

En Verdún se libraría la batalla definitiva que llevaría a la victoria, eso fue lo que dijo en una ocasión el suboficial Krüger. Una vez tomada la fortaleza de Verdún, la guerra estaría decidida.

Humbert ya no creía en esa palabrería. Se había hablado en demasiadas ocasiones de la batalla definitiva, del ataque por sorpresa, de la fácil victoria contra los ingleses, de los cobardes franceses, de los rusos que no sabían luchar. Humbert había vivido la explosión de las granadas, que abrían grandes socavones en la tierra y destrozaban a personas y animales. Y eso ni siquiera era en el frente. Julius Kerner, el muy bestia, le había hablado de trincheras donde los soldados vivían con ratas y ratones entre la porquería. Desde que se percató de que Humbert entraba en pánico con esas historias, Kerner se deleitaba en ellas casi todas las noches, cuando se juntaban para beber vino y fumar. Allí tenían que comer ratas asadas porque no recibían suministros. A veces también se comían las ratas sin asar porque no tenían leña. Jakob Timmermann decía que se lo inventaba todo, que no se lo creyera, pero la mera idea de estar en un agujero estrecho entre las ratas casi le provocaba el desmayo.

Respiró hondo, inspiró el aire húmedo y miró por encima del murete hacia los campos, sumergidos en el vaho por la llovizna. Tras el almuerzo hacían una breve pausa, a la una y media se reanudaba el servicio en los establos y luego ejercicios hasta las cuatro, una tortura en la que uno notaba todos los huesos. Hacia las cuatro se entregaban las provisiones, el correo, de nuevo servicio en el establo y, por último, a los menos afortunados les tocaba guardia. Los demás tenían tiempo libre, se juntaban a beber cerveza o vino, jugaban a las cartas, escribían a casa ...

De pronto comprendió que esa vida primitiva y monótona que tanto odiaba en realidad era un privilegio. Un lugar seguro, alejado de las trincheras y el fuego de las granadas, un refugio de la muerte y la desgracia. Sin embargo, se había acabado. La guerra, la de verdad, lo alcanzaría.

Una rata de agua gris se atrevió a ir desde un hueco cercano hasta el montón de compost. Humbert vio el pelo brillante y erizado, las patitas y la larga cola desnuda. Hurgó con las patas en el estiércol, royó un trozo de carbón descompuesto y desapareció a toda velocidad cuando alguien abrió la puerta del salón.

—¿Qué? —preguntó Woltinger, que se quedó un momento al lado de Humbert observándolo con detenimiento—. ¿Una indigestión? ¿También tienes diarrea?

Humbert negó con un enérgico gesto de la cabeza.

—Si no mejora, ve al médico. No vayas a contagiarnos algo. La disentería o algo así. No es bueno para nadie.

Siguió mirando fijamente a Humbert y, al ver que no contestaba, le dio un golpe en el pecho con la mano.

—¿Me has entendido, Sedlmayer? ¿O es que también tienes fiebre?

Antes de que Humbert pudiera evitarlo, Woltinger le puso la pesada mano en la frente. Tenía los dedos largos y secos y las uñas amarillentas, probablemente un hongo obstinado.

—No tengo fiebre —dijo Humbert al tiempo que se apartaba—. No soporto ese potaje grasiento, eso es todo.

Woltinger torció el gesto, era evidente que no le gustaba que el muchacho se apartara de nuevo.

—Eres muy tiquismiquis —gruñó.

Humbert se comportaba como un niño. Sobre todo cuando se lavaban, ya que nunca se bajaba los pantalones delante de los demás.

—¡Luego procura encontrarte bien para el servicio en los establos!

Humbert no dejó entrever reacción alguna. Woltinger no tenía ninguna autoridad, era un soldado raso como él. Se quedó quieto cuando los tres compañeros pasaron por su lado, solo Jakob Timmermann le hizo un gesto amable con la cabeza, como diciendo: «No te preocupes, conmigo no pasa nada». Jakob esbozó una débil sonrisa y siguió cojeando a los otros dos hacia la vaqueriza. ¿Podían enviar a alguien con la pierna hinchada a Verdún? Seguramente no.

Humbert apoyó la espalda en la pared porque notó una súbita debilidad, le fallaron las piernas y tuvo que sentarse rápidamente. Fue casi un desmayo, pero pudo controlarlo. Permaneció quieto entre jadeos, pero al ver que tenía los fondillos del pantalón húmedos y fríos por la tierra mojada, se levantó despacio. Se abrió la puerta del salón con un chirrido, una de las niñas rubias cruzó el patio con un cubo en la mano y tiró la porquería en los montones de compost mientras lo miraba.

—*Vous êtes malade?* ¿Enfermo? —preguntó con compasión.

—Solo estoy mareado.

Dibujó con el dedo índice unas líneas onduladas en el aire, y ella asintió.

—¿Un café? Sirve contra eso…

Pintó también líneas en el aire con el dedo y al hacerlo se le balanceó el cubo vacío, donde aún quedaba un resto de líquido marrón.

—No, gracias… *Merci*… Me voy a dormir.

Juntó las palmas de las manos y se las llevó a la mejilla derecha. Ella asintió y esbozó una gran sonrisa. Tenía unos ojos azules muy grandes, las pestañas rubias eran casi invisibles.

—Que duerma bien —le deseó ella. Se dio la vuelta con un movimiento coqueto y abrió la puerta del salón.

La lluvia arreció. Las gotas caían a través del alero del techo, los charcos de delante de la casa le cubrían los zapatos. Se movió con indecisión junto a la pared de la casa, dobló la esquina, donde habían construido un cobertizo bajo, y pensó si debería entrar. En su interior vio una carretilla de madera de la época de Matusalén, cestas y sacos amontonados, rastrillos, bieldos, palas, una vieja escoba de ramas... Tal vez podría esconderse bajo los sacos, quedarse inmóvil como un trozo de madera hasta que dejaran de buscarlo. ¿Qué harían si desapareciera sin más? ¿Si se desvaneciera en el aire?

Lo encontrarían y lo castigarían. Ese tipo de acciones podían llevarlo a uno a la cárcel por desertor, incluso a la horca. Rodeó el cobertizo y observó el huerto, limitado por un murete bajo. El cebollino estiraba impertinente sus brotes verdes desde la tierra mojada, poco le importaba que pudiera regresar la helada. Al seguir caminando, tropezó con una madera escuadrada, dio un traspié y en ese momento vio, apoyada en la pared, una escalera de madera que daba a una pequeña puerta justo debajo del techo. ¿Un palomar? En realidad, el cobertizo era demasiado grande para eso. Además, ahí solo había visto gallinas, patos y mirlos, no palomas. Miró con cuidado a su alrededor; la calle del pueblo estaba desierta, solo donde las curvas llevaban a la localidad vecina se atisbaban algunos jinetes a caballo y dos carros cargados. Demasiado lejos para ser peligrosos. Subió los resbaladizos travesaños de la escalera e intentó abrir la portezuela. No le costó mucho. Se le clavó una astilla en la base de la mano, pero pudo sacársela sin dificultades. Tras la puertecilla reinaba una penumbra gris, unas alas oscuras se movieron de un lado a otro, olía a polvo, a excrementos de ratón y a algún grano, avena o centeno.

Una buhardilla. No podía ser muy alta, pero en el medio cabía un hombre agachado. El viento se colaba por las rendijas entre las paredes y el entramado del tejado; estaba bastante oscuro, pero parecía seco. ¿Qué guardaban ahí? ¿Cereal? ¿Tal vez fruta en conserva, guisantes secos, mermelada de ciruela? Decidió subir y echar un vistazo. No para robar nada, solo porque sí. Entró a gatas y cerró la portezuela enseguida para que no lo descubrieran. «¿Por qué lo hago?», pensó mientras esperaba a que se le acostumbrara la vista a la oscuridad. Había sacos con cereal sin moler, tal vez avena o cebada. En medio de la zona baja había un curioso aparato de madera en el que ondeaban algunas telas, grandes y pequeñas. Cuando se acercó, entendió que se trataba de la colada puesta a secar. Había sábanas y camisas, y ropa interior larga y blanca con encajes como la que se llevaba en el siglo anterior. Dos corsés fuertes a los que habían quitado los cordones, varias camisetas largas, una falda negra de lana rígida con el dobladillo deshilachado…

Humbert dio varias vueltas a la colada, la observó largo y tendido, notó el frío cuando el viento sopló en toda la buhardilla y levantó las puntas de la sábana.

«Como alas grandes», pensó. Alas con las que alzar el vuelo con el viento.

Agarró la falda de lana y observó la prenda; comprendió que necesitaría un cinturón. En el exterior la lluvia golpeaba contra el tejado, bajaba y caía en gruesos hilos en el patio hasta reunirse en los charcos. Humbert se quitó la chaqueta del uniforme, la camisa, los pantalones, también la ropa interior. La camisa blanca de lino estaba fría y un poco húmeda, y sintió un escalofrío cuando se cubrió el cuerpo con ella. Luego se puso la ropa interior larga y se la ató en la cintura; encima, dos enaguas largas de lino y la falda de lana negra, y se la ató con los cordones del corsé, que también se estaban secando. No encontró nada para la parte de arriba, así que se echó un pañuelo de lana grande sobre los hombros, y para la cabeza encontró una cofia granate adornada con volantes arrugados que se anudó debajo de la barbilla. Los calcetines de lana eran demasiado pequeños, además tenía que ponerse sus zapatos, no zuecos de madera como los niños del campo.

Enrolló su uniforme y lo metió debajo de los sacos de cereales. Luego bajó con cuidado la escalera; le costó no pisarse la falda y sujetarse el pañuelo mientras bajaba.

Saltó el muro del jardín y llegó a la calle del pueblo. A la derecha se entraba en la población, y desde ahí la carretera continuaba hasta Amberes. A la izquierda, un pequeño sendero se desviaba hacia los prados, seguía un torrente y desaparecía en los bosquecillos de pinos. Calculó que tardaría unas tres horas en llegar a pie hasta la mansión junto a la cual habían pasado el día anterior. Era una locura pensar que ahí lo acogerían. Era mucho más probable que lo entregaran a los ocupantes alemanes. Sin embargo, ¿qué tenía que perder?

# 7

Johann Melzer vio desde la ventana de su despacho cómo se reunían las mujeres en el patio de la fábrica. Oía los gritos desde la tercera planta, incluso con las ventanas cerradas.

—¡Queremos pan, y no promesas vacías!

—¡Se nos ha acabado la paciencia!

—¡Exigimos el sueldo completo!

Las portavoces siempre eran las mismas, hacía años que las conocía. Siempre las había tratado con indulgencia porque eran buenas trabajadoras, pero en ese momento las despediría con gusto. ¿Por qué protestaban? ¿No estaban igual que muchas otras que soportaban sus miserias en silencio? ¿De dónde iba a sacar el dinero que exigían? La fábrica estaba parada, no había producción, ni ventas, ni encargos... ni sueldos.

—¡En la villa comen asado de cerdo y tarta de nata! ¡Y mientras nuestros hijos se mueren de hambre delante de nuestras narices!

Eso era una exageración. La señora Brunnenmayer había hecho un pastel para el cumpleaños de Alicia, un pastel muy pequeño cubierto con una crema blanca. No era ni de lejos una tarta de nata, casi todo era masa con mermelada. En cuanto al asado de cerdo, solo lo había en lonchas muy finas. Dos por persona. Las albóndigas de pan que lo acompañaban sabían sospechosamente a serrín.

Hoffmann entreabrió la puerta del despacho. Él vio el brillo temeroso en sus ojos tras los cristales de las gafas y sintió ganas de sonreír. Seguramente Lüders ya había huido al despacho de Paul.

—Lo siento muchísimo, señor director… Usted siga a lo suyo… Ya sabe…

—Lo sé, señorita Hoffmann. Quédese tranquila, ya lo arreglaré.

Ella asintió aliviada y le aseguró que todo aquello le resultaba extremadamente desagradable.

—Qué desgracia que el joven señor esté en el frente —comentó—. Siempre ha tenido buena mano para solucionar los problemas con los trabajadores —Se interrumpió cuando se dio cuenta de que se estaba metiendo en un jardín. Se apresuró a añadir que la señorita Lüders y todas sus compañeras estaban a su disposición; si las necesitaba, no tenía más que decirlo.

La secretaria se fue presurosa, pues ya se oía ruido en la escalera. Melzer se sentó tras el amplio escritorio y recogió los pocos papeles esparcidos por encima: unos cuantos balances, dos pequeños encargos, facturas, varias solicitudes.

—¿Dónde están las secretarias? —gritó una potente voz de mujer—. Se han escondido, las finas damiselas, en vez de unirse a nosotras.

—No son de las nuestras. ¡Son chicas de clase alta!

Por un momento se hizo el silencio. Melzer oyó cuchicheos y pensó que, pese a su desfachatez, no se atrevían a entrar en su despacho sin más.

—Bueno, vamos.

—No muerde.

—Pasa tú delante, siempre llevas la voz cantante.

—Callaos todas. Ya voy yo.

Melzer se preparó. Ninguna concesión, de lo contrario solo conseguiría más exigencias. Y tampoco promesas. Hacía lo que podía, no era un monstruo y procuraba ayudar. No iba a dejarse insultar, ni mucho menos avasallar.

Llamaron a la puerta. Al principio con más timidez de la que esperaba, luego con más fuerza. Esperó hasta que los golpes se volvieron tan enérgicos que era imposible pasarlos por alto.

—¡La puerta está abierta, señoras!

Giraron el picaporte, y el peso de la puerta debió de parecerles inusitado, pues era doble y además incluía un relleno. Ahí estaban, en el umbral, mal vestidas, algunas con zuecos de madera, otras ni siquiera tenían abrigo con el que protegerse del frío de principios de año. Observaban con ojos temerosos, desconfiados, iracundos, muy decididos, al hombre de cabello blanco atrincherado detrás del escritorio. La primera que osó dar un paso al frente fue Magda Schreiner; flaca y nariguda, con los labios finos y la barbilla prominente, recordaba a un pájaro.

—Hemos venido porque tenemos algunas demandas.

Él esperó. Normalmente su silencio las intimidaba, empezaban a sentirse inseguras, a contradecirse unas a otras, y luego no le costaba quitárselas de encima.

—Sabe perfectamente de qué se trata —dijo la delicada Erna Bichelmayer, que se abrió paso y se situó delante de Schreiner. Bichelmayer era su mejor embaladora, siempre obtenía los mejores resultados. Su marido, Tobias Bichelmayer, había sido reclutado a principios del año anterior. Melzer sabía que la familia tenía cuatro hijos, tal vez cinco. El mayor empezó a trabajar de chico de los recados poco antes de que estallara la guerra. En aquella época en que aún había trabajo para todos.

—Me lo imagino, señoras. Sin embargo, me temo que no puedo hacer mucho por ustedes…

—Ahórrese los adornos —dijo Schreiner—. No somos señoras. Somos esposas y madres que defienden sus derechos.

—Solo exigimos lo que se nos prometió —gritó una mujer joven desde el fondo. Llevaba un pañuelo en la cabeza y le costó reconocerla. Lisbeth Gebauer, de apenas veinte años. ¿Qué se había hecho en el pelo? Su magnífico cabello castaño, ¿se lo había cortado para venderlo? La idea le causó un dolor peculiar. Más que saber que los campesinos se morían de hambre y no podían comprar carbón para la estufa.

—Prometió pagar el sueldo completo a las familias de los trabajadores que fueran enviados al campo de batalla.

En eso tenía razón, lo dijo en agosto de 1914. Entonces, cuando todos creían que la guerra solo iba a durar unos meses, muchas fábricas hacían ese tipo de promesas, y la prensa lo publicaba para documentar sus convicciones patrióticas. Algunos listos habían sido más prudentes y prometieron solo el sesenta por ciento del sueldo; otros, aún más inteligentes, se abstuvieron de hacer promesas. Por desgracia, estos últimos acabaron teniendo razón: ahora solo las acerías y otros fabricantes de productos necesarios para la guerra estaban en situación de pagar sueldos aunque no recibieran encargos. No era de extrañar, ahí los empleados enviados al campo de batalla como soldados habían sido sustituidos por prisioneros de guerra.

—¡Solo exigimos lo que se nos prometió!

—No nos queda nada para comer. No hay leche, ni pan. Las patatas que nos dan están podridas.

—Mi madre murió la semana pasada. De hambre.

Las dejó despotricar, gesticular, desahogar la rabia y procuró mantener la serenidad. ¿Por qué se indignaban tanto? ¿Acaso no estaban mejor que los que habían sido despedidos? ¿No sacaban provecho de que él hubiera conseguido unos cuantos pedidos pequeños? Seguro que limpiar cartuchos metálicos no era un trabajo agradable, pero era mejor que estar tirado en la calle pidiendo.

—¡Queremos lo que es nuestro! —chilló Schreiner—. El

dinero que les corresponde a nuestros hombres, el que nos prometieron. Todo el mundo lo vio en la prensa…

Se le petrificó el rostro. En otros tiempos a esa desvergonzada le habría caído una buena bronca y la habría echado. Sin embargo, desde el derrame cerebral ya no era el mismo. Era una lástima que Paul no estuviera allí. Su hijo tenía el don de encontrar las palabras y el tono adecuados. A Johann Melzer no se le había concedido.

—Es cierto que apareció en la prensa —dijo para poner fin al griterío—. Pero si lo leyeron bien, también tuvieron que fijarse en la palabra «temporalmente».

—Quiere excusarse —susurró Lisbeth Gebauer a Bichelmayer, que estaba a su lado.

—Los capitalistas siempre se guardan una puerta trasera.

—Dejad de decir eso, se va a poner furioso…

«Vaya», pensó Melzer. Así que Bichelmayer era socialista. Esos desgraciados sacaban provecho de la necesidad de la patria y encima seducían a sus trabajadoras.

—Aunque quisiera… —dijo elevando la voz, y se levantó para que lo oyeran mejor—. Aunque quisiera, no podría pagaros los sueldos de vuestros maridos. Porque no tengo el dinero.

—No… ¡no nos lo creemos!

Ahí sí que estuvo a punto de gritar. Se limitó a lanzar una mirada de odio a Bichelmayer por haberse atrevido a lanzar esa frase. Era una de sus trabajadoras más antiguas; espigada y huesuda, tenía más de cuarenta años. No pensaba que precisamente ella, que había sido leal a la fábrica de paños Melzer durante tanto tiempo, se volviera tan grosera.

—¿Habéis visto las naves? —masculló él—. ¿Acaso hay una sola máquina funcionando? ¡Silencio total! No hay lana, ni algodón. Y aunque tuviera la materia prima, apenas queda carbón para poner en funcionamiento las máquinas de vapor.

—¿Por qué no hace telas de papel? —intervino una de las mujeres.

Melzer obvió la pregunta y siguió explicando que se esforzaba por conservar al menos algunos puestos de trabajo. ¿Habían mirado a su alrededor? ¿Cómo estaban en Göggingen? ¿Y en los talleres de hilado y tejedurías de colores de Pfersee? ¿Y en la fábrica textil Bemberg? En todas partes estaban parados y las naves vacías. Quien quisiera ganar dinero debía buscar trabajo en las fábricas de máquinas. En Epple y Buxbaum, por ejemplo. Ahí trabajaban a destajo.

Sabía muy bien que era pura palabrería, pues las fábricas de máquinas no contrataban a trabajadoras. Ahora que se había desahogado y el latido de su corazón se calmaba poco a poco, aquellas mujeres le dieron pena. Sabía que no acudían a él por desfachatez sino por necesidad. Por necesidad y por las malditas ideas socialistas que les rondaban por la cabeza.

—Vendrán tiempos mejores —intentó calmarlas—. Cuando ganemos la guerra, los perdedores pagarán y todos veremos compensadas nuestras pérdidas.

Las mujeres callaron. Magda Schreiner tenía el labio superior levantado, se veía que le faltaba un incisivo. Erna Bichelmayer tosió y tomó aire por la nariz en un gesto ruidoso. Ninguna se atrevía a decir lo que pensaba, pero Melzer lo sabía. ¿Y si, cosa que nadie deseaba, el Imperio alemán perdía la guerra? ¿Qué ocurriría después?

—Todos estamos en manos de Dios —continuó él—. Siempre que dependa de mí, os daré trabajo y no despediré a nadie. Es lo único que puedo hacer. Lo siento.

Tenían la mirada perdida; guardaron silencio. La colérica Elan, que se había dejado llevar hasta ahí, estaba hundida. ¿Quién podía saber si el director mentía o decía la verdad? Era cierto que las máquinas estaban paradas en las naves.

Indecisas, balanceándose de un pie al otro, intercambiaron miradas, y al final la más joven, Lisbeth Gebauer, se animó a decir algo.

—¿Qué tal una gratificación? Los precios del pan han vuelto a subir.

Él arrugó la frente, incrédulo, pues sabía que se habían fijado unos precios máximos oficiales. No quería discutir. Además, se había propuesto no hacer concesiones, ni dar limosna, de lo contrario se presentarían ahí todos los días a poner la mano.

—Durante las próximas semanas no habrá reducción de jornada. Llegan mochilas y fundas de sillas que hay que limpiar y remendar.

No era una gran noticia, pero sí la perspectiva del sueldo completo. Tendrían que conformarse con eso. Salieron despacio, primero las que estaban detrás, que solo con eso ya habían demostrado tener más cautela: se alegraban de no haberse expuesto. La última en salir del despacho fue Lisbeth Gebauer, pero antes hizo un gesto con la cabeza a Melzer y murmuró:

—No se lo tome a mal. Es muy duro oír llorar a tus hijos de hambre.

Le caía bien aquella chica, y estuvo a punto de ir a buscar el monedero y ponerle unos cuantos marcos en la mano, pero no lo hizo. Por prudencia, pues entonces tendría que dar algo también a las demás. Se propuso hablar con Alicia. Podría hacer algo con la directora Wiesler y la sociedad benéfica. Por lo que él sabía, Rudolf Gebauer había caído unas semanas antes en Rusia, y Lisbeth tenía dos niños pequeños.

Cuando las visitantes desaparecieron por la escalera, las dos secretarias se atrevieron a regresar a su puesto en la antesala. Hoffmann se asomó por la rendija de la puerta y preguntó, preocupada, si todo iba bien.

—¿Quiere que le prepare un té, señor director?

—¡Un café! ¡Bien cargado!

—Por supuesto, señor director. Ahora mismo.

Después de semejante escena necesitaba un café fuerte,

con o sin bellotas, daba igual, pero bien fuerte. Alicia, que siempre se preocupaba por su salud, no se enteraría; casi nunca iba a la fábrica. En esas situaciones, solo Paul le reconvenía con un gesto, aunque no decía nada.

Se acercó a la ventana para observar lo que ocurría en el patio. Las mujeres aún no se habían dispersado, estaban cerca de la entrada, y parecían enzarzadas en alguna discusión. Pero ¿qué demonios tramaban ahora? ¿Esa que daba un discurso no era Bichelmayer? Por supuesto. Tendría que andarse con cuidado con ella, era una mala influencia para las demás. El viento agitaba con fuerza sus faldas. Algunas ni siquiera tenían abrigo, solo llevaban pañuelos de lana sobre los hombros, que con la lluvia enseguida se mojaron. Cabía suponer que la mayoría calzaba zapatos con la suela de madera, a juzgar por el jaleo que armaron al bajar la escalera.

Interrumpió sus pensamientos de repente, retiró la cortina y aguzó la vista. Pero esa era… ¡No podía ser, debía de estar engañándose! Sin embargo, esa mujer joven con el elegante abrigo gris claro guardaba un parecido extraordinario con su nuera. Costaba verle el rostro porque llevaba el sombrero atado con un pañuelo de seda blanco. Sin embargo, los andares, tan ligeros y al mismo tiempo resueltos, esa postura erguida pero flexible… Solo podía ser Marie.

Marie, que llevaba seis semanas sin hacer nada que no fuera cuidar de sus gemelos.

¿Qué hacía en la fábrica? ¿Una mala noticia? ¿Paul? No, eso no, Alicia lo habría llamado, le habría pedido que fuera a la villa.

Entonces, ¿qué?

Vio, enfadado, que se paraba junto a las trabajadoras y entablaba conversación con ellas. Claro, para ella era fácil. Unos años antes había trabajado en la fábrica. Solo medio año, luego se marchó. La orgullosa hija de Louise Hofgartner no estaba hecha para pasarse diez horas al día sentada frente a una máquina de coser.

¿De qué hablaba con aquellas mujeres? Ese trato despreocupado no le gustaba nada, al fin y al cabo era la esposa de su hijo, que dirigía la fábrica junto con él. Las trabajadoras debían llamarla «señora Melzer», pero dudaba de que lo hicieran.

—Su café, señor director. Tan fuerte que la cuchara se mantiene en pie.

Él no se volvió hacia Ottilie Lüders.

—Lléveselo.

—Pero usted ha…

Lüders también estaba perdiendo facultades. Melzer masculló algo ininteligible y le ordenó que cuando saliera a la antesala hiciera pasar a su nuera enseguida. El café se lo podía tomar la señorita Hoffmann.

—Su nuera…, ya, claro, señor director.

Vaya, por fin había caído en la cuenta. Ottilie Lüders, siempre discreta y preocupada en todo por el bienestar de su jefe, desapareció con la taza de café. Estaba bastante seguro de que en ese momento se encontraba junto a la ventana de la antesala haciéndole gestos a Hoffmann para explicarle la situación. Ya no se veía a Marie por ninguna parte, había desaparecido en la entrada del edificio de administración. Las trabajadoras por fin se dirigieron a la salida de la fábrica, donde el portero les abrió el paso.

—¿Señor director?

El tono de Marie era exaltado, pero también un poco irónico. Al entrar en el despacho lo llamó «señor director». En la villa, hacía tiempo que lo llamaba «papá». Él aceptó ese apelativo tras la boda con ciertas dudas, y solo porque Alicia había pedido a Marie que la llamara «mamá». No podía quedarse atrás.

—Estimada nuera —contraatacó él, y se acercó para ayudarle a quitarse el abrigo—. Cuánto brillo en mi sencillo despacho.

Marie se desató el chal de seda y se quitó el sombrero, se pasó los dedos por el cabello desmelenado y se recolocó un mechón impertinente. El paseo al aire libre le había sentado bien, tenía las mejillas rosadas y una expresión más alegre y resuelta.

—El olor a café en grano es tentador.

Él evitó su mirada y dijo que las dos secretarias se habían hecho café.

—Siéntate, Marie —se apresuró a cambiar de tema—. Siéntate conmigo a charlar un poco. Me alegro mucho de que me visites en la fábrica. ¿Auguste está con los niños?

Se sentaron en las butacas de las visitas y supo que Marie había decidido contratar a un ama de cría. Auguste ya tenía bastante con sus hijos y solo iba unas horas a la villa, pero Hanna había resultado ser una buena niñera, y además la señorita Schmalzler iba a volver a la villa.

—Vaya...

Johann Melzer cruzó las piernas e intentó que no se le notara mucho la satisfacción que le producía aquel nuevo giro. ¡Por fin entraba en razón esa testaruda!

—Eso significa que a partir de ahora tendré más tiempo para la familia —dijo Marie con una sonrisa—. Y también para los intereses de la fábrica.

—Ya —dijo él, sin entender muy bien qué quería decir con la última frase—. ¿Te apetece un café?

Ella le sonrió con picardía y respondió que no podía negarse a un cafecito, pero solo si él la acompañaba.

«Ajá», pensó él, y no pudo evitar sonreír. «Se trae algo entre manos y quiere tenerme de buen humor, la muy viva.» Sin embargo, no perdía nada con escuchar.

Hizo pasar a Hoffmann y le pidió dos cafés, bien fuertes.

—Enseguida, señor director. ¿Les apetece algún dulce?

Lüders había hecho galletas de avena y las había llevado a la fábrica. Había sido un bonito gesto por su parte, a pesar del espantoso sabor.

—Es usted muy amable —dijo de todos modos.

Marie se había levantado y caminaba de un lado a otro por el despacho. Contempló los lomos de los archivadores en las estanterías de la pared, luego se acercó como si nada al escritorio y cogió la hoja que coronaba el montón de papeles. Un comunicado del Ministerio de Guerra confirmando dos pequeños encargos «importantes para la contienda»: el saneamiento de dos mil cestas de proyectiles y la limpieza de ochenta sacos de cartuchos.

—En el patio, las trabajadoras me han contado sus sufrimientos —dijo, y volvió a dejar la hoja—. El sueldo que reciben es poco para vivir y demasiado para morir.

—¿Ahora eres la portavoz de mis trabajadoras?

Le molestaba que le explicara cosas que sabía desde hacía tiempo y que no podía cambiar. Bastante tenía con presenciar cómo su fábrica se iba al garete. Era la obra de su vida. Toda su energía, su amor, estaba en esas naves. Años de actividad vibrante y ruidosa de personas y máquinas.

—¡Ay, papá! —exclamó ella, enojada—. Sabes perfectamente a qué me refiero. Tenemos que hacer algo para que la fábrica de paños Melzer vuelva a levantarse. Solo así les irá mejor también a las trabajadoras.

Johann Melzer habría soltado una carcajada de no saber que ella hablaba en serio. Dios mío, ¿es que todas las mujeres de Augsburgo se habían puesto de acuerdo para atacarle? Primero las trabajadoras y ahora la ingenua de su nuera, que por lo visto creía que podía darle lecciones. Casi habría preferido que se quedara en la habitación de los niños ocupándose de los gemelos.

Por suerte, llegó Hoffmann con dos tacitas de café y un plato de galletas redondas. Al menos eso le dio tiempo para prepararse con calma para las tonterías que sin duda estaba a punto de oír.

—Paul me pregunta en casi todas sus cartas si por fin has estudiado sus planos. Las máquinas que proyectó y dibujó.

Melzer sabía que Paul tenía sus esperanzas puestas en ese sinsentido. Él también había recibido correo de su hijo, pero delegaba la respuesta en Alicia, él solo le enviaba saludos y firmaba.

—¿Máquinas? —preguntó, confiando en que Marie no tuviera ni idea del asunto—. ¿Qué máquinas?

Por desgracia, la táctica no funcionó. Intentó que se sintiera insegura y frenarla con unos cuantos detalles técnicos, pero Marie era digna hija de su padre. El genial constructor Jakob Burkard llevaba tiempo fallecido y Marie nunca lo conoció. Sin embargo, parecía que la habilidad en lo relativo a las máquinas era hereditaria en los Burkard. De hecho, las hiladoras y las máquinas de su antiguo socio habían superado con creces a las de la competencia. Burkard había introducido unos cuantos detalles, protegidos como secreto empresarial.

—¡No te hagas el tonto, papá! —lo riñó—. Paul dibujó los planos de una hiladora para tiras de papel. Con esos hilos se pueden elaborar tejidos.

Sabía incluso que Claviez, en Adorf, fabricaba ese sucedáneo de tela que se consideraba importante para la guerra. En el Palatinado, Claviez producía diez toneladas de tela de papel al día y se empleaba en material para los hospitales de campaña, lonas de tiendas y carros, máscaras de caballos, suelas de botas, cuerdas. Y también se hacían uniformes y ropa interior.

—¡Tenemos las tejedoras paradas, papá! Si fabricáramos hilos de papel, entraríamos en la producción. En Claviez trabajan en tres turnos, tienen pleno empleo.

Él escuchó enfurruñado, le asombró el nivel de conocimiento de Marie. ¿Se habría enterado por Paul? Seguro que el pobre tenía pocas ocasiones en el campo de batalla de informarse sobre la situación económica de los talleres de Claviez. Por lo visto estaba en algún lugar de Francia.

—¿Cómo lo sé? Por Bernd Gundermann, que tiene parientes en Düsseldorf que trabajan en Jagenberg. Allí fabrican tela de papel, y saben cómo van los negocios de la competencia en el Palatinado.

La idea de hablar con el trabajador Gundermann era de Paul, claro. Y por lo visto a ella le había explicado con todo lujo de detalle sus geniales esbozos. Sin embargo, lo sorprendente era que Marie lo había entendido. La hija de Jakob Burkard había entendido cómo encajaban las piezas de esas malditas máquinas y que, si era necesario, también podían hacerlas funcionar con energía hidráulica. Es decir, sin máquinas de vapor para las que no tenían carbón.

—La fábrica de papel de Augsburgo está a la vuelta de la esquina, papá. Prácticamente no tendríamos que pagar costes de transporte. También podríamos teñir nosotros las telas. ¿No lo entiendes? Solo tenemos que encontrar a alguien que construya las máquinas siguiendo los planos de Paul.

Johann Melzer notó que la sangre le subía a las orejas. Su asalto era mucho más potente que el que acababa de eludir con éxito. ¿Qué eran veinte trabajadoras enfadadas frente a esa joven que tenía sentada delante, con los ojos brillantes y las mejillas sonrosadas, exponiéndole su punto de vista? Pleno empleo. Triplicar las ganancias. Una aportación a la victoria de la patria. Abrir nuevos caminos, pensar en el futuro. Dar ropa y zapatos a la gente. Vendas para miles de heridos.

—¿No te angustia que todas las máquinas de la fábrica estén paradas? Antes apenas se podía aguantar el ruido en las naves, y ahora reina un silencio sepulcral. Si entramos en la producción de hilo de papel…

Él hizo un gesto de rechazo con la mano y notó que se le aceleraba el corazón. No debería haberse tomado el café.

—Subestimas el riesgo —repuso él—. Se trata de mandar construir unas máquinas muy caras que nadie sabe si funcionarán. ¿Y si Paul ha cometido un error? ¿Y si los hilos fueran de menor calidad y no encontrara comprador? ¿Y si las máquinas de tejer buenas se estropearan con los hilos nuevos? —Respiró hondo—. Además, para una producción así se necesitan especialistas, hombres que sepan su oficio. Solo con trabajadoras no se puede hacer.

—¡Madre mía! —exclamó Marie levantando las cejas—. ¿A qué estás esperando? ¿Acaso crees que empezará a llover algodón del cielo? ¿Que Jesucristo se alzará entre las nubes y nos regalará diez vagones de lana virgen?

—¡Te lo advierto, Marie! —gritó furioso—. ¡No te metas en asuntos de los que no sabes!

Ella dejó con brusquedad la taza y el plato de café en la mesita y lo miró enojada.

—Deberías pensártelo, papá. ¡Es por el bien de todos!

—Ya está decidido, y se acabó. ¡La fábrica de paños Melzer jamás producirá sucedáneos de telas!

—¿Prefieres no producir absolutamente nada y que todos muramos de hambre?

—Ya está bien, Marie. Te he escuchado y te he explicado mi postura. Mi decisión es irrevocable.

Marie se levantó sin decir nada, cogió su abrigo del guardarropa y se lo puso. Él se acercó como pudo para ayudarla, como dictaba la buena educación, pero ella fue más rápida. Se dio la vuelta, se colocó el sombrero y se ató el pañuelo de seda.

—Nos vemos esta noche.

Se dirigió a la puerta en silencio. Esta vez él fue más rápido y se la abrió con un gesto agresivo. Si pensaba que iba a salirse con la suya con esa expresión gélida, estaba muy equivocada. Él se mantendría firme. Nada de sucedáneos de tela en su fábrica.

Cuando ya casi había atravesado el umbral, se volvió hacia él. Su expresión era más suave, aunque estaba llena de reproches.

—Por cierto, en cuanto a los trabajadores, los liberan del servicio militar. Irán a recogerlos incluso al campo de batalla para que trabajen en la fábrica. También podrían devolvernos a Paul...

Cerró la puerta y lo dejó en ascuas.

# 8

*Cortrique,*
*12 de abril de 1916*

Querida Elisabeth:

Hemos llegado aquí tras un viaje en tren que ha durado días. Seguiremos hacia el norte, donde haremos retroceder a los ingleses, que llevan meses intentando aislarnos de la patria alemana. En Verdún pronto cambiará la situación, los franceses se rendirán ante el asalto alemán. Espero que me manden pronto ahí para participar en los grandes momentos cuando la fortaleza de Verdún caiga en manos alemanas.

Pienso en ti, mi querida esposa. Eres mi ángel bueno que me guía y me protege, siempre llevo encima la fotografía de nuestra boda. Si puedes, envíame algo de dinero para comprar calcetines y ropa interior; además, se me ha estropeado el reloj y necesito uno nuevo. Ya sabes, cariño, que un reloj que funcione bien es una necesidad absoluta para un oficial. Doscientos, o mejor, trescientos marcos serán suficientes. También agradecería una lima de uñas y jabón de rosas, además de una linterna con pilas. Cigarrillos. Chocolate y una buena navaja. Probablemente mañana estaremos cerca de la costa. Mi próxima carta te llegará desde allí. Saluda a tus padres de mi parte, a tu cuñada Marie y a tu hermana Kitty.

Un abrazo de amor sincero de tu

KLAUS

Elisabeth leyó dos veces la carta, como de costumbre, y sus ojos se posaron unos segundos en frases como «Pienso en ti» o «Eres mi ángel bueno». Sí, Klaus no tenía mucha imaginación. En su última carta escribió «Eres mi espíritu bueno», y le aseguró que pensaba en ella noche y día con añoranza. Esta vez no hablaba de nostalgia, pero le enviaba un abrazo «de amor sincero». Bueno, seguro que las preocupaciones de su compañía no le dejaban mucho tiempo para pensar en fórmulas elaboradas.

Dobló la hoja y abrió el cajón del escritorio que se había llevado de casa de sus padres al piso. Justo delante tenía dos fajos de cartas del correo militar, ordenadas por fecha y atadas con una cinta de seda rosa. Desató la cinta del montón pequeño, puso encima la carta que acababa de leer y procuró hacer un lazo bonito. Pensaba guardar esas cartas durante toda su vida, le recordarían la prolongada separación durante los tiempos de guerra, y un día, si Dios quería, sus hijos las leerían con recogimiento. Tal vez ellos, en algún momento, se tomarían la molestia de copiar todas aquellas cartas en el precioso librito que Kitty le había regalado hacía poco. Encuadernado en piel verde y con el canto dorado, debía de haberle costado una pequeña fortuna. Kitty, claro, se había casado con Alfons Bräuer, único heredero del banco Bräuer & Sohn, y no miraba el dinero.

Ella, en cambio, se había casado por amor. Había luchado por Klaus von Hagemann, había sufrido y temió haberlo perdido para siempre cuando él albergó sentimientos hacia Kitty. No fue el único, casi todos los hombres se enamoraban de su hermana menor. Gracias a Dios, todo aquello pasó. Kitty, ese ser irreflexivo, estaba casada, y Klaus von Hagemann se dejó aconsejar y escogió a una mujer que fuera una compañera fiel y sincera. Klaus sabía apreciar esos rasgos en su esposa, de eso Elisabeth estaba segura. Sin duda, era un hombre apuesto y «había sentado la cabeza». Pero así debía ser, era «cuestión de honor». Tampoco Paul renunció a nada durante su época de estudiante en Múnich. Klaus había guiado a su virgen esposa la noche de bodas con el cuidado necesario, Elisabeth no tenía motivos de queja. Quizá... —aunque eso podía deberse a las desbordadas imágenes, seguramente inventadas, de Kitty—, quizá a Klaus le faltaba un poco de pasión conyugal. Sea como fuere, le aseguró que el matrimonio para él era sagrado. A partir de entonces solo le pertenecía a ella.

El recuerdo de aquel juramento pronunciado en el lecho conyugal la llenó de una cálida sensación de felicidad. Volvió a cerrar el cajón y se levantó para ir a por un poco de carbón, pero vio que el cubo estaba vacío.

—¿Maria?

Maria Jordan estaba cosiendo en la habitación de al lado y no se dio mucha prisa en acudir a la llamada.

—¿Señora?

Elisabeth comprobó que su doncella tenía la punta de la nariz casi blanca, por lo que dedujo que tampoco les quedaba carbón.

—Mire en la cocina a ver si queda combustible en la casa.

La señorita Jordan puso cara de ofendida, seguramente no consideraba que fuera tarea suya, pero Gertie, la sirvienta, tenía días libres, y la cocinera estaba a punto de marcharse porque de noche cocinaba en una fonda.

—Si mañana no hay carbón en la cocina, la cocinera tendrá que irse —comentó Maria Jordan, y se encogió de hombros como si en realidad no la afectara—. Por lo menos eso es lo que ha dicho.

Elisabeth percibió con claridad el reproche implícito y odió a esa víbora que le había pedido un buen dinero por remedios inútiles para propiciar el embarazo. Ya había echado a tres criadas. No podía echar a la señorita Jordan, a fin de cuentas era una doncella cualificada, y hacía mucho tiempo que trabajaba para su familia. Sin embargo, si no corrieran tiempos tan difíciles, habrían tenido que pasar sin más personal. Elisabeth no podía pagar sueldos altos, la manutención de los empleados ya era costosa, pero por suerte había mucha gente dispuesta a trabajar solo a cambio de comida y alojamiento.

—Vaya a buscar un cubo de carbón a la cocina. Mañana o pasado mañana tiene que llegar la nueva entrega.

La señorita Jordan arrugó la nariz, pero decidió ejecutar el encargo sin rechistar. Ella también se había quedado helada arreglando la ropa de la señora.

Elisabeth suspiró y retiró la cortina un poco para mirar el jardín. Ya era abril, en realidad ya no deberían necesitar encender el fuego. Sin embargo hacía frío, sobre todo por la noche, y ella ocupaba las habitaciones más cálidas de la casa. Sin duda, había imaginado algunos aspectos de su matrimonio de forma distinta. Sobre todo, Klaus no le había explicado con sinceridad lo apretada que era su situación económica. Siempre se hablaba de las fincas de Brandeburgo, pero ahora tenía claro que sus suegros ya no tenían esos ingresos. Todos vivían de la paga del mayor Klaus von Hagemann y, por lo que parecía, a sus suegros se les escurría entre los dedos el dinero que les daba su hijo. Siempre encontraban excusas para «pedir prestadas» pequeñas y grandes cantidades: un día se trataba de una antigua deuda que debían saldar, otro era una factura del médico, otro querían participar de un empréstito de guerra para apoyar a la patria. Klaus también tenía sus peticiones, necesitaba medios para proveerse como correspondía a su clase, y en casi todas las cartas solicitaba un giro. Elisabeth, a quien nunca le había faltado nada, ya no sabía cómo pagar el alquiler y los gastos diarios. Además, hacía dos meses que la cocinera no recibía su sueldo, y a Maria Jordan le debía cuatro mensualidades.

Se abrió la puerta y apareció Maria Jordan en el umbral. Llevaba el reproche escrito en la mirada, y en la mano un cubo metálico lleno hasta la mitad de carbón.

—No hay más, señora. ¿Enciendo la estufa?

Elisabeth sabía que a la señorita Jordan le costaba un tremendo esfuerzo hacer ese trabajo, lo consideraba indigno de ella. En la villa de las telas eran las ayudantes de cocina las que encendían las estufas. Sin embargo, Maria Jordan se había ido con ellos por voluntad propia, prácticamente lo había suplicado porque no podía soportar que Marie, que empezó sirviendo en la cocina, luego pasara a ser doncella de cámara y ahora fuera la joven señora.

—Puede calentar la otra habitación para que no se le queden los dedos fríos —decidió Elisabeth—. Yo voy a salir.

Maria Jordan se mostró muy satisfecha con la solución, y fue a buscar presurosa el abrigo, el sombrero y los zapatos de su señora.

—Si mi suegra pasara por aquí…, estaré en la villa hasta la noche.

—Se lo diré.

—Y mañana por la tarde asistiré a una reunión de la sociedad benéfica.

—Se lo haré saber. ¿Le ofrezco un café?

—No. Si no hay más remedio, ofrézcale té de menta. Y esas galletas que acaba de hacer la cocinera.

—Por desgracia, se han acabado, señora.

—Entonces solo el té de menta.

Maria Jordan asintió, solícita. En eso, Elisabeth podía confiar plenamente en ella: no iba a invitar a Riccarda von Hagemann a quedarse en el piso más tiempo del necesario ni a que esperase a su nuera hasta la noche. Maria Jordan sentía una fuerte antipatía hacia la suegra de Elisabeth desde el principio.

Pese al deslumbrante sol de abril, en la calle soplaba un viento gélido, así que Elizabeth se subió el cuello del abrigo. El año anterior todavía cogía el tranvía para ir a Frauentorstrasse, pero ahora estaba fuera de servicio. No le importaba. De todos modos, no habría tenido dinero para el billete. Era una suerte que no hubiera llegado la entrega de carbón. En el fondo, el piso de Bismarckstrasse también estaba muy por encima de sus posibilidades. Lo escogió con su madre, un llamativo piso de cuatro habitaciones en la primera planta, con techos altos y estucados, y elegantes estufas antiguas de azulejos. También contaba con un amplio balcón que daba al jardín, además de un sótano y dos habitaciones para el servicio en la buhardilla del edificio. A su madre le entusiasmó la ubicación y los altos ventanales, que dejaban entrar tanta luz. Al principio de su matrimonio, nadie en su familia creía posible que Elisabeth pronto pudiera tener problemas para asumir los costes del alquiler. Los Von Hagemann debían de saberlo, pero guardaron un silencio discreto. Seguramente daban por sentado que la hija del rico fabricante de paños Melzer asumiría a partir de entonces todos los gastos.

Rodeó a un mendigo que estaba agachado en la acera y miraba con indiferencia al sol mientras tendía la mano. Pobre, ya no tenía piernas, solo dos muñones. ¡Maldita guerra! ¡Ojalá Klaus estuviera de nuevo en casa, sano y salvo!

Kitty vivía en una mansión de la Frauentorstrasse, construida al estilo neorrománico por un arquitecto moderno. Una obra muy extravagante, con el frontón entramado y pequeños voladizos, rodeada de un jardín bien cuidado. Era una de las propiedades que el banco Bräuer & Sohn había adquirido con el paso de los años, aunque Elisabeth prefería no saber cómo. Por lo que se decía, Bräuer & Sohn se mantenía a salvo, mientras que a otros bancos del imperio no les iba tan bien.

Resopló un poco al llegar a la puerta tallada de la casa, era obvio que había caminado demasiado deprisa. Le abrió una joven criada con una sonrisa amable. Mizzi era muy simpática, y parecía que ya conocía sus tareas. Sin duda era obra de la señorita Schmalzler.

—Buenos días, señora Von Hagemann. ¿La ayudo a quitarse el abrigo? La señora ya ha preguntado por usted.

Elisabeth se quitó el abrigo y el sombrero. La chica era un poco charlatana, pero su sonrisa era tan arrebatadora que parecía que alguien hubiera encendido la luz.

—La señora lleva unos días muy inquieta. Pero hoy ha venido su cuñada, están tomando el té.

—Ah…, ¿la señorita Bräuer está aquí?

A Elisabeth le caía muy bien Tilly Bräuer. Como su hermano Alfons, no poseía una belleza deslumbrante y era un poco desmañada, pero en cambio era una persona honrada y encantadora. Sin embargo, no le convenía que estuviera de visita en casa de Kitty justo en ese momento, pues Elisabeth pretendía pedirle algo de dinero a su hermana.

—No, la señorita Bräuer no. La señora Melzer.

Elisabeth, de la sorpresa, se detuvo ante la puerta del salón de invitados. ¿Marie? ¿La chica se refería a Marie?

—Espere aquí dos segundos, señora. La avisaré.

Mizzi pasó corriendo junto a varias esculturas a medio terminar hacia la puerta del salón, desde donde se oía la voz clara de Kitty.

—¿Cómo puedes ser tan desconfiada, Marie? Tan… ¡tan fría! No entiendo cómo alguien puede ser tan cruel. Imagínate que él…

Se interrumpió cuando entró la criada.

—¿Qué pasa, Mizzi?

—Ha llegado la señora Von Hagemann.

Tras el anuncio se oyó un suspiro de alivio.

—¡Qué suerte, así tendré refuerzos! —exclamó Kitty—. Elisabeth es un alma sensible y seguro que se pondrá de mi parte. —Marie había cambiado mucho, y para peor. Hacía semanas que no tenía tiempo para su familia, y ahora…

«Dios mío», pensó Elisabeth mientras forzaba una sonrisa amable al entrar. «Están discutiendo, y yo tengo que ejercer de árbitro.»

—¡Qué sorpresa! —exclamó, y se detuvo un instante en el

umbral de la puerta—. Marie ha salido de la estricta clausura. Me alegro mucho. No iréis a discutir precisamente ahora...

Se acomodó en la butaca que Kitty había descubierto en alguna tienda de antigüedades y que había colocado junto a un tresillo que para el gusto de Elisabeth era muy extraño. También había dos sillas estilo Luis XV con la talla pintada de dorado al lado de un asiento de madera de cerezo con unos refinados reposabrazos abultados, procedente de Inglaterra. Además, un sillón de mimbre mexicano que parecía un trono, con un respaldo prominente, y una mecedora de rejilla bastante insegura. La joya de la corona del conjunto era un diván tapizado de terciopelo granate en el que Kitty había colocado un montón de cojines de seda de colores.

—No estamos discutiendo, Elisabeth —dijo Marie, que ocupaba una de las sillas francesas y tenía una carta en la mano.

—No, no estamos discutiendo —se apresuró a intervenir Kitty—. Cómo puedes pensar eso, Lisa. Tenemos una pequeña diferencia de opiniones, nada más. Como siempre, Marie es la prudente. Quiere impedir que haga una tontería y probablemente me ponga en un compromiso. ¿Te apetece un té o un café, Lisa? Ay, ya sé que tú eres de café. ¿Mizzi? ¡Mizzi! Dios mío, ¿dónde se ha metido ahora esa niña? Ah, ahí estás.

En la mesita de marquetería había un servicio de té ruso, además de una fuente a juego a rebosar de dulces. Olía a una mezcla de té inglés, que a Kitty le encantaba, vainilla, galletas de mantequilla y bolitas de ron.

Elisabeth, que no se fiaba de las butacas antiguas, apartó los cojines y se sentó en el diván. Kitty estaba muy alterada. ¿O solo lo parecía? En realidad, Kitty siempre estaba bastante alterada, pero ahora lucía unas manchas rojas en las mejillas, cuando el resto del rostro estaba pálido. Encima, en su estado, tenía que sentarse precisamente en esa lamentable mecedora.

—Esta chica aprende rápido —dijo Kitty cuando Mizzi se

fue con el encargo de llevarles café—. Me dio pena que la señorita Schmalzler la machacara tanto. No la dejaba en paz. Que era vaga, que se metía en la cocina con el chófer y no tenía ni idea de cómo manejar tejidos delicados y alfombras de verdad. Bueno, en lo del chófer tal vez tuviera razón, pero hace meses que llamaron a filas al bueno de Kilian. Quién sabe dónde estará ahora, o si sigue con vida. ¿Tienes noticias de Klaus, Lisa? ¿Sí? Gracias a Dios. Yo recibí una carta de Alfons hace una semana. ¡Ay, pobre! Es tan bueno, todo lo que le envío lo comparte con sus compañeros.

Paró para tomar aire, y Elisabeth tuvo tiempo de preguntar por Paul.

—Hace tres semanas llegó una carta —dijo Marie, muy seria—. Desde entonces, nada. ¿A ti te ha escrito, Elisabeth?

Ella negó con la cabeza. No, por eso preguntaba. Llevaba tres semanas sin tener noticias de él.

—¿Qué son tres semanas? —comentó Kitty—. Además, no siempre pueden enviar cartas. Si están en una acción militar secreta, pasan semanas sin tener contacto con su país.

—Es cierto —admitió Marie—. Debemos tener paciencia. Es muy duro, sobre todo para mamá.

Kitty comentó que mamá tenía muy mal aspecto. No era de extrañar, pues papá era muy grosero con ella. ¿A Marie no le dolía ver la indiferencia con la que la trataba?

—¿Cuánto tiempo llevan casados? —pensó en voz alta—. Casi treinta años. ¿Dónde ha quedado el amor? ¿El cariño? ¿El respeto mutuo?

Elisabeth comentó que un matrimonio también pasaba por crisis y malas épocas. Pero que esas etapas unían aún más a la pareja.

Kitty no parecía muy convencida, pero era evidente que no tenía ganas de iniciar un debate con Elisabeth. Soltó un profundo suspiro y le indicó a Mizzi con un gesto que sirviera café a su hermana.

—Coge bolas de ron, Lisa —dijo luego, con picardía—. A Marie no le gustan porque saben a licor. Ji, ji. No sabe lo que se pierde. El ron no es licor, Marie. El ron es el aliento cálido del trópico, un soplo dulce de palmeras y caña de azúcar.

Acercó la bandeja a Elisabeth y se sirvió una galleta de mantequilla. Mientras masticaba, posó la mirada en la carta que Marie había doblado y dejado sobre la mesa.

—Ya ves, Lisa. Aprecio mucho a nuestra Marie. En la villa era mi confidente, y ahora que es la esposa de mi querido Paul y ha dado a luz a dos mocosos dulces y regordetes, ya no puedo quererla más. Sin embargo...

Se inclinó hacia delante y cogió la carta de la mesa, luego tosió por el esfuerzo y, mientras la mecedora se balanceaba con fuerza, se acarició la barriga.

—¿Te está dando patadas? —preguntó Marie con una sonrisa—. ¡Eso es bueno!

—Ay, sí —contestó Kitty, y soltó una risita—. Seguro que será marinero, porque siempre me siento aquí y me balanceo, como si fuera un barco. Dime, Marie...

Elisabeth se obligó a esbozar una sonrisa comprensiva mientras Kitty acribillaba a preguntas a su cuñada sobre cómo fueron sus últimos meses, si ella también notaba a veces por la mañana esos extraños tirones y el repentino dolor de espalda, que desaparecían de forma tan inesperada como habían llegado.

—No, para nada —dijo Marie—. Yo solo tenía las piernas hinchadas y me dolían los pies.

—Qué raro —dijo Kitty, y se empujó con los pies para mecerse un poco más—. Yo tengo las piernas como siempre, pero cuando como mucho tengo la sensación de que me arde el estómago.

—Creo que no deberíamos asustar a Elisabeth —comentó Marie.

—No —se defendió Elisabeth—. Vosotras hablad, no me molesta lo más mínimo. Al contrario, es muy interesante.

En realidad, la cháchara sobre los achaques del embarazo y la consideración de Marie la sacaban de quicio. Además, en presencia de su cuñada no podía pedirle dinero a Kitty, le daba vergüenza.

Por una vez, Kitty notó su incomodidad y se apresuró a cambiar de tema.

—Estaba hablando de esta carta, ¿sabes? Todo es… es muy íntimo, pero como eres mi única hermana, Lisa… No, no quiero tener secretos contigo. Además, necesito tu consejo. No pongas esa cara, mi querida Marie. Quiero saber lo que piensa Lisa. Luego lo decidiré.

Abrió la carta, miró de nuevo a Marie como si le pidiera perdón y le dio el papel a Lisa.

—Léelo. Y luego dime sin rodeos tu opinión sincera.

Elisabeth necesitó un rato para comprender la situación. Una tal Simone Treiber, que decía ser enfermera, le pedía a Kitty que escribiera a uno de sus pacientes. Ese paciente era… ¡Gérard Duchamps! ¡Increíble! Esperaba no volver a saber de ese hombre, que se llevó a Kitty a París y relegó socialmente a la familia Melzer. Además de la preocupación que causó a sus padres, aquel escándalo estuvo a punto de impedir el enlace de Elisabeth con Klaus von Hagemann.

—¿Qué quieres saber? —preguntó con un gesto de indiferencia, y dejó la carta sobre uno de los cojines que tenía al lado.

Kitty la había estado observando en tensión todo el rato. Ahora parecía decepcionada. Lisa no quería entender la profunda tragedia que se reflejaba en la carta.

—¿Qué harías tú en mi lugar?

—Nada.

Kitty miró a Marie en busca de ayuda, pero vio que la observaba con compasión. Se encogió de hombros, como si tuviera que disculparse por compartir la opinión de Lisa.

—Pero… pero podría morir —balbuceó Kitty, llorosa—. Es su última voluntad. Tal vez lleve tiempo muerto.

—Bueno, en ese caso la carta no tendría importancia —repuso Elisabeth.

—¿Cómo podéis ser las dos tan… frías? ¿Acaso la religión cristiana no nos enseña a perdonar? Estoy segura de que Jesucristo me aconsejaría que escribiera una carta a Gérard. Y también la Virgen María habría…

Elisabeth alzó la vista al techo, era obvio que Kitty no paraba de decir tonterías. Marie, en cambio, se la tomó en serio.

—¿Sabes qué, Kitty? Habla con el padre Leutwien. Es un hombre sensato y nos ha brindado su ayuda en otras ocasiones. Es importante que tomes esta decisión con la conciencia tranquila.

—¡No hay nada que decidir, Marie! —se indignó Elisabeth—. ¿Y quién es esa Simone Treiber? ¿Alguien la conoce? Por lo visto es una enfermera que transmite un mensaje de un tal Gérard Duchamps, que espera respuesta. ¿A nadie se le ha ocurrido que todo podría ser mentira?

Kitty abrió mucho sus ojos azules y su semblante pálido reflejó un profundo horror.

—No, no se me había ocurrido —dijo a media voz—. ¿Puede haber personas que falsifiquen este tipo de cartas? ¿Cuando hay tantos jóvenes desgraciados en los hospitales militares? ¿Por qué iba nadie a hacer algo así?

Elisabeth se encogió de hombros y dijo que esa Simone Treiber bien podía ser una mentirosa que quería presionar a la familia Melzer por medio de Kitty y una carta comprometedora.

—¿Qué? —exclamó Kitty, indignada—. Estás loca, Lisa. Marie, por favor, dile que está loca. ¿A quién podría importarle que yo escribiera unas líneas al pobre Gérard y lo perdonara?

—A tu marido, por ejemplo —dijo Elisabeth, incansable—. No creo que a Alfons le gustase mucho que escribieras una carta a tu antiguo amante.

Kitty soltó una risa histérica y empezó a balancearse en la mecedora con ímpetu. Seguro que Alfons no tendría nada en contra, era un hombre listo y comprensivo. A diferencia de su hermana Lisa.

—Además, la carta podría acabar en las manos equivocadas —continuó Elisabeth—. Los detalles sobre tu lamentable error con ese francés podrían hundir la buena reputación de los Melzer y los Bräuer.

—¡Di algo, Marie, por favor! —suplicó Kitty, desesperada—. Di que Lisa está diciendo tonterías.

Marie se aclaró la garganta, era evidente que estaba pensando en cómo solucionar el conflicto a gusto de todos.

—Debo admitir que yo también lo he pensado —dijo mirando a Elisabeth—. Yo también me he planteado lo que acabas de decir, Elisabeth. Sin embargo, he llegado a la conclusión de que semejante engaño es muy improbable. Para mí el problema real está en otro sitio.

Kitty se mecía con los ojos cerrados. ¿Ya no quería seguir escuchando porque ninguna de sus consejeras le daba el respaldo que esperaba? Elisabeth tenía claro que Kitty se moría de ganas de escribir a Gérard.

—¿Y si con tu carta Gérard Duchamps se animara a contactar contigo de nuevo? Puede que se haya curado, algo que, por supuesto, también le deseamos.

Kitty miró un instante a Marie, pero no dijo nada. Elisabeth bebió un sorbo de café y disfrutó del sabor intenso del auténtico café de grano. Aplacó un poco su genio, tal vez no debía ser tan dura. Qué injusto era que ella no pudiera permitirse esa bebida desde hacía meses y Kitty, en cambio, gozara de café, té y todas las delicias imaginables. Por no hablar del agradable calor de la estufa de carbón.

—Si de verdad quieres contestar a la carta —continuó Marie—, ante todo deberías dejar claro que estás felizmente casada y que esperas un hijo de tu marido.

Elisabeth dio un respingo del susto cuando Kitty soltó un grito prolongado y penetrante. Seguía con los ojos cerrados, los dedos clavados en los reposabrazos de la mecedora, las piernas estiradas y los pies doblados. La frecuencia de su voz hizo que tintinearan los cristales de las vitrinas.

—¡Te has vuelto loca, Kitty! —gritó Elisabeth—. Deja de hacer tonterías. Dios mío, no ha cambiado nada. Cuando no se hace su voluntad, se pone histérica.

Marie se había levantado de un salto y miraba a Kitty aterrorizada. En ese momento se abrió la puerta y asomó el rostro asustado de Eleonore Schmalzler. Tras ella, Mizzi estiraba el cuello para ver qué pasaba en el salón.

Marie se acercó corriendo a Kitty, le agarró la mano y le acarició la frente.

—¿Notas dolores? Dime dónde te duele. ¿Aquí? ¿O aquí?

Kitty permaneció en esa postura en tensión, luego abrió los ojos y soltó los reposabrazos. Jadeó un poco.

—Es… es un dolor horrible. Marie, Marie, no te vayas. Creo que me voy a morir.

Elisabeth observaba impertérrita desde el diván, se sentía impotente e innecesaria. Marie tanteó la barriga de Kitty, le frotó las sienes, los brazos, dijo todo tipo de bobadas para calmarla y entretanto le murmuró a la señorita Schmalzler que fuera a buscar a la partera.

—No quiero que venga esa mujer horrible…, la señora Koberin. A esa no la quiero.

—No te alteres, Kitty, solo es por precaución. A lo mejor no la necesitas. Aún es pronto, ¿no?

—Sí, claro —gimió Kitty, y empezó a respirar rápido y fuerte—. Faltan por lo menos cuatro semanas. Tal vez más… La culpa es de esas estúpidas bolas de ron, Marie. Dios, qué contenta estoy, pensaba que ya llegaba el niño. Pero eso no puede…

La asaltó la siguiente contracción y se puso a gritar de

nuevo. Elisabeth nunca había oído a Kitty proferir semejantes chillidos. Ni a nadie que conociera.

—Grita con fuerza, Kitty, cariño —dijo Marie mientras le sujetaba la mano—. Ayuda un poco. Mantén la calma. La partera llegará enseguida.

Kitty rugió hasta que volvió a pasar el dolor, luego dijo que solo tenía el estómago revuelto y rompió a llorar. Marie intentó convencerla para que se levantara de la mecedora y se tumbara en la cama, pero Kitty hizo oídos sordos. Nada de cama. No, no estaba enferma, solo era una pequeña indigestión. Quería tumbarse en el diván. Solo un momento, hasta que se encontrara mejor.

Por fin Elisabeth salió de su estupor. Ayudó a Marie a levantar a Kitty de la mecedora, mientras seguía lamentándose, y la llevaron al diván.

—Pon la manta debajo —dijo Marie—. Y quita los cojines.

—Estoy mareada... —gimió Kitty—. Creo que tengo que...

Elisabeth se manchó la falda con las bolas de ron y las galletas de mantequilla que vomitó Kitty, pero le dio igual. Ya no se quedó al margen sintiéndose inútil. Le puso un cojín debajo de la cabeza. Le quitó los zapatos estrechos. Le masajeó la barriga. Le acarició las mejillas, le limpió la cara con un pañuelo húmedo.

—Pero ¿cuándo va a venir la partera? —oyó que susurraba Marie.

—He enviado al criado Ludwig con el automóvil, señora. Debe de estar al llegar. La cocinera está preparando té y agua caliente. Le he traído un montón de paños.

—Es usted un tesoro, señorita Schmalzler —le dijo Marie en un susurro.

Elisabeth no iba a dejar que la apartaran. Ahora que por fin podía hacer algo con sentido, no pensaba separarse de

Kitty. Cogió paños blancos, le dio té a Kitty, le masajeó la espalda, le dio ánimos.

—Lisa, no puedo más. No quiero tener el niño. No quiero. No lo aguanto... ¡Aaah!

—Pronto lo habrás conseguido, Kitty, cariño. Piensa en lo contento que estará Alfons. Un niño pequeño, dulce...

—Ya empieza otra vez. Pero ¿cuándo termina esto? Si tiene que salir...

—Pronto, Kitty. Ya no tardará mucho. Esas contracciones...

La partera llegó al cabo de una hora y les soltó una reprimenda al ver que la parturienta no estaba tumbada en la cama como era debido. En un diván, ¡habrase visto!

—Deje de refunfuñar y haga su trabajo —la reprendió Elisabeth.

Marie tuvo que intervenir para que no se tiraran de los pelos, pues la señora Koberin no estaba acostumbrada a las réplicas. Más tarde, cuando por fin nació el bebé, Elisabeth echó una mano a la partera y se entendió a la perfección con ella.

—Una criatura fuerte y sana —dijo la señora Koberin mientras sujetaba a ese ser colorado y chillón por los pies y dejaba que su cuerpecito colgara hacia abajo—. Hay que bañarla con cuidado, que no entre nada en la boca y la nariz. Más paños. Periódicos. La placenta...

Aquella mujer era experta en todas esas increíbles tareas. En el momento del parto, le subió la falda a Kitty por encima de la barriga, le quitó la ropa interior y le tocó la barriga con manos expertas. Metió la mano, notó la cabeza del bebé y con dedos hábiles ayudó a la criatura a liberarse de su oscura prisión. Lo hizo con calma y naturalidad, mientras Elisabeth permanecía a su lado, fascinada y perpleja, obedeciendo todas sus instrucciones sin rechistar.

Bañó a la criatura en la palangana que le habían dado y

notó aquella nueva vida entre sus manos, cómo pataleaba y luchaba, cómo se esforzaba por superar esta existencia sola, sin la cálida protección del vientre materno. Hacía rato que Marie se había ido a casa, sus hijos la necesitaban, y había llegado Alicia para estar con su hija.

—Una niña —dijo Alicia con ternura—. ¡Tienes una hija, Kitty!

Kitty estaba tumbada en el diván, sonrosada y animada, encantada de haberlo conseguido.

—¿Qué? ¿Una niña? —exclamó—. Vuelve a meterla dentro. ¡Yo quería un niño!

*Augsburgo,*
*10 de abril de 1916*

Querido Paul:

No te entiendo, y estoy muy enfadada contigo. ¿Acaso todo era pura hipocresía? ¿Tus cartas de amor? ¿Tu añoranza por mí y nuestros hijos? ¿Tu preocupación por la fábrica? Bueno, por lo visto hay cosas más importantes para ti. Cosas ridículas como el orgullo y la camaradería entre soldados. ¿Hablas de tu deber con la patria? También puedes cumplir con él aquí, en Augsburgo, como director de una fábrica de tela de papel para confeccionar ropa y otros objetos necesarios a nuestros soldados.

¿Tanto te estoy pidiendo? Solo digo que te dirijas a tu superior para presentar una solicitud. El resto lo resolveremos desde aquí, pero es importante que nuestra petición reciba distintos apoyos para lograrlo.

Bueno, de momento papá sigue oponiéndose, pero cederá. Lo sé. Tu padre es demasiado listo para no ver que tenemos razón. El paso a la producción de tela de papel salvará la fábrica y, gracias a eso, mi testarudo Paul, volveremos a tenerte en la villa de las telas. No creas que cesaré en mi empeño, te quiero de vuelta, cariño, y haré lo que haga falta para conseguirlo. Así que hazme el favor de no resistirte más.

Bueno, tenía que desahogar toda la rabia. Ya vuelvo a ser la Marie alegre y pícara, tu amante apasionada y esposa inteligente. La madre de tus dos pequeños aulladores, a los que desde hace unos días cuida un ama de cría. Se llama Rosa Knickbein. Es muy resuelta y, a mi modo de ver, de total confianza, la escogí junto con mamá entre una serie de candidatas.

Escríbeme pronto, amado mío, y perdona el enfado, que solo es fruto de mi gran amor por ti. Te ruego de todo corazón que reconsideres tu negativa, no quiero pedirte nada más porque la decisión depende solo de ti.

Tu amor

MARIE

*Norte de Francia,*
*15 de abril de 1916*

Mi querida Marie:

Tu última carta me ha afectado profundamente, y solo tengo un deseo: que me perdones. En estos tiempos difíciles no debería haber rencor entre nosotros. Aunque nuestras esperanzas y opiniones no coincidan, solo espero tu amorosa comprensión.

Una parte importante de todos los malentendidos se debe a que estas últimas semanas apenas he tenido tiempo para escribir una carta extensa para comunicarte mi decisión. Durante días hemos estado preparando la posición de las armas, pero sin disparar un solo tiro. Ayer el enemigo, los ingleses y los franceses, se acercaron de repente a nuestra posición y nos superaban con creces en número. ¡Artillería pesada, ametralladoras y un montón de soldados de infantería contra una pequeña división de caballería! Fue un infierno, pero la orden era clara y contundente: «Hay que mantener la posición». Hasta que no pudimos más, si no queríamos que nos frieran a tiros. Emprendimos la retirada hasta un campamento de infantería y atravesamos un pueblo en el que nos disparaban desde las casas, los disparos y la metralla atronaban en los oídos, y luego llegó la orden: «¡Alto! ¡Atrás! ¡Volvemos!». Dimos media vuelta y llegamos bajo una lluvia de balas hasta un campo de hierba, y a partir de ahí estuvimos a salvo, a cubierto. Cinco compañeros y siete caballos perdieron la vida, los cuatro cañones de artillería se salvaron.

¿Cómo te explico lo que siento ante semejantes experiencias? Se han convertido en mi día a día, porque si cada vez sintiera de nuevo la pena, me volvería loco. Una tarde estás sentado con un compañero, hablando sobre tu casa, te enseña fotos, y al día siguiente yace muerto en la hierba, con el cráneo reventado por las balas. Nunca había tenido una sensación de comunidad, un compañerismo tan íntimo entre hombres como aquí, porque todos nos enfrentamos a la muerte a diario, hora tras hora. Compartimos refugio y comida, el tabaco y el vino, también el miedo a la muerte y la absurda esperanza de salir indemnes de todo este horror. ¿Y ahora tengo que comportarme como un cobarde y volver a casa, al lado seguro? ¿Y dejar solos a los compañeros con su miseria? ¡No puedo!

No quiero ser injusto, mi amor. Haz lo que consideres necesario. Si el destino quiere, tendrás éxito y yo volveré con vosotros. Por mi parte, no contribuiré en nada.

Mi sensación de añoranza por ti permanece intacta, igual que mi amor sincero. No, no soy un hipócrita, cariño, deberías saberlo. Escríbeme pronto, dime que me perdonas y que sigues queriéndome, aunque a veces tu Paul sea un testarudo.

Besos y abrazos,

PAUL

# 9

—¡Eh!

Una fuerte patada en la espinilla derecha sacó a Humbert de la dulce oscuridad de un sueño profundo. Gimió de dolor y estiró la pierna, se agarró la pantorrilla con las dos manos y luego parpadeó, deslumbrado por la luz. Alguien había abierto la puerta del cobertizo de madera. El sol matutino caía en diagonal, intenso, sobre el caos de todo tipo de aparejos y, por desgracia, también iluminaba el lugar donde se había tumbado la noche anterior para un breve descanso.

—*Meisje... vagebond...*

No entendía nada de lo que farfullaba el hombre. A contraluz, distinguió el contorno de su figura. Llevaba un abrigo ancho y corto debajo de una capa, era un poco cheposo y tenía las piernas torcidas. Era un hombre mayor, tal vez el jardinero. O un mozo contratado para trabajar en el jardín.

Humbert se incorporó, y al instante recordó que llevaba una falda y una cofia. El anciano pensaba que era una chica, quizá una vagabunda. ¿No había dicho algo de una mendiga?

—No, no —dijo, y se colocó bien la falda de lana, que se le había subido por encima de los calzones largos de mujer—. No soy una vagabunda. Trabajo. Busco trabajo.

Parecía que el anciano no lo entendía. No era de extrañar, seguramente no hablaba alemán. Era belga, así que hablaría francés, como los campesinos con los que se alojaban Humbert y sus compañeros. ¿O no?

—*Français?* —preguntó Humbert—. *Parler… travailler…*

No se le ocurría nada más, solo conocía unas cuantas palabras, la mayoría aprendidas durante la guerra. El hombre del abrigo corto se le acercó dos pasos y se agachó para observarlo con atención. Humbert retrocedió presuroso para salir de su alcance, pero se topó con varios utensilios de jardinería que estaban apoyados en la pared. Una laya cayó al suelo con gran estruendo y la siguió una segunda, que rozó el mango de una guadaña y se soltó del gancho. Humbert se lanzó a un lado con ímpetu, el viejo dio un salto atrás y tropezó con un montón de cestas puestas una encima de la otra, pero también escapó de la cuchilla afilada y torcida.

«Lo he echado todo a perder. Mejor me largo de aquí antes de que este tipo me dé una paliza», pensó Humbert.

Se levantó y midió la distancia entre él y el viejo, que se disponía a recoger la guadaña del suelo. Humbert aprovechó el momento en que se agachó para escabullirse, pero no contó con que la falda revoloteaba. El viejo la atrapó con sus fuertes manos, le arrancó la ropa del cuerpo y luego lo agarró por la cintura.

—*… meisje…*

Un rostro ancho con la barba blanca mal afeitada le sonrió, dejó ver dos raigones amarillentos y su aliento fétido llegó a la sensible nariz de Humbert.

—¡Suélteme! —gritó, y empezó a dar golpes en todas direcciones.

El viejo dijo algo, soltó una risa obscena, lo agarró aún con más fuerza y tiró de la falda de lana. Humbert perdió el equilibrio, se cayó y se dio un golpe en la espalda con un objeto duro, pero no notó dolor, sino un asco indecible. El viejo se abalanzó sobre él, gruñó, se rio, tiró de su camisa y se puso a buscar con dedos bruscos unos pechos que no existían. Gruñó enfadado y tocó debajo de la falda con intención de palpar las piernas de la supuesta chica. Entonces por fin Humbert consiguió agarrar del pelo a su agresor. Cuando el viejo gritó furibundo, Humbert levantó las piernas y le clavó las rodillas en la barriga. El hombre soltó un alarido y se tambaleó hacia atrás. Humbert no entendía las maldiciones que decía, pero gritaba lo bastante como para atraer a otros habitantes de la finca.

—¿Juul?

—*Wie is dar?* ¡Juul!

Humbert se levantó y salió al jardín sujetándose la falda. Se paró tras un arbusto de enebro para volver a colocarse bien la maldita falda. Menuda ocurrencia disfrazarse de mujer. El cordón de corsé que sujetaba la falda se había aflojado. Para apretarlo más tuvo que deshacer el nudo, que ya era un incordio. La camisa también se le había rasgado en el escote, y había perdido el pañuelo en el ardor del combate.

—*Hoi!*

Se dio la vuelta, asustado, y comprobó que lo estaban observando. Cerca del enebro había dos campesinas. Habían dejado las lecheras metálicas a un lado, en la hierba, y seguían sus esfuerzos con asombro. De pronto comprendió que la imagen debía de ser bastante esperpéntica, con la falda rasgada y la cofia torcida en la cabeza. Se escondió a toda prisa tras el arbusto y oyó una sonora carcajada. «Es horrible», pensó espantado. «Qué vergüenza.» Se puso bien la cofia, se ajustó la falda como pudo y se planteó qué hacer. Tenía que andarse con cuidado con el viejo, lo mataría a golpes si pudiera. Las mujeres le parecieron buena gente; se habían reído, pero no mostraron miedo. ¿Qué podía haber en los recipientes? Seguramente leche. Leche de vaca fresca y cremosa. Donde había leche, había mantequilla. Y queso. Tal vez también pan y un pollo asado. Pese al susto, notó que el estómago le rugía. No se había llevado nada a la boca desde el día anterior a primera hora.

Desde su escondite oyó lamentarse y maldecir al viejo entre las voces agudas de las mujeres, que preguntaban, se asombraban y se reían. ¿Qué les estaría contando? ¿Que había intentado forzar a una vagabunda que buscó refugio en la cabaña del jardín? Seguro que no. Le daría la vuelta a la situación, se presentaría como el pobre inocente que había sido atacado por la espalda por una merodeadora descarada.

Humbert se quedó quieto, escuchando, tiritando de frío con aquella ropa insólita y preguntándose qué sería mejor, si largarse de ahí o agarrar al toro por los cuernos. El estómago rugiente se llevó la victoria. Volvió a recomponerse la camisa, la cofia y la falda, salió del refugio del enebro y se dirigió hacia las voces.

Después de que el viejo enseñara a las mujeres las señales de la pelea en el cobertizo, salieron los tres por la puerta. La mujer más menuda lo vio primero y señaló con el brazo en su dirección; la otra se llevó la mano a la boca del susto. Ya se lo imaginaba. El viejo libertino les había contado una versión de los hechos en la que él era una loca con instintos asesinos y ahora le temían.

—Hola...

Procuró dar a su voz un timbre claro, temeroso, y el resultado fue excelente. Vio que las mujeres se mostraban inseguras, se miraban entre ellas e intercambiaban unas palabras. En realidad, las campesinas belgas eran bastante guapas. Un poco redondas, la nariz pequeña, los labios gruesos y frescas como cerezas. No les veía el cabello porque lo llevaban tapado con un pañuelo de colores. El viejo rugió algo, pero ellas no le hicieron caso.

—Por favor... *please*... *s'il vous plaît*... Estoy buscando... trabajo... *travailler*... soy muy trabajadora... *bon travail*...

El viejo canalla intentó ahuyentarlo con un gesto del brazo y gritó algo ininteligible. Seguramente que se fuera. Las mujeres parecían indecisas, pero la mayor negó con la cabeza y luego se rio.

—*Hoe hot jij?*

Humbert no entendió. Se quedó quieto con su mirada suplicante. ¿Qué le habían preguntado? Tal vez querían saber quién era.

—Humb... —Se interrumpió, estuvo a punto de delatarse—. Berta. Me llamo Berta. Berthe.

Estuvieron un rato susurrando, gesticulando, riendo, luego la mayor lo invitó a acercarse con un gesto.

—*Viens. Tu parles français? N'aie pas peur... Viens.*

Habría accedido a su invitación con gusto, pero el viejo seguía junto a ellas, con su abrigo corto desmadejado por la pelea, y no parecía muy pacífico.

—Quiere pegarme —dijo Humbert.

Por fin entendieron que su lengua materna era el alemán. El viejo pareció aún más furioso y las mujeres se miraron intrigadas. Una alemana. Con esa ropa tan rara. Deambulando por la zona sola, durmiendo en casetas de jardineros ajenas.

«Ahora creen que soy una espía», pensó Humbert, desesperado. «¿Por qué no? ¿Qué esperaba? ¿Que me contrataran de mayordomo?»

—Ven —dijo la mujer menuda—. Hambre, ¿sí? Tenemos comida... ¡Ven!

Las dos se dirigieron al lugar donde habían dejado los recipientes, miraron alrededor y continuaron andando. Él las siguió. Tenía tanta hambre que era incapaz de ser precavido. Todo saldría bien. Eran simpáticas, inofensivas, seguramente empleadas del palacio, criadas, como él. ¿Por qué no iban a entenderse entre colegas de profesión?

Miró hacia atrás unas cuantas veces para asegurarse de que

el viejo no corría tras él para atacarle por la espalda, pero su agresor se había quedado en la caseta del jardinero.

De cerca, el palacio no era tan impresionante como lo recordaba. Cuando había pasado por allí a caballo, el edificio de tres alas le había parecido de un blanco inmaculado y de proporciones casi perfectas. Pero ahora veía el revoque desconchado en la zona inferior y los cristales rotos, que habían sustituido por cartón. Las bisagras de la puerta del servicio por la que entraron chirriaron, la humedad había alabeado la madera.

Sin embargo, le llegó un olor tan maravilloso que olvidó todo lo demás. Café y bollos recién hechos, caramelo, almendras, pasas... Estaba mareado de hambre, se le juntaron todos los jugos en la boca, tragó saliva. Sus ojos se quedaron fijos en una mesa larga donde había varias mujeres inclinadas amasando y dando forma a una masa amarillenta. Llevaban un pañuelo atado en la cabeza, y tenían la cara roja por el esfuerzo. En medio de la mesa había varias bandejas de hornear negras con rosquillas dulces y saladas, panes trenzados y tiras de masa enrolladas.

Cuando entraron, todas las cabezas se levantaron y lo miraron. Empezaron a preguntar, se reían y negaban con la cabeza, criticaban y se calmaban, soltaban risitas, susurraban, se daban golpes en el costado...

Tenía experiencia con las mujeres en la cocina. Podían ser chismosas y malas; ante los desconocidos siempre hacían un frente común. ¿Qué harían con él?

—Siéntate... ahí. ¡Cuidado! La harina...

Sabían hablar alemán si querían. Lo condujeron entre las mujeres que amasaban hasta la cabecera de la larga mesa, lo sentaron en un taburete y le pusieron una taza delante, además de un plato con bollos de pasas recién hechos y mantequilla amarilla y grasienta.

—*Mange... Tu as faim, hein?* Tienes hambre. Berthe...

No entendió por qué soltó una alegre risita, pero le daba igual. Mordió un bollo, masticó, saboreó, bebió un buen trago de café con leche y gimió de placer. Untó mantequilla en el bollo mordido, volvió a morder, tragó y notó cómo el bocado le caía en el estómago. Sintió una voracidad enorme por el siguiente bocado. Una vez aplacada la primera sensación de hambre, se percató de que las mujeres no le quitaban ojo, se reían, susurraban cosas que sin duda no eran adecuadas para sus oídos. Él esbozó una sonrisa amable al grupo, bebió de la taza y siguió comiendo. Engulló varios bollos con pasas, luego dos rebanadas de pan con mantequilla y jamón, una gran porción de queso, un dulce espumoso hecho con nata, azúcar, clara de huevo batida y vainilla que le supo a manjar celestial. Qué mujeres tan encantadoras. Todas eran fornidas, tenían los brazos cortos y la cara redonda. Algunas estaban sentadas como manzanas maduras, otras se hallaban de pie alrededor de la mesa, caminaban por la cocina, llevaban jarras y botes y atizaban el fuego. Se estiró de gusto, tenía la barriga llena, aunque hubiera querido no habría podido tragar nada más. Agradecería un sueñecito. ¿Lo dejarían tumbarse un rato en el banco, junto a la potente cocina? Tendría que ahuyentar al gato negro que se estaba echando su siesta matutina ahí.

—Gracias —les dijo a todas—. *Merci beaucoup*. Tanta comida buena, muchas gracias.

Le respondieron con un gesto de la cabeza, alegres de que se hubiera saciado, e intercambiaron miradas pícaras. Algo tramaban, pero estaba demasiado cansado para preocuparse. Se sentía muy tranquilo, le recordaba a la villa de las telas, las tardes que pasaban juntos en la cocina charlando y comiendo. La cocinera Fanny Brunnenmayer. Aquella buena mujer que era como una madre para él. Le enviaba paquetes... Ahora los devolverían con una nota diciendo que el soldado Humbert Sedlmayer estaba desaparecido. Pobre Fanny. Tenía que encontrar la manera de enviarle un mensaje… Pero con cuidado.

—¿Estás llena? —le preguntó una de las ayudantes de cocina.

Era una de las mujeres más bellas del grupo, tenía grandes ojos azules y hoyuelos en las mejillas. Por debajo del pañuelo sobresalían unos mechones rojizos.

—Sí —confirmó él, y asintió—. Muchísimas gracias. Me estaba muriendo de hambre.

—¿Quieres trabajar?

«Vaya. No son tontas, me van a hacer pagar la comida con trabajo», pensó. «¿Por qué no? A lo mejor se quedan contentas conmigo y puedo quedarme.»

—Trabajar —dijo con resolución—. Sí. *Travailler. Beaucoup travailler.*

—¿Qué sabes hacer?

Algo en su mirada lo irritó. Un brillo, como si tuviera segundas intenciones que le costara ocultar. Con una mirada rápida al grupo vio que seguían el interrogatorio con atención. En el otro extremo de la cocina dos chiquillas arrastraban dos pesados cubos metálicos, las demás se habían reunido alrededor de él.

—Muchas cosas —dijo—. Lavar los platos, recoger agua, poner la mesa, lavar la verdura, hacer las camas…

Evitó mencionar las tareas desagradables, como quitar el polvo o limpiar el suelo. Tampoco le gustaba sacudir las alfombras, y limpiar estufas no era lo suyo.

—Bien —dijo ella—. Te gusta hacer las tareas bonitas, no las sucias, ¿verdad?

¿Le estaban tomando el pelo? Se apresuró a decir que haría todo tipo de tareas.

—Pero estás demasiado sucia para las tareas agradables, Berthe.

—Demasiado… sucia —tartamudeó, sin comprender nada aún.

—Para eso primero tendríamos que lavarte.

Dos mujeres fuertes lo agarraron por debajo de los brazos. Él pataleó, intentó liberarse, pero no le sirvió de mucho. Entre risas, esas malvadas mujeres llevaron a la obstinada Berthe al lavadero. Una niebla cálida llenaba el cuartito, habían encendido la caldera y llenado una tina con agua hirviendo, luego echaron agua fría para lograr una temperatura agradable para el baño.

—Ven, todas somos chicas…

—¡No! ¡Soltadme! ¡Soltadme, brujas! ¡Ayuda!

Humbert trató de zafarse de aquellas mujeres sonrientes que lo miraban fijamente, pero fue en vano. Le quitaron la falda, luego la camisa, perdió los zapatos en un intento de huida fallido, y al final perdió también la cofia. Solo le quedaba una opción: un salto audaz a la tina llena. Ahí se quedó agachado, se enjabonó bien y se negó en redondo a quitarse los calzones largos y blancos de mujer.

Qué malvadas eran aquellas mujeres. Eran de pueblo, pero había que andarse con cuidado con ellas. Por lo menos, ahora que estaba sentado en una tina como una gallina enjaulada mostraron su lado más suave.

—*Comme tu es jolie, ma petite…*

—Eres una niña pequeña y dulce…

—Quédate quieta. Esto es para el cabello. Para que huelas a rosas, Berthe…

Lo untaron con todo tipo de esencias, le lavaron la cabeza, le frotaron los hombros, el pecho, la espalda… y cuando un dedo se acercó demasiado, se rebeló.

—Le da vergüenza…, *la pucelle*… la virgen.

—Ya espabilará, qué tontita.

El mundo era un manicomio. Ahí estaba él, en cuclillas dentro de la tina jabonosa, con suaves dedos de mujer toqueteándolo, mientras en el frente luchaban en las trincheras y morían, explotaban granadas, y hombres y animales se desangraban en el lodo. Tenía que ser un sueño, una pesadilla absurda en la que se mezclaban cosas que no encajaban.

Se compadecieron de él. Protegido por una gran toalla, pudo salir del agua casi sin que lo vieran y quitarse los calzones mojados. Le habían dejado un vestido, hasta un enorme corsé anticuado, ropa interior de encaje, unas medias de punto y un sombrero que parecía un gorro de dormir. No tenía elección, tuvo que ponérselo, solo rechazó el corsé. La falda y la blusa de lino parecían hechas para él, y los zuecos de madera le dieron menos problemas de lo que esperaba.

Por fin pararon las risitas y las miradas. Lo dejaron en paz, volvieron a su trabajo, usaron el agua de la tina para limpiar el suelo y sacaron los bollos del horno. La guapa de los mechones rojos había desaparecido, seguramente tenía cosas que hacer arriba, con los señores. Una mujer mayor le puso una cesta en la mano y le explicó con todo detalle en flamenco, francés y un mal alemán que fuera a buscar leña para la cocina.

—¿Dónde?

Gesticuló con los brazos, le indicó que saliera al patio a la derecha, luego otra vez a la derecha, y ahí estaba la madera. La cesta estaba bastante sucia; para hacer esas tareas no había necesidad de bañarlo.

De todos modos, parecían haberlo aceptado, de momento. Si se portaba bien con ellas, tal vez los señores se lo quedaran como criada. No era precisamente divertido ir por ahí así vestido, y era evidente que se habían dado cuenta de que no era una mujer. Estaba en sus manos. Lo tenían ahí atrapado, como un pollo en una jaula, a merced de su voluntad.

Sin embargo, cualquier cosa era mejor que estar entre las ratas en las trincheras mojadas mientras los proyectiles explotaban alrededor.

Parpadeó contra los rayos oblicuos del sol. Entre los adoquines grises del patio interior ya brotaban dientes de león y hierba, los charcos brillaban, había un vehículo militar aparcado bajo uno de los plátanos. Tuvo que rodear el ala del edificio para llegar al jardín por la derecha. En efecto, ahí estaba la leña, amontonada contra la pared de un edificio contiguo. Antes de llenar la cesta echó un vistazo alrededor, no fuese que el asqueroso viejo estuviera cerca. No vio a nadie. Los mirlos revoloteaban entre los arbustos, se posaban sobre la hojarasca seca, una ardilla pasó como una flecha roja por el camino y desapareció entre las ramas delgadas de un haya. Humbert puso toda la leña que pudo en la cesta, se la colgó en el hombro y se encaminó de vuelta a la cocina.

Llegó al patio interior adoquinado, dejó la carga en el suelo para abrir la puerta que daba al ala del servicio, y en ese momento la desgracia vino a su encuentro. Un hombre salió por la entrada principal del palacio y bajó los peldaños que daban al patio. Un oficial. Un oficial alemán. Un mayor.

Humbert hizo por instinto algo que llevaba en la sangre desde hacía dos años: saludó.

El mayor se quedó quieto, miraba asombrado a la chica que lo saludaba como un soldado alemán. La observó con más atención y se acercó unos pasos.

—¿Me he vuelto loco? —dijo Klaus von Hagemann—. Pero si es... ¡Humbert!

# 10

Alicia Melzer sirvió café y le pasó la jarrita de la leche a Marie. Olía como en tiempos de paz: fuerte e intenso. Habían conseguido un saco de café en grano a través del director Wiesler, y la cocinera lo tostaba por raciones en una olla sobre el fuego directo.

—¿Dodo está mejor? —preguntó Alicia.

La pequeña llevaba dos noches muy alterada, gritaba a menudo y tenía un poco de fiebre.

—Está más tranquila desde ayer por la tarde —contestó Marie—. Espero que se le haya pasado. Esta mañana ha comido mucho, me ha parecido que se quedaba satisfecha.

Alicia asintió mientras revisaba el montón de correo que Else acababa de traer. Marie no lo miró, se untó mermelada de fresa en el pan y removió la leche en el café. Todas las mañanas el mismo ritual angustioso: la esperanza, la búsqueda rápida, luego la profunda decepción. Los intentos cada vez más insulsos de consolarse. Paciencia. Confianza. Dios lo cubrirá con su mano protectora. Tal vez por eso Johann Melzer volvía a levantarse pronto desde hacía un tiempo, antes de que llegara el correo, y se iba a la fábrica.

—No hay nada —dijo Alicia en voz baja, después de rebuscar en el montón por segunda vez—. Ya es la cuarta semana.

Marie intentó disimular su creciente desesperación y le contó que el abogado Grünling había salido de Rusia y se hallaba de camino a casa. Lo sabía por Rosa, cuya hermana trabajaba de criada en casa de los padres de Grünling. Rosa Knickbein era la nueva ama de cría, una mujer decidida que defendía su puesto en la villa a capa y espada frente al personal habitual y que en ocasiones chocaba con la cocinera.

—Qué bien —dijo Alicia, y añadió que esperaba que el pobre Grünling estuviera sano y salvo. El hijo mayor de los Wiesler también había regresado de Rusia, pero enfermo de tifus, y murió al cabo de unos días. Esa horrible enfermedad la contagiaban los piojos, por eso era importante que los soldados se buscaran esos bichos todos los días.

Calló cuando llamaron a la puerta. Apareció el ama de cría con delantal blanco y una pequeña cofia sobre su cabello rubio; su rostro, con la nariz un poco demasiado grande y las cejas tan pobladas, transmitía entereza.

—Los dos están saciados y activos, señora. Propongo que hoy hagamos la primera pequeña excursión al jardín.

—¿No es demasiado pronto para Dodo? —comentó Alicia, inquieta—. La niña lleva dos días enferma, con fiebre.

El ama de cría la contradijo, el aire fresco no hacía daño a los niños. Era mucho más peligroso dejar a los pequeños con el olor a cerrado de la estufa, eso sí que les podría estropear los pulmones.

—Aquí no puede oler «a cerrado» —le llamó la atención Alicia, con el entrecejo fruncido—. Pero yo solo soy la abuela, tiene que decidirlo Marie.

A Marie le alegró la propuesta del ama de cría, que prometía grandes cambios para los próximos meses. Ya estaban en mayo, la primavera había teñido el jardín de verde, más que antes, por lo visto, pero se debía a que el jardinero no estaba para recortar los arbustos y los árboles. De vez en cuando se veía al abuelo de Gustav Bliefert con la azada y el cortarramas, pero el exuberante ramaje no era lo suyo. Solo había plantado pensamientos, muy ordenados, con unas cuantas *Impatiens walleriana* en medio, y en la glorieta de delante de la entrada lucían narcisos amarillos y tulipanes rojos.

—Dentro de media hora, Rosa. Pasearemos por el parque. Yo llevaré a Dodo y usted al primogénito.

Rosa asintió, satisfecha, y corrió a preparar a sus protegidos para su primera excursión. Marie oyó que llamaba a Auguste y le daba la orden de llevar los dos cochecitos al vestíbulo y mullir los cojines. La respuesta de Auguste sonó airada; no siempre le gustaban las maneras del ama de cría.

—A lo mejor mañana tenemos un buen fajo de cartas encima de la mesa del desayuno —dijo Marie para animar a su suegra—. Ya sabes que a veces el correo militar se estanca en algún sitio y luego lo reparten todo de una vez.

Ambas evitaron hablar de la otra posibilidad: la notificación de fallecimiento. A través de un buen amigo o de manera lapidaria por correo. Cuántas de esas cartas se habrían enviado ya...

Alicia comprendió las buenas intenciones de Marie, asintió y suspiró.

—Sí, hay que creer en ello. Ojalá. ¿Te has enterado de que el pobre Humbert está desaparecido? Me lo ha contado Else esta mañana, lo sabe por la señora Brunnenmayer. La pobre tenía los ojos llorosos.

—Maldita sea —comentó Marie—. Y nosotros que creíamos que precisamente Humbert sabría ingeniárselas. Pero que esté desaparecido no significa que...

—Por supuesto que no.

—¿Te apetece venir de excursión con los niños, mamá? La primavera se deja sentir en el jardín, y creo que Bliefert ha plantado jacintos de color rosa y azul.

Alicia sonrió, por un momento pareció tentada de aceptar

la invitación, pero luego dijo que Kitty había prometido visitarla.

—Sigue un poco apática. Tendría que haberlo previsto, Marie. Kitty tiende a la melancolía. Hubo un tiempo en que estaba en tratamiento con el doctor Schleicher.

En efecto, tras el feliz nacimiento de su hija, Kitty estaba muy nerviosa y alegre. Elisabeth les contó que aquella tarde pasó horas con ella y Kitty bromeó y dijo todo tipo de tonterías. Más tarde obligó a Elisabeth a contarle cosas «de antes», de cuando Kitty era pequeña, y le hizo infinidad de preguntas que Elisabeth solo pudo contestar en parte: cuándo aprendió a caminar, cuál era su comida favorita, si le gustaba bañarse...

Al día siguiente, por la mañana, la señorita Schmalzler llamó a la villa de las telas y a Elisabeth para pedir ayuda, pues la señora Bräuer estaba llorando en su cama y decía que quería morirse ahí mismo. Habían avisado al médico, que le dio un calmante. Luego durmió hasta última hora de la tarde, y cuando se despertó estaba un tanto aturdida, pero ya no lloraba, solo pedía ver a su hijo. Cuando le decían que había dado a luz a una niña, se enfadaba y acusaba a la señorita Schmalzler de mentirle con alevosía. Su estado iba mejorando día a día, había entrado en razón y había tenido en brazos a su hija varias veces. A Elisabeth, que estaba a su lado todos los días desde primera hasta última hora, le comentó que la pequeña se llamaría Henriette, y atendió la primera visita de los suegros y la cuñada. El director Bräuer estaba loco con su nietecita, y a Tilly se le saltaron las lágrimas cuando Kitty le pidió que fuera la madrina de Henriette. El pastor Leutwien bautizó a la niña en el salón, como había hecho con los gemelos de Marie. No era momento de organizar grandes bautizos, con los padres de las criaturas en la guerra.

Abajo, en el vestíbulo, se oyeron gritos de protesta. Marie reconoció la voz de su hijo Leo, cuyo tono era menos agudo pero más fuerte que el de su hermana; esa era la principal diferencia, que tomaba más aire en los ataques de llanto. Dejó la servilleta y bebió el último sorbo de café.

—Saluda a Kitty de mi parte, mamá —dijo, y al levantarse posó un instante la mano en el hombro de Alicia. Un gesto de ternura y confianza al que su suegra respondió con una sonrisa.

—Es una suerte tener a los pequeños —dijo a media voz—. Mientras nazcan y crezcan niños, el mundo no estará del todo desquiciado, ¿verdad?

—Sí, mamá.

Marie sintió ganas de darle un abrazo, notaba que necesitaba ese consuelo, pero no se atrevió. No estaba acostumbrada a manifestar ese cariño espontáneo con el que Kitty y Elisabeth abrazaban a sus padres. En el orfanato donde creció, aprendió a ser precavida a la hora de expresar sus sentimientos, a no confiar en nadie y a arreglárselas sola. Por mucho que supiera que los Melzer eran más que buenos con ella, aún no había superado esas reservas aprendidas.

—Nos vemos en el almuerzo —dijo a Alicia con alegría.

Bajó la escalera que daba al vestíbulo de la villa, donde ya la esperaban Auguste y Rosa. Los niños estaban en los dos cochecitos de ruedas altas, con unos mullidos cojines de plumas, sus gorritos de punto y, para colmo, el ama de cría también les había puesto unas diminutas manoplas de punto que les había hecho Kitty.

—Dios mío —dijo Marie entre risas—. Parece que nos vamos de paseo a Siberia.

—He pensado que tenían que usar estas preciosas manoplas antes de que se les queden pequeñas, por lo menos una vez —comentó Rosa, y meció el carro en el que la pequeña Dodo se quejaba en voz baja.

Leo lloraba de cansancio, se le caían los párpados e intentaba meterse un puñito en la boca. El sabor de la lana no le gustó, escupió y babeó hasta que se le cerraron los ojos.

—Mañana te traes a Maxl y Liesel —dijo Marie a Auguste—. ¿Dónde se han metido esos dos, por cierto? Hace semanas que no los veo.

Auguste asintió, contenta. Temía que ya no quisieran tener a sus hijos en la villa ahora que tenían a sus propios niños.

—Suelen estar en la cocina, señora. Para que no molesten. Liesel ya camina como una pequeña comadreja, pero Maxl es vago y quiere que se lo lleven todo.

Abrió la amplia puerta de entrada de la villa y se coló la luz dorada del sol primaveral. Afuera brillaba el arriate de flores de colores, detrás se extendían las ramas color verde lima de los plátanos, que deberían haberse podado hacía tiempo.

—¡Señora Melzer! —gritó alguien—. Señora...

Else atravesó el vestíbulo con unas prisas extrañas, era evidente que alguna desgracia había ocurrido. Marie sintió de repente un frío gélido en todo el cuerpo. «No», se dijo. «¡Dios mío! Que no sea... Paul.»

—¿Qué ha pasado, Else?

La empleada se detuvo delante de Marie, de pronto dudó de si la noticia era realmente tan importante como para molestar a la señora Melzer cuando salía de excursión con los niños.

—Algo horrible, señora. Ha venido una mujer para decirnos que la madre de Hanna ha muerto.

Era injusto sentir alivio, pero era la verdad. Marie conocía a la madre de Hanna porque antes trabajaba en la fábrica, pero luego la habían despedido. La pobre Hanna tenía que darle a su madre alcohólica todo su sueldo, ganado con el sudor de su frente. Aun así, la chica había cuidado de su madre.

—Dios mío —dijo Marie—. ¿Cómo ha ocurrido?

—Nadie lo sabe, señora. Por lo visto el alcohol la ha matado.

Era obvio que quería añadir algo más, pero se calló, seguramente porque recordó que no se debía hablar mal de los muertos.

—Hanna está llorando en la cocina. La mujer le ha dicho que debe ocuparse de la fallecida, que no puede quedarse ahí.

Marie hizo un gesto a Auguste para que se acercara. Acababa de decidir que la primera excursión de sus hijos tendría que ser sin ella. Ahora Hanna era más importante. Desde el accidente de la fábrica, Marie había cuidado de la chica, le había conseguido un puesto en la villa de las telas y, pese a todas las quejas sobre Hanna, siempre había estado de su parte. No podía dejarla sola en aquella desgraciada situación.

—Será mejor que levantes la capota del carrito —indicó a Auguste—. Creo que sopla un viento frío.

Luego acompañó a Else. La cocina y las dependencias del servicio eran tabú para los señores, territorio de los empleados, pero Marie había servido allí, conocía perfectamente los espacios, y no tuvo ningún reparo en entrar en la cocina.

—¡Hanna! Pobrecita. ¡Qué noticia tan horrible!

Hanna estaba sentada en un taburete junto a los fogones y se dejaba consolar por la cocinera. En cuanto oyó la voz de la joven señora Melzer, levantó la cabeza y sonrió entre lágrimas.

—¡Marie! —dijo, y se llevó la mano a la boca—. Perdón… señora, quería decir. Lo siento, estoy muy alterada.

Marie saludó a la señora Brunnenmayer con la cabeza y se acercó a Hanna para darle un abrazo. Era raro que le resultara tan natural ofrecerle cariño a esa pobre chica y que con Alicia se mostrara tan reservada.

—Ha… ha dicho… —dijo Hanna entre sollozos, y se sorbió los mocos— que había que… recogerla.

Marie le acarició la espalda y agradeció que la señora Brunnenmayer le acercara un pañuelo, pues no llevaba ninguno.

—Límpiate la nariz, Hanna…, así…, y dime dónde vive tu madre.

—En el barrio de Proviantbach.

—Bien. Pues vayamos juntas. Coge la chaqueta y ponte unos zapatos.

La cocinera comentó, gruñona, que ella habría acompañado a Hanna, pero que tenía que preparar el almuerzo. Y si la señora iba al barrio de Proviantbach con Hanna, Else debería ayudarla en la cocina, porque había recibido cebollas y zanahorias, y Hanna aún no había pelado las patatas.

—Dígale a Else que se lo pido yo. No es tarea suya, pero ha surgido un imprevisto.

El barrio de Proviantbach se encontraba cerca de la fábrica de paños Melzer. En aquella pequeña barriada se construyeron casas de alquiler para los trabajadores de las fábricas textiles, casas austeras con ventanas pequeñas. Las viviendas eran poco espaciosas, como mucho contaban con dos habitaciones, pero incluían todo lo necesario: retrete, horno, bañera, cocina. Johann Melzer había levantado algunos edificios en el barrio ya existente, donde ofrecía a sus empleados viviendas adecuadas y asequibles. Antes de la guerra incluso se habían abierto tiendas, panaderías, lecherías y carnicerías que ofrecían a los vecinos sus productos; además, las fábricas financiaban guarderías y casas de baño. Las viviendas estaban ligadas a los talleres y solo se alquilaban a sus empleados, por eso a Marie la sorprendía que la madre de Hanna siguiera viviendo allí. ¿No la habían despedido? Sin embargo, el destino ya había afectado a casi todos los empleados de las fábricas textiles, así que seguramente ya nadie preguntaba quién tenía derecho a vivir en el barrio.

Mientras atravesaban el jardín de la villa, Marie vio entre los árboles a Auguste y Rosa paseando por un camino de arena, empujando los cochecitos y charlando. «Por lo menos se aguantan», pensó Marie.

Hanna le estaba hablando de la mujer que se había presentado a primera hora en la villa. Era una vecina de su madre.

Hanna la conocía porque aparecía por casa de su madre en cuanto tenían algo de licor o cerveza. Luego se emborrachaban juntas y se lo pasaban bien.

—Ha dicho cosas horribles la señora Schuster. ¡Qué pensarán de mí ahora Else y la señora Brunnenmayer! Que no me he ocupado de mi madre y que la he dejado morir sola. Pero si anteayer le di cinco marcos. Era todo lo que tenía, y me prometió que se compraría comida, no solo cerveza.

Marie intentó calmar a la chica. Fuera lo que fuese lo que había ocurrido, Hanna no podía hacer nada. Era triste, pero su madre estaba enferma, por eso siempre necesitaba beber. Nadie había podido ayudarla.

—No debería haberle dado el dinero —dijo Hanna, que estaba muy confusa—. Seguro que aprovechó para comprarse una botella de licor entera. La cerveza le sentaba bien, pero el licor era su enemigo. Hasta ella lo decía. Ay, debería haberle dado solo un marco o cincuenta peniques, y ahora seguiría con vida.

Marie conocía el barrio pobre de Augsburgo, donde el hambre, la delincuencia y la prostitución formaban parte del día a día. Sin embargo, el barrio de trabajadores de las afueras de la ciudad era otra cosa. A quien conseguía una vivienda allí le iba bien, pues reinaba el orden y contaban con unos ingresos modestos. ¿Cómo había caído en el alcohol la madre de Hanna? Por lo que ella sabía, había controles estrictos: los maridos violentos, los borrachos y los socialistas no eran tolerados en los barrios de los trabajadores.

Caminaban entre los bloques de viviendas de varias plantas, y entonces Marie comprendió que las cosas habían cambiado mucho por allí. Mujeres de distintas edades, que a esas horas solían estar en la fábrica trabajando, deambulaban por los callejones, charlando o peleándose. En los pequeños jardines ya brotaban hierbas aromáticas y las primeras verduras, y de vez en cuando se veía a una mujer arrancando maleza.

¿Antes no tenían gallinas? Ahora no se veía ninguna. Vio a niños con la ropa hecha jirones y mugrienta que gritaban y lloraban, o jugaban en los charcos; en medio de la calle había un perro marrón que estaba en los huesos. En la entrada de una casa se habían reunido unos chicos y chicas que miraban con timidez a aquella mujer bien vestida que caminaba junto a la hija de la tejedora.

¿Qué edad tendrían aquellos chicos? ¿Dieciséis? Con diecisiete serían soldados, y los había que esperaban ese momento con ansia.

—Es aquí, señora.

Hanna se había parado delante de un bloque gris de viviendas de alquiler, y empezó a balancearse de un pie a otro, indecisa.

—¿De verdad quiere entrar, señora? Es… es muy feo. Antes, cuando aún estaban aquí mis hermanos, mi madre lo mantenía todo limpio, y había camas. Pero ahora…

—No tengo manías, Hanna. Vamos.

El estrecho pasillo de la planta baja estaba impregnado de un penetrante olor a humo de estufa. Subieron por la escalera; en la primera planta había una puerta entreabierta, y por la rendija vieron a un viejo sentado a la mesa comiendo sopa con avidez. Cuando pasaron, el viejo se puso a toser, y una mujer se acercó para quitarle la sopa y la cuchara.

—¡Ahí estás! —le gritó la mujer a Hanna—. Lleva desde ayer ahí arriba y nadie se dio cuenta. Llévatela de una vez, ¡no puede quedarse así!

—No se preocupe, nos ocuparemos de todo —repuso Marie.

Subió otro tramo de escalera, más estrecha que la de las plantas inferiores; por lo visto hacía tiempo que nadie limpiaba esa zona. La madre de Hanna vivía en una de las cuatro viviendas de dos habitaciones situadas en la planta superior, bajo la azotea.

—¡Hanna, niña!

Al oír la estridente voz, Marie y Hanna se quedaron quietas del susto.

—Pasa, niña. No tengas miedo, aquí arriba es divertido. Entre los tablones hay diez mil diablillos que nos sonríen.

—Es la señora Schuster —susurró Hanna, compungida—. Ha vuelto a beber.

Marie supuso que la vecina se había servido de las provisiones de la madre de Hanna. Era horrible. Una había muerto por el alcohol, y la otra no tenía nada mejor que hacer que emborracharse. Agarró a Hanna de la mano y subió con valentía los últimos peldaños. En la penumbra vieron la imagen borrosa de la señora Schuster: el cabello desgreñado y suelto, la mano sujetando la botella, el pañuelo caído. Peor era el hedor a ropa mohosa y matarratas barato.

—¿Has traído a una dama elegante? —gimió la señora Schuster, y se tambaleó tanto que a Marie le dio miedo que tropezara—. Una dama elegante… de la villa… de las telas. Bebe un trago, Hanna, niña. Es de tu madre. Ella… ya no lo necesita. Se lo ha bebido… todo, ahora está saciada.

Por un momento a Marie se le ocurrió que podía tratarse de un error ridículo. Quizá la madre de Hanna solo estaba durmiendo la mona, y esa loca, la señora Schuster, pensó que había muerto. Pero en ese instante la señora Schuster dio unos pasos a un lado, asestó una patada a una puerta, y esta se abrió con un chirrido mientras ella se apoyaba en el quicio para no caerse.

—Ahí está —dijo con una risita—. Lleva ahí desde ayer por la noche y no quiere despertarse. Demasiado licor, te lo digo. Demasiado licor.

Se llevó la botella a la boca y le dio un buen trago, luego le fallaron las piernas y cayó despacio al suelo de madera. Se quedó sentada, retorcida, con la botella aún en la mano y la mirada fija en la penumbra, como si viera algo muy raro.

Marie y Hanna tuvieron que pasar por encima para entrar en la casa. No había mucho que ver: unos cuantos harapos en el suelo, y al lado de la pequeña estufa de carbón los restos de una silla que alguien había destrozado, seguramente para hacer fuego.

La madre de Hanna estaba en el diminuto cuarto; parecía más un cobertizo que una habitación. Entraba poca luz por un ventanuco. No había cama, quizá había corrido la misma suerte que el resto de los muebles. El cuerpo inerte estaba sobre una vieja colcha, de lado, con los brazos sobre la barriga. El rostro macilento y céreo y su nariz puntiaguda no dejaban lugar a dudas de que Grete Weber había muerto aquella noche.

Marie rodeó a Hanna por los hombros y quiso arrimarla hacia ella, pero la chica estaba rígida y petrificada, con los ojos clavados en la muerta, como si no pudiera creer lo que estaba viendo.

—Tu madre ya está muy lejos, Hanna —dijo Marie a media voz—. Lo que estás viendo solo es el cascarón que ha dejado. Su alma es pura y buena; con el alma siempre os ha querido, a ti y a tus hermanos. Y ese espíritu inmortal de tu madre ahora va de camino al cielo.

Hanna seguía sin moverse. Marie murmuraba desesperada lo que se le ocurría para hacer soportable la imagen de la fallecida, pero no era necesario.

—Tenemos que colocarla bien —susurró Hanna—. Tiene que estar boca arriba, con las manos juntas, ¿no?

—Sí, deberíamos hacerlo, Hanna.

A Marie le costó un gran esfuerzo acercarse al cadáver y tocarlo. Hanna, en cambio, no parecía tener reparos: puso las manos de su madre una encima de la otra, le retiró el pelo desgreñado hacia atrás y le cerró los ojos. Lo hizo todo con cuidado y cautela, algo que rara vez conseguía con otras actividades.

—Llamaré a la empresa funeraria, Hanna —dijo Marie—. Hay que meter a tu madre en un ataúd y conseguir un sitio en el cementerio.

Hanna asintió; lo más probable es que no tuviera ni idea de que esas cosas costaban un dinero que ella jamás habría podido conseguir. Marie pensó en su propia madre, a la que solo habían concedido un entierro pobre, y decidió ahorrarle a Hanna esa preocupación.

Al salir del piso cerraron la puerta y Marie echó la llave. La señora Schuster seguía en el suelo del pasillo, con la espalda apoyada en la pared y la cabeza hundida en el pecho. Estaba dormida, la mano derecha aferraba la botella de licor vacía. Más abajo lloraba un niño, se oía el tono furioso de una mujer mayor, y también un objeto duro que chocaba con gran estruendo contra la pared.

Afuera el cielo se había cubierto, soplaba un viento fresco por los callejones del barrio y el agua de los charcos se encrespaba. Era mediodía, de vez en cuando llegaba el olor a sopa de patatas, que se estiraba con nabos. Los niños habían desaparecido, solo el perro marrón seguía delante de la entrada royendo un palo. Marie y Hanna se apresuraron a alejarse de allí.

«Si aquí hay tanta miseria, ¿cómo será en los barrios pobres de la ciudad?», pensó Marie, afligida. Sí, estaba la comida que se servía en la iglesia, y las organizaciones de mujeres también repartían alimentos. Pero el pastor Leutwien le dijo en su última visita a la villa que las enfermedades y las epidemias estaban acabando con esa gente. El hambre y el frío los habían debilitado hasta tal punto que los ancianos y los niños morían por un simple resfriado.

Al pasar junto a la fábrica de paños Melzer sonó la sirena de mediodía. Marie se enfadó, sabía que únicamente se trabajaba en una sala. Solo unas cuantas empleadas tenían trabajo limpiando cartuchos de proyectiles para poder llenarlos de nuevo. De momento, Johann Melzer no tenía intención de entrar en la fabricación de tejido de papel. Paul había dibujado sus esbozos para nada, pues su padre no estaba dispuesto a sacrificar sus principios: en la fábrica de paños Melzer no se iban a fabricar sucedáneos de telas; se procesaba algodón y buena lana, o nada.

—¿Es verdad que el alma de mi madre irá al cielo? —preguntó Hanna.

—Estoy completamente segura —afirmó Marie con convicción.

—¿Y me podrá ver desde ahí arriba?

A Marie le dio un poco de miedo cuando vio que la chica la miraba con ojos confiados. ¿Qué iba a decirle? Hanna tenía quince años, ya no era una niña.

—Nadie lo sabe, Hanna. Pero si tú lo crees con firmeza, así será.

Hanna asintió y miró pensativa hacia el cielo, donde el viento empujaba las nubes blancas y grises.

—No sé si siempre me gustará —dijo con el ceño fruncido—. Pero a veces sí, para que no se olvide del todo de mí.

# 11

Alicia jamás había osado comunicar a su marido una decisión irrevocable. Pero aquel precioso día de mayo, con el parque y los caminos teñidos por una luz de color verde lima, lo hizo. Con la cara decía que estaba harta. Era una Von Maydorn, descendiente de una familia noble cuyos hijos habían servido al imperio como oficiales de forma gloriosa.

—Esa es mi firme voluntad, Johann.

Melzer, enfadado, había arrojado al suelo el periódico matutino cuando, nada más empezar el desayuno, ella insistió en aquella tontería. No, no y mil veces no. No quería un hospital en su casa, y las mujeres de la villa, es decir, su esposa y su hija Elisabeth, tendrían que aceptarlo de una vez. Sin embargo, cuando se levantó de la silla después de aclararlo, Alicia se le encaró. Increíble. ¡Le cerró el paso hacia la puerta! Tendría que haberla empujado a un lado para poder pasar.

—¿Qué significa esto, Alicia? ¿Quieres montar una escena indigna delante de los empleados? ¿Realmente merece la pena?

Estaba delante de ella, entre furioso e inseguro, pero no se atrevía a rodearla ni a tocarla.

—Si montamos una escena o no, depende exclusivamente de ti, Johann. Yo estoy muy tranquila —dijo con la cabeza bien alta, aunque el leve temblor en su voz la delataba—. Está decidido, montaremos un hospital aquí, en la villa. Ya he informado a las autoridades correspondientes.

La mirada de Johann vagó por la habitación y luego regresó a ella. Notó que se acaloraba. El médico le había dicho que nada de alterarse.

—Esta es mi casa —dijo en un tono neutro, sin apenas mover los labios—. Lo que ocurre aquí ¡aún lo decido yo!

—Te equivocas, Johann. Esta es también mi casa, porque soy tu esposa. Y lo que quiero hacer lo impone la caridad y la humanidad. No entiendo cómo se puede rehuir ese deber.

Johann Melzer levantó despacio los brazos, se llevó las manos a la parte posterior de la cabeza y se quejó en voz alta.

—¿Es que todas las mujeres piadosas se han unido contra mí? Tú y tu hija Elisabeth os habéis aliado. ¿Y quién está realmente detrás de esto? ¿Eh? ¿Aún no lo has entendido? Nuestro querido yerno Klaus von Hagemann os ha inculcado esa idea absurda porque quiere ganar puntos ante sus superiores, ese pobre diablo ambicioso.

Alicia se quedó perpleja, era evidente que no se le había ocurrido, pero no iba a ceder. Estaba resuelta a llegar hasta el final, dijera lo que dijese Johann.

—No quiero discutir contigo —dijo ella, bajando la voz—. Solo te he comunicado mi decisión. Y esta vez espero que la aceptes.

Johann Melzer, con las manos en la cabeza, estaba petrificado en esa postura. ¿Qué le pasaba a su mujer? ¿De dónde salía esa obstinación? Aquello rozaba la rebelión. El ideario socialista. Mujeres que llenaban las calles exigiendo el derecho al voto. Esposas que se enfrentaban a sus maridos, y se negaban a obedecer al cabeza de familia…

—Si te viera tu hijo… —le soltó— ¡se avergonzaría de su madre!

Decir algo así era un golpe bajo, lo sabía muy bien. La breve carcajada de Alicia sonó estridente y forzada.

—¿Paul? —dijo, y se echó a reír de nuevo—. Sería el primero en entenderme. Pero está en el frente, y no tenemos noticias de él desde hace seis semanas.

—¿Acaso me lo estás reprochando, Alicia?

Ambos lo sabían, aunque jamás hubieran dicho una palabra sobre el tema. Johann Melzer podría traer a Paul de vuelta a Augsburgo porque los fabricantes de productos necesarios para la guerra eran liberados del servicio militar, o al menos podría intentarlo. Tanto a Marie como a Alicia les costaba soportar que aún no lo hubiera hecho.

—¡Eso tendrás que resolverlo contigo mismo, Johann! ¡Y con tu conciencia!

La dureza del tono era hiriente; aún más, le atravesó el corazón. Dejó caer los brazos e hizo un gesto de impotencia con la cabeza. ¿Qué estaba ocurriendo? ¿No bastaba con que el mundo se hubiera vuelto loco? ¿Esa maldita guerra también tenía que instalarse en la villa?

—Bien, pues no hay nada más que decir. Salvo una cosa: te prohíbo que conviertas mi casa en un hospital. Si insistes en ello, tendrás que contar con mi enérgica oposición.

Entonces sí lo hizo. Avanzó dos pasos hacia ella, dispuesto a apartarla a un lado si seguía cerrándole el paso. Sin embargo, Alicia se apartó y lo dejó pasar. No vio que, cuando él cerró la puerta de golpe, se dejó caer en una silla y se tapó la cara con las manos.


—¡Auguste!

¿Dónde se había metido? Johann bajó al vestíbulo y, cuando ya se disponía a ir a buscar él mismo el sombrero y el bastón, vio a Auguste en la entrada con una visita que acababa de llegar.

¡Elisabeth! Lo que faltaba. No quería tener otra discusión, así que agarró rápido su bastón y saludó a su hija con un fugaz gesto de la cabeza.

—¡Papá! —lo llamó ella—. Cuánto me alegro de encontrarme contigo.

«Ya», pensó él. El segundo ataque de la mañana.

—No tengo mucho tiempo, Lisa. Ve a ver a tu madre, no está de buen humor.

Pasó por su lado y, cuando ya estaba en los peldaños de arenisca que daban al patio, oyó sus pasos presurosos.

—¡Papá! Espera, no te vayas corriendo.

Johann Melzer se detuvo a regañadientes, acababa de decirle que tenía prisa. ¿Qué quería de él?

La cara de preocupación de su hija le dolió. Pobre Lisa, siempre le habían tocado las peores cartas, y encima se había casado con ese noble venido a menos que solo buscaba su dote. En última instancia, él tenía la culpa; era su padre y no debería haberlo permitido.

—¿Habéis discutido, mamá y tú?

—Eso no es asunto tuyo, Lisa.

Su hija rompió a llorar, y Johann Melzer se llevó un gran disgusto. De ningún modo quería que sus padres tuvieran tantos problemas a causa del dichoso hospital. Había sido idea suya, solo esperaba poder hacer algo por los pobres heridos.

—Pero no a este precio, papá —dijo entre sollozos—. Me da mucho miedo tu salud, no debes alterarte. No, olvídalo. Hablaré con mamá. Nada de hospitales en la villa.

Johann Melzer estaba abrumado. No solo por aquel arrebato de lágrimas, también por su renuncia. Cuando se le tiró al cuello y hundió el rostro bañado en lágrimas en su chaqueta, sintió una impotencia y una emoción indescriptibles.

—Bueno, bueno, Lisa. No te lo tomes así… ¿Qué pensará Auguste de ti?

Ella se sorbió los mocos y hurgó en el bolso en busca de un pañuelo. Era extraño que, entre todos los cachivaches que llevaban las mujeres en los bolsos, casi nunca hubiera un pañuelo limpio. Johann Melzer sacó el suyo del bolsillo izquierdo de la chaqueta, donde lo guardaba siempre, y se lo dio. Igual que cuando era pequeña.

—Ten…, límpiate la cara, Lisa. Así no puedes ir a ver a mamá.

—No os pelearéis, ¿verdad? —preguntó mientras se limpiaba las mejillas—. Esta historia absurda se ha acabado, papá. De una vez por todas.

Él respiró hondo en el intento de liberarse de todo lo que tenía en la cabeza.

—No entiendo por qué me tacháis de ser un mal cristiano y un traidor a la patria. Me hiere en lo más profundo. No soy un santo, ni mucho menos, pero tampoco soy un monstruo —aclaró él.

—¡Ay, papá! Ya sabes lo mucho que te queremos todos.

Ya volvía a tener los ojos llorosos, seguro que rompía a llorar otra vez. Johann Melzer se sentía superado. No iban a dejarlo en paz con el tema y, antes de someterse todos los días a semejante ataque de nervios, optó por ceder.

—Tengo trabajo en la fábrica —masculló—. Cuando vuelva para el almuerzo, quiero conocer vuestros planes con exactitud. Además, espero un informe detallado de todo lo que mamá y tú habéis hecho al respecto.

Dicho lo cual, se dirigió a la salida del jardín todo lo rápido que se lo permitió la pierna afectada. Quería provocarles incertidumbre, se lo tenían bien merecido.

Para cuando llegó a la entrada de la fábrica tras un paseo de media hora y le soltó al portero el habitual «Buenos días, Gruber», ya tenía pensado cómo sería el hospital de la villa. Más tarde, en el escritorio, estuvo dibujando la distribución de los espacios y dónde levantarían paredes provisionales. Habló por teléfono con las autoridades militares y negoció la adquisición de camas, colchones, ropa de cama y pijamas para los pacientes. Le dijeron que apenas había vendas de algodón, que utilizaban tela de papel.

—Lo sé —gruñó al auricular, y colgó.

Johann Melzer sintió un gran alivio al ver que Elisabeth se había quedado a almorzar, pues Marie no parecía estar muy habladora y Alicia lucía un gesto impasible. Dijo que tenía migraña, comió unas cucharadas de sopa de arroz y se retiró a su habitación tras el postre, que consistía en compota de ciruela en conserva. No obstante, en el escritorio del despacho había dejado a su marido una carpeta donde, además de múltiples notas sobre el hospital, había un formulario de solicitud: «Cuestionario del Comité Nacional para el cuidado voluntario de enfermos en período de guerra». Había que responder quince preguntas sobre la accesibilidad del hospital, el edificio, el alojamiento, los médicos, el personal de enfermería y los espacios.

—Al final no querrán instalarlo en la villa —pensó en voz alta.

Sin embargo, Elisabeth ya había tanteado el terreno. Las autoridades militares locales agradecían mucho contar con otro hospital, aunque fuera pequeño, a cargo de la sociedad benéfica. El parque de la villa ofrecía a los convalecientes la posibilidad de pasear en un entorno tranquilo y al aire libre. Por eso habían propuesto ocuparse de casos que ya iban camino a la mejoría.

Melzer asintió, satisfecho. Sonaba bien. Prefería convalecientes que heridos recientes o casos desesperados. Era ridículo, pero no podía ver sangre y tampoco quería tener que oír los gritos de los moribundos.

Dos días después se presentó en la villa el viejo carpintero Gottfried Waser con sus dos aprendices para tomar medidas para los tabiques del vestíbulo. Una antecámara de varias puertas rodeaba la entrada para no acceder directamente desde el patio a la sala de los enfermos, que abarcaba casi toda la zona trasera del vestíbulo y recibía la luz por la ancha puerta de la terraza, con sus múltiples ventanales de cristal. En verano abrirían la puerta para sacar algunas camas a la terraza. El lavadero haría las veces de sala de tratamientos, y convertirían tres cuartos más en habitaciones individuales para oficiales. Como los señores ya no tendrían acceso al salón de la primera planta, habría que entrar en la villa desde el jardín, por la escalera que daba a la galería.

Al cabo de unos días, Alicia abandonó su inflexibilidad. Parecía cambiada, se ocupó de equipar las tres habitaciones para oficiales, trataba con la cocinera, que no estaba muy contenta con el aumento de trabajo, y seleccionó del grupo de jóvenes damas que se habían presentado como ayudantes voluntarias las que le parecieron adecuadas. Elisabeth se hizo cargo de la dirección del personal de enfermería y habló con el doctor Greiner, que desde el principio asumió el cuidado de los enfermos. Más adelante se le unió un joven médico.

En la planta baja se pasaron días trabajando con martillos y sierras, soltando palabrotas y quejas, y limpiando con trapos húmedos, frotando y sacando brillo. Auguste, Hanna y Else arrastraron mesitas, sillas y cómodas hasta las habitaciones para oficiales, colocaron alfombras y colgaron cortinas. Llegaron las camas y las montaron; veinte procedían de las reservas de las autoridades militares y las otras treinta las habían comprado los Melzer. Recaudaron donaciones, las señoras de la sociedad benéfica llevaron ropa de cama y pijamas, toallas, palanganas y orinales de esmalte. La reforma más cara fue la instalación de un baño con varios lavamanos y un retrete separado.

—¡Dios mío! ¿Qué habéis hecho con nuestro precioso salón? —exclamó Kitty cuando Elisabeth le enseñó con orgullo las instalaciones—. Es horrible. Parece un orfanato. Y esos catres… ¿Es que aquí también pegarán a los pobres chicos?

—¡Qué tonterías dices, Kitty!

Por muy bien que conociera Elisabeth a su hermana, le ofendían tantas críticas injustas después de tanto esfuerzo.

—Ay, solo era un comentario. —Kitty se encogió de hombros al tiempo que pasaba la mano por el metal lacado de blanco de una cama—. Dicen que algunos han perdido la cabeza. Deambulan, se arrancan la ropa y mueven las orejas.

—Esperaba que aportaras algo razonable a nuestro proyecto —replicó Elisabeth, disgustada—. Por ejemplo, una donación. ¿O tendrías que preguntar primero a tus suegros?

—Ah, no —dijo Kitty con una sonrisa—. En mi cofrecito, que conoces muy bien, siempre hay determinados importes de los que puedo disponer como desee. ¿Qué dice Marie de todo este caos? Debe de ser muy incómodo bajar con los niños por la estrecha escalera de la galería cuando salen. ¡Ay, Lisa! ¿Sabes que mi pequeña Henni se ha vuelto a reír hoy? Tiene una risa tan dulce que su abuelo está loco por ella. A ti seguro que ya no te conoce, siempre estás ocupada con tu dichoso hospital.

—Muchas gracias, Kitty. Tienes un talento especial para agriarme el buen humor.

Kitty soltó una risita tonta y le dijo que no se lo tomara así. Además, tenía una buena noticia para ella.

—Tilly tiene muchas ganas de cuidar a soldados enfermos. ¿Crees que podríais probar con ella? Es un encanto, un poco ingenua y bastante torpe, pero un encanto.

—Supongo que sí. Dile que venga a ver a mamá, ella se ocupa de eso.

Al cabo de dos semanas, ya en junio, se presentó en la villa un enviado del Ministerio de Guerra para inspeccionar el hospital. Comentó la dificultad para calentar la sala de los enfermos en invierno, exigió la adquisición de doce delantales blancos además de cofias para las enfermeras y preguntó a la cocinera si se veía capaz de preparar comida de dieta para los enfermos. Fanny Brunnenmayer se puso tensa y contestó que, dada la escasez de alimentos, hacía meses que no preparaba otra cosa, a lo que el enviado la llamó con respeto «mujer resuelta» y acto seguido puso en servicio el «hospital de reserva».

Los primeros pacientes llegaron en un camión militar: dos soldados enfermos por inhalar gas venenoso, un teniente y un sargento con disentería y cinco oficiales con heridas de bala en distintas partes del cuerpo. El hospital se puso en marcha y la planta baja de la villa se llenó de una actividad inusual. Nada funcionaba como Elisabeth y Alicia habían esperado. La mayoría de las enfermeras resultaron ser ineptas, el médico necesitaba medicamentos de los que no disponían, faltaban estanterías para los enseres personales de los pacientes, y, sobre todo, quedó claro que un retrete para tanta gente no era suficiente. Además, los pacientes complicaban las cosas, no todos se mostraban agradecidos por los cuidados voluntarios. Los oficiales se peleaban por las habitaciones individuales; dos de ellos, que estaban mejorando, fumaban y se emborrachaban con licores que les enviaban sus angustiados padres. Pasados tres días de caos, por la noche Elisabeth convocó una reunión de crisis en el comedor, a la que también asistieron el doctor Greiner y Tilly Bräuer, la única enfermera que quedaba. La hermana mayor de Alfons Bräuer resultó ser una ayudante excelente, para sorpresa de Elisabeth. Igual que su hermano, por fuera parecía un poco torpe y tímida, pero cuando se enfrentaba a una tarea demostraba que tenía manos hábiles y una mente clara.

El doctor Greiner, cansado y muy descontento, se planteaba retirarse porque era demasiado viejo para eso. Empezó a leer en voz alta, con semblante serio, las notas que había tomado en su libreta de lo que, a su juicio, había que cambiar sin falta. Lo más urgente eran las jóvenes damas que correteaban por allí como gallinas asustadas y sufrían ataques de histeria al ver un hombre desnudo; le ponían de los nervios, poco se podía hacer con ayudantes así. Necesitaban mujeres con experiencia y conocimientos sólidos. También era preciso organizar de un modo razonable las tareas rutinarias, a saber: lavar a los pacientes, vaciar los orinales, cambiar vendas y ropa de cama, dar la comida, limpiar el suelo, etc. Además, faltaba una persona que infundiera respeto y parara los pies a esos tenientes presuntuosos. Y era urgente conseguir: éter, alcohol puro, pastillas de carbón, vendas, buenas tijeras, pinzas, instrumental quirúrgico…

Alicia escuchaba con atención y de vez en cuando hacía comentarios de aprobación; mientras tanto, Elisabeth cuchicheaba con Tilly.

—Dile que se lo pedimos de corazón. La necesitamos sin falta.

Cuando Tilly se levantó para salir, el médico alzó la vista de sus notas, enfadado.

—Si a las señoras no les interesan mis explicaciones, les ruego que me permitan retirarme. Soy un hombre mayor y estaría encantado de delegar este trabajo en alguien más joven.

—Se lo ruego, doctor. Hemos preparado un tentempié.

—Bueno, en ese caso…


Tilly regresó al comedor con una sonrisa mal disimulada. Tras ella entró Marie. Su expresión era contenida, como siempre, pero quien la conocía bien sabía que se sumaba a la reunión a desgana, a petición de Tilly.

—Espero no causarte muchos problemas, Marie.

—No pasa nada, mamá. Buenas tardes, doctor. Admiro su maravilloso trabajo.

El doctor Greiner sonrió, halagado, y cuando Else entró con una bandeja de bocadillos y una botella de vino tinto, se animó un poco más. Hacían grandes esfuerzos por servir a la patria, era una actividad agotadora en esos tiempos. Solo había que superar algunos desagradables contratiempos organizativos.

Marie vio la mirada ilusionada de Tilly y comprendió que habían ido a buscarla porque el hospital estaba en crisis. En realidad, les estaba bien merecido a Alicia y Elisabeth, lo habían montado todo deprisa y corriendo y ahora surgían las dificultades. Marie soltó un leve suspiro, no le quedaba más remedio que intervenir para colaborar.

—Bueno —le dijo al doctor Greiner con amabilidad, y levantó la copa para brindar—. Supongo que en breve llegará un colega joven para ayudarle.

—Yo también lo espero —dijo él, al tiempo que se llevaba la copa a los labios—. Porque mi humilde persona está superada con tanto trabajo.

Alicia y Elisabeth contuvieron la respiración.

—Mi querido y respetado amigo —continuó Marie—. Todos sabemos lo pesada que es la carga que está llevando sobre sus hombros. Créame, he sentido gran admiración hacia usted estos últimos días. Precisamente por eso, estimado doctor, le pido de corazón que no nos abandone.

—¿He dicho yo eso? —farfulló él—. Solo quería dejar claro que esto no puede seguir así.

—Entonces decidamos juntos qué hay que hacer. ¡Que me muera ahora mismo si no conseguimos montar en la villa un hospital que funcione bien!

—¡Estupendo, señoras! —exclamó el doctor, y bebió un buen trago de vino—. Fantástico. Escucho sus propuestas.

Coincidieron en que, en la siguiente selección de enfermeras, debían valorar que contaran con aptitudes prácticas y cierto aplomo. Las mujeres casadas tenían preferencia. Hasta lograr suficiente personal, Marie ayudaría unas horas al día, y consideraba que Hanna era adecuada para la tarea.

—A Else mejor no se lo preguntamos —comentó Elisabeth, que también quería ser de utilidad.

—¿Else? Ah, no —repuso Alicia—. Para eso mejor Auguste.

—También propongo pedirle a la señorita Schmalzler que vuelva a la villa —dijo Marie—. Creo que cuenta con la autoridad suficiente para prohibirle a un comandante que fume en la sala de los enfermos.

—¡Bravo! —celebró Elisabeth, y el médico confirmó que a él también le parecía que la señorita Schmalzler sería capaz de arrebatarle de la mano el vaso de whisky a un general.

—Eleonore Schmalzler es una buena idea —confirmó Alicia—. Además, me ha preguntado varias veces si podía volver. Y confieso que la echo de menos.

Solo Tilly hizo un gesto de desaprobación con la cabeza, Kitty se llevaría un gran disgusto. Sin la señorita Schmalzler al mando, en Frauentorstrasse todo quedaría patas arriba.

—Bueno —dijo Alicia, vacilante—. Sin duda es responsabilidad mía que Kitty no sepa llevar una casa. La ayudaré a contratar a una buena ama de llaves.

A continuación, hablaron de comprar unas cuantas sillas de ruedas, y Elisabeth dijo que pediría una camilla al hospital de la ciudad. Alicia prometió remitir la lista del instrumental y los medicamentos que necesitaban al médico en funciones, y Else compraría en la farmacia lo más importante al día siguiente.

—¡Señoras! —El médico levantó su copa y miró satisfecho al grupo a través de sus lentes—. Me gustaría agradecerles de corazón una velada tan interesante. Creo que hemos dado un paso importante para estar a la altura de la gran tarea que nos hemos impuesto. Queremos ser de utilidad a nuestro querido país, con ánimo y fuerza, y aliviar el sufrimiento que provoca la defensa de la patria a nuestros valientes soldados.

La última frase de su discurso sonó un tanto teatral, pensó Marie. Se lo quedó mirando y bebió en silencio, con semblante serio. El médico se despidió y lamentó no poder llevar a casa ni a la señorita Bräuer ni a la joven Von Hagemann: como médico disponía de un coche en condiciones, pero Elisabeth y Tilly tenían turno de noche en el hospital, así que lo acompañaron a la planta baja y luego se dirigieron a la cocina, que también servía de sala de descanso para las enfermeras.

Alicia estaba de buen humor cuando subió con Marie a la segunda planta. Le alegraba que la noche hubiera acabado bien. De hecho, tuvo miedo de que el médico dimitiera, porque todo se habría venido abajo. Ahora, en cambio, podían mirar al futuro con confianza. Y sabía a quién agradecérselo.

—Tengo la mejor nuera del mundo —dijo con una sonrisa, y le dio un abrazo a Marie.

*Augsburgo,*
*5 de mayo de 1916*

Paul, mi querido Paul:

Hace semanas que no tenemos noticias tuyas. Estés donde estés, te llevo en mi pensamiento. No te olvido, y sé que mientras te envíe todas mis fuerzas y toda mi añoranza, habrá un buen espíritu que te ronde y te proteja.

Es lo único que puedo hacer, tal vez sea muchísimo, o quizá muy poco. Soy una mujer, no puedo subirme a un caballo de un salto y cabalgar hasta Francia en tu busca. No puedo reptar por las trincheras buscándote, y por desgracia tampoco he aprendido a pilotar un avión. Ay, cómo odio estar tan ociosa. Siempre esperando y manteniendo viva la esperanza. Guardo la compostura, pongo cara de alegría y sobre todo consuelo a mamá. Papá está retraído, no habla de sus miedos.

Te adjunto dos dibujos donde aparecen nuestros pequeños. Son muy dulces cuando duermen con una sonrisa de felicidad. Nadie diría que este dúo también da conciertos de lloros rabiosos. Es una lástima que no puedas vivir todo esto. Todos los días, cada hora, aprenden algo nuevo, se ríen y agarran las piezas de construcción de colores, ya comen un poco de papilla y, oh, milagro, ahora hay noches que duermo de un tirón porque no me despierta ninguno de los dos pesados. Mi querido Paul, espero que vuelvas pronto del frente. No, aún no he renunciado a esa idea. Mientras tanto, quiero cumplir con lealtad mi deber de madre y nuera, espero tener a papá de mi lado en la fábrica en un futuro próximo. Que el Señor te envíe a su ángel para protegerte, mi amor. Mis pensamientos vuelan, estoy contigo, ahora y para siempre.

Te quiero.

MARIE

# 12

—Si me lo llego a imaginar… —dijo el ama de cría, y sumergió la cuchara en la sopa—. No habría aceptado este puesto de ningún modo.

Las empleadas estaban sentadas en la cocina durante el almuerzo. Como siempre, había sopa de patata, que ahora se enriquecía con cebolleta y perejil del huerto. Quien tenía la suerte de pescar un trocito de carne de vacuno lo engullía rápido para no suscitar envidia a las demás.

—Se veía venir —comentó Auguste—. Hacía tiempo que hablaban de montar un hospital en la villa… Pero ¿qué se le va a hacer? Los señores disponen y a nosotras no nos queda otra que aguantarnos.

Else masticaba con fruición el pan que había mojado en la sopa. Cada una había desarrollado un método para aplacar el hambre con muy poco. Auguste se comía primero la sopa, luego el pan; Hanna lo desmenuzaba en la sopa, y Rosa se metía la rebanada en el delantal para comérselo más tarde.

—Hay dos pacientes con disentería —exclamó Rosa, alterada—. Quién sabe si vendrán otros con tifus o pulmonía. Y eso con dos niños pequeños en la casa. Yo me lavo las manos, soy inocente. Ya se lo he dicho a los señores: si los niños se contagian y mueren, no será responsabilidad mía.

—Más vale que se lave las manos con jabón —comentó

Hanna—. Nosotras también debemos hacerlo, lo ha ordenado el doctor Moebius. Es muy estricto con eso.

Auguste soltó una risa tonta y rebañó el plato con el pan.

—Es estricto, pero miradlo. Por mí, ya puede ser estricto. Tiene una sonrisa tan bonita…

—Te gusta mucho, ¿eh? —preguntó Else, y se puso roja.

—¿Por qué no? —repuso Auguste, ingenua—. Es guapo y joven, aquí solo se ven viejos y lisiados.

—¿Te falta algo? —preguntó Rosa con una sonrisa pícara.

Else se sonrojó aún más y agachó la cabeza; Hanna arrugó la frente. Esa Rosa era una descarada, pero Auguste se lo había buscado. Aparte de la señora Brunnenmayer, hasta entonces nadie había podido hacerle frente, y mucho menos Hanna, no era lo bastante elocuente.

—Por supuesto que me falta algo —contestó Auguste, que lanzó una mirada hostil a Rosa—. Mi Gustav, me falta. Pienso en él día y noche.

—Y mientras tanto le echas miraditas al doctor Moebius, ¿eh? —repuso Rosa—. Ya vi ayer cómo babeabas por él.

—Sí, mírala —dijo Else, celosa.

Auguste se acomodó en el banco y cruzó los brazos sobre el pecho abultado. ¡Babear por él! ¿Cómo se le ocurría a la señorita Knickbein semejante tontería?

—Os vi en la terraza, desde la galería. Estabas con el doctor Moebius y lo devorabas con los ojos.

—Sí, ¿y? —preguntó Auguste encogiéndose de hombros—. La señora me había encargado que llevara café a los médicos, y entonces le pregunté al doctor Moebius si tomaba azúcar y leche con el café o lo bebía solo.

Rosa y Else soltaron una risita, incrédulas, mientras la cocinera murmuraba para sus adentros que aquello parecía un gallinero y ellas las gallinas peleándose por el gallo.

—¿Y qué hacías tú en la ventana de la galería? Espiar a la gente, en vez de hacer tu trabajo.

—¡Silencio! —ordenó la cocinera, al tiempo que señalaba la puerta que daba a las salas contiguas y de ahí al salón—. Viene la señorita Schmalzler.

Auguste se tragó lo que quería decir y Rosa también calló para no ponerse al ama de llaves en contra. La señorita Schmalzler ya había cumplido los setenta y llevaba más de cuarenta años trabajando en la villa. Su autoridad se basaba en un profundo conocimiento de la naturaleza humana y su empeño en ser justa. Incluso Rosa, que estaba convencida de que ocupaba un puesto especial en la casa, aceptaba con agrado las instrucciones del ama de llaves.

—Os deseo a todas una feliz comida.

Todas asintieron con simpatía y le devolvieron los buenos deseos. Hanna se levantó de un salto para buscar la cesta del pan mientras la cocinera llenaba el plato de sopa del ama de llaves.

—Comed bien. Es una vergüenza que el trabajo del hospital ni siquiera os deje tiempo para almorzar.

El ama de llaves había adelgazado, la piel se le había aclarado, la tenía casi blanca, y le habían salido arrugas, sobre todo en el cuello, que ni el encaje de la blusa oscura lograba disimular. Además, hacía tiempo que llevaba unas gafas colgadas de un cordel, que le bamboleaban sobre el pecho, para tenerlas a mano cuando las necesitara.

—No se preocupe, señora Brunnenmayer. Gracias, es suficiente. Póngale otra cucharada a Hanna, la niña aún está en edad de crecer.

La cocinera sacudió la cabeza y volvió a meter el cucharón medio vacío en la sopera. Desde la entrada trasera de la cocina se oía la alegre cháchara de dos enfermeras. Hanna se levantó para poner cuatro platos y cucharas, pues ahora llegaban a comer las enfermeras, primero dos, y luego las otras dos. Auguste ya les había llevado el almuerzo a los médicos, que comían en la pequeña sala de tratamientos, entre pomadas, vendas y todo tipo de instrumentos brillantes.

—Mañana recibiremos diez pacientes más —informó la señorita Schmalzler—. A cambio, el teniente Von Dornfeld se irá a casa, y en unos días el cabo Sonntag y el joven Maler también nos dejarán.

—El teniente Von Dornfeld es el rubio con bigotito que hace unos días se perdió en el parque, ¿verdad? —comentó Rosa—. Es un joven muy activo. Por desgracia, está algo desorientado. Fue directo a la casa del jardinero, y me costó sacarlo de ahí.

Auguste notó que clavaba la mirada en ella y apretó los labios para reprimir la réplica. Rosa era una persona malvada, no había duda.

La señorita Schmalzler añadió que, según su información, el teniente Von Dornfeld estaba prometido y llevaría a su novia al altar en las próximas semanas. Esperaban que la guerra llegara pronto a su fin, con la victoria del imperio, para que los jóvenes que estaban convalecientes no fueran enviados al frente de nuevo.

—Una oye historias muy conmovedoras —dijo—. Sobre todo cuando tienen fiebre, entonces desnudan el alma hablando.

Hanna pensó en el joven teniente que deambulaba por el jardín, era evidente que quería desahogar sus penas en la casa del jardinero con Auguste. Los hombres eran seres instintivos, peligrosos. Como su padre, que casi siempre les pegaba a ella y a sus hermanos. Como sus hermanos, que tan mal la trataban. Incluso los dos pequeños. Los peores eran los hombres que su madre llevaba de vez en cuando a casa. Pasaban allí la noche y se iban a primera hora de la mañana, pero eran tipos toscos. Cuando tenía once años, uno la agarró y la puso contra la pared, pero entonces su madre se interpuso hecha una furia y tuvo que soltarla. Le vino a la cabeza el joven prisionero de guerra, el tipo de pelo negro con los ojos oscuros y brillantes. Sería como los demás: ávido, brusco, y tal vez también se pusiera violento y le diera por pegar. Seguro, era ruso. Sin embargo, había algo tierno en su mirada, como una mano suave que acaricia y consuela. Ella le regaló un panecillo. Un panecillo robado. ¿Aún se acordaría?

—¿Diez pacientes nuevos? —dijo Else, indignada—. Bueno, espero que ninguno tenga el tifus. O la viruela. Algunos tendrán el cólera, me han dicho.

—Eso es una tontería, Else —repuso el ama de llaves—. Por desgracia, hay casos de tifus, también de difteria, según dicen. Pero no de viruela ni de cólera. En cambio, hay pulmonías y pleuritis peligrosas, quemaduras y esas heridas horribles que provocan las granadas.

Suspiró y apartó el plato. En aquellos tiempos horribles, cada uno debía dar lo mejor de sí para apoyar al Imperio alemán. Sabía que todos los empleados de la villa soportaban una carga de trabajo mayor de la habitual, incluida ella.

—Estoy orgullosa de vosotras, queridas, sé que cada una ha demostrado ser digna de la tradición de esta casa.

Entretanto, las dos enfermeras se habían sentado a la mesa y estaban comiendo la sopa. Se habían situado a cierta distancia de las empleadas. Cuando entraron, saludaron con la cabeza pero no establecieron contacto visual.

—¿No lo has oído? Ha dicho que en realidad quería ser pianista. Pero luego quedó hechizado por la medicina —dijo la enfermera más joven. Era pelirroja y tenía la cara llena de pecas. La otra era pálida, tenía el pelo pajizo y ojos de color azul claro un poco saltones.

—No, ¿de verdad? Ya imaginaba que tenía que ser artista. ¿Le has visto las manos?

—Manos de artista. Delicadas, dedos largos, y la piel tan fina…

Era fácil adivinar de quién hablaban. Del doctor Greiner seguro que no. Hanna vio que Auguste le daba un golpe en

el costado a Else, que seguía la conversación de las enfermeras con la boca abierta.

—¿Qué haces ahí sentada? ¡A trabajar!

La ropa que estaba tendida se había secado. Había que
planchar sábanas, fundas de almohada y camisas de dormir,
además de enrollar todo tipo de vendas para utilizarlas de
nuevo. Hanna puso los platos uno encima de otro y los llevó
al fregadero, mientras la cocinera apartaba del fuego el agua y
la vertía en una palangana para fregar. La señorita Schmalzler
se disponía a levantarse para ir al hospital a comprobar que
todo iba bien cuando apareció una visita por sorpresa en la
cocina.

—¡Maria Jordan, hola! —dijo la cocinera, un tanto sorprendida—. ¿Ya vuelve a tener el día libre? Quiero decir, estuvo aquí el miércoles pasado.

—Saludos a todas —dijo Maria Jordan casi con timidez—.
Saludos, señorita Schmalzler. Me alegro de que haya vuelto a
la villa de las telas.

—Qué visita tan agradable, señorita Jordan. Sí, estoy muy
contenta. Tengo una relación tan estrecha con los señores que
no es fácil trabajar en otro sitio durante mucho tiempo.

—Seguro, seguro. Yo también...

Era evidente que el ama de llaves no tenía ni tiempo ni
ganas de charla, porque invitó a Maria Jordan a sentarse un
rato y se fue a toda prisa.

—¿Quiere un plato de sopa? —preguntó la cocinera.

—Si se puede... —dijo cohibida.

La señora Brunnenmayer cogió uno de los platos ya lava-
dos, le pasó el delantal por encima para secarlo y se lo llenó
con un cucharón de sopa.

—Es sopa de patata, solo hay carne los domingos —aclaró,
y le puso el plato delante de las narices.

—Se lo agradezco de todos modos, señora Brunnenmayer.

Hambrienta, se tomó la sopa, casi la engulló, y rebañó los últimos restos del plato.

—¿Es que en casa de los Von Hagemann ya no se cocina? La joven señora Von Hagemann pasa más tiempo en la villa que en su casa.

Maria Jordan expulsó sin hacer ruido el aire que había tragado al comer. Los eructos sonoros, como los del jardinero y la cocinera, le causaban un asco profundo.

—¿Quién va a cocinar? —dijo luego, con un suspiro—. Hace semanas que la cocinera dejó el servicio. Estoy sola con la sirvienta.

—Vaya —gruñó la señora Brunnenmayer—. Pero podría cocinar algo igualmente. Una sopa. O patatas asadas con huevo.

Maria Jordan soltó una carcajada breve pero sonora, como si la cocinera acabara de contar un chiste obsceno. ¿Sopa? ¿Patatas? ¿Huevos? En casa de los Von Hagemann no había nada de eso, solo unos cuantos pedazos de pan, copos de avena y restos de sémola. ¿Qué iba a cocinar con eso?

—Hace semanas que la señora no se ocupa de nosotras. Come aquí porque ha montado el hospital y la necesitan. Y cuando llega a casa por la tarde está cansada, exhausta, y no quiere hablar con nadie.

—Pero tendrá que darle el dinero de los gastos domésticos a la sirvienta.

—Ni un penique. Desde hace tres meses. Nada. Vivimos de nuestro propio dinero.

—¡Jesús! —exclamó la señora Brunnenmayer—. Y yo que creía que Elisabeth Melzer era una buena señora de su casa. Aquella vez que el director estuvo en el hospital entre la vida y la muerte y la señora Alicia se quedó con él, Elisabeth se ocupó de todo aquí. Y lo hizo muy bien.

Maria Jordan dirigió una mirada desconfiada a las enfermeras, que ya habían cambiado de turno. Las dos mujeres, sentadas mientras Hanna les servía, eran mayores que sus colegas. Le daban miedo de tan robustas como eran; casi toscas. Seguro que no eran de clase alta. Trabajadoras de manos anchas y rojas y unos músculos en los brazos que bien podría tenerlos un hombre.

—La joven señora Von Hagemann esconde la cabeza bajo el ala —dijo dirigiéndose a la señora Brunnenmayer—. Si sigue así, las deudas le saldrán por las orejas.

La cocinera guardó silencio. Había oído rumores de que los Von Hagemann estaban en números rojos, pero no pensaba que fuera tan grave.

—Hace tanto tiempo que nosotras dos nos conocemos —dijo Maria Jordan con una sonrisa lisonjera—. Hemos pasado años, décadas, comiendo juntas, ayudándonos...

—Y peleándonos, señorita Jordan. Y no poco.

Maria Jordan movió las manos encima de la mesa como si estuviera alisando ropa y afirmó que siempre había sentido debilidad por la cocinera.

—Los que se pelean se desean. Eso dicen. Y en nuestro caso es así, señora Brunnenmayer.

La cocinera se apartó a un lado y se agachó para meter un haz de leña en la cocina. Auguste y Hanna no tardarían en ponerse a planchar la ropa de cama, y la cocina tenía que estar caliente para la plancha.

—El hecho es que me gustaría volver a la villa —dijo Maria Jordan, afligida—. Estaría bien que pudiera interceder por mí, señora Brunnenmayer.

La cocinera abrió la tapa de la cocina, metió tres leños, los empujó con el atizador de hierro y volvió a cerrarla. Dejó el atizador en su sitio y se giró hacia Maria Jordan.

—Se fue por voluntad propia. ¿Qué debería decir yo?

Maria Jordan vio por la ventana a Else, que pasaba con una cesta de ropa muy cargada.

—Hace cuatro meses que no me pagan el sueldo —dijo a media voz—. Echo las cartas por todas partes y leo el futuro a la gente. Así pago la comida para mí y para la sirvienta, Gertie. Y si la joven señora Von Hagemann desayuna en casa, se come el pan que he pagado con mi dinero. Esta es la situación. Dios sabe el cariño que le tengo a la familia Melzer.

—Eso suena mal, desde luego —dijo la señora Brunnenmayer. Mientras se abría la puerta de la cocina y Else entraba con la cesta de ropa, farfulló que eso era una vergüenza para la familia y que había que hacer algo antes de que se convirtiera en un escándalo—. Vaya a ver a la señorita Schmalzler —le aconsejó.

Maria Jordan asintió, preocupada. Sí, era el mejor camino. Si el ama de llaves le respondía con una negativa, siempre le quedaba intentarlo con la esposa del director Melzer. Antes la tenía en gran estima. Antes de que Marie se entrometiera. Marie la del orfanato, que ahora era la joven señora Melzer. Esas cosas podían pasar en la vida. Pero ella, Maria Jordan, ya lo había perdido todo una vez, y al final consiguió un buen puesto como doncella. Lograría escapar de la pobreza y de acabar en el arroyo una segunda vez.

—¡Ay, Maria Jordan! —exclamó Else, sorprendida, y dejó la cesta sobre la mesa—. ¿Quieres echarnos las cartas de nuevo? Hoy soltaría un marco si me leyeras el futuro.

La inesperada oferta la dejó desconcertada, pero, muy a su pesar, no podía aceptar. A Eleonore Schmalzler no le gustaba que adivinara el futuro, en una ocasión el ama de llaves incluso le prohibió esa «costumbre pagana y no cristiana». Por suerte, Else no insistió y se puso a enrollar las vendas de lino limpias. El doctor Moebius ya las había pedido, explicó con un brillo en los ojos, y tenía que darse prisa. En ese momento entró en la cocina Auguste con Liesel, de dos años y con rizos rubios, y Maxl en brazos. Maria Jordan dijo que salía a dar un paseo por el jardín.

—Ten cuidado, no vayas a asustar a ningún paciente —le advirtió Auguste—. Por la tarde, los señores oficiales se pierden por el parque para fumar sin que los vean.

Maria Jordan tuvo que dar un rodeo extraño para llegar a la terraza donde suponía que estaba Eleonore Schmalzler. Habían plantado un extenso huerto donde crecían repollos y lechugas, rabanitos, hierbas, cebollas y zanahorias y, si sus ojos no la engañaban, incluso asomaban guisantes y judías. El viejo Bliefert giró por el estrecho camino entre los bancales con una escoba de ramas que parecía hecha por él. La saludó con un gesto, que ella le devolvió. «Por lo menos él aún me trata bien», pensó animada. ¿Cómo podía haber sido tan tonta de abandonar su puesto seguro en la villa? Solo porque no tenía ganas de obedecer a una mujer que antes era una de ellas y luego se convirtió en su señora. Entre la maleza exuberante vio a dos chicos que avanzaban despacio por el sendero de arena del parque. Uno vestía uniforme y llevaba el brazo derecho en cabestrillo; el otro vestía camisa y pantalones largos, y tenía la cabeza vendada. Fumaban.

Maria Jordan rodeó un imponente arbusto de enebro y vio la terraza. ¡Qué imagen más triste! Allí donde en tiempos felices se tomaba café en familia, y donde se habían celebrado fiestas en verano con faroles que iluminaban por la noche, ahora había tres camas de hospital con pacientes inmóviles. Otros estaban sentados en las sillas de mimbre, conversando; la mayoría lucían vendas y estaban descalzos. Una joven enfermera acompañaba a un paciente por la hierba y le hablaba mientras él estiraba las manos para tocar las ramas de un haya. Seguramente el pobre había perdido la vista.

Se acercó a la terraza con la debida precaución, hizo un gesto amable a las perplejas enfermeras y preguntó por la señorita Schmalzler.

—En la sala de tratamientos. Está reunida con los médicos. ¿Es usted una conocida?

Le recomendaron que se sentara en una silla a esperar. A Maria Jordan no le quedó más remedio que seguir su consejo. Estuvo al sol lo que le pareció una eternidad, y agradeció infinitamente que uno de los pacientes, un hombre fornido de mediana edad, le ofreciera un vaso de agua.

—Mueva un poco la silla hacia la sombra —le dijo con una sonrisa—. Hoy hace calor.

Se presentó como Sebastian Winkler, antes profesor en un pueblo cerca de Núremberg. Habían tenido que amputarle el pie derecho. Un rasguño inofensivo se había infectado, y al principio no lo notó. Luego el pie empezó a hincharse y sufrió unos dolores horribles. Septicemia. Por poco llega demasiado tarde.

—También se puede perder la vida sin ayuda del enemigo —dijo negando con la cabeza—. Solo por un descuido absurdo.

Puso por las nubes el hospital. Los médicos eran excelentes y hacían un esfuerzo extraordinario, sobre todo el más joven, el doctor Moebius. Y las enfermeras, que además ofrecían sus servicios de manera voluntaria; no tenían formación médica y aun así hacían su trabajo con destreza y cariño, merecían un gran reconocimiento. La joven señora Von Hagemann incluso le había prestado algunos libros de la biblioteca familiar, pues era un lector voraz. ¿Conocía las novelas de Theodor Storm?

Maria Jordan le dijo que no. La conversación le resultaba un tanto agotadora, sobre todo porque no quitaba ojo de la puerta de la sala de tratamientos para que no se le escapara Eleonore Schmalzler. Sin embargo, como ocurre a menudo, justo en el momento en que la señorita Schmalzler salió con los dos médicos, Maria Jordan se había distraído un momento mirando hacia la galería. Había una mujer de nariz larga y boca pequeña que miraba abajo con curiosidad, a la terraza. Nunca la había visto, ¿habrían contratado a una doncella?

—¡Señorita Jordan! ¿Me estaba esperando?

Dio un respingo y de pronto la mente se le quedó en blanco. Todos los inteligentes argumentos que había pensado, los encubrimientos, las excusas, las fórmulas retorcidas…, no quedaba nada.

—Sí…, sí, yo… la estaba esperando, señorita Schmalzler —dijo dudosa—. Es… es que yo…

Se levantó y se acercó a ella para que ninguno de los presentes en la terraza oyera su petición. Se tambaleó como una niña de cinco años, tenía la sensación de que el calor le había derretido el cerebro.

—Entiendo —dijo Eleonore Schmalzler finalmente, y se dirigió a una de las enfermeras, que le había hecho una pregunta.

—Ya se pueden cambiar tres camas, Herta. Y ayude al teniente a recoger sus cosas.

—Le gustaría despedirse de usted, señorita Schmalzler.

—Voy enseguida.

Maria Jordan seguía en el mismo sitio, esperando, temía que la señorita Schmalzler se hubiera olvidado de ella.

—No puedo recomendarla como doncella, señorita Jordan —dijo por fin el ama de llaves—. Pero podría interceder para que trabajara de costurera con nosotros. Temporalmente.

—Eso… eso sería muy amable por su parte.

# 13

Humbert se habría dado de tortas. A derecha e izquierda. Además de una patada en el trasero. ¿Cómo podía ser tan burro? Hacerle el saludo militar al mayor. Con ímpetu, como le habían enseñado.

—Claro que sí —dijo el mayor Von Hagemann, que no apartaba la vista de su cara—. Humbert. ¿O debería llamarte Humbertine?

Esbozó una sonrisa extraña que Humbert nunca le había visto en la villa de las telas. Astuta. Viciosa. Maligna. Humbert pensó si no sería más sensato recogerse la falda y salir corriendo todo lo rápido que le permitieran las piernas, pero no se decidió y se quedó inmóvil.

—¿Qué haces aquí, eh?

El mayor seguía sonriendo. Lo observó de arriba abajo como si estuviera deseando arrancarle la cofia a «la chica». Sin embargo, no lo hizo. Podrían verlos desde las ventanas del palacio y sacar conclusiones equivocadas.

Humbert optó por decir la verdad. Nunca había tenido en mucha estima a Klaus von Hagemann, pero era pariente de los Melzer. Tal vez solo por eso mostrara clemencia.

—Yo... me he vuelto loco, mi mayor. He perdido la cabeza. Querían enviarnos al frente, a las trincheras, y yo me desmayo solo con notar el impacto de la granada.

Von Hagemann escuchó su tartamudeo con calma mientras deslizaba la mirada por la fila de ventanas de la primera planta, como si buscara algo. O a alguien.

—... no es culpa mía, mi mayor. Me pasa y punto. Es el ruido. Ese estruendo, el estallido. El ruido sordo cuando un proyectil impacta en la tierra. Las explosiones... Me voy, sin más. Ya no soy yo. Los compañeros tienen que cargar conmigo, al principio creían que estaba muerto.

Cuando Von Hagemann encontró lo que buscaba, se le dibujó una sonrisa triunfal en el rostro. Se pasó una mano por el gorro, ladeó un poco la cabeza, saludó a alguien, no fue un saludo militar, sino cariñoso y encantador, un saludo masculino dirigido obviamente a una dama.

—... casi me matan de una paliza, mi mayor. Porque creían que fingía, pero no es cierto. Es así, no sirvo para la batalla. Soy demasiado sensible. Sobre todo con las ratas, no puedo con ellas.

Quien fuese que estuviera en la ventana debió de retirarse, porque la sonrisa encantadora se transformó en una expresión de impaciencia.

—Has desertado, ¿no?

Qué palabra tan malintencionada. Humbert sabía que a los desertores los esperaba la pena de muerte. La soga. Un tiro en la nuca. Punto y final.

—No, no, mi mayor —dijo exaltado—. Se lo repito: no estaba en mis cabales. No sé qué me pasó cuando me vestí con esta ropa.

—Ah, ¿de verdad? —repuso Von Hagemann con ironía—. Pensaba que ya habías coqueteado otras veces con la idea de vestirte de mujer.

De nuevo aquella sonrisa hiriente. Maligna y viciosa. ¿En qué tipo de persona acababa de confiar?

—Disculpe, mi mayor, pero jamás se me había ocurrido. Se lo juro. No soy lo que tal vez cree.

Von Hagemann levantó un poco las cejas, molesto, pero decidió no incidir más en esa idea. Le importaba mucho más otro asunto.

—¿Desde cuándo estás aquí?

—Desde anoche, mi mayor. Pero no me descubrieron hasta esta mañana a primera hora.

El mayor aguzó la vista, parecía que iba a perforarle la frente a Humbert con los ojos. Empezaba a dar miedo.

—¿Y los señores? ¿La condesa te ha contratado?

—Claro que no, mi mayor. De momento ni siquiera he visto a los señores.

—Pero con el servicio sí que has hablado, ¿verdad?

—Con las mujeres de la cocina.

Von Hagemann hizo un gesto de duda, miró rápido hacia la ventana en cuestión y luego ordenó en voz baja:

—Venga. A mi coche. Y nada de teatro, ¿entendido?

Humbert tenía la sensación incierta de haber cometido un error fatal, pero no entendía dónde estaba la trampa. No tenía alternativa, estaba en manos de aquel hombre, para bien o para mal.

—Espera —susurró Von Hagemann, autoritario—. Quédate quieto. Haz como si me contaras algo.

Tres criadas habían salido al patio por una puerta lateral. Llevaban alfombras enrolladas y sacudidores de rejilla. ¿Aquella no era la guapa de ojos azules y rizos pelirrojos? Pasaron por su lado riendo y charlando, hicieron una reverencia al mayor alemán, que permanecía impasible, y siguieron el camino de adoquines que llevaba a la parte trasera del palacio. Seguramente ahí había un prado donde secaban la ropa y sacudían las alfombras.

—Camina. ¡Vamos, vamos! Sube detrás. Túmbate en el asiento. Hazlo. ¡Abajo del todo! ¡Y quítate esa ridícula cofia!

Humbert obedeció las instrucciones dadas a media voz. El motor del vehículo se negó dos veces a arrancar, y al tercer intento lo hizo. Von Hagemann tenía un estilo de conducción brusco. El coche daba brincos y bandazos. Cuando pasaban por un charco, el agua salpicaba y golpeaba la carrocería. Humbert iba de un lado a otro, entre todo tipo de paquetes y cajas. Hizo varios intentos fallidos de desatar las cintas de la cofia, hasta que al final se la arrancó sin más. Extrañamente, se sintió aliviado. Al cabo de un rato, se atrevió a mirar por el borde del asiento. Iban junto a un río de color marrón amarillento, y en algunos puntos la corriente había inundado la carretera. Humbert vio dos gabarras que avanzaban con esfuerzo por la marea sucia, y a lo lejos una vela, tal vez un bote de pescadores. Por lo demás, el paisaje era monótono, prados y campos, unas cuantas vacas. Al otro lado del río, un pueblecito. Tejados rojos y grises, en medio una torre de iglesia puntiaguda. Cuando el sol aparecía entre las nubes, brillaba en las corrientes turbias como si hubiera esquirlas de cristal. Solo veía los hombros y la nuca de Von Hagemann. Si se movía un poco a un lado atisbaba también las manos al volante. Llevaba unos guantes de piel marrón. Luego vio su mirada furibunda en el retrovisor y oyó su voz chillona. Humbert no entendía lo que decía por el estruendo del vehículo, pero por si acaso se volvió a tumbar.

El viaje no fue demasiado largo. El coche se subió a un bordillo y Von Hagemann frenó de forma tan brusca que Humbert resbaló entre los asientos.

—¡Eh! ¿Dónde te has metido? ¡Maldita sea!

—Aquí..., aquí, mi mayor.

Cuando Humbert se incorporó a duras penas por detrás de una caja de cartón, Von Hagemann le explicó aliviado que temía que hubiera saltado del coche. En ese caso tendría que haberle disparado.

—Fuera. Rápido. Con esas pintas vas a ser el chiste del día.

Humbert descubrió horrorizado que el coche estaba rodeado de soldados. Rostros de asombro, sonrientes, incrédulos, dedos índices que lo señalaban. Risotadas que el mayor al principio toleró pero luego cortó de golpe.

—A la despensa. Y la puerta cerrada con cerrojo.

—¡A sus órdenes, mi mayor!

Caminó entre el lodo hasta un edificio bajo que, por el olor, solo podía tratarse de una vaqueriza. Tras él había un sargento mayor con dos soldados que lo apuntaron con sus fusiles. Por un instante vio en aquel espacio en penumbra una vaca con manchas, también terneros atados, luego lo invadió el hedor de excrementos de vaca que tan repugnante le había resultado siempre.

—Dejadlo. ¡Es un truco! —oyó que gritaba alguien.

Acto seguido todo a su alrededor desapareció en un remolino oscuro que lo arrojaba de forma inexorable al abismo. Conocía la sensación, sabía que no tenía sentido luchar contra el desmayo, simplemente tenía que dejarse llevar hasta que el suelo se hundiera bajo sus pies y esperar a que la mala fortuna, que había decidido atormentarlo sin fin, lo devolviera al mundo.

Cuando abrió los ojos de nuevo tras dormir cien años, vio un rayo de luz dorada donde infinidad de seres diminutos escenificaban una animada danza de elfos. Estuvo un rato contemplando la estimulante escena, el subir y bajar de los puntitos, los rápidos círculos, el ligero deslizarse, hasta que comprendió que era una nube de mosquitos lo que bailaba contra la luz de la ventana del establo. Se sentó con cuidado, se frotó la frente, vio su extraña disposición y poco a poco recordó. Lo habían encerrado en aquella sala, era un desertor y probablemente lo ahorcarían.

Se quedó mirando los insectos bailarines. Esos pequeños mosquitos solo vivían unos días, muchos morirían ese mismo día. Sin embargo, no lo sabían, no sentían miedo al inminente e inevitable final. Qué envidia de seres. Intentó imaginarse cómo sería colgar de la horca y que el peso del propio cuerpo lo desnucara. Era rápido, la mayoría de los ahorcados apenas pataleaban, tras una breve lucha colgaban tranquilos con los brazos y las piernas inertes. Había visto dos veces de lejos cómo ajusticiaban a miembros de la resistencia belga o francesa. Llevaban un pañuelo en la cabeza, y también había mujeres. Las faldas ondeaban al viento; recordaba sus piernas y sus bastos zapatos.

Oyó el ruido metálico de las cadenas de las vacas. Se frotó el hombro dolorido, comprobó que tenía un chichón en la nuca y le sangraba el dedo índice derecho. No sabía cómo se había hecho las heridas, pero no era extraño, no era la primera vez que se quedaba inconsciente. El cuarto donde lo tenían encerrado era estrecho, y el suelo era de barro pisado. Las paredes se habían encalado tiempo atrás, ahora el revestimiento se descascarillaba por todas partes, y se veían ladrillos rojos, aquí y allá un clavo oxidado, un gancho. En un rincón había un cubo metálico, pero Humbert prefirió no pensar en su función. Levantó las rodillas, se las abrazó y se quedó mirando el rayo de luz. Entraba por una ventana cuadrada del establo con los cristales rotos, atravesaba la pequeña estancia y formaba una sombra en cruz inclinada en la pared de enfrente. Humbert fijó la vista en la cruz, que poco a poco se volvió más imprecisa y empezó a temblar. El cielo se nubló, pronto anochecería. Los mosquitos habían terminado su danza extática y vieron que había una fuente de alimento cerca. Estuvo un rato ocupado en dar una muerte prematura a las pequeñas sanguijuelas.

Cuando ya casi era de noche y empezaba a helarse, oyó el motor de un coche. El ruido de la portezuela al cerrarse. Alguien dio una orden breve y otra voz gritó con resolución:

—Sí, mi mayor.

Tuvo tiempo de sacar fuerzas de flaqueza cuando ya chirriaba el cerrojo y la puerta se abrió. El mayor Von Hagemann sujetaba en alto un farol de establo para iluminar el espacio. Con él entró el hedor a vaca.

—¿Has dormido bien? —preguntó malhumorado, y colocó el farol en el suelo, muy cerca de Humbert.

—No he dormido, mi mayor. Estaba inconsciente.

Von Hagemann soltó un bufido de desdén. ¿Acaso también tenía esos días del mes? ¿O sufría migrañas? Estaba en el campo, no en un salón de belleza.

Cerró la puerta tras él y miró a Humbert de arriba abajo.

—Qué desastre. Un muchacho fuerte, ágil, sano y despierto podría ofrecer un buen servicio a Su Majestad el emperador. Pero no. El señor es demasiado sensible y se desmaya con los estruendos. Un cobarde que se pone una falda de mujer mientras otros dan la vida por la patria. ¡Puaj!

Escupió en el pie izquierdo a Humbert, que en ese momento se dio cuenta de que sus zuecos de madera habían desaparecido y estaba en calcetines. Le daba igual. Empezó a sentir una resistencia obstinada. ¿Qué daño hacía al ejército imperial que se fuera alguien como él, que de todos modos no era apto para la lucha? ¿Por qué tenía que morir por eso? ¡No había hecho nada malo a nadie!

El mayor se mordió los labios y se quedó en silencio, con la mirada fija al frente. Humbert esperó, oyó el martilleo de su propio latido, notó cómo los segundos se convertían en minutos. Empezó a albergar en su interior una leve esperanza. Von Hagemann tenía dificultades para aplicar a Humbert Sedlmayer el castigo que se merecía. ¿Acaso quería evitar posteriores disputas familiares? La idea era absurda. ¿Cómo iban a enterarse los Melzer de qué suerte había corrido él?

—¡Escucha, muchacho!

Humbert se estremeció. El requerimiento fue vehemente, en tono autoritario.

—A sus órdenes, mi mayor.

—Quiero saber cuál es tu unidad. El momento de la huida. Las circunstancias. ¿Habías bebido? ¿Estabas enfermo? ¿Tenías fiebre o algo así?

Humbert podía ser un soñador, pero no era tonto. Lo entendió al instante.

—Vomitaba. Sí, también tenía fiebre. Todo me daba vueltas. Veía cosas que no estaban.

—¿Tenías alucinaciones? Al final creíste que te hallabas frente al enemigo.

Humbert aseguró que había visto uniformes franceses. También rusos, esos eran verdes. Los soldados rusos llevaban barba, helada por el frío. Lo apuntaron con lanzagranadas, y él creyó que debía abalanzarse sobre ellos.

Von Hagemann oyó el relato, sonrió un instante y dijo que no debería exagerar. Pero podría ser una alucinación por la fiebre. Había muchas enfermedades con fiebre, las transmitían los malditos mosquitos.

—Si intento salvarte el pellejo es solo porque considero que Su Majestad el emperador necesita a todos y cada uno de los soldados en esta guerra.

Humbert tragó saliva, nervioso, y asintió varias veces. De pronto le pareció que merecía todo el esfuerzo ir a la guerra por el emperador y la patria. Daba igual dónde. En el peor de los casos, incluso en las trincheras. Cualquier cosa era mejor que llevar un pañuelo tapándote la cabeza y una soga al cuello.

—Yo… le estaré eternamente agradecido, mayor Von Hagemann. Nunca lo olvidaré.

El mayor entornó los ojos, pues tenía que mirar contra el brillo del farol para distinguir su rostro.

—Me lo agradecerás más adelante. Cuando hayas salido indemne. Si la cosa resulta, espero discreción absoluta por tu parte, ¿queda claro?

Humbert asintió de nuevo. Por supuesto. Por su propio interés. Pero sobre todo para no poner en apuros al mayor.

—Discreción absoluta, Humbert —repitió Von Hagemann en voz baja—. Tanto ahora como más adelante. ¿Queda claro?

—Absolutamente claro, mi mayor.

Von Hagemann asintió satisfecho. Le dejó el farol, le deseó que pasara «una noche agradable» y salió. Echó de nuevo el cerrojo, los pasos se alejaron y luego Humbert oyó que arrancaba el coche.

La noche le causó un gran desasosiego, no paraba de caminar de un lado a otro en su prisión. Se apoyaba en la pared y se agachaba delante de la puerta a escuchar los resoplidos y el ruido metálico de las cadenas de las vacas. En algún lugar, a lo lejos, sonaban las campanas de la torre de una iglesia, pero el viento se llevaba los sonidos, de manera que solo podía estimar la hora. Hacia el amanecer, cuando la primera luz mortecina entró por la ventana, estaba tan cansado que se quedó dormido.

—¡Eh! ¡Holgazana! ¡Se ha acabado la siesta matutina!

La habitual patada en la espinilla lo sacó del sueño. Primero notó el dolor en la pierna, luego un pinchazo en el hombro, y finalmente comprobó que le dolía la cabeza y notó un zumbido sordo en los oídos. Parpadeó y vio delante de él un soldado que le dedicaba una sonrisa burlona y le lanzaba un fardo delante de las narices.

—Lávate y vístete. Vas a ir a ver al mayor. Vamos, vamos.

—¿Que me lave? —gimió Humbert.

—Ahora traerán agua y jabón. ¿La señora necesita también perfume y una lima de uñas?

Le dejaron un cubo con agua de pozo y un pedazo de jabón duro, y luego se quedó a solas. Humbert estaba contentísimo. Habría sido bochornoso tener que quitarse la ropa de mujer delante de aquellos tipos. Se levantó con esfuerzo y se despojó de las prendas, sucias y hechas jirones. El uniforme que le llevaron le iba un poco grande, tuvo que apretarse mucho el cinturón, pero la chaqueta le sentaba bastante bien. Las botas eran de su número, como si estuvieran hechas para él, y el gorro también era aceptable. Pensó en el uniforme que solo dos días antes había enrollado y escondido en aquella buhardilla, y meneó la cabeza.

Tuvo que vaciar el cubo con el agua utilizada para el baño, uno de los soldados se llevó el jabón. Luego colocaron lecheras llenas en un carro. Iban con prisa, tres kilómetros los separaban de la siguiente granja, donde los oficiales esperaban la leche para el café matutino. Humbert empujó el carro por el camino desigual. Los recipientes de latón entrechocaban con ruido, y de vez en cuando las ruedas se hundían en un charco de fango y tenía que afanarse para seguir avanzando. Notaba un zumbido en la cabeza, le dolían los hombros, pero cumplió con su tarea en silencio, sin llamar la atención.

—Un relevo. Me toca a mí —dijo por fin uno de sus compañeros cuando ya se veía la granja a lo lejos—. Cuando lleguemos, ve a ver al capitán médico. Tiene que vendarte ese dedo.

En el mango de madera del carro había unas manchas rojas. Humbert vio que su dedo meñique tenía la piel levantada y sangraba cuando lo movía.

—No me había dado cuenta —dijo asombrado.

—Podrías acabar fácilmente con septicemia.

No eran malos tipos. Eran ariscos pero no crueles; contaban chistes verdes, pero luego mostraban compasión y echaban una mano cuando alguien lo necesitaba. Humbert se colocó detrás del carro, contento de no tener que seguir empujando, y escuchó su conversación.

—Pero no la vieja, esa está más allá del bien y del mal.

—La vieja no. La joven. Josef Brandl los vio porque el mayor lo llevó al palacio. Una buena novia. A Brandl también le habría gustado.

—¡En qué está pensando! Una condesa. Noble. Envuelta en volantes y atada con un corsé.

—¿Y qué? Debajo de todos esos encajes y volantes tiene lo mismo que las demás mujeres.

—Brandl me ha dicho que está prometida con un francés. Se enteró cuando estaba en la cocina, mientras las criadas le daban de comer.

—Ese Josef Brandl siempre ha tenido potra. Come todo tipo de exquisiteces en la cocina de palacio, y nosotros no catamos más que sopa de guisantes.

—¿La condesa está prometida y tiene una aventura con el mayor? Las mujeres belgas son unas frescas.

—Su prometido es un francés. Para nuestro mayor era cuestión de honor adelantársele.

Se rieron a carcajadas de la broma. Parecían haber olvidado del todo a Humbert. Solo cuando el carro quedó atrapado de nuevo en el lodo y él ayudó a empujar se percataron de su presencia, pero no le dirigieron la palabra. Él se alegraba, pues tenía que asimilar lo que acababa de oír. ¿Von Hagemann tenía una aventura con la joven condesa? ¿Lo había entendido bien? Bueno, eran tiempos de guerra, muchos se olvidaban de guardar fidelidad al matrimonio, sobre todo en territorio enemigo. ¿Por qué no? Uno podía estar al día siguiente desangrándose entre la mugre. Humbert no era un moralista, pero en este caso le molestaba que la mujer engañada fuera precisamente Elisabeth, una Melzer de nacimiento, miembro de la familia de sus señores. Por muy agradecido que se sintiera hacia el mayor, de repente estaba furioso con él. Las siguientes conversaciones también versaron sobre Von Hagemann, y no ayudaron a aplacar la rabia de Humbert. El mayor era «un maldito donjuán». Un sibarita. No le servía cualquier campesina, se quedaba con la mejor parte. Estuvieron un rato discutiendo sobre si las prefería rubias o morenas, hasta que coincidieron en que el color del cabello no era decisivo en su elección. Tenían que ser bonitas y muy jóvenes, delgadas y un poco infantiles. Le perdían las vírgenes.

Poco antes de girar en el patio, uno de los soldados se dio la vuelta y preguntó a Humbert:

—¿A lo mejor él...?

El resto de lo que dijo se perdió con los furiosos ladridos del perro de la granja. Una campesina salió del establo, cogió dos lecheras del carro y las llevó a la casa. Apareció un teniente por un rincón lejano de la granja, donde seguramente se encontraba el retrete. Se abrochó bien el cinturón por encima de la chaqueta del uniforme mientras se acercaba a ellos por el adoquinado cubierto de hierba. Se llevaron las manos al gorro y dieron un taconazo.

—En media hora, llamada con armas y macuto. Luego partimos.

—A sus órdenes, mi teniente. ¿Adónde vamos?

—A Bruselas. Luego seguiremos hacia el sur. ¡Soldado Sedlmayer!

Humbert dio un respingo y se puso firme, como le habían enseñado. El teniente le indicó con el pulgar que fuera a la casa.

—Vaya a ver al mayor.

—A sus órdenes, mi teniente.

Von Hagemann, mayor y, por lo que sabía ahora Humbert, conocido donjuán, estaba sentado con otros dos oficiales a una mesa larga. Entre las tazas de café y los platos había mapas extendidos con las rutas indicadas. Aquella mañana la orden de marcha había llegado de forma inesperada, fue toda una sorpresa. Seguramente se la habían comunicado por teléfono: en territorio ocupado trasladaban cables telefónicos por todas partes porque no se fiaban de las líneas existentes.

Von Hagemann levantó la cabeza cuando entró Humbert, pero no hizo ningún gesto.

—Soldado Sedlmayer, a partir de ahora estará asignado a mi unidad de oficiales. Suba, la criada le enseñará mi alojamiento. Límpiese las botas y cepíllese la chaqueta.

—A sus órdenes, mi mayor.

Humbert se prohibió pensar en su posible destino. No iba a conseguir nada bueno. Había caminado en círculo como un tonto con sus ropas de mujer y había vuelto al punto de partida. Su único consuelo era que no estaba solo.

La primera parte del camino la recorrieron en tren: los oficiales en asientos acolchados; la tropa, hacinada en vagones de mercancías. A partir de Neuchâtel siguieron a pie, bajo el cielo oscuro y una lluvia torrencial, atravesando prados y bosquecillos donde el verde brotaba en las ramas. A lo lejos, Humbert percibió un zumbido sordo y unos estruendos, que fueron aumentado hasta convertirse en los conocidos ruidos de guerra. El «puf» sordo del lanzamiento de una granada, el leve vuelo sibilante del proyectil y luego el impacto; al principio solo el «plop» al penetrar en el suelo, luego la explosión. Bajo la luz del crepúsculo se veía el brillo del fuego, un resplandor amarillo rojizo, la breve luz, la desaparición. En el refugio donde se quedaron hasta el amanecer estaban agachados muy juntos, la mayoría en silencio; solo unos pocos dormían, algunos se emborrachaban. Von Hagemann, el médico y los dos tenientes no tenían un alojamiento mucho mejor que la tropa, pues estaban tumbados sobre paja mojada. El mayor ofreció cigarrillos. Humbert también podía fumar uno.

—Mañana la cosa se pondrá seria, Sedlmayer. Podrás demostrar si eres un hombre o una niña.

Humbert encendió el cigarrillo con un mechero del mayor. Fumaba muy poco, no pudo evitar toser.

Al alba, el paisaje se presentó ante ellos lóbrego y vacío, como si estuvieran en la luna o en un desierto remoto. Los cañones habían enmudecido. Cuando emprendieron la marcha, el enemigo despertó de nuevo, los estallidos aumentaron de tono, los proyectiles abrieron cráteres en la tierra. Con la salida del sol, el mayor distribuyó a su gente. Se dispersaron, buscaron en varios sitios un camino por donde entrar en el intrincado laberinto para no provocar aglomeraciones innecesarias. Humbert caminaba detrás de Von Hagemann, medio aturdido por las explosiones, los silbidos y siseos; notó la tierra blanda y húmeda bajo las botas; vio ante sí una llanura pelada, con bultos, llena de cráteres; aquí y allá se veían los esqueletos negros de los árboles quemados, más allá restos de paredes que ya no se podían identificar. Reinaba un hedor a tierra mojada, fuego y muerte putrefacta.

—¡Abajo! —oyó que gritaban.

Alguien lo agarró del cuello y lo arrojó al suelo.

Se quedó a gatas, de nuevo en un estrecho sendero cubierto con tablas a los lados y planchas de madera en el suelo. Las trincheras. En vista del horror que imperaba ahí fuera, en ese paisaje lunar negro, aquel agujero en la tierra le pareció un refugio.

—Casi te da —exclamó Von Hagemann—. Vamos, muévete. Nuestra posición está más adelante.

Humbert avanzó a trompicones. Pasó junto a soldados mugrientos, depósitos de municiones, cajas de alimentos, compañeros dormidos, hombres medio desnudos que se buscaban piojos. La tierra temblaba con cada impacto, le atronaban los oídos, los disparos de fusil eran un continuo martilleo. La muerte era omnipresente, caminaba a su lado como una sombra.

Lo más extraño, sin embargo, fue que Humbert no se desmayó.

# 14

Kitty se estaba probando la tercera blusa, pero aquella prenda de seda de color azul claro, con las mangas abombadas y los ribetes gastados, tampoco fue de su gusto. Esas blusas eran muy incómodas y estaban pasadas de moda; además, cualquier secretaria vestía con falda y blusa. Sin embargo, tampoco se decidía por un vestido, sobre todo porque casi todos le quedaban pequeños tras el parto. No tanto en el talle como en el pecho. En realidad, no quería dar de mamar, al fin y al cabo no era una vaca lechera; a ella el número que había montado Marie con ese tema le parecía totalmente ridículo. Por desgracia, tras el parto la leche le subió con tanta intensidad que todos los remedios que le daba el médico eran inútiles. Así que le resultaba imposible delegar el amamantamiento en un ama de cría si no quería reventar. Acarició la blusa de color azul claro con un suspiro y se miró en el espejo de pared. Era desesperante: con esos estúpidos depósitos en el corpiño parecía una matrona, pero tenía que dar de mamar a la criatura para que la leche sobrante no le empapara la ropa.

—Nunca más tendré un hijo —gimió—. ¿Cómo puede ser feliz una mujer cuando se infla como un globo y le muerden y la succionan tres veces al día?

Furiosa, tiró la blusa a la alfombra y cogió otra de la percha. La había hecho Marie, tal vez esa le quedara bien. Era de color amarillo claro, de algodón y gasa.

—¿Señora? ¿Me ha llamado?

Mizzi, que en realidad estaba empleada como criada, asomó la cabeza por la rendija de la puerta. Kitty había despedido a su doncella en un ataque de ira. Desde entonces, había llamado a Mizzi en varias ocasiones para que la ayudara a vestirse, y la chica estaba maravillada de ver tanta ropa cara, blusas y faldas, infinidad de zapatos y botines. Además de preciosos bolsitos, guantes, cinturones, sombreros... Se le había abierto un paraíso, y se esforzaba por no perder el acceso a ese Elíseo.

—Ay, Mizzi —dijo Kitty un tanto disgustada—. Ya que estás ahí, ayúdame con la blusa.

—Con mucho gusto, señora.

La pequeña Mizzi tenía talento. Estuvo tirando de la blusa hasta que Kitty le dijo con un suspiro que lo dejara. Aunque si estiraba un poco de arriba...

—¿La pequeña duerme?

—Creo que sí, señora. El ama de cría está con ella.

En realidad, el ama de cría podría habérsela ahorrado, al menos en cuanto a la leche. Por lo demás, la regordeta Alwine Sommerweiler, que tenía tres niños y otro en la cuna, era un tesoro. Cuidaba de la pequeña Henni con mucho cariño y seguía las rutinas de una madre experimentada.

—Dile a Ludwig que quiero salir. Y tráeme el abrigo de verano rojo, el del cuello ancho.

Kitty se probó hasta tres pares de zapatos hasta que se quedó contenta y luego cogió un sombrerito rojo con una pluma que resaltaba su cabello moreno. ¿Debería cortarse el pelo? El pelo corto le quedaría fantástico, pensó, y se dirigió al cuarto de la niña.

La habitación infantil estaba decorada en blanco, rosa y dorado. Había comprado los muebles con arabescos por catálogo y se los hizo llevar a casa, y las alfombras las había adquirido en una tienda de Augsburgo. En los dos ventanales altos se ahuecaban unos visillos en tono rosado que su madre había comprado en tiempos de paz. Solo el ama de cría constituía una mancha oscura en el diseño claro, pues siempre llevaba un vestido azul marino.

—Está durmiendo —susurró Alwine Sommerweiler con una sonrisa cuando la señora entró en la habitación infantil.

Kitty se acercó de puntillas a la cuna, sobre la que se balanceaba un móvil con estrellitas color rosa y una luna azul claro. Ay, qué criatura tan dulce era cuando dormía. Qué rica esa naricita, esos morritos, las líneas suaves de sus párpados cerrados. ¡Su pequeña Henni! No, sentía una felicidad inmensa por tener esa hijita. ¡Ojalá Alfons pudiera verla! Hacía más de dos semanas que no recibía carta de él, por lo visto estaba en algún lugar en la frontera entre Francia y Bélgica. Si es que aún existía esa frontera. ¿Esa zona no llevaba tiempo ocupada por el Imperio alemán? Kitty no lo sabía, y en realidad le daba igual. Su padre tenía razón, lo que ocurría en los frentes del este y el oeste no figuraba en los informes de guerra de la prensa. Lo único seguro era que ahora Italia también había declarado la guerra al Imperio alemán.

—Me voy un par de horas a casa de mis padres, Alwine. Si hay algo importante, llama, por favor.

El teléfono era un objeto muy práctico. Qué lástima que Lisa no tuviera línea en casa, aunque últimamente su hermana siempre estaba en la villa. Por ese absurdo hospital, como si no hubiera suficientes clínicas en Augsburgo. Los conventos también habían montado hospitales, solo faltaba que ahora se pelearan por los pacientes.

Cuando su coche se acercó despacio por el camino de entrada, Kitty vio que los soldados heridos eran muchos más de los que había imaginado. Un camión estaba aparcado delante de la villa. En la parte trasera habían atado la lona a un lado, así que se veía el interior: varios hombres tumbados sobre mantas de lana, a la espera de que los llevaran dentro. ¡Qué horror! Hasta entonces se suponía que allí acogían a pacientes que ya se estaban curando. Esos pobres muchachos tenían que ser trasladados en camilla, casi no podían moverse, y algunos llevaban la mayor parte de la cabeza vendada, con solo unos agujeros para los ojos y la boca; era inquietante.

—Pare ahí delante, Ludwig. Yo me bajo aquí. Será mejor que aparque en el patio, para no estar en medio.

—Claro, señora. Pobres tipos. Por el emperador y la patria... En fin. ¡Menos mal que soy demasiado viejo para eso!

Kitty no tenía ganas de ver a los heridos de cerca, así que se dirigió presurosa a la parte trasera de la villa para subir a la primera planta cruzando la galería. Cielo santo, qué complicado era. En su visita de dos días antes se le enganchó la falda en la reja de hierro forjado y había acabado con una mancha de herrumbre.

—¡Mamá! ¿Hola? ¡Else! ¡Auguste!

Golpeó la puerta con rabia, pues se la encontró cerrada. Al cabo de un rato le abrió el ama de llaves, lo que no mejoró su humor. La buena de la señorita Schmalzler se había pasado meses intentando enseñarle a llevar una casa, había pronunciado aburridos discursos, le había recomendado que consultara un libro de tareas domésticas. Por supuesto, había sido idea de su madre. Sin embargo, no había logrado ni el más mínimo fruto.

—Señora, ¡qué sorpresa tan agradable! Llega en el momento justo.

Kitty oyó los gritos de un bebé, seguramente Leo, ese pequeño aullador. No entendía por qué el ama de llaves parecía tan acalorada, incluso tenía manchas rosadas en las mejillas. Debía de haber ocurrido algo insólito.

—¿Qué ocurre? Dígamelo enseguida, señorita Schmalzler. ¿Por qué me tiene en vilo? No es nada malo, ¿no?

Eleonore Schmalzler le recogió el sombrero y el abrigo y le aseguró que se trataba de una buena noticia.

—¡El correo! —exclamó Kitty—. ¿Una carta de Paul? ¿Sí? ¿De verdad? ¿Por fin ha escrito mi Paul? Dígame que es cierto, señorita Schmalzler, o le tiraré de las orejas.

—Pero señora... señorita Kitty... —Se echó a reír.

¿De modo que Eleonore Schmalzler sabía reír? Resultaba un poco raro porque tenía la boca solo entreabierta.

—No es una carta —dijo con un temblor en la voz, como si estuviera a punto de echarse a llorar—. Hoy hemos recibido una cesta llena de cartas. Debe de haber escrito casi todos los días, y las cartas se estancaron en algún lugar. Su madre y la señora Von Hagemann están en el comedor. Ahora he de bajar al hospital, tenemos nuevos ingresos.

Atravesaron juntas la galería hasta el pasillo, donde el ama de llaves bajó presurosa la escalera hasta el hospital y Kitty fue directa al comedor.

—¡Mamá! ¡Lisa!

Elisabeth dejó caer la carta que acababa de leer y se levantó de un salto para dar un abrazo a su hermana. Su madre la siguió, abrazó a sus dos hijas y todas rompieron a llorar como si hubiera ocurrido una terrible desgracia.

—Estaba en Galitzia..., tan lejos..., y luego en Masuria. Pero vuelve a casa. Tiene que ir a Francia, pero espera poder venir unos días antes de partir hacia el frente occidental.

—¡Dios mío! —exclamó Kitty—. Va a venir. Es demasiado bonito para ser verdad. ¿Dónde está Marie? ¡Seguro que estará loca de alegría!

Su madre le explicó que Marie se había ido arriba. Lo entendía. Quería estar sola cuando leyera las cartas de Paul.

—¿Y qué pasa conmigo? —se enfadó Kitty—. ¿Es que no me ha escrito? ¡Oh, mi querido Paul, qué malvado y monstruoso eres...!

—El montón que está al lado de la cafetera —dijo Elisabeth negando con la cabeza—. Son cartas para ti, Kitty. Siempre te precipitas con tus quejas.

—¡Dios mío! ¿Todas para mí? ¡Hay diez, no, quince cartas!

—Trece —repuso Elisabeth—. Yo solo he recibido cinco, y mamá siete. Y Marie...

Kitty ya se había apoderado del montón y las estaba contando. Lisa estaba en lo cierto. ¡Santo cielo, había recibido más cartas de Paul que su madre y Lisa juntas!

—¿Cuántas cartas tiene Marie? —inquirió.

—Qué tontas sois —intervino Alicia con una sonrisa—. ¡Como niñas pequeñas!

—A Marie le ha enviado más de cincuenta cartas y postales —respondió Elisabeth.

—Ah, ¿sí? ¿Tantas? —dijo Kitty con un deje de envidia. Le tenía mucho cariño a Marie, nadie merecía más a su Paul que su amiga. Sin embargo, precisamente por eso, Paul podría haber repartido el correo de un modo más equitativo...

Su madre llamó a Else y le encargó café recién hecho y un tentempié para Kitty. Luego se hizo el silencio en la habitación, pues las tres se sumieron en la lectura del correo. De vez en cuando se oía un suspiro o una leve expresión de asombro, y si alguna leía en voz alta media línea, las demás la comentaban con monosílabos, ocupadas en su propia carta.

*De camino al este,*
*21 de abril de 1916*

Hermanita Kitty:

Ayer estuvimos en Königsberg. El tren se detuvo ahí al amanecer, llamaron a la puerta desde fuera y bajamos medio dormidos al andén. Repartían comida, arroz con carne de vaca, buena y en cantidad. Luego estábamos en la pálida penumbra y entró un tren con vagones de mercancías cerrados, desde donde se oía ruido de pasos y sonidos extraños. Eran prisioneros rusos, los bajaron de varios vagones y los llevaron a la estación de avituallamiento. Estaban pálidos y flacos, muchos fumaban cigarrillos, tenían rasgos extranjeros, parecían mongoles. Más tarde los vimos en los pueblos destrozados realizando trabajos de desescombro. Pobres tipos, arrancados de su país y arrastrados al extranjero. El paisaje por el que pasamos ahora es monótono, campos yermos, granjas aisladas con casas de madera y tejados de paja donde la gente vive con el ganado. Se abre otro mundo ante mí, es como si retrocediera en el tiempo varios siglos. En Wilkowitz tiene que haber varios puestos de correo militar, así que espero que mi correo os llegue pronto y que vuestras cartas también acaben en mis manos. Tengo todas tus cartas en mi mochila, hermanita, atadas con una goma, un tesoro del que me alimento en los momentos bajos. Cuando las leo, veo tu mano y el dedo índice doblado, presionando con tanta intensidad la pluma. Dale un beso a la dulce Henni de mi parte. Un abrazo de tu hermano mayor,

PAUL

—El café, señora —anunció Else, que sacó a Kitty de sus pensamientos—. La cocinera me pide que les diga que no está en situación de preparar un tentempié porque tiene que dar de comer al chófer Ludwig, y también al conductor del transporte de enfermos y a sus dos jóvenes ayudantes. Además, la señorita Schmalzler ha ordenado a Hanna que ayude en el hospital y por lo tanto no puede trabajar en la cocina.

—Gracias, Else —dijo Alicia con amabilidad—. Dile a la señora Brunnenmayer que me gustaría hablar un momento con la señorita Schmalzler. Puedes recoger esto.

Cuando Else salió con la bandeja llena de vajilla, Alicia dejó a un lado las cartas de Paul con una sonrisa. Tendría que ocuparse de que todo funcionara bien. Con el hospital, el reparto de tareas entre el personal estaba un poco alterado.

—Por favor, acuérdate de llamar a papá, Lisa. Tiene que saber las buenas noticias lo antes posible.

—Por supuesto, mamá. Lo intentaré de nuevo.

Kitty alzó la vista de su lectura con la frente arrugada, pero no formuló su pregunta hasta que su madre hubo salido por la puerta.

—¿Por qué no llama ella? ¿Se han vuelto a pelear?

Elisabeth levantó la mirada hacia el techo y soltó un leve gemido. Era insoportable ver cómo sus padres se hacían la vida imposible. Hacía días que su padre se levantaba pronto y se iba a la fábrica solo para no tener que desayunar con su madre. No regresaba para el almuerzo, y nadie sabía si comía algo, pero en la fábrica apenas se trabajaba ya, ni siquiera las dos secretarias iban al despacho.

—¡Cielo santo, Lisa! —dijo Kitty, horrorizada—. ¿Es que nuestra fábrica está en quiebra?

Elisabeth negó enérgicamente con la cabeza.

—No, por supuesto que no. ¿Cómo puedes decir semejante tontería? Papá ha tenido dificultades económicas a causa de la guerra, pero ya pasará. Ha dicho que tiene varios encargos para julio y agosto. Creo que limpiar casquillos metálicos y reparar correas de cuero. No lo sé exactamente, pero las trabajadoras estarán ocupadas un tiempo con eso.

A Kitty aquellas tareas no le parecían propias de una fábrica textil, pero bueno, en tiempos de guerra los cartuchos metálicos y las correas de cuero eran más importantes que las telas bonitas.

—Por supuesto —repuso Elisabeth al tiempo que le lanzaba una mirada despectiva—. Además, es difícil producir telas sin lana ni algodón.

Kitty tuvo que admitir que no lo había pensado. Había cosas de las que no se percataba y no se daba ni cuenta. Sobre todo las que causaban problemas en la vida.

—Quédate sentada, Lisa. Yo llamaré a papá —dijo, y se

dirigió al despacho para pedir línea con la fábrica de paños Melzer.

Estuvo un rato esperando, impaciente, tamborileando con los dedos en el escritorio de su padre; se tiró de la blusa y vio que los pechos se le volvían a hinchar. Entonces le comunicaron que el destinatario no contestaba.

—¡Inténtelo de nuevo, por favor!

La señorita de la centralita volvió a establecer la conexión, pero no sirvió de nada. Kitty colgó enfadada y regresó al comedor para seguir leyendo las cartas de su Paul.

—¿Y bien? ¿Has localizado a papá?

Kitty se encogió de hombros. Estaría en algún lugar de la fábrica. Lo raro es que las secretarias no estuvieran en el despacho, habrían sabido dónde estaba su jefe.

Elisabeth se quedó callada y dio un sorbo al café, pensativa. Añadió azúcar y un poco de leche en polvo. Removió con una cucharita de plata, lo dejó a un lado y clavó la mirada en el mantel, donde había unas cuantas migas de pan negro.

—¿No quieres bajar al hospital, Lisa? —preguntó Kitty al reparar en el extraño comportamiento de su hermana—. Pensaba que eras la directora de las enfermeras, ¿no? Bueno, entonces lo entendí mal. Dime, ¿es cierto que el joven médico, cómo se llama, se me ha olvidado..., es tan atractivo? Tilly se sonrojó cuando le pregunté por él.

Elisabeth hizo un gesto de desdén con la mano; Kitty debería ahorrarle esos cotilleos. El doctor Moebius era un médico excelente, hacía mucho más que cumplir con su deber.

—Me preocupa papá, Kitty —dijo afligida—. Últimamente está muy tenso. Y nervioso. A mi modo de ver, esta pelea con mamá se ha convertido en una desavenencia grave. Y ya sabes que papá no debería alterarse.

—Ha adelgazado y está muy pálido. Pensaba que tal vez le preocupaba la fábrica —comentó Kitty, ingenua—. Aunque siempre le preocupa.

—Tiene todos los motivos para preocuparse. Pero no me gusta que deambule solo por la fábrica para esconderse de mamá. En serio, si le pasa algo, allí no hay nadie para ayudarle. Empezaríamos a buscarlo por la tarde, y para entonces ya podría...

—Jesús bendito, Lisa —repuso Kitty, indignada—. Para de imaginar cosas tan horribles. Papá vuelve a estar sano.

Elisabeth dejó la cucharita de café encima del mantel, distraída, en vez de posarla en el platito. Una mancha de color marrón claro creció en la tela blanca.

—Papá puede tener un derrame cerebral en cualquier momento —dijo a media voz—. Nos lo dijo el médico. Kitty, tengo un mal presentimiento.

—¡Tú sí que sabes arruinarle el día a alguien, hermana! —se lamentó Kitty—. Hace un momento estábamos tan felices porque pronto volveremos a tener con nosotras a nuestro Paul...

Elisabeth se levantó y se dirigió al despacho. Kitty hizo una mueca de desesperación y abrió otra de sus cartas. Sin embargo, no logró concentrarse. Envidiaba a Marie, que en ese momento estaba arriba tan tranquila, leyendo una carta tras otra sin que la molestaran. ¿Estaría llorando? ¿O riendo de alegría? ¿O las dos cosas? Paul sabía escribir cartas muy dulces, era un...

La voz de Lisa desde el despacho interrumpió sus pensamientos.

—Póngame otra vez en contacto, por favor. Sí, ya sé que hemos intentado varias veces llamar a este número.

¡Dios santo! Lisa estaba obsesionada con sus terroríficas visiones. Si su madre se enteraba, se contagiaría y se preocuparía también. Kitty dobló la carta y volvió a meterla en el sobre. Lisa era terrible. ¿No podía por una vez, por una sola vez, ser feliz de verdad? No, siempre tenía que encontrar un pelo en la sopa.

—Escucha —dijo Kitty cuando Elisabeth regresó al comedor con expresión atormentada—. Vayamos a la fábrica y démosle nosotras las buenas noticias.

—Eso mismo iba a proponerte —dijo Elisabeth con voz tenue—. Qué bien que se te haya ocurrido a ti.


Entretanto, habían aparecido nubes de tormenta. Cuando Kitty y Elisabeth atravesaron el parque, se vieron los primeros relámpagos y sonaron los truenos. Una enfermera recogió a toda prisa las sillas de mimbre de la terraza y cerró las dos puertas. Afuera, en el patio, Ludwig había conseguido cerrar la capota del coche antes de que cayeran las primeras gotas gruesas.

—Menos mal —dijo Kitty cuando se sentaron en el coche—. Casi se moja mi abrigo nuevo. ¿Has visto qué caída tiene la tela? Lo compré en la tienda de Rosenberg. Arriba es ancho y abombado, y abajo estrecho. Como un rábano.

Elisabeth estaba demasiado nerviosa para admirar como era debido aquella prenda cara, así que asintió y fijó la mirada en el parabrisas, donde golpeaba la lluvia. Otro potente trueno le causó un sobresalto.

—Tenemos la tormenta justo encima, señora —dijo Ludwig, al que se le veían unas cuantas gotitas brillantes en el bigote gris—. Una tormenta de verano de las de verdad. Como en tiempos de paz.

—Arranque, Ludwig. Mi hermana está un poco nerviosa.

—¡Por supuesto, señora!

Avanzaba despacio, no veía bien a causa de la lluvia. El coche tenía un limpiaparabrisas, pero tendría que moverlo un copiloto, y las dos damas estaban sentadas detrás. Se detuvieron en la entrada de la fábrica de paños Melzer. Apenas se veía nada a través de la ventana de la portería, pero era muy posible que el viejo Gruber ya no fuera a trabajar y su padre hubiera cerrado la puerta. En ese caso, seguro que había vuelto a echar la llave.

—Qué idea tan fantástica venir aquí —refunfuñó Kitty, que se estaba helando con su ligero abrigo de verano—. ¿Y ahora qué hacemos?

Elisabeth estornudó. Tenía la chaqueta empapada en el lado izquierdo porque la capota calaba en ese punto.

—Toque el claxon, por favor, Ludwig.

Sonó tres veces, pero no sirvió de nada. Las hermanas se miraron compungidas. Un trueno hizo temblar el barrio industrial, los rayos arrojaron una extraña luz azulada sobre los edificios.

—Podríamos bajar y tirar de la campana —comentó Elisabeth.

—Hazlo tú, Lisa. No tengo ganas de estropearme el abrigo.

—Vuelva a tocar el claxon, por favor, Ludwig. Y no tan flojo. Con fuerza.

Kitty pensó que sonaba lamentable. Como un dragón con dolor de garganta. Elisabeth agarró con decisión la manilla de la puerta para salir bajo la lluvia torrencial cuando Kitty la sujetó del brazo.

—¡Mira! —gritó al tiempo que señalaba algo con el dedo—. ¡Un paraguas!

—¿Qué? ¿Dónde?

En efecto, un paraguas negro abierto se movía por el patio. Avanzaba despacio porque tenía que luchar contra el viento y los chorros de agua, pero Kitty vio que lo sujetaba un hombre vestido de oscuro. Gruber, el portero.

—«El paraguas con el viento pone rumbo al firmamento…

—… y Roberto hacia una nube pidiendo socorro sube.»

—Para, Lisa. Odio ese libro. Ya de pequeña no soportaba a Roberto Volador.

—Arranque, Ludwig. ¿A qué está esperando?

El portero había abierto las dos puertas de la entrada y las había fijado a los lados para que no se cerraran de golpe y dañaran el vehículo. Cuando el coche pasó junto a él, hizo una reverencia torpe con el paraguas. Era evidente que se alegraba de que las dos jóvenes damas lo saludaran con tanta alegría.

—No aguanta estar en casa —comentó Elisabeth con un gesto de desesperación—. No sabe vivir fuera de su portería, el pobre.

—¿Por qué iba a hacerlo? —preguntó Kitty, asombrada—. La fábrica necesita un portero.


Se dirigieron a la entrada del edificio de administración y vieron entusiasmadas que la puerta estaba abierta. En la escalera sus pasos resonaban de una forma espeluznante; no se oía ningún otro ruido, ni siquiera el murmullo y el tamborileo de la lluvia.

—¿Es que aquí ya no se trabaja? —preguntó Kitty, acongojada—. Aquí estaba la contabilidad, ¿no? Esos tipos raros con cubremangas y gafas redondas...

—Los hombres jóvenes están en la guerra, Kitty.

—Es cierto, lo había olvidado. Pero también los había mayores. Es raro que ni siquiera ellos vengan a trabajar. El despacho de papá está en la segunda planta, ¿no? Antes era muy emocionante venir a verlo. Todo el mundo tenía que esperar hasta que le hacían pasar a su despacho, pero yo entraba sin más.

Las hermanas se detuvieron en el vestíbulo, angustiadas. Reinaba un silencio absoluto. Las dos máquinas de escribir estaban tapadas con una funda de tela, las sillas bien colocadas debajo de los escritorios, un montón de carpetas acumulaban polvo en un carrito con ruedas. En la papelera había una sola hoja, arrugada. La lluvia golpeaba contra los cristales.

—Puaj, huele a moho aquí dentro. Lástima que no podamos airear por el mal tiempo —comentó Elisabeth.

Kitty bajó la manija de la pesada puerta del despacho del director y empujó. Chirrió como en un castillo encantado. Echó un vistazo al despacho de su padre. No había nadie en el sanctasanctórum. No obstante, había indicios de que poco antes alguien había bebido coñac y fumado tabaco.

—¡No me lo puedo creer! —gimió Elisabeth, y levantó el cenicero del escritorio para estudiar el contenido—. Aquí hay como mínimo diez, no, doce colillas. Y en la papelera hay más. ¡Y eso que el doctor Greiner le tiene terminantemente prohibido fumar!

—El coñac también le sirve de consuelo —comentó Kitty—. La botella está casi vacía. Mira, Lisa. Papá no estaba solo.

Sobre la mesa de visitas había tres vasos de coñac y otro cenicero, también lleno. Las hermanas miraban confusas los rastros. Era evidente que su padre había tenido invitados.

—Debían de ser hombres —comentó Kitty—. Las damas no fumarían puros.

Elisabeth agarró un vaso de coñac para examinar las huellas. No había pintalabios. Se calmó.

—Por supuesto que eran hombres, ¿qué te has creído que es papá? —dijo indignada—. Lo más probable es que haya firmado un contrato con sus socios.

—¡Claro!

Kitty se encogió de hombros y dijo que, como ya suponía, los miedos de Lisa eran fruto de su imaginación desbordada. A primera vista a su padre le iba estupendamente.

—¡Espero de verdad que tengas razón, Kitty!

—¿Dónde estará papá? —pensó Kitty en voz alta—. El portero lo sabrá.

—¡Qué bobas! —dijo Elisabeth—. Deberíamos habérselo preguntado.

Salieron del despacho del director y volvieron a bajar la escalera. Pese a todo, el edificio resultaba tétrico, tan silencioso y vacío. También estaba un poco sucio. En los rincones algunas arañas aplicadas habían tendido sus redes. Y olía a abandono.

La lluvia había aflojado, así que decidieron quedarse en la entrada mientras Ludwig iba a buscar al portero. Si el señor director no se encontraba arriba, en su despacho, solo podía estar en la zona de hilado. Se pasaba los días caminando por allí, era una tragedia, el pobre director iba a acabar de los nervios.

—No puede ser tan difícil limpiar unos cuantos cartuchos metálicos —dijo Kitty.

—Ven —ordenó Elisabeth—. Eso es lo que vamos a averiguar.

Arrastró a Kitty bajo la lluvia hasta la tercera sala, donde estaba la hilandería. Allí antes se trabajaba en dos plantas. De niña, Kitty entró en una de las salas de la fábrica, pero el ruido aterrador de la maquinaria la ahuyentó en el acto.

—Deja de taparte las orejas —dijo Elisabeth—. Hay un silencio absoluto. La maquinaria está apagada.

—Te odio, Lisa —gruñó Kitty—. Por tu culpa, ahora mi abrigo nuevo tiene manchas de agua.

Contempló con disgusto las hiladoras oscuras y silenciosas. Faltaban los silbidos y zumbidos de las bobinas, incluso el siseo cuando los hilos se tensaban y se enrollaban. Sin embargo, se oía un golpeteo, la máquina de vapor estaba en funcionamiento.

—Arriba están trabajando —resolvió Elisabeth.

—De acuerdo. Subamos. ¿A quién le importan unas cuantas manchas de grasa en mi abrigo?

Ya en la escalera oyeron la voz airosa del señor director. Su padre estaba echando pestes como en los viejos tiempos.

—¡Un maldito montón de chatarra, eso es lo que es! ¿Por

qué no se mueve ese cilindro? ¿Para qué le he pagado un montón de dinero?

—Un detalle, señor Melzer. Hay que engrasar mejor el eje. Tal vez la perforación sea demasiado estrecha.

—¡Su cabeza sí que es demasiado estrecha, Hüttenberger! Eso es. Mi hijo lo dibujó todo con precisión. ¡Solo tiene que fijarse bien!

—¡Ahora! ¡Ahora funciona!

Elisabeth y Kitty subieron los últimos peldaños a paso ligero y al llegar arriba se detuvieron ante una imponente construcción metálica, sin duda una máquina, pues se accionaba con una correa.

—Papel —dijo Kitty, y estiró el brazo—. Eso es un rollo de papel. Papá quiere fabricar papel pintado.

El enorme rollo de papel daba vueltas con un intenso chirrido, silbaba, echaba humo, hacía ruido. Un raíl metálico subió a lo alto, se posó sobre el rollo de papel, se oyó un zumbido, como cuando se rasga una hoja. Luego la máquina soltó el aire, crujió y se detuvo.

—¡Maldita sea! —rugió Johann Melzer a sus dos ingenieros—. ¡Si ahora hay rasgaduras en el papel, os corto la nariz con mis propias manos!

# 15

*Marijampolè,*
*10 de octubre de 1916*

Mi querida Marie, mi maravillosa y dulce esposa:

De momento no sé nada de nuestro reencuentro, pues aquí han cambiado los planes y primero me quedo en Rusia. Nuestra unidad ha recibido tan amarga noticia esta mañana a primera hora, y algunos de mis compañeros que, como yo, esperaban volver a ver a su familia, se han peleado con el destino. Yo también he necesitado un rato para superar la decepción, pero todos somos soldados de Su Majestad, y en eso no valen quejas ni lamentos, solo decir alto y claro: «¡A sus órdenes!», y el resto cada uno lo soluciona consigo mismo.

Tal vez sea la voluntad de Dios que nos quedemos aquí, pues la situación en Lituania es tranquila, los rusos siguen luchando a medio gas en Galitzia, por lo demás parece que tienen las fuerzas minadas. En Francia, sobre todo en Verdún, todo será muy distinto, ahí los frentes están cara a cara y, por lo que dicen, las pérdidas en ambos bandos son elevadas. También se sigue batallando en Somme, y ahí son los ingleses los que ofrecen protección a sus aliados.

Os agradezco de todo corazón los paquetes: el chocolate, la manta de lana y los mapas son de gran ayuda. Aún estamos alojados en la posada, donde nos han instalado con bastante «comodidad» en el granero. De vez en cuando vamos de noche al bar de Marijampolè, regentado por un alemán, que está a rebosar día y noche. La mayoría bebemos té, la bebida nacional rusa. Aquí lo toman muy fuerte, con azúcar y... ¡mermelada! Los últimos días el suelo estaba helado, se insinúa el inicio del invierno, pero eso también tiene su lado bueno. Aquí el suelo es de lodo, solo se puede caminar por donde se han colocado tablones, de lo contrario te hundes hasta los tobillos. Pero si hiela, la tierra se pone dura y desaparecen las molestas moscas. Cuando hacemos ronda, contemplamos la extensa tierra, que tan extraña y yerma nos parece, y nos preguntamos qué hacemos aquí. Sin embargo, no somos nadie para cuestionar las decisiones de nuestros superiores.

Pienso mucho en ti, mi dulce Marie, y también en nuestros dos hijos, ya hace ocho largos meses que no los veo. Os envío dos figuritas de madera que le compré a un niño del campo. El caballito es para mi Leo, claro, y el perro para Dodo. No sé si ya pueden hacer algo con ellos, pero cuando les enseñes los juguetes, querida Marie, cuéntales que se los envía su padre.

Para ti también, cariño, he comprado un regalo precioso: será una sorpresa en nuestro reencuentro. De momento prefiero guardarlo, no me fío del correo.

Besos y abrazos, mi dulce esposa. Cuando leo tus cartas, veo tu imagen y me acompaña hasta la tierra de mis sueños nocturnos, donde nuestras almas y nuestros cuerpos se unen.

Con amor,

PAUL


Marie dobló la carta con un leve suspiro y la guardó en la carpeta de cuero que había comprado para la correspondencia de Paul. Se había acostumbrado a refugiarse en esa carpeta cada minuto libre que tenía, escoger alguna de las cartas y leerla. Le daba la sensación de que Paul estaba cerca de ella, sí, incluso le parecía oírle hablar, recordaba cómo pronunciaba las palabras y, si cerraba los ojos, veía su cara. Ay, esa sonrisa pícara, ¡cómo la echaba de menos!

Ojalá las autoridades militares por fin reaccionaran a su petición y liberaran a Paul del servicio militar. Sin embargo, el asunto se prolongaba, los días pasaban y la idea de que le ocurriera algo a Paul precisamente ahora le quitaba el sueño. Estaba enfadada con su suegro por haber tardado tanto en dejar de mirarse el ombligo. Johann Melzer tenía que demostrar que no iba a bailar al son que marcara su hijo, y mucho menos su nuera. Sin embargo, por fin había entrado en razón. Había hecho construir tres máquinas siguiendo los planos de Paul, habían superado los pequeños fallos de la construcción y habían empezado a tejer las primeras telas. Marie iba todos los días a la fábrica, lo que no era del agrado de su suegro, para supervisar los progresos y comprobar la calidad de las telas. Incluso había empezado a elaborar a escondidas patrones de impresiones, sencillos pero bonitos. Era importante que las telas resultaran atractivas y destacaran así de la competencia, que contaba con más experiencia. Le causaba una gran felicidad poner en práctica sus ideas y saber que esa era su aportación a la continuidad de la fábrica. Ojalá Paul estuviera con ellos.

¡Qué impaciencia! Lo importante era que volvía a haber esperanzas. Las constantes peleas entre sus suegros también se habían calmado. No había cariño entre Alicia y Johann Melzer, pero ya se hablaban y comían juntos. Por las noches, en cambio, cuando Marie y Alicia se sentaban en el salón a tomar el té y Elisabeth se unía a ellas, siempre y cuando se lo permitieran sus deberes en el hospital, Johann Melzer se retiraba con un libro a su dormitorio. Durante el día ya tenía suficiente ruido y cháchara alrededor, decía con una sonrisa, y la calma nocturna era sagrada para él.

Se oyeron pasos presurosos en el pasillo, y también ruidos abajo, en la galería. Seguramente habían llegado los primeros invitados y Else bajaba a recoger los abrigos. Qué complicadas se habían vuelto muchas cosas con el montaje del hospital. Con el mal tiempo, las visitas entraban en la galería todo tipo de suciedad. Y por supuesto, precisamente hoy, que habían preparado una pequeña celebración familiar, tenía que hacer ese tiempo otoñal tan desapacible.

—Señora…

Auguste había abierto la puerta con sigilo y asomó la cabeza.

—Ya mismo termino, Auguste. ¿Quién acaba de llegar?

—El barón Von Hagemann y su esposa, señora. Y en la entrada ya está el coche del director Bräuer.

—Ahora bajo. ¿Va todo bien en la cocina?

—La señora Brunnenmayer no para de refunfuñar, como siempre, y persigue a la pobre Hanna. Else se ha quejado por tener que ayudar en la cocina.

—Dile que monte el parque para los gemelos en el salón rojo. Mamá los querrá tener al lado cuando se sirva el moca más tarde.

—Se lo diré, señora.

Auguste se había puesto especialmente elegante para aquel día, incluso llevaba una cofia recién almidonada. Hacía mucho tiempo que no se organizaban fiestas en la villa, incluso la Navidad había sido modesta y tranquila. Ahora, en cambio, con la llegada por sorpresa de Alfons, el marido de Kitty, para pasar diez días de permiso, habían decidido celebrar en familia el cumpleaños de Alicia, que el año anterior pasó sin pena ni gloria. Celebrarlo en la medida en que lo permitían esos tiempos de carestía, claro.

Marie dejó la carpeta en el cajón del escritorio y lo cerró. Arriba, en la habitación infantil, Leo lloriqueaba. Estaba enfadado porque su hermana ya era capaz de subir por las barras de madera del parque y él aún no lo conseguía. A cambio, en su cabecita redonda crecía una pelusilla clara y dorada, mientras que Dodo llevaba un gorrito en punta que ocultaba la falta de cabello.

—Alimentado, cambiado y listo para todo tipo de vilezas —comentó Rosa con alegría cuando Marie entró en la habitación—. Por lo que conozco a su suegra, ofrecerá a su preferido Leo todo tipo de golosinas.

—Ah, sí…, hay pasteles. —Marie suspiró y levantó a su hija del parque.

La pequeña se rio y enseñó los cuatro diminutos dientes, blancos como la nieve, que ya le habían salido. Dodo casi siempre estaba de buen humor, era una afortunada, una panza contenta, como decían todos. Leo, el primogénito, también era encantador cuando lo consideraba necesario. Pero la mayor parte del tiempo se mostraba descontento, por las noches se quejaba porque le estaban saliendo los dientes, quería que lo cogieran en brazos, tenía hambre, dolor de barriga o incluso catarro y fiebre.

—Usted baje, señora —comentó Rosa—. Yo le llevo a los niños al salón rojo después de comer.

Marie sentó a Dodo en el regazo de Rosa y bajó a la primera planta. Reinaba el ajetreo habitual que conllevaba cualquier invitación. Elisabeth pasó sin aliento junto a Marie hacia arriba, había estado trabajando en el hospital hasta entonces y tenía que cambiarse rápido para recibir a los invitados.

—¿Else me ha planchado el vestido, Marie?

—Se lo encargué ayer por la tarde. No te apures, Lisa. Mamá y papá están en la galería, y yo bajo ahora a recibir a los invitados. Cámbiate con tranquilidad.

—Gracias, Marie, eres un tesoro.

Auguste también pasó presurosa, llevaba arriba los abrigos húmedos de los invitados para secarlos. Hanna salió por la puerta de servicio con las mejillas rojas y un brillo de terror en los ojos. Se había puesto el vestido negro que Marie le había regalado, además de un delantal con encaje y una cofia delicada. Era la primera vez que servía en una celebración y estaba muy nerviosa.

—Sirve el vino muy despacio, Hanna. Y no pongas esa cara, niña. Sé que puedes hacerlo.

—Sí, señora. Daré lo mejor de mí.

En la galería habían servido champán, que incluso con un tiempo tan desagradable tuvo gran aceptación. Solo Gertrude Bräuer, la suegra de Kitty, comentó que preferiría un vaso de vino caliente. Se entregaron los regalos y los pusieron en una mesita delante de la librería, felicitaron a Alicia en su día, intercambiaron abrazos o apretones de manos, según el grado de parentesco. Para Marie, lo peor era saludar al matrimonio Von Hagemann con la debida amabilidad. Hacía tiempo que tenía claro que ambos la consideraban una molestia, pero ella, que debido a trágicas circunstancias era hija ilegítima y se había criado en un orfanato, había aprendido de niña a sobrellevar el desprecio de los demás y lo disimulaba bien. Gertrude y Edgar Bräuer la saludaron con mucho cariño. Los dos estaban encantados de que su hijo único, Alfons, pasara unos días a salvo en Augsburgo.

—¿Dónde se han metido? —preguntó Gertrude Bräuer, enojada—. ¡Ay, estos jóvenes! Desde que Alfons ha vuelto a Augsburgo, apenas lo hemos visto. No se separa de su esposa. Y está loco por la dulce Henni.

—Es natural —comentó Alicia—. Los jóvenes tienen su propia vida, y los viejos tenemos que conformarnos, ¿no es cierto, Johann?

Aquel día, Johann Melzer estaba de un humor excepcional, se había servido un vasito de vino espumoso y parecía contento.

—No me sorprende en absoluto que el bueno de Alfons esté con mi hija Kitty —bromeó—. Al fin y al cabo, tienen que engendrar un heredero.

—¡Pero Johann! —repuso Alicia con cierto apuro.

—¡Eso, eso! —exclamó Edgar Bräuer.

Christian von Hagemann se rio divertido, pero Riccarda von Hagemann se limitó a dar un sorbo al champán y a observar pensativa las copas venecianas de las estanterías. Gertrude Bräuer, que nunca se mordía la lengua, comentó que para eso no hacía falta todo el día, bastaban cinco minutos, y, al oírlo, Riccarda von Hagemann alzó la vista al techo.

Siguieron bromeando un poco, disfrutaron de una segunda copa y luego saludaron al padre Leutwien, que había oficiado la misa vespertina y por tanto llegaba un poco tarde.

—¿Una copita de champán, padre?

—Con mucho gusto. El vino de misa me cae en el estómago como si fuera vinagre.

Riccarda von Hagemann mencionó que en realidad el sacerdote no bebía vino, sino la sangre de Cristo, y Leutwien contestó con un benevolente gesto de la cabeza. Acto seguido preguntó por el progreso de su hijo Klaus, que había sido ascendido a mayor, si no se equivocaba.

—Nuestro Klaus honra la tradición de la familia, padre. Como sabe, mis dos hermanos y dos de mis primos también son oficiales de Su Majestad el emperador. Nuestra inolvidable victoria en los años setenta y setenta y uno contra la archienemiga Francia fue en gran parte mérito de los Von Hagemann.

Siguió hablando de otros célebres parientes, pero no de su marido, pues la carrera en el ejército de Christian von Hagemann tuvo un brusco final debido a un desafortunado escándalo. Leutwien lo sabía, pero asentía con energía ante sus declaraciones y callaba.

Para las tarjetas de mesa, Marie había cortado corazones de cartón, los había decorado con pequeños dibujos y había escrito el nombre de cada uno en ellas. Cosechó grandes elogios, sobre todo a Edgar Bräuer le parecía maravilloso con qué naturalidad la cuñada de Alfons, Marie, ponía su don artístico al servicio de la familia. Christian von Hagemann asintió pensativo y declaró que no todas las mujeres eran tan listas.

—Señora —dijo Auguste, que hizo una reverencia especialmente servicial ante los invitados—. La señora Kitty Bräuer y su esposo han llegado.

—Estupendo —comentó Alicia—. Esperaremos la sopa hasta que se hayan sentado.

Marie pensó que nunca había visto a Kitty tan guapa. El leve aumento de peso le sentaba de maravilla, parecía terrenal, de este mundo, y no una lejana princesa encantada. Además estaba feliz, se veía a simple vista en su rostro sonrosado y acalorado. Qué alegría, se dijo Marie. Kitty se había casado con aquel hombre bueno, aunque un poco torpe, solo porque tras fugarse con el francés su reputación quedó muy comprometida. Sin embargo, del agradecimiento inicial por lo visto había surgido el amor verdadero.

—¡Mamaíta! —exclamó Kitty abriendo los brazos hacia Alicia—. Deja que te dé un abrazo, mi queridísima mamá. Estamos muy contentos de tener una madre tan buena, cariñosa, preocupada y encima preciosa. Dinos, ¿cuántos años cumples hoy? ¿Nueve? Bueno, como máximo serán trece años. Está bien, treinta y uno, pero más no. Di lo que quieras, nadie te creerá.

Atravesó corriendo la habitación para dar un abrazo a su madre, y a punto estuvo de derribar a Hanna, que se acercaba con la sopera. Alfons Bräuer siguió a su esposa, sonriente, como siempre que estaba con la familia, y luego se tomó la libertad de darle un abrazo también a la homenajeada. Marie pensó que había adelgazado mucho. También su rostro había adquirido un extraño tono grisáceo, cuando antes siempre estaba sonrosado, y la piel parecía flácida.

—Sienta muy bien estar aquí de nuevo —dijo él—. Qué suerte poder estar presente en tu cumpleaños.

Kitty saludó a los demás invitados, repartió besos y abrazos, hizo todo tipo de comentarios sobre la boba de su ama de cría, que no había dado de mamar a tiempo a Henni, sobre una estatua de mármol fracasada y sobre el hospital, que era el culpable de que en la escalera que daba a la galería ya hubiera estropeado dos vestidos, una falda y un par de zapatos recién estrenados.

—Si la señorita Jordan no supiera coser tan bien, tendría que ir por ahí desnuda.

—¡Kitty! —protestó Elisabeth—. ¡Compórtate un poco!

Mientras Hanna llenaba muy concentrada los platos de sopa, Marie se enteró de que Maria Jordan iba tres veces por semana a coser a la villa.

—Vaya —comentó Riccarda von Hagemann con expresión de asombro—. ¿Es que contigo no estaba ocupada? Quisiste que esa mujer fuera tu doncella a toda costa, ¿no?

Elisabeth lanzó a Kitty una mirada furiosa y explicó que en ese momento pasaba más tiempo en la villa que en su casa.

—Por supuesto, tu trabajo benéfico por nuestros pobres heridos —comentó Riccarda von Hagemann.

Alicia añadió que estaba muy contenta de tener a Maria Jordan como costurera. Había cosido unas rebecas preciosas para los gemelos y a ella le había modificado algunos vestidos.

—En estos tiempos, una buena costurera vale oro —afirmó Gertrude Bräuer.

—Sin duda —admitió Riccarda von Hagemann—. Según me han dicho, nuestra Marie posee un talento especial para la costura. ¿No cosías antes vestidos para Lisa y Kitty?

Marie notó que se hacía el silencio en la mesa y todas las miradas se clavaban en ella. Esa vieja malvada.

Johann Melzer, que hasta entonces había estado sumido en una conversación con el padre Leutwien, dejó la cuchara a un lado y lanzó a Riccarda von Hagemann una larga mirada hostil.

—En cuanto a la costura, poco puedo decir, pero te aseguro que mi nuera Marie es una mujer extraordinaria y con talento. Con todos los respetos. Hace poco me explicó cómo funcionaba una máquina para producir hilo de papel; en eso es digna hija de mi viejo socio Jacob Burkard, sin el cual no existiría la fábrica de paños Melzer.

Miró a Marie, que, perpleja y emocionada por ese inesperado gesto de protección, no encontró palabras, y Melzer continuó teorizando sobre la definición de la mujer entonces. Siempre había estado en contra de las marisabidillas y sufragistas, pero una mujer que poseyera talento debía recibir una formación. Ningún país podía permitirse desaprovechar semejantes capacidades, menos aún en ese momento en que tantos hombres jóvenes se sacrificaban sin sentido en los campos de batalla.

—¡Morir por la patria es un honor! —exclamó Christian von Hagemann en un tono cortante, estaba rojo de la ira y miraba a Melzer como si fuera un subordinado gruñón.

El suegro de Marie mantuvo la calma, aunque no esperaba una respuesta tan airada. Fue Alfons Bräuer quien tomó la palabra.

—Mi querido Christian, estoy seguro de que todas las personas sentadas a esta mesa defienden nuestra patria. Pero, teniendo en cuenta el desarrollo de esta guerra, no puedo darte la razón. Lo que sucede en los campos de batalla y las trincheras no tiene nada que ver, nada en absoluto, con el honor o con una muerte heroica.

Hubiera seguido hablando, pero prefirió no hacerlo por respeto a las damas presentes, así que levantó la copa y brindó por su suegro.

—No tendré en cuenta esas palabras, querido Alfons —repuso Von Hagemann—. Veo que cargas con un daño espiritual, por desgracia les ocurre a muchos jóvenes que no cuentan con adiestramiento militar y solo conocen la vida fácil de un ciudadano normal. La guerra, querido Alfons, es un trabajo duro, hay que tener un espíritu sano y un cuerpo sano, fuerza de voluntad y disciplina. Solo gracias a la disciplina el ejército alemán será superior a cualquier otro.

Durante su discurso fue alzando la voz, de modo que, además de la cara, ahora tenía el cuello rojo. Volvió a estirar la barbilla, empujó hacia delante el mentón y miró al grupo por si alguien tenía alguna otra objeción. Johann Melzer se reclinó en la silla para que Hanna pudiera retirarle el plato de sopa vacío. Alfons Bräuer tenía la mirada fija al frente. Parecía estar mordiéndose la lengua, pero era evidente que había decidido no provocar una discusión familiar el día en que su suegra cumplía años. Sin embargo, Kitty no se anduvo con tantos miramientos.

—Qué raro —dijo antes de limpiarse los labios con la servilleta blanca almidonada—. Si tan superiores somos, ¿por qué no hemos vencido aún? No lo entiendo, querido Christian. Sin duda se debe a que solo soy una mujer. Imagínate, incluso llegué a pensar que esta estúpida guerra terminaría en tres meses. Y ya llevamos más de dos años.

A Von Hagemann le irritaba esa cháchara ingenua de mujeres, pero, dado que no podía prohibir hablar a Kitty o no hacerle caso, tenía que contestar con mucha educación.

—Los motivos, mi querida Kitty, son múltiples y difíciles de entender para una mujer. Hay que tener conocimientos militares.

—Sin duda tienes razón —dijo Kitty al tiempo que tocaba las vendas de su marido, que agradeció esa caricia íntima—. Yo lo veo así: cuando un plan de acción ha funcionado, es muy fácil de explicar. Pero si el plan no ha funcionado, entonces es muy complicado y todos los implicados consideran que es culpa de los demás. No es cierto, ¿papá?

Tras aquellas palabras se impuso un silencio incómodo. Von Hagemann forzó una sonrisa indulgente mientras Johann Melzer reprimía una sonrisa.

—Mis queridos invitados —intervino Alicia—. Me llena de placer tener en mi casa a dos personas más a las que felicitar. Los doctores Greiner y Moebius me han concedido el honor de dejar un rato su trabajo en el hospital y acompañarnos.

Los señores se levantaron para saludar a los recién llegados, que no podrían haber aparecido en mejor momento, pues Riccarda con Hagemann ya estaba a punto de intervenir para defender a su marido. Sin embargo, la conversación sobre el sentido o el sinsentido de la guerra había terminado de momento. Else y Auguste acercaron unas sillas mientras Hanna ponía un mantel. Con los dos médicos llegó también Tilly, que había estado trabajando en el hospital hasta entonces.

—Te deseo toda la suerte y la felicidad, querida tía —dijo, y besó a Alicia en las mejillas—. Por favor, no te enfades, no he podido cambiarme.

Llevaba un sencillo vestido azul marino de algodón y solo se había quitado el delantal blanco. Los zapatos tampoco eran los adecuados para una celebración. Sin embargo, Kitty le dijo que estaba fantástica con ese vestido, que el contraste con el cabello rubio era maravilloso.

—Además, creo que últimamente estás muy... adulta —siguió diciendo Kitty, y miró a Elisabeth, que primero arrugó la frente pero luego asintió—. Te estás convirtiendo en una belleza, querida —añadió entre risas—. Ven a mi lado, Tilly. No te sonrojes. ¿No es cierto, Marie? Tilly tiene un aire de sirena. ¿No querrías hacer de modelo algún día? Te pintaría sobre una roca, con el pelo suelto y cola de pez delante de un mar azul oscuro.

Tilly se sentía bastante cohibida con tantos cumplidos, pero sobre todo le molestaba la mirada ardiente del joven médico. El doctor Moebius la miraba de soslayo, contestó con educación a las preguntas de Gertrude Bräuer sobre sus dolores de espalda sin dejar de mirar a las jóvenes damas. Tenía en el punto de mira sobre todo a Kitty, que siempre llamaba la atención de los jóvenes caballeros. Pero Marie reparó en que miraba con frecuencia a Tilly Bräuer, y su expresión revelaba que la estaba escuchando.

«Sin duda es un hombre atractivo», pensó Marie. Ojos grises, que con el pelo oscuro parecían muy claros, cejas bonitas, nariz recta y barbita cuidada. Manos delicadas. Elisabeth le había contado que era un cirujano excelente.

Antes del plato principal, Johann Melzer se levantó para pronunciar un pequeño discurso. Era un deber que no le agradaba mucho, ya que el vínculo matrimonial no siempre era armónico, pero, por supuesto, eso nunca debía notarse. Marie le dio un golpecito en el hombro a Hanna, de lo contrario no habría llenado a tiempo las copas de los invitados por la emoción.

—... pese a la guerra y los chaparrones, levantemos las copas y brindemos por el aniversario de mi esposa. Por que se celebren muchas fiestas más en esta casa y por que lleguen tiempos mejores, tiempos de paz.

Bebieron a la salud de Alicia, luego a la del emperador y la patria, duramente asediada. Por la victoria del ejército alemán en el este y en el oeste.

—Brindemos ante todo por la paz liberadora y el feliz regreso de nuestros soldados —dijo el padre Leutwien, que hablaba de todo corazón.

Marie cerró un momento los ojos para evocar el rostro sonriente de Paul y bebió de su copa. «Pronto. Pronto volverás a estar conmigo», pensó.

—... la paz victoriosa —oyó que añadía Christian von Hagemann, y acto seguido Kitty afirmó con descaro que daba completamente igual si era con la victoria o con la derrota: lo principal era que la guerra terminara de una vez.

—Tiene toda la razón, señora Bräuer —intervino el doctor Moebius, que con su comentario le quitó la réplica a Von Hagemann—. Esta guerra se está cobrando infinidad de vidas humanas. Algunos colegas me dicen que sería más fácil ir a luchar que enfrentarse constantemente a las consecuencias de la batalla. Como médico, uno también tiene sus límites.

Auguste ayudó a Hanna a servir el plato principal, que constaba de albóndigas, col lombarda y asado de ganso: los Von Maydorn habían enviado una caja con productos del campo por el cumpleaños de Alicia. Con astucia, no habían confiado ese costoso envío al tren, sino que se lo habían dado a un buen amigo que viajaba en coche de caballos hasta Múnich. Durante la comida, las conversaciones enmudecieron casi por completo. Sobre todo el matrimonio Von Hagemann dedicó toda su atención al asado, pero también los dos médicos y el cura se emplearon a fondo.

—Hoy en día no es muy frecuente encontrar en el plato aves como esta —comentó el doctor Greiner, agradecido—. Sobre la preparación, solo puedo decir que es exquisita. ¡Mi admiración para las cocineras!

Hanna, que esperaba instrucciones en la puerta, hizo un gesto con la cabeza en representación de todo el personal de cocina, por así decirlo.

Las conversaciones derivaron en temas cotidianos: hablaron sobre los niños, elogiaron las actuaciones del coro, y el doctor Greiner explicó sus alegres aventuras en su época de estudiante, terminada tiempo atrás. Al cabo de un rato, Alicia ofreció a sus invitados pasar al salón rojo, donde podrían seguir con la sobremesa y tomar un café. También estaba disponible la sala de los caballeros, donde se podía fumar, pero solo el doctor Greiner, Edgar Bräuer y Klaus von Hagemann decidieron hacer compañía al señor de la casa. El cura, el doctor Moebius y Alfons Bräuer prefirieron quedarse con las damas;

además, las dos amas de cría bajaron en ese momento a los niños. Dodo estaba de buen humor, Leo enfadado porque lo habían despertado, y Henriette, de cinco meses, miraba alrededor con los ojos como platos, sorprendida. Su padre se la sentó en el regazo y ya no la soltó en toda la tarde.

—¡Qué más da que no haya heredero! —dijo riéndose mientras la pequeña le tocaba las gafas con dedos pegajosos—. Yo quiero como mínimo dos niñitas más así de dulces. Igual de encantadoras que mi Kitty. Luego, por mí, ya puede nacer también un niño.

—Jesús bendito —gimió Kitty—. ¿Aún he de traer tres niños más al mundo? Ya tengo la figura completamente estropeada.

—Qué tonterías dices, cariño. Estás más guapa que nunca.

Marie miró a Elisabeth, que jugaba entusiasmada con Dodo. Le dolía que Lisa fuera la única que no se quedaba embarazada. Leo, como de costumbre, estaba recibiendo los mimos de su abuela.

—¡Mamá, te lo ruego! —exclamó Marie—. No le des ni un trocito más de pastel a Leo.

—Pero hoy es mi cumpleaños, y al niño le gusta mucho.

Tilly estaba sumida en una conversación a media voz con el doctor Moebius, lo miraba seria y con los ojos muy abiertos, como si esperara una decisión. Seguramente estaban hablando de algún paciente, pensó Marie. Tilly era muy trabajadora y cumplía con su deber con eficacia.

—¿Has visto eso? —le susurró Kitty al oído—. Ahí se está cociendo algo. Apuesto mi mejor abrigo de pieles a que nuestra Tilly está enamorada del médico guapo.

—¡Ay, Kitty! —contestó Marie.

—Seguro, Marie. Lisa también lo piensa. Los ha estado observando en el hospital.

Hacia las nueve se despidieron los primeros invitados. El matrimonio Von Hagemann les deseó que pasaran una velada agradable, y el padre Leutwien y el doctor Greiner dijeron que debían retirarse.

—A nuestra edad, uno necesita dormir —bromeó el médico, a quien el vino había afectado bastante—. Señoras..., señor director..., ha sido una alegría y un placer especial. El camino de regreso en compañía clerical purificará los pecados de la gula y el alcohol.

El doctor Moebius también abandonó el grupo, tenía turno de noche en el hospital. Al cabo de dos horas le seguiría Elisabeth, que tenía asignado el mismo turno. Había resultado ser una cuidadora prudente que controlaba los nervios en situaciones graves. No todo el mundo la habría creído capaz de hacerlo.

—¿Has abierto todos los regalos, mamá? —preguntó Marie.

—No lo sé.

Durante un rato volvió el alboroto al salón rojo, pues Auguste llevó los regalos para que Alicia los abriera bajo la mirada intrigada de los presentes. Las paredes volvieron a temblar con las carcajadas, los gritos de admiración y las risitas infantiles. Alicia recibió unos delicados pañuelos bordados, un bolso de noche de seda, varios broches pequeños con piedras preciosas y todo tipo de figuritas de adorno. La sorpresa fue un muchacho negro con taparrabos, sentado en un cocodrilo, que podía usarse de pisapapeles.

—¡Dios mío, pero si es horrible!

—No, qué mono, ¿por qué a mí nadie me regala algo así?

—Bueno, regálaselo a la tía Helena por Navidad.

Marie se echó a reír. Estaba siendo una velada estupenda.


Entretanto, Edgar Bräuer y Johann Melzer se encontraban en la sala de los caballeros y acompañaban el café con un vaso de coñac francés que Alfons había llevado como obsequio. Hacía muchos años que se conocían, habían hecho negocios juntos y Melzer además había contratado un crédito con el banco privado Bräuer para pagar las máquinas nuevas.

—¿Y bien? ¿Cómo va el asunto?

—Bien —respondió Melzer—. Las primeras pacas ya están listas para el transporte. Ahora refinaremos más el tejido e imprimiremos patrones. Además, tendremos que grabar rodillos nuevos, porque los patrones antiguos no encajan bien en la tela de papel.

Bräuer asintió, satisfecho, y buscó en la bandeja de dulces que les habían ofrecido. Descartó el bizcocho, y ya se había servido corazones de azúcar. Melzer explicó entusiasmado que había un mercado muy potente para la tela de papel, que casi se podía coser cualquier cosa con ella, según la calidad del tejido, claro. Desde pañales hasta corsés, por no hablar de uniformes, mochilas y máscaras de gas para los caballos. Por desgracia, ese material no se podía lavar, solo sacudir. En eso había margen para la mejora.

—Por lo que me han dicho, en la fábrica ahora trabajan prisioneros de guerra.

—Es cierto —admitió Melzer. Algunas tareas no las podían llevar a cabo ni las mujeres ni los hombres mayores, sobre todo levantar los pesados rodillos de papel y transportar las balas de tela. Y en la máquina de vapor prefería tener unos cuantos tipos jóvenes que hombres flacos de barba cana. La única molestia es que había que alimentarlos, y esos muchachos comían como lobos—. Además, siempre tienes a sus guardias en la nuca, soldados del frente nacional que vigilan que ningún prisionero se escape. No duermen aquí, sino en la fábrica de maquinaria, con los demás.

Bräuer asintió, pensativo, y permaneció callado un rato. Luego se inclinó hacia delante en la butaca y miró con prudencia hacia la puerta por si alguien del servicio estaba escuchando.

—Johann, me alegra que tu fábrica prospere —murmuró—. A mí no me va tan bien.

Melzer lo miró, compungido. Había oído rumores de que el banco Bräuer ya no pisaba con paso firme. No era de extrañar, muchos bancos pasaban apuros, la guerra consumía el capital, ya no se podían hacer negocios en el extranjero, y en el país la economía estaba por los suelos.

—Ya se arreglará —dijo, y le dio una palmadita en el hombro—. Cuando termine esta maldita guerra.

# 16

Maria Jordan extendió el vestido de noche azul en la cama y estudió con mirada calculadora qué costuras debería deshacer. La tela era costosa, seda china de verdad, ahora mismo imposible de comprar en ningún sitio. Qué suerte que la joven señora Von Hagemann no hubiera engordado sino adelgazado, pues ya no se podía sacar más de las costuras. En cambio, estrechar el vestido solo era cuestión de tener buen ojo y la aguja adecuada. Se sentó en una silla junto a la ventana, cogió el desbaratador y empezó a abrir la costura de la cintura. En la habitación hacía frío. Afuera soplaban los vientos de noviembre, y la estufa estaba apagada. Maria Jordan se había puesto una chaqueta de lana sobre la blusa, pero seguía con las manos heladas. Era desagradable tener los dedos ásperos del frío, sobre todo cuando trabajaba con seda, pues el fino tejido se pegaba a las pequeñas irregularidades de la piel.

—¡Gertie! —se oyó en el salón de al lado—. ¿Qué pasa con el desayuno?

La joven señora Von Hagemann había pasado excepcionalmente dos días con sus noches en su casa y, ah, milagro, había pagado el sueldo pendiente de las criadas y la doncella. Incluso había dinero para la casa, y por lo visto también había encargado carbón. La noche anterior, mientras Maria Jordan cosía en la villa, Auguste le había contado en confianza de dónde procedía el dinero: Elisabeth von Hagemann había tenido una conversación con su cuñado Alfons, que le había «prestado» una determinada cantidad. Sin embargo, Alfons Bräuer ya había regresado al frente, así que pronto volvería a escasear el dinero en la casa Von Hagemann.

—Lo siento, señora —dijo con voz aguda Gertie—. Es que siempre me quemo los dedos cuando sirvo el café. Y el pan está tan duro que una se corta las manos con él.

«Cuánta torpeza», pensó la señorita Jordan, y levantó el vestido para ver hasta dónde debía deshacer las puntadas. Ese trapito estaba pasado de moda, le había dicho la descarada de Kitty Bräuer durante una visita reciente. Elisabeth debería hacerse algo nuevo, ella se había suscrito a una revista de moda con colores y cortes completamente nuevos. Si Elisabeth quería, se la prestaba…

—Por el amor de Dios, Gertie —se indignó la señora—. ¿Por qué dejas que el pan se ponga tan duro? Hay que guardarlo en una bolsa de lino y meterlo en la panera.

Maria Jordan se imaginó a Gertie poniendo cara de inocente y fingiendo que era la primera vez que lo oía.

—Disculpe, señora. Es que no tenemos cocinera, de lo contrario no pasaría algo así.

Seguro que a la señora Von Hagemann le molestó esa respuesta impertinente, sobre todo porque Gertie añadió que, al fin y al cabo, la habían contratado de criada, no de ayudante de cocina. Sin embargo, sobraban las palabras. Se cerró la puerta del pasillo, por lo que imaginó que había enviado a Gertie de vuelta a la cocina sin más.

Se hizo el silencio. Maria Jordan se humedeció los dedos para recoger los hilos sobrantes de la seda y luego se ajustó la chaqueta de lana con un escalofrío. Si no traían pronto el carbón, bien podrían quemar el viejo banco de la cocina, a fin de cuentas estaba carcomido y a punto de romperse.

—¿Maria?

—Sí, señora. Enseguida voy.

Odiaba que la molestaran cuando estaba trabajando. Tenía que dejar las tijeras, el cojín de coser, la cinta métrica, la tela y todo lo demás. Tardaría un rato en volver a ordenar las cosas antes de continuar.

Elisabeth von Hagemann estaba sentada a la mesa ante el desayuno, que consistía en pan, sucedáneo de mantequilla, mermelada, un trocito de queso y café de bellota. No parecía estar de buen humor, pero Maria Jordan no podía saber si tenía que ver con el correo militar que tenía doblado al lado. La carta parecía breve, y al mayor le gustaba la verborrea romántica.

—¿Cómo va con mi vestido de noche, Maria?

—Acabo de empezar a desbaratar las costuras, señora.

—Estupendo. Lo necesito la semana que viene. Mi hermana y yo iremos a la ópera.

Hacía tiempo que Maria Jordan estaba al tanto. Kitty Bräuer se moría de aburrimiento desde que su marido había regresado al campo de batalla, y asistía a las reuniones de la sociedad benéfica, iba a la ópera y, eso se lo había dicho Else en confianza, incluso había asistido a una reunión de los socialistas. ¡Acompañada por su suegra! Con todo, ya se sabía qué tipo de persona era Gertrude Bräuer. Se decía que era de orígenes humildes, que su padre trabajaba en una tienda de productos coloniales. Era increíble que esa mujer hubiera arrastrado a una hija del industrial Melzer a una reunión de los socialistas.

—Estoy convencida de que el trabajo valdrá la pena, señora. Estará preciosa con ese vestido.

Elisabeth no estaba de humor para cumplidos, así que asintió distraída y luego le dijo que el carbonero había quedado en pasarse aquella tarde, que por favor estuviera atenta. Había que guardar el carbón en el sótano, la llave estaba colgada en un gancho junto a la puerta.

—Y cierre bien el sótano, Maria. Ya sabe que el carbón desaparece con facilidad.

Maria Jordan se había acostumbrado a asumir una serie de tareas que no correspondían a una doncella. No le quedaba más remedio que aceptarlo sin rechistar. No podía vivir de las pocas horas que trabajaba como costurera en la villa.

—Por supuesto, señora. ¿Esta noche volverá a casa o pasará la noche fuera?

Elisabeth se había sumido en el correo militar, leyó las escasas líneas con la frente arrugada y miró distraída a Maria Jordan.

—¿Cómo? Ah, sí. No, las próximas dos noches las pasaré en la villa. Tengo turno de noche en el hospital.

—Muy bien, señora.

—Ya puede seguir cosiendo. Luego necesitaré el sombrero de seda de ala ancha y el abrigo. Y los chanclos, me temo.

Maria Jordan subió al dormitorio, se sentó junto a la ventana y se dedicó al vestido de noche. No le cundió mucho, pues tuvo que levantarse de nuevo para llevar el sombrero, el abrigo y las polainas a la señora. ¡Qué perspectivas tan tristes! Pasaría horas peleándose con la costura, después con el sucio traslado del carbón al sótano, para luego pasar la noche sola en el salón mientras Gertie se divertía arriba, en el dormitorio que compartían, con su Otto. Era aprendiz de zapatero y aún no lo habían llamado a filas porque por lo visto tenía algo en los pulmones. Sin embargo, su enfermedad no había mermado sus impulsos masculinos; al contrario, ese zapatero flacucho se convertía en un hombre todas las noches. Eso si una estaba dispuesta a creer las fanfarronerías de Gertie.

—¿Maria? Necesito el abrigo y el sombrero.

—Voy, señora.

Más tarde miró por la ventana hacia la calle, donde Elisabeth von Hagemann luchaba con esfuerzo contra el viento. Las hojas grises del otoño navegaban por el asfalto. Bajo un arbolito pelado se había congregado una pandilla de adolescentes que se repartían algo. Tal vez habían robado un bollo en una panadería. A Maria Jordan le rompía el corazón que esos seres inocentes, andrajosos y congelados se juntaran para distribuirse el botín. ¿Por qué? Por hambre. ¡Qué tiempos! ¡Qué mundo!

Dejó el trabajo y fue a ver a Gertie a la cocina, donde el fuego aún ardía, aunque sin llamas, y pudo calentarse los dedos. Gertie había quemado la trasera de una cómoda, de momento no disponían de nada más para quemar.

—Ya no voy a aguantar mucho más aquí —se quejó la chica—. Otto me ha dicho varias veces que debería dejar el servicio. Sobre todo si hay que esperar eternamente el sueldo. Se casaría conmigo si dejara de servir aquí.

—¿Estás segura? —preguntó la señorita Jordan con un gesto de incredulidad. Ya había oído a unas cuantas decir «Se casará conmigo» y luego la cosa se quedaba en nada—. ¿No prefieres que te tire las cartas otra vez?

Gertie abrió la boca para contestar, pero en ese momento sonó la campanilla de la puerta y Maria Jordan fue corriendo a abrir. Gracias a Dios, ¡el carbonero! Por lo menos aquella noche tendría el cuarto caliente.

Sin embargo, cuando abrió la puerta se encontró con el barón Von Hagemann y su esposa. Ambos iban vestidos de invierno y olían a naftalina, que se usaba contra las polillas.

Maria Jordan hizo una leve reverencia y esbozó una sonrisa amarga. Si los señores pretendían invitarse a almorzar, se habían equivocado.

—Buenos días, baronesa, barón…

Riccarda von Hagemann no hizo gesto alguno y pasó al lado de Maria Jordan como si no existiera. Su marido se detuvo en el umbral, suspiró y entró en el pasillo.

—Buenos días, señorita Jordan —dijo con cierta amabilidad—. ¿Mi nuera está en casa?

—Me temo que no, señor barón. La señora Von Hagemann tiene turno en el hospital. Esperamos su regreso pasado mañana.

Maria Jordan ya había imaginado la cara de decepción de la baronesa, pero Riccarda von Hagemann se tomó la noticia con serenidad.

—Bueno —dijo al tiempo que lanzaba una mirada crítica al anticuado espejo del pasillo, bajo el cual había una cómoda estilo Biedermeier—. No pasa nada. No queremos causar ninguna molestia a Elisabeth.

—Por supuesto —dijo Maria Jordan, sin entender las palabras que acababa de oír. Parecía que querían irse enseguida. Estupendo.

—¡Johann! —gritó Christian von Hagemann en un cortante tono autoritario—. Ya puedes subir las dos cajas.

—¿Qué hace ahí parada? —dijo Riccarda von Hagemann, que miraba con gesto amenazador a Maria Jordan—. Baje, hay muchos paquetes. ¿Y la criada? ¿Dónde se ha metido?

Maria Jordan seguía en el mismo sitio, convencida de que se trataba de una pesadilla horrible. Cajas. Maletas. ¿Qué eran esos resoplidos y gemidos que se oían en la escalera?

—¿Por qué hace tanto frío aquí? —se quejó Christian von Hagemann, que había abierto la puerta que daba al salón—. ¿Es que nadie enciende las estufas?

Gertie se asomó por la rendija de la puerta entreabierta. Tenía el horror escrito en su rostro enjuto.

—¡Ahí está! —gritó Riccarda von Hagemann—. Vamos, vamos, niña. Abajo, en el pasillo, hay un montón de maletas que hay que subir. Y vigila que no se te caiga ninguna caja. ¿Me has entendido, Dorte?

—Me... me llamo Gertie —balbuceó la criada.

—¿A quién le importa cómo te llames? —rugió la baronesa—. Haz tu trabajo. ¡Sube las cosas antes de que las roben!

Gertie lanzó una mirada suplicante a Maria Jordan, pero

esta se limitó a encogerse de hombros, una manera de hacerle saber que ella tampoco sabía exactamente qué estaba ocurriendo delante de sus narices.

—¿Tienen… tienen intención de quedarse un tiempo? —preguntó la señorita Jordan con prudencia.

Riccarda von Hagemann hizo caso omiso de la pregunta. Estaba entrando en el despacho de su hijo y oyeron cómo se quejaba del polvo que cubría el escritorio.

—A partir de hoy viviremos aquí, señorita Jordan —aclaró Christian von Hagemann con una sonrisa de desdén que no daba lugar a réplica.

Maria Jordan ya no era una cría, sabía que la vida deparaba todo tipo de sorpresas. Buenas y menos buenas. Esta era de las peores.

—Siento que nos hayan pillado desprevenidas, señor barón. La señora no nos había informado.

El barón ni siquiera se planteó contestarle, se dirigió al salón a inspeccionar la estufa. Estaba claro, era un ataque por sorpresa. Casi con toda seguridad la pobre Elisabeth no tenía ni idea de que esos parásitos se estaban instalando en su casa. Maria Jordan sintió una profunda solidaridad hacia su joven señora, pero ella no estaba en situación de repeler el ataque. Gertie no era un apoyo. La señorita Schmalzler sí habría sido la persona indicada. O la señora Brunnenmayer. Auguste también sabía defenderse. Pero ninguna de ellas estaba allí.

Los pensamientos de Maria Jordan se detuvieron al ver al hombre que subía paso a paso la escalera. Era un anciano huesudo, el pelo blanco le llegaba por los hombros, rostro enjuto, ojos hundidos en las cuencas. Nunca había visto una figura tan inquietante. El traje oscuro se bamboleaba alrededor del cuerpo del sirviente, que cargaba una caja grande en el hombro izquierdo. Se apoyaba un poco en el brazo y no parecía nada cansado por acarrear aquella carga.

—¡Eso va arriba, en el despacho, Johann! —ordenó el barón, que acto seguido se dirigió a las dos mujeres—. ¿A qué esperáis? ¡Vamos, vamos!

Maria Jordan logró dar un paso y salir primero. Bajó la escalera muy despacio, agarró del brazo a Gertie con firmeza, que quiso pasar por su lado a toda prisa, y le murmuró que se tomara su tiempo.

—¿Y si roban algo? Entonces será culpa nuestra, Maria.

—¡Quién iba a querer esos trastos!

—¡La gente roba como los cuervos, ya lo sabes!

Abajo, en el pasillo de la entrada de la casa de alquiler, había varias cajas desgastadas, dos bolsas de viaje carcomidas, una butaca con una funda de seda un poco sucia y cuatro cajas de sombreros.

—¿Estos son todos los enseres de la señora baronesa? —se extrañó Maria Jordan—. Bueno, espero que no traigan ningún parásito.

—En todo caso hay polillas —dijo Gertie, asqueada, y agarró el asa de piel de una de las dos bolsas de viaje.

—A lo mejor también hay chinches y piojos —comentó Maria Jordan con malicia, al tiempo que daba una palmada a la butaca. Se levantó una nube de polvo. Por favor. Vivir entre la porquería y luego quejarse por un poco de polvo en un escritorio.

Se oyeron pasos en la escalera, la madera crujía. Era el criado Johann, que resopló, tosió desde lo más profundo del pecho y luego escupió.

—Ay, esto es asqueroso —susurró Gertie—. Te lo juro, Maria, no me quedo aquí ni un día más. No si ese saco de huesos trabaja con nosotras.

—Tiene algo fantasmagórico, ¿verdad? —Maria Jordan alimentó sus miedos—. ¿Dónde lo van a alojar? Probablemente arriba, en el desván, justo al lado de nuestro cuarto.

—Jamás —susurró Gertie—. Prefiero pasar la noche al raso en el parque público.

—Harás bien. Seguro que es sonámbulo y se cuela en todas las habitaciones de noche.

—Cállate de una vez, Maria. ¡Puede oírnos!

En efecto, la silueta del anciano criado apareció en la escalera. Sin embargo, tal vez fuera sordo, pues les sonrió. Le faltaba un diente de arriba. Con unos extraños movimientos rígidos, cargó con dos cajas y volvió a subir la escalera.

—Bueno, vamos. Acabemos con esto.

Arrastraron las bolsas de viaje y las cajas hasta la entrada de la casa. Tuvieron que subir y bajar tres veces, hasta que las pertenencias de los Von Hagemann quedaron a salvo de los ladrones.

Si esperaban que las dejaran en paz, estaban equivocadas. La baronesa había asumido el mando, mientras su esposo, que huía del ajetreo de muebles, alfombras y equipaje, se había retirado al despacho. Se sentó en la butaca tapizada de rojo y se tapó las piernas con una manta. Entretanto, habían empujado estantes, colgado cuadros, convertido un sofá en cama, y revuelto las sábanas y los manteles de la joven señora Von Hagemann. Johann seguía las instrucciones de su señora con la precisión de un reloj y sin decir una sola palabra. ¿Sería mudo? Maria Jordan abrió cajas que contenían vestidos y abrigos anticuados, ropa de cama, calcetines con agujeros, zapatos gastados. Realmente los Von Hagemann se habían quedado sin recursos, incluso daban pena, pero ante tal impertinencia Maria Jordan era incapaz de sentir empatía. Solo le daba pena la joven señora, que en adelante tendría que compartir la casa con sus molestos suegros. Cabía suponer que el mayor se pondría de parte de sus padres.

—Aquí hay que limpiar. Hay que dar la vuelta a la alfombra. Las cortinas se lavarán mañana. Esto da asco. ¿Y por qué no está ardiendo la estufa?

—Se ha acabado el carbón.

—¡Entonces buscad madera!

Gertie tuvo que preparar un almuerzo mientras el viejo Johann cortaba en pedazos con gesto de indiferencia el banco de la cocina. Lo hizo con movimientos rígidos, bruscos, como un muñeco de madera. A lo mejor tenía reúma. O se había convertido en un homúnculo tras décadas de servicio en casa de los Von Hagemann.

—El personal de Elisabeth es lo peor —oyó Maria Jordan lamentarse a la baronesa arriba, en el salón—. Hay que ponerlas a trabajar de verdad.

Gertie no se esforzó con el almuerzo, al fin y al cabo no era cocinera. Los señores tendrían que conformarse con lo que había en la cocina. Patatas cocidas, un poco de queso y un bote de pepinillos en vinagre.

Maria Jordan no esperó a que el matrimonio Von Hagemann comentara aquella comida frugal. Subió al cuarto del desván, que compartía con Gertie, y se puso el abrigo y el sombrero. Cuando bajó la escalera de puntillas, oyó el griterío de la baronesa en la casa. En medio se oía la vocecita de Gertie, baja pero firme, de ningún modo dispuesta a callar por miedo.

«Pobre Gertie», pensó Maria Jordan. Aunque se casara con ese Otto, ¿qué conseguiría? Pero, bueno, tenía que pensar primero en ella.

Tenía un largo trayecto hasta la villa y lamentó que el tranvía estuviera limitado por las escaseces de la guerra. Mientras pasaba junto a San Ulrico y Santa Afra en dirección a la puerta Jakober, tuvo que luchar contra el viento, que por desgracia transportaba también gotas de lluvia. ¡Qué boba! Tendría que haberse puesto la capa de lluvia, pero ya era demasiado tarde. ¿Era inteligente lo que pretendía hacer? Se detuvo un momento porque el viento estuvo a punto de arrancarle el sombrero de la cabeza, luego siguió a toda prisa. «Tengo que ser discreta», pensó. Seguro que a la joven señora le daría vergüenza que alguien del personal o incluso un miembro de la familia se enterara. «Pero se lo debo», se dijo

Maria Jordan. «No siempre ha sido amable conmigo, es cierto, pero es una Melzer, y me contrató como doncella.»

Cuando llegó a la puerta Jakober, llovía tanto que se protegió en la entrada. Pasaron dos carruajes a toda prisa hacia la ciudad. La carga estaba tapada, pero vio que eran nabos. Nabos para guisar con patatas y zanahorias. Al cabo de un rato decidió continuar pese a la lluvia. De todos modos ya estaba empapada, así que era mejor moverse que quedarse ahí congelada en el paso de la entrada.

Llegó a la villa calada hasta los huesos y llamó al timbre de la entrada del servicio. La hicieron esperar. Cuando ya creía que estaba rígida como una piedra del frío, llegó Hanna a abrirle.

—Pase rápido, señorita Jordan. Tengo que darme prisa.

Dejó la puerta abierta y entró en la cocina, donde la señora Brunnenmayer repartía el contenido de un puchero en varios cuencos de sopa. Vaya, estaban sirviendo el almuerzo en el hospital. Por cómo olía, la señorita Jordan tuvo que admitir que la señora Brunnenmayer era capaz de crear un plato delicioso con patatas, zanahorias, apio y un poco de jamón.

—¡Jesús bendito! ¡Parece un ratón mojado, señorita Jordan! —dijo la cocinera—. ¿Qué hace aquí? Pensaba que venía los lunes, miércoles y viernes, y hoy es jueves.

Maria Jordan se quitó rápido el abrigo y el sombrero.

—¡Os ayudo a llevar los cuencos!

La señora Brunnenmayer se quedó tan perpleja ante esa rara voluntad de ayudar que miró a Maria Jordan como si quisiera averiguar si estaba enferma.

—Se va a resfriar.

—Qué va.

Desde las dependencias del servicio había un camino directo a la sala de los enfermos, donde Hanna ya estaba dejando dos cuencos en una mesa. Una de las enfermeras jóvenes llenó un cuenco de sopa con el guiso, metió una cuchara y le puso una rebanada de pan encima. Maria Jordan dejó sus cuencos humeantes sobre la mesa y miró a su alrededor. Vio una cama junto a otra en dos filas largas, y en medio un pasillo. De vez en cuando había un separador hecho con sábanas que colgaban de una cuerda tensa. La víspera habían entrado quince pacientes nuevos, todos debían guardar cama; algunos estaban tan graves que no se sabía si saldrían adelante. Había que ser muy fuerte de espíritu para cuidar de esos pobres muchachos, animarlos y, cuando llegaban a su fin, sentarse a su lado en la cama. Maria Jordan no sabía si tendría esa fuerza, pero por lo visto su joven señora Elisabeth sí. ¿Quién lo habría dicho? Por fin apareció por detrás de uno de los separadores, con un plato y una taza en las manos. Se dirigió a la mesa a repartir más raciones y entonces vio a Maria Jordan y puso cara de asombro.

—¿Ya es viernes?

—Vengo fuera de turno, señora —dijo Maria Jordan a media voz—. Ha surgido un imprevisto.

—Más tarde —repuso Elisabeth, y se fue con dos platos.

Maria Jordan decidió esperarla en la cocina. Ayudó a Hanna a poner los cubiertos para las enfermeras y el servicio y, cuando la señora Brunnenmayer le preguntó si quería comer con ellas, le dio las gracias, rechazó la invitación y volvió a la sala de los enfermos.

—¿Qué pasa? —preguntó Elisabeth, impaciente.

—Dos palabras, señora. ¿Podemos hablar a solas en algún sitio?

Elisabeth suspiró, disgustada, pero luego abrió la puerta de la sala de tratamientos, que no se utilizaba durante el almuerzo.

—Bueno, ¿qué pasa? No tengo mucho tiempo, Maria.

La discreción era una cosa, y comunicar una noticia con consideración otra muy distinta. En ese punto Maria Jordan lo hizo fatal, pues explicó lo ocurrido en la casa con todo lujo de detalles que podría haberse ahorrado.

—¿Han cambiado los muebles? ¿Han descolgado las cortinas? ¿Han ocupado la habitación de matrimonio?

—Como se lo cuento, señora. Su suegra incluso ha revuelto toda su ropa de cama. No he podido evitarlo, por desgracia. Pero me ha subido la bilis, se lo juro. Luego está ese extraño criado que camina como un muerto viviente.

—Ah, ¿se refiere a Johann? Es completamente inofensivo. Hace casi cincuenta años que trabaja para los Von Hagemann.

—Ha destrozado el banco de la cocina con el hacha.

Elisabeth ya no escuchaba. Se había sentado en un taburete con la mano en la frente. Maria Jordan temía que se desmayara.

—Dios mío, tendría que habérselo contado con más cuidado. Pero es que yo también estoy muy indignada... Voy a traerle un vaso de agua, señora.

—¡Qué tontería!

Elisabeth negaba con la cabeza con gesto enérgico, luego se levantó y respiró hondo. No tenía tiempo ni ganas de discutir con sus suegros, dijo.

—Si Riccarda y Christian necesitan la casa, no se la negaré. Pero no estoy dispuesta a vivir con ellos. Eso no me lo puede exigir nadie.

—En eso tiene toda la razón, señora.

—Mi lugar está aquí, Maria —continuó Elisabeth—. Aquí, con estos jóvenes desgraciados que han sacrificado todas sus fuerzas y su salud por el país. En mi vida había desempeñado una tarea con tanto sentido, y a partir de ahora pienso dedicarme a ella en cuerpo y alma.

Lanzó una mirada triunfal a Maria Jordan, que respiró aliviada. Era obvio que Elisabeth von Hagemann se había repuesto del susto y había emprendido una huida hacia delante.

—Eso significa... ¿qué? —preguntó Maria Jordan, desconcertada.

—Mientras mis suegros vivan en Bismarckstrasse, volveré a ocupar mi habitación aquí en la villa. Por favor, ocúpese del traslado de mi ropa y mis enseres personales.

—Y... ¿puedo volver con usted a la villa?

Elisabeth ya tenía la mano en el pomo de la puerta, pero se detuvo y se dio la vuelta.

—Eso no es decisión mía. Tendrá que hablar con mi cuñada.

# 17

—¿Cómo has podido?

Marie negó con la cabeza, desesperada. Debería haberlo sospechado, pero Kitty era Kitty, hacía lo que le dictaban sus sentimientos, y a veces eran contradictorios.

—No te pongas así, Marie —intentó calmarla Kitty—. Ni siquiera era una carta, solo unas cuantas palabras escritas en un papel…, frases de cortesía. En el fondo no era nada.

Se puso bien el pañuelo de lana que Alicia le había dado por precaución. En la villa también ahorraban en combustible, y el salón rojo solo se calentaba un poco por la noche. Abajo, en el hospital, habían encendido la chimenea abierta para que los enfermos no se congelaran, pero proporcionaba poco calor y engullía mucha madera. Lo único bueno era que el calor que subía de la chimenea calentaba parte de las habitaciones de arriba.

—Si no hubiera sido nada, querida Kitty, no habría contestado, ¿no?

Kitty soltó un profundo suspiro y miró por la ventana. Era última hora de la tarde, el cielo se cernía como una tela pesada y gris sobre la ciudad, en el parque bailaban los primeros copos de nieve sobre el césped. Pronto llegaría la Navidad, las tiendas de la ciudad ya estaban decoradas, aunque la oferta era escasa.

—Ya sabes cómo son los hombres —dijo, y se encogió de hombros—. Les das la mano y… Jesús bendito, ni siquiera fue la mano. Fue un soplo. Un saludo amable. Deseos de que mejorase.

Marie se sentía como una estricta institutriz. No le gustaba ese papel, pero su cuñada Kitty, tan imprudente como encantadora, la obligaba a desempeñarlo. Necesitaba una persona sensata a su lado, y Alfons, que había cumplido esa función con discreción y cariño, había vuelto al frente. Estaba en Francia, le había contado Kitty, en algún lugar remoto, en el oeste.

—¿Le escribiste a Gérard que ahora estás casada?

Kitty puso cara de desesperación, como si la pregunta fuera obvia.

—Por supuesto que sabe que estoy casada.

—Entonces se lo has dicho —insistió Marie.

—Bueno, lo sabrá cuando vea el remitente, ¿no?

Marie se rindió. Lo que Kitty le había escrito a Gérard Duchamps había animado al joven a responder con una carta larga que ella guardaba en el bolso.

—No pongas esa cara, Marie —se quejó Kitty antes de inclinarse y servirse un té—. No, de verdad, Marie. Si te pones tan seria, me arrepiento de haberte enseñado la carta. Solo le escribí porque creía que estaba al borde de la muerte. Nadie podía saber que se recuperaría. No es que lo lamente. Está bien que un soldado se recupere de sus heridas. Aunque sea francés.

—Por supuesto —admitió Marie—. Nadie le desea nada malo a Gérard. Pero debe saber que eres una mujer casada y que no tiene sentido escribirte cartas.

Kitty endulzó el té con varias cucharadas de azúcar y torció el gesto al probarlo.

—Su carta es inofensiva, Marie —comentó, y dejó la taza con un gesto de repulsa—. Ya la has leído. El tono es amable, y no hay ninguna alusión a… a… al pasado.

«Salvo la mención de su separación», pensó Marie, y soltó un suspiro. Por mucho que le dijera a Kitty, si a ella no le convenía, simplemente no escuchaba. Diez minutos antes Marie le había dicho que Gérard no era un soldado cualquiera, sino su antiguo amante. Que le hubiera hecho llegar la carta a través de un amigo alemán del hospital belga era inaceptable y una bofetada en la cara para su marido. ¿Acaso no lo entendía? ¿Quería causar esa pena a Alfons, el padre de su pequeña Henni?

—Por el amor de Dios, Marie. Alfons está en el frente. No se enterará, así que tampoco puede entristecerse por eso. Imagínate, ayer me llegó una carta suya, están luchando junto al río Marne contra los ingleses. Son mejores soldados que los franceses, según él. ¿No te parece interesante? A mí los ingleses me resultan un poco grotescos, tan rígidos y secos…

Marie calló y dejó que Kitty continuara con su verborrea. Bien pensado, en realidad no era tan grave como le pareció en un primer momento. Kitty quería a Alfons, tenían una hija pequeña, era muy improbable que cometiera una estupidez. Además, estaba la guerra. Gérard se encontraba en Lyon, según le había escrito. No pisaría Augsburgo ni podría hacer llegar una segunda carta a Alemania.

—¿Lo sabe Elisabeth? ¿Y tu madre? ¿Alguien más?

—¿Y qué me dices de esas horribles prendas confeccionadas con ese sucedáneo de tela? ¡Son rígidas a más no poder! Con eso puesto, una parece una institutriz. Lo único bueno es que ahora las faldas se llevan más cortas, pero yo tengo los tobillos demasiado finos. ¡A algunas mujeres se les ven las pantorrillas! Dios mío, esas faldas siempre las llevan las que no pueden permitírselo.

—¡Kitty, por favor! No cambies de tema.

—¿Qué?

—Que si alguien más sabe lo de la carta.

—No, eres la única, Marie. Quería hablarlo a solas contigo porque eres mi mejor amiga y mi persona de confianza. Tienes toda la razón en reñirme, Marie. Pero, mira, en realidad no lo pensé, ya me conoces.

—Bien —dijo Marie—. Entonces escucha mi consejo.

Kitty dijo que era toda oídos y removió la taza, distraída.

—Yo en tu lugar arrojaría la carta al fuego enseguida y no volvería a mencionarla jamás.

Kitty la miró con sus ojos azules muy abiertos. Aquella mirada infantil conmovió a Marie, transmitía pavor y una tristeza profunda.

—¿Te refieres a… quemarla?

—Sí.

Kitty paseó la mirada por el salón, se detuvo un momento en un cuadro, un paisaje nevado, el marco dorado destacaba sobre el papel pintado en tonos rojos. Luego miró preocupada su bolsito bordado con perlas que había dejado en una butaca.

—Sí —susurró, y respiró tan hondo que casi pareció un sollozo—. Sí, será lo mejor. ¿Sabes, Marie? Es una lástima que no se pueda querer a dos hombres a la vez.

—¡Kitty! —la reprendió Marie—. Ni se te ocurra decir eso delante de Lisa o de mamá. Tal vez en Bohemia, entre artistas, se admitan conductas tan peculiares. Pero no creo que Alfons lo entendiera.

—Gérard tampoco —dijo Kitty con una sonrisa soñadora—. No, él seguro que no.

Agarró el bolsito, lo abrió, sacó un pañuelo con el borde de encaje y se sonó la nariz. Luego cogió un frasco diminuto de perfume, de color azul claro. Desenroscó el tapón dorado, se puso una gotita en la muñeca y estiró el brazo hacia Marie.

—Es el aroma del paraíso, Marie. Un soplo de bergamota y ámbar. Huélelo.

Marie no hizo ademán de acercarse a aspirar ese olor paradisíaco, así que Kitty retiró el brazo y sacó del bolso la carta doblada.

—Hazlo tú, Marie —le pidió con gesto triste—. Yo no puedo. Dice cosas muy bonitas. Sé que no volveré a verlo nunca, pero me alegro mucho de que no esté muerto.

Se secó los ojos con el pañuelo, y Marie sintió un gran alivio al ver que en realidad no estaba llorando. En cambio, hablaba sin pausa. Que cuando terminara la guerra iba a hacer un viaje por Italia con Alfons. Se lo había prometido. Milán, Roma, Nápoles. Quería ver el Vesubio, y luego Sicilia. Tal vez también podrían ir a África. Marruecos tenía que ser un país fascinante. Y, por supuesto, Egipto, las pirámides...

Marie cogió la prueba del delito a regañadientes. Estuvo a punto de decirle a Kitty que llevara a cabo ella aquel acto de destrucción. Pero le preocupaba que se guardara la carta en el costurero en vez de arrojarla al fuego de la chimenea. Kitty no era de fiar, había que protegerla de sí misma. Marie se guardó la carta en la manga.

—Yo... creo que me voy a ir a casa —dijo Kitty, que de repente parecía muy aliviada—. ¿Te he contado que Henni se sube a todas las sillas y butacas? En unos días estará caminando. Voy a escribirle una carta larga a Alfons y añadiré algunos dibujos. Y encargaré fotografías de Henni...

Le dio un abrazo a su «queridísima Marie», le aseguró que le estaba infinitamente agradecida y le pidió que no contara nada de la carta, menos aún a Elisabeth. Lisa se había vuelto muy estricta y patriótica. Aunque había mejorado desde que volvía a vivir en la villa.

—En realidad, a mí también me gustaría instalarme de nuevo aquí —dijo ella con gesto pensativo—. Pero mientras este incordio de hospital tenga la villa patas arriba, prefiero vivir en Frauentorstrasse.

Había ido a pie porque ya no se disponía de gasolina para vehículos privados. No parecía que le molestara. Marie observó desde la ventana del salón a Kitty, bien arropada en su abrigo de pieles, caminando por el sendero del parque en dirección a la ciudad. Llevaba las manos metidas en un manguito de visón negro, y se paraba continuamente a contemplar los copos de nieve que aterrizaban en el suelo oscuro.

Marie notó la carta en la manga y se dirigió al comedor, donde la estufa de azulejos que Auguste había encendido por la mañana aún conservaba las brasas. La abrió y metió la carta en la cámara de combustión, sopló con suavidad para animar las brasas y esperó a que el papel se hubiera quemado del todo.

«Ya está, monsieur Gérard», pensó satisfecha, y cerró la puerta de la estufa. «Se acabó. En un futuro estaremos libres de sus tejemanejes.»

Desde la galería se oían alegres gritos infantiles. Rosa no solo estaba cuidando de los gemelos, también vigilaba a la pequeña Liesel y a Maxl para que Auguste pudiera hacer su trabajo sin que la molestaran. El viejo Bliefert sufría un obstinado refriado y se alegró de no tener que ocuparse de ellos. De Gustav casi no recibían noticias, estaba en algún lugar en Rusia o Rumanía, y a juzgar por sus breves cartas ni él mismo lo sabía del todo.

—¡Else! ¿Hanna ya ha terminado?

Else estaba en la sala de los caballeros, sacudiendo los cojines y limpiando el polvo de los muebles de madera de roble con arabescos. Apareció con el plumero en la mano y se dirigió presurosa a la escalera de servicio para ir a mirar en la cocina. Hacia el mediodía, Hanna llevaba el almuerzo a los prisioneros de guerra de la fábrica, y se había instaurado la costumbre de que la joven señora Melzer la acompañara. Oficialmente, Marie lo hacía para supervisar a Hanna y ayudarla a tirar del carretón, pero en realidad aprovechaba la oportunidad para informarse sobre el curso de la producción. Johann Melzer se había deshecho en elogios hacia Marie delante de toda la familia, valoraba sus conocimientos técnicos, pero no soportaba que estuviera en su despacho o en los talleres. Le había preguntado varias veces si no tenía nada mejor que hacer que dar vueltas por su fábrica y habían tenido un acalorado intercambio de pareceres:

—¿Acaso crees que tienes que controlar a mis trabajadores?

—Solo traigo algunos borradores para las muestras de tela, papá.

—¿Y qué buscas arriba, donde se imprimen las telas?

—Estaba viendo los rodillos y hablando con el grabador sobre cómo podrían modificarse de forma sencilla las muestras que ya tenemos.

—¡Con mi grabador hablo yo y nadie más! ¡Maldita sea!

Johann Melzer convivía con dos seres en su interior. Respetaba a Marie, su talento para el dibujo, su capacidad para entender cómo funcionaba una máquina. Alicia nunca había mostrado esas habilidades, la educaron para ocuparse del bienestar de la casa y la familia, la fábrica siempre le había parecido algo ajeno e incomprensible. Marie era distinta: intervenía, quería hablar sobre la fábrica, exigía a su suegro que le explicara esto o aquello. Incluso hacía propuestas de mejora y aportaba ideas nuevas. Por una parte le gustaba, pero por otra no. Se negaba en redondo a aceptar sus ideas. Tal vez porque era mujer, pero sin duda también porque defendía con terquedad sus opiniones. Él, Johann Melzer, era el director de la fábrica de paños Melzer. Él decidía, y no iba a dejarse mangonear por su nuera. Aunque tuviera razón.

Marie lo entendía muy bien. Debía tener paciencia, no empezar la casa por el tejado, lo primero era que el señor director se acostumbrara a sus intervenciones, despacio pero con constancia. No solo a la hora de tomar decisiones, también quería compartir la responsabilidad. Al principio lo hizo por Paul, para que los dibujos de las máquinas no se perdieran, se llevaran a la práctica y tuvieran un efecto beneficioso para los Melzer. La chispa había prendido y ahora, cuando visitaba la fábrica, quería aportar sus propias ideas.

—Hanna ya está con la carretilla en el patio, señora —anunció Else, sonrojada por la carrera.

—Me pondré el abrigo de lana gris, el gorro azul claro y el chal que me tejió Tilly.

Else comentó con cautela que sería más conveniente ponerse las pieles, pues soplaba un viento frío de diciembre, pero Marie se negó. No era adecuado aparecer en la fábrica vestida como una dama rica cuando muchas de las trabajadoras ni siquiera tenían un abrigo decente.

Hanna esperó obediente junto al arriate circular, ahora cubierto de ramitas de abeto para proteger del frío los bulbos de los tulipanes y los narcisos. La comida para los prisioneros de guerra iba en una gran olla envuelta con trapos dentro de una caja de madera. Para que el guiso de zanahorias y nabos no se derramara durante el irregular trayecto, la tapa estaba atada al asa con cordel de paquetería. Aun así, había que ir con cuidado. La comida era un bien preciado. El plato de potaje con un pedazo de pan de acompañamiento seguramente sería la única comida que recibirían los prisioneros de guerra al día.

—En la fábrica de máquinas, la comida es mucho peor —dijo Hanna mientras emprendía la marcha con cuidado—. Solo les dan un poco de sopa clara de avena, y el pan es de virutas de madera.

El trayecto hasta la fábrica no era largo, pero las dos mujeres caminaban deprisa con la carretilla. Nadie debía saber lo que hacían: en la ciudad, y también en los barrios de los obreros de las fábricas, había gente dispuesta a pegar e incluso matar por unas cucharadas de puchero.

—¿Cómo sabes lo de la sopa de avena?

Hanna se cohibió un poco, y luego dijo que se lo había oído a los prisioneros de guerra. Todos se alegraban de trabajar con los Melzer, sobre todo los que estaban abajo, en la máquina de vapor, porque ahí hacía calor.

Marie sonrió ante tanta ingenuidad. Meter carbón a paladas en la máquina de vapor era un trabajo agotador que no envidiaba a los hambrientos prisioneros de guerra. Pero ¿quién iba a hacerlo si no? Los jóvenes alemanes estaban en la guerra, acababan lisiados por la patria y, si los hacían prisioneros, bregaban en territorio enemigo en minas de carbón o de otros minerales hasta que se quedaban sin fuerzas. ¡Qué locura!

—¿Hablan alemán contigo? Pensaba que solo sabían ruso o francés.

Hanna le contó que algunos habían aprendido alemán. No podía ser de otra manera, necesitaban entender las órdenes de los alemanes.

—Por supuesto, no había pensado en eso.

La vida había vuelto a la fábrica. Cuando el portero Gruber les abrió la puerta, Marie vio en el patio a varios trabajadores que llevaban rollos de papel a la hiladora. Desde la sala se oían los sonidos habituales, los siseos y el arrastre, el zumbido y los chirridos, los silbidos y los ejes, todo se mezclaba en un ruido ensordecedor que las trabajadoras sentían en el cuerpo horas después de terminar su turno. Hanna se dirigió con la carretilla a la sala de embalaje, donde dos mujeres ayudarían a repartir la comida. Huntzinger, el antiguo capataz, vigilaba que la máquina de vapor no perdiera presión mientras los prisioneros de guerra comían con tranquilidad. También los dos soldados del frente nacional, dos muchachos pálidos que no tenían ni dieciocho años, estaban en el reparto y recibían un plato de comida. Las miradas de envidia de los demás trabajadores eran inevitables.

—Comen hasta saciarse mientras nuestros niños se mueren de hambre en casa.

Marie se separó de Hanna para dar una vuelta por las salas. Poco después había inspeccionado la hilandería y comprobado que solo funcionaban cuatro máquinas, mientras que la quinta ya tenía un rollo nuevo. Tuvo ocasión de observar los trabajos y sacar sus propias conclusiones. Todo sería más fácil si construyeran un carro para transportar los pesados rollos hasta las máquinas. Así los hombres solo tendrían que levantarlos y colocarlos en el eje. ¿Y por qué se utilizaban esos enormes rollos de papel? El peso era un problema: al principio costaba ponerlos en movimiento, y una vez que el papel empezaba a desenrollarse, iba demasiado rápido y se producían irregularidades. Esos hilos no se podían usar para telas finas.

«Si los rollos fueran la mitad de gruesos, las máquinas funcionarían de manera regular y sin desperdicio», pensó Marie. Aun así, eso obligaría a interrumpir el trabajo con frecuencia para cambiar los rollos. Habría que contar con ello.

Cuando salió de la hilandería, vio a Hanna en la puerta de la sala de embalaje, con el pañuelo de lana sobre los hombros y el cabello oscuro lleno de copos de nieve. Estaba hablando con un joven, un prisionero de guerra que sujetaba en la mano un plato de guiso humeante. Era un muchacho apuesto, tenía el pelo negro y rizado y unos brillantes ojos negros. Pensó en Gérard Duchamps, tenía unos ojos similares y era todo un seductor. Este parecía ruso, y estaba tan empeñado en engatusar a Hanna que incluso se olvidaba de la comida.

—¿Hanna? —la llamó ella.

La chica dio un respingo. Su cara de culpabilidad hablaba por sí sola. Marie se asustó. Hanna acababa de cumplir quince años, era su protegida, y estaba orgullosa de ella porque durante los últimos meses había trabajado con prudencia y dedicación tanto en la casa como en el hospital. Y ahora tenía tratos con un prisionero de guerra ruso.

—¡Será mejor que entréis! —dijo Marie.

Recibió una breve mirada furiosa de los ojos negros del hombre y un «Sí, señora» de Hanna. Dentro, bajo las atentas miradas de los compañeros y los dos vigilantes, el joven no tenía oportunidad de regalarle los oídos a Hanna.

En el departamento de impresión de telas solo estaban en marcha dos de las varias impresoras de Rouleaux. Normalmente las hacían funcionar unos cuantos hombres, pero ahora las mujeres habían asumido aquella dura tarea. Jürgen Dessauer, el viejo grabador, estaba sentado en un banco del taller metiendo un patrón nuevo en uno de los pesados cilindros metálicos. El patrón que se grababa en el cilindro no debía dejar huecos, de lo contrario luego se vería el corte en la tela. Dessauer había encendido la luz eléctrica, pues su vista iba perdiendo facultades.

—¿Cómo le va? —preguntó Marie al tiempo que miraba con curiosidad el patrón.

Dessauer se quitó las gafas y se limpió los ojos con el dorso de la mano.

—Saldrá, señora Melzer. Es un patrón muy bonito. De verdad. Uno de los más bonitos que he perforado nunca.

—Está usted exagerando, señor Dessauer; temía que fuera demasiado complicado de grabar por todos esos zarcillos sinuosos…

Él sonrió y afirmó que para él era un orgullo. Sí, tal vez podría ser su obra maestra, pero no quería gafarlo, al fin y al cabo aún no estaba terminado.

—Y luego también depende de cómo quede impreso —la instruyó—. Cuando imprimamos la tela. Ese es el momento de la verdad, señora Melzer.

Se puso las gafas, colocó bien la lámpara y reanudó el trabajo. Marie vio fascinada cómo surgían las delicadas ramas y hojitas del metal, se entrelazaban, se enredaban con las flores y despacio, muy despacio, iban ocupando la superficie lisa del cilindro. Para cada motivo solo había una oportunidad. Un movimiento equivocado, un desliz con el punzón, y el cilindro se echaba a perder. Sin embargo, Jürgen Dessauer había grabado patrones para la fábrica durante veinte años, y ahora que tenía el pelo y la barba canos cada punzada caía exactamente donde debía. Marie observó los rollos de tela que se estaban imprimiendo en las dos máquinas; eran patrones bonitos, pero nada especial. Puntitos sobre un fondo monocolor, bastante aburrido, pensado para delantales y ropa de trabajo. La calidad de la tela era buena, firme y al mismo tiempo ligera, aunque un poco rígida. No podía compararse con el algodón, con el que se podían fabricar muchos tejidos distintos, desde la franela hasta la delicada batista. De todos modos, si su diseño quedaba tan bonito en la tela de papel como esperaba, se podrían confeccionar blusas y vestidos. Ya tenía pensados algunos patrones de corte, sencillos pero elegantes, y todo tipo de planes para aplicarlos, pero de momento era mejor no contárselo al severo señor director.

Se despidió, hizo otra ronda por la sala de tejer, donde ya se estaban fabricando telas de tres calidades distintas: gruesas para mochilas, más finas para gorros y delantales, y especialmente finas para faldas, blusas y trajes. Por supuesto, estaban muy lejos de llegar al nivel de producción anterior, pues la mayoría de las máquinas estaban paradas en todas las salas, pero se estaba trabajando, la fábrica estaba viva y alimentaba a varias personas.

Cuando cruzó el patio en dirección al edificio de administración, echó un vistazo a la sala de embalaje. Los prisioneros de guerra habían terminado el almuerzo; estaban en parejas o en grupos de tres delante de la puerta, daban patadas contra el suelo y respiraban el frío aire del invierno antes de regresar a las ruidosas salas o bajar a las palas de carbón. No vio a Hanna, supuso que estaría lavando la vajilla con las mujeres antes de volver con la carretilla a la villa. Marie se propuso tener más tarde una conversación seria con la muchacha. Estaba terminantemente prohibido hablar más de lo necesario con un prisionero de guerra o tratarlo con amabilidad. Si, como se temía, Hanna se había enamorado de ese apuesto muchacho, su conducta podría llevarla a la cárcel.

Arriba, en la antesala del despacho del señor director, Henriette Hoffmann la saludó con una sonrisa educada. Su compañera Ottilie Lüders estaba inclinada sobre la máquina de escribir, concentrada, y no reparó en la presencia de la joven señora Melzer. Por supuesto, como muestra de apoyo a la opinión de su jefe, las damas no apreciaban demasiado las visitas de Marie y las consideraban más bien una molestia. «Qué desagradecidas», pensó Marie. «¿Sabrán al menos quién se ha preocupado de que pudieran volver al trabajo? No, ni lo saben ni lo quieren saber. Para ellas el señor director es Dios. Omnipotente y omnisciente.» Marie, en cambio, solo era la nuera que se entrometía en asuntos de hombres.

—¿Anuncio su visita, señora Melzer?

La señora Hoffmann se situó delante de la puerta para proteger el sanctasanctórum, seguramente había recibido instrucciones de despachar su visita diaria con una excusa. El día anterior, le dijo que el señor director estaba hablando con Berlín y no podía molestarlo, lo que luego resultó ser falso.

—Gracias, señora Hoffmann. Ya se lo digo yo.

Marie fue hacia ella y agarró el pomo de la puerta, así que Henriette Hoffmann se apartó a un lado con resignación.

—¿Papá? ¿Molesto?

Estaba sentado tras el escritorio, con un viejo archivador abierto, un montón de papeles delante de las narices y un vaso de coñac al alcance de la mano. Marie olfateó con discreción: por supuesto que había fumado. Alicia se había percatado de que el humidificador de la sala de los caballeros estaba casi vacío: Johann Melzer se había llevado los puros a la fábrica a escondidas para fumar sin fastidiosas amonestaciones.

—¿Molestar? ¿Cómo iba a molestarme una artista con

tanto talento? —dijo él, malhumorado, y cerró una de las carpetas—. Dessauer está maravillado con tus patrones. Pasa de una vez, Marie. ¡Ya que estás aquí!

—Muchas gracias, papá. Es un detalle que me dediques un rato.

Marie vio que él captaba la ironía, igual que ella tenía que aceptar sus comentarios burlones y ariscos.

—¿Sobre qué quieres acosarme hoy a preguntas?

—¡Pero papá! Solo quiero participar. Echarte una mano si puedo…

Se dirigió con paso lento al escritorio y observó el caos con una sonrisa.

—Sé que eres capaz de leer el papeleo aunque esté al revés —masculló él—. ¿Se trata de los encargos de Berlín? ¿Quieres saber si han aceptado nuestros patrones de telas?

Marie se sentó en la pequeña butaca de piel y asintió. Sí, le gustaría saberlo, apenas había podido dormir en toda la noche de la tensión.

—Bueno —dijo él al tiempo que se levantaba para servirse otro coñac—. Para empezar, nos han encargado diez pacas de tela gruesa para lonas de tiendas y cinco para mochilas.

Ella lo miró esperanzada, pero él no añadió nada más. Eso significaba que no habían aceptado el patrón para uniformes y gorros.

—¿Y por qué no la tela fina?

Él torció el gesto y se bebió el coñac de un trago. Luego se encogió de hombros.

—Porque la de la competencia es de mejor calidad. Por eso. No olvides que somos nuevos en este negocio, Marie. En Jagenberg, en Düsseldorf, hace años que trabajan con celulosa y papel.

Marie negó con la cabeza con obstinación. No. Eso no era cierto. Había investigado las telas de Jagenberg y en absoluto eran mejores que las de los Melzer.

—Yo creo que ahí hay alguien que conoce a alguien que tiene buenos contactos. Y así recibe el encargo —protestó ella.

Johann Melzer se volvió hacia ella con una mezcla de enfado y aprobación en el rostro, y luego sonrió.

—Eres una chica lista. Es muy probable que lleves razón, pero de momento no estamos en situación de hacer nada contra eso. Tendremos que ofrecer nuestras telas finas en otra parte.

—Tal vez sea mejor así —comentó ella, decidida—. Queríamos prestar un servicio al país fabricando telas para los uniformes del ejército, pero no quieren nuestros productos. Peor para ellos. Encontraremos otros compradores. ¡Y que paguen mejor!

—En cuanto a eso… no sería difícil.

En efecto, el Estado era un cliente fiable pero poco lucrativo, no ofrecía mucho por las pacas de tela. Johann Melzer ya había escrito a algunos antiguos clientes. Marie pidió una libreta y un lápiz y apuntó los nombres de algunas casas de moda, además de talleres de corte y tiendas de telas. No le costó mucho, pues Kitty la acorralaba constantemente con revistas de moda y folletos.

—Sobre todo confecciones de caballero —dijo—. Pero también trajes y vestidos de señora.

A punto estuvo de irse de la lengua, pero se guardó sus planes de futuro. Melzer cogió la hoja, leyó por encima la lista de empresas y se encogió de hombros.

—Intentémoslo. Lüders puede buscar las direcciones y los números de teléfono.

Marie estaba contenta.

—Papá, tengo algunas ideas más que me gustaría comentarte.

Él hizo un gesto de hastío y volvió a poner el tapón en la botella de coñac. Tintineó un poco porque le temblaba la mano. Luego regresó a su escritorio y soltó un pequeño bufido al sentarse.

—Esta tarde, Marie. Cuando tomemos el pan de centeno y el té de menta.

Marie atravesó la antesala con una sonrisa triunfal y se alegró al oír a su suegro gritar: «¡Lüders!». Ottilie Lüders abandonó la máquina de escribir, cogió a toda prisa una libreta y un lápiz y entró presurosa en el despacho.

Cuando Marie salió al patio, la recibió una fuerte ventisca. Se refugió un momento en la entrada y contempló los copos que subían y bajaban formando remolinos; el patio y la cornisa del edificio ya estaban cubiertos de polvo blanco. «Blanca Navidad», pensó. «Antes nos alegrábamos con la nieve. ¿Y ahora?»

Hacía dos semanas que no recibía carta de Paul. Estaba en Rusia, donde la nieve llegaba tan alto que un caballo se hundía en ella hasta la barriga. Donde el termómetro llegaba a veinte, treinta grados bajo cero. Era la tierra donde el gran ejército de Napoleón acabó congelado y muerto de hambre.

Para colmo, aún no había obtenido respuesta a su intento de que el soldado Paul Melzer regresara a Augsburgo.

«Tienes que ser fuerte», se dijo, y sintió que la desesperación quería apoderarse de ella. «No pierdas jamás la esperanza. Volveremos a vernos. No puede ser de otra manera. Lo sé, lo sé…»

# 18

La calma era asfixiante. Sobre todo de noche, cuando uno intentaba dormir sobre un colchón mojado bajo una lona. Pese al agotamiento extremo, Humbert contemplaba la oscuridad, notaba el frío en las extremidades y esperaba. Cuando la primera luz tenue brillaba en el horizonte, todo comenzaba de nuevo. Casi todos los ataques empezaban al amanecer.

—Eres de lo que no hay —bromeó el mayor—. Tiemblas tanto que parece que haya explotado una mina.

—Es el frío, mi mayor.

—Pues levántate y mira si mis polainas están secas.

Humbert se levantó y encendió la linterna, lo que provocó la indignación inmediata de sus compañeros.

—Apaga la luz, idiota. ¿Quieres que te lancen una granada a la cabeza?

—Vamos, cierra el pico. A estas horas no pasa nada.

Una rata pasó corriendo muy cerca de Humbert, oyó el ruido de las patitas en la madera. Del susto se le cayó la linterna, que rodó por los tablones de madera; se alegró de que no se hubiera estropeado. Las ratas siempre le causaban pavor, pero su actitud hacia ellas había cambiado. Eran compañeras de sufrimiento de los soldados, estaban con ellos bajo tierra y se asustaban con las sacudidas cuando impactaban los proyectiles, a veces incluso corrían con ellos cuando atacaban, y también acababan destrozadas y desgarradas por los lanzaminas, como las personas. Eran sus compañeras, sus sombras y sus sepultureras, pues se comían los cadáveres.

Humbert tocó las polainas, que había colgado en un cordel con la esperanza de que se secaran, pero seguían mojadas. Allí todo estaba húmedo, desde la ropa interior hasta los abrigos, pero sobre todo los zapatos y los calcetines, pues casi siempre caminaban sobre agua sucia, pese a los tablones de madera.

—Aún no están secas, mi mayor.

—Bueno —gruñó Von Hagemann—. Sube al refugio de los oficiales y espérame allí.

En aquella maraña interminable de zanjas, trincheras y estrechos caminos había distintos tipos de refugios. Algunos eran bastante cómodos, si se podía usar esa expresión; eran de madera y estaban provistos de estufas y estructuras de camas. Se habían instalado en la primera fase de la lucha. Más tarde, cuando cada vez cavaban más zanjas, se creó todo un sistema subterráneo para las ratas y los soldados, y los refugios eran provisionales, una lona extendida y unas cuantas tablas de madera, y mantas que nunca se secaban y olían a podrido, eso era todo. Hacían sus necesidades en un agujero, por la mañana uno de ellos lo tapaba a paladas y cavaba otro agujero en otro sitio. En realidad daba igual, ya que el hedor a pólvora, tierra podrida y cadáver lo impregnaba todo, de manera que ni siquiera lo notaban.

—No te las arreglas nada mal, chico —comentó Von Hagemann cuando Humbert salió de debajo de la lona—. Pensaba que al primer ataque te quedarías inconsciente, pero has cumplido como es debido con tu deber, Humbert. De verdad, muy bien.

Tosió. Ahí abajo todos estaban helados, no era de extrañar con esa humedad constante. Con los dedos entumecidos, Von Hagemann sacó un paquete de cigarrillos del abrigo, cogió uno y le ofreció a Humbert.

—Gracias, mi mayor.

Fumaba siempre que se le presentaba la ocasión. También bebía el licor que se repartía cuando estaban de descanso, y se inflaba a chocolate. Los turnos consistían en ir al frente, estar de guardia y descansar para recuperarse de la fatiga de las batallas en el frente. El descanso era el mejor momento, los llevaban a un alojamiento detrás de la línea del frente y podían dormir mucho; les daban ropa seca, buena comida y podían bañarse, y para los oficiales también había casino y chicas. El turno de guardia lo pasaban agazapados detrás de las trincheras en agujeros en la tierra, apenas protegidos de los lanzaminas del enemigo, y se remendaban la ropa, fumaban, se buscaban piojos y esperaban la orden de «¡A las trincheras!».

Los piojos eran fatales porque transmitían el tifus.

—Ni yo mismo lo entiendo, mi mayor —confesó Humbert—. Antes me desmayaba con solo oír el ruido de una granada.

Von Hagemann le acercó el mechero prendido y Humbert encendió el cigarrillo, dio con placer una calada profunda y notó que se mareaba. Era un mareo agradable que iba asociado a una extraña lucidez. La absurda película de su vida pasaba por su cabeza con gran precisión, cada imagen tenía una nitidez impecable. Lo malo era que él no interpretaba ningún papel en ella.

Von Hagemann colocó la linterna entre la lona y un puntal, el haz de la luz recorría en diagonal la minúscula estancia y pintaba un círculo amarillento en los tablones que sujetaban la pared lateral. Aparte de dos cajas de munición vacías que servían de asiento, solo había un montón de mantas de lana húmedas, dos cajas con provisiones y un hornillo de gas al lado de una olla y tazas de café.

—Es una orden sin sentido, maldita sea —renegó Von Hagemann en voz baja—. Mantener la posición. Donde no hay nada que ganar. Nos dejan al margen. Otros luchan y se coronan, y yo aquí agazapado en un puesto perdido.

Humbert entendía el enfado de su mayor, pero no sentía mucha empatía. Él estaba encantado de acabar allí. Ojalá ya hubieran llegado al punto en el que no hubiera más batallas. Había órdenes de suspender los ataques alemanes desde septiembre, pero por desgracia los franceses no tenían intención de contestar de la misma manera ese feliz mensaje. Al contrario, seguían avanzando. Donaumont, la fortaleza, estaba de nuevo en sus manos, igual que Fort Vaux, cuya ocupación tantas bajas había costado a los alemanes. Qué locura. Tantos muchachos desangrados entre la mugre, sus cadáveres aún yacían en los cráteres originados por las bombas y entre el alambre de espino, pues era demasiado peligroso rescatarlos. ¿Y para qué? Para nada. Los franceses recuperaban lo que antes les pertenecía.

—Es para volverse loco, Humbert —masculló Von Hagemann. Fumaba con ansia, dando muchas caladas pequeñas. Apagó el primer cigarrillo y acto seguido encendió el segundo—. Arriba hay un montón de idiotas que no saben nada de táctica militar. Tres semanas y habríamos tomado Verdún. Podríamos haber repelido a los franceses. Tres regimientos, dos en las alas y uno en el centro. Rodeados y borrados del mapa. Y luego hacia París. Pero ese Pétain lo ha estropeado todo. Hemos esperado demasiado. Nos hemos consumido en estas malditas trincheras.

Humbert asintió y aspiró con placer el humo del cigarrillo del mayor. Dos días más, eso calculaba él, y los reemplazarían y volverían a uno de los alojamientos de descanso. Dormiría como un tronco. Día y noche. Tal vez luego todo habría terminado. Cuanto más se entregaba al efecto del tabaco, más se convencía de que llevaba semanas manteniéndolo con vida: no iba a morir, solo era un espectador de esta sórdida película, no un actor. El mayor seguía desvariando acerca de la rápida victoria sobre Francia que el imperio había desaprovechado porque las autoridades militares estaban compuestas por estúpidos e indecisos. Humbert no entendía ni una palabra de las jugadas estratégicas que Von Hagemann le relataba con todo detalle y que habrían conducido a la victoria, pero le dejaba hablar y no paraba de asentir, como si siguiera sus explicaciones con gran interés. Una cosa estaba clara: Von Hagemann no estaba afligido por la multitud de jóvenes que habían saltado por los aires, lo que lo entristecía era que su carrera se hubiera estancado. Y eso que el año anterior había empezado con muchas perspectivas: su ascenso a mayor; la condecoración en la campaña del Marne; el ataque en Amberes. Bélgica en general.

—De hecho, ya es hora de pasar unas vacaciones en casa, ¿no? —preguntó Humbert, inofensivo.

Von Hagemann bostezó y luego hizo un gesto de rechazo. No, eso no estaba en sus planes. Bostezó de nuevo y volvió a ofrecerle un cigarrillo. El mayor también empezaba a acusar el sueño, era el momento del reemplazo. Humbert se encendió un segundo cigarrillo y, mientras expulsaba el humo, oyó los familiares pasitos. Probablemente eran dos ratas jóvenes, debían de estar debajo de las mantas de lana. Esperó que no se las comieran.

—Casa —dijo Von Hagemann, pensativo—. En realidad ya no sé dónde está mi casa. Ahora me dirás que está en Augsburgo, con mi mujer, mis padres... Eso solo son apariencias. Por supuesto, soy responsable de mis padres, debo velar por ellos, sobre todo económicamente. ¿Y Elisabeth?

Soltó un profundo suspiro. Elisabeth era una persona decente, una compañera de vida, pero no conseguían descendencia. Ya llegaría... Más tarde, después de la guerra.

Se quedó callado un rato, pensativo, y a Humbert tampoco se le ocurrió nada que decir. El humo del tabaco flotaba como un ser fantasmal bajo el haz de luz de la linterna, daba vueltas, formaba figuras y se desintegraba en polvo gris. En algún lugar alguien roncó, en la zona de los franceses se oyó un tiro, supuso que disparado sin objetivo ninguno. Humbert tosió, maldito resfriado, volvía a dolerle la garganta cuando tragaba. Ojalá tuviera al menos los pies secos.

Von Hagemann tenía ganas de hablar, seguramente se debía al insomnio. Sabían que los franceses habían iniciado una contraofensiva, al amanecer se pondrían manos a la obra. Allí o en otro lugar de la trinchera. Humbert esperaba con toda su alma que atacaran por algún lugar lejano, en el oeste.

—Antes era conmovedora —Von Hagemann reanudó el monólogo—. Muy paciente. Estaba increíblemente feliz de que al final me decidiera a pedir su mano. Elisabeth es una buena persona, no se puede decir nada en contra de ella.

«Aun así la engañas, canalla», pensó Humbert.

Von Hagemann estaba sentado a horcajadas en la caja, con la espalda inclinada, la mirada fija al frente. Sin duda, ella no era su gran amor.

—¿Sabes cómo es eso, Humbert? —dijo a media voz, mirándolo de soslayo con una media sonrisa—. ¿Cuando ves a una chica y de repente ya no eres el mismo hombre de antes? ¿Cuando empiezas a comportarte como un tonto porque en tu corazón y tu cerebro solo está ella?

Se echó a reír. Bueno, sabía que Humbert estaba libre de esas locuras, aunque no de otras. Él, en cambio, Klaus von Hagemann, había sido un idiota en el amor.

—Su hermana. Ella era la que me volvía loco. La dulce y angelical Kitty. ¡Esa maldita víbora!

A Humbert aquella expresión le pareció bastante ofensiva. Si estuvieran en la villa de las telas, habría defendido a su joven señora, pero estaba en las trincheras, entre el lodo y las ratas, mientras el enemigo preparaba el ataque. Teniendo en cuenta la situación, pasaría por alto aquel agravio.

—¡Es increíble! —murmuró Von Hagemann, y buscó la

petaca en el bolsillo del abrigo—. Que se la haya llevado precisamente ese tío blando y soso. ¿Qué tiene Alfons Bräuer aparte de un montón de dinero?

Desenroscó el tapón y le dio un trago. Dudó un momento y le ofreció a Humbert. Era evidente que estaba contento de que alguien lo escuchara, y quería recompensarlo.

—Whisky —dijo con una sonrisa—. Seguramente es de contrabando, pero no está mal.

En realidad a Humbert no le gustaba ese brebaje, además le dolía la garganta, pero no podía rechazar la invitación; Von Hagemann se lo habría tomado mal. Así que bebió un trago pequeño, notó el líquido como fuego en la garganta y torció el gesto.

—Quema, ¿eh? —bromeó el mayor, que volvió a coger la petaca—. Bueno, en la vida uno no siempre consigue lo que quiere, ¿no?

Humbert negó con la cabeza, no podía hablar porque le ardía la garganta.

—Caroline —dijo Von Hagemann en tono afectuoso—. Se parece mucho a Kitty. Cabello oscuro, ojos grandes, pechos pequeños y redondos, es delgada y flexible. Tiene unos pies preciosos… Caroline de Grignan. Solo tiene diecisiete años, y su madre la vigila como un dragón.

Se interrumpió porque en aquel momento se produjo una detonación, un estallido infernal, más intenso que todo lo que habían vivido hasta entonces. También vieron un resplandor. Se tiraron al suelo, alrededor se oían chasquidos, correteos, crujidos, como si las zanjas se fueran a desmoronar. Los gritos de los soldados a los que habían arrancado del sueño cada vez se oían más cerca.

—¡Le han dado al depósito de municiones!

—¡Malditos cerdos! ¿Oís sus gritos de júbilo?

En efecto, entre las explosiones se oyó a los franceses, que chillaban entusiasmados y disparaban con los fusiles.

—Cuidado, van a atacar —gritó Von Hagemann, que se había levantado del suelo y luchaba contra la lona caída—. Ocupad vuestras posiciones. Preparad las armas. ¡Hay que repeler el ataque!

Tosió y maldijo porque la tropa no ocupaba su puesto con la rapidez suficiente. Humbert se deshizo de la lona mojada y se dirigió a trompicones hasta su catre, donde había dejado el fusil. El negro nocturno se había teñido del amarillo y rojo de las llamas, las detonaciones casi consecutivas hacían vibrar la tierra. El depósito estaba como mucho a doscientos metros, protegido con muros de mampostería. O habían acertado de casualidad, o alguien había revelado al enemigo dónde se encontraban las municiones. Humbert tropezó con otros compañeros que ya corrían a sus puestos, mientras él, rezagado como de costumbre, aún tenía que encontrar y cargar su arma. Se acercaba el ataque francés. Los impactos de las minas sacudían las trincheras alemanas, se oían salvas de fusiles, las órdenes corrían por todas partes, la madera se astillaba.

—¡Ahí están! —oyó la voz de Von Hagemann entre el caos—. Tomaos vuestro tiempo, chicos. Cada tiro, un acierto. Ni un francés pasará el alambre de espino, como me llamo Von Hagemann.

Humbert apartó su abrigo de encima del catre y buscó a tientas su fusil, pero no estaba. Se quedó mirando atónito la oscuridad que brillaba de amarillo, su arma había desaparecido, alguien debía de haberse confundido y se la había llevado. Con la mente en blanco y las extremidades ateridas de frío, trepó hasta el parapeto, donde sus compañeros, tumbados detrás de sacos de arena, disparaban contra los franceses. Los superaban en número en el ataque, cada vez pasaban volando más siluetas oscuras, se acercaban a trompicones, dando tumbos, a las posiciones alemanas. Corrían agachados y disparaban, se lanzaban al suelo, volvían a levantarse, algunos permanecían tumbados, otros se arrastraban como lagartos en el lodo.

«Tanto esfuerzo por este pedacito de tierra yerma», pensó Humbert. Un temblor conocido se apoderó de él y no pudo evitar soltar una risita. ¿Quién quería eso? Hacía años que allí no crecía ni la hierba. A su lado, un camarada emitió un breve sonido sordo y acto seguido dejó caer la cabeza. Un tiro directo al pulmón o al corazón. Humbert no sintió miedo, era el día a día en la guerra, uno estaba fuera de sí, veía la vida pasar como en una película. Bajó el cuerpo inerte dentro de la trinchera, donde ya había otros heridos, y luego se encaramó para apoderarse del arma de su compañero, que se había quedado arriba. Con el resplandor del depósito en llamas se veían grupos de atacantes que se acercaban a sus propias líneas. Las detonaciones desde ambos lados atronaban en los oídos. Tras ellos, donde se encontraban las posiciones alemanas, la artillería no cesaba de disparar. Humbert notó que su cuerpo adquiría una ligereza extraña, era liviano como un espíritu, como una hoja llevada por el viento. Clavó la mirada en el enemigo que se acercaba: intentaban a la desesperada traspasar el alambre de espino y fracasaban uno tras otro. «Como en la feria», pensó, y soltó una risita. Había caído en la locura, disparaba a las sombras negras y comprobó que solo había un cartucho en el fusil. La atracción se hallaba en Maximilianstrasse, delante de la fuente de Hércules. La caseta estaba pintada de rojo y azul y tenía dibujadas unas imágenes de lobos y leones. Por ahí pasaban unas figuras de cartón, y había que disparar contra ellas. Se oyó reír a media voz y comprendió que estaba a punto de perder la cordura. Sin embargo, carecía de voluntad para frenar aquel proceso.

—¡Que no pase ninguno del alambre de espinos, chicos! Retenedlos. ¡Fuego!

Algo se movió junto a sus piernas, le subió por la espalda, saltó por encima de su cabeza y se deslizó por la oscuridad, ensordecedora por los disparos. ¡Una rata! Se estremeció, se puso de rodillas, miró alrededor por si había más roedores tras él.

—¡Abajo, idiota! —rugió un compañero.

En efecto, una segunda rata lo miró con ojos brillantes, dementes; tenía el bigote desplegado y el pelaje gris mojado e hirsuto.

—¡Túmbate, imbécil! ¿Quieres que te atreviesen el cerebro con una bala?

—¡Sujétalo, se ha vuelto loco!

A Humbert le retumbaban los oídos, le temblaba el cuerpo, los impactos atronadores lo atravesaban, era como una cáscara vacía, ligera como una ramita carbonizada.

—¡Humbert! —rugió una voz que le resultaba conocida—. ¡Humbert! ¿Adónde vas?

¿Quién hablaba con aquel tono autoritario, claro y penetrante? No lo recordaba, tenía el cerebro vacío. La rata había pasado como un rayo por su lado y había desaparecido entre la lluvia de balas. Humbert la siguió. Corrió agachado, sus manos casi rozaban el suelo, hacia la noche, hacia la tierra de nadie, donde el fuego de las armas salpicaba el suelo.

—Continuad, chicos. No miréis atrás. De todos modos, está perdido.

No era precisamente fácil seguir a una rata, costaba ver a esa bestia pequeña en la penumbra. Podría estar en cualquier parte, escondida en las ondulaciones del terreno, entre el ramaje quemado, detrás de los soldados que yacían en el suelo tras el alambre de espino. Algunos se movían, gritaban algo, se quejaban, rugían. Uno le apuntó con el fusil, disparó a través del alambre y luego se desplomó con el fusil en la mano. Notaba pitidos y silbidos en los oídos, algo caliente le acarició la mejilla.

Ahí estaba, la pequeña excursionista. Se agachó muy cerca de él, lo miró con esos ojillos negros y brillantes y se limpió el bigote. Qué animalillo tan adorable. Le sonrió, le vio los dientes afilados. Luego movió el morro en un gesto muy dulce de un lado a otro.

—No me atraparás —le susurró, burlona, la rata—. Soy demasiado rápida y lista.

Él se abalanzó sobre ella, pero solo atrapó la cola y se le escurrió entre los dedos. Ahí estaba él, en el lodo frío, justo delante del alambre de espino. Medio metro más y se habría quedado enganchado en el alambre. La rata, en cambio, tan pequeña, salió disparada y desapareció tras un francés caído.

—Espera…, ¡ahora te atrapo!

Tuvo que apretarse mucho contra el suelo, porque le pasó una granada por encima y cayó en la zona francesa. ¡Pum! Saltaron terrones por todas partes, piedras, ramas, extremidades. A Humbert le temblaba todo el cuerpo, se reía contra la tierra mojada, notó su sabor, un poco salado, escupió, se limpió la boca con la mugrienta manga.

Al girar la cabeza vio el tenue amanecer lechoso en el horizonte. «Demasiado tarde», pensó, y soltó otra risita. Llegaba sin más, no podía hacer nada para evitarlo. La risa surgía por su cuenta cuando le venía en gana.

Aprovechó la breve pausa tras la detonación de la granada para ponerse en pie y trepar con cuidado por el alambre de espino. Aun así, se le desgarró la chaqueta y se hizo daño en el brazo izquierdo, por no pisar los cuerpos inmóviles de los franceses. Por supuesto, hacía tiempo que la rata había huido esquivando todos los cráteres de las bombas.

Caminó en zigzag, sin rumbo, siguiendo el rastro de la rata, entre balas y fuego de ametralladora. No sentía los pies ni las piernas, tenía la sensación de volar, una odisea descabellada por la tierra revuelta, sangrante. Oyó el ruido de motores y vio dos aviones ingleses de reconocimiento que sobrevolaban el campo de batalla, les hizo un gesto y se quedó asombrado al ver que de la mano derecha le goteaba un líquido rojo.

«Estoy sangrando», pensó, y soltó una risita tonta. «Estoy herido.»

Agitó los brazos como si quisiera alzar el vuelo y se precipitó hacia las líneas francesas para echar a volar delante del enemigo en el cielo matutino.

—*Laisse… il est fou!* —gritó alguien.

—*Mais c'est un allemand!*

—*Tant pis!*

Vio a dos soldados enfrente con el uniforme equivocado. Además, los fusiles que le apuntaban al pecho no eran los de siempre. Pero la rata estaba agazapada en un tocón quemado y se limpiaba el bigote gris con sus patitas color rosa. «Vamos», le dijo. «Son enemigos. Hazlos prisioneros. O por lo menos mátalos de un tiro.»

—*Il n'a pas de fusil…*

Se acercaron a él sin dejar de apuntarle. Humbert oyó un susurro en los oídos, luego se apoderó de él esa risa absurda. Se retorcía de la risa, se doblaba, se daba golpes en los muslos. Cuando pasó el arrebato, vio las bocas de dos fusiles. De pronto sentía las extremidades pesadas como el plomo, le daba la sensación de que iba a hundirse en el suelo blando.

—*Je suis… allemand* —se oyó tartamudear, y le sorprendió oírse hablar en francés—. *Nous sommes…* —Lo intentó de nuevo—. *Sommes… prisonniers de guerre.*

Vio que sonreían y sintió un orgullo infinito por recordar aquella expresión francesa.

—*Prisonnier de guerre* —repitió.

Les tendió una mano y, al ver el líquido rojo que seguía goteando y ya empapaba la manga, se sintió mal. Se abrió un remolino ante él, un agujero negro que daba vueltas y lo engulló.

# 19

—Maravilloso, señor Bliefert —elogió Elisabeth al viejo jardinero, que había arrojado una brazada de ramas de abeto en la terraza cubierta de nieve. También había enebro y espina santa, incluso algunas ramas de cedro de las que colgaban piñas gruesas.

—Si no es suficiente puedo ir a buscar más, señora —dijo Bliefert, encantado con el halago. Era el empleado de mayor edad de la villa, había vivido la boda de Johann y Alicia Melzer tres décadas antes y había visto crecer a sus hijos—. El enebro se está extendiendo, y la maldita espina santa no para de crecer.

—Creo que bastará —dijo Elisabeth—. Por desgracia, este año no habrá un gran abeto en el salón, pero a cambio haremos guirnaldas y centros de mesa.

—Lo siento mucho, señora —dijo Bliefert—. Ojalá estuviera Gustav para ayudar. Entre los dos podríamos haber talado un abeto y haberlo instalado en el salón. Pero solo jamás lo conseguiría.

—Claro —asintió Elisabeth, que se estaba helando porque no se había puesto abrigo—. Pero podríamos conseguir un abeto pequeño para arriba, ¿no?

—¡Sin duda! —exclamó Bliefert—. El abeto en el salón rojo era la sorpresa que cada año les daban a sus estimados padres, ¿verdad? Dios santo, es la primera Navidad sin el joven señor.

—Así es, por desgracia. Pero no tenemos motivos de queja, en nuestro país hay mucha gente en peor situación. Muchísimas gracias, señor Bliefert.

Él asintió y regresó a su casa por el sendero nevado del parque. Elisabeth se sacudió la tristeza que empezaba a asomar y llevó las ramas de abeto junto con Else y Auguste a la cocina, donde prepararían centros de mesa y guirnaldas. Decidió con Eleonore Schmalzler dónde colocar los adornos navideños: todos los enfermos debían verlos bien pero sin que molestaran.

—Una guirnalda ancha en el arranque de la escalera, señora —comentó la señorita Schmalzler—. Podríamos fijarla a la barandilla con lazos rojos.

—¡Buena idea! También podríamos poner guirnaldas encima de las puertas. Y un centro precioso en la mesa, en medio del salón.

Eleonore Schmalzler sacudió la cabeza y comentó que necesitaban la mesa para repartir la comida.

—Entonces habrá que tener un poco de cuidado, ¡lo conseguiremos!

—Y las guirnaldas no pueden estar cerca de las camas de los enfermos, señora. Porque en algún momento empezarán a caerse las agujas de las ramas.

—Lo tendremos en cuenta.

Eleonore Schmalzler echó a andar a toda prisa, y Elisabeth la siguió al hospital. Habían avisado de que los nuevos pacientes llegarían a las once, y quería recibirlos con la lista y un lápiz para que no se produjera ninguna irregularidad. Poco antes había llegado un herido que no estaba en la lista. Resultó ser un error inofensivo, pero en el peor de los casos podría haber sido un espía inglés. O un prisionero de guerra huido. Elisabeth estaba contenta de la calma y la astucia con que el ama de llaves abordaba su nueva tarea. A ella cada vez la asaltaban más dudas y miedos, que disimulaba ante los demás. Se había imaginado muy distinto el trabajo de enfermera. Caritativo. Pura bondad. El ángel de los heridos. Nunca pensó que algunas tareas pudieran ser tan odiosas y triviales, ni hasta qué punto sobrepasaría los límites de su pudor. Las heridas de guerra no tenían en cuenta la afectada educación de las señoritas de clase alta. No obstante, lo peor era presenciar tanta desgracia, tener que ofrecer consuelo donde ya no lo había, dar esperanza cuando ella misma la había perdido. Deambulaba entre las camas, atendía sus deseos, escuchaba sus quejas, y solo de vez en cuando daba ánimos. Habían colocado dos mesas delante de las puertas de la terraza para que los convalecientes disfrutaran de las preciosas vistas del parque nevado mientras charlaban o escribían cartas. En ese momento estaba sentado allí un joven sargento de Berlín, sumergido en un libro, y dos soldados que conversaban animados sobre sus experiencias con las jóvenes francesas. «Qué inofensivos parecen», pensó Elisabeth, sorprendida de su propio pensamiento. La mayoría solo vestían pantalones y camisa, muchos llevaban vendas, y solo los oficiales valoraban ponerse la chaqueta del uniforme en el hospital para que los saludaran como era debido. Sin embargo, todos eran soldados del temido ejército alemán que pronto iba a ocupar Europa. Al menos, a juzgar por lo que no paraba de repetir Klaus en sus escasas cartas. ¡Ay, Klaus! Al principio de la guerra había encontrado unas cuantas palabras de cariño para ella, pero ahora sus mensajes se limitaban a su propia situación, sus necesidades (ropa interior de abrigo, un impermeable, mantas de lana, etcétera) y la sempiterna mención a la inminente victoria de la patria. Las cartas iban firmadas con un «Tu esposo que te quiere». Elisabeth antes se esforzaba por retratarle la vida en el hogar con episodios alegres, siempre le escribía de su añoranza, de la esperanza de tenerlo pronto a su lado. Sin embargo, como él apenas contestaba a sus frases, ahora también ella se limitaba a mensajes breves y objetivos. «Es a causa de esta separación tan larga», pensaba ella. «Nos está distanciando. Además, tal vez esté teniendo experiencias horribles que no puede compartir conmigo. Cuando volvamos a estar juntos todo será distinto. Entonces encontraremos una solución para los problemas económicos. Y tal vez, si Dios quiere, tendremos hijos. Es lo que dice mamá. Algunas parejas tardan más. Y a menudo pasa justo cuando ya se han perdido las esperanzas.»

Ayudó a un chico con una herida en la cabeza a beber el té de menta con un pistero, y luego se dirigió a la cocina. Por supuesto, hacía tiempo que Eleonore Schmalzler había acordado con la señora Brunnenmayer el plan semanal, pero aun así Elisabeth quería saber cómo andaban de provisiones. La situación era nefasta en todo el país. En tiempos de paz, jamás habrían imaginado que el hambre llegaría no solo a los barrios pobres sino también a las casas de la gente acomodada. El otoño había sido muy húmedo y las patatas se pudrían en los campos, la mitad de la cosecha anual se había echado a perder, precisamente en estos tiempos. En vez de patatas se repartían nabos, que era lo que antes comía el ganado y ahora se había convertido en el último recurso para los hambrientos. La harina, la grasa y la leche escaseaban, y las raciones de pan en las cartillas de racionamiento eran cada vez más pequeñas. A los que mejor les iba era a los campesinos; tenían que dejar alimentos en depósito, pero todo el mundo sabía que se reservaban a escondidas las mejores lonchas de jamón y trozos de mantequilla para los suyos. Los paquetes de Pomerania llegaban en contadas ocasiones, para disgusto de los Melzer, porque se extraviaban por el camino y la oficina de correos no tenía explicación. Por lo menos el hospital recibía asignaciones especiales para garantizar la alimentación de los heridos.

Se detuvo delante de la puerta de la cocina y observó el

marco de madera mientras pensaba si haría falta clavar un par de clavos para sujetar las guirnaldas cuando oyó una frase que la desconcertó.

—¿Él, estéril? No me hagas reír. ¿Has mirado bien a Liesel?

—¿Liesel? ¿Te refieres a la más pequeña de Auguste? Madre mía, la niña tiene tres años, ¿qué iba a ver en ella?

Elisabeth se quedó junto a la puerta, aunque le parecía poco apropiado escuchar la conversación de las dos enfermeras mientras disfrutaban de la pausa para el desayuno. ¿De quién hablaban? Seguramente del jardinero Gustav Bliefert, que ahora estaba en la guerra. Era el marido de Auguste y el padre de la pequeña Liesel, su ahijada.

—Porque tú no conoces al mayor tan bien como yo. Mi madre fue niñera en casa de la baronesa Von Hagemann, por eso sé cómo se las gasta el elegante señor desde bien pronto. Por cierto, me faltó poco, ahora podría ser como Auguste.

—¿Y cómo es Auguste?

La enfermera joven era Herta, esa víbora, y se echó a reír antes de decir que Auguste era muy espabilada.

—Dejó al pobre Gustav una sorpresa en el nido. Pero él es un buenazo y no se molestó.

—¿Quieres decir que la niña es del mayor?

—Sí, claro. Esa enganchó al apuesto Klaus al galope.

—Bah, qué tontería. No veo nada en la pequeña...

—Yo sé lo que sé.

—Calla, la cocinera... Esa tiene un oído finísimo. Aunque siempre finja que estas cosas no le interesan.

Elisabeth se quedó helada por dentro. Dio media vuelta y se dirigió al hospital. Qué calumnia. Mentiras infames. Debería pedir cuentas a esa mujer. Prohibirle difundir semejantes maldades. También en nombre de Auguste. Auguste... En su momento dijo que la niña era de Robert, el ayuda de cámara. Por supuesto: Robert era el padre de la pequeña Elisabeth.

Daba igual que él jurara por lo más sagrado que no era suya. Aun así...

Había razonamientos que era mejor no llevar hasta el final. Con todo, si Auguste ahora también...

—¿Señora Von Hagemann? Por favor, disculpe que la moleste. Me llamo Winkler. Sebastian Winkler. Fui paciente del hospital, tal vez me recuerde.

Tenía delante a un hombre alto, fornido, que la miraba a través de los cristales redondos de las gafas metálicas con timidez y una sonrisa en el rostro. Elisabeth le había prestado la *Odisea*, la traducción y el original griego. Para él había sido una revelación y se lo agradecía de todo corazón.

Elisabeth hurgó en su memoria. Dios mío, ¿por qué no lo recordaba? Qué vergüenza. Le miró los pies y entonces se acordó. El pie derecho amputado debido a la gangrena.

—Por supuesto —dijo, y sonrió—. ¿Cómo está del pie?

Él estiró la pierna derecha hacia delante y luego la encogió de nuevo.

—Está estupendo con la prótesis, solo la herida da problemas de vez en cuando. Pero seguro que pasará con el tiempo.

—Ya verá como sí —dijo ella con una sonrisa—. Y usted que temía no volver a caminar jamás...

—Ah, corro como una gacela. Solo que más lento.

Ambos se rieron, su humor negro era conmovedor. Había salido mucho mejor parado que los pobres muchachos que tenían lesiones cerebrales o habían perdido la vista.

—¿En qué puedo ayudarlo, señor Winkler? Tendrá que disculparme, pero no dispongo de mucho tiempo. En pocos minutos recibiremos nuevos ingresos.

Él se irguió y encogió los hombros, lo que daba a su postura un aire de sumisión. Elisabeth comprendió que era de origen humilde y que, a su juicio, la esposa de un mayor estaba muy por encima de él, y eso que le sacaba una cabeza.

—Siento mucho presentarme de manera tan inoportuna,

señora. No quiero molestarla ni abusar de su tiempo. Se trata de los niños…

Su mirada transmitía un poco más de resolución, el asunto parecía importante.

—¿Los niños?

—Mis huérfanos… Disculpe, he olvidado mencionar que he asumido la dirección de un orfanato. El padre Leutwien, que visita este hospital, me ha ayudado, por lo que le estaré eternamente agradecido. Ay, querida señora Von Hagemann, no creería cuántos niños huérfanos nos traen. Sin duda, la Iglesia hace lo que puede, la ciudad y las organizaciones benéficas también nos ayudan a alimentar a todas esas boquitas. Sin embargo, han surgido gastos.

—Entiendo, señor… señor… Wiesler.

Él se sonrojó y aclaró que se llamaba Winkler, no Wiesler. Elisabeth se disculpó por el despiste. Entonces reparó en el alboroto que reinaba en la sala de los enfermos y supuso que había llegado el camión con los heridos.

—Señor Winkler, disculpe. Comentaré la situación con la familia.

Era una despedida, y le quedó claro que quería deshacerse de él, pero insistió.

—Estos tiempos difíciles son especialmente crueles para los más débiles, señora. Usted misma tiene hijos…

Elisabeth tuvo una sensación desagradable. Seguramente la había visto jugar con Leo y Dodo y había dado por hecho que eran sus hijos.

—Ya le he dicho que lo hablaré con la familia. ¿Un orfanato, dice? ¿Aquí, en Augsburgo?

Él también miró hacia la puerta; estaban entrando a los primeros heridos en la sala.

—Si me lo permite, volveré a pasar antes de Navidad —dijo él—. Salude a las enfermeras que me cuidaron con tanto cariño. Y también a la señorita Jordan.

Elisabeth iba a despedirse con un gesto amable cuando se detuvo de repente.

—¿Conoce usted a Maria Jordan?

Se puso colorado, la piel clara de su rostro delataba cada emoción. Seguro que a él no le resultaba agradable, pero a Elisabeth le gustó ese detalle. Un hombre alto y fuerte y al mismo tiempo tan tímido y vulnerable.

—Conocer es mucho decir. Nos encontramos una vez fuera, en la galería, y me contó que estaba empleada como doncella.

«Vaya con la señorita Jordan...», pensó Elisabeth. Le había pintado la situación mucho más rosa de lo que era en realidad.

—Le trasladaré sus saludos, señor Winkler.

Él le dio las gracias y realizó un movimiento que semejaba una leve reverencia. Elisabeth sonrió con indulgencia. Qué tipo más simpático. Había dejado a un lado la grave herida de guerra para entregarse a una nueva misión en la vida. Era admirable. Alentador. La idea de que Maria Jordan le hubiera dejado una profunda impresión no le gustaba. Por otro lado, para la señorita Jordan, en su situación actual, sería un golpe de suerte poder refugiarse en un matrimonio. La pobre siempre estaba entre la casa de Bismarckstrasse y la villa de las telas; se quejaba de lo mal que la trataba la baronesa pero no se atrevía a solicitar una entrevista con Marie. Al contrario, se mantenía lo más lejos posible de ella, cumplía en silencio las tareas de costura que le encargaban y se sentaba con las demás a la mesa de la cocina. La señora Brunnenmayer, que antes discutía constantemente con ella, ahora la compadecía, eso le había contado Auguste, y la alimentaba con guiso de nabo. Elisabeth tenía la mente confusa, de pronto vio el rostro sonriente y rosado de Auguste y sintió una rabia enorme. Esa mujer era capaz de todo. También de una traición enorme.

—¡Señora Von Hagemann! ¡Tenemos que operar!

Elisabeth dio un respingo y corrió hacia la sala de tratamientos. Tilly llegó desde el otro lado de la sala; había sido una ayudante muy útil en otras operaciones. Un desagradable olor a pus llenó la pequeña sala donde habían tumbado al herido sobre la mesa de curas. El médico Greiner le había colocado una máscara de éter, mientras el doctor Moebius observaba con ojos coléricos la terrible herida que supuraba en la cadera del joven.

—Ni vendas ni curas, ha ido a peor —se lamentó—. Una herida así hay que protegerla con una venda, pero, por lo que parece, nuestros colegas se están quedando sin material poco a poco.

Elisabeth tomó la muñeca del joven desconocido para controlarle el pulso. Extremadamente rápido: el pobre tenía fiebre.

—Cuente, teniente…, en voz alta, que lo oigamos.

—Uno…, dos…, tres…, cuatro…

Su voz sonaba apagada; además, el pañuelo amortiguaba el sonido. Aun así, Elisabeth tuvo la sensación de haberla oído antes.

Greiner fue vertiendo el éter en el pañuelo gota a gota. Para cuando llegó a diez, el teniente estaba en el reino de los sueños y el doctor Moebius empezó su laborioso trabajo. Había varias astillas de granada en la herida y fue sacándolas con unas pinzas. Se oía un ruido metálico cuando los pedacitos de hierro caían en la bandeja que sujetaba Tilly.

—El pulso es cada vez más débil —anunció Elisabeth.

—Pase a coser, Moebius —dijo el doctor Greiner—. No podemos tenerlo más tiempo dormido, de lo contrario se nos irá.

Elisabeth notó que se mareaba. El olor a éter, mezclado con el hedor de la herida, que supuraba, era una dura prueba para cualquier enfermera. «Tengo que resistir», se dijo. «No voy a desmayarme. Si me quedo inconsciente ahora, Herta se reirá de mí para siempre.»

Miró a Tilly; estaba muy pálida, era evidente que tampoco se encontraba bien. El doctor Greiner masculló que estaba tan harto de las heridas que supuraban como de esa maldita guerra sin sentido. El doctor Moebius permanecía absorto en su trabajo, daba instrucciones de vez en cuando a las dos ayudantes y movía los dedos con rapidez y seguridad.

—Enseguida terminamos. Ya podemos vendar. Que la venda quede suelta. No apretéis mucho.

Se incorporó y se dirigió al lavamanos.

—¿Cuál era su nombre? —preguntó por encima del hombro—. Sonaba bastante prusiano. Von Klitzing... Von Klausewitz...

—Von Klippstein —dijo Tilly, que ayudaba a Elisabeth a colocar la venda—. Ernst von Klippstein. Creo que es de Berlín. Más prusiano no puede ser.

Miró con una sonrisa al doctor Moebius, que se secaba las manos con uno de los pañuelos de algodón que guardaban como oro en paño. Sus miradas se cruzaron un instante, ardientes y al mismo tiempo llenas de resignación, luego Tilly volvió a su trabajo y el doctor Moebius agarró la muñeca del paciente.

—¿Ernst von Klippstein? —dijo Elisabeth, con más sorpresa que miedo—. Lo conocemos, es pariente de Klaus.

—¿De verdad? —dijo Tilly, y arrugó la frente—. Tienes razón, Lisa. Ahora lo recuerdo. Estuvo en vuestra fiesta de compromiso.

—Con su esposa. ¿Cómo se llamaba?

—Adele —respondió Tilly—. Una mujer aterradora.

—¡Calla, Tilly! Si nos oye...

El médico retiró el pañuelo de la cara del teniente y las dos mujeres se miraron conmocionadas. Sí, no cabía duda de que era Ernst von Klippstein, el joven teniente de Berlín, pariente de los Von Hagemann. Sin embargo, ahora era una sombra de sí mismo. Estaba muy delgado, tenía las mejillas hundidas, los labios descoloridos. Una barba corta y rubia cubría su rostro; como muchos pacientes, no se había afeitado desde que cayó herido.

—No puede oírles —dijo el médico con brusquedad—. Probablemente nunca vuelva a oírles. No tiene buena pinta, Moebius. Puede que perdamos la partida contra la guadaña.

—¿Qué guadaña? —preguntó Tilly con ingenuidad.

—La muerte, niña. La única que sale ganando en estos tiempos.

# 20

Hanna tenía los brazos apoyados sobre la mesa de la cocina y el torso muy inclinado hacia delante para no perderse nada. Maria Jordan paseaba el dedo índice por las cartas y daba un toquecito en cada una.

—… cuatro…, cinco…, seis…, un hombre joven…, uno…, dos…, tres…, cuatro…, cinco…, seis…, por un largo camino…, uno…, dos…, tres…, a su casa…, vaya, señora Brunnenmayer…

La cocinera, sentada a un extremo de la mesa, junto a los fogones, observaba las cartas con la misma tensión que Hanna. Tras ella hervía a fuego lento un resto de guiso de nabo para el viejo jardinero Bliefert y los dos niños de Auguste.

—¿Qué tonterías dice? —le soltó a Maria Jordan—. ¿Acaso cree que a mi edad quiero cargar con un amante? ¿Tengo pinta de eso?

Maria Jordan puso cara de saber más que ella y siguió contando. Else se acercó desde la entrada del servicio, traía la vajilla sucia de los señores del montaplatos a la cocina.

—No crea ni una sola palabra de Maria —le dijo a la cocinera—. ¡Todo son mentiras y embustes!

Hanna hizo amago de defender la capacidad de adivinación de la señorita Jordan, pero se contuvo. Sin duda lo más sensato era no delatarse.

—¿Porque en tu caso el amor sigue haciéndose esperar? —dijo Maria Jordan en dirección a Else—. ¿Y te sorprende? Todos los hombres están en la guerra. ¿Cómo vamos a tener suerte en el amor nosotras?

Else dejó el montón de vajilla en el fregadero y desistió de responder. «Pobre», pensó Hanna. «Siempre busca al doctor Moebius con la mirada, pero él se ha enamorado de Tilly Bräuer. No es de extrañar, es joven y muy guapa, y encima es rica.»

—¡Cuénteme algo de Humbert, Maria! —ordenó la señora Brunnenmayer—. El pobre muchacho está desaparecido, pero sé que sigue con vida. Es un presentimiento.

Maria Jordan empezó a contar las cartas de nuevo.

—… por un largo camino…, tres…, cuatro…, cinco…, seis…, Jesús bendito, se opone el rey de tréboles…

—¿Qué significa eso? Escuche, Maria, no quiero malas noticias.

—Cálmese, señora Brunnenmayer. ¡Sí! La dama de picas… y el siete…, incluso una boda…, quién lo habría dicho.

Fanny Brunnenmayer sacó el pañuelo para sonarse. Luego dijo que debería haberlo imaginado. Else tenía razón, todo eso de las cartas era un invento, una tontería.

—En todo caso, volverá —insistió Maria Jordan, que estaba acostumbrada a los clientes incrédulos y no se dejaba confundir tan fácilmente—. Pero tardará un tiempo. Podría ser que estuviera preso en algún lugar, el pobre. Tiene que trabajar para el enemigo. Así es ahora.

La señora Brunnenmayer levantó la nariz y se guardó el pañuelo en el bolsillo del delantal. Le dijo a la señorita Jordan que ya podía recoger las cartas. Y que ni por un momento pensara que le iba a pagar un solo penique por eso. Lanzó una mirada furiosa a la carretilla cargada con la olla que estaba junto a los fogones.

—¿Quieres que esos pobres chicos se mueran de hambre, Hanna? ¡Tienes que ir a la fábrica!

—Pero la señora aún no me ha llamado.

—Hoy no te acompañará —le notificó Else—. Está en el hospital con un conocido. Un tal teniente Von Klapprot o algo así. Herta dice que puede que no salga de esta.

—Ah.

Hanna se levantó del banco y corrió al pasillo a ponerse el abrigo y las botas. La nieve empezaba a derretirse, en los caminos ya se había formado un puré amarillento. El trayecto con la carretilla de madera prometía ser difícil. Comprobó a tientas y con cuidado que el paquetito seguía en el bolsillo del abrigo y empujó la carretilla entre chirridos. En realidad le parecía estupendo que la señora no pudiera acompañarla. Durante los últimos días había tenido que oír una serie de advertencias y buenos consejos y estaba bastante harta de ese discurso en pro de la sensatez. A fin de cuentas, ya no era una niña, tenía casi dieciséis años y se ganaba la vida. No era gran cosa, pero era algo. Y lo que una mujer hacía con un hombre no tenía que explicárselo nadie, lo había aprendido de pequeña, cuando su madre se llevó a casa a un «tío». También sabía que podía tener un niño así. No era tonta.

La olla de hierro que cargaba en la carretilla aún estaba caliente, como comprobó al tocarla con cuidado. De regreso se llevaría unas cuantas paladas de carbón para los fogones de la cocina. Ahora en la fábrica tenían una gran montaña de carbón para las máquinas de vapor, era fácil coger algo para la villa.

Se escupió en las manos para que el mango no se le resbalara y emprendió la marcha. De nuevo notó ese maravilloso desasosiego y se enfadó cuando las ruedas se quedaron atascadas en el lodo y tuvo que empujar con todas sus fuerzas para sacar la carretilla. «Tanto va el cántaro a la fuente, que al final se rompe», pensó, y luego descartó la idea. Nadie se daría cuenta, tenían cuidado.

Cuando llegó a la entrada de la fábrica y el portero, Gruber, se acercó a abrirle, el corazón se le salía del pecho.

—Hola, niña —dijo el portero—. Te están esperando ansiosos. «Hanna la de los nabos», te llaman…

—¿Hanna la de los nabos? —exclamó enojada—. ¿Quién ha dicho eso?

Gruber se encogió de hombros.

—No lo sé. Se ha corrido la voz. No te lo tomes tan en serio.

Hanna cruzó la puerta con la carretilla y pensó que debían de haber sido las empleadas. Los prisioneros de guerra seguro que no; ellos no sabían alemán como para inventar un apodo tan malintencionado. ¡Como si ella se pareciera a un nabo!

En la sala de embalaje ya la esperaban las dos mujeres a las que les tocaba repartir la comida y lavar los platos. También estaban los dos vigilantes; vestidos con uniforme parecían unos críos, y eso que tenían diecisiete años, uno más que ella.

—Hoy llegas tarde.

—¡Más vale tarde que nunca! —replicó ella con sagacidad.

Se frotó los dedos entumecidos mientras las dos mujeres levantaban la olla de la carretilla y abrían la tapa. El olor a patatas cocidas, apio y nabo impregnó la sala de embalaje, y Hanna notó que aún tenía hambre. Era un estado permanente, siempre tenía hambre, tampoco es que las raciones en la villa fuesen precisamente grandes.

—El pan está duro como una piedra —refunfuñó una de las mujeres—. Hace falta un hacha para cortarlo.

Hanna dejó que las mujeres sirvieran la sopa en los platos de latón y se ocupó del pan. Estaba duro, en efecto, pero se podía cortar, y además se podía mojar en la sopa. Tenía que vigilar que no se le resbalara el cuchillo, pues era torpe con las manos. Tras ella entraron en la sala de embalaje los prisioneros de guerra, cada uno cogió un platillo de potaje y una cuchara, y se fueron sentando en el banco o en una caja a comer.

Notó su mirada en la espalda. Era una sensación emocionante, como si la rozaran con un hierro candente. Se obligó a continuar con su trabajo, terminó de cortar el pan, dejó las rebanadas en una cesta de mimbre y luego se dio la vuelta. Ahí estaba, sentado en una caja, removiendo el guiso con la cuchara sin mirarla, pero sabía que toda su atención era para ella. Una vez le dijo que no podía mirarla en presencia de los demás porque sus ojos lo delatarían. Ella recorrió la sala con la cesta del pan, cada uno cogía un pedazo, daba las gracias y seguía comiendo. Grigorij estiró el brazo despacio hacia la cesta y, al coger su rebanada, le rozó la mano. Un relámpago le recorrió el cuerpo al sentir la caricia; se le erizó el vello. ¿Cómo podía ser que un roce fugaz de su mano tuviera semejante efecto en ella? ¿Acaso era mago? ¿La había hechizado para que fuera solo suya? ¿En cuerpo y alma? ¡Ay, si fuera así…!

En aquella sala no había calefacción, se veía el vaho de la respiración y el día anterior habían salido flores de escarcha en las ventanas. Aun así, los hombres se tomaron su tiempo, disfrutaron de la pausa y la comida caliente, masticaban a conciencia, rebañaban con los restos de pan el cuenco de latón. Grigorij fue el primero en devolver el cuenco, luego salió despacio para estirar las piernas en el patio. Los vigilantes se lo permitieron, era más que improbable que huyera. Aunque consiguiera trepar por los muros de la fábrica, ¿dónde podría esconderse a plena luz del día? Todo el mundo sabía qué le ocurría a un prisionero de guerra si lo cogían tras un intento de huida.

Hanna observó a las mujeres y a los dos jóvenes vigilantes arremolinados en torno a la olla de hierro. Si quedaba un resto de potaje, se lo repartirían entre ellos. Todos estaban pendientes de no quedarse sin su parte, ninguno miraba hacia la puerta. El resto de los prisioneros rusos hacía tiempo que sabían lo que ocurría, pero no delataban a su compañero. Los tres franceses también se mantenían muy unidos.

El caldo se había terminado. Una de las dos mujeres sujetaba la tapa de la olla mientras la otra rascaba los restos con la cuchara. Hanna se dirigió hacia la salida sin prisa pero con el máximo sigilo. La puerta no chirriaba desde que, en un momento de descuido de los vigilantes, Grigorij había puesto aceite en los goznes.

Él la estaba esperando. Una mirada de aquellos ojos negros la hacía temblar por dentro. Hanna pasó por su lado hacia el cuartito de embalaje, donde se guardaban las etiquetas, los cordeles, el papel de seda, el plástico protector y otros artículos en estanterías para que nadie los utilizara sin consultar. Era asfixiante, las dos ventanas altas no se abrían casi nunca. Encima de un escritorio que había vivido tiempos mejores había montones de formularios, sellos y lápices de tinta. Antes ahí se trabajaba durante todo el día, cuando las telas Melzer se enviaban por todo el mundo. Ahora las mujeres solo embalaban por las tardes, pues la fábrica funcionaba a medio gas.

Hanna esperó con el corazón acelerado. ¿Habría ocurrido algo? ¿Un empleado, una trabajadora había cruzado el patio? Grigorij era hábil, capaz de abrir la puerta en un santiamén y colarse con ella, pero debía andarse con cuidado. Lo que hacían ahí podía costarles la vida.

Se oyó un discreto chirrido de la puerta y ahí estaba. Sonrió, con picardía y ternura, y llenó el cuartito con su presencia. Olía a aceite y carbón, a sudor masculino y a su pelo negro. Cuando se acercó a ella despacio, Hanna sintió un retortijón en el estómago.

—¡Channa!

El primer abrazo era el más bonito. Se abrazaban de una manera dura, casi dolorosa. Respirar juntos, notar el calor del otro, el latido fuerte, salvaje del corazón de Hanna. Los labios furiosos de él, la lengua que le perforaba la boca, el leve zumbido oscuro que emitía su garganta, los jadeos de su respiración. Hanna al principio no sabía qué hacer, hasta el tercer o cuarto encuentro no se atrevió a tocarlo, las mejillas barbudas, los labios, la nuca nervuda. También aquello duro y estrecho que se abría paso por el vestido hacia su vientre, le hacía daño y le dejaba moretones. Cuando ella lo tocaba, él le apartaba la mano con cuidado y la besaba para distraerla. «Aún no», le susurraba él. «Aquí no.»

—Tengo un regalo, Grigorij.

Tuvo que repetir la frase dos veces. Él le había desabrochado la blusa bajo el abrigo y notó su lengua caliente en el cuello.

—¿Regalo?

—Sí, un regalo. Pero pequeño.

Sacó el paquetito del bolsillo del abrigo y se lo dio. Dentro había pan de especias que había robado en la cocina para él.

—Te lo tienes que comer hoy, por la noche os registrarán.

Él olfateó el pan y sonrió como un niño. Pan de especias. Galletas. Navidad. *Roshdestvo*. El nacimiento de Cristo.

—*Spasibo*… gracias… *moiá Channa*… *Golubka moiá*…

Tenía los ojos llorosos, aterciopelados; la envolvían como un velo oscuro. La besó en la mano, la llamó *krasívaya, mílaya, málenkaya koshka*… bonita, querida, mi palomita, mi gatita… Su voz era embriagadora, nadie le había hablado nunca en un tono tan cautivador ni le había dicho cosas tan maravillosas. Sabía que eran mentiras, que no era bonita ni una palomita, ni mucho menos una gatita. Aun así, no podía hacer otra cosa que dejarse llevar. Ya sería sensata más tarde, ahora quería disfrutar de esa felicidad, agarrarla con las dos manos antes de que se escapara.

—Yo también tengo *podarka*… «regala».

Ella se echó a reír.

—Se dice «regalo», no «regala».

Él repitió la palabra muy serio, la dijo tres veces y luego asintió, satisfecho.

—Regalo para *maiá Channa*.

Era incapaz de decir «Hanna», tampoco «jamón» ni «jaula». Siempre ponía una «ch» delante, por mucho que se esforzara.

—¿Tienes un regalo? ¿Para mí?

Le abrió la blusa y volvió a besarla en el cuello, en los huecos del cuello, siguió bajando y le quitó la camisa. Ella no llevaba corsé, nunca había tenido uno. Tampoco lo necesitaba, tenía los pechos pequeños y firmes, aunque a ella le parecían horribles. Los voluminosos pechos de Auguste atraían las miradas de los hombres; en cambio, con la blusa ella parecía una niña pequeña. Grigorij le había dicho que era guapa, que perdía la cabeza cuando tocaba su cuerpo. Ella se estremeció cuando él encontró los pezones y los envolvió con los labios. Luego cerró los ojos y notó la dulce insurrección de su cuerpo. Ese era el regalo que quería hacerle él. Se lo regalaba todos los días, y ella se había vuelto adicta, deseaba cosas poco inteligentes y prohibidas.

—Un regalo —dijo él a media voz, y se apartó de ella—. Solo para ti. Para Channa. Espera.

Levantó las manos y se las llevó al cuello, abrió el minúsculo cierre de una fina cadena que nunca le había visto. Se la quitó y fue a ponérsela a Hanna.

—Es plata. *Serebró*. De *mats maiá*. Mi madre. Me dio esta cadena para que pensara en ella.

Lo dijo en voz baja y muy serio. Estuvo luchando un rato con el cierre, tuvo que apartar los molestos rizos castaño oscuro de su cuello, y por fin lo consiguió. La cadena aún estaba caliente de su piel. Tenía un pequeño colgante negro, pero ella no vio qué era. Sin duda era plata, pues se había puesto muy negra.

—De... ¿de tu madre? Ay, Grigorij, ¿quieres regalarme la cadena que te dio tu madre?

Estaba tan emocionada que se le saltaron las lágrimas. ¿Estaría mintiendo? ¿Habría robado la cadena en algún sitio, o decía la verdad? Bah, daba igual, le había regalado una cadena de plata. A ella, a la pequeña Hanna, la torpe de la cocina, la chica de barrio pobre.

—Cuando termine la guerra, nos enviarán de vuelta a casa. A *Rossía*. *Maiá ródina*, mi país. Tú, Channa, venir conmigo. ¿Quieres?

Ella necesitó un momento para entenderlo. ¿A Rusia? ¿Con él? Bueno, lo seguiría a cualquier parte, a Rusia, a Siberia, iría hasta el infierno con él.

—Sí —susurró ella—. Sí, quiero ir contigo. Cuando acabe la guerra. Pero ¿cuándo será eso? A veces pienso que durará eternamente.

Grigorij le puso bien el colgante y le abrochó la blusa con cuidado. No le resultó fácil porque los botones eran muy pequeños y él tenía las manos llenas de callos de las palas de carbón.

—La guerra no es eterna. *Nie vsegdá budet voiná*. Cuando termine la guerra, vivimos en Petrogrado. Ciudad bonita…, mucha agua, muchos ríos…, canal…

Hanna se puso el abrigo y se arrimó a él. Era la hora, no podían quedarse más ahí, de lo contrario levantarían sospechas. Sí, le había hablado a menudo de Petrogrado, su ciudad natal. Del zar, que paraba a menudo en su palacio. Del Neva, el gran río. De sus padres, que tenían un negocio allí, aunque no había entendido cuál.

—Tu mi *zhená*. Mi mujer. *Liubliú tibiá*…, te quiero, Channa…, *na vsegdá*…, para siempre.

Deslizó la mano por la abertura del abrigo y acarició a través de la falda el lugar que hasta entonces ella siempre le había prohibido. Esta vez se lo permitió, sintió cómo se estremecía y entendió que corría el peligro de cometer un grave error.

«Marie. Tengo que decírselo a Marie», pensó.

Sin embargo, era imposible. Marie, la cariñosa y cuidadosa Marie, la doncella que antes se sentaba a su lado en la cocina, ya no existía. Marie se había convertido en la joven señora, que le daba consejos sensatos.

—Espera…, no… —se resistió ella—. Tenemos que irnos. ¡Tú primero, Grigorij!

Él retiró la mano con cuidado, pero la abrazó de nuevo y la arrimó hacia sí. Hanna no entendió lo que murmuraba, pero parecía un enfado desesperado por tener que afrontar todos los días aquella separación. Solo disponían de unos minutos, un momento fugaz de felicidad que tal vez un día les costaría caro a los dos.

Pero de momento ese día no había llegado. Hanna miró con cautela por la ranura de la puerta. Al ver que no había nadie en el patio hizo una señal a Grigorij, que salió disparado. Ella esperó unos minutos antes de salir del cuarto de embalaje. Aún notaba su presencia, su boca en sus mejillas, las manos sobre sus pechos. Revisó un momento su ropa, aún tenía el pulso acelerado, y el miedo a ser descubiertos ya era excesivo. Qué imprudentes eran. Qué ingenuos. Cegados de amor. ¿Qué les ocurriría si los descubrieran? A ella la despedirían, la desterrarían de la villa de las telas, la tratarían de fresca y traidora, tal vez incluso la encerrarían. ¿Y Grigorij? A él lo esperaba la horca.

Por la ranura de la puerta vio que las dos trabajadoras salían de la sala de embalaje al patio y desaparecían en la hilandería. Cuando abrieron la puerta de la nave, el estruendo de la fábrica llegó al patio, amortiguado, pero aun así odioso. Hanna conocía ese ruido de la época en que se dedicaba a atar los hilos rotos y sujetarlos en el descargador de la máquina. Por aquel entonces tenía trece años. Su madre la había colocado en la fábrica textil y ella estaba contenta de hacer novillos en el colegio y ganar así algo de dinero. Siempre había sido una niña tonta, y desde entonces no se había vuelto más lista.

«*Ya liubliú tibiá*», pensó mientras atravesaba el patio de regreso a la sala de embalaje. «Te quiero, Grigorij. *Na vsegdá.* Para siempre. Aunque nos cueste la vida.»

*Lituania,*
*diciembre de 1916*

Mi dulce y querida esposa:

Por fin, por fin volveremos a vernos. Aún no me atrevo a creerlo, me parece un feliz sueño que en cualquier momento puede quedar en nada. Pero es cierto, tiene que ser cierto, porque no soportaría una decepción tan amarga por segunda vez.

Poco después de Navidad pasaré unos días en Augsburgo. Por desgracia, no será por las fiestas, es una lástima, pero no dejemos que eso enturbie nuestra felicidad. Ponte guapa para mí, amor, porque voy a ser un marido muy cumplidor que no te va a dejar ni una noche tranquila. Llevo demasiado tiempo anhelando tus abrazos, ahora casi me mareo solo de pensar que voy a sentir de nuevo tu dulce cuerpo y que serás mía.

Termino ya, antes de poner más tonterías sobre el papel, prométeme que no le vas a enseñar a nadie esta carta y que la vas a quemar de inmediato.

Diles a todos que me alegro muchísimo de volver a verlos, y dales un abrazo a nuestros pequeños. Casi me da miedo sentarlos en mis rodillas, no conocen a su padre...

Hasta que volvamos a vernos.

Tu Paul, loco de alegría.

# 21

«Precisamente hoy no, mejor en Nochebuena», pensó Kitty. «O tal vez por San Silvestre. Sí, estaría bien. Por San Silvestre, cuando todos estén invitados en mi casa. ¿O quizá esta noche? Sea cuando sea, tiene que ser un golpe de efecto.»

El coche dio una sacudida, se oyó un ruido debajo del capó y salió un humo oscuro.

—¡Ludwig! —chilló Kitty—. ¿Qué es eso? ¿Qué ha hecho con el automóvil?

El chófer agarraba el volante y miraba el humo.

—Calma, señora. Calma. Un pequeño fallo de arranque.

—¿A eso lo llama un fallo de arranque? —exclamó ella, alterada—. ¡Vamos a saltar por los aires! ¡Haga algo, por el amor de Dios!

—Enseguida pasa, señora.

Se habían parado en medio del camino de acceso. A lo lejos, entre los árboles desnudos en invierno, lúgubres, se veía el edificio de ladrillo rojo de la villa. El viento azotaba las gotas de lluvia contra el parabrisas, en los caminos y prados había amplios charcos formados por la nieve derretida. Kitty se revolvió en el asiento tapizado de atrás. La perspectiva de seguir a pie hasta la villa no era precisamente tentadora. Además, llevaba muchos paquetes en el coche, regalos de Navidad que bajo ningún concepto podían mojarse.

—¿Enseguida pasa? Jesús bendito…, ¡ja!

Otro ruido metálico, acompañado de una leve sacudida, los dejó a los dos helados.

—Tiene que ser la mezcla, señora. Estoy desolado. He mezclado restos de gasolina porque ya no se puede comprar y hoy tenía que venir dos veces a la villa de las telas, primero con la pequeña Henni y la señora Sommerweiler, y luego con la señora.

Kitty agarró con resolución la manija de la puerta, le daba igual meter los zapatos de piel marroquí en un charco. Su vida no estaba a salvo en ese coche, le dijo al desdichado chófer. Ludwig debía llevar los regalos a la villa, ya vería él cómo, pero secos. Ella iría a pie.

En cuanto puso el pie en el suelo y notó el viento gélido que se le colaba por debajo del abrigo se arrepintió, pero ya era demasiado tarde. Se abrió paso con obstinación por la entrada hasta la gran glorieta, cubierta de ramas de abeto. Aparte del hecho de que el abrigo quedaría inservible y el sombrero completamente aplastado de sujetarlo con fuerza, aquel paseo involuntario incluso le gustó. Le recordó los tiempos en que correteaba por el parque con Lisa y Paul, trepaban a los árboles y jugaban al pilla pilla en el césped entre los viejos árboles. ¡Cuánto tiempo hacía de eso! Diez, quince años, seguro. Una eternidad. Ahora el viento gemía alrededor del edificio de ladrillo rojo, un cristal de la galería temblaba en la estructura de acero, y la terraza donde habían celebrado con tanta alegría su compromiso y su boda yacía extraña y abandonada bajo la lluvia.

Por supuesto, su abrigo se enganchó en la estúpida barandilla de hierro cuando subió a la galería. Arriba encontró un calor agradable y a una Auguste muy preocupada.

—¡Jesús bendito, señora! Va a buscarse la muerte con la ropa mojada. Deme el abrigo. Y el sombrero. Ay, lástima, ha quedado aplastado. Y los zapatos…

Kitty se despojó del abrigo y de lo que quedaba de su sombrerito, y vio que Marie se acercaba a saludarla y se lanzaba a sus brazos, entusiasmada.

—Dios mío, Kitty… —Marie se reía—. Estás empapada. Ven, vamos arriba y te pones uno de mis vestidos.

—¿Aún tenemos tiempo? Pensaba que ya había empezado.

—Diez minutos.

Agarradas de la mano, subieron corriendo la escalera hasta la segunda planta y desaparecieron en la antigua habitación de Kitty, que ahora se usaba de cuarto de invitados. Qué lástima ir con prisas, era agradable dejarse aconsejar por Marie. Sacó varios vestidos, faldas y blusas, también ropa interior y medias de seda, además de las preciosas pantuflas bordadas que Kitty le había regalado.

—Imagínate, desde que no doy el pecho vuelve a quedarme bien toda mi ropa —comentó Marie.

Kitty estuvo a punto de delatarse, pues comprobó que había vuelto a ganar peso por arriba. Consiguió abrocharse la blusa de seda de color celeste de Marie; la falda, en cambio, le quedaba estupenda. Qué raro que al principio del embarazo se ganara peso en los senos.

—El padre Leutwien acaba de llegar —anunció Marie, que miraba el jardín desde la ventana—. Primero haremos una pequeña fiesta en el hospital y luego entregaremos los regalos a los empleados. ¿Has traído las partituras?

—¿Partituras? ¿Qué partituras?

—¡Ay, Kitty! Ibas a tocar a cuatro manos con Lisa. ¡Hemos arrastrado el piano hasta el acceso a la escalera para que los pacientes disfrutaran de un poco de música navideña!

Madre mía, lo había olvidado por completo. ¡Siempre ese horrible hospital! Antes había un gran abeto en la entrada, adornado con bolas rojas y doradas y con galletas de jengibre. La entrega de los regalos de Navidad de papá y mamá a los empleados siempre había sido una ocasión ceremoniosa.

—Lo siento muchísimo, Marie. ¡Estoy hecha una vieja despistada!

—No es grave. Creo que Tilly ha traído partituras. Siéntate delante del espejo, vieja despistada. Quiero arreglarte el pelo.

Enseguida todo volvía a estar bien: Marie, su querida Marie, simplemente era incapaz de enfadarse o sentirse ofendida, como le ocurría a menudo a Lisa. Kitty ya le había cogido cariño cuando era ayudante de cocina en la villa, y ahora seguía queriendo mucho a su amiga y cuñada.

Marie retiró todas las horquillas, le cepilló el pelo húmedo, se lo arregló y lo volvió a sujetar. Luego le hizo dos tirabuzones con mucha habilidad, que le colgaban coquetos de los lados.

—¿Me quedaría bien el pelo corto? —preguntó Kitty.

Marie se encogió de hombros y comentó que seguro que Alfons se llevaría un buen susto si volviera y se encontrara a su mujer sin su preciosa melena.

—Alfons es tan bueno... —dijo Kitty con ternura—. Aunque no le agradara, jamás me lo reprocharía. Ay, me gustaría tenerlo de una vez a mi lado, Marie. Ni siquiera sé qué voy a hacer sin él.

Marie asintió, atusó el pelo de Kitty y luego comentó a media voz que a ella le pasaba lo mismo con Paul. ¿Se había enterado de que el doctor Moebius había sido llamado para ir al frente?

—¡Dios mío! —exclamó Kitty, asustada—. Pobre Tilly. ¿Tú qué crees? ¿Le pedirá la mano enseguida?

Marie estaba de nuevo junto a la ventana, pero había oscurecido y apenas se veía nada. Los viejos árboles del parque se habían convertido en siluetas negras, solo en la terraza un reflejo de luz atravesaba los cristales de las puertas de doble hoja.

—No lo sé, Kitty —dijo pensativa—. El doctor Moebius

es de origen humilde, y Tilly es la hija del rico banquero Bräuer. No sé si se animará a hacerlo.

—Madre mía —gimió Kitty, y se puso las pantuflas—. Se quieren, ¿quién es tan anticuado hoy en día? ¡Sobre todo en estos horribles tiempos de guerra!

—Yo comparto tu opinión, pero pregúntaselo a mamá y oirás otro punto de vista.

Kitty hizo un gesto de desdén y revisó su silueta en el espejo. No, aún tenía el vientre plano, solo los pechos… Intentaría no respirar hondo o le reventarían los botones.

—Mamá es una Von Maydorn. ¡Es casi más anticuada que papá! Tal vez debería hablar a solas con el doctor Moebius. Al fin y al cabo quiere ser mi cuñado, yo podría…

—No lo sé, Kitty —comentó Marie, vacilante—. Quién sabe si es bueno comprometerse ahora. Él debe ir al frente.

Kitty estaba indignada. Precisamente porque lo enviaban al frente, el doctor Moebius debía saber que Tilly lo quería y lo esperaría.

Por lo visto Marie discrepaba, pero no tenía intención de discutir sobre el tema.

—Bajemos. Ya oigo el piano. Que no empiecen sin nosotras.

¡Era una fiesta de Navidad maravillosa! No como a las que estaban acostumbrados, pero muy emocionante, muy reflexiva. En el acceso a la escalera, para su sorpresa, encontró al doctor Moebius sentado al piano y dando inicio a la celebración con improvisaciones sobre villancicos. ¡Qué bien tocaba! Santo cielo, ni siquiera se miraba los dedos, y tampoco necesitaba partituras. Miraba con una extraña sonrisa triste a los pacientes, que lo escuchaban con gran recogimiento. Cuando finalmente dejó de tocar porque el padre Leutwien ya se había aclarado la garganta tres veces sin disimulo, se levantó entre fervorosos aplausos.

—¡Bravo, doctor!

—¡Es un pianista excelente!

—*Hija de Sion*, en casa siempre la cantábamos en Navidad.

Los gritos de agradecimiento y entusiasmo tardaron un rato en apagarse, y Marie y Kitty aprovecharon para bajar la escalera con la máxima discreción posible y ocupar su sitio con el resto de la familia. Habían colocado sillas para que los Melzer no tuvieran que estar de pie durante la celebración, como los empleados.

—Hoy ha nacido nuestro Redentor —empezó el padre Leutwien su sermón—. Es una alegría...

Kitty escuchaba sus palabras con gran pasión. Sí, tenía razón. A partir de aquel día todo sería distinto, pues había llegado al mundo un niño, el hijo de Dios, y los salvaría del pecado y la necesidad. Qué bonito, ahora estaba segura del todo de que esta vez sería un niño.

Acto seguido oyó la voz aguda de Tilly, que leía la historia de la Navidad. Kitty miró con curiosidad al doctor Moebius. No le quitaba el ojo de encima a Tilly, no cabía duda de que esa mirada tierna lo decía todo. ¡Qué pareja más fascinante! Ojalá él se le declarara. ¿O se habría decidido y ya lo había hecho? No, Tilly se lo habría contado. Esos dos necesitaban un empujoncito, Marie podía opinar lo que quisiera.

Las palabras le pasaron por encima sin que las escuchara con atención. Siempre era lo mismo. Nacido de una virgen, lo llevaron envuelto en pañales a un pesebre. «Jesús bendito», pensó. ¿Por qué María no había cogido en brazos al niño en vez de dejarlo en un asqueroso pesebre? Además, tener un niño en un establo, sobre un montón de paja..., delante de todo el mundo. Y sin partera. No, hoy en día era mucho mejor. Esta vez llamaría a la partera a tiempo. Ay, todavía quedaba mucho. ¿Cuándo llegaría? ¿En mayo? Tal vez la guerra ya hubiera terminado, habrían firmado la paz y Alfons estaría a su lado. ¿Qué diría si esta vez fuera un niño?

El doctor Moebius tocó unos acordes al piano antes de empezar el villancico que cantarían todos.

—«¡Oh, alegre, oh, santo, grato tiempo de Navidad!»

Kitty cantó a voz en cuello. Después de la tercera estrofa se miró con disimulo los botones de la blusa. Todo bien, gracias a Dios. No veía el momento de subir; los heridos la miraban desde las camas como si fuera una de las siete maravillas. Sin embargo, Lisa se levantó para dar las gracias a los médicos, las enfermeras y los demás ayudantes, que hacían posible el funcionamiento del hospital. Luego dijo a los pacientes que habían luchado con valentía por su país y que Jesucristo, nacido ese mismo día, ayudaría a Alemania, que sufría grandes apuros. Cuando añadió que ojalá pudieran celebrar la Navidad siguiente en una Alemania liberada y victoriosa junto con su familia, recibió ovaciones. Lisa se sentía muy orgullosa. Montar ese hospital había sido una sugerencia de su marido, y ahora ella recibía los elogios.

—La esposa del mayor no ha cesado en su empeño de ocuparse de nuestros heridos de guerra —dijo alguien de la sociedad benéfica—. La esposa del mayor es el ángel de los heridos.

A Lisa le gustaban esos halagos, la hacían sentirse bien. Kitty notó que estaba siendo injusta. ¿Estaba celosa? ¿Porque su hermana recibía elogios en público mientras ella seguía a la sombra de la familia Bräuer? No, eso era una tontería. Esperaba un niño, solo importaba eso. Un niño dulce y rubio. Rubio como su querido Paul. Y como Alfons, por supuesto.

Se repartieron los regalos, primero a los dos médicos y las enfermeras, aunque solo habían acudido dos, las demás estaban de celebración con su familia. Luego Lisa, Marie y Tilly fueron a felicitar también a los pacientes.

—¿Qué pasa, Kitty? —le susurró Lisa—. ¿Te has quedado pegada a la silla?

Ella se levantó de un salto, cogió unos cuantos paquetes y participó en el reparto. La mayoría de los paquetitos los había donado ella, contenían mazapán y figuras de azúcar, una botellita de licor, hojas de afeitar, jabón o papel de carta y lápices. En algunos también había ropa interior, una bufanda, calcetines tejidos a mano o un libro, eran las donaciones que habían recogido en la sociedad benéfica. Si a alguien no le gustaba su regalo, siempre podía intercambiarlo con un compañero.

—Se lo agradezco muchísimo, señora —dijo el paciente al que acababa de dejar un paquetito sobre la colcha—. No sabe la alegría que me da. No solo por este precioso regalo... Es un placer poder darle la mano a una mujer tan encantadora.

Se asustó y quiso retirar la mano, pero no lo hizo. El herido tenía la frente cubierta de vendas, el pobre seguramente había recibido un tiro en la cabeza. Tenía los ojos llenos de lágrimas cuando pronunció esas palabras tan pomposas, y Kitty entendió que lo decía en serio. ¿Qué habría vivido para que un simple roce, una sonrisa lo emocionara de esa manera? ¡Esa maldita guerra cruel! ¡Cómo dejaba a los hombres!

—Sí, estábamos muy preocupados por usted, señor Von Klippstein —oyó la voz de Marie muy cerca—. No quiero esconderle que su vida pendía de un hilo, pero ahora que la fiebre ha desaparecido saldrá adelante.

Kitty miró con disimulo. Ernst von Klippstein también estaba profundamente conmovido, miraba a Marie como si representara toda la beatitud de la tierra. Pensó que como era Nochebuena todos estaban al borde de las lágrimas de la emoción. Sorbió y le dedicó al herido una sonrisa cariñosa. Seguro que se recuperaría pronto y podría regresar con su familia. Él asintió y le apretó la mano. Ella le dio el paquetito con la esperanza de que la soltara.

—¿Sabe que es solo mérito suyo, señora Melzer? —oyó que decía Von Klippstein—. Había renunciado a la vida, solo quería morir. No había nada en el mundo por lo que luchar, nadie a quien amar. Ni una mujer, ni un niño, ni esperanza de un destino feliz. Entonces apareció usted y me habló. Fue como un milagro, un recordatorio desde arriba. Aún no ha terminado todo, la vida continúa.

«Vaya», pensó Kitty. El pobre hombre había sufrido mucho. ¿Al final su mujer había fallecido? Esa... ¿cómo se llamaba? ¿Adelheid? ¿Annette? ¿Alice? No, ¡Adele! Exacto, se llamaba Adele. Si había fallecido, no se podía decir nada malo de ella, pero era una mujer muy desagradable. No le daba lástima. ¿Y si él se había enamorado de Marie? Estaba claro que no elegía bien, pues con Marie no tenía ninguna opción.

Se despidió del herido en la cabeza con una cálida sonrisa y siguió repartiendo paquetitos. Cuando terminó, comprobó aliviada que no quedaban más y se sentó en su sitio. Estaba un poco mareada, y no se encontraba bien del estómago. Pero, bueno, había cosas peores. Con la pequeña Henni apenas había podido comer sólido durante tres meses; esta vez era distinto, por suerte. ¿Ya habían terminado? Otro villancico, esta vez *Una rosa ha brotado*. De niña creía que la canción trataba de una chica llamada Rosa que salía de una fuente. Oh, cómo se reía Lisa de ella. En ese momento su madre se levantó para dar el habitual discurso a los empleados, agradecerles su lealtad y dedicación y recordarles que juntos formaban una gran familia. De hecho, hacía años que decía lo mismo, pero, por sorprendente que pareciera, los empleados siempre se quedaban encantados con sus palabras. Luego hubo regalos de Navidad también para ellos; su madre los seleccionaba con cuidado cada año porque, además de gustar a los destinatarios, debían ser adecuados a su rango. Hanna, la ayudante de cocina, recibió un vestido de Marie, unos calcetines de lana y unos zapatos nuevos con las suelas de madera. A la señorita Schmalzler, en cambio, que como ama de llaves ocupaba el puesto más alto, le entregó varios metros de una tela de lana azul marino de las reservas de la señora Melzer, un broche de plata con su monograma grabado y una pequeña cantidad de dinero. Además, la colmó de elogios por su trabajo en el hospital, que elevaba esa tarea benéfica y la llevaba por caminos sensatos. Finalmente, la señorita Schmalzler dio las gracias a la familia Melzer en nombre de todos los empleados y aclaró que todos consideraban un privilegio tener un puesto en la villa. Kitty sonrió; este año tampoco la señorita Schmalzler había pensado en algo nuevo. Por otra parte, parecía desmejorada, estaba más delgada que antes y le habían salido arrugas alrededor de la boca.

¡Por fin! Entretanto compareció su padre, que, como de costumbre, tenía mucho que hacer en la fábrica, y dirigió unas palabras de felicitación como cabeza de familia.

—¡Feliz Navidad a todos los que estáis aquí reunidos y a todos los que están lejos y que recordamos con amor!

Aplausos, lágrimas, agradecimientos, las improvisaciones al piano del médico. Kitty fue la primera en enfilar la escalera y subir corriendo a la segunda planta, donde estaba el cuarto de baño. No debería haber tomado tanto té en casa.

—¿Kitty? ¿Estás dentro? —oyó la voz de Lisa al otro lado.

—Ya estoy. ¡Deja de mover la manija de la puerta!

Paró. Jesús bendito, cómo se peleaban antes en situaciones como esa. Una vez, Lisa llegó a arrancar la manija y le dijo que podía quedarse en el lavabo hasta el fin de sus días.

—¿Ocupado? Ya suponía que llegaría demasiado tarde.

Era Marie, que se había tomado con buen humor la situación.

—Kitty está dentro. Puede tardar horas. Marie, ahora que estamos solas por una vez, quería decirte algo…

Kitty iba a salir, pero se detuvo por curiosidad. Lamentablemente, ya no oía bien lo que decían, debían de haberse alejado un poco de la puerta. Bajó la manija con sigilo y las espió por una rendija. Ahora lo entendía todo.

—¡Pero es imposible, Lisa! —se lamentó Marie—. Se lo he prohibido, le he dicho varias veces lo peligroso que es.

—Es evidente que no la ha impresionado demasiado.

—¿Estás segura del todo?

Lisa asintió muy seria.

«Por el amor de Dios. ¿De quién están hablando?», pensó Kitty.

—La señora Bremer ha venido varias veces al hospital para visitar a su marido. Trabaja de supervisora en la hilandería y lo ha visto con sus propios ojos. Y no solo ella. Hanna y su amante son muy poco prudentes.

—¿En un cuarto pequeño, dices? ¿Solos? ¡Cielo santo! ¡Esa niña es tonta, tonta!

«Vaya», se dijo Kitty, decepcionada. «La ayudante de cocina tiene un amante. Como si eso fuera algo especial.» Cerró la puerta de golpe. Marie y Lisa se separaron al oírlo y miraron hacia ella.

—Voy abajo —les dijo, y se dirigió a toda prisa hacia la escalera.

En el comedor ya habían preparado el bufet. Por tradición, en Nochebuena se comían platos fríos para que los empleados tuvieran tiempo de ir a misa y luego sentarse un rato juntos en la cocina. Todo estaba precioso, la señora Brunnenmayer era una artista, en eso su propia cocinera no estaba a la altura. No paraba de quejarse de que no encontraba especias ni carne decente, faltaba mantequilla y nata, y apenas había jamón para mechar los asados. La señora Brunnenmayer, en cambio, era capaz de hacer una sopa deliciosa con un guijarro. ¿Qué había creado ahora? Lengua de vaca. ¿De dónde la había sacado? Ensalada de patata con huevo duro. Y ensalada de arenque con mayonesa. ¡Cómo olía! Y remolacha rellena y pepinillos en vinagre. Kitty no pudo contenerse, se llevó un pepinillo a la boca y masticó encantada. Entonces recordó aquel día que mamá los sorprendió a Paul y a ella comiéndose la decoración de la ensalada de arenque. Ay, cómo echaba de menos a su querido Paul. ¡Su hermano mayor y protector! Entonces él había asumido toda la culpa...

Dejó el segundo pepinillo en su sitio con un movimiento rápido, pues su madre acababa de entrar en el comedor. Había querido ponerse elegante para la celebración familiar, aunque ese vestido de seda era bastante anticuado, a ojos de Kitty, de cintura estrecha y encaje de Bruselas en el escote. Además, ese color granate... hacía que pareciera como mínimo diez años mayor.

—Kitty, cariño. Déjame darte un abrazo. Qué pálida estás... ¿No te encuentras bien?

Kitty se tragó el comentario que tenía en la punta de la lengua y se arrimó a su madre. Era una mujer maravillosa, enseguida se daba cuenta cuando algo no iba bien. ¿Llegaría ella a ser tan buena madre algún día?

—Estoy perfectamente, mamá. Casi nunca he estado mejor.

Estuvo a punto de delatarse, pero por suerte llegaron Lisa y Marie, seguidas de su padre, que pese a la ocasión festiva llevaba con toda naturalidad la chaqueta de estar por casa. Su madre le dedicó una mirada de soslayo, pero no dijo nada para no estropear el ambiente navideño. Se sentaron, brindaron a la salud unos de otros. Su padre ya se había tomado un borgoña, y luego bebieron vino blanco, seguramente vino del Mosela porque era el que le gustaba a su madre.

—Espero que no des ahora un discurso, papaíto —comentó Kitty con mirada inocente—. ¡Todos tenemos un hambre canina!

El ambiente se relajó, se oyeron risas, incluso su padre sonrió y dijo que no imaginaba una Nochebuena sin los comentarios jocosos de su benjamina. Se sirvieron del bufet, pero su madre llenó el plato de su padre porque él no soportaba tanto «alboroto». Hablaron de la fiesta, se conmovieron al recordar que muchos pacientes estaban al borde de las lágrimas y lamentaron que el doctor Moebius tuviera que irse en unos días.

—Un joven con tanto talento… —dijo Alicia con un suspiro—. Cuando pienso que tenía un gran futuro por delante…

No terminó la frase, pero todos sabían a qué se refería. En tiempos de guerra, los planes que se tenían antes eran sueños sin sentido. Quien estaba en el campo de batalla solo pensaba en sobrevivir a los días siguientes, las semanas siguientes, hasta que se acabara la guerra. Fuera cuando fuese.

—Parece que Tilly le tiene mucho apego —dijo Kitty con descaro—. Los dos forman una…

—Querida Kitty —la interrumpió Alicia con el ceño fruncido—. En ningún caso deberías animar a tu cuñada a meterse en la cabeza esa relación. Sé muy bien que parezco anticuada, pero Tilly Bräuer es de familia rica y muy guapa para comprometerse con un médico. Podría casarse con un noble, como ha hecho nuestra Lisa.

Elisabeth esbozó una débil sonrisa, en absoluto triunfal como cabría esperar. A Kitty le dieron ganas de contestar que las opiniones de su madre eran del siglo pasado y que si Alfons estuviera allí, sin duda animaría a su hermana a obedecer a su corazón. No obstante, era Nochebuena, y además Marie dijo con alegría que creía firmemente que un gran amor podía superar todos los obstáculos.

—Porque el amor procede de Dios —dijo con los ojos brillantes—. Y porque Dios protege a aquellos que sienten un amor auténtico.

—Amén —murmuró Johann Melzer—. ¿Me traerías una ración de ensalada de patata con una rodajita de lengua, querida Alicia?

A Marie no le molestó su comentario, conocía sus maneras ariscas porque iba todos los días a la fábrica para apoyarlo, como ella decía. A Kitty le parecía estupendo que Marie entendiera tanto de máquinas, y además estaba versada en los líos empresariales de la fábrica, pero sentía lástima por ella. Marie tenía un enorme talento artístico, ¿y cómo lo aprovechaba? Dibujando patrones para telas de papel. ¡Jesús bendito! Círculos y garabatos, líneas sinuosas y puntos bailarines. En vez de ir a museos y copiar a los grandes maestros y aprender de ellos...

—Vamos allá, queridos —dijo Alicia, sumida en sus pensamientos—. Me intriga saber qué sorpresas nos habéis preparado este año.

Según la tradición, era tarea de los jóvenes montar un árbol de Navidad en el salón rojo, decorarlo y poner los regalos debajo. Antes siempre era Paul quien colocaba el pequeño abeto. Ay, Paul, ahora Marie pensaba mucho en él. ¿Dónde estaría? ¿Podría celebrar la Navidad allí, en la gélida Rusia?

Su madre estaba pensando lo mismo, pues tenía lágrimas en los ojos cuando entraron en el salón rojo y Marie encendió las velas del abeto. Su padre mantenía la mirada clavada al frente, no era su estilo mostrar las emociones. Lisa parecía una oveja afligida. Era raro que todos contemplaran con ojos llorosos el árbol de Navidad y que nadie dijera nada. Hasta que no llegaron Rosa y la señorita Sommerweiler con los niños, no se quebró el ambiente de tristeza.

Iniciaron la habitual ceremonia de abrir los regalos navideños. Se seguía una fila, admiraban los regalos como correspondía, se agradecían con educación o entusiasmo, en ocasiones incluso encantados cuando habían sido una sorpresa. Kitty recibió una joya que su madre se ponía de joven y que había modificado para ella. Además, su padre le regaló el anillo a juego. A Marie le regalaron un libro con fotografías de arte medieval, y a Lisa un cojín suave para el sofá. Era maravilloso ver el asombro de los pequeños ante las velas ardiendo en el árbol de Navidad. Dodo gateó con valentía hacia el milagro y quiso coger una bola brillante, mientras que Leo se mantuvo a una distancia segura y se acercó a gatas a los coloridos soldados de hojalata que Lisa le había regalado. La pequeña Henni chillaba de alegría y mordisqueaba un pan de especias tras otro. El amoroso regalo de su madre, un suave conejo de peluche marrón, no le interesaba. En cambio, gesticulaba nerviosa con la cucharita de café, y pataleaba con tanta fuerza que Kitty no pudo aguantar a la pequeña en el regazo y su madre la cogió. Vaya, el esfuerzo le había hecho sentirse realmente mal, tal vez había comido demasiada ensalada de arenques. Respiró hondo un par de veces, luego notó el estómago un poco mejor, pero ahora corrían peligro los botones de la blusa. No, no podría ocultar mucho tiempo más su sorpresa. Su madre estaba encantada de jugar con Henni. Y su padre alimentaba a su nieta pequeña con panes de especias. Kitty observó a Marie, que estaba abriendo el último regalo: un juego de óleos que le había comprado Kitty, aunque más bien era una indirecta. Marie observaba las pinturas con una sonrisa, luego se acercó a Kitty y le dio un abrazo.

—Cariño, ojalá tuviera tiempo para dedicarme a la pintura. Y tú podrías volver a ser mi profesora —le susurró al oído.

—Solo hay que empezar —repuso Kitty—. El primer paso siempre es el más difícil. Y quien dice no tener tiempo para el arte, pierde un pedazo de su vida.

—¡Eres una chica lista, Kitty!

—No, solo soy testaruda, y no quiero que desperdicies tu talento.

A punto estuvo de recordarle a Marie los días que pasaron en Montmartre, el pequeño piso, su nidito, donde quería vivir y pintar con ella. Sin embargo, habría sido bastante inapropiado, pues entonces se fugó con Gérard y provocó un escándalo. Además, ahora los franceses eran sus enemigos, y Lisa se habría indignado con un comentario así.

—¿Hemos abierto todos los regalos? —preguntó Alicia al grupo—. ¿O hemos olvidado una sorpresa de Navidad en algún sitio?

Esa fue la palabra clave. Kitty adoptó una postura afectada, estaba a punto de reventar de ilusión por ver la reacción que desataría su feliz noticia.

—Yo tengo... —empezó.

Sin embargo, Marie se le adelantó. Se había puesto de pie, se acercó al árbol de Navidad, sus rasgos transmitían tal felicidad que Kitty no terminó la frase.

—Tengo una maravillosa sorpresa para todos vosotros —dijo Marie, solemne—. Y como soy muy mala persona, llevo todo el día guardándomela porque quería tener esa alegría solo para mí. Pero ahora que estamos delante del árbol de Cristo, quiero haceros partícipes de esa alegría.

Hizo una pequeña pausa y miró al grupo. Dodo se chupaba el pulgar, y a Leo se le escapaban burbujas de saliva sobre el delantal blanco de Rosa, seguramente le dolía la barriga del pan de especias.

—Paul se reunirá con nosotros dentro de unos días. Le han dado cuatro días de permiso.

La noticia provocó gritos de júbilo y lágrimas. Su madre sollozaba de alegría, su padre se aclaró la garganta y murmuró que cuatro días eran mejor que nada. Lisa se sonó los mocos y se limpió las lágrimas de las mejillas. Kitty estaba tan entusiasmada que se levantó de un salto y quiso tirarse al cuello de Marie, pero de repente se encontró tan mal que se desplomó de nuevo en la butaca. Se le nubló la vista y tenía el corazón desbocado. Jesús bendito, ¿era posible desmayarse de alegría?

—¡Kitty! —exclamó Marie, y se sentó en el reposabrazos de su butaca—. ¿No te encuentras bien? Lisa, tienes al lado la jarra de agua. Por Dios, Kitty, estás pálida como una sábana. ¿No estarás embarazada?

—¿Yo? —tartamudeó Kitty, y bebió un sorbo de agua, desconcertada—. ¿Embarazada? ¿En qué estás pensando, Marie?

A fin de cuentas, ya le había estropeado la sorpresa, pues el anuncio de Marie era insuperable. Así que contaría la buena nueva por San Silvestre.

# 22

Tilly odiaba su nombre, derivado de Ottilie. También odiaba el banco y la cantidad de viviendas y villas que pertenecían a su padre. Odiaba el dinero, que desempeñaba un papel tan esencial en la vida de su padre y su hermano. Capital, intereses, cuentas, acciones, préstamos, obligaciones, hipotecas..., todos esos conceptos con los que Alfons y su padre le llenaban los oídos en las comidas, de los que no entendía nada ni quería entender. En eso se sentía mucho más cercana a su madre, que decía sin tapujos que un banco era una institución inmoral, pues recaudaba más de lo que prestaba. Y ese comentario dio lugar a que de niña pensara que su padre se dedicaba a un oficio engañoso, algo de lo que ella se avergonzaba porque lo quería mucho, aunque apenas tuviera tiempo para ella y se ocupara más de Alfons. Con frecuencia soñaba con que su padre dejaba el banco para abrir un negocio en Karolinenstrasse o en Maximilianstrasse. A poder ser unos grandes almacenes, donde adquirir todo tipo de cosas bonitas a precios accesibles. Más tarde, de mayor, aquellos sueños le parecían absurdos y se alegraba de no haberlos compartido con nadie. Se refugiaba en la extensa biblioteca de su padre, leía hasta altas horas de la noche a Goethe, Brentano, Jean Paul y Theodor Storm, por lo que su madre, que no entendía semejantes excesos, empezó a llamarla «marisabidilla». En el internado le pronosticaron que acabaría llevando unas gafas gruesas, pues era de dominio público que el exceso de lectura estropeaba la vista de las chicas jóvenes.

La guerra había borrado de un plumazo su visión romántica del mundo. Su padre comentaba a menudo que se avecinaba una guerra, pero nadie quiso creérselo hasta que estuvieron en pleno conflicto. La lucha de los soldados alemanes resultaba edificante y a la vez horrible, pues se trataba de un enemigo que, como había dicho el emperador, había atacado el país en tiempos de paz. Aun así, la guerra la había llevado por un camino nuevo, le había descubierto que poseía una fuerza que antes no sospechaba. Al principio solo quería trabajar en el hospital para ser útil de alguna manera, pero le preocupaba mucho no soportar la visión de la sangre y ser inadecuada para esa tarea. Sin embargo, resultó todo lo contrario. Para su propia sorpresa, no le costaba tratar incluso las heridas más graves, ayudar al médico en su trabajo, limpiar la mesa de operaciones y lavar el instrumental. La medicina era una ciencia fantástica, la única realmente útil para la gente, pues podía salvar vidas y ahorrar sufrimiento. Si no fuera mujer, estudiaría medicina.

Luego surgió el amor. No como un relámpago desde el cielo despejado, como se representaba a menudo en los libros, sino de un modo más suave y paciente. Una sonrisa a la que ella respondía con timidez. Un saludo por la mañana en un tono extrañamente insistente. La forma que tenía él de elogiarla cuando lo ayudaba en su trabajo. Lo rápido que se entendían. Sus hábiles manos. Sus inteligentes diagnósticos. Nadie la trataba con tanto respeto como el doctor Moebius. A veces hablaba con ella cuando preparaba la sala de tratamientos y el doctor Greiner tenía cosas que hacer en otro sitio. Entonces Tilly creía que tenía que frenar su corazón, que latía demasiado rápido e inquieto. Sin embargo, nunca la avergonzaba, siempre mantenía la calma, era amable, le hacía confidencias que sin duda no confiaba a nadie más, y eso la enorgullecía. Que su padre era zapatero, que había sido el cura de su pequeño pueblo natal quien se ocupó de que estudiara medicina. Que había vivido en una buhardilla junto a un músico que tocaba a Beethoven en el piano, y que aquella música lo fascinó tanto que pensó en dejarlo todo para ser músico. Ella lo entendía perfectamente, pues también estuvo a punto de sumergirse en la literatura y había hecho algunos intentos de ser escritora, aunque escribía a escondidas. Ahora, en cambio, la medicina era su gran pasión y, oh, sorpresa, el doctor Moebius la animaba a sacarse el bachillerato y estudiar en una universidad.

Cuando la cogió de la mano por primera vez, ella sintió un cálido estremecimiento y le faltó poco para salir corriendo. Estaban solos en la sala de tratamientos, pero en cualquier momento podía entrar una enfermera o el doctor Greiner.

—Usted significa muchísimo para mí, Tilly —dijo Moebius en voz baja—. Por favor, no se deje asustar por mi sinceridad. Nunca volveré a hablar de ello si me lo prohíbe.

Ella se quedó callada y lo miró a los ojos, no sabía qué contestar. Entonces él se inclinó y le rozó el dorso de la mano con los labios. Fue solo un soplo, el aleteo de una mariposa, pero ella tembló como una hoja, y aquella caricia desató una tormenta en su cuerpo. Cuando justo después se abrió la puerta y entraron a un herido en la sala, tuvo que concentrarse mucho para realizar su trabajo como de costumbre. Pese a no haberle dado ninguna respuesta, se había creado un vínculo. A partir de entonces cada mirada, cada movimiento, cada sonrisa adquiría un significado para ellos y, siempre que estaban solos, lo que por desgracia ocurría muy poco, intercambiaban unas palabras. Nada más. Pero eran palabras embriagadoras que la hacían feliz, que la impedían dormir por la noche y por la mañana evocaban dulces sueños que la hacían estremecer.

—No paro de pensar en usted…

—Es una felicidad inmensa poder conocerla.

—Nunca le había dicho algo así a un hombre.

—Soy consciente de que no tengo derecho…

—Tiene todo el derecho del mundo.

Le había besado la mano en dos ocasiones. No como el aleteo de una mariposa, sino con labios cálidos que le hicieron sentir un leve escalofrío. Hacía tiempo que anhelaba sus caricias, esperaba ansiosa la ocasión de estar con él a solas, y sabía que él también aprovechaba todas las oportunidades de estar un momento con ella sin testigos. ¿Cuándo reuniría el valor para besarla? Y si lo hacía, ¿la abrazaría? ¿La arrimaría contra su cuerpo? ¿Notaría el latido de su corazón como se describía en las novelas? ¿O quizá ella se desmayaría?

En medio de sus esperanzas más dulces, llegó la noticia de que lo enviaban al frente. Había una guerra, ¿cómo había podido olvidarlo? ¿Acaso no lo veía con sus propios ojos todos los días en el hospital? ¿Cómo llegó a estar tan segura de que ella y el hombre al que amaba se librarían del horror de la guerra?

Primero se lo dijo a su colega, el doctor Greiner, no a ella. Luego se enteraron la señorita Schmalzler y Elisabeth, que se lo comunicaron a las enfermeras. A la desgracia se sumaron los celos absurdos, la rabia por ser la última en enterarse. ¿Por qué no se lo había dicho cara a cara? ¿Le daba miedo que rompiera a llorar y se lanzara a su pecho? Jamás habría hecho semejante tontería. Sin embargo, él no se lo dijo. Evitaba estar a solas con ella, sí, parecía esquivarla incluso en el trabajo diario, y prefería a otras enfermeras cuando necesitaba ayuda en una intervención.

Aquel era su último día en el hospital. Tilly había llegado antes de lo habitual, había pasado mala noche y tenía la cara hinchada de llorar, así que se la refrescó con una manopla fría. El doctor Moebius ya estaba en su puesto, la saludó con amabilidad, como siempre, pero sin sonreír.

—¿Señorita Bräuer? Ya que está aquí, ¿podría preparar la mesa de operaciones, por favor? Han anunciado tres nuevos ingresos, un intercambio de inválidos por prisioneros de guerra rusos.

—Por supuesto, doctor.

Ordenó el instrumental, preparó la botella de éter, los paños, las bandejas, las vendas... El intercambio de heridos graves era una acción que llevaba a cabo la Cruz Roja, y en ella participaban casi todos los implicados en la guerra. Eran casos desesperados y pocos sobrevivían. Se tomaban muchas precauciones para que ningún hombre apto para el servicio militar fuera devuelto a su país.

Tras ella se cerró la puerta, escuchó sus pasos pero no se dio la vuelta. Aun así, tenía los dedos helados, y estaba temblando.

—Está enfadada conmigo, ¿verdad? —oyó que decía.

Ella guardó silencio. No, no estaba enfadada. Estaba triste y se sentía herida.

—No se lo puedo reprochar, Tilly. Es culpa mía. Me dejé llevar por unos sentimientos que no eran más que castillos en el aire.

¡Castillos en el aire! Ahora sí que se volvió hacia él, indignada.

—¿Qué quiere decir con eso?

Por un instante los rasgos del doctor Moebius reflejaron una profunda desesperación, luego se recompuso y forzó una sonrisa. Le salió artificial, como una máscara tras la cual ocultaba sus verdaderos sentimientos.

—Quiero decir que nosotros, usted y yo, nos hemos aferrado a un sueño que no tiene futuro. Perdóneme, por favor, Tilly. Es culpa mía. Jamás me perdonaré haberle dado esperanzas que no puedo cumplir.

Quería seguir hablando, pero alguien bajó la manija de la puerta y acto seguido Elisabeth entró en la sala.

—¡Ahí estás, Tilly! —dijo—. Sube rápido conmigo, tienes

una llamada. ¿No le importa que Herta ocupe el lugar de Tilly, doctor Moebius?

—En absoluto, señora Von Hagemann.

Tilly le lanzó una mirada que hizo que se sintiera culpable y bajara los ojos. Habría matado a Elisabeth por aparecer precisamente en ese momento. Esperanzas que no podía cumplir... ¿Por qué? ¿De qué tenía miedo? ¿De que ella lo rechazara solo por ser hijo de un zapatero? ¿Tan cobarde la consideraba? ¿O acaso, y eso sería peor, no la quería? ¿Solo estaba jugando con ella?

—Vamos, Tilly —dijo Elisabeth—. Sube conmigo. Ahora tienes que ser muy fuerte, niña. Todos tenemos que ser fuertes. No olvidemos nunca que hay infinidad de personas en nuestra patria alemana que comparten nuestro destino.

En vez de darse prisa, Tilly se detuvo en medio de la escalera. ¿De qué estaba hablando Elisabeth?

—¿Ha... ocurrido una desgracia? —tartamudeó, asustada.

—Arriba. Marie y mamá están arriba. Tenemos que estar muy unidos...

Abrazó a Tilly y subió con ella la escalera, donde Else sostenía con semblante serio una bandeja con tres tazas y una tetera.

«Paul», pensó Tilly. Dios mío, debería haber llegado el día anterior. Corrió detrás de Elisabeth, que se dirigía al salón rojo y luego se detuvo.

—Es la guerra, Tilly —dijo—. El momento de los héroes y las mujeres que lloran su muerte.

—¡Para ya con eso!

En el salón aún estaba el pequeño árbol de Navidad, que ya soltaba las agujas sobre la alfombra. Alicia se hallaba junto a la ventana, mirando el parque. En el sofá estaban sentados Marie y... Paul. Tilly profirió un leve grito y fue corriendo hacia él, se abrazaron, y Paul le contó que había llegado de madrugada.

—Por suerte, la enfermera que hacía el turno de noche me abrió, de lo contrario tendría que haber armado un escándalo a las cinco de la mañana.

Alicia se acercó a ella, le dio un abrazo y le pidió que tomara asiento en una butaca. Elisabeth repartió las tazas de té, la vajilla tintineaba un poco en sus manos.

—¿Qué pasa, por el amor de Dios?

—Ha llamado tu madre, Tilly —dijo Alicia con ternura—. Hoy han recibido la noticia de que Alfons... ha caído.

Iba a añadir algo más, pero se le quebró la voz y se tapó la boca con el pañuelo. Tilly estaba sentada, petrificada, el cerebro no le funcionaba. ¿Alguien había dicho que su hermano había caído? Alfons, siempre tan tranquilo y prudente. Tan tímido y a la vez tan listo. Alfons, el único hijo varón. El orgullo de su padre, el futuro del banco Bräuer. Alfons, su hermano mayor. Estaba ahí desde que ella vivía.

—¿Cuándo? —balbuceó, consciente de que la pregunta no tenía sentido—. ¿Dónde? ¿Dónde ocurrió?

—No lo sabemos, Tilly —dijo Marie, afligida—. Tu madre ha dicho que junto al Somme. Es... es increíble que haya muerto. Nunca quiso ser soldado, odiaba la guerra. Pero tampoco se lo preguntó nadie.

Tilly rompió a llorar. La pena surgió de lo más hondo de su pecho y se abrió paso sin que pudiera evitarlo. Alfons estaba muerto. Nunca regresaría. Yacía en algún lugar, rígido y encorvado en un féretro. Notó que unos brazos la envolvían. Marie le susurraba al oído palabras de consuelo. Le acariciaba el pelo. Alicia se arrodilló delante de ella, la cogía de la mano, le hablaba. Elisabeth también decía algo de «sacrificio por la patria».

—Te llevaremos a casa, Tilly —dijo Paul—. Tus padres te necesitan.

Ella negó con la cabeza. No, no quería irse a casa. No era necesario que nadie la acompañara.

—No es molestia, Tilly —insistió Alicia con ternura—. Paul cogerá el automóvil. Tenemos que ir a ver a Kitty.

—Por supuesto —se apresuró a decir Tilly—. La pobre Kitty. Y la pequeña Henni… No, no insistáis, me quedo aquí, tengo turno y no me voy a ir. De todos modos, estaré mejor si tengo algo que hacer. Mamá sabrá consolar a papá.

—Esa decisión te honra, Tilly —comentó Elisabeth—. Bajemos. Yo también quiero cumplir con mi deber. Mamá, estaré con vosotros en cuanto quede libre.

—Como quieras, Tilly —dijo Marie—. Entiendo que no quieras abandonar tu trabajo, pero no te sobrevalores. ¡Prométeme que te lo vas a tomar con calma!

Tilly asintió, encontró un pañuelo en el delantal blanco y se sonó la nariz. Luego, cuando salió del salón rojo, vio que Paul y Marie estaban cogidos de la mano y, por mucho que lo hicieran con disimulo, le pareció inapropiado.

Se dirigió al baño y se lavó la cara con agua fría. Cuando levantó la cabeza y se miró en el espejo, le asustaron las ojeras y la palidez de su rostro.

«Estoy horrible», se dijo. «Pero ¿a quién le importa eso ahora? Alfons está muerto. Mi amor era solo un castillo en el aire. La vida ha terminado. No hay nadie para quien estar guapa.»

Se colocó los mechones rebeldes detrás de las orejas y se puso bien la cofia de enfermera. ¿Qué había dicho Elisabeth? Tenía que ser fuerte. Así sería. Iba a hacer su trabajo como si no hubiera pasado nada. Era bueno estar acompañada y tener algo que hacer. Sería mucho más difícil cuando llegara a casa y se enfrentara a la desesperación de sus padres.

Abajo, en el hospital, ya la estaban esperando. Los nuevos pacientes habían ingresado; además, había dos hombres jóvenes con fiebre desde hacía días, y el doctor Greiner los había aislado porque temía que se tratara de tifus. Tilly se alegró de que nadie le preguntara por qué se había ausentado de su puesto. Se sumergió en el trabajo, ayudó a cambiar vendas, repartió el almuerzo y volvió a colocar las vendas recién lavadas. Más tarde el doctor Greiner la reclamó en la sala de tratamientos y le ayudó a curar varias heridas difíciles. No preguntó por el doctor Moebius, pero Greiner, que la trataba como un padre, le contó sin que se lo pidiera que a él también le resultaba difícil despedirse de su joven colega.

—Su corazón se queda aquí, señorita Bräuer. Parece que lo haya perdido definitivamente, el pobre muchacho.

—Así es la vida —comentó ella, y apretó los labios. No podía mostrarse débil bajo ningún concepto, de lo contrario se desmoronaría.

Trabajó como una posesa, ayudó en el lavadero, se sentó en la cama de un joven que sufría alucinaciones y hablaba de ratas con rostro humano. Le leyó poemas en voz alta y notó que el sonido y el ritmo de los versos lo calmaban, hasta que por fin se durmió. Observó su rostro atormentado y sintió que un cansancio enorme lo impregnaba todo.

—¿Señorita Bräuer? —la llamó el doctor Moebius.

Ella lo miró casi con indiferencia. ¿Qué quería? Estaba exhausta, era hora de irse a casa.

—¿Le quedan fuerzas para otro ingreso? Se lo pido de todo corazón.

Su voz sonaba suave, casi cariñosa. Herta, que pasaba por ahí con una bandeja, le lanzó una mirada de desaprobación.

—Por supuesto —murmuró Tilly.

Él le ofreció la mano para ayudarla a levantarse del borde de la cama, un gesto que nunca antes se había permitido. Ella dejó que ocurriera, lo siguió hasta la asfixiante sala de tratamientos y, como de costumbre, cogió los rollos de vendas y las bandejas.

—Ha perdido a su hermano —dijo él sin rodeos—. Lo siento muchísimo. Sé que las palabras no significan nada, pero no podía más que...

Dejó de hablar cuando Tilly se volvió hacia él. Sus miradas se fundieron, el anhelo y la tristeza, la esperanza y la desesperación se mezclaban, la magia no los abandonaba. No fue un abrazo afectuoso como ella había soñado, sino precipitado, casi doloroso, y el beso le quemó en los labios.

—Te quiero —susurró él—. Y solo eso cuenta ante esta muerte sin sentido.

Tilly se quedó aturdida, apenas se atrevía a moverse por miedo a equivocarse. La habían educado para no dar nada a nadie, no debía demostrar a un hombre lo mucho que lo deseaba. Aun así, notó que eso era exactamente lo que él esperaba.

—¿Por qué... por qué no me lo habías dicho nunca?

—Porque soy un cobarde —se lamentó él, y hundió la cabeza en el hombro de Tilly—. Porque temía ser rechazado. Los dos estamos tan alejados, cómo podría osar...

De pronto sintió una gran ternura hacia esa persona que había sufrido tanto tiempo por ella. Su cuerpo se relajó, le acarició el cuello con suavidad y le pasó los dedos por el pelo.

—Es culpa mía, Ulrich. Nunca te he animado...

Qué sensación tan nueva y maravillosa llamarlo por su nombre. Como tantas veces había hecho en sueños. Él había cerrado los ojos, estaba entregado a sus dulces caricias. Entonces le cogió la mano que lo acariciaba y la besó.

—Sí que lo has hecho, Tilly —dijo él con una sonrisa—. Tus ojos me lo decían, lo notaba en cada uno de tus gestos...

La separó un poco y la miró a los ojos, escrutador y algo inseguro. Cuando Tilly le sonrió, él suspiró.

—Dilo —rogó él—. Dímelo para llevármelo conmigo cuando me marche.

—Te quiero, Ulrich. Te esperaré hasta el final de esta guerra y mucho más. Hasta que volvamos a vernos.

Él la abrazó y la mantuvo contra su cuerpo, le dio un beso

torpe y sus dedos se enredaron en las cintas del delantal que ella llevaba cruzadas en la espalda. Entonces los separó un golpe enérgico en la puerta.

—¡Doctor Moebius! —gritó Herta—. Venga, rápido. Una hemorragia…

# 23

—Estoy bien —dijo Kitty, y sonrió como distraída—. Cuánto me alegro de que hayáis venido. ¡Mizzi! ¿Dónde te has metido? Tráenos té. Y alguna galleta. ¿Cómo que no hay harina? Eso es absurdo. No somos unos cualquiera.

Marie vio que Paul entrecerraba los ojos, su rostro reflejaba la máxima preocupación. Conocía a su hermana pequeña, era propensa a los ataques de histeria y luego a la depresión. Alicia también suspiró, contenida, y le hizo un gesto disimulado a Marie. La situación exigía tener paciencia y estar muy atentos.

—Qué bien volver a tener a mi querido Paul de nuevo conmigo —exclamó Kitty una vez más, y le dio un abrazo a su hermano, que se había sentado a su lado en el diván—. Te he echado mucho de menos, hermanito. No sé cómo he salido adelante sin ti. ¿Has visto a Henni?

—Solo una fotografía.

—Ah, entonces vamos al cuarto de la niña. ¿Señora Sommerweiler? ¿Qué hace Henni? ¿Está durmiendo? Ha venido su tío Paul.

Todos caminaron tras ella hasta la habitación infantil, donde el ama de cría trabajaba en su labor de punto con toda tranquilidad, mientras Henni dormía saciada y satisfecha en su camita.

—No la despiertes, Kitty —le pidió Paul—. Déjame observarla. Qué sonrosada es. Está ahí como en un pequeño nido. Segura y a salvo.

Paul apenas había tenido tiempo de ver a sus propios hijos, de jugar con ellos, pensó Marie. Qué encuentro más desdichado. «Nos hacía tanta ilusión pasar unos días juntos, y todo ha salido de forma tan distinta...»

Kitty no paraba de hablar. ¿Se había fijado en los ricitos rubios? Ya tenía cuatro dientecitos de ratón. Las mejillas regordetas eran de su padre...

Se interrumpió de repente. Seguía con la sonrisa en el rostro mientras miraba ausente por la ventana. Los copos de nieve pasaban volando, había vuelto el frío y los prados se habían cubierto de hilos blancos.

—Alfons ha caído —dijo en voz baja, como si hablara con un espíritu—. Murió por la patria, por Alemania. Como tantos otros, ¿verdad, Paul? No tengo derecho a quejarme. Esto mismo lo sufren miles de esposas en toda Europa.

Paul asintió y miró a Alicia, que observaba a su hija, temerosa. Marie rodeó a Kitty con el brazo y le acarició las mejillas. Kitty se acurrucó contra su cuñada. Marie era su mejor y más querida amiga. Siempre sabía cómo se sentía. Solo Marie la entendía.

—Vamos, Kitty. El té está esperando y aquí acabaremos por despertar a Henni.

—Sí, tienes razón —murmuró Kitty—. Vamos a tomar el té. El maldito té de menta que deja un sabor suave en la boca. A Alfons no le gustaba el té. Siempre bebía café con leche. *Café au lait*, decía. Y luego me recordaba nuestros paseos por París. Ah, me compró unos cuadros maravillosos de Kahnweiler...

Marie la llevó con cuidado al diván, se sentó a su lado y le sirvió un té. Kitty sujetaba la taza en la mano mientras hablaba de la última visita de Alfons, que estaba loco por su hijita, a la que siempre llevaba en brazos, que quería tener tres o cuatro hijas, que había sido más cariñoso y tierno que nunca, pero al mismo tiempo estaba muy ensimismado. Y a veces triste.

—Prometió escribir una carta por Navidad, pero solo envió una tarjeta, una postal pequeña y miserable con un estúpido árbol de Navidad.

Entonces, por fin, la cruda realidad irrumpió en su conciencia. Se le cayó la taza al suelo, se apoyó en el pecho de Marie y rompió a llorar. Todo su cuerpo se sacudía con el llanto.

—Estamos aquí, Kitty —le susurró al oído—. Estamos todos contigo. No estás sola, eres nuestra dulce y querida Kitty.

—Gracias a Dios —dijo Alicia en voz baja a Paul, que observaba a las dos mujeres conmovido y fascinado—. Primer obstáculo superado. ¿Tú qué crees, Paul? ¿No debería venirse con nosotros a la villa?

—Sin duda, mamá. No podemos dejarla aquí sola.

Kitty no estuvo mucho rato llorando, enseguida pidió un pañuelo, y luego dijo que querría a Alfons mientras viviera. Quiso ir a su escritorio a leer sus cartas. Marie fue con ella, se quedó desconcertada ante el caos que reinaba en el secreter Biedermeier de Kitty y le propuso guardar todas las cartas en una caja.

—Nos las llevaremos, Kitty. En la villa volveremos a estar todos juntos, tú y Henni, mamá y papá, Lisa, Paul y yo. Además, Henni es feliz cuando está con Dodo y Leo.

—Sí —dijo Kitty con mirada ausente, y dejó caer el fajo del correo militar—. Volverá a ser como antes, ¿verdad? Pero más bonito...

Elisabeth acababa de llegar y se ofreció para ayudar a empaquetar, pues Kitty quería llevarse mil cosas, novecientas noventa de las cuales eran más que prescindibles.

—Conduce tú el automóvil, Lisa —dijo Paul, y cogió de

la mano a Marie—. Puesto que hay que trasladar tantas maletas, será mejor que Marie y yo volvamos a pie.

—También podríamos enviar a alguien para que recogiera el equipaje de Kitty más tarde —intervino Alicia. Pero entonces los vio cogidos de la mano y lo entendió—. Por supuesto. Buena idea, Paul. Hace casi un año que no ves Augsburgo. Han desaparecido muchas tiendas, y en la calle… Bueno, bajo ningún concepto os metáis por los callejones del centro histórico.

—No te preocupes, mamá.


Aún quedaba un poco de nieve en los tejados y las cornisas de las viejas casas patricias, testimonio de la prosperidad de la ciudad durante siglos. Muy arrimados, contemplaron con ojos cansados lo que ocurría en las calles, decididos a sobrevivir también a la guerra y la injusticia de los nuevos tiempos. Paul no soltaba la mano de Marie. Recorrieron despacio la acera, se miraban de vez en cuando, se sonreían y sentían la felicidad de estar juntos.

—Todo sigue donde estaba —bromeó Paul, y señaló la torre puntiaguda de la catedral—. Es cierto que faltan algunas tiendas, y los escaparates se ven un poco pobres, pero por lo demás…

Marie asintió. Sin duda, en el imperio estaban a salvo de la destrucción, pero no del hambre y el frío.

—Hay epidemia de tifus en los barrios pobres, disentería, tuberculosis pulmonar, edemas… Este invierno han muerto de hambre bebés y niños pequeños, también gente mayor. Y poco se puede hacer para evitarlo. La cosecha de patatas se ha echado a perder, en la villa también comemos nabos y verdura hervida. Las cantidades en las cartillas de racionamiento son cada vez más pequeñas, y quien no tiene dinero ni siquiera puede comprar lo más básico.

Se mordió los labios, no quería importunarle con sus lamentos, sabía que él había visto y vivido cosas mucho peores. Sin embargo, hasta entonces no había dicho una sola palabra, superada por la alegría de volver a verlo. Se coló de madrugada en la habitación, sigiloso como un ladrón porque no quería interrumpirle el sueño. Cómo se lo reprochó. Durante dos horas de su precioso tiempo juntos había estado durmiendo, a su lado y en sus brazos, sin saberlo, sin acariciarle ni tocar ese cuerpo amado, respirar con él, ser uno con él. Luego recuperaron el tiempo, cuando Auguste se dirigía en silencio por el pasillo a coger unas toallas del lavadero.

Auguste había encendido la estufa del baño y llenado la bañera. Paul no descansó hasta que Marie se metió con él en el agua como Dios la trajo al mundo, y ahí hicieron cosas maravillosas e indecentes, inmorales incluso para un matrimonio. Solo los golpes furiosos del señor de la casa acabaron con el baño conyugal. Se agazaparon como niños traviesos en el agua, que no paraba de derramarse, entre risitas tontas.

—Sí, papá. ¡Ahora salimos!

El desayuno se convirtió en una fiesta de bienvenida muy feliz. Papá y mamá abrazaron a su hijo, y solo Lisa, que se lanzó a sus brazos entre sollozos, preguntó más tarde si Paul traía «novedades» de Francia sobre sus costumbres de aseo. Ya se sabía que los franceses eran de hábitos disipados. Sin embargo, Paul estaba demasiado ocupado con Dodo y Leo sentados en sus rodillas.

La llamada de Gertrude Bräuer terminó con el alegre desayuno familiar, y tanto Paul como Marie supieron que ya no les estaba permitido sentir más felicidad.

Tal vez por eso Marie, en ese momento, paseando por las calles de la ciudad, solo hablaba de desgracias en vez de animar a Paul, de enseñarle que la vida en Augsburgo seguía adelante pese a la guerra y el hambre.

—El tranvía ya no funciona, ¿no? —comentó él con la

mirada clavada en los carriles desiertos, por los que no circulaban las ruedas del tranvía desde hacía tiempo.

—En contadas ocasiones. A veces también nos quedamos sin corriente en la villa, pero es pasajero. Hace unas semanas hubo concentraciones de socialistas y más gente en Maximilianstrasse. Por suerte, no acabaron en disturbios como en otros sitios.

Paul era de la opinión de que esos enfrentamientos suponían un gran peligro para todos. No había nada peor que una revolución, que dejaba sin fuerza al Estado y daba todo el poder a la plebe. Los que más sufrían eran los débiles y los inocentes. No es que las exigencias no estuvieran justificadas, había muchos asuntos discutibles, no podía ni debía ser que unos murieran de hambre mientras otros tenían en la mesa asado de cerdo con albóndigas de patata.

—No le digas eso a mamá. Se sintió muy orgullosa de nuestra comida de Navidad. Estuvimos semanas ahorrando las cartillas de racionamiento.

Pasaron por Karolinenstrasse y les costó abrirse paso. Lisiados de guerra a resguardo de las casas, tapados con mantas deshilachadas, pedían limosna. En la zapatería Max Ginsberger ofrecían zapatos de piel con suelas de madera, y al lado se veía un par de botas con «auténticas suelas de goma» a unos precios desorbitados. Los niños se reunían en grupitos, Marie sabía que entre ellos había hábiles ladrones. Lo hacían por hambre, algunos eran solo piel y huesos.

Paul parpadeó contra el fuerte sol de mediodía que se colaba entre las nubes grises. La torre de San Ulrico, con su cúpula verde, se erguía indiferente al destino de la gente, y el Hércules de la fuente alzaba la maza como si tuviera que destrozar a todos los enemigos del imperio.

—Podría ser, Marie… —dijo Paul sin mirarla—. Puede que lleguemos a un acuerdo de paz. El gobierno de Estados Unidos está haciendo esfuerzos, incluso propuestas concretas, por lo que dicen. Esperemos que se impongan la sensatez y el buen juicio.

Marie también lo había oído. Se lo había contado Johann Melzer, que luego añadió que no se lo creía. Los generales Hindenburg y Ludendorff eran demasiado testarudos, los militares seguían convencidos de que podían ganar esa enrevesada guerra. Solo había que leer la prensa, llena de mensajes de éxito en todos los frentes. Y si esas victorias solo consistían en repeler los ataques del adversario...

—Hace tiempo que los soldados ya no quieren luchar —comentó Paul—. Es algo que no se puede decir en voz alta, Marie, pero la mayoría solo desea volver a casa. Y no solo los soldados alemanes. En Francia se han producido rebeliones, en Italia también hay tumultos, y en Rusia las tropas abandonan a sus oficiales. La tierra está saturada de sangre y cadáveres, yacen en el lodo y se pudren, sin tumba, sin un recuerdo... «Desaparecido» es la lapidaria sentencia, y los seres queridos siguen albergando unas esperanzas que se desvanecieron tiempo atrás.

Se detuvo y negó con la cabeza, como si algo le pareciera increíble. A Marie le angustiaba todo lo que había vivido y sufrido y no poder compartirlo con él. Había un abismo entre ellos, una tierra gris de silencio a la que tal vez él no la dejara acceder nunca.

—Vamos a pasar por la ciudad baja —propuso Paul—. Me gustaría ver El Árbol Verde y llegar a la puerta Jakober por los callejones, como hacíamos antes.

Marie accedió, aunque tenía pocas ganas de volver a ver las casas viejas y los mesones destartalados. Habían pasado tres años desde que el joven señor Melzer defendió a la ayudante de cocina Marie de aquel sirviente desalmado. Por entonces ninguno de los dos sabía que Marie era la hija del genial constructor Jakob Burkard, al que la fábrica de paños Melzer debía sus excelentes máquinas. Cuando luego Paul la acompañó hasta la puerta Jakober, ya estaba tan enamorado que al despedirse sintió la tentación de besarla. Sin embargo, no se lo confesó hasta más tarde.

Paul giró en Maximilianstrasse por uno de los estrechos callejones, y, tras dar unos pasos, entraron en otro mundo. Los edificios se estaban desmoronando, se veían los techos cubiertos de moho y con agujeros, había grandes cauces cavados en las calles, en las entradas de las casas unas sombras observaban a los paseantes bien vestidos. Marie sabía que no pocos de los obreros del sector textil que habían sido despedidos vivían en aquel barrio. Mujeres y niños, ancianos y enfermos se alojaban allí en habitaciones húmedas; los hombres estaban en la guerra, solo habían regresado unos cuantos muchachos.

—Parece mucho peor que antes —dijo Paul a media voz—. ¿Papá no ha ordenado reparar los techos y renovar las estufas?

Johann Melzer había comprado El Árbol Verde y algunos edificios contiguos. Con todo, Marie dudaba que hubiera pensado en esas reformas. La situación de la fábrica era preocupante, ¿cómo iba a quedar dinero para esas inversiones prescindibles? Además, los inquilinos apenas podían pagar el alquiler.

—Será mejor que demos media vuelta, Paul.

Él negó con la cabeza y siguió adelante, observó asqueado la inmundicia que habían tirado en los callejones, evitó una rata que salió de un agujero de un sótano.

—No sale humo de las chimeneas.

—Por supuesto que no —repuso Marie—. Aquí nadie tiene dinero para carbón, y la madera también es cara.

Doblaron una esquina y no les quedó otra que rodear a un grupo de muchachos jóvenes que no mostraron intención de dejarlos pasar. No tendrían más de catorce o quince años, vestían chaquetas y gorros que parecían de sus padres, y hundían las manos en los bolsillos de los pantalones en actitud desafiante, hostil.

—Es el director Melzer, el de la fábrica de paños —dijo un muchacho espigado y pelirrojo de pelo crespo—. Le prometió más sueldo a mi madre, ¿y qué hizo? ¡La echó!

—¡Cierra la boca! —soltó otro más bajito que llevaba una chaqueta demasiado grande.

—¡Ni lo pienses! Quiere cobrar los alquileres, por eso ha venido.

Marie notó que Paul hacía amago de pararse y tiró de él. No se podía hablar con esos seres infelices. La necesidad los había vuelto ciegos y sordos, estaban llenos de odio y no querían oír explicaciones.

—¡No recibirás ni un penique nuestro, sanguijuela!

—Entra en casa, chico elegante. Mi hermana recibe a tres amantes todas las noches para poder comprarnos pan. A lo mejor tienes ganas de apuntarte.

—Cierra la boca, Andi. Va acompañado de una dama.

Paul se detuvo para decir algo, pero apenas había abierto la boca cuando una piedra lo pasó rozando y chocó contra la pared de la casa. Un perro ladró, alguien abrió una ventana y la voz rota de una anciana los cubrió de maldiciones.

—¡Largaos de aquí, papanatas! ¡Holgazanes! ¡Gandules! Borrachos y puteros…

No quedaba claro si se refería a los muchachos o a la pareja bien vestida, pero el cubo que colocó en el alféizar hizo que los chicos buscaran refugio en los portales.

—¡Vámonos! —gritó Marie con vehemencia, y tiró de Paul.

Corrieron a toda prisa por los callejones y pasaron junto a vecinos curiosos que abrían puertas y ventanas por el alboroto. Al pasar, Marie vio su palidez, las mejillas hundidas, los ojos sin esperanza. Los niños lloraban, la gente maldecía, les lanzaron alguna piedra.

Llegaron a Jakoberstrasse sin aliento y se detuvieron en la parada del tranvía para calmarse.

—Perdóname, Marie. Te he puesto en una situación triste y peligrosa.

—Conozco esta zona de antes. La gente ya era pobre, pero con la guerra ha llegado una miseria terrible.

Volvieron despacio en dirección a la puerta Jakober, encontraron los lugares donde antes pasaban tiempo juntos, pero no conseguían evocar los recuerdos románticos. Paul estaba furioso, le parecía injusto que lo culparan y le daba rabia que no le dieran la oportunidad de arreglar las cosas. ¿Por qué nadie informaba a esa gente? Él, Paul Melzer, estaría encantado de darles trabajo y pan a todos, pero era soldado, y la fábrica luchaba por sobrevivir. ¿Tenía él la culpa de que lo hubieran destinado a Rusia? ¿Era él responsable del hambre terrible que se había extendido? ¿De que se hubieran podrido las patatas?

A Marie le costó calmarlo. No se podía hablar con esos infelices, había que ayudarlos. Pero ¿cómo? La ayuda de los centros de beneficencia y las asociaciones de mujeres eran una gota en el desierto. Los alimentos, la ropa de abrigo, casi todo se enviaba al frente para los soldados. En las ciudades la gente se moría de hambre.

—No solo ocurre en Alemania —dijo Paul, que había metido las manos en los bolsillos del abrigo y caminaba a su lado un poco encorvado—. En Rusia la gente también se muere de hambre. Y en los demás países. Dios mío, cuánto deseamos todos la paz.

Marie se quedó callada. El cielo gris se cernió de nuevo sobre la ciudad, el sol había desaparecido, y el día prometía ser frío y apagado. Ella también había metido las manos entumecidas por el frío en los bolsillos del abrigo, caminaba con pasos largos sin dejar de mirar hacia los edificios de la fábrica de máquinas, donde las esbeltas chimeneas lanzaban un humo oscuro hacia el cielo. Cuánto carbón se quemaba allí para las máquinas de vapor... Lo suficiente para calentar buena parte de las casas de la ciudad baja. Entonces pensó que en la fábrica Melzer alimentaban una máquina de vapor para fabricar tela de papel, y dudó de si lo que hacían era justo o injusto.

—¡Jesús bendito! —dijo Paul de repente cuando ya estaban en la puerta de entrada de la villa—. Mañana es San Silvestre. ¡Casi se me había olvidado!

—Sí —dijo ella, y lo miró con una sonrisa—. Un año nuevo. Estoy convencida de que 1917 será un año de paz.

# 24

¡Oh, cómo odiaba a los Melzer! Esos cerdos soberbios creían que podían decidir sobre sus vidas. ¡No tenían derecho! No le importaba si iba a la cárcel o la colgaban por mantener relaciones con un ruso. Era su vida. Su amor. ¡Su muerte!

Hanna se pasó todo el camino de vuelta llorando de desesperación e impotencia mientras empujaba la maldita carretilla por la nieve recién caída, como si fuera un enemigo rebelde. A causa de las lágrimas, no vio que Gerda se acercaba.

—¡Hanna! ¿Qué te han hecho? —le dijo Gerda, la ayudante de cocina en casa del director Wiesler.

—Nada —contestó con obstinación—. Es el frío, siempre me hace llorar.

—Ah... Y qué lástima lo del señor Bräuer. Ha caído, ¿verdad?

Hanna se sorbió los mocos y se limpió la cara con el dorso de la mano, un gesto que no sirvió de mucho porque le chorreaba la nariz.

—¿El señor Bräuer? Sí, está muerto.

Solo tenía recuerdos vagos de Alfons Bräuer. Era amable y generoso, siempre dejaba varias monedas grandes en los platos de los empleados. No era un hombre guapo, estaba un poco relleno y llevaba gafas. Tal vez muriera por eso, seguro que era una desventaja para un soldado no tener buena vista.

—Sí, hay esquelas a diario. Mi pobre señora ha perdido tres hijos, cayeron al principio de la guerra. Estaban decididos a salvar al emperador y la patria, se metieron en la lluvia de balas…

Hanna se frotó las manos frías con la esperanza de que Gerda siguiera caminando de una vez, pero no paraba de hablar. En el hospital de la señora del coronel Von Sontheim también había muchos muertos, el día anterior se había llevado por delante a dos pobres muchachos, y a tres más no les bajaba la fiebre, estaban en las últimas.

Por un momento, Hanna vio la terrible imagen de Grigorij con fiebre, pálido, con el pelo negro pegado a la frente, el pecho hinchándose y hundiéndose en intervalos rápidos. Pero no, nadie había dicho que estuviera enfermo. Simplemente no había ido a la fábrica. Hanna había esperado durante un rato por si le habían asignado una tarea que no podía interrumpir. Sin embargo, por las miradas maliciosas de las dos trabajadoras y la compasión en los rostros de sus compañeros comprendió que su esperanza era vana.

—¿Estás buscando a tu amante, Hanna la de los nabos?

Conocía a esa trabajadora, una víbora flaca con el cabello grasiento y una nariz larga y ganchuda de bruja. Hacía tiempo que le tenía envidia, y ahora celebraba su triunfo.

—Ya no viene. Lo han echado porque tenía piojos. No se lavaba, el tipo.

Eso era una mentira infame. Grigorij aprovechaba siempre que podía para lavarse bien, algo que con el frío que hacía en el campo de prisioneros seguro que no era agradable. Lo hacía por ella, para no desprender mal olor. Hasta se lavaba el pelo.

—¡Y tú qué sabes! —le espetó.

La mujer se limitó a soltar una carcajada, y luego comentó que podía considerarse afortunada de que el asunto no hubiera acabado peor. Y todo gracias a la señora Melzer, que se había ocupado de que el ruso se fuera.

¡Oh, cómo odiaba ahora Hanna a Marie Melzer! Ella disfrutaba con su marido en el baño pero envidiaba la felicidad de la ayudante de cocina. Hanna sabía lo del baño porque Auguste había descrito con detalle cómo se lo encontró la mañana anterior.

—¡Tengo que marcharme! —le dijo a Gerda, y empujó la carretilla con tal ímpetu que la tapa de la olla se tambaleó.

¿Dónde podía estar? No había querido preguntárselo a las dos trabajadoras porque aún se habrían recreado más en su desesperación. Los vigilantes se encogían de hombros; ella estaba segura de que sabían dónde estaba, pero guardaban silencio. Probablemente los Melzer les habían prohibido revelar el paradero de Grigorij. Soltó un profundo suspiro, se ajustó el pañuelo en la cabeza y miró hacia la fábrica de papel Hayndl. ¿Le habrían encontrado trabajo allí? ¿O en MAN, donde las chimeneas echaban humo? Le entró el hormigueo en los pies de ir a buscarlo. Decirle que lo quería, que cuando terminara la guerra se iría con él a Petrogrado. Aunque no volvieran a verse cuando todo acabara, ella encontraría el camino. Grigorij Shukov, así se llamaba. Sabiendo su nombre, no sería difícil localizarlo en Petrogrado.

¿Y si lo habían metido en la cárcel? Tal vez los Melzer lo habían denunciado y ahora esperaba su final. El tiro en la nuca. La horca. Pero entonces también la habrían condenado a ella. No, no quería ni pensar que Grigorij fuera a morir. Pasado mañana, cuando volvieran al trabajo, preguntaría a sus compañeros. No sabían una palabra de alemán, pero la entenderían.

Recorrió el trayecto hasta la villa empujando la carretilla a buen paso, enfadada por la cantidad de nieve que había caído durante la noche. Esa mañana ya había tenido que limpiar a paladas la zona de entrada de la villa; seguramente ahora le encargarían liberar el camino de la parte trasera de ese esplendor blanco. Mientras no hubiera ningún sirviente ni jardinero disponible, todas las tareas pesadas recaían en las ayudantes de cocina. Auguste estuvo retozando en la nieve con los niños, los deslizó en trineo y luego hizo muñecos de nieve. La villa se había convertido en una guardería, no solo los críos de Auguste pululaban por ahí, también los gemelos caminaban ya con sus piernecitas rechonchas, y la pequeña Henriette, a la que siempre llamaban Henni, iba más rápido gateando que ellos andando. No, era injusto, le gustaban los niños, pero en ese momento no tenía ganas de oír gritos de alegría.

En la cocina, Else y la señora Brunnenmayer estaban charlando sobre la situación en el hospital, al parecer una enfermera mantenía un romance con un oficial. Hanna levantó la olla vacía de la carretilla y la llevó al fregadero para limpiarla a fondo con agua caliente, luego volvió a dejarla en su sitio. Como las dos mujeres no se fijaban en ella, subió por la escalera de servicio con el máximo sigilo hasta la tercera planta, donde se encontraban los cuartos de los empleados.

Aunque solo fuera media hora, quería evadirse en su cama, meter la cabeza bajo la almohada y taparse con la manta. Quedarse en esa cueva oscura donde nadie la encontraría, estar sola. Y luego llorar, sin más. Desahogar con llanto la pena, la añoranza y la impotencia, la desesperación, hasta que no le quedara agua en el cuerpo. Luego se sentiría mejor.

Sin embargo, cuando abrió con cuidado la puerta de la habitación se quedó perpleja al ver a Maria Jordan.

—¿Qué hace usted en mi cuarto?

La señorita Jordan se sobresaltó con la repentina entrada de Hanna, pero se recompuso enseguida.

—¿Tu cuarto? —preguntó con un gesto de sorpresa, como hacía la señorita Schmalzler cuando algo no le gustaba—. He vivido veinte años en este cuarto, querida. Si nos ponemos así, es más mío que tuyo.

Hanna ya no entendía nada en el mundo. En efecto, al principio había tenido que compartir ese dormitorio con Maria Jordan, pero luego esta se fue a trabajar a casa de los Von Hagemann, y Hanna se quedó con la habitación para ella sola.

—No… no se le ha perdido nada aquí —respondió enojada—. Ya no trabaja en la villa.

Maria Jordan abrió con parsimonia el cierre de su bolsa de viaje azul claro y separó las perchas. Sacó un montón de camisones largos recién almidonados y los dejó encima de la segunda cama, que nadie usaba. Siguieron una bolsa de tela con pañuelos de bolsillo, tres pares de medias de seda, unas calzas largas con encaje planchado…

—No tiene derecho a instalarse aquí —refunfuñó Hanna, y agarró los camisones para volver a meterlos en la bolsa de viaje.

—¡Trabajo aquí, así que vivo aquí! —insistió Maria Jordan, que agarró también sus camisones.

—¡Eso es mentira! Solo viene tres veces por semana a coser. El resto del tiempo está en casa de la señora Von Hagemann.

—La señora Von Hagemann ahora vive en la villa.

—¡Pero tiene un piso en Bismarckstrasse!

—¡Pero no vive allí!

—¡Pero usted sí! —gritó Hanna, furiosa—. Allí tiene un dormitorio.

Maria Jordan le arrebató los camisones con un fuerte tirón y Hanna se quedó con un botón en las manos.

—No te subleves —dijo Maria Jordan con un gesto burlón—. ¿Por qué te molesta que pase la noche aquí? ¿Acaso pensabas recibir a tu amante ruso?

Hanna se quedó helada del susto. ¿Cómo sabía esa víbora lo de Grigorij?

—Desde el cuarto de costura se oye todo lo que se dice en el pasillo, pequeña —comentó la señorita Jordan con una sonrisa maliciosa al tiempo que abría el segundo cajón de la cómoda—. Pero yo no soy de las que van contándolo todo por ahí. No diré nada de tu amor, Hanna la de los nabos, y tú no le dirás a nadie que duermo aquí.

Impertérrita, sacó la ropa interior de Hanna del cajón para colocar sus cosas. Hanna la miraba con rabia por la impotencia. ¡Vaya día! Este año tendría un mal final, eso sin duda.


Abajo, en la cocina, la señora Brunnenmayer había empezado con los preparativos del menú de San Silvestre. Al principio los señores iban a celebrarlo en casa de los Bräuer, pero tras la noticia de la muerte de Alfons decidieron quedarse en la villa y «saludar el nuevo año con mucha tranquilidad». Hanna observó con envidia cómo la cocinera sacaba tres carpas grises y gordas, les cortaba la cabeza, la cola y las aletas para hacer sopa, y cogía de la estantería un montón de botes con especias que solo se podían conseguir bajo mano por mucho dinero.

—Ve a buscar una cesta de zanahorias al sótano. Cinco cebollas grandes. Una olla de patatas. Y luego trae madera.

La señora Brunnenmayer se pasó toda la tarde atareada y refunfuñando por cada detalle. Hanna sabía que se ponía insoportable siempre que preparaba un gran menú, solo había que cerrar la boca o todo iría a peor. Abrir latas de verduras, cortar cebollas, lavar zanahorias, pelar patatas… En el sótano de la villa había un motón de provisiones, la joven señora se había encargado de eso. Más tarde Auguste se unió a ellas con los niños y ayudó con la ensalada de pescado para los pacientes, que contenía más nabo y remolacha que arenque. Hanna debía poner la guarnición de huevo duro en las grandes fuentes y espolvorear perejil seco por encima.

La sopa de pescado desprendía un olor delicioso a hojas de laurel, pimienta dulce, granos de pimienta y ajo. Else, que estaba preparando el comedor y luego se encargaría de servir junto con Auguste, también bajó a la cocina. Al principio Hanna se llevó una decepción, pues le encantaba servir, pero ahora se alegraba de haberse librado de esa tarea. No paraba de pensar en Grigorij, se preguntaba dónde podría estar, si estaría bien, si pensaba en ella. Pero sobre todo le daba vueltas a cómo encontrarlo.

Cuando empezó la fiesta arriba, Auguste comentó que la joven señora Bräuer no parecía lamentar demasiado la pérdida de su marido. Estaba bien alegre, bebía vino blanco y llevaba la voz cantante.

—Si mi Gustav hubiera caído, no estaría tan contenta —comentó despectiva.

Para entonces también había llegado el viejo Bliefert, que no quería quedarse solo en la casa del jardinero en San Silvestre. Solo señaló que no se podía juzgar a la joven señora Bräuer por las apariencias.

—Claro, abuelo —se burló de él Auguste—. Tú le tienes mucho cariño a la guapa Kitty. La pobre viuda heredará junto con su cuñada la fortuna de los Bräuer. A mí me parece una persona fría y sin corazón.

—¡Y a ti te sale la envidia por todos los poros de la piel! —la reprendió la cocinera.

Pese a todo, fue una velada divertida. Cuando por fin apareció el ama de llaves, sirvieron la cena, que consistía en los restos de la mesa de los señores y un estofado para el que habían dado todas sus raciones de carne. Hanna comió con apetito, ni siquiera su corazón atormentado cambiaba eso. Le habría gustado separar algo para Grigorij, pero con todos ahí sentados era imposible. Tampoco sobraría nada, de eso podía estar segura.

Tras la cena, cuando Hanna dejó la vajilla en el fregadero

y la jarra grande con el ponche hizo su ronda, Maria Jordan intentó convencer a la señorita Schmalzler de que le permitiera echar las cartas, aunque solo fuera esa noche. Sin embargo, nadie tenía ganas y la propuesta quedó en nada. En cambio, la señorita Schmalzler le soltó un sermón a Maria Jordan y le preguntó si había hablado ya con la joven señora Melzer. Cuando ella le contestó con rodeos que era su propósito para el año que empezaba, Schmalzler negó con la cabeza, enfadada.

—No me gusta nada esta situación, señorita Jordan. Se junta con el personal de la villa en la cocina, pero usted pertenece a los empleados de los Von Hagemann. ¿Ha hablado por lo menos con la señora Melzer?

No, eso también lo había evitado hasta entonces. Se justificó diciendo que Elisabeth von Hagemann vivía en la villa y la necesitaba como doncella.

—Entonces ¿debo suponer que usted pasa la noche en Bismarckstrasse?

—Por supuesto, señorita Schmalzler.

«Qué bien se le da mentir», pensó Hanna. Debería coger todos sus trastos y tirarlos por la ventana, se lo merecía. Pero entonces ella les contaría a todos lo de Grigorij.

—Yo en su lugar no esperaría mucho a tener esa conversación —le aconsejó Eleonore Schmalzler—. Ahora el joven señor está de permiso, y seguro que la joven señora Melzer está muy feliz.

—Es verdad, señorita Jordan —coincidió la cocinera—. Debe aprovechar ese buen humor.

Else comentó que no creía que la joven señora Melzer le guardara rencor a Maria Jordan, y esta le lanzó una mirada de odio. Hanna había comprendido hacía tiempo que era Maria Jordan, esa vieja bruja, la que no sabía perdonar.

—¡Ya basta! —resolvió Eleonore Schmalzler—. Juguemos a algo bonito. ¿Qué os parece al anillo?

Sacó un anillo de oro con un cordel largo anudado en los extremos. Una se colocaba en el medio, las demás tenían que pasarse el cordel moviendo las manos de un lado a otro con el máximo disimulo, mientras cantaban «Camina, camina, anillito...».

Cuando la canción terminaba, se paraban y la que estaba en el medio tenía que averiguar quién tenía el anillo. A Hanna le parecía un juego absurdo, pero como a la señorita Schmalzler le encantaba, jugaron un rato. Luego el viejo jardinero propuso jugar a adivinar el futuro a partir de plomo derretido, y el ama de llaves tuvo un dilema porque esa vieja costumbre era pagana y la Iglesia no la veía con buenos ojos.

—Hay que cuidar las viejas tradiciones —insistió Bliefert.

Al final, Eleonore Schmalzler accedió.

Casi se les pasó el cambio de año. Cuando los señores llamaron a Auguste para que llevara el champán frío fueron conscientes de que solo quedaban unos minutos.

Todos se prepararon. Según las costumbres de la casa, poco después de medianoche los empleados subían a reunirse con los señores. Eran invitados a una copita de champán y el señor de la casa daba un breve discurso, luego recibían el regalo de Año Nuevo, normalmente una pequeña suma de dinero.

Aquel día, en cambio, todo fue distinto.

Un grupo de jóvenes celebraban una carrera de trineos y lanzaron varias salvas cerca de la villa. No era nada extraordinario, en Augsburgo también se veían fuegos artificiales, como si quisieran anunciar: «Haremos como si no pasara nada, ¡sobre todo ahora!».

—¡Señorita Schmalzler! ¡Ayuda! Ah, aquí está...

La enfermera de noche del hospital había abierto la puerta de la cocina, estaba pálida y tenía el rostro desencajado.

—¿Qué ocurre, Thilde?

No necesitó más explicaciones, pues los gritos llegaban hasta la cocina.

—Se han vuelto locos. Se están pegando. En las mesas, en las camas…

Con el ruido de las salvas, algunos pacientes sufrían alucinaciones y pensaban que estaban de nuevo en el frente. Un joven soldado se arrancó las vendas, otro tenía convulsiones y gritaba a voz en cuello: «¡Al ataque! ¡Adelante! Vamos, gandules. ¡Adelante!». Un soldado recién operado estaba especialmente mal, pues saltó de la cama y acto seguido se desplomó, inconsciente. La señorita Schmalzler llamó a Else, Hanna y la cocinera, y el viejo Bliefert también procuraba ayudar. Finalmente consiguieron con mucha persuasión calmar a los hombres.

—¡Malditos petardos! —maldijo la cocinera—. Como si en el campo de batalla no hubiera suficientes tiros.

Como algo excepcional, los empleados subieron en grupitos a recibir sus regalos, pues decidieron turnarse en el hospital por si se producían más altercados. Hanna se quedó una hora entera en la sala de los enfermos, sentada en una silla delante de las puertas de la galería y, aunque le habían dado una manta de lana, se estaba helando de frío. Peor era el miedo a que uno de esos pobres heridos se pusiera a llorar de nuevo y a dar tumbos como un loco. Sin embargo, reinaba la calma, en parte porque la señorita Schmalzler había tenido la idea de dar a los hombres una copita de aguardiente. Por motivos médicos, por supuesto.

Hacia las dos, Else relevó a Hanna y se quedó dormida en la silla en cuanto se sentó. Hanna tenía que lavar los platos, y eran más de las tres cuando por fin subió a su cuarto. Entonces comprobó que Maria Jordan ya se había acostado, y se había apropiado de la cama nueva de plumas. Hanna estaba demasiado cansada para enfadarse, ni siquiera los fuertes ronquidos de la antigua doncella la molestaron. Medio vestida, se metió en la cama y se acurrucó, helada, pues en aquel cuarto no había calefacción. Cerró los ojos y vio el rostro de Grigorij, pero se durmió tan rápido que ni siquiera tuvo tiempo de darle las buenas noches ni desearle una feliz entrada de año. Cayó como una piedra en un mundo oscuro sin sueños, liberada de todas las preocupaciones y alegrías.

—¡Hanna! ¡Despierta! ¡Rápido!

Oyó aquellas palabras vagas casi convencida de que se trataba de un sueño. No podía ser la señorita Schmalzler la que llamaba a la puerta de su cuarto.

—¡Hanna! ¿Estás despierta? Vístete, tienes que ir a buscar al médico. No contesta al teléfono…

Parpadeó en la penumbra de la habitación. Era de noche o como mucho primera hora de la mañana. Alguien había entreabierto la puerta, se veía un haz de luz.

—Dile que ya te levantas, idiota —masculló Maria Jordan desde la cama de al lado—. Rápido, antes de que entre.

Hanna estaba confusa, solo entendía que la habían despertado en plena noche. ¿Qué pasaba? ¿Que fuera a buscar al médico? ¿Caminar por la nieve con ese frío?

—Ahora… ahora voy.

—¡Abrígate! —ordenó Eleonore Schmalzler, que miró dentro del cuarto por la rendija de la puerta—. Botas y gorro. ¡Tienes que ir a buscar al doctor Greiner!

—Enseguida estoy, señorita Schmalzler.

Se volvió a cerrar la puerta y Hanna encendió la lámpara de gas para vestirse. En la cama de al lado el rostro pálido de Maria Jordan volvió a emerger de debajo de la colcha. ¡Lástima que la señorita Schmalzler no la hubiera visto! Así ella sería inocente de que se descubriera el engaño.

—Ir en busca del médico a estas horas… —susurró la señorita Jordan—. Ha ocurrido una desgracia. Finalmente el viejo señor Melzer nos ha dejado.

Hanna no contestó. Furiosa, se puso el vestido, el abrigo y se envolvió con el pañuelo. Tenía un agujero en la bota izquierda, pero nadie le preguntaba por eso. ¿Por qué tenía que ser precisamente ella la que caminara en la oscuridad? ¿Por qué no Else o Auguste? Ay, si Humbert estuviera aún en la villa le habría tocado a él.

—Ve con cuidado de que nadie te mate en mitad de la noche —le advirtió la señorita Jordan, tan empática, y se dio la vuelta para seguir durmiendo.

Hanna deseó que tuviera pesadillas y bajó a trompicones la escalera de servicio. En la cocina no había nadie, en los fogones había una jarra con un resto tibio de té de menta. Se sirvió un poco en una taza y se lo bebió para por lo menos tener mejor sabor de boca.

—¡Ahí estás!

La señorita Schmalzler llevaba un camisón blanco, se había puesto una manta de cuadros sobre los hombros y en la cabeza llevaba una anticuada cofia de encaje. Hanna observó que tenía el rostro arrugado, su nariz parecía más larga y estrecha que antes.

—El doctor Greiner vive en Annastrasse, número treinta y tres. ¿Sabes adónde tienes que ir? Llévate la linterna, aún está oscuro. ¡Y date prisa!

—¿Qué pasa?

—La señora Bräuer se ha puesto enferma de repente. No tiene buena pinta.

«Otra vez uno de sus cambios de humor», pensó Hanna, desconfiada. «Apuesto a que cuando vuelva con el médico ya estará curada.»

Se ciñó más el pañuelo y salió al patio por la entrada del servicio. La recibió un viento helado, mezclado con afilados cristales de nieve. La iluminación eléctrica estaba encendida, así que vio la glorieta nevada y detrás un tramo del camino que atravesaba el parque hasta la calle. Los árboles parecían espíritus extraños con sus vestidos de nieve y los brazos nudosos levantados por encima de la cabeza, como si fueran a atraparla.

—¡Hanna!

Se dio la vuelta, sobresaltada. El joven señor Melzer estaba en la entrada principal, llevaba capa de piel y abrigo.

—Sí, señor… ya voy de camino.

—Quédate aquí —dijo—. Iré yo mismo.

Bajo la luz de las farolas, Hanna vio que estaba muy preocupado. Aun así, le sonrió un instante antes de salir a toda prisa.

Cuando regresó a la cocina, la señora Brunnenmayer estaba encendiendo el fuego.

—Ha tenido un aborto natural —dijo—. Se está desangrando, pobre chica.

# 25

—*Il est complètement fou!*

Humbert oyó aquella frase a través de bramidos y pisadas. Escuchaba constantemente palabras en francés, gritos, bromas, largos discursos que no entendía, también maldiciones. Aquel ruido ensordecedor le impedía oír bien para por lo menos entender una parte.

—*Mais non... il fait le malin... veut nous entuber.*

Era un traidor, un embustero. Sabían la verdad, lo habían averiguado y ahora lo matarían de un tiro. Era un desertor y debía morir en la horca. Sin embargo, eran franceses, deberían alegrarse de que hubiera desertado.

El estruendo llegó a tal punto que desencadenó la locura en su cerebro y de repente creyó estar sujeto con cuerdas a un avión. Por encima rugía y vibraba el motor, debajo se veía un paisaje lunar, gris, lleno de cráteres y árboles calcinados, alambre de espino, pedazos de cuerpos humanos, trincheras como dibujadas a regla con cascos grises puestos uno al lado del otro. Quiso abrir los brazos para sentir el viento, pero un intenso dolor le provocó un estremecimiento.

—*En avant!*

Estaba entre dos compañeros, arrastraba las botas militares por el suelo. Iban caminando. Más lento de lo normal, a desgana, rostros desesperados, mugrientos, muchos llevaban vendas. Pero seguían la marcha.

—Eh, ha vuelto en sí —dijo el compañero que tenía a la izquierda—. Buenos días, chico. ¿Has dormido bien?

Humbert tragó saliva y tosió, tenía la boca seca y con sabor a tierra.

—Intenta caminar solo —lo animó el otro compañero—. No te preocupes, te ayudaremos.

Las piernas le fallaban. El segundo intento salió mejor, poco a poco fue recuperando la sensibilidad en el cuerpo. Llevaba la mano derecha envuelta en un pañuelo y se veían rastros oscuros de sangre.

—Qué... —murmuró mientras intentaba mantener el paso—. Quién..., dónde...

—Este ha caído de la luna —comentó alguien.

—Somos prisioneros de guerra, chico.

Humbert comprendió y se sintió aliviado. Los prisioneros de guerra no estaban obligados a combatir. Los encerraban en campamentos, les daban comida y ropa. Tenían que trabajar, pero no los enviaban a la guerra. Cuando uno era prisionero de guerra, lo peor había pasado.

—Pero mira..., camina como un tullido.

—¿Te pegaron un tiro en la mano?

No lo sabía exactamente. Fue un golpe repentino, sin dolor, solo un toque firme. Luego llegó la sangre. Se quedó inconsciente. De todos modos, ahora notaba el pulso en la mano derecha vendada, y cuando intentó mover los dedos soltó un gemido de dolor.

«Ya no valdré para el servicio», pensó afligido. «Tampoco podré conducir. Con esta mano, ni siquiera podría cepillar un traje.»

—No vayas tan despacio, compañero, o el francés de atrás se pondrá extremadamente desagradable con el arma. Ese comerranas acaba de darle con la culata a un pobre chico.

Humbert aguantó hasta que llegaron al campamento nocturno, situado en un prado donde los prisioneros dormían uno al lado del otro. Oyó el ruido que hacía días que los acompañaba todo el tiempo, e imaginó que era el oleaje y que estaba en el mar. Si se esforzaba, el ruido aumentaba de verdad y se sosegaba de nuevo, como una gran ola que rompiera en la playa. Los compañeros de alrededor no paraban de gemir, algunos tosían, otros tiritaban de frío. Cuando amaneció, en la hierba del prado había delicados hilos de escarcha blanca, pero no notó el frío. Le estaba afectando la fiebre.

La tarde del día siguiente tuvieron que cargar con él, se le había hinchado la mano una barbaridad. Sentía como si un herrero estuviera golpeando un yunque; el resto del cuerpo solo era piel vacía, sacudida por los ataques de frío y fiebre. Hablaba sin parar, la mayor parte en francés, era asombroso la cantidad de frases que se le habían grabado en el cerebro sin que él fuera consciente. Ahora salían de él en tromba, como una bandada de aves salvajes que escaparan revoloteando de su boca hacia el cielo.

Llovía todo el tiempo. A veces nevaba, los copos suaves se posaban en su cara y le hacían cosquillas.

—*Mettez-le là! Laissez-le dormir!*

—Tiene fiebre. *La fièvre… Sa main est cassée…* mano *kaputt.*

Estaba muy contento de que por fin lo dejaran en paz. Era agradable estar en un catre, tranquilo, sin convulsiones, sin marcha, sin nadie que lo llevara a rastras o le exigiera que por lo menos diera unos cuantos pasos. Vio un vasto prado estival delante, las hierbas y las flores se agitaban con suavidad al viento, las amapolas irradiaban luz, en medio había cardamina, el diente de león amarillo se erguía en tallos flexibles y altos. Pequeñas mariposas de color azul claro bailaban por encima de las flores, revoloteaban como nubes blandas, se sentaban sobre las hierbas esbeltas que se inclinaban bajo aquella leve carga. Le llegaba el olor a hierba fresca y tierra cálida y fértil, la manzanilla lo rodeaba, un leve aroma a aceite de rosas. Aceite de rosas… Era el jabón que se usaba en la villa de las telas, siempre estaba en la jabonera, encima de la bañera, una bandejita de porcelana blanca en forma de pétalo sujeta a la pared de baldosas blancas. Inspiró el aroma y quiso coger el jabón rosado, pero un dolor infernal en la mano derecha acabó de un plumazo con todas aquellas bellas imágenes. Parpadeó ante la luz cegadora de una lámpara, vio el rostro de un hombre. Un rostro ancho, sudoroso, unos ojos pequeños con un brillo intenso tras unas gafas redondas con la montura metálica.

—La herida está gangrenosa. Se ha esperado demasiado. ¿Por qué no se notificó enseguida?

Abrió la boca y dijo algo que ni siquiera él entendió. Jabón. Amapola. *Merde. La guerre. Cochon allemand…*

Los ojos pequeños eran azules, en medio había un punto negro. Se le clavaron en el cráneo y le taladraron el cerebro. Dentro tenía una gran confusión, él lo sabía. Aun así, le daba vergüenza que esa persona viera el desorden y lo juzgara.

—Poca esperanza… Cortar la mano… Pocas opciones…

—*Il ne comprend pas… Ne perdons pas notre temps.*

Humbert miró a un joven vestido de blanco, delgado, con el cabello oscuro y patillas, sus ojos oscuros brillaban bajo la luz de la lámpara. Luego, poco antes de que le pusieran un pañuelo blanco sobre el rostro, vio que algo emitía un destello. Acero reluciente, fino y afilado.

—¡No! —gritó y se retorció—. ¡No, no me cortéis la mano! No quiero. *Je ne veux pas.* Prefiero morir. *Mourir. Laissez-moi ma main!*

De pronto se vio con fuerzas. Se puso a dar patadas y cuando oyó el ruido soltó puñetazos, se escurrió como una anguila y cayó de la mesa de operaciones al suelo. Se levantó a duras penas, se apoyó en la mano dañada sin notar el dolor, se zafó de quien lo agarraba del hombro, quiso ir hacia la puerta y se topó con un soldado gigantesco. El cuerpo del gigante rubio no se movió un milímetro, agarró a Humbert por el cuello de la chaqueta y lo sujetó como si hubiera cazado una liebre.

Ya no fue consciente de lo que le ocurrió. Un agua de color azul oscuro se abrió ante él, con un enorme remolino en el medio. No había escapatoria. El movimiento circular se aceleró, se sintió mal, en sus oídos rugía el océano desatado y elevó su cuerpo del fondo. Se vio arrastrado entre algas y bancos de mejillones, se golpeaba suavemente contra peces grises, se deslizaba sobre la cubierta de barcos naufragados y vio rayas negras con alas inmensas que pasaban volando por encima. De vez en cuando una corriente marina lo impulsaba hacia arriba, donde el agua era cristalina bajo la luz del sol. Entonces el murmullo sordo del mar disminuyó en sus oídos y oyó voces humanas.

—Déjalo en paz… Pobre… No durará mucho.

—Pero aún respira.

—Tres o cuatro horas, luego lo sacamos.

Humbert sintió una profunda compasión por el pobre muchacho que estaba a punto de morir. ¿Es que nadie podía ayudarlo? Sin embargo, enseguida volvió a engullirlo el mar suave y se hundió en las profundidades, notó el frío y se dejó arrastrar por el fondo. Las plantas lo envolvían, le rozaban los brazos y las piernas, tiraban y tiraban del pelo.

—No hace falta que siga, enfermera. Pronto habrá terminado todo.

—*C'est un allemand? Quel est son nom?*

—Nadie sabe ni de dónde viene ni cómo se llama. Habla alemán y francés mezclados.

—*Tant pis. Un joli garçon…*

—¿Y qué pasa con nosotros? ¡También somos chicos guapos!

—*Ah... tais-toi!*

Humbert empezó a pensar que tal vez hablaran de él. En todo caso, alguien le tiraba del pelo y, al abrir los ojos, vio el rostro severo de una enfermera rubia. Sin duda era una enfermera, pues llevaba cofia y delantal blancos.

—*Bonjour, monsieur* —dijo—. *Vous allez mieux?*

¿Si estaba mejor? Humbert levantó el brazo derecho para quitarle el peine de la mano, pues le estaba dando unos tirones horribles y él siempre había tenido mucha sensibilidad en el cuero cabelludo. Pero entonces vio la venda y lo asaltó un recuerdo horrible.

—La mano —gimió—. *Ma main...*

Debió de mirarla con tanto miedo que ella dejó de peinarlo. Le puso la mano fría en la frente y él respiró su olor a jabón duro.

—*Tout va bien, mon petit. Votre main est encore là.*

¿La mano seguía ahí?

—Pero... pero usted ha dicho...

Ella negó despacio con la cabeza y sonrió. Fue una sonrisa muy seria, no tenía nada de cariñosa. La enfermera tenía unos ojos grandes de color gris azulado y labios finos. Le gustaba. Era como una hermana mayor que le hacía sentirse seguro.

—*Votre nom?*

—Humbert Sedlmayer. *Et vous?*

Humbert tuvo que deletrearle el apellido cuando ella lo apuntó en una lista. Luego pronunció su nombre «Umbar». Cuando terminó de escribir, él volvió a oír el rumor del mar dentro de sus oídos y, aunque esta vez intentó resistirse, no pudo evitar hundirse. Lo último que oyó fue el nombre de la enfermera. Süsann... Susanne.

Habría preferido quedarse en el fondo del mar, donde no sentía dolor, pero era como un corcho, una fuerza no paraba de empujarlo hacia la superficie. Le dieron una infusión de manzanilla en una taza y un puré que sabía a nabo, patata y castaña. A veces había café con leche, pero muy claro y mezclado con achicoria, aunque era mejor que todo lo que había bebido últimamente.

Soñó con ratas que se escondían en mugrientas madrigueras y lo miraban fijamente con un brillo de hambre en los ojos. Algunas le saltaban encima y se convertían en figuras humanas, fantasmas grises sin cabeza, mitad tierra y mitad cadáver; otras veces solo eran uniformes sin nadie dentro, cascos bajo los cuales se ocultaban rostros grises de rata con bigote. Esos animales le inspiraban compasión, pero le gruñían y le mordían en los brazos y las piernas. Cuando despertó de aquellos sueños, creyó oír el estruendo de los cañones y los silbidos de las granadas, y aunque Susanne le aseguró que se hallaba cerca de París, muy lejos del frente, él estaba convencido de lo que había oído. Tenía aquellos sonidos tan grabados en su interior que quizá a partir de entonces los oiría todas las noches. Se acurrucó bajo la manta, presa del pánico, y soltó un leve gemido, pero rara vez se producía el desmayo que tanto alivio le procuraba.

Una mañana, mientras se tomaba el café con leche, un herido pasó con dos muletas por el pasillo de la sala de los enfermos. Le habían amputado el pie izquierdo, pero había superado la operación y se las arreglaba bien cojeando sobre una pierna. Humbert no lo reconoció hasta que giró un poco la cabeza, y aun entonces no estuvo seguro de si veía cosas que en realidad eran alucinaciones.

—¿Gustav?

El aludido estuvo a punto de perder el equilibrio, pero logró dominarse, dio un giro brusco y luego se acercó, feliz como un niño, al borde de la cama de Humbert.

—¡No me lo creo! ¡Humbert! ¡Amigo! ¡Pero qué coincidencia!

Se puso a llorar de la emoción, y los vecinos de cama de

Humbert estaban tan conmovidos que también tuvieron que limpiarse los ojos. Gustav Bliefert, el nieto del viejo jardinero. Soldado desde hacía dos años, primero en Rusia y luego en Francia. Verdún le había costado el pie izquierdo, una granada se lo arrancó sin más, junto con la bota y la mitad de los pantalones. Si los compañeros no lo hubieran arrastrado de vuelta a las trincheras, se habría desangrado en tierra de nadie. Al día siguiente pasó a ser prisionero de guerra, cuando lo trasladaban en camión al campo de barracas y el conductor se perdió.

—De repente nos estaban disparando por todas partes —explicó de buen humor—. En ese momento ya me daba igual, pensaba que mi vida había llegado a su fin. Pero el Señor tenía otros planes.

Tuvo que apartarse a un lado par dejar paso a una enfermera que se acercaba con una bandeja para recoger las tazas de café vacías. Le dijo con un gruñido que no se le había perdido nada ahí y que mejor anduviera por el pasillo, donde no molestara. Gustav hizo varias reverencias, sonrió y dijo:

—*Oui, madame… Merci, madame… D'accord, madame.*

No tenía ninguna intención de seguir su consejo. Al contrario, se sentó a los pies de la cama de Humbert, agarró las muletas con una mano y cruzó las piernas para que el muñón no tocara el suelo. Estaba curado, solo en un punto no estaba tan bien. Era raro despertarse en plena noche porque sentía un dolor atroz en el pie izquierdo. El pie que se había quedado en algún lugar de Verdún, en un agujero abierto por una granada.

Humbert asentía por educación, pero la imagen le parecía espantosa. Le asombraba la naturalidad con la que Gustav se lo tomaba, cómo bromeaba y hacía reír a los compañeros de las camas de al lado.

—Antes creía que las mujeres prusianas eran las peores, pero son ángeles en comparación con estos dragones franceses.

Explicó que la enfermera francesa lo trató con aceite de ricino una semana después de la operación y lo lanzó a las letrinas. Era un *grand garçon* y se las arreglaría. Bueno, lo consiguió por poco, pero el remedio funcionó.

—¿Qué te pasa en la mano, Humbert? ¿Te han cortado los dedos? ¿Un disparo te la atravesó?

Al ver tantos heridos graves, Humbert se sintió ridículo. Sí, un disparo. El médico era una persona excelente, le había salvado la mano. La infección había desaparecido, incluso podía mover el pulgar y el meñique.

—Menos da una piedra —comentó Gustav, por experiencia—. Así por lo menos puedes sujetar un plato o una bandeja.

—Claro. He tenido mucha suerte.

—¿Has escrito a la villa de las telas? Envían el correo con la Cruz Roja. Tarda una eternidad en llegar, pero llega. Yo le escribí una carta a mi Auguste hace tres semanas.

Gustav hablaba más que de costumbre y a Humbert le pareció curioso, pues antes no era así. Tal vez creyera que le habían regalado una segunda vida. Humbert, en cambio, se estaba mareando de escucharle; el murmullo y el zumbido en los oídos se intensificó y cerró los ojos. Olas de color verde oscuro se mecían ante él, podía ser un campo de grano joven, un prado, o tal vez el océano…

—¿Estás cansado o qué? —oyó que decía la voz de Gustav—. Yo quería… El médico me ha dicho que más adelante me darán una prótesis. Entonces caminaré como antes. Pero con más estilo, ¡ja, ja, ja!

Humbert notó que Gustav se levantaba de la cama de un salto, oyó los golpes de las muletas de madera, y luego se sumergió en un mar azul claro transparente en cuya superficie se reflejaba el sol.

Durante los días siguientes, Gustav lo visitó con regularidad, se sentaba con él y hablaba de todo un poco. Del parque de la villa de las telas, que su abuelo no podía cuidar solo, de su Auguste y de Maxl, al que solo había visto una vez el año anterior cuando estuvo de permiso. De que sentía una añoranza tremenda, como todos.

—Si tenemos suerte, Humbert... —dijo en voz baja para que no lo oyeran los vecinos de cama—. Si el Señor está con nosotros..., intercambio de inválidos. ¿Has oído hablar de eso? Los de la Cruz Roja y las partes implicadas en la guerra negocian, hacen sus números y luego escogen quién regresa a su país. Por supuesto, solo heridos graves. Casos muy graves.

Humbert sonrió como si la noticia le pareciera muy significativa. En realidad no deseaba regresar a su país. ¿Qué iba a hacer allí? Sus padres ya no vivían, y su hermana no quería saber nada de él. En el fondo solo tenía a Fanny Brunnenmayer, era la única persona a la que le gustaría volver a ver. No obstante, él ya no era el mismo de antes, y no sería apto para el servicio en una casa. No era tanto la mano herida como el constante ruido y murmullo en los oídos. Necesitaba el océano, el silencio del agua azul que lo protegía de sueños crueles. También le gustaba la enfermera rubia y estricta, aunque no siempre fuera amable con él. Lo había increpado en varias ocasiones y le decía que no había ningún bombardeo cuando él volvía a meterse debajo de la manta.

—*Fini avec ça! Il n'y a pas de bombardement!*

Se avergonzaba delante de ella, pues, por mucho que le dijera, él oía con claridad los impactos de las granadas, incluso los notaba.

Pasó una semana, luego ella dijo algo que le dio mucho miedo.

—*Il faut se dire adieu, mon petit.*

—*Pourquoi?* ¿Por qué tenemos que despedirnos?

Ella sonrió y se quedó callada.

—¡Eres un maldito afortunado! —dijo Gustav con envidia—. Además, Susanne te mira con buenos ojos. En dos semanas te irás a casa. Maldita sea otra vez. Y solo por tener un agujero en la mano.

# 26

—Bbbbbbbb... Ba... Bbbbb...

Dodo soltaba gritillos de placer y formó una burbuja grande de saliva. Leo estaba en el andador, se agarraba con una mano y golpeaba la barandilla de madera con un soldado de hojalata.

—Pa... pa... —dijo Paul con paciencia—. Di «papá», mi pequeña.

—Bbbbb... fffff... bafa...

—Papá..., di «papá».

Dodo daba saltos de alegría en sus rodillas, quería que le hiciera lo de «arre, caballito». Leo lanzó el soldado de hojalata contra la pared lacada de blanco y gritó con energía:

—¡Sosa! ¡Sosa!

Se refería a Rosa Knickbein, la niñera. Paul se lo puso en el regazo, luego sentó a cada uno en una rodilla y pasó apuros para no perder a ninguno de sus hijos con tanto trote. Cuando por fin paró, Leo se echó a llorar y Dodo, en cambio, le sonreía.

—¡Mamá! —dijo ella—. Mamá. Mamá. Bbbbaaa...

Paul suspiró. En tan poco tiempo no iba a conseguir enseñar a sus niños la palabra «papá». A fin de cuentas, que lo llamaran «mamá» era un cumplido.

—Por el amor de Dios, señor Melzer —dijo Rosa Knickbein, que se asomó por la rendija de la puerta—. Aún no les he puesto los pañales, iba a despertarlos y prepararlos para el desayuno.

Paul se tocó las piernas y comprobó que había tenido suerte. Dejó a Rosa con los gemelos y salió al pasillo para dirigirse a la habitación de Kitty. Nadie reaccionó cuando llamó con discreción, así que se atrevió a bajar con suavidad la manija. El cuarto estaba en penumbra. Marie, sentada en una butaca al lado de Kitty, levantó la cabeza.

—Eres tú —susurró ella con ternura.

Se acercó y la besó en la mejilla. Parecía muy cansada, tenía ojeras.

—¿Cómo se encuentra?

Los dos miraron la amplia cama con dosel azul claro en la que el cuerpo delgado de Kitty parecía muy perdido. Llevaba el cabello recogido en una gruesa trenza para que no se le enredara mientras estaba en cama.

—Se ha dormido —susurró Marie—. Ojalá quisiera comer algo. Ayer por la tarde bebió un poco de agua mezclada con vino.

—¿Aún tiene fiebre?

—Desde ayer por la tarde no. Espero que siga así.

Paul le acarició el cuello y dijo que estaba seguro de que mejoraría pronto.

—Ahora vete a dormir, Marie. Te lo ruego.

Ella asintió, afligida. Sí, estaba tan agotada que incluso iba un poco encorvada; un par de horas de sueño le sentarían bien.

—No quiero verte antes del mediodía, Marie. Nadie puede aguantar tres noches seguidas despierta. Si no duermes ahora te pondrás enferma, ¡y eso no ayudaría a nadie!

Exaltado, había hablado más alto de lo que pretendía. Kitty respiró hondo, gruñó, gimió un poco y se volvió hacia el otro lado.

—Ven… Auguste puede ocuparse de ella si necesita algo.

Esperó hasta que Marie se levantó de la butaca. Luego la rodeó con un brazo, la sacó de la habitación y cerró la puerta con suavidad. En el pasillo sus labios se encontraron y él notó la dulce tentación de su cuerpo cálido. Qué tortura que fuera tan difícil pasar unas horas juntos. Le había prometido a su padre que hoy, el último día de vacaciones, se pasaría por la fábrica.

—Hasta luego, amor. Ojalá no estuviera tan cansada.

—Que duermas bien, Marie. Estoy contigo.

—En mis sueños, siempre —bromeó ella, y desapareció en el dormitorio.

Paul reprimió el deseo de seguirla, tumbarse a su lado y estrecharla entre sus brazos. En esos tiempos convulsos no podía permitirse ser egoísta, había otras personas que lo reclamaban.

—¡Buenos días, mamá!

Entró en el comedor con un gesto alegre, se inclinó hacia ella y la besó.

—Ay, Paul —dijo ella con ternura—. Siéntate y come tranquilo, hijo. Papá ya se ha ido a la fábrica, pero Elisabeth llegará enseguida. ¿Cómo está Marie?

—Se ha ido a la cama. Parece que Kitty está mejor.

—¡Gracias a Dios!

Paul cogió el *Augsburger Neuesten Nachrichten*, que con el tiempo se había vuelto muy delgado, y leyó con mucho interés el artículo «Qué alimentos recibe a diario el ciudadano». A cada ciudadano de Augsburgo le correspondían doscientos gramos de harina, media libra de patatas, tres cuartos de litro de leche, treinta y cinco gramos de carne y ocho gramos de mantequilla, además de dos huevos cada tres semanas. Al menos según la cartilla de racionamiento. Sin embargo, las cartillas no servían para quien no tenía dinero. Miró afligido la espléndida mesa de desayuno, donde había incluso queso y paté de hígado, además de panecillos recién hechos por la cocinera.

—Cómo me alegra que Kitty se esté recuperando —dijo Alicia con un suspiro—. Lisa ha encargado una lápida para el pequeño Jonathan. Ay, mira que no decir nada de su embarazo. Ya estaba de cinco meses.

Habían dado sepultura al niño en el cementerio, en la tumba familiar de los Melzer. El cura le había dado su bendición y lo había bautizado «Jonathan». Gertrude Bräuer estaba descompuesta, su marido tuvo que sujetarla. A Paul aquella ceremonia le pareció absurda. Tanta pena por un nonato cuando tantos hombres se desangraban en los campos de batalla de Europa y las epidemias se extendían por los barrios pobres de la ciudad.

Mamá le sirvió café y mencionó con una sonrisa que solo podían permitírselo en ocasiones especiales, normalmente bebían café de bellota. Paul tenía mala conciencia. Por supuesto, por él habían tenido que hacer frente a ciertos gastos, pero el café y el té abundaban en el frente. También los cigarrillos y los puros, incluso el aguardiente y el whisky inglés «requisado».

—Quería hablar contigo de papá, Paul.

—¿Te preocupa? —preguntó él, y levantó la vista del periódico.

Ella asintió, pero luego calló cuando Else entró con el correo.

—Su hija me pide que le diga que bajará más tarde a desayunar.

—¿Lisa? No estará enferma…

—No, señora. Es por el correo. Había una carta para ella.

—Lo entiendo. Seguramente es de su marido. Me alegro por ella.

Paul sonrió con amabilidad a Else y acto seguido el rostro de la criada, que siempre le recordaba a un anciano melancólico, se iluminó. Los empleados de la villa eran conmovedores: lo habían recibido con mucho cariño, la señora Brunnenmayer tuvo que secarse los ojos y la señorita Schmalzler le agarró de la mano. Le confesó que rezaba todas las noches por él. ¡Qué alma tan leal!

—No me gusta tener que decir esto, Paul —comentó Alicia a media voz—, pero me temo que tu padre bebe. Veo cómo se vacían los estantes de la bodega. Coñac francés, licor de genciana, whisky escocés…, todo lo que se guardaba abajo desde hacía años desaparece a una velocidad alarmante. Además, Marie me ha confirmado que en su despacho siempre hay vasos usados. Esconde las botellas para que Marie no le riña.

Paul se rio de su madre. Había estado varias veces en la fábrica, pero nunca había pensado que su padre bebiera más de la cuenta.

—No se emborracha, Paul —aclaró ella, negando con la cabeza—. Pero necesita el alcohol. Un trago por aquí, una copita por allá. En la villa también toma vino tinto por la noche, eso lo has visto tú mismo. Y sabes que el doctor Greiner le ha prohibido el alcohol.

Paul respiró hondo para aliviar el desasosiego creciente. Luego dijo que seguro que no había motivo para preocuparse. Papá siempre había disfrutado con el coñac, y nunca le había hecho daño.

—El ataque le dio porque llevaba una carga en el espíritu, mamá. Pero, gracias a Dios, esa carga forma parte del pasado. Marie es mi esposa, y los dos somos más que felices.

Le contó henchido de orgullo que Marie se había convertido en una astuta mujer de negocios, que incluso en las salas de máquinas velaba por que todo fuera bien, y conocía el funcionamiento de las máquinas. Además, se ocupaba de las trabajadoras y procuraba atender a sus familias.

—Sin duda, Marie es de gran ayuda para papá —dijo Alicia—. Hasta él lo admite. Aun así, me temo que papá se excede, Paul.

—¿Quieres que hable con él?

—Eso me tranquilizaría mucho. A mí no me escucha, ya lo sabes.

—¡Pero mamá! Papá te hace caso, solo que no lo demuestra.

Se alegró de hacerla reír con su comentario y ella desvió la conversación hacia los nietos, que eran toda su alegría. Sobre todo Dodo y Leo, sus dos chiquillos. Pero también la pequeña Henni era un sol, no tenía ni un año y ya empezaba a ponerse de pie en el corralito… Y tenía los mismos rizos que Kitty. Pero bueno, era rubia, como su padre. El pobre Alfons estaba tan feliz con su hijita…

Paul volvió a coger el periódico para echar un vistazo a las noticias del frente. En el oeste, las tormentas y la lluvia habían reducido las batallas, solo había habido fuego de artillería en el Ancre. En el este, el mariscal de campo general príncipe Leopoldo de Baviera había resistido los ataques rusos al sudoeste de Riga; en Rumanía, el general archiduque Joseph habían hecho retroceder al enemigo cerca de Casinu. Habían caído seis oficiales y novecientos hombres, habían requisado tres ametralladoras… Una carnicería sin sentido. Defensores heroicos de la patria que envían a sus soldados a la muerte para nada. Lo cierto era que el enemigo ganaba terreno tanto en el oeste como en el este: si no se negociaba pronto una paz razonable se produciría una catástrofe. A esas alturas, todos los que estaban luchando lo sabían, pero no era algo que se pudiera decir en voz alta.

Dobló el periódico sin mirar las esquelas, que ocupaban dos páginas enteras. Seguro que entre ellos había antiguos compañeros de estudios, pero no quería saberlo. Tampoco quería pensar en el desdichado Alfons, no tenía sentido regodearse en ello. Al día siguiente estaría de nuevo sentado en el tren con sus compañeros. Rumbo desconocido, pero seguro que no estaría de refuerzo. Sería un destino en el frente.

—Ay, Paul… —Su madre suspiró—. Queríamos que estos pocos días fueran bonitos para ti, que pudieras reponer fuerzas, pero todo ha salido de otra manera.

Paul se terminó el café y aclaró que nunca tuvo intención de estar tumbado sin hacer nada en casa. Al contrario, se alegraba mucho de haber estado con ellos en momentos tan duros.

—Estoy orgullosa de ti, Paul.

Se dieron un abrazo rápido, luego Paul salió al pasillo y se sintió un poco mezquino porque se alegraba de librarse de las inquietudes y los miedos de su madre. En la escalera se encontró con Lisa, le pareció un poco aturdida y lo saludó de pasada. «Por favor, no más muertes», pensó él, afligido. Klaus von Hagemann era perro viejo, seguro que no se ponía en peligro.

—¿Va todo bien? —preguntó con falsa alegría.

—Claro.

Paul vio que mentía pero no quiso presionarla. Ya desde pequeña, Lisa sobrellevaba sola sus preocupaciones. No se quejaba, actuaba.

—Es admirable cómo cuidas de los heridos de guerra, Lisa. El hospital lleva a cabo una labor importantísima.

—Gracias.

Lisa agradecía sinceramente sus elogios, pero la tensión seguía presente en su rostro. Seguro que la carta la había turbado. Pobre Lisa, con lo que deseaba tener un niño y hasta ahora no había conseguido quedarse embarazada.

—¿Puedo hablar un momento con Ernst von Klippstein? ¿O las enfermeras lo están lavando y afeitando?

—¿Acaso crees que las enfermeras utilizan su turno para inspecciones inadecuadas?

Paul se preguntó si había visto compasión en su rostro. Lisa odiaba que se compadecieran de ella, en esos casos casi siempre respondía con insolencia.

—¿He dicho yo eso?

Lisa se mordió el labio y reprimió otro comentario. Por lo que ella sabía, Ernst von Klippstein estaba en la sala de curas para el cambio de vendas, luego tendría que tumbarse para calmarse.

—Su cama está ahí. La tercera por la izquierda. Ahora discúlpame.

Su amigo Von Klippstein había subido con ellos la víspera durante media hora, habían tomado juntos una copa de vino, luego la herida lo obligó a tumbarse en el catre. Pobre tipo. Marie le había tomado un poco de cariño, lo había visitado unas cuantas veces en el hospital. Qué giros tan bruscos podía dar el destino…, todos creían que su matrimonio era feliz, sin embargo Adele se había enamorado del administrador y le había pedido el divorcio, y también exigía quedarse con el hijo de ambos.

Paul consultó su reloj de bolsillo y luego se preguntó por qué tenía que ir de un lado para otro el último día que, de momento, pasaba con sus seres queridos. Era imposible recuperar todo lo que se había perdido durante los últimos meses, y tampoco podía hacer previsiones para un futuro próximo. Al día siguiente a primera hora ya no sería de los suyos, solo un soldado gris, un combatiente por la patria que prendía fuego a pueblos y mataba a personas indefensas. Si sobrevivía a esa guerra, jamás les contaría a Marie y los niños lo que había hecho.

Ernst von Klippstein lo vio al salir de la sala de tratamientos. Le hizo un gesto y se sentaron a una de las mesas colocadas delante de la puerta de la terraza.

—Se está curando bien —dijo Von Klippstein con una media sonrisa, y torció el gesto al sentarse.

Paul asintió y no siguió preguntando, pero sabía que Klippstein no solo tenía un agujero considerable en la cadera, sino que la metralla le había entrado por todo el cuerpo. Se asombró en silencio de que él hubiera tenido tanta suerte hasta entonces. Se torció la mano derecha en un ataque, y dos veces se había hecho algunos rasguños en el hombro. Nada más.

—Saldrás adelante, Ernst.

Von Klippstein elogió al joven médico que tan bien había cuidado de él y que, por desgracia, ahora estaba en el campo de batalla. Se llamaba doctor Moebius. Que el Señor lo protegiera.

—He estado pensando en ti, Ernst.

Von Klippstein lo miró sorprendido, en apariencia su preocupación lo incomodaba, pero Paul tenía una idea y no estaba dispuesto a abandonarla.

—Seguramente de momento te quedarás en casa. Por lo menos hasta que las heridas estén curadas, ¿no?

—Supongo. Luego me presentaré voluntario para volver al frente.

La respuesta le pareció muy propia de aquel prusiano excesivamente solícito. Por suerte, en ese caso le harían un examen exhaustivo, nadie quería enviar a un inválido al frente.

—Se me ha ocurrido una idea —dijo Paul con cautela.

Necesitaba presentar su propuesta de manera que Ernst no pensara que era un intento caritativo de ayudarle a salir adelante. Paul le habló de la situación de la fábrica, de la falta de personal cualificado, sobre todo para el cálculo y la contabilidad. Había mucho que iba por mal camino. Y, naturalmente, también faltaban vigilantes masculinos en las salas de producción.

—¿Adónde quieres ir a parar, Paul?

Von Klippstein lo miró con una sonrisa entre forzada e irónica, seguramente su amigo llevaba tiempo estudiándolo.

—Imagino que no tienes ganas de volver a tu casa. A no ser que quieras exigir una satisfacción...

El último comentario había sido desafortunado, pero ya lo había dicho. Ernst se puso más pálido de lo que ya estaba y contestó escueto que no pretendía nada parecido. Ya no vivían en el siglo XIX, y su mujer no se llamaba Effi.

—Me parece muy razonable, Ernst. Por eso te pregunto si te gustaría pasar una temporada como invitado en la villa de las telas. Podrías, si te encuentras con ánimos, ser útil en la fábrica o simplemente conversar con las damas durante las largas tardes de invierno. Hay espacio suficiente.

Su amigo le sonrió, y Paul añadió que sus padres apoyaban la idea. De hecho, su madre había acogido muy bien la propuesta.

Ernst se había reclinado en la silla; para inclinarse hacia delante tenía que ayudarse con las manos porque la musculatura del abdomen le dolía bastante. Se quedó callado un rato, era evidente que necesitaba asimilarlo.

—¿Se lo has preguntado también a tu mujer?

—Por supuesto. Se alegra mucho.

Era una exageración. Le había explicado la idea a Marie, y al principio ella había fruncido el entrecejo pero, al ver que Paul lo decía muy en serio, accedió.

—Te lo agradezco mucho, Paul —dijo Von Klippstein—. Eres un buen amigo, tal vez el mejor y el más desinteresado que he tenido jamás. Pensaré en tu propuesta.

Paul sintió un gran alivio, ayudó a Von Klippstein a ponerse en pie y lo llevó a su catre a descansar. Mientras se dirigía a la salida, consultó de nuevo su reloj. Ya casi era mediodía. Comerían juntos, luego iría por última vez con su padre a la fábrica, examinaría los encargos, revisaría la contabilidad, daría una vuelta por las salas y se sentiría un extraño entre las trabajadoras. Vería cómo los prisioneros de guerra metían el carbón a paladas y arrastraban cajas pesadas. Regresaría lo antes posible para estar a solas una o dos horas con Marie. Casi siempre estaban los niños, pero esas horas serían solo para ellos. Sus hijos, que ni siquiera sabían decir «papá».

Mientras caminaba hacia la fábrica apenas notó el frío cortante. Marie. ¿Cómo iba a arreglárselas con todo? Sus padres, los niños. La fábrica. Ahora Kitty. Todo dependía de ella. ¿No había prometido en el altar que estaría siempre a su lado? Protegerla y guardarla. Hacerlo todo por ella. ¡Vaya una farsa! Lo único que podía hacer por ella era escribir unas cuantas cartas. En todas esas noches no había podido tomarla de verdad ni una sola vez, y no le resultó fácil, pero no quería otro embarazo en tiempos tan difíciles.

Era soldado, un extraño en su propia casa, ya no era partícipe de la vida de sus seres queridos, pero al mismo tiempo eran lo único que seguía vivo entre tanta lucha encarnizada y tanta muerte.

# II

## SEPTIEMBRE - DICIEMBRE DE 1917

# 27

El cuarto estaba completamente a oscuras y Hanna no se atrevía a encender la lámpara para mirar el despertador. Se quedó boca arriba e intentó oír las campanadas de la torre de San Maximiliano, lo que era posible si el viento soplaba en la dirección adecuada. Sin embargo, los fuertes ronquidos de Maria Jordan tapaban los demás sonidos. Llena de odio, escuchó los crujidos de su paladar, el prolongado silbido cuando soltaba el aire, los chasquidos de su boca cuando perdía el ritmo por un instante. Era repugnante dormir en la misma habitación que esa vieja. Su difunta madre casi siempre olía a aguardiente, pero rara vez roncaba, y tampoco llevaba esos ridículos gorros de noche con encaje.

Hanna decidió que era mejor levantarse demasiado pronto que demasiado tarde. Por suerte, llovía un poco, así que el cielo estaba nublado y la luna, esa vieja traidora, no la delataría. Salió de debajo de la manta con el máximo sigilo y se puso la ropa que tenía preparada. Cuando Maria Jordan interrumpió un momento su concierto, Hanna se quedó quieta a medio movimiento. Luego se reanudaron los ronquidos y siguió vistiéndose. Por suerte, no hacía frío, se pondría un pañuelo en la cabeza para protegerse de la lluvia.

Logró llegar a la puerta sin que se oyera un crujido de los tablones, solo cuando bajó la manija provocó un chirrido. En el pasillo no se atrevió a encender la luz porque alguien lo habría visto por la cerradura de su cuarto. Caminó a tientas, finalmente encontró la puerta que daba a la escalera de servicio y bajó aliviada a la cocina. Olía a guiso frío y té de menta, también a hierbas secas que la señora Brunnenmayer había colgado de un cordel.

Hanna decidió entonces encender una de las lámparas de gas. Miró el reloj de la cocina: la una y media. ¡Era el momento! Cogió la llave del gancho con un movimiento rápido y salió.

La puerta que daba al patio tenía echado el cerrojo por dentro. Debía estar de vuelta antes de que la señora Brunnenmayer bajara a la cocina a primera hora de la mañana, de lo contrario todo se iría al traste. Por supuesto, el cerrojo de arriba se atascó, empezó a sudar y al final le dio un golpe con la palma de la mano. Le dolió mucho, pero consiguió que cediera y pudo salir. La víspera había escondido las cosas bajo la leña que se utilizaba en la cocina, allí no iba nadie más que ella. Encontró el camino hasta el almacén de leña aun siendo noche cerrada, quitó los troncos y sacó la mochila, que estaba a rebosar. Un ratón le subió por la mano, soltó un gritito y luego se tapó la boca, asustada.

«Serás boba», se dijo furiosa. «Lo echarás todo a perder solo por un ratón diminuto.»

En ese momento dejó de llover y la luna brilló a través de la capa de nubes, más fina. Hanna miró el parque borroso, los viejos árboles eran como lúgubres figuras gigantes; entre ellas se veía el césped claro y tres sillas de mimbre olvidadas con las que los niños habían jugado al ferrocarril. Se puso la mochila al hombro y decidió que era mejor no ir por la entrada sino entre los árboles. Además, tal vez la señora Alicia no pudiera dormir y estuviera junto a la ventana mirando el parque. La noche anterior la señora había tenido migraña de nuevo.

Le gustaba caminar sobre el mullido césped. Por desgracia, los zapatos se le empaparon, pero no importaba. En la entrada aguzó la vista e intentó ver la calle, cosa harto difícil bajo la difusa luz de la luna. Las farolas de arco se habían apagado hacía tiempo.

«Bah. ¿Quién va a estar deambulando por la calle a estas horas?», pensó. Entró en el camino que llevaba a la fábrica de máquinas. Cada vez tenía el corazón más acelerado y, cuando llegó al viejo cobertizo, estaba sin aliento. Tosiendo, buscó refugio detrás del edificio destartalado, agarró bien la mochila y se agachó en el suelo. Apenas habían podido verse, pero habían intercambiado unas palabras en la valla y él le explicó su plan. Ahora ella solo podía rezar para que hubiera logrado salir de la barraca donde se alojaban los peones de la fábrica de máquinas y no lo hubieran visto trepar por la valla. Si lo cogían, se acabó. Para siempre.

—¡Channa! —susurró él—. *Mayá Channa!* Mi ángel.

Estaba escondido en el cobertizo y la observaba por una ranura entre los tablones. Con agilidad y sin hacer ruido, se acercó, se arrodilló delante de ella y le dio un beso apasionado. Arrasó como un tornado, besó el rostro de Hanna, también las palmas de las manos, la nuez, le desabrochó los botones y le abrió la blusa.

—No... Tienes que irte. No puedes perder tiempo.

Él le tapó la boca con una mano y continuó besándola con labios ansiosos. Ella se estremeció, dejó de resistirse y deseó que el tiempo se detuviera. Ojalá pudiera quedarse. Estar siempre con ella. Acostarse todas las noches a su lado, besarla, quitarle la ropa, recorrer todo su cuerpo con manos y labios. Y también hacer lo que los hombres hacían con su madre. Lo vio de niña por la ranura de la puerta y le dio un miedo terrible, pero luego su madre le explicó que era bonito. Sobre todo si era con el tipo adecuado.

—*Liubímaya mayá.* Mi dulce. Mi paloma...

—Hazlo… Lo deseo… Hazlo si eres un hombre —dijo ella.

Todo ocurrió muy rápido, pero seguro que fue por disponer de tan poco tiempo. Grigorij tiró de ella y la movió con brusquedad, le subió la falda, puso las manos donde un momento antes ella llevaba la ropa interior. Lo que hizo provocó fuegos artificiales en el cuerpo de Hanna, que apretó los dientes para no gritar y se agarró a él con fuerza. Luego Grigorij le hizo daño, una y otra vez, no cedió, por mucho que ella llorara y le pidiera en voz baja que parara. Él murmuró palabras en ruso, jadeaba del esfuerzo, se encabritó y cayó encima de ella con un profundo suspiro.

—*Mayá zhená…* Mi esposa… Mi Channa… Volveré. *Posle voiní…* Cuando termine la guerra.

Ella se quedó inmóvil mientras él comprobaba lo que había en la mochila bajo la luz difusa de la luna. Pan, jamón, salchicha, un pedazo de queso… Lo había robado de la despensa para él. Una botella de coñac francés, que consiguió porque el señor director había olvidado cerrar la bodega. Últimamente estaba bastante olvidadizo el viejo señor Melzer. Ropa interior, calcetines, zapatos y un traje completo con chaleco. Lo había cogido del armario del joven señor, a fin de cuentas estaba en el frente y ahora no necesitaba sus cosas. También había un gorro y una cartera. Dentro estaba todo el dinero que tenía. Treinta y un marcos y veintitrés peniques.

—*Nie ostorozhno…* Eres una imprudente. Te multarán, Channa.

—Da igual. Lo importante es que llegues a salvo a Suiza. Desde ahí puedes volver a Rusia. *Ponimaesh? Shveitsaria… Rossía.*

Él asintió y se quitó la ropa. Se quedó desnudo delante de ella bajo el claro de luna plateado, delgado y nervudo, como un joven guepardo que tensara los músculos, dispuesto para la caza. La ropa del joven señor le iba un poco grande, pero

Hanna había sido lo bastante lista para coger un cinturón, y había puesto papel de periódico en la punta de los zapatos.

—Ven.

Hanna sacó unas tijeras del bolsillo exterior de la mochila y se puso a cortarle el pelo y la barba. Él se dejó hacer mientras la observaba con una sonrisa. Era una sonrisa tierna. Si antes no le hubiera hecho tanto daño, le habría dado un abrazo y un beso.

—*Krasivi málchik* —dijo ella, y le acarició el pelo corto—. Eres un hombre joven y guapo.

—Hombre no —repuso él—. *Muzh*. Tu marido, Channa. Volveré cuando termine la guerra, te lo juro.

Él le quitó las tijeras de la mano y se sacudió los pelos del cuello y la chaqueta. Luego le dio un largo beso, entró en su boca con la lengua, pero a ella no le provocó placer. Cuando se apartó, ella notó que tenía restos de pelos en la lengua.

—Tienes que irte. Coge la mochila. Deja la ropa vieja aquí, la enterraré. ¡Vete!

Él no quería soltarla, decía que lo estaba echando y quería oír de sus labios que lo esperaría.

—¡Júramelo, Channa!

—Te esperaré, Grigorij. Esperaré a que vengas a buscarme y me lleves a tu país. No quiero pertenecer a otro mientras viva.

Él le agarró la mano izquierda y entrelazó los dedos con los de Hanna, como si fuera a rezar.

—Tú y yo… *na vsegdá vmeste*. ¡Para siempre juntos!

Él le apretó los dedos como si quisiera reforzar así su promesa. Luego retrocedió un paso y se echó la mochila al hombro, se puso el gorro y se lo caló.

No hubo ningún «hasta pronto», ni «*do svidania*». Se dio la vuelta y se fue, salió a la calle y se dirigió a la estación de mercancías. Pretendía esconderse en un vagón para abandonar Augsburgo lo antes posible. Más tarde compraría un billete para Friedrichshafen o Constanza, y desde allí tomaría un barco a Suiza. En Suiza, eso le habían dicho, recibían a los prisioneros de guerra rusos con amabilidad y los ayudaban a regresar a su país.

Hanna tardó un rato en colocarse bien la ropa, luego buscó una piedra plana y cavó un agujero en la tierra. Por suerte, el suelo estaba blando por la lluvia, pero seguía siendo una tarea difícil y sucia. Antes de enterrar la camisa desgarrada, los pantalones y la ropa interior en el agujero, olió la ropa, inspiró una vez más su olor corporal y por un momento imaginó que aún estaba con ella. Luego lo metió todo en el agujero, lo cubrió de tierra, puso la capa de césped encima y la pisó. Esperaba que el viento se llevara los pelos negros que había por todas partes, era imposible recogerlos a la luz de la luna.

Le costó emprender el camino de regreso a la villa. Habría preferido ir corriendo a la estación de mercancías y marcharse con él. Pero era imposible, solo habría conseguido ponerse en peligro. Empezó a llover de nuevo, y le preocupó que la ropa buena que le había dado a Grigorij se hubiera mojado. Volvería a tener un aspecto miserable, enseguida sospecharían que era un prisionero huido.

En la oscuridad de la noche, estuvo a punto de pasar de largo la entrada a la villa, distinguió el borde de piedra donde se erguían las dos alas de la puerta de hierro forjado. Ya no le resultaba agradable caminar sobre el césped, la emoción que había sentido antes había dado paso a un profundo abatimiento. Todo había salido bien pero, por algún motivo, se sentía decepcionada y tremendamente triste. Tal vez porque no había sido nada bonito, solo le había dolido. O porque todo había sido muy rápido. Sin duda, era porque no lo vería en mucho tiempo. Como siempre, estaba calada hasta los huesos y exhausta. Cuanto antes se quitara la ropa y se metiera en la cama, mejor.

La villa era como un coloso oscuro en el cielo nocturno,

pero en la planta baja había algunas ventanas iluminadas. Aguzó la vista. Menos mal, eran las ventanas del hospital, donde normalmente dejaban encendida una luz por la noche. En las dependencias de la izquierda, en la cocina y la despensa, estaba todo a oscuras. Solo tenía que cruzar rápido el patio, abrir la puerta que daba a la cocina, volver a echar el cerrojo por dentro y luego subir a su cuarto en silencio, como un fantasma.

Todo salió a la perfección hasta que tuvo que empujar el segundo cerrojo por dentro. Esa cosa estúpida se quedó atrancada y no le quedó más remedio que recurrir al método de darle un golpe con la base de la mano. ¡Ya está!

—¡Alarma! —gritó una voz alterada—. ¡A cubierto! Ratas y ratones. Bajad la cabeza. Granadas. Vienen. Se lanzan. Hundid la cabeza en la tierra.

Hanna se quedó petrificada, por un instante creyó que había caído una granada en la villa. Luego se percató de que aquel grito terrorífico salía de debajo de la mesa larga y lo entendió. Humbert tenía otro de sus ataques. Precisamente esa noche, ¡qué mala suerte!

—¿Humbert? ¿Estás ahí abajo?

Se arrodilló en el suelo, pero estaba demasiado oscuro para ver nada. Aun así, oyó su respiración entrecortada y asustada y creyó notar cómo temblaba. Pobre tipo, la guerra le había hecho perder la cabeza.

—Fuera…, fuera… Ahora llegará… Se oye el estruendo… ¡Vienen los aviones!

—No. Humbert. Soy yo, Hanna. Estabas soñando.

No paraba de temblar, y de pronto Hanna comprendió que no había sido muy inteligente decir su nombre. Además, enseguida llegaría la señora Brunnenmayer, siempre acudía corriendo cuando Humbert se volvía loco.

—Rápido, escóndete. Ya vienen —gemía Humbert desde su escondrijo.

Hanna aún estaba a tiempo de colarse en el hospital por la otra puerta, ya oía los pasos decididos de la cocinera en la escalera. «Estupendo. Si ahora Humbert le cuenta que he estado en la cocina, se acabó. Solo espero que no lo crea porque siempre dice sandeces cuando tiene sus ataques», pensó.

Dio un rodeo por el lavadero y consiguió llegar a la escalera sin que la vieran. Rogó que ni la señorita Schmalzler ni Else estuvieran despiertas y se les ocurriera ir a ver si en la cocina todo estaba bien, porque entonces se toparía con ellas de frente. Subió con cuidado peldaño a peldaño, escuchó temerosa por si hacía ruidos que la delataran, pero solo oyó la voz de la señora Brunnenmayer consolando a Humbert abajo, en la cocina. Finalmente, hizo de tripas corazón y subió los últimos peldaños corriendo, recorrió el pasillo a toda prisa y se detuvo en la puerta de su cuarto. Se quedó quieta, sin aliento, sintiendo el martilleo de su corazón. Maldita señorita Jordan. ¿Roncaba? ¿O estaba despierta? Durante un rato no se oyó nada, luego un leve ronquido al que le siguieron más sonidos. Bueno, era el ruido de aserradero de siempre.

¡Puaj, qué ambiente más rancio había en el cuarto! Qué rabia no poder abrir la ventana, Maria Jordan se lo tenía prohibido porque decía que su hombro derecho era sensible a las corrientes de aire. Hanna se metió en la cama y se quitó la ropa mojada, encontró el camisón debajo de la almohada y se lo puso. Qué gusto poder estirarse debajo de la colcha. Empujó la ropa húmeda debajo de la cama para que Maria Jordan no la viera de casualidad por la mañana. Luego se puso de lado, dobló las rodillas contra el cuerpo y colocó bien la almohada. Le quedaban un par de horas más de sueño: a las seis sonaría el maldito despertador.

—¿Dónde estabas?

De golpe estaba bien despierta. ¡Esa bruja no dormía! Solo roncaba para engañarla.

—¿Qué? —dijo ella, como si se acabara de despertar.

—Que dónde estabas. Te he oído llegar.

Hanna pensaba rápido. Lo suyo era admitir lo mínimo posible y mentir lo mejor posible.

—Humbert ha tenido otro ataque.

Se hizo el silencio durante un rato. Seguramente esa garrapata asquerosa estaba rumiando algo. Hanna la oía dar vueltas en la cama sin parar de resollar.

—Humbert —dijo la señorita Jordan—. Vaya.

# 28

Querido:

Hace cinco largas semanas que no recibo correo tuyo, pero ya hemos pasado por períodos difíciles, por eso quiero creer que tú sí has leído todas mis cartas y que en pocos días encontraré un fajo de correo en la mesa del desayuno.

Los dos nos equivocamos, porque este año que recibimos con tanto optimismo no se ha convertido en el año de la paz. Al contrario, parece el año de las desgracias: los estadounidenses refuerzan desde abril las filas de nuestros enemigos, y en Rusia el pueblo ha tomado el poder. No les tengo mucha simpatía a los zares rusos, pero me parece un mal presagio para toda Europa que los hayan obligado a abdicar. Por todas partes se fortalecen los socialdemócratas. Animan a los obreros de las fábricas a causar disturbios y organizar huelgas que, en la situación de apuro en que nos hallamos, no son de gran ayuda.

Marie releyó el último párrafo con mirada crítica y negó con la cabeza, descontenta. ¿Para qué importunaba a Paul con esos problemas? Se quejaba de las huelgas en las fábricas. ¿De verdad quería que se preocupara por ella? Ni hablar.

Arrugó el papel con un suspiro. Al lado, en la habitación de los niños, se oían los gritos de Henni, un objeto contundente chocó contra la pared y su chillido se volvió estridente y rabioso. Era la menor de los tres niños, pero se hacía respetar de manera extraordinaria gracias a su energía y al volumen de sus gritos. Dodo, ese cielito, era buena y casi siempre se dejaba hacer, pero Leo se resistía y no dudaba en usar su superioridad física. Con todo, de momento no le había servido de mucho, pues Rosa defendía a Henni.

Marie esperó a que se calmaran los gritos, luego cogió otra hoja y empezó de nuevo.

> … por aquí no hay muchas noticias. Los niños están sanos y siguen creciendo, hace poco que Dodo superó un resfriado, y Leo se dio un golpe en la rodilla, pero por suerte ambos se han curado bien. Mamá está contenta, te envía muchos saludos. Papá también está bien, aunque el trabajo en la fábrica le exige mucho y lo he convencido para que vaya solo en días alternos. La producción de tela de papel va a toda máquina, no podemos producir lo suficiente para cubrir todos los encargos. Se me han ocurrido algunos patrones nuevos y también he animado a Kitty a poner sobre el papel sus ideas. De momento sin éxito, por desgracia.

Se reclinó en la silla y pensó si debía escribirle unas palabras sobre su hermana pequeña. No había mucho bueno que contar. Tras el aborto, Kitty se pasó semanas en su habitación, a oscuras, sin querer ver a nadie. Finalmente Marie entró en su reino y le echó una buena reprimenda. No tenía derecho a sumirse de ese modo en su pena. Tenía una niña pequeña, ¿o es que ya le daba igual? Desde entonces, Kitty aparecía en la mesa del desayuno, participaba de la vida familiar y se ocupaba de Henni. Sin embargo, no quedaba nada de su carácter vivaracho y arrollador. Deambulaba por la villa como una sombra de sí misma, pálida, parca en palabras y casi siempre con los ojos llorosos.

Kitty se esfuerza por salir adelante pese a la terrible pérdida. La semana pasada estuvimos las dos en una reunión de la sociedad benéfica, donde participó en las actividades planeadas.

Seguro que eso sería causa de alegría para Paul, aunque era una exageración. Marie había empleado todas sus artes de persuasión para evitar que se rapara el pelo y lo diera en la recaudación. Recogían pelo de mujer por todas partes para fabricar juntas y correas. También recogían todo tipo de «donativos» para los soldados, desde monederos para colgar al cuello, pasando por mitones de lana, tirantes, calzones y jarras de cerveza, hasta licores, tabaco y chocolate, todo lo daban y lo llevaban al frente.

La semana pasada nos llegó una carta de Brandeburgo de Ernst von Klippstein. Ha podido arreglar sus asuntos para satisfacción de todas las partes, es decir, pronto se notificará la separación para que Adele pueda casarse de nuevo. Dado que Ernst, por razones de salud, no se encuentra en situación de llevar una finca con cría de caballos, han acordado que deje la finca, y su hijo es el heredero. Klippstein no dice qué planes de futuro tiene, pero me temo que volverá a presentarse voluntario para el servicio militar. Por eso lo he invitado de nuevo a la villa, de corazón.

Tenía mala conciencia porque, en el fondo, sintió alivio cuando Klippstein no aceptó la propuesta de Paul. Por supuesto, el pobre tipo le daba lástima; además de sufrir graves heridas había perdido su felicidad personal. Sin embargo, su entusiasta adoración la sacaba de quicio. Al final, ella le había demostrado su buena voluntad y lo había invitado de nuevo. No dependía de ella si aceptaba o no.

Nos hemos llevado una gran alegría con la vuelta de Gustav. Una bonita tarde se plantó en la puerta sin previo aviso. El pobre ha perdido el pie izquierdo por una granada, pero le han puesto una prótesis de madera y se las apaña bien. La buena de Auguste estaba loca de alegría, le he dado tres días libres para que puedan celebrar el reencuentro como es debido. Gustav, junto con su padre, ya se ha ocupado de la parte trasera del parque, que quiere convertir en un gran huerto. Han tenido que cavar mucho, Humbert también ha participado, y a finales de verano dará frutos, salvo el huerto de hierbas. Cosecharemos patatas, nabos, repollo y rabanitos en grandes cantidades y viviremos mejor que nunca.

Marie sonrió. A Paul le agradaría saber que Gustav había vuelto lleno de energía. Por un momento se planteó si debía mencionar algo sobre Humbert, pero lo descartó. En realidad no había cambiado nada, Humbert prestaba sus servicios con celo y, aunque los tres dedos del medio de la mano derecha se le habían quedado rígidos, se las arreglaba sorprendentemente bien. Sin embargo, seguía teniendo esos extraños «ataques», una especie de alucinaciones que lo asaltaban en cualquier momento del día y de la noche. Luego empezaba a temblarle todo el cuerpo, se quedaba hecho un ovillo y se escondía. Gustav lo había sacado en varias ocasiones de debajo de la cama, en su cuarto, pero la mayoría de las veces se escondía en la cocina, bajo la mesa grande.

Marie había hablado con el doctor Stromberger, que se había hecho cargo del hospital junto con el doctor Greiner. Stromberger ya tenía más de cincuenta años, se había mudado a Augsburgo con su esposa y había alquilado un piso donde también atendía a otros pacientes. Le recetó bromo a Humbert para que se calmase, pero no sirvió de mucho.

Así que en casa todo sigue su curso, y solo deseamos una cosa: que nuestro país, que ha pasado una prueba tan dura, por fin pueda firmar una paz honrosa. Esta guerra ya dura tres largos años, y eso que todos creíamos que iba a terminar pasados unos meses. Mi querido Paul, ni siquiera sé cuándo y dónde te llegarán estas líneas, pero aun así estoy convencida de que pronto volveremos a vernos. Mi amor por ti es más fuerte que toda la miseria de esta guerra, eres mío, no voy a renunciar a ti, te encontraré allí donde vayas. De noche estás a mi lado, como si nunca te hubieras ido. Noto tus brazos que me rodean, y veo tu boca sonriente.

MARIE

Leyó de nuevo las últimas líneas y se preguntó si sonaban absurdas o incluso pomposas. No obstante, estaba segura de que Paul sabría entenderlas; simplemente era lo que sentía, no podía expresarlo de otra manera, tampoco era poetisa. Dobló la carta y la metió en un sobre donde se leía en mayúsculas «correo militar», escribió el nombre de Paul y su unidad y cerró el sobre. Estuviera donde estuviese, en algún momento aquella carta acabaría en sus manos. Eso quería creer.

Se levantó y miró el pequeño reloj de péndulo de jade verde que le había regalado Alicia. Ya eran casi las dos, hora de ir a la fábrica.

—¿Auguste? Por favor, dale esta carta a Humbert, que la lleve a correos con las demás.

Auguste estaba exuberante, se le habían ensanchado las caderas y Marie sospechaba que volvía a estar en estado de buena esperanza. No sería un milagro: Gustav era un marido enamorado y cumplidor.

—Claro, señora.

—Humbert ya se ha recuperado, ¿verdad?

El pobre había tenido uno de sus ataques hacía dos noches, y a la cocinera le costó mucho convencerlo para que saliera de debajo de la mesa de la cocina.

—Está estupendo, señora. Pero su suegra sigue teniendo migrañas.

Ya era el tercer día. Pobre Alicia: sin duda la carta de su cuñada Elvira desde Pomerania la había afectado. Rudolf von Maydorn, el único hermano vivo que le quedaba, estaba gravemente enfermo, y Alicia quería ir a verlo, quizá por última vez. Sin embargo, en la actual situación de guerra y con las malas conexiones de tren, no se recomendaba viajar a Pomerania.

—Dile a mi suegra que volveré hacia las seis.

Se puso una chaqueta y un sombrero, el negro con el ala recta que parecía de caballero. Las faldas, para disgusto de las generaciones mayores, se habían acortado, se consideraba moderno enseñar el tobillo y parte de la pantorrilla. Con todo, salir de casa sin sombrero sería más que inapropiado.

Marie pasaba mañanas alternas en el despacho y también iba por las tardes con regularidad. Unos meses antes tuvo la gran alegría de proyectar nuevos patrones de telas, pero ahora le preocupaba más que la empresa mantuviese el ritmo. La fábrica de paños Melzer seguía funcionando, se hacían hilos de papel y se fabricaban telas. Pero ¿qué ocurriría cuando los trabajadores se contagiaran de las huelgas que surgían por todas partes? Marie había visto los números por la mañana, y, aunque no comprendía del todo la doble contabilidad, tenía claro que su suegro mantenía los sueldos lo más bajos posibles.

Cuando el portero le abrió la puerta de la fábrica, Hanna estaba cruzando el patio con la carretilla. El almuerzo de los prisioneros de guerra se preparaba en la cocina de la villa pero lo pagaba el Ministerio de Guerra.

—¡Hola, Hanna! ¿Estás bien? Estás un poco pálida, niña.

—Gracias, señora, estoy bien.

La respuesta de Hanna fue escueta, no le dedicó ni una mirada y se dirigió directamente a la puerta. Marie se enfadó. Entendía que estuviera molesta con ella por haber dispuesto que el prisionero de guerra Grigorij Shukov fuera trasladado a la fábrica de máquinas. Aunque, en realidad, Hanna debería estarle agradecida, quién sabía cómo habría acabado aquello.

Marie se dirigió a la hilandería a comprobar si el trabajo seguía su curso habitual, luego se aseguró de que todo fuera bien en la tejeduría y se alegró al ver las balas de tela impresas con los patrones creados por ella. La calidad de la tela de papel aún dejaba mucho que desear, era rígida, se arrugaba mucho y los colores no salían luminosos, pero el mayor problema era lavarla, pues la tela se disolvía. Por eso se recomendaba colgar las prendas al aire y limpiarlas con un cepillo blando.

Saludó con un gesto amistoso al capataz Gundermann; en la sala había demasiado ruido para mantener una conversación, pero Gundermann estaba ansioso por hablar con «la joven esposa del director». Como todos los trabajadores, consideraba a Marie una visita y, cuando la llamaba «la joven esposa del director», el título hacía referencia a su marido, Paul Melzer, no a ella. Las obreras tampoco mostraban el mismo respeto sumiso que profesaban al director Melzer. Solo algunas habían entendido que había sido Marie, con su obstinación, la que había salvado la empresa.

Arriba, en la antesala, era muy distinto. Tanto Lüders como Hoffmann se habían percatado de que soplaban vientos nuevos. Si Marie las solicitaba para dictar algo, aparecían presurosas; también le dejaban las cartas terminadas y por la mañana no dudaban en llevarle el correo.

—Nos alegramos de que esté aquí, señora directora —dijo Lüders de nuevo—. Todo ha tomado un nuevo empuje, no sé si me entiende.

A Marie le contentó a medias el cumplido, pues era un indicio de lo que ella venía notando desde hacía un tiempo: Johann Melzer cada vez se desentendía más de las tareas diarias, delegaba la compra en Marie y apenas se ocupaba de la venta de las telas de papel. Marie había resultado ser una mujer de negocios precavida y lista, y con eso le bastaba. No obstante, solo valía su firma, había que presentarle todo el papeleo para que diera el visto bueno.

Aquel día, excepcionalmente, estaba sentado al escritorio de Paul, con varias carpetas y libros delante.

—Hoy has vuelto a saltarte el almuerzo, papá —dijo ella en tono de reproche—. ¿De qué te alimentas? ¿Del aire y los números?

Él cerró el libro y se quitó las gafas. Cómo se le había arrugado la cara. Y parecía que su cuerpo, hasta entonces fuerte, se hubiera encogido, de repente la chaqueta también le iba grande.

—¿Para qué has traído estos libros, Marie? ¿Tiene que ver con tu obsesión por iniciarte en el arte de la doble contabilidad?

De hecho, podía estar orgulloso de que su nuera se dedicara a algo tan árido como la contabilidad. Muy de vez en cuando la elogiaba delante de sus conocidos y decía que era una «astuta mujer de negocios», pero cuando se trataba de explicarle algo se hacía de rogar.

—Le he pedido al señor Bruckmann que me preste algunos libros de contabilidad.

Él soltó una risa breve y brusca, y luego se puso a toser. El viejo Bruckmann era la persona adecuada, a él sí lo podía mangonear.

—¿Y? ¿Te ha explicado su profesión? ¿El debe y el haber? ¿Cómo hacer transferencias con una letra minúscula? Ese tipo escribe con unos deditos finos. Como un monje que copia la Biblia.

El viejo contable le había explicado muchas cosas, pero luego entró en detalles y Marie tenía la sensación de no haberlo entendido todo. Por eso se había llevado esos libros.

—Sí, es un empleado diligente y leal.

Sus miradas se encontraron en el vaso medio vacío que había junto al montón de libros, sobre el escritorio. Melzer se aclaró la garganta, luego cogió el vaso con un movimiento casi obstinado y se lo bebió.

—¿Esperabas que te dejara la silla libre? —dijo, no sin ironía.

—Quédate ahí sentado, papá. De todos modos quería comentar algo contigo.

Se quitó el sombrero y la chaqueta, luego se sentó en una de las butacas de piel. Estuvo a punto de cruzar las piernas y mover la punta del pie, pero se reprimió porque sabía que él no lo soportaba.

—¿Tiene que ver con tus diseños? O sea, si me lo preguntas: no me gusta que las mujeres se vistan como los hombres.

Ella había creado trajes y abrigos que fueran fáciles de coser con telas de papel. Eran formas rectas, lisas y sin adornos, y aun así, a su juicio, no carecían de cierta elegancia femenina.

—No, no se trata de eso, papá. Me gustaría hablar contigo de los sueldos.

Melzer puso una cara rara, como si le hablara en ruso. Marie comprendió que no iba a ser fácil.

—No hace falta que te devanes los sesos con eso, Marie. Desde que existe esta fábrica, siempre he pagado un sueldo decente a mis trabajadores.

Ella no era de la misma opinión, pero no le convenía discutir sobre cosas del pasado precisamente ahora, pues enseguida tocarían temas que emponzoñarían la conversación.

—Si la vara de medir es la fábrica de máquinas o de papel, es cierto —empezó ella, con cautela—. Sin embargo, soy de la opinión de que ahí se despacha a los trabajadores con un sueldo de miseria.

Lo estudió con la mirada: permanecía inmóvil, sujetando las gafas por una patilla como si esperara algo, con gesto burlón.

—Seguro que has leído las noticias sobre disturbios y huelgas —continuó ella—. Yo creo que muchos trabajadores salen a la calle por pura necesidad.

—¿De verdad? —intervino él con sarcasmo—. Mira qué bien. Mi nuera habla por boca de los comunistas. ¿Has asistido a sus reuniones? ¿Has alzado el puño y has congeniado con los espartaquistas? En Rusia, por desgracia, han tumbado a los zares y han declarado una república soviética. ¡Una república donde el pueblo tiene el poder! Es el fin de esa cultura. Han profanado iglesias, asesinado a gente. Las mujeres se han convertido en hienas.

—¿Y por qué? —dijo ella levantando la voz—. Seguro que no es porque la gente viva demasiado bien. Esos disturbios nacen del hambre y la necesidad. ¿Te has paseado últimamente por los barrios pobres de nuestra ciudad?

Johann Melzer tenía la cara muy roja, y Marie temió haberlo alterado demasiado. Dio un puñetazo en la mesa con furia. Si de verdad sus trabajadores pasaban necesidades, él sería el último en negarles un aumento de sueldo. Había financiado un barrio de viviendas para ellos. Una guardería. Se ocupaba de sus empleados como si fueran su propia familia.

—Entonces convendría darles un aumento antes de que se les ocurra exigirlo. Los precios de la comida no paran de subir.

—Eso es una tontería. Los precios los fijan las autoridades.

Marie tuvo que respirar hondo para dominar la ira. ¿De verdad no sabía que la mayoría de los alimentos se vendían «bajo mano»? No, no podía ser tan ingenuo.

—Por lo que he visto en la contabilidad, estamos en situación de pagar a obreros y empleados un aumento de sueldo.

—¡Así que es eso! —se burló él—. ¡Por eso estudias mi contabilidad! Mi querida niña, tus ideas románticas de una clase obrera feliz gracias a un buen sueldo están muy alejadas de la realidad. Los trabajadores no están más contentos con más dinero. Solo se consigue despertar más codicia, es una espiral sin fin. Luego lo querrán todo, la fábrica entera, la villa, nuestros bienes, ¡todo!

Jesús bendito, qué testarudo era. Si Paul estuviera ahí, Marie tenía la certeza de que compartiría su opinión. Sin embargo, Paul estaba lejos, y ella tenía que arreglárselas sola.

—¿Qué ocurre con los beneficios a final de mes? —insistió.

—Necesitamos una reserva —refunfuñó él—. Nadie sabe qué nos deparará el futuro.

—Para que la fábrica sobreviva, necesitamos imaginación, habilidad para los negocios y trabajadores entregados. ¡Que estén dispuestos a apoyarnos a las duras y a las maduras!

—Exacto —repuso él con malicia—. Y precisamente por eso no podemos contentar a nuestra gente. De lo contrario, exigirían más de lo que podemos pagar.

Ahí se le acabó la paciencia. Marie se levantó furiosa, agarró los libros y se los llevó a la antesala. Le pidió a Hoffmann que se los devolviera al señor Bruckmann, de contabilidad. La cara de susto de Hoffmann la enfadó aún más, era evidente que las dos habían estado escuchando tras la puerta y habían oído su derrota.

Cuando volvió al despacho de Paul se encontró a Johann Melzer con una vaga sonrisa en el rostro. ¿Se estaba riendo de ella?

—Como ahora quieres dictar cartas, te dejo el sitio despejado —dijo—. Lüders, ¿está preparada la carpeta de firmas?

—No, señor director —exclamó Lüders, demasiado solícita—. Primero quería escribir las cartas que su nuera… Pero, por supuesto, también puedo…

Johann Melzer se dirigió hacia la puerta de su despacho con un andar extraño, de pasos cortos. Marie se fijó en la rigidez de su postura, el leve bulto en el lado izquierdo del pecho: claro, llevaba escondida una botella en el bolsillo interior.

# 29

Elisabeth se reprendió a sí misma por ser tan tonta, pero no era capaz de amortiguar las palpitaciones que la sorprendían cada vez que tomaba aquel camino. Pasó por delante de la iglesia de San Jakob, después giró dos veces a la izquierda, atravesó una placita y ya estaba allí. No muy lejos de la colonia Fuggerei se encontraba el orfanato de las Siete Mártires, un edificio macizo revocado en tono claro, con ventanas altas y estrechas. El orfanato en el que Marie había pasado su infancia. Desde que lo visitaba con frecuencia, Elisabeth era más consciente de lo triste que había tenido que ser la niñez de Marie.

Tiró de la antigua campanilla, que siempre causaba un gran estrépito, y mientras esperaba trató en vano de aplacar su nerviosismo. Qué ridiculez. Era una mujer casada que iba allí a cumplir con una obligación patriótica, entregar un donativo para los huérfanos.

Una de las niñas mayores, una muchacha delgada y pálida de trece años, abrió la puerta y le hizo una profunda reverencia.

—Buenos días, Coelestina. ¿Cómo estás?

—Muchas gracias, señora Von Hagemann. Estoy bien.

A Elisabeth no le gustaba la sumisión que mostraban los niños de mayor edad. Sabía por experiencia que precisamente aquellos que más se inclinaban eran siempre los más deslenguados. Pero la directora de la institución, la señora Pappert, debía de ser una auténtica bruja que gobernaba a esas pobres criaturas con mano de hierro. Después de todo lo que había averiguado, Elisabeth sentía mucho más respeto por su cuñada. Marie se había enfrentado a aquella diablesa. Bien por ella.

Acarició el cabello liso de la muchacha, que lo llevaba recogido en dos trenzas. Con el tiempo se había dado cuenta de que a la mayoría de aquellos niños les encantaba el contacto físico, sobre todo a los más pequeños, prácticamente lo suplicaban. No era de extrañar, ya que, aparte de la enérgica cocinera que trabajaba allí por horas, solo había dos mujeres mayores que bien podrían haber sido soldados de caballería. Los pequeños carecían de una figura maternal. En cambio, contaban con un padre cariñoso: Sebastian Winkler.

¡Con qué dedicación realizaba su labor, qué cuidadoso era, cuánto se preocupaba por cada una de aquellas pobres criaturas! Sin duda era una persona entrañable.

—El señor Winkler está con los enfermos —dijo Coelestina con una precoz mirada incisiva—. Clara y Julius tienen el sarampión.

—¿El sarampión? Ay, Dios mío.

—Yo pasé el sarampión cuando tenía siete años —explicó la muchacha con orgullo—. El doctor Greiner ha dicho que por eso no me voy a contagiar.

Elisabeth intentó recordar si ella había pasado esa enfermedad infantil, pero no lo consiguió. Estaba segura de que Kitty sí, todavía le parecía oír los gritos desesperados de su hermana pequeña al verse la erupción de la cara en el espejo.

Recorrieron un pasillo estrecho y bastante oscuro. A ambos lados se abrían con cautela puertas de las que asomaban rostros curiosos. Pequeños mocosos con el dedo en la nariz, chiquillos pálidos y débiles de ojos grandes, niñitas con vestidos sueltos y sin zapatos, muchachas más mayores con ropa demasiado grande. Los más pequeños estaban arriba, en dos dormitorios grandes, al cuidado de una de las mujeres. Elisabeth ya conocía a todos los niños y se sabía sus nombres; tenía sus preferidos, otros le gustaban menos.

El director del orfanato, Sebastian Winkler, salió de su despacho y, aunque parecía muy preocupado, la recibió con afecto. ¿Serían imaginaciones suyas o realmente resplandeció de alegría al verla?

—¡Señora Von Hagemann! Qué bien que nos visite de nuevo. No... Deje que me lave las manos. Me temo que tenemos sarampión. He acomodado a los dos pequeños en mi despacho para que no contagien a los demás.

Cerró la puerta tras él, la acompañó al comedor, que también hacía las veces de sala de estar y de aula, y le acercó una silla para que se sentara. Después, con una disculpa apresurada, se marchó a lavarse las manos. Estaba convencido de que las enfermedades contagiosas solo podían contenerse mediante una higiene absoluta.

Elisabeth enseguida se vio rodeada, recibía miles de preguntas, le contaban todo tipo de historias, y aupó en su regazo a los dos más pequeños, un nene pelirrojo y una diminuta niñita pelona que no la dejaban en paz.

—¿Nos has traído chocolate, tía Lisa?

—Cuando sea mayor, seré soldado y montaré a caballo.

—Esta noche hay papilla con azúcar, tía Lisa. ¿Te quedarás a cenar?

—Yo también quiero que me aúpes.

—Tía Lisa... Me duele muuucho la garganta.

—Mi mamá es una india que vive en un castillo y tiene un gato de oro.

—Tía Lisa... El tío Sebastian siempre se pone muy rojo cuando hablamos de ti.

Cuando el director regresó, se quedó un instante junto a

la puerta para observar la actividad que reinaba en torno a su invitada, y finalmente acercó una silla para sentarse junto a ella. Se tambaleaba un poco al andar, le habían fabricado una prótesis de madera con la que, según decía, se las arreglaba a las mil maravillas. Aunque admitía que por las noches la pierna le dolía un poco.

—Siempre tengo la sensación de que soy tremendamente egoísta —dijo con una sonrisa—. Suficiente trabajo tiene con el hospital, y yo no hago más que insistirle para que nos visite. Pero es por los niños, están locos por usted.

Elisabeth sonrió halagada y replicó que para ella era una gran alegría pasar tiempo con los niños y poder ayudarlos en algo.

—Muchas veces el trabajo en el hospital resulta angustioso —reconoció—. Ayer murió otro soldado de tifus, no pudimos hacer nada por él. Me dictó una larga carta de despedida para sus padres y su prometida.

Dos de los chicos habían comenzado a pelearse, se oyeron insultos y gritos de rabia, y Sebastian se levantó de un salto para separar a los gallos de pelea.

—¿No os da vergüenza comportaros así delante de la señora Von Hagemann? Ya que ahí fuera hay una guerra, mantengamos al menos la paz aquí dentro. ¡Vosotros dos, haced las paces!

Elisabeth presenció cómo los dos jovencitos se daban la mano mientras intercambiaban miradas sombrías. Esa paz no duraría demasiado, lo mismo sucedía entre Kitty y ella cuando eran pequeñas.

—He traído un par de tonterías. Nada especial, pero será mejor que vaciemos la bolsa en la cocina.

Había llevado diez pastillas de jabón bueno, varias latas de concentrado de carne, una bolsa de caramelos de frambuesa y un bote de miel, tesoros que había sustraído de la despensa de la villa. Sin duda no era más que una gota de agua en el mar, ya que en ese momento había más de cuarenta niños en el orfanato, pero era mejor que nada. Sebastian Winkler, sentado enfrente de ella a la mesa de la cocina, aceptó los regalos visiblemente emocionado. Y cuando deslizó por encima de la mesa un sobre con una pequeña suma de dinero, él le sostuvo la mano un instante.

—Es usted un auténtico ángel, señora Von Hagemann. Sé que estas palabras suenan pomposas y triviales, pero son las únicas que encuentro para describirla.

Elisabeth se abandonó al agradable cosquilleo que sintió con su contacto. Su mano era cálida y firme, muy masculina al tacto. Suave y fuerte. Protector y admirador al mismo tiempo. Una persona entrañable con un alma pura. Menos mal que él no conocía las fantasías terrenales que atormentaban en ese mismo momento a su «ángel». Estaba casada, claro. No hacía tanto tiempo estaba loca por Klaus von Hagemann. Sin embargo, se había visto obligada a aceptar numerosas decepciones. Tenía todo el derecho a soñar.

—Me abochorna usted, señor Winkler.

—¿Me permite ofrecerle un té? Deme ese gusto.

Dios mío, estaban a solas en la enorme cocina, la cocinera ya se había marchado. Sebastian Winkler se levantó y cogió dos tazas de la estantería, las puso sobre dos platillos que no conjuntaban en absoluto, y después levantó la tapa redonda del fogón con un gancho de hierro para echar leña.

—¡Deje que lo haga yo! —exclamó ella impulsivamente.

—Ni se me ocurriría —respondió él con decisión—. Quédese sentada, no soy tan torpe como parezco.

En ese momento la tapa de hierro se resbaló del gancho y cayó con un sonoro tintineo sobre el fogón. «Oh, Dios», pensó Elisabeth, apocada. «Lo cierto es que no tengo ni la menor idea de cómo se enciende un fuego. ¿Por qué nunca se me ha ocurrido entrar en la cocina para aprender? Bueno, porque mamá nos lo tenía prohibido.»

—Discúlpeme —balbuceó Sebastian—. No quería asustarla. Como puede ver, mis artes culinarias no están demasiado cultivadas aún. Pero me las arreglo. Enseguida estará listo.

Echó leña y volvió a colocar la tapa en su sitio, después llenó la tetera y la puso sobre el fogón. Se le habían formado gotas de sudor en la frente, su rostro ancho y de rasgos algo toscos estaba rojo por el esfuerzo. Elisabeth se sorprendió de nuevo con pensamientos inapropiados. ¿Qué se sentiría al ser agarrada por esas manos grandes y fuertes, con la firmeza con la que agarra un hombre que desea a una mujer?

—Me siento muy afortunado de haberla conocido —dijo mientras regresaba a la mesa. Volvió a sentarse enfrente de ella y se secó la frente con un pañuelo—. No me malinterprete, señora Von Hagemann. Entre el hombre y la mujer existe un afecto que no tiene nada que ver con el aspecto puramente físico. Una comunión de las almas que nace mucho antes de nuestra existencia física. Tal como lo expresó Goethe en sus versos a Charlotte von Stein: «... en tiempos ya pasados tú fuiste mi hermana o...».

No terminó la cita. Se levantó de un salto, algo abochornado, para comprobar el agua del té. A Elisabeth sus palabras le parecieron algo exageradas, no tenía ninguna intención de ser su hermana. De todos modos, le sentó bien lo que le había dicho. Era bonito que un hombre la elogiara, en ese sentido tenía mucho que recuperar. También en términos morales.

Sebastian regresó con una jarra de té de menta y le contó orgulloso que había salido con los niños al campo a recoger hierbas. Después cambió de tema.

—Ya sabe usted que mi predecesora fue relegada de su cargo. El padre Leutwien me ha dado los detalles de lo que sucedió y debo decir que estoy horrorizado.

El padre Leutwien fue quien inició la investigación que

acabó con el despido de la señorita Pappert. Y también fue él quien propuso a Winkler como sucesor.

—Imagínese, señora Von Hagemann. Esa mujer desvió de forma sistemática el dinero del consorcio y los numerosos donativos privados a una cuenta personal. Amasó una fortuna con ese dinero que tanta falta les hacía a los niños. Cuando comencé a trabajar aquí, las pequeñas apenas llevaban puesto un vestido, prácticamente no había zapatos, y las camas se encontraban en un estado deplorable.

—¿Y dónde está ese dinero? ¿No puede confiscarse y entregarse al orfanato?

Él resopló enfadado y negó con la cabeza. No, esa mujer era muy lista. Según su declaración, había cedido todo su patrimonio para empréstitos de guerra, y en su casa no habían encontrado nada.

—Es posible que se lo haya llevado todo a Suiza. De hecho, viajó allí poco después de que estallara la guerra. Lo sabemos porque el consorcio tuvo que contratar a alguien para que la sustituyera durante tres días.

—Qué mal bicho —se le escapó a Elisabeth—. ¿Y qué le pasará ahora?

—Está detenida. La policía está investigando el caso. Al parecer, la señora Pappert tenía una cuenta en un banco privado.

—No sería en el banco Bräuer...

Sebastian puso un colador sobre la taza y le sirvió té. El intenso aroma a menta fresca le recordó la delicada crema de menta que la señora Brunnenmayer solía preparar por su cumpleaños cuando era niña. Con una maravillosa cobertura de chocolate que crujía entre los dientes.

—Sí, en el banco Bräuer. Naturalmente, eso no quiere decir que el banco tenga culpa alguna. Y mucho menos su cuñado, que ha caído por la patria.

Estaba claro que conocía la relación familiar. Elisabeth removió el té y respondió que esperaba de todo corazón que al menos pudiera recuperarse parte del dinero sustraído.

—En caso de que lo de los empréstitos de guerra sea verdad...

El hombre no terminó la frase, pero ambos pensaron lo mismo. Nadie con dos dedos de frente creía ya en la victoria prometida y en las tierras que supuestamente obtendría el imperio. El dinero que tanta gente había cedido para empréstitos de guerra se había perdido.

—Yo mismo doné mi dinero al emperador y a la patria —reconoció Winkler—. No me arrepiento, me limité a hacer lo mismo que muchos otros. Al fin y al cabo, todos somos leales a nuestra patria alemana, con ella viviremos o moriremos.

Ella sonrió y pensó que había un buen número de súbditos del emperador que estaban ganando bastante dinero con la guerra. Sobre todo las siderúrgicas de Augsburgo, donde se construían motores para submarinos y piezas de artillería, las fábricas de munición, y la Rumpler Werke, que construía aviones conocidos como «palomas Rumpler». La fábrica de paños Melzer también estaba saliendo bien parada gracias a sus telas de papel, ya que seguía produciendo mientras en las demás fábricas textiles tenían las máquinas paradas. Como hija de un industrial, sabía que en el mundo de los negocios siempre se imponía el más hábil, o eso era lo que decía su padre. Pero le parecía injusto que un hombre decente como Sebastian Winkler, que había vuelto lisiado de la guerra, además hubiera perdido todo su dinero.

—Muchísimas gracias por su hospitalidad. Por desgracia debo regresar, mi turno en el hospital comienza en una hora escasa.

A él le habría gustado charlar un poco más, pero entonces apareció la cocinera y empezó a preparar la cena causando un gran alboroto con las cazuelas. Cuando se despidieron en el pasillo, Elisabeth le tendió la mano, y la sorprendió gratamente que él no se la llevara a los labios como acostumbraban a hacer los caballeros de su entorno. Tampoco habría resultado natural en él, de modo que se la estrechó.

—Que Dios la proteja. ¿Tiene noticias de su marido? Está en el frente de Francia, ¿verdad?

Acompañó la pregunta con una mirada franca, parecía sinceramente preocupado por el bienestar del mayor Von Hagemann. Elisabeth tuvo que esforzarse para ocultar su incomodidad. Hacía ya varios meses que el destino de su esposo le interesaba más bien poco, pero no podía confesárselo. En casa, al fondo del cajón de su escritorio, había una carta de Bélgica que había llegado a sus manos por vías sinuosas. En ella, una tal *duchesse* de Grignan le informaba de que el mayor Klaus von Hagemann había seducido a su hija y la había dejado embarazada. Como suponía que el mayor era un hombre de palabra, le exigía que asumiera sus responsabilidades. De lo contrario, su hermano, que vivía en Francia, demandaría una satisfacción. Lo del duelo sin duda era un disparate; pero lo de la muchacha seguramente no. Bélgica era más o menos territorio ocupado, así que los oficiales no se andarían con remilgos a la hora de seducir a jovencitas. Aunque se tratara de la *princesse* de Grignan. Elisabeth había leído la carta con rabia y amargura, y luego no se lo había contado a nadie. Después de los graves rumores en torno a Auguste, esa acusación era la gota que colmaba el vaso de las humillaciones sufridas.

—Sí, está cerca de Reims y lucha contra los soldados del general Nivelle.

Esas noticias ya tenían varias semanas, sus dos últimas cartas las había guardado en el cajón sin abrirlas. De todos modos, su suegra se encargaba de relatarle sus heroicidades más recientes cada vez que la visitaba en la villa porque tocaba pagar el alquiler.

—Los incluiré a ambos en mis oraciones —dijo Sebastian Winkler a modo de despedida, y ella se lo agradeció con palabras sentidas.

No, no podía confiarse a nadie. Pero eso no era ninguna novedad.

# 30


Kitty levantó pesadamente la cabeza y parpadeó. Auguste había cerrado mal las cortinas una vez más y una franja deslumbrante de sol atravesaba la habitación.

—Kitty, cariño —la llamó su madre al otro lado de la puerta—. Baja al salón, nos han servido café recién hecho. Y pastelitos de nueces con miel para acompañar.

En la franja de luz bailaban partículas de polvo, chispitas doradas que revoloteaban de arriba abajo como si celebraran algún acontecimiento. Kitty puso una mueca de dolor y se llevó el dorso de la mano a la frente.

—No tengo apetito, mamá.

Oyó suspirar a su madre. ¿Por qué se empeñaban todos en hacerla sentir mal por estar sufriendo? ¿Acaso pensaban que disfrutaba de ser infeliz? Ni siquiera Marie la entendía; en lugar de consolarla, le había hecho reproches. ¿Por qué no iba a tener derecho a abandonarse a la tristeza? ¿Por tener una hija? Qué tontería. La señora Sommerweiler cuidaba de Henni, que jugaba con Dodo y Leo. Siempre que mamá apareciera de vez en cuando por el cuarto de los niños, la niña estaría bien atendida.

—Pero, Kitty, no me dejes sentada ahí sola. Marie y papá están en la fábrica, y Lisa se ha marchado al hospital.

Eso se le daba muy bien a mamá. Ahora la mala era ella,

Kitty, la que dejaba a su pobre madre sola en el salón rojo con su café y sus pastelitos de nueces. Se incorporó y, enfadada, tiró dos pequeños cojines de seda al suelo.

—Mamá, no me encuentro bien. Me gustaría estar sola. Entiéndeme, por favor. No tiene nada que ver contigo.

—Por supuesto… Recupérate, cariño. Duerme y descansa. El sueño es la mejor medicina. ¿Quieres que llame al doctor Schleicher?

—¡No!

Lo que faltaba. Ese petimetre que le hacía todas las preguntas habidas y por haber. Que si soñaba. Que si le gustaba pasear por el bosque. Que si le daban miedo las serpientes y los gusanos. Antes solía contarle todo lo que quisiera saber, pero ahora que el destino la había golpeado de ese modo, podía guardarse sus preguntas. Y sus pastillas para dormir. Que se las tomara él.

Sí, soñaba. Más de lo que le gustaría. Los sueños solían llegar cuando ya llevaba un rato dormida, entonces surgían de la suave oscuridad como espíritus malignos y se apoderaban de ella. A menudo veía un lago de montaña, aguas cristalinas y profundas en las que se reflejaban las cumbres nevadas y los abetos verdes de las orillas. Era una vista preciosa, las imágenes flotaban en la superficie del agua, sin temblar lo más mínimo. Pero al acercarse, el agua se oscurecía de pronto, la hierba de la orilla se convertía en barro, y las olas feas y sucias del lago le llegaban a los pies. Sin embargo, lo peor era que en el agua cenagosa pululaban innumerables criaturas, lagartos de cola larga y peces resbaladizos que la miraban con los ojos muy abiertos. Entonces intentaba huir desesperada, pero ya sabía que las patas esmirriadas de los lagartos rodearían su cuerpo y la harían caer. No sabía muy bien qué pasaba con ella entonces, pero en cualquier caso era horrible, seguramente se la comían. Después se despertaba atemorizada y bañada en sudor, y se quedaba tumbada boca arriba sin atreverse a dormir de nuevo.

En una ocasión, Humbert le había subido una taza de caldo de pollo a la habitación y ella, por algún motivo, le preguntó si él también tenía esos sueños tan espantosos. Quizá se lo vio en la cara, ya que el pobre había adelgazado mucho y le había cambiado la expresión.

—¿Sueños? Oh, sí, señora. Todas las noches. No puedo hacer nada para evitarlo. En algún lugar de mi cabeza hay una puerta, y cuando se abre, entran por ahí.

Kitty estaba fascinada. A ella le pasaba lo mismo. Le preguntó con qué soñaba.

—Sobre todo con ratas, señora. Animales muy graciosos, sentados sobre las patas traseras, sostienen pedacitos de pan con las delanteras y los mordisquean. Se asombraría de la habilidad con la que giran los trozos de comida con las patitas. Y al mismo tiempo menean su nariz rosada y los largos bigotes.

Le pareció una descripción muy interesante. ¡Aj! ¡Ratas! Qué asquerosidad. ¿Qué tenían de graciosas? Transmitían la peste.

—También suelo ver olas negras, crestas y valles de lodo marrón. Se mueven como un mar inmenso y arrastran a mucha gente hasta la orilla. Personas grises de ojos muy abiertos y mirada fija tumbadas sobre la hierba verde. También hay cascos rotos, pedazos de fusiles, cartuchos, y entre todo eso crecen amapolas rojas.

Sonaba horripilante, y le recordó un poco al lago malicioso. Quiso saber qué hacía Humbert cuando estos sueños lo asaltaban por la noche.

—No lo sé, señora. Me vuelvo a dormir. Después suelo despertarme en mi cama. Pero a veces aparezco sentado debajo de la mesa de la cocina y no tengo la menor idea de cómo he llegado allí, se lo juro.

—Qué extraño. Deje el caldo de pollo en esa mesa, Humbert. Y muchas gracias.

Sostenía la taza con la mano izquierda por miedo a que el caldo se derramara. Aún tenía la derecha entumecida. Pero, cuando se inclinaba, tenía el mismo aspecto elegante de siempre.

—Con mucho gusto, señora. Le deseo lo mejor. A usted y a sus sueños.

Qué tipo tan raro. Muy amable pero algo extravagante. Eso decía Alfons siempre. Alfons… Sintió el dolor acostumbrado que la atravesaba cada vez que pensaba en él. Nacía en la zona del estómago, ascendía rápidamente y le hinchaba algo en la garganta que la obligaba a tragar. Entonces solía echarse a llorar, se le contraía el cuerpo, y el dolor no desaparecía hasta que pasaba un rato. Ay, había tantas cosas que le hacían pensar en Alfons… Por toda la habitación había tonterías que él le había regalado durante su breve noviazgo. Pañuelitos de seda, frascos de perfume, un abrecartas con mango de marfil, un bolso verde cardenillo de piel de serpiente teñida, siete pequeños elefantes de alabastro. Le había dicho que le traerían suerte.

Se enamoró de él cuando ya estaban casados. Qué locura. Qué injusticia. Apenas habían tenido un mes de luna de miel, después se marchó a la guerra. Jamás habría creído que lo echaría tanto de menos. Durante ese único y feliz mes lo había sido todo para ella. Padre y hermano, amigo, amante. Se había convertido en su otra mitad, todo lo que hacía, creía y esperaba giraba en torno a Alfons, y él le devolvía esa confianza con creces. ¡Qué poca habilidad había demostrado en la noche de bodas! No, no era un amante experimentado, pero eso le gustaba. Ella era su profesora, y el alumno aprendía rápido…

Había sido un error pensar en las noches que pasó con Alfons, ese horrible dolor volvía a subirle por la garganta, enseguida le brotarían las lágrimas. Llorar la afeaba, se le hinchaban los párpados, le salían manchas en las mejillas, después parecía un bollo mal horneado. Pero ¿a quién le importaba qué aspecto tenía? Era infeliz, sin Alfons ya no merecía la pena vivir.

—¿Kitty? ¡Kitty!

Sollozaba tan fuerte que al principio no reconoció la voz de Marie. Ay, Marie. Tampoco ella era la dulce amiga del alma de antes, había resultado ser una desalmada. No quería que entrara en la habitación.

—La... larg... o... de a... aquí —acertó a decir entre sollozos.

Al parecer Marie no la oyó, porque ya estaba junto a la cama.

—¿No crees que es un poco exagerado estar en la cama llorando en pleno día?

A pesar del llanto, a Kitty le indignaron sus palabras. ¡Qué crueldad! ¡Cómo se podía ser tan insensible! Cuánto había cambiado Marie. Se había convertido en una bruja malvada que se burlaba de su sufrimiento.

—Por Dios, Kitty, Todos comprendemos y respetamos tu dolor. Pero no eres la única que ha perdido a su marido en esta guerra. Es un destino al que se enfrentan mujeres en toda Europa, incluso en América, en las colonias...

Kitty le lanzó un cojín a modo de respuesta, pero Marie no se inmutó. Lo atrapó y lo dejó sobre el sofá azul claro. Después se acercó a la ventana y abrió las cortinas. El sol dorado de otoño inundó la habitación, tan cálido y lleno de vida que casi resultaba insultante.

—Vu... vuelve a cerrar las cor... cortinas.

No pudo seguir hablando porque le goteaba la nariz. Rebuscó debajo de la almohada y sacó un pañuelo.

—Y des... después lar... largo de... aquí... bruja... cataplasma... —berreó en su pañuelo.

—¡Ni hablar!

Kitty siguió llorando, más de rabia que de tristeza. Tocó todos los registros de la desesperación, se llevó la mano a la frente, al corazón, se dejó caer sobre los cojines y, al ver que Marie seguía impasible junto a la cama, comenzó a chillar.

Marie aguantó donde estaba y esperó. La puerta del cuarto se abrió tras ella y Lisa contempló la escena atónita.

—¡Fueraaa! Laaargo de aquí. Aaaaaah.

Marie se volvió hacia Elisabeth y ambas intercambiaron una larga mirada. Kitty vio la sonrisa burlona de Lisa. Su cruel hermana se encogió de hombros y, antes de retirarse, le dirigió dos palabras a Marie:

—¡Puro teatro!

Kitty se sentía al borde de la extenuación. Pronto se desmayaría, así vería Marie lo que había conseguido. Clavó los dedos en la colcha y aspiró profundamente.

—¡Qué diría Alfons si te viera así!

Se hundió en los cojines, completamente agotada y desesperada.

—No puede verme. Alfons está muerto... muerto... muerto... —graznó.

Entonces Marie por fin se sentó en el borde de la cama y la abrazó. Qué agradable era que la mecieran como a una niña y escuchar las suaves palabras de consuelo de Marie. Kitty se estrechó contra su cuñada, a la que acababa de llamar bruja y cataplasma, y se abandonó por completo a su anhelo de calor y protección.

—Querida, todos sabemos lo triste que estás. Pero Alfons no habría querido que te convirtieras en una escuchimizada fea y enlutada.

Kitty tragó saliva. Le dolía la garganta de tanto chillar. Se notaba la cara hinchada. Seguro que parecía una albóndiga.

—No... no estoy escuchimizada —dijo con voz ronca.

Marie sonrió y la apretó contra sí.

—Pero, como sigas así, pronto lo estarás. Mira cómo vas. Despeinada y en bata. ¿Cuándo fue la última vez que te vestiste como es debido?

—Hace un par de días nada más. O hace una semana.

Ese día Gertrude Bräuer había ido de visita con su marido. Ambos estaban profundamente afligidos, sobre todo Edgar Bräuer. Parecía tan abatido que causaba preocupación. Querían ver a la pequeña Henni y jugar un poco con ella. Kitty apareció con un vestido de mañana azul que llevaba años colgado en su armario y que en realidad había descartado hacía tiempo. Cuando sus suegros le pidieron que los acompañara a visitar la tumba de Alfons en el cementerio de Hermanfriedhof, ella rehusó.

—Fue muy cobarde por tu parte, Kitty. Están destrozados, tu deber era estar a su lado.

Kitty se refrescó las mejillas con una toallita humedecida con agua de colonia.

—Odio los cementerios, Marie —se defendió llorosa—. Y, además, el pobre Alfons no está enterrado allí. Nadie sabe dónde está su sepultura. Está en una fosa en algún lugar de Francia. ¿De qué sirve una tumba en Augsburgo?

—Creo que necesitan un lugar donde expresar su dolor.

—Yo para eso prefiero mi cama —gruñó Kitty.

Marie la abrazó más enérgicamente, incluso la sacudió un poco.

—¡Eso se acabó!

—¿Por qué? —se lamentó Kitty.

—Porque no conduce a nada. Que te acurruques en la cama como un bebé no traerá de vuelta al pobre Alfons. ¡Despierta de una vez, Kitty! Todavía eres joven, guapa, y naciste con un gran talento.

Kitty parpadeó y se secó los ojos. Qué hinchados tenía los párpados. Le dolían cuando se los frotaba.

—¿Qué talento?

—¿Qué pregunta es esa? —exclamó Marie, alterada—. ¿Acaso has olvidado que eres artista? ¿Pintora?

Kitty se encogió de hombros, pero miró de reojo el caballete relegado a un rincón desde hacía meses. La idea de coger un pincel la paralizaba. El olor de la pintura. La paleta sucia. Trementina. El lienzo en blanco.

—Ah, te refieres a eso. No es nada especial. No son más que borrones.

Marie la agarró de los brazos y la incorporó. Clavó en ella sus ojos oscuros. Tenía tanta fuerza de voluntad que a veces daba miedo.

—No tienes derecho a despreciar ese don que Dios te ha concedido, Kitty. Recuerda lo mucho que Alfons te admiraba por ello. Quería que pintaras, ¿no te acuerdas?

Eso era cierto. Estuvo a punto de echarse a llorar otra vez, pero la mirada penetrante de Marie la detuvo. Alfons la había observado pintar muchas veces y siempre la animaba. Además, en Francia le había comprado todos aquellos magníficos cuadros.

—Sí —murmuró con la cabeza gacha—. En eso tienes razón, Marie. Lo... lo había olvidado.

—¿Y bien?

Kitty lanzó un largo y profundo suspiro.

—Puedo intentarlo.

El gesto severo de Marie se relajó, sonrió y le acarició la cabeza a Kitty. Le aconsejó que empezara por peinarse porque tenía el pelo enmarañado. Y un baño tampoco le vendría mal. Ponerse guapa. Ir a ver a Henni. Y después sentarse un rato con mamá, que estaba muy sola y necesitaba compañía.

—Sí, sí... —dijo Kitty.

Trató de esbozar una tímida sonrisa y volvió a sentirse horrenda de tan hinchada como estaba. En efecto, no servía de nada pasarse los días llorando. Marie tenía razón. Ya podía llorar como una magdalena que nada cambiaría. Al día siguiente sería lo mismo.

—Te enviaré a Auguste para que te prepare un baño y se ocupe de tu pelo.

—Vale, vale.

Marie la abrazó una vez más y le dijo al oído que era una chica muy valiente y una artista excepcional. Después salió y Kitty la oyó llamar a Auguste desde el pasillo.

Lentamente apartó la colcha, se sacudió el pelo suelto, se rascó, parpadeó hacia la luz deslumbrante. El sol de otoño atravesaba la ventana en diagonal. ¿Se habrían teñido ya las hojas del parque?

Cruzó descalza la habitación, encontró la bata por casualidad y se la echó sobre los hombros. No, el parque conservaba su verde oscuro, solo el viejo roble tenía un par de hojas color amarillo rojizo. Se apartó de la ventana y se acercó vacilante al caballete. Pasó dos veces por delante, cogió indecisa un cepillo para peinarse, pero enseguida volvió a dejarlo encima del tocador. Entonces se armó de valor y contempló el cuadro empezado. Bah, un paisaje primaveral en algún lugar de Italia; lo había copiado de una fotografía que había encontrado en un libro.

Sacó un nuevo lienzo, se distanció dos pasos y observó la superficie en blanco. Allí estaban. Surgían de la nada y la miraban fijamente. Los lagartos y los peces. Se apelotonaban, las cabezas muy juntas, como si intentaran respirar. Una amalgama marrón grisácea de cabezas con escamas y ojos acusadores.

Cuando Auguste entró en la habitación media hora después para avisarle de que había preparado un baño caliente, Kitty estaba frente al caballete y trazaba los contornos con un lápiz fino.

—Sí, sí… —dijo en tono ausente.

Estaba tan concentrada que ni siquiera se dio la vuelta.

# 31


—¡El parque entero, sí, señor!

Gustav cogió la taza azul que la señora Brunnenmayer le había llenado con café de malta y bebió un gran sorbo. Después se secó el bigote rubio. Se lo había traído de la guerra y no quería afeitárselo, a pesar de que Auguste se quejaba de que ese cepillo raspaba.

—Por todos los cielos —exclamó la señora Brunnenmayer—. Sería un escándalo, Gustav. ¡Esos viejos y preciosos árboles!

—¡Qué más da! —replicó Gustav, y cogió a la pequeña Liesel para sentarla en su regazo.

La niñita de tres años estiró el brazo hacia el plato con galletas de nueces que los señores habían cedido al servicio, y Gustav le puso media galleta en la mano.

—Chúpala —le dijo—. Están duras como el cemento.

Se ganó una mirada enojada de la cocinera, pero no pudo contradecirlo porque era cierto que le habían quedado demasiado duras. Debía de ser cosa de la harina, a saber con qué la habían mezclado. Probablemente con yeso o algo así.

—El parque antes era una zona de prados y de cultivos. Son suelos fértiles. Y hay agua más que suficiente. Es tierra fluvial.

La señora Brunnenmayer ya no le hacía caso. Cogió la

sopera grande que Hanna acababa de fregar y la sometió a una atenta inspección.

—No está limpia. Abre los ojos, muchachita. Mira ahí, ¡lávala otra vez!

Hanna agarró la sopera en silencio, la sostuvo a la luz y repasó los restos de sopa pegados con el estropajo.

—¡Últimamente estás que no estás! —siguió refunfuñando la cocinera—. Dos tazas rotas, no has ido a buscar leña, y el cubo de la ceniza está lleno. ¿Dónde tienes la cabeza?

—¡Donde su amante! —exclamó Maria Jordan, que justo en ese momento entraba en la cocina.

Hanna la miró furiosa, pero no dijo nada y siguió frotando la sopera. Después apareció Auguste con el pequeño Maxl, y del otro lado llegó la señorita Schmalzler para tomarse un café rápido con los demás empleados del servicio. Humbert también se unió a ellos, había dormido tres noches sin tener pesadillas y volvía a bromear como antes.

—¿Dónde se ha metido Else?

El ama de llaves había comprobado de un vistazo rápido que no estaban todos.

—Lo más seguro es que esté en su cuarto llorando a moco tendido —conjeturó Auguste, desalmada—. Porque finalmente han dado por perdido al guapo doctor Moebius.

—¿Al doctor Moebius? —repitió la cocinera sacudiendo la cabeza—. Y yo que pensaba que a los médicos nunca les pasaba nada porque no están en el frente.

—Pero están justo detrás —explicó Gustav con conocimiento de causa—. Levantan el hospital de campaña siempre detrás de la primera línea de combate para poder atender a los heridos. Y cuando una granada lo alcanza…, ¡un desastre!

—Esperemos que esté bien —la señorita Schmalzler suspiró—. Es un médico excelente y aún mejor persona.

Sirvieron el café de malta y repartieron las galletas equitativamente entre los presentes. Como bien decía el ama de llaves, eran una gran familia. En la cocina de la villa se sentían protegidos de las injusticias de la época; la leña crepitaba en el fuego, y ellos parloteaban y se reían como siempre habían hecho. Qué suerte habían tenido de que Gustav y Humbert hubieran vuelto.

—¿Roturar el precioso parque para cultivar trigo y patatas? ¿Te has vuelto loco, Gustav? —dijo Auguste con una risotada—. Para eso necesitaríamos todo un regimiento de jardineros.

Gustav insistía en su idea. Opinaba que los viejos árboles eran para tiempos de paz, pero ahora vivían una guerra y había que ser previsores. No solo podían cultivar cereales y patatas, también verdura y fruta, quizá incluso maíz, que al parecer era el sustento de los estadounidenses, incluso hacían pan con él.

En opinión de Humbert, el pan de maíz era comida para las gallinas, y empezó a cloquear como si acabara de poner un huevo.

Maria Jordan comentó en voz alta que eso era perverso.

—No me gustan esas expresiones en la mesa, señorita Jordan —dijo la señorita Schmalzler—. Hay niños en la cocina, y también deberíamos tener cuidado con Hanna porque…

En ese instante alguien hizo sonar la campanilla de la puerta del servicio y Humbert dejó de cloquear y fue a abrir.

—Buenas tardes —dijo una voz ronca de hombre—. Busco a Hanna Weber, que trabaja como ayudante de cocina en la residencia del industrial Johann Melzer.

Se oyó toser al hombre, al parecer sufría un fuerte resfriado. En cualquier caso, había hablado en un desagradable tono oficial.

—¿En qué lío te has metido? —susurró Auguste en dirección a Hanna.

—¡Silencio! —ordenó el ama de llaves.

Todos aguzaron el oído para enterarse de lo que se decía en la entrada.

—¿Puedo preguntar quién la busca?

Las palabras de Humbert sonaron extremadamente educadas, solo quien lo conociera percibiría su ironía.

—¿Acaso no ve que soy un funcionario público? ¿Se encuentra aquí la persona a la que busco?

—¿Hanna Weber, ha dicho usted?

—En efecto. Hanna Weber.

El policía sufrió un nuevo ataque de tos, y Auguste le lanzó una mirada indignada a su marido.

—Este tipo nos va a traer aquí la tisis. Voy a llevarme a los niños donde el abuelo.

—Mejor quédate —dijo Gustav en voz baja.

Todos se volvieron hacia Hanna, que se había puesto lívida y miraba fijamente su taza de café.

—¿Y ahora qué problema tiene? ¿No querrá usted obstaculizar las diligencias? Eso puede salirle caro.

—Claro que no —exclamó Humbert, asustado—. Solo quería asegurarme. Ya sabe usted, señor agente, que en estos tiempos uno nunca es lo bastante precavido.

Se oyeron las pisadas de unas botas sólidas sobre el suelo de piedra, después el golpe sordo de la espalda de Humbert contra la pared. El policía era de estatura mediana y no llevaba casco, la chaqueta verde del uniforme le hacía pliegues porque le quedaba grande y los pantalones de montar se le abombaban sobre las botas. Avanzó dos pasos hacia el interior de la cocina, se detuvo y observó a las personas sentadas a la mesa.

—¿Quién de los presentes es Hanna Weber?

—Yo… yo soy Hanna… Hanna Weber.

La muchacha habló con un hilo de voz. Se levantó del banco sin saber si debía inclinarse ante el agente de policía o no.

—¿Puede identificarse?

Ella estaba tan nerviosa que no entendió a qué se refería.

—¿Identificarme?

—Papeles. Un pasaporte.

—Sí, sí —asintió con la cabeza—. Arriba, en el cuarto. ¿Quiere que vaya a buscarlo?

—¡Por favor!

Esas dos palabras sonaron a orden, y Hanna salió a toda prisa.

Los demás se quedaron en la cocina y dedicaron miradas frías al policía. Fuera lo que fuese lo que había hecho Hanna, aquel hombre no les gustaba ni un pelo. Humbert se frotó la espalda, el agente lo había empujado al entrar. La cocinera, que desde que Humbert había vuelto lo cuidaba como una madre, resopló. El ama de llaves fue la única que tuvo la cortesía de ofrecerle una silla al recién llegado.

—Gracias, muy amable, pero prefiero quedarme de pie. Así controlo la situación desde arriba.

Quiso reírse de su propia broma pero le entró la tos.

—Pero si está usted resfriado, señor agente —dijo Auguste en tono compasivo—. Este aire frío del otoño… Tome una taza de café de malta.

Miró de soslayo la taza que Auguste le sirvió solícita, y entonces dijo que no acostumbraba a beber cuando estaba de servicio.

—También podríamos ofrecerle aguardiente de frutas —comentó Gustav, que entendió el comentario antes que los demás.

—Lo mejor para el resfriado.

—Pura medicina.

—Un regalo de Dios.

Finalmente el policía aceptó el amable ofrecimiento y Humbert hizo aparecer como por arte de magia una botella de licor de ciruelas casero.

—A su salud, señor agente. Ojalá le siente bien.

El aguardiente había salido de la bodega de la villa y no estaba nada mal. El hombre se echó el chupito al gaznate con arrojo y declaró la guerra a los bacilos.

—Nadie se sostiene sobre una sola pierna, señor agente —comentó Humbert rellenándole el vaso.

Else, que apareció en ese momento con los ojos enrojecidos para tomar el café, se paró atónita en el umbral.

—Siéntate y cierra el pico —susurró Auguste, y tiró de ella hacia el banco.

—Este mejunje no está nada mal. Seguramente es anterior a la guerra, ¿no?

—Pues no, señor agente —dijo el ama de llaves con simpatía—. En esta ciudad seguimos elaborando nuestra cerveza y nuestros licores. ¡Ni siquiera el enemigo puede impedírnoslo!

En el rostro del policía estuvo a punto de dibujarse una sonrisa, pero en ese momento regresó Hanna, pálida y temblando de miedo. Ese aparente sentimiento de culpabilidad tan exagerado hizo que el agente adoptara de nuevo una actitud severa. Se bebió un tercer chupito de un trago y cogió el pasaporte que le tendía Hanna.

—Todo en orden —gruñó—. Hace un tiempo le enviamos una citación para que acudiera a la comisaría, señorita Weber. ¿Por qué no se presentó?

Hanna se retorció las manos y miró a su alrededor en busca de ayuda.

—Yo… yo no sé nada de ninguna citación, señor agente.

Era una pésima mentirosa. El policía la examinó enfadado y arrugó la nariz.

—¿Quién recibe aquí el correo? —preguntó mirando a las personas sentadas a la mesa.

Al fondo, en el banco, se oyó un sonido breve, como una palabra interrumpida. La señora Brunnenmayer le había dado un rápido pisotón a Else, que era quien recogía el correo por las mañanas.

—¡Ay, Dios mío, señor agente! —exclamó Humbert con gesto preocupado—. Todos los días recibimos una cesta llena de correo personal y cartas de negocios del señor director. Es fácil que se traspapele algo de vez en cuando.

El policía ya no estaba de humor y quiso saber cómo se llamaba.

—Humbert Sedlmayer. Regimiento número 11 de caballería de Wurtemberg, herido en Verdún, prisionero de guerra, ingresado en el hospital de campaña, intercambio de inválidos.

—De acuerdo, de acuerdo.

No había nada que pudiera decirse ante aquella retahíla de heroicidades por la patria, así que el policía se limitó a gruñir y solicitó hablar con Hanna a solas, o de lo contrario tendría que llevársela a la comisaría.

—Ahí, en la despensa —propuso la señorita Schmalzler—. Por desgracia no tenemos mucho sitio, porque hemos abierto un hospital en la villa.

—Por mí no hay inconveniente.

Hanna se adelantó como si se dirigiera al patíbulo, el policía se recolocó el cinturón y se alisó la chaqueta antes de seguirla. Cerró la puerta tras él con tal ímpetu que se desprendió un poco de yeso del armazón.

—Esto no se puede consentir —dijo Eleonore Schmalzler, que se había puesto roja de la agitación—. Voy arriba a avisar a la señora Melzer. ¡Por muy agente del orden que sea, aquí no puede entrar nadie sin permiso de los señores!

En cuanto salió de la cocina, Auguste, Else y también Humbert se precipitaron hacia la puerta de la despensa. Auguste se hizo con el sitio de la cerradura y los otros dos tuvieron que conformarse con pegar la oreja.

—¿Ves algo?

—Esas gruesas salchichas de Pomerania… y el jamón… El flacucho del agente tiene que estar muerto de envidia.

—Que si ves a Hanna, tonta del bote —susurró Else.

—Perfectamente. Esta ahí como pasmada y con los ojos en blanco. Mira que es boba.

—¡Cerrad el pico las dos! —las regañó Humbert.

Gustav se esforzaba por mantener callados a los niños y renunció al café que le quedaba para dárselo a ellos. La señora Brunnenmayer echó leña al fuego y comenzó a pelar las patatas cocidas por hacer algo. Maria Jordan se cruzó de brazos como si todo aquello no fuera con ella.

—Hablan de ropa vieja —informó Humbert—. De un agujero en el prado.

—Hanna se ha puesto detrás —se lamentó Auguste—. Ahora ya solo veo la espalda verde del agente. Tiene el uniforme lleno de manchas, será asqueroso...

—Calla la boca, Auguste —se quejó Else—. No oigo nada si parloteas.

—¿Un agujero? —preguntó Gustav mientras Liesel le tironeaba del bigote.

—Un... un prisionero de guerra que se ha escapado —dijo Humbert—. Un ruso. Han encontrado su ropa. Por donde las viejas cocheras.

—No me digas —susurró la señorita Jordan, y contuvo el aliento como si quisiera retener algo que había estado a punto de decir.

La puerta que conducía al hospital se abrió y la señorita Schmalzler apareció con Alicia Melzer. Auguste se apartó de un salto de la cerradura y chocó con Else. Humbert consiguió retirarse con elegancia.

—¿Aquí? —preguntó Alicia.

Saludó a los presentes con la cabeza. En otra época sin duda se habría disculpado por entrar en la cocina, ya que aquellas estancias eran los dominios del servicio. Sin embargo, desde que funcionaba el hospital había relajado las costumbres.

—En la despensa, señora —respondió el ama de llaves.

Alicia se dirigió a la puerta sin vacilar y llamó con los nudillos de forma más bien enérgica.

—Adelante.

Abrió la puerta y Gustav vio al agente entre dos salchichas colgadas de la barra. El hombre tapaba a Hanna, de la que solo se veía el pie izquierdo en su zueco de madera.

—¡No salgo de mi asombro! —exclamó Alicia Melzer con énfasis—. ¿Es costumbre entre la policía colarse por la puerta del servicio en la propiedad de una familia intachable?

El agente se guardó el lápiz en el bolsillo interior de la chaqueta y cerró el cuaderno. Respondió que estaba en misión oficial, que se trataba de un crimen contra el ejército del emperador y la seguridad nacional.

—No me importa de qué se trate —replicó Alicia en tono señorial—. Lo adecuado habría sido anunciar su llegada y luego informar sobre sus intenciones. La policía también debe cumplir la ley y actuar con decoro.

El agente no replicó. Los Melzer todavía poseían muy buenos contactos en Augsburgo y no tenía ninguna intención de meterse en problemas.

—Ya hemos terminado —declaró, y se volvió hacia Hanna—. Puede continuar con su trabajo, señorita Weber.

En un primer momento, Hanna no se atrevió a pasar por su lado. Cuando el hombre se apartó, ella se deslizó rápidamente fuera de la despensa y se acurrucó en el banco junto al fuego.

Al ver que todas las miradas se dirigían a ella, se encogió como si deseara hacerse invisible.

—¿Puedo saber de qué se trata? —preguntó Alicia.

El policía vaciló, pero decidió darle una respuesta. Sin duda sería mejor para él no alterar aún más a la dama.

—Una simple consulta, señora. Rumores, nada más. La acusación de una trabajadora de la fábrica.

La señora se estaba impacientando. Leo tenía un poco de fiebre y Henni acababa de vomitar el desayuno. Estaba preocupada y quería que el doctor Stromberger examinara a los niños. Y ahora ese hombre la retenía con sus tonterías.

—¿Qué acusación, señor agente?

—Bueno... —Le entró la tos—. Se ha dicho que la señorita Hanna Weber mantenía una relación íntima con un prisionero de guerra. Un tal... Grigorij Shukov. El tipo huyó en la noche del 13 al 14 de septiembre.

La señora Melzer se puso tiesa. El auxilio en la huida de un prisionero de guerra se castigaba con la pena de muerte. A las mujeres que se relacionaban con ellos las metían en prisión y les cortaban el pelo. Una vergüenza espantosa que no podía ni debía tener cabida en la villa.

—¡Eso no son más que calumnias! Nuestras empleadas no corretean por ahí en la oscuridad. De hecho, la villa se cierra por las noches.

—No me cabe la menor duda, señora. Pero una criada podría hacerse con la llave.

—El día 13... fue el jueves de hace dos semanas —dijo la señora Brunnenmayer—. Esa noche estuvimos todos despiertos.

Se detuvo por no herir los sentimientos de Humbert, porque el motivo de que no hubieran dormido esa noche fue que él había sufrido otro ataque.

—¡Ajá! —dijo el policía—. ¿Así que son ustedes testigos de que la señorita Weber estaba en la villa?

Silencio. Por mucho que quisieran ayudar a Hanna, un falso testimonio era algo que había que pensarse muy bien. Auguste explicó que vivía fuera de la villa con su familia y que no podía decir nada al respecto. Else se encogió de hombros, la señora Brunnenmayer titubeó y Eleonore Schmalzler tampoco estaba segura.

La señorita Jordan lo tenía más complicado. Si encerraban a Hanna, entonces la chica les contaría que llevaba meses durmiendo en su cuarto. Pero si intercedía por ella, se delataría. Maldita encrucijada.

—Yo —dijo Humbert rompiendo el silencio—. Yo soy

testigo de ello. Yo la vi. Aquí, en la cocina. Me preguntó qué tal estaba.

—¡Vaya! —comentó el policía con una sonrisilla incrédula—. ¿Y qué hacía usted en la cocina en plena noche, señor Sedlmayer? ¿Acaso vino a pelar patatas?

Humbert le dirigió una mirada llena de odio. ¡Ese traidor se había librado del servicio militar y ahora se dedicaba a complicar la vida a las personas decentes de su propio país!

—Sufro ataques de pánico, señor agente. A consecuencia de la guerra. Todos los presentes pueden atestiguarlo.

—Por desgracia es verdad —confirmó el ama de llaves—. En el hospital hay varios casos similares.

—Esta maldita guerra —dijo la señora Brunnenmayer.

—Seguro que ya lo sabe, señor agente. Usted también habrá servido al emperador y a la patria —añadió Gustav en tono inofensivo.

—Por supuesto —murmuró el policía—. Pues ya hemos aclarado que la señorita Hanna se encontraba aquí durante la noche en cuestión.

Todos asintieron unánimes. Lo recordaban a la perfección. Hanna había pasado esa noche en la villa. La muchacha también asintió desde el banco de la cocina.

—Eso mismo le decía yo —comentó Alicia Melzer, aún enojada—. Nuestros empleados son leales a la patria, es importante para nosotros. Quien sea que haya difamado a Hanna ha mentido con alevosía.

El hombre chocó los talones para darse un aire militar.

—Señora, espero que no se lo tome a mal. Debo cumplir con mi deber, aunque en ocasiones no resulte fácil.

—Por supuesto —respondió Alicia con frialdad—. ¡Todos cumplimos con nuestro deber! Cada uno a su manera.

# 32

Elisabeth había sacado el tema del doctor Moebius varias veces en el hospital, pero Tilly guardaba silencio, no se desahogaba con nadie. Se presentaba puntual para su turno, trabajaba con empeño como siempre, el doctor Stromberger había comentado más de una vez que la señorita Bräuer tenía un don extraordinario para la cirugía. Cuando Tilly lo asistía durante las operaciones, le alcanzaba los instrumentos necesarios sin necesidad de que se los pidiera. La jovencita le parecía muy atenta. En una ocasión había bromeado con salir al parque a fumar un cigarrillo mientras ella comenzaba la intervención.

Elisabeth sabía que Tilly y el doctor Moebius habían intercambiado correspondencia. Gertrude Bräuer se lo había contado durante una de sus visitas, al tiempo que se lamentaba de que un médico no era en absoluto lo que necesitaba la familia, ya que alguien tendría que hacerse cargo del banco. Su hija no podía lanzarse al cuello del primero que pasara, por muy nobles que fueran sus sentimientos. Antes Elisabeth habría tachado aquel comentario de «terriblemente anticuado». Ahora lo veía de otro modo. También ella había estado enamorada, pero aquel gran amor se había transformado en tristeza y decepción.

—Entonces, ¿ha desaparecido en Rusia? —le dijo a Tilly—. Bueno, por lo visto los rusos están sumidos en el caos.

Han echado al zar y quién sabe cuánto aguantará el gobierno provisional contra esos monstruosos bolcheviques. Pronto bajarán las armas y enviarán a los prisioneros de guerra de vuelta a Alemania.

—Puede ser —respondió Tilly por educación, pero era evidente que no la creía. Algunos pacientes del hospital habían sido heridos en Riga, y lo que contaban sobre Rusia no era muy alentador. Aldeas incendiadas, ganado muerto y campesinos asesinados a golpes. Francotiradores que disparaban a los alemanes en emboscadas. Agua envenenada y, para rematar, el invierno ruso.

—¿Señora Von Hagemann? —la llamó la hermana Hedwig—. Creo que preguntan por usted.

Elisabeth se dio la vuelta, supuso que el doctor Stromberger necesitaba su ayuda, pero este estaba haciendo la ronda por la sala y en ese momento charlaba animadamente con un paciente.

—Allí. En la entrada.

Salió por el pasillo central y sintió que esa inquietud estúpida y al mismo tiempo maravillosa volvía a apoderarse de ella. Solo podía tratarse de Sebastian Winkler. Había prometido buscarle varios libros en la biblioteca, poemas de Hölderlin y un volumen de Eichendorff, así como los relatos del escritor ruso Turguénev, que a él le gustaban especialmente. Tenía los libros preparados desde hacía tiempo y había previsto llevárselos esa misma tarde, pero por lo visto había venido a por ellos en persona.

Sin embargo, el hombre que la esperaba en la entrada de la villa no era Sebastian Winkler. Estaba delgado y llevaba un uniforme que le quedaba como un guante.

—¡Aquí estás! —exclamó Klaus von Hagemann—. Esperaba que mi querida esposa me recibiera con lágrimas de alegría, pero ya veo que antepones tus obligaciones a la dicha del reencuentro.

Estaba tan sorprendida que al principio creyó que era un sueño. Más bien una pesadilla.

—Klaus... —balbuceó—. ¿Cómo es posible? ¿Por qué no he recibido...?

Se interrumpió al comprender que había enviado el mensaje sobre su permiso a su casa y sus malvados suegros no le habían dicho nada.

Él ladeó la cabeza y la escudriñó con la mirada. Entonces sonrió y se acercó a ella.

—No pareces muy contenta de volver a verme, cariño. ¿Cómo debo interpretarlo? ¿Acaso otro hombre ha conquistado a mi dulce esposa? Dime quién es para que lo rete a un duelo.

Su propia broma le pareció desternillante, y aún estaba riéndose cuando la abrazó. Le dio un beso apasionado que la confundió. Volvió a sentir emociones que había reprimido durante mucho tiempo. Aquellos ojos azules la miraban dominadores y llenos de deseo. Por desgracia, ahora sabía que no solo la miraban a ella.

—Qué tonterías dices —respondió—. No sabía que vendrías y no salgo de mi sorpresa.

La besó de nuevo, esta vez con menos ardor, más bien como alguien que hace uso de una posesión. Entonces le dijo que no entendía por qué estaba viviendo en la villa y no en el hogar conyugal, que era donde le correspondía por ser su esposa. Al parecer, sus padres estaban indignados y él comprendía muy bien su malestar.

—Ya hablaremos de eso tranquilamente, Klaus.

—Bien. Vayamos arriba, quiero saludar a tu madre y ofrecer unas palabras de consuelo a la pobre Kitty.

Ya le había escrito a Kitty tres veces, pero su hermana había dejado las cartas descuidadamente en la mesa del desayuno, la última ni siquiera la abrió.

—Tengo turno hasta las cuatro.

Lo dijo en tono neutro y sin lamentarse lo más mínimo. Un mensaje imparcial: estaba trabajando.

—¿Y bien? —dijo él con el ceño fruncido—. Tu marido ha regresado del frente de permiso, eso ya es motivo suficiente para buscarte una sustituta.

De pronto se dio cuenta de lo autoritario que era. ¿Por qué antes eso no la molestaba? Muy sencillo: porque estaba enamorada y todo lo que hacía le parecía maravilloso. Incluso ahora sentía restos de ese amor, todavía se le aceleraba el corazón en su presencia. Pero ya no le nublaba la mente, era capaz de hacer uso de su cerebro.

—Así será para los próximos días —dijo con amabilidad—. Pero hoy ya es demasiado tarde. ¿Nos vemos a las cuatro arriba, en la villa?

Los bonitos ojos azules de Klaus se entrecerraron, el enfado y la decepción se leían en su cara. Elisabeth tuvo remordimientos porque podría haber buscado una solución para ese día, aunque no habría sido fácil, pero no le apetecía someterse a sus dictados.

—Como tú digas —respondió él con frialdad, y se encogió de hombros—. Sin duda la patria te lo agradecerá. Si luego no me encuentras en la villa, será que he ido a visitar a varios conocidos.

Lo había herido en su orgullo y esa era su forma de vengarse. Elisabeth dibujó una sonrisa torpe, se despidió de él con la cabeza y volvió al trabajo. Mientras se acercaba a los pacientes encamados con la palangana de latón para refrescarlos un poco, la hermana Hedwig iba de un lado a otro recogiendo y vaciando las bacinillas.

—¿Ese no era su marido, el mayor Von Hagemann?

Estaba claro que había estado fisgando por la rendija de la puerta. Hedwig era una de esas mujeres a las que Elisabeth no soportaba: de puertas afuera eran piadosas y siempre cumplían con su deber, pero en realidad eran auténticas arpías.

—Sí, está de permiso.

—Ay, Dios mío, señora Von Hagemann, pues no hace falta que esté aquí trabajando. Ahora mismo le pregunto a Tilly si puede hacerse cargo de sus tareas.

—Muchas gracias —la interrumpió Elisabeth—. Me ocuparé yo misma de eso.

Ya estaba. Al día siguiente todos cuchichearían sobre ella. Llevó la palangana con agua hasta las puertas de la terraza, que solían estar cerradas debido al frío aire del otoño. El mes de noviembre estaba siendo húmedo y desagradable, el sol iluminaba en muy pocas ocasiones el último follaje colorido. En la terraza aún quedaban varias butacas de mimbre, las habían tapado con una lona para que la lluvia no las estropeara. Elisabeth echó el agua a la hierba con gesto resuelto, secó la palangana con el trapo y levantó la vista hacia la galería distraídamente.

Allí estaba Klaus von Hagemann, con la chaqueta del uniforme levantada por el lado derecho porque se había metido la mano en el bolsillo. Le pareció que su postura transmitía un rechazo desacostumbrado, incluso provocador, y aguzó la vista para distinguir a su interlocutor entre las hojas del ficus y el tilo de salón. Auguste. Gesticulaba, era evidente que le estaba explicando algo de la mayor importancia. Y no lo hacía en calidad de doncella, ya que en ese caso jamás se habría mostrado tan desafiante. Era un asunto personal, y Elisabeth tenía la sospecha de qué se trataba. Si Klaus era realmente el padre de la pequeña Liesel, la inconsciente de Auguste le estaría exigiendo una pensión alimenticia. Klaus se negaría, ya que su sueldo apenas bastaba para sus propias necesidades, por no hablar de sus deudas y del costoso estilo de vida de sus padres.

«Estoy loca», se reprendió, y regresó a la sala de los enfermos. «Me estoy inventando conversaciones que seguramente jamás han tenido lugar. Auguste puede estar contándole cualquier cosa.»

Al final aceptó la oferta de que Tilly se hiciera cargo de su turno, colgó el delantal blanco del gancho, se quitó la cofia y subió las escaleras hacia la vivienda. Antes de salir al pasillo, se alisó el vestido. Había perdido varios kilos, por desgracia no en las zonas donde le habría gustado, pero al menos era algo.

Humbert se acercó con una bandeja e insinuó una reverencia. A Elisabeth le pareció que tenía una expresión extrañamente dudosa, casi culpable.

—Los señores están en el comedor —le dijo al pasar.

Tendría que habérselo imaginado, pero fue tonta y se llevó un buen susto al entrar en la sala. Cómo no, sus suegros habían acudido para celebrar en familia las heroicidades de su hijo. A expensas de los Melzer, como siempre. Había café, tortitas de manzana preparadas a toda prisa y galletas de avena rellenas de mermelada, y también un plato de embutido ahumado, jamón y pepinillos en vinagre, así como un tarro de manteca de ganso, todo de Pomerania, y el pan casero que la señora Brunnenmayer condimentaba con sal y comino. Christian von Hagemann ya se había llenado el plato hasta arriba y solo amagó con levantarse cuando Elisabeth entró; su esposa le dedicó a su nuera una sonrisa hipócrita.

—¡Lisa! ¡Por fin! —exclamó Kitty, indignada—. Klaus ya está convencido de que tienes un amante. Pero yo le he asegurado que, aparte de él, solo tienes otra gran pasión: tu hospital.

Elisabeth se obligó a sonreír y se sentó junto a su madre. Klaus, flanqueado por Kitty y su propia madre, no hizo gesto de levantarse para colocarle la silla o sentarse junto a ella.

—Me sorprende que tú, querida Kitty, apenas te hayas involucrado en esa institución benéfica —dijo Klaus—. Muchos de estos pobres chicos se curarían solo con verte.

¿Seguía furioso con ella? Al menos allí, en la mesa, solo

tenía ojos para Kitty. Decía de ella que era una mujercita muy valiente. Y con un gran talento. Había visto dos de sus obras en el pasillo y le habían causado una profunda impresión.

—Lo digo en serio, querida Kitty. Al ver esas hermosas cabezas de pescado he sentido un escalofrío por la espalda. Me ha recordado a la tienda del centro donde solíamos comprar las carpas para Nochevieja, ¿te acuerdas, mamá? Las tenían en un tanque, bien alimentadas.

Kitty lo observó fijamente, como si jamás lo hubiera visto, y después apartó la mirada para servirse en el plato las dos últimas tortitas. Christian von Hagemann la miró con pesar, parecía hambriento y masticaba a dos carrillos.

—Es una pena que Marie no esté aquí —se lamentó Riccarda von Hagemann—. He oído que pasa mucho tiempo en la fábrica.

—Sin duda —respondió Alicia, que percibía la tensión que había en la mesa y ya sentía los primeros signos de una migraña—. Mi marido está encantado de recibir su ayuda. Marie sabe muchísimo sobre producción y ventas.

Riccarda von Hagemann miró a su hijo como diciéndole «¡Escucha eso!».

—Bueno, yo en eso soy más anticuado —comentó Klaus dirigiendo una débil sonrisa a Elisabeth—. Mi esposa limitará su influencia al hogar, no me impresionan las mujeres que trabajan o estudian. Solo espero que Paul tenga una opinión distinta al respecto.

—Paul está muy orgulloso de Marie —se entrometió Kitty. Pinchó un trozo de tortita con el tenedor y lo zarandeó con gesto triunfal mientras explicaba que un tercio de los estudiantes de las universidades alemanas eran mujeres. Se lo había contado el doctor Stromberger, que tenía un hermano en la Universidad Goethe de Fráncfort.

Como era de esperar, la tortita se le cayó del tenedor a la taza de café de Klaus, que se desbordó. Menos mal que Klaus se apartó serenamente, o el líquido marrón le habría salpicado la chaqueta del uniforme.

—¿Sigues siendo tan atolondrada como siempre, querida? —le dijo a Kitty con una sonrisa—. Ya sabrás que ese carácter ha roto el corazón de muchos hombres, incluido el mío.

—Sí, varios bobos creyeron estar enamorados de mí —replicó Kitty—. Pero no supe lo que era el amor de verdad hasta que me casé con Alfons. Es algo tremendamente valioso, porque con esa felicidad me bastará para toda la vida.

Klaus observó en silencio cómo su madre pescaba el trozo de tortita de la taza de café y se lo ponía en el plato a su esposo. Era la primera vez que Elisabeth se sentía impresionada por su hermana pequeña. ¡Qué bien se había expresado! Y qué maravilloso debía de ser experimentar un amor así. Aunque solo fuera durante un breve período de tiempo.

—Cariño, ¿qué te parece si abandonamos esta agradable reunión y nos atrincheramos un poco en nuestro hogar? —se dirigió Klaus a Elisabeth—. No os lo tomaréis a mal, ¿verdad?

Kitty se encogió de hombros y dijo que de todos modos tenía cosas que hacer, mientras que Alicia le aseguró que lo comprendía a la perfección.

—No es necesario que seáis descorteses por nuestra culpa —dijo Klaus a sus padres, que hicieron el amago de despedirse ellos también—. Quedaos un ratito para no dejar a Alicia sola. Sería una pena desperdiciar el rico café y el embutido.

Sonrió, se llevó otro trocito de salchicha a la boca y afirmó que no había probado un embutido tan delicioso en años. Ahumado con madera de haya, como es debido.

—Ah, la vida en el campo. —Suspiró y se levantó de la silla—. Extensos prados y bosques. Ganado pastando. Y en otoño, época de caza. ¡Qué envidia!

—Claro —dijo Kitty con ironía—. Y el precioso montón de estiércol bajo la ventana del dormitorio. Y las moscas. Y el hedor a establo.

Humbert recibió el encargo de llevar a Elisabeth y al mayor junto con su equipaje a Bismarckstrasse.

—Por supuesto, señora —respondió, e hizo una reverencia mucho más profunda de lo que habría sido necesario—. Solo me permito recordarle que el combustible escasea y debemos contar con una reserva permanente para emergencias.

—Lo sé, lo sé —lo tranquilizó Alicia—. Haga lo que le he pedido, por favor.

—Será un placer, señora.

Un minuto antes Elisabeth aún estaba molesta con Klaus, pero ahora que él albergaba evidentes intenciones conyugales, el cuerpo se le encendió. Sí, lo deseaba. Anhelaba sentir su masculinidad. Ay, ojalá hubiera podido tomar un baño esa mañana. Lavarse el pelo. Ponerse ropa interior bonita y unas gotitas de perfume en el cuello y las muñecas. Pero ya era tarde para eso, y además en la casa no habría madera para calentar la estufa del baño.

—Qué bien volver a verte sano y salvo, Humbert —comentó Klaus al subir al coche—. No todo es bonito en la guerra, ¿verdad? También hay experiencias a las que nos enfrentamos completamente solos. ¿No es cierto?

Humbert le sostuvo la puerta a Elisabeth, y a ella le pareció ver en él una sonrisa extrañamente rígida. ¿Habría sufrido una recaída?

—Así es, mayor —dijo Humbert—. La guerra tiene sus propias reglas, en ella suceden cosas que nadie creería posibles. Pero hay que olvidarlas, señor.

—Así es, Humbert —respondió Klaus von Hagemann—. Eres un buen hombre. Llegarás lejos.

—Gracias, mayor.

Elisabeth no logró descifrar el significado oculto de esas palabras, ya que Klaus la rodeó con el brazo en el asiento trasero y la besó en la mejilla con deseo. Humbert los condujo por el centro de Augsburgo, que estaba lleno de peatones y ciclistas, aunque también se veía algún que otro carruaje. Aparte del suyo, solo circulaba otro coche, el del señor Von Wolfram, alcalde de la ciudad. Klaus von Hagemann le hizo un gesto amable con la cabeza pero el hombre no le devolvió el saludo, tal vez no lo había reconocido. El motor se paró poco antes de llegar a la casa y tuvieron que recorrer el último trecho a pie. Humbert, que cargó con el equipaje, recibió una generosa propina de Klaus.

—Eso no era necesario, Klaus. Trabaja para nosotros.

Se mordió la lengua y deseó no haber hecho ese comentario. Apenas Humbert hubo salido por la puerta, Klaus le dijo entre dientes que no era quién para decirle lo que tenía que hacer.

—¡Eres la persona más tacaña que he conocido!

Quería tener la fiesta en paz, aunque solo fuera porque esperaba un reencuentro amoroso, pero ese reproche era injusto y sintió rabia. ¿Acaso él no se había gastado su dote, que no había sido precisamente pequeña, durante el primer año de matrimonio? ¿Y en qué? Hasta la fecha no había conseguido averiguarlo, ya que él y sus padres seguían endeudados.

—No soy tacaña, Klaus —afirmó—. Pero en mi familia acostumbramos a vivir con los medios disponibles.

—¿Ah, sí? —respondió él en tono burlón.

La doncella apareció para recoger su sombrero y su abrigo y colgarlos en el armario. En cuanto Gertie desapareció en la cocina, Klaus siguió aireando su descontento.

—Mis padres ni siquiera tienen cocinera, y mucho menos lacayo o doncella. ¡Es una vergüenza! Mi madre se ha quejado amargamente sobre ti en repetidas ocasiones.

Ella guardó silencio para no enfurecerlo más, pero le costó mucho.

—Klaus, por favor. Hablémoslo después con tranquilidad.

—De acuerdo. Pero me duele que muestres tan poca estima por mis padres.

Se quitó la chaqueta del uniforme y le pidió a Gertie que la cepillara y la colgara con cuidado de una percha. Después recorrió a Elisabeth con una mirada breve y escrutadora. A ella se le aceleró el corazón. Pasara lo que pasase entre ellos, era su esposo, y lo deseaba. De pronto sentía un ardor casi desesperado por hacer con él todas aquellas cosas humillantes y embarazosas sobre las que una mujer no hablaba ni siquiera con su mejor amiga.

—Has adelgazado —constató él—. Espero que no de los pechos, sería una pena. Aunque las caderas estaría bien que las hubieras reducido un poco.

Ella soltó una risita y se sintió terriblemente estúpida. Pero ¿qué más daba eso? Él la deseaba. Y no se andaba con rodeos. Se adelantó hacia el dormitorio, cerró las cortinas y se desabotonó la camisa.

—Desnúdate, cariño —le ordenó—. Del todo. No tengo ganas de trastear con los corchetes del corsé.

Se sacó la camisa por la cabeza y comenzó a desabrocharse el pantalón. Qué prisa tenía. Elisabeth temblaba por la expectación. Empezó a soltarse con torpeza los cierres del vestido, que estaban a la espalda. Por lo general contaba con la ayuda de la señorita Jordan, que tenía dedos hábiles, en cambio ella…

—Las sábanas podrían estar cambiadas.

Elisabeth se detuvo y miró la cama de matrimonio en penumbra, a la que hasta entonces no había prestado atención. Se le erizó el vello. Las mantas se habían estirado por encima, sobre la almohada estaba el camisón doblado de su suegra. Al lado había un camisón de hombre pasado de moda que tendría que haberse lavado hacía mucho tiempo. Delante de la cama también había un par de zapatillas de fieltro grises, justo al lado del orinal esmaltado en blanco.

¡Sus suegros se habían instalado en su dormitorio! Elisabeth sintió tal asco que se apartó.

—Lo hacemos donde tú quieras —se apresuró a decir—. Pero aquí no. En las sábanas en las que han dormido tus padres no.

Él también torció el gesto, pero después dijo que no tenía por qué ponerse así.

—Al fin y al cabo es culpa tuya. ¿Por qué te marchaste de esta casa? Es comprensible que mis padres prefirieran esta habitación al cuarto de invitados.

—Me da igual lo que hagan tus padres, pero yo no voy a tumbarme en esta cama. Ni por todo el oro del mundo.

Se daba cuenta de que su voz era cada vez más estridente, pero ya había perdido el control. ¿Cómo podía pedirle eso? ¿Tan insensible era? ¿O acaso la guerra lo había curtido de tal modo que le daba igual acostarse con su mujer en una cama recién hecha o sobre un montón de estiércol?

—Deja de chillar, maldita sea. Que Gertie cambie las sábanas en un momento —dijo furioso, y volvió a abrocharse el pantalón. Entonces gritó hacia el salón—: ¡Gertie! ¿Qué cochinada es esta? Sábanas limpias a la voz de ya.

Elisabeth tenía los dedos entumecidos, no conseguía volver a cerrarse la espalda del vestido. En la otra habitación, Gertie se lamentaba de que no había sábanas limpias. El segundo juego estaba con la colada, pero la lavandera no la había traído.

—¿Por qué no? —quiso saber Klaus.

—Creo que... —musitó Gertie, y entonces se calló.

—¿Qué es lo que crees? Habla de una vez, no muerdo.

—Creo que no recibió su dinero. Así que se negó. Porque ya era la tercera vez.

—¿Y no hay más ropa de cama limpia? ¿Cómo es posible?

—No... no lo sé, señor.

Elisabeth comprendió que sus suegros se habían aprovechado de la casa. Cielos, cómo había podido ser tan ingenua. Habían vendido la vajilla y la ropa de cama. ¿Dónde estaba la bonita cómoda que había antes en el dormitorio? ¿Y el escritorio de marquetería del salón?

Abrió la puerta de un tirón y miró hacia donde solía estar el mueble. Un suave borde grisáceo sobre el papel pintado señalaba aún la silueta. De un vistazo a la vitrina comprobó que el servicio de porcelana de Meissen —el regalo de bodas de su hermana Kitty— también había desaparecido.

—¿Ni siquiera les has dado a mis padres dinero para la lavandera? —la acusó Klaus, furioso—. Han estado viviendo como mendigos. ¿Es ese el respeto que muestras hacia mi familia?

Elisabeth tenía ahora la cabeza despejada y el pulso sorprendentemente tranquilo. Se acabaron el cariño y el deseo. Ella no era una cualquiera. Era una Melzer, y no permitiría que la trataran como a una simple subordinada.

—Tus padres se han servido generosamente de mis posesiones. La plata, el servicio de porcelana, mi escritorio de marquetería… ¡Por nombrar solo algunas de las cosas que han vendido sin yo saberlo!

Se quedó atónito un instante, no se lo esperaba. Sin embargo, si eso lo había molestado, no lo demostró.

—Esas cosas no eran tuyas, sino nuestras —afirmó—. Es una desgracia que mis padres se hayan visto obligados a desprenderse de ellas. ¡Todos los meses envío una gran cantidad de dinero y ahora me pregunto qué haces con él!

Menuda desfachatez. El dinero que enviaba apenas bastaba para el alquiler, todo lo demás, incluidas las cosas que debían enviarle a él, había tenido que pagarlo con el dinero de sus padres.

—Mejor dime tú qué haces con tu dinero, Klaus —bufó—. ¿No será que te lo gastas en pensiones alimenticias? ¿Se lo has dado a Auguste?

Qué desagradable podía ser el hermoso rostro de su marido cuando el espanto y la ira lo desfiguraban.

—Pero ¿qué estás diciendo? —susurró amenazador—. ¿De qué me acusas?

Estaba casi segura, su expresión aterrorizada resultaba muy elocuente.

—¡Eres el padre de la hija de Auguste! Toda la villa lo sabe ya. ¡Y esa fulana tuvo el descaro de hacerme madrina y darle mi nombre a tu hija ilegítima!

Si esperaba que se mostrara como un pecador arrepentido ante ella, se había equivocado.

—¡Elisabeth, por favor! Esas cosas pasan constantemente. ¿No creerás que hubo sentimientos entre nosotros? Una doncella, por el amor de Dios. Además, eso sucedió antes de que nos casáramos.

¡Así que era cierto! A pesar de tener la amarga certeza, vaciló, porque el tono de él había cambiado. Ahora sonaba más suave, buscaba su comprensión, apelaba a su generosidad. Y en algo tenía razón: había sucedido antes de que se casaran, antes incluso de que se prometieran.

—No soy un santo, cariño —prosiguió—. Soy un hombre y de vez en cuando me propaso. Pero eso no significa que te quiera menos.

Esa actitud le resultaba familiar. El tío Rudolf era igual, y su madre también había sido educada así. Los hombres cometían infidelidades, y una buena esposa tenía que aceptarlo. Sin embargo…

—¿Y si lo hiciera yo?

Klaus abrió mucho los ojos y la miró como si fuera un fantasma.

—¡Entonces serías una furcia! —profirió.

Así era. Él podía serle infiel porque era un hombre. Pero si ella hiciera lo mismo, sería una furcia.

Se le acercó amenazador, levantó los brazos y la agarró de los hombros.

—¿No me habrás… engañado? —chilló fuera de sí—.

¿Has estado divirtiéndote con otro mientras yo sacrificaba mi vida por el emperador y la patria?

Resultaba ridículo. Ella trató de zafarse, pero la agarraba tan fuerte que le hacía daño. Sintió ganas de provocarlo hasta el final.

—¿Y si lo hubiera hecho?

Él lanzó un resoplido furibundo y la empujó con todas sus fuerzas. Elisabeth se tambaleó hacia atrás y chocó contra la pared.

—En ese caso solo te quedaría la vergüenza de tus actos. ¡Y el divorcio!

Se había golpeado la cabeza pero no sentía dolor, solo la intensa humillación de que él se hubiera atrevido a levantarle la mano. Se sorprendió a sí misma hablando con voz tranquila y en tono gélido.

—Tranquilízate, Klaus. No he hecho nada por el estilo. ¡Pero estoy de acuerdo en lo del divorcio!

# 33

—Eche un poco más de carbón, Humbert —dijo Alicia—. Y después ya puede retirarse. Es tarde.

—Por supuesto, señora.

Fuera había tormenta, se oía el crujido de los árboles y el tableteo de las contraventanas. Humbert dejó en el suelo el cubo del carbón. Al alimentar la estufa del comedor con varias paladas, le temblaron las manos.

—¿Va todo bien, Humbert? —se preocupó Marie.

—Gracias por preguntar. Es la tormenta y esos ruidos... Pero se me pasará, señora.

—Túmbate en la cama y tápate los oídos con algodón —le aconsejó Kitty—. No oirás nada y dormirás como un tronco.

Humbert cerró la puerta de la estufa y dejó la pala en el cubo sin hacer ruido. Sonrió y les dio a todos una impresión algo desvalida, aunque ya se estaba recuperando y hacía semanas que no sufría ningún ataque.

—Gracias por el consejo, señora Bräuer. Lo intentaré. Les deseo buenas noches. Que duerman bien.

Se inclinó y salió. Se movía con la misma elegancia de siempre, eso era esperanzador.

—¿Has avisado a Else?

—Sí, mamá —respondió Marie—. Hanna y la señora Brunnenmayer también saben que esta noche ya no las vamos a necesitar. Y Auguste hace mucho que está en la casa del jardinero.

Solo quedaba la señorita Schmalzler, que estaba terminando su turno en el hospital y seguramente después se pasaría por allí a desearles buenas noches. Con todo, hacía más de cuarenta años que estaba vinculada a la familia y podían confiar en su discreción.

Elisabeth había hecho su anuncio durante la cena, y Alicia se había llevado tal impresión que le había pedido que no hablaran de ese asunto tan delicado hasta que el servicio se hubiera acostado. Todos aceptaron, aunque Johann Melzer refunfuñó que no tenía ganas de pasar la noche en vela a causa de semejante tontería.

—Lo siento mucho —dijo Elisabeth—. Realmente desearía haberos ahorrado a todos…

—Sírveme otra taza de ese repugnante té de menta, Alicia —la interrumpió Johann Melzer—. Y por si a alguien le interesa mi opinión: es la mejor decisión que has tomado en mucho tiempo, Lisa. Es una pena que llegaras a casarte con él. ¡Ese buscadotes y su codiciosa familia nos han costado una gran cantidad de dinero!

Hubo un prolongado silencio en la mesa, ni siquiera Kitty supo qué decir ante esas palabras tan explícitas. Se oyó cómo caía el té en la taza, después Alicia volvió a dejar la tetera sobre el calentador y le tendió la taza a Johann. Este se sirvió dos terrones de azúcar y las miró malhumorado.

—¿Y bien? ¿Os habéis quedado todas sin habla? ¿Kitty? ¿Alicia? ¿Marie? ¿No vais a protestar?

Kitty fue la primera en volver en sí.

—Tienes toda la razón, papá —dijo con una sonrisa dirigida a Alicia—. Aunque lo hayas expresado de un modo algo drástico, como siempre. Klaus von Hagemann se ha portado mal con Lisa. Y sus padres… ¡Por todos los cielos! Cómo me gustaría librarme de esa gentuza.

—¡Kitty! ¡Por favor! —intervino Alicia—. Si papá utiliza esas expresiones es asunto suyo. Pero tú no deberías olvidar que eres una dama.

—Perdón, mamá. Quería decir de esos parientes nobles que han llenado su estómago a nuestras expensas en cada celebración familiar y que se dedican a divulgar opiniones prehistóricas.

Omitió que su hermana le había pedido prestado dinero una y otra vez para dárselo a sus suegros, y Elisabeth se lo agradeció. De hecho, Kitty le había prometido no mencionarlo jamás.

—Bueno, ya no estamos en el siglo XIX —intervino Marie—. Si un matrimonio ha llegado a su fin, la mujer no debería vacilar en pedir el divorcio. Sin embargo…

Se detuvo y miró a Elisabeth, dubitativa.

—¿Qué quieres decir con ese «sin embargo»? —repuso Lisa—. ¿Acaso crees que he tomado la decisión a la ligera? Sé muy bien a lo que me enfrento. Pero creo que en esta familia me tocaba a mí mover ficha, ¿no crees, Kitty?

Sus palabras sonaron muy provocadoras y recordaron a la época en que las hermanas se llevaban como el perro y el gato, cuando Kitty se escapó a París con su amante francés, Gérard.

—Te refieres a que también tienes derecho a un escándalo —dijo Kitty, divertida—. Por mí no hay ningún problema. De todos modos, ya estaba harta de ser la oveja negra de la familia.

Elisabeth era extremadamente susceptible, todos los que estaban sentados a la mesa lo sabían. A primera hora de la tarde había regresado a pie a la villa, con el pelo revuelto por la tormenta, el sombrero destrozado y el abrigo y el vestido empapados. Se había encerrado en su habitación y Auguste informó de que la señora Von Hagemann estaba en la cama hecha un mar de lágrimas. Lo sabía porque le había llevado una infusión de camomila. Más tarde, el mayor Von Hage-mann llamó varias veces por teléfono, pero su esposa se negó a hablar con él. Klaus no se había presentado en la villa.

—No me malinterpretes —retomó el hilo Marie—. Solo quiero evitar que tomes una decisión precipitada de la que luego te arrepientas. Os habéis peleado, ¿verdad? ¿No sería más inteligente dejar pasar unos días antes de dar este paso, Lisa? Si tu decisión es la correcta, no importará si la pones en práctica mañana mismo o dentro de unas semanas.

Alicia asintió en señal de consenso. Marie había dado en el clavo.

—Es por la guerra, Lisa —comentó con suavidad—. Apenas habéis tenido ocasión de volver a acostumbraros el uno al otro. Se trata de vuestra primera pelea, vaya por Dios. Si yo hubiera pedido el divorcio después de cada discusión, no estaríamos todos aquí sentados.

Elisabeth puso los ojos en blanco. Ahora mamá diría que una esposa debe aprender a postergar sus necesidades. Que un buen matrimonio requería generosidad y contención. Al fin y al cabo, los hombres podían hacer uso de su mente, pero una mujer debía ejercitar la complacencia de forma inteligente para imponer sus deseos.

—No tengo nada que pensar —dijo Elisabeth—. Y por si no lo sabías, Marie, esta tarde no es la primera vez que me he planteado el divorcio. ¡Ya está bien!

Entonces lo hizo. Sacó la carta que llegó de Bélgica, la puso encima de la mesa y se la acercó a su madre, pero esta primero tendría que buscar sus gafas. Su padre cogió la carta en su lugar porque tenía las gafas en el bolsillo de la chaqueta y no tuvo que hacer ningún esfuerzo.

—Vaya, vaya… Así que quiere exigir una satisfacción. ¡Pues adelante! ¡Cuanto antes, mejor!

—Ese no es el único motivo —dijo Elisabeth mientras su madre leía la carta—. Pero es la gota que ha colmado el vaso.

Alicia volvió a dejar la carta encima de la mesa y sacudió la cabeza. Kitty la leyó por encima y se la pasó a Marie. Elisabeth se mordió el labio; no era agradable ser objeto de compasión. Pero, por desgracia, era necesario.

—¿Y si no es cierto? —comentó Alicia—. Puede que se trate de una acusación falsa.

—¡Mamá! —se indignó Kitty—. No lo dirás en serio, ¿verdad?

Alicia suspiró y miró a Marie en busca de apoyo. Esta se encogió de hombros. Había planteado su propuesta, no podía hacer más.

—En mis tiempos no era habitual que una mujer solicitara el divorcio —dijo Alicia, apesadumbrada—. Y mucho menos entre la nobleza.

—Sobreviviremos, Alicia —comentó Johann, y apoyó la mano sobre el brazo de su esposa para consolarla—. Desde el punto de vista financiero todo son ventajas.

—¡Y desde el personal! —exclamó Kitty—. Yo estoy de parte de Lisa. Al diablo con tu señorito, hermana. No se merece a una mujer como tú. ¡Y tampoco una cuñada como yo!

La solidaridad de su hermana emocionó a Elisabeth. Y eso que había puesto sus esperanzas más bien en Marie. Abrazó a Kitty y derramó lágrimas de agradecimiento en su hombro.

—Si realmente estás decidida, Lisa, creo que todos deberíamos apoyarte —comentó Marie—. Tú también, mamá.

—¡Eso es! —exclamó Kitty—. Lisa es una Melzer, es una de las nuestras, y no la dejaremos en la estacada. ¿No es cierto, papá? Venga, mamá. Hazlo por ella. Un divorcio no es para tanto. Incluso puede ser un golpe de suerte.

Alicia se tapó los oídos y aseguró que las palabras de Kitty la volverían loca algún día. Entonces se levantó y abrazó a Lisa.

—Pues claro que estaré a tu lado, hija mía. Lisa querida. Qué difícil lo has tenido siempre en la vida... Johann, deberíamos hablar con el señor Grünling, que ya está recuperado y al mando de su bufete.

—¡Por todos los cielos! —se lamentó Kitty—. ¡Ese payaso engreído no! ¿Es que no hay otro?

Unos golpecitos en la puerta la interrumpieron.

—¡Adelante, señorita Schmalzler!

La puerta se entreabrió y una cara pálida de nariz puntiaguda asomó por la rendija. No era el ama de llaves, como habían supuesto, sino... Maria Jordan.

—¡Señorita Jordan! —exclamó Elisabeth—. ¿Qué hace usted aquí? ¿Por qué no está en Bismarckstrasse?

Maria Jordan no respondió a aquella pregunta del todo justificada.

—Por favor, señora... Debemos llamar a un médico.

Dirigió sus palabras a Elisabeth, y su tono era tan dramático que tenía que tratarse de un asunto de vida o muerte.

—¿Un médico? ¿Está usted enferma?

—Yo no, señora. Es Hanna. Por favor... Tiene que llamar al doctor Greiner o al doctor Stromberger.

Marie se levantó de un salto y quiso salir del comedor, pero Maria Jordan sujetó la puerta desde fuera.

—No... Espere a que me haya ido. Se lo ruego.

—¿Qué sucede, señorita Jordan? —intervino Johann Melzer—. ¿No estará usted en camisón? ¿Se puede saber qué se le ha perdido aquí por la noche?

Se oyeron pasos apresurados, y cuando Marie abrió la puerta de par en par vio una figura envuelta en un camisón blanco ondulante correr hacia la escalera de servicio.

—Esto es... increíble —exclamó Alicia—. Parece que está durmiendo aquí. Y eso que solo trabaja como costurera por horas. Lisa, ¿cómo es posible?

—No tengo ni idea, mamá.

Marie ya había salido al pasillo y subía hacia el cuarto de Hanna. Kitty la seguía alterada.

—Qué empinado. Y qué frío. Y sucio... No vayas tan rápido, Marie.

Llegaba luz desde el pasillo de arriba. Cuando llegaron, bajo la luz débil y amarillenta del farol Marie reconoció a la cocinera Fanny Brunnenmayer, cuyo amplio camisón recordaba una funda para teteras. Atisbó el rostro arrugado de Else bajo una anticuada cofia, pero esta enseguida se retiró a su cuarto al ver llegar a Marie y a Kitty.

—¿Qué ha pasado? ¿Qué le sucede a Hanna?

—Necesita un médico, señora —dijo la cocinera—. Espero que no sea demasiado tarde. ¡Ay, esa Jordan! Ya le dije que se dejara de esos malditos...

Marie pasó junto a ella y aporreó la puerta de Hanna con los puños. Conocía perfectamente ese cuarto, al fin y al cabo ella misma lo ocupó en su día.

—Un momento... un momento...

Marie no esperó, abrió la puerta de golpe y entró. La lámpara eléctrica del techo estaba encendida y la bombilla desnuda iluminaba la cama de Hanna. Estaba lívida, tumbada boca arriba con los ojos cerrados y tapada con la manta hasta la barbilla.

—Oh, Dios —musitó Kitty, que había entrado detrás de Marie—. Parece que ya está...

Un surco oscuro rodeaba los ojos de Hanna, su nariz parecía más puntiaguda de lo habitual, y tenía los labios pálidos. Maria Jordan estaba junto a la cama y se tapaba con una almohada. Al parecer quiso vestirse rápidamente pero Marie la había interrumpido.

—¿Qué le has dado?

Marie se acercó amenazante a Maria Jordan, que reculó atemorizada hasta que se sentó en su cama y aseguró entre lamentos que no había hecho nada.

—¿Nada? —gritó Marie con rabia—. ¿Ningún remedio milagroso? ¿Ni tanaceto, ni aceite de Séneca ni ningún otro veneno?

—Yo… yo… La intención era buena…

—¡Marie! —dijo Kitty con voz temblorosa—. Mira.

Había destapado a Hanna. La muchacha se había enrollado el camisón a la altura del vientre y se lo había metido entre las piernas. Parecía que lo había hecho para cortar la hemorragia, pero no le había servido de nada. El camisón estaba teñido de rojo hasta el pecho, la sábana también estaba empapada.

Marie no echó más que un rápido vistazo a la horrible escena, acto seguido apartó de un empujón a la cocinera, que no había aguantado la curiosidad y había entrado en el cuarto, y corrió escaleras abajo. Su voz agitada llegaba hasta el pasillo.

—El número del doctor Greiner, rápido. Llama a la señorita Schmalzler, Lisa. Que traiga un antihemorrágico. ¿Hola? Una llamada a la ciudad… Tres, ocho, nueve, cuatro… ¿No contesta? Inténtelo otra vez.

—¿Tan mal está, Marie? —preguntó Alicia—. ¿Deberíamos avisar al padre Leutwien?


Kitty seguía a los pies de la cama de Hanna y miraba fijamente el color rojo de la sangre. Hanna se movió, buscó la manta con la mano y gimió en voz baja.

—Me encuentro muy mal…

—Todo irá bien —dijo Kitty—. Ya estamos aquí. Te ayudaremos.

Volvió a taparla con la manta, y como Hanna tiritaba de frío, Kitty le pidió a Maria Jordan que la cubriera también con su colcha. La señorita Jordan obedeció, aunque de mala gana.

—Mi bonito edredón... Espero que no se ensucie.

—Es usted un amor, señorita Jordan —dijo Kitty—. Cuanto antes se marche de esta casa, mejor.

Con estas palabras salió del cuarto y bajó a toda prisa donde Marie.

Eleonore Schmalzler vino desde el hospital y les explicó que tenían un remedio antihemorrágico, pero que solo un médico podía administrarlo. Se trataba de un preparado muy eficaz a base de tormentila.

—Debemos andarnos con mucho cuidado, señora —le dijo a Alicia—. Si la chica se ha practicado un aborto, no puede saberse fuera de aquí. Ya me entiende...

—Gracias, señorita Schmalzler —respondió Alicia.

Marie y Elisabeth también comprendieron a qué se refería. Kitty fue la única que hizo un gesto interrogante.

—Es por esa ridícula historia del prisionero de guerra ruso —dijo Marie en voz baja—. Esperemos que ese tipo no la dejara embarazada.

—¡Dios mío! —siseó Kitty—. Qué asunto tan emocionante. ¿Un ruso? Y Hanna se lo...

—Contén esa bocaza por una vez, Kitty, solo por una vez —le suplicó Alicia—. ¡Ahí está! Han llamado a la puerta. El doctor Greiner. Ay, mis nervios. No aguantarán otra noche de estas.

Se dejó caer en una silla y, como ni Auguste, ni Humbert ni Else estaban por allí, Marie bajó a abrir.

A pesar de su avanzada edad y de lo tarde que era, el doctor Greiner había llegado a la villa a pie, ni siquiera la llovizna lo había detenido. Cuando Marie le abrió la puerta, lo primero que vio fue un gran paraguas negro sacudido por el viento.

—Buenas noches —se oyó decir desde debajo del paraguas—. O mejor dicho, buenos días. Ya imaginaba que algo así podría pasar. Así que vayamos al grano. ¿Dónde está?

Marie lo ayudó a quitarse la capa de lluvia y le cogió el sombrero. No, no lo había llamado por su suegro, que gracias a Dios se encontraba perfectamente. Se trataba de Hanna.

El doctor había sacado un pañuelo para secarse las gafas. Se detuvo en plena limpieza.

—¿Hanna? ¿Y esa quién es?

—La ayudante de cocina. La ha visto muchas veces, doctor. Pelo oscuro, ojos castaños. Cuando Humbert todavía estaba en el frente, a veces servía la mesa.

—¡Vaya!

Se lo veía contrariado. Por muy unido que estuviera a la familia, sacarlo de la cama en plena noche por la ayudante de cocina no le parecía muy apropiado.

—¿Y qué le pasa? ¿Fiebre? ¿Un accidente?

—Casi se ha desangrado.

Se puso las gafas, se las colocó bien sobre la nariz e hizo una mueca de desagrado.

—Ha enviado un angelito al cielo, ¿no?

Hasta entonces Marie había sentido aprecio por el anciano, su dedicación al hospital era ejemplar y muchas veces hacía más de lo que podía. Pero en ese momento le habría gustado echársele al cuello.

—Ayúdenos, por favor, doctor Greiner —dijo con tanta amabilidad como le fue posible.

—Solo por ser usted, joven.

Tuvieron que atravesar la sala de los enfermos para llegar al primer piso, donde el médico saludó con la mayor cortesía al resto de las damas de la casa. Johann Melzer ya se había acostado; según él, aquel asunto era «cosa de mujeres».

El doctor pasó poco tiempo arriba con Hanna. Cuando reapareció en el comedor, se encogió de hombros y comentó que había que esperar.

—Le he puesto una inyección, pero solo el cielo sabe si ayudará. Pueden enfriarle el vientre con hielo. Les diré que muchos soldados han perdido más sangre que ella, ¡y sin tanto teatro!

—Le estamos profundamente agradecidas, doctor Greiner —dijo Alicia—. Es importante que trate este asunto con discreción.

El médico aseguró que se sobreentendía, que por eso existía el secreto profesional.

—Y ahora me gustaría pedirles encarecidamente que me ofrecieran un lugar para pasar la noche; mi turno en el hospital comienza dentro de cuatro horas y veinte minutos, y no me merece la pena caminar de vuelta a casa.

—Faltaba más. ¿Se contentaría con el sofá del despacho de mi marido?

—En este momento me quedaría dormido incluso apoyado en el reloj de pared, señora.

Marie llamó a Else para que trajera almohadas y sábanas limpias, y en el pasillo esta se cruzó con una figura oscura. Era Maria Jordan, con abrigo, sombrero y una bolsa de viaje en la mano.

—Después de lo que ha sucedido hoy, he decidido buscar otro empleo —le dijo a Elisabeth—. Regresaré dentro de unos días a por mis papeles.

Se despidió de los presentes con un gesto majestuoso de la cabeza, se dio la vuelta y bajó las escaleras. Nadie la detuvo.

*15 de diciembre de 1917*

Mi amor:

Todos hemos leído tu breve mensaje desde Flandes con alivio. Cada noche rezo por que el destino tenga piedad de nosotros y te devuelva a mí. Ay, sabes que preferiría mil veces estar a tu lado que permanecer aquí sin poder hacer nada más que esperar. ¿Por qué no tengo alas para volar hasta donde estés? ¿Por qué mis pensamientos no me llevan a ti? Ya basta, me armaré de paciencia, como hacen miles de mujeres.

Hoy he leído en el periódico que las conversaciones de paz con Rusia continúan. De manera que el terrible cambio de régimen en el Imperio ruso también tiene su lado bueno: los nuevos gobernantes no desean librar esta guerra hasta sus últimas consecuencias. Puede que las demás naciones también entren en razón y pongan fin a este derramamiento de sangre sin sentido que acabará con toda una generación.

Aquí, en casa, nos preparamos para celebrar la cuarta Navidad en guerra. He tenido que pelearme con tu padre para lograr por fin un aumento de sueldo para nuestros trabajadores. Los negocios siguen dando resultados satisfactorios, aunque por desgracia las máquinas tienen una capacidad limitada y no podemos dar respuesta a todos los encargos. De todos modos, para nuestros trabajadores (de los cuales un setenta por ciento son mujeres) la comida caliente que se les sirve una vez al día desde hace algunas semanas es mucho más importante que el aumento de sueldo. Eso también se lo arranqué a tu padre gracias a mis artes persuasivas. Es cierto que no es más que una sopa caliente, normalmente de patata y nabo, con muy poca carne y apenas grasa. Pero muchas de las mujeres se privan de ella, se la guardan en un recipiente y se la llevan a casa para dársela a sus hijos.

Por suerte en la villa todos estamos bien. Kitty ha recobrado el ánimo y se dedica en cuerpo y alma a la pintura. Sus cuadros han adquirido una nueva intensidad, quizá el sufrimiento que ha padecido haya hecho madurar a tu hermana hasta convertirla en una verdadera artista. Elisabeth también ha cambiado, y me temo que la decisión que ha tomado te horrorizará. Está firmemente decidida a divorciarse de Klaus. Los motivos son muy diversos, todos estamos conformes con lo que se propone (incluso mamá), y creo que tú también lo entenderás cuando conozcas los detalles de la situación. Como el mayor Von Hagemann se encuentra ahora luchando en Ypres, el divorcio no tendrá lugar hasta que regrese. Lisa sigue trabajando en el hospital, que está al borde de su capacidad, y para el que se necesitarían más estancias de las que disponemos. Por otra parte, Lisa se ha propuesto formarse como profesora para dar clases en un colegio. Una vez que acabe la guerra, naturalmente. Como podrás imaginar, mamá se opone a este plan, de manera que aún no se ha dicho la última palabra al respecto. Quién sabe lo que nos deparará aún esta guerra; sin duda no es muy inteligente forjar planes prematuros que más adelante podrían desvanecerse en el aire.

Además, debo contarte que nuestra Hanna ha estado muy enferma, pero por suerte ya está recuperándose. Maria Jordan, que trabajaba como doncella para Lisa y realizaba labores de costura en la villa, se ha retirado del servicio. Se dice que ha conseguido, a través de Lisa, un empleo como cuidadora en un orfanato, lo que sin duda no cumplirá sus expectativas pero al menos le garantizará unos ingresos. Nuestro Humbert ha recuperado el humor. A menudo entretiene al servicio imitando de forma notable a distintas personas; posee un talento innato. Sin embargo, a veces, cuando hay tormenta, sufre una recaída. También es muy sensible a los ruidos: ayer la cocinera dejó caer una tapa de cazuela por descuido y le dio un susto de muerte al pobre chico.

El jardín, que con tanto esmero cuidan Gustav y su abuelo, está cubierto por una fina capa de nieve. Ahora mismo, mientras te escribo estas líneas, los copos blancos revolotean en torno a la villa, forman un colchón sobre los alféizares y convierten los viejos árboles del parque en extraños gigantes de cuento. En primavera Gustav construirá un invernadero para cultivar verduras y hierbas frescas. Entonces será también cuando Auguste dé a luz a su tercer hijo.

¡Cuántas alegrías nos dan a todos nuestros tres pequeños! Por desgracia la señora Sommerweiler ha tenido que dejarnos, de manera que ahora solo los cuida Rosa, aunque mamá, con la ayuda de Else, ejerce de abuela solícita, si bien a veces se preocupa demasiado. Los tres diablillos ya se han adueñado de la villa entera, suben y bajan escaleras, investigan las cortinas y los tapetes que cuelgan de las mesas, e incluso han conquistado la cocina de la mano de Liesel. A nuestra Dodo, después de mucho tiempo siendo pelona, le han crecido unos rizos rubios con los que se parece enormemente a su hermano. Henriette también es rubita, ¡parece que se ha impuesto la herencia paterna! Te adjunto dos dibujos que he hecho mientras mamá y Rosa jugaban con los pequeños. No son más que bocetos a lápiz de la escena. Para trabajar en ellos me haría falta más tiempo del que tengo, pero papá ha tomado varias fotografías, las revelará y te las enviará.

Para terminar, otra noticia que sin duda te alegrará. La semana pasada recibimos una carta de tu amigo Ernst von Klippstein. Ha pasado un tiempo en Berlín, en casa de unos parientes, y tiene pensado hacer una visita a la villa. Por lo visto le gustaría ser de utilidad durante el tiempo que pase aquí, pero solo si nos parece bien a nosotros. Le he escrito que estaremos encantados de recibirlo. Lo demás ya se verá.

Queridísimo Paul, me pregunto si quizá te aburro con tanta información superflua. Anhelo tu presencia, pero eso también te lo he escrito innumerables veces. ¿Serán iguales las cartas de todas las esposas en estos tiempos? Miles y miles de mujeres maldicen esta guerra que les arrebata lo más preciado que tienen en este mundo. Y sin embargo soportamos la situación, la aceptamos en silencio como el destino de todas nosotras y confiamos en que los poderosos de Europa, ya sean Ludendorff o Hindenburg, el emperador, el ministro de Exteriores británico Balfour o el presidente francés Clemenceau, entren en razón.

¿Acaso soy una rebelde? Me encantaría caminar por las calles pidiendo paz y justicia a gritos. Pero no te preocupes, no lo haré. Confiaré y esperaré. Quiero contribuir con todas mis fuerzas a que la fábrica de paños Melzer siga en pie hasta que regreses.

Un abrazo, querido mío, de tu fiel

MARIE

# III

# NOVIEMBRE DE 1918 - ENERO DE 1920

# 34

¡Así que era ella! Rosa Menotti, la gran artista que tantas pasiones había levantado la noche anterior en el Stadttheater. Aunque allí, en la habitación de hotel, en bata y sin maquillar, no resultaba ni la mitad de emocionante.

—Haré una excepción, joven. ¡Y solo porque me gusta su nariz!

Su risa era profunda y alegre, como su voz cuando cantaba. Las canciones y los números que Humbert había presenciado la noche anterior en el teatro habían sido sumamente atrevidos. Provocadores. Impúdicos. Algunos espectadores (una minoría) profirieron silbidos y abucheos de indignación, y más tarde se marcharon. El resto del público aulló entusiasmado y pidió un bis tras otro. Humbert había hecho de tripas corazón y había abordado a Rosa en la salida de los artistas para preguntarle si podía visitarla.

—Le estoy tremendamente agradecido, señora, de que me dedique algo de su tiempo. Si le soy sincero, jamás me habría atrevido a imaginar que…

Los movimientos de la mujer eran torpes, ni punto de comparación con el paso sinuoso que había mostrado sobre el escenario. Se deslizó sobre la madera en sus cómodas pantuflas de fieltro hacia el piano y levantó la tapa del teclado con manos expertas.

—Deje de parlotear y muéstreme lo que sabe hacer. Mi tren sale dentro de una hora.

Se sentó en la banqueta del piano y tocó un par de acordes. ¿Tenía partituras? ¿No? Entonces, ¿qué?

Humbert se acaloró. ¿Se había vuelto loco? Estaba a punto de hacer un ridículo espantoso.

—Pensaba representar algo.

—Pues adelante —respondió ella, y se volvió hacia él sobre la banqueta.

Tenía ojos pequeños y un poco oblicuos, nariz delicada y puntiaguda, labios muy carnosos. Su mirada irradiaba ironía. Arrogancia. Como diciendo: «Veamos qué sabes hacer, pequeñajo». Eso le molestó, pero ¿qué podía perder?

Representó un número que se le había ocurrido la noche anterior. Una escena cómica con un mayor, un teniente y un soldado que deseaban a la misma muchacha. Se divirtió, se metió por completo en los papeles: la altanería del mayor, de familia noble, el teniente ambicioso y bobalicón, el soldado taimado. La chica también le quedó muy lograda, se le daba especialmente bien imitar a mujeres.

Ella lo observaba con gesto impasible. Cuando terminó, Humbert comprobó que sonreía.

—¿Quién se lo ha escrito?

Él tardo un poco en comprender. Entonces se dio cuenta de que la famosa Rosa Menotti no escribía sus propios números.

—Yo. Anoche. Después de su función…

La mujer arqueó las cejas un instante y lo escudriñó con la mirada, seguramente para averiguar si le mentía.

—¿Sabe cantar?

—Soy más bien actor.

Ella quiso decir algo pero esperó porque de pronto se oía ruido en la calle. Otra vez esos locos que recorrían la ciudad con letreros, gritando, chillando y cantando consignas. Llevaban meses así. Habían echado al rey Luis de Múnich, el emperador había abdicado... No era de extrañar que nadie pusiera orden. ¿De verdad querían la república?

Rosa Menotti se levantó para correr las cortinas y encendió la lámpara eléctrica.

—Alguna canción sabrá.

Pues claro que sabía. ¿Pero cuál? Bueno... Canciones de cocina, esas las conocía muy bien. La señora Brunnenmayer las cantaba mientras trabajaba. Eran sentimentales. Pavorosas. Y tristes.

—«Sabinita era una mujer dulce y virtuosa...» —entonó enérgico.

Ella logró arreglar un acompañamiento, recorrió las teclas y le pidió que cantara la segunda estrofa. Mientras él se esforzaba al máximo, ella lo observaba con atención.

—Aquí hay material con el que trabajar —dictaminó.

Entonces lo exprimió a preguntas. Cómo se llamaba. En qué había trabajado hasta entonces. Por qué quería subir a un escenario. Si contaba con hacerse rico y famoso. Si alguna vez había actuado en público. Si no prefería conservar su puesto fijo en el servicio.

Humbert balbuceó, incurrió en contradicciones, dio respuestas infantiles... Y cuando ella le preguntó con malicia si estaría dispuesto a actuar vestido de mujer, no aguantó más.

—Espero que se haya divertido, señora. Me despido...

Ella permaneció inmóvil, como si no lo hubiera oído, y esperó a que alcanzara la puerta.

—Si quieres abrazar esta profesión debes estar obsesionado con ella, jovencito —dijo en tono duro—. Solo puede haber tres cosas en la vida para ti. El teatro, el teatro y el teatro. Dormirás en un cuartito diminuto y comerás entre el maquillaje y las pestañas postizas. Pasarás las noches en vela, se burlarán de ti, tendrás que soportar las maldades de los colegas envidiosos, lamer el culo al director y personificar sus sueños...

Humbert tenía la mano en el picaporte. ¿Por qué le contaba todo aquello? No era ningún fanático. No tenía intención de vivir con pobreza, hambre y desencanto.

—Hay montones de locos que no se dejan amedrentar por todo eso. Gente que lo intenta una y otra vez y jamás llegará a nada. Porque les falta una cosa: talento.

Humbert ya había escuchado suficiente. Bajó la manija y la puerta se abrió de golpe. Varios ramos de flores y tres paquetes con regalos se interponían en su camino y pasó por encima de ellos.

—¡Y a usted, joven, eso le sobra!

Se detuvo en medio del pasillo y se preguntó si se estaba burlando de él. Pero aquellas palabras eran demasiado seductoras. Tenía talento. Incluso le sobraba. Eso había dicho. ¿O la había entendido mal?

Al darse la vuelta la vio junto a la puerta con una mano en el bolsillo de la bata. Tenía la comisura izquierda contraída en una sonrisa maliciosa.

—Pero solo si vas en serio —dijo.

Sacó la mano del bolsillo y le tendió una tarjeta de visita. Una dirección de Berlín.

—Kleine Klitsche —dijo—. Diles que vas de mi parte.

Humbert volteó la tarjeta entre las manos. ¡Berlín! ¿Qué se había pensado esa mujer? Al levantar la mirada, Rosa había desaparecido. En su lugar había una joven empleada agachada en el suelo recogiendo flores y paquetes. Lo miró, le sonrió y metió los bultos en la habitación. Luego la puerta se cerró.

Recorrió el pasillo, bajó las escaleras y atravesó el vestíbulo, donde un empleado de librea oscura le preguntó si podía ayudarle en algo. Humbert le respondió sin pensar y dio dos vueltas en la puerta giratoria antes de encontrar la salida a la calle. Flotaba con una sensación de triunfo y felicidad máxima, después cayó en la desesperación, perdió el ánimo y acto seguido recobró la esperanza. Tenía talento. El público lo aclamaría. Lo conseguiría. En Berlín.

«No conozco a nadie allí. ¿Cómo voy a hacerlo? Estaría completamente solo. Si al menos la señora Brunnenmayer viniera conmigo… Pero es imposible sacarla de la villa de las telas. Y mucho menos para llevarla a Berlín. Además, tendría que presentar mi dimisión. Dejar un buen empleo…»

Se vio rodeado sin darse cuenta por un grupo de personas que lo arrastraba. Se oían chistes impertinentes, risas, olía a alcohol barato.

—¡Abajo los explotadores!

—¡Los consejos al poder!

—¡Desarmad a la policía!

—¡Anulad los empréstitos de guerra!

Cuando alguien le gritó al oído que apretara el paso, comprendió que se había metido en una de aquellas manifestaciones. Miró a su alrededor asustado. Una densa multitud lo estrujaba, hombres y mujeres de todas las edades recorrían Maximilianstrasse hacia Perlachberg, se cogían del brazo, armaban barullo, gritaban y cantaban canciones que él no conocía. La mayoría eran trabajadores, también había soldados que habían regresado a casa, mujeres que se comportaban como hombres y alzaban el puño. Aquí y allá vio hombres mejor vestidos, estudiantes de mirada feroz y rostro encendido que entonaban lemas distintos cada vez y arrastraban a los demás.

—¡Viva la revolución internacional!

Humbert se zafó de un joven obrero que lo había cogido del brazo y trató en vano de escapar de la pegajosa multitud. Tropezó con el bordillo de la acera y estuvo a punto de caer, se agarró a la chaqueta de un hombre y recibió varios empujones.

—¡Policía! —gritó alguien—. ¡Alto!

—¡Adelante! —se oyó en otra dirección—. Nadie nos detendrá. Marcharemos hasta el ayuntamiento.

—¡No disparen!

Humbert sintió que volvía a sucederle: el zumbido en los oídos. El silbido de los aviones. El ruido sordo de las granadas que explotaban. Le temblaba todo el cuerpo, buscó un lugar donde guarecerse, sabía que si se acurrucaba en el suelo en medio de la multitud estaría perdido.

—¡Cerdos! ¡Están disparando a gente indefensa! ¡A mujeres!

Oyó disparos aislados, gritos de pánico, la masa se detuvo, se compactó.

—¡Atrás! ¡Retroceded!

—Adelante, compañeros. ¡Avanzad!

El grito estridente de una joven se le clavó en el oído y le dio alas. Remó con ambos brazos, nadó entre la multitud, luchó contra la corriente, tropezó, cayó, se levantó, chocó contra otros cuerpos, vio pasar rostros furiosos y desfigurados por el miedo, ojos, bocas, manos...

Se acuclilló en el suelo con la espalda apoyada contra un muro. Las granadas siseaban por encima de él, la tierra saltaba por los aires, brazos arrancados, chaquetas de uniforme, cascos, cabezas humanas con cara de rata... El océano rugía en sus oídos.

—¡Humbert! Es usted Humbert, ¿verdad? El criado de la villa de las telas.

Apenas entreoyó aquellas palabras. Alguien se inclinó hacia él. Le apoyó una mano en el hombro, una mano cálida cuyo peso lo alivió.

—Tranquilo —dijo la voz del hombre, y la mano se movió lentamente de un lado a otro—. Ya no está allí. Nadie le hará nada.

En ese momento cayó en la cuenta de que cerraba los ojos con fuerza. Parpadeó varias veces y vio el pavimento gris de la acera justo delante de sus narices, después la base de arenisca de la casa ante la que se había agachado, y a continuación dos perneras de pantalón oscuras con algunas manchas grises de polvo.

—Bueno —prosiguió el hombre—. Ahora vayamos poco a poco. Es usted Humbert, ¿no?

Él miró hacia arriba, el rostro del hombre era ancho y de aspecto rústico. Lo conocía, lo había visto varias veces, pero no lograba recordar en qué circunstancias. Sería a causa del temblor, del que no conseguía librarse.

—Humbert Sedlmayer —dijo mecánicamente—. Regimiento número 11 de caballería de Wurtemberg.

—Ya hemos salido de allí, compañero.

El hombre lo agarró por debajo de las axilas y lo levantó. Humbert se apoyó en la pared intentando recuperar el aliento y temblando todavía, y miró a la cara a su salvador.

—Sebastian Winkler, nos hemos visto un par de veces en la villa de las telas. ¿Lo recuerda? La señora Von Hagemann tiene la amabilidad de prestarme libros de vez en cuando.

Humbert parpadeó para disipar el velo blanco que le nublaba la vista. Cierto, poco a poco lo recordaba. El señor Winkler incluso había tomado el té con la señora Von Hagemann en la biblioteca, y habían tenido largas conversaciones. Humbert también había oído que Alicia Melzer le hacía reproches a su hija al respecto, y se habrían peleado de no haber intervenido la joven señora Melzer.

—Señor Winkler… Le estoy muy agradecido. Es una dolencia de la guerra, ¿sabe? Me sucede a menudo.

Winkler asintió y le sacudió una mancha de polvo de la manga. Qué cuidadoso era. Claro, era el director de un orfanato.

—Sé a qué se refiere. Yo también estuve allí.

A Humbert se le despejó definitivamente la mirada y sonrió a su salvador. ¿No había perdido un pie y caminaba con una prótesis? En cualquier caso, era un tipo decente y muy simpático.

—¡Vaya tropa salvaje! —comentó Humbert—. Comunistas, seguramente.

—Sí. Muchos son militantes de la Liga Espartaquista. Entre ellos hay gente extraordinaria. Aunque no creo que logren imponerse.

Humbert comprendió que aquel tipo tan amable, el director de orfanato Winkler, simpatizaba con los comunistas. No era de extrañar que la señora Melzer se hubiera indignado al ver a su hija tomando el té con él. Los comunistas estaban muy mal vistos en la villa, incluso a los militantes del USPD se los tachaba de «lunáticos de izquierdas», y a los de la Liga Espartaquista se los comparaba con el diablo.

—¿Ah, sí? —murmuró Humbert, apocado.

Winkler le sugirió que intentara caminar. Si lo necesitaba, él podía sujetarlo por el brazo, al fin y al cabo iban a compartir un trecho del camino.

—Apuntan demasiado alto, ese es el problema. Aún es pronto. Estoy convencido de que una república consejista es la mejor forma de gobierno que hay. Pero poco a poco, no hay prisa. ¿Ha oído hablar a Ernst Niekisch? ¿No? Un hombre extraordinario. Fue profesor, como yo.

Humbert lo dejó hablar mientras caminaba junto a él. Era agradable oír su voz, por muy ajeno que le resultara el contenido de sus palabras. Asambleas. Decisiones por mayoría. Voluntad popular. Legislación. El discurso comprometido de Winkler ahuyentaba los aviones y las granadas, ya no había explosiones y el océano había dejado de rugir. Al llegar a Jakoberstrasse, cuando ya veían la puerta a lo lejos, Humbert estaba agotado pero sentía que había recuperado la normalidad.

—Estoy muy orgulloso… Es una gran responsabilidad a la que me someto de buen grado.

Por lo que Humbert había entendido, Sebastian Winkler era miembro del Consejo de obreros, campesinos y soldados que a partir de entonces contribuiría de forma decisiva a regir el destino de la República de Baviera. Casi sintió estima por aquel hombre que parecía tan sencillo y humilde.

—El mundo cambiará, Humbert —dijo Winkler al despedirse de él, y se le iluminaron los ojos—. El tiempo de los emperadores y reyes ha llegado a su fin. El pueblo tomará el poder. Todas las personas serán iguales, no habrá amos ni sirvientes, el capital y los medios de producción se repartirán de manera justa, la gente no morirá de hambre pero tampoco nadará en la abundancia.

Sonaba muy atrevido, y, si era sincero, a Humbert la idea no le gustaba en absoluto. El viejo rey Luis le daba pena, y también le habría gustado recuperar al emperador Guillermo. Pero se cuidó mucho de dar su opinión.

—¿Ni amos ni sirvientes? —preguntó dubitativo.

Sebastian Winkler le sonrió y comentó que no era más que una visión de futuro. Una antorcha para mostrar el camino. Una esperanza.

—Sin duda su profesión es un oficio en vías de extinción —añadió con una sonrisa satisfecha, y le estrechó la mano a modo de despedida.

# 35

Por la noche había llovido con fuerza, de manera que los caminos estrechos entre las tumbas estaban llenos de lodo. El sol matutino asomó brevemente entre las nubes y después cayó otro chaparrón sobre el grupito que visitaba el cementerio. Se abrieron paraguas, se calaron sombreros y se levantaron cuellos de abrigos.

—Odio los cementerios —dijo Kitty—. Y a estas horas de la mañana aún más.

—¿Puedo ofrecerle mi brazo? —le preguntó Ernst von Klippstein, el siempre solícito amigo de la familia.

—Gracias, Klippi. De todos modos ya tengo los zapatos destrozados. Mejor vaya a ayudar a Marie, que quería comprar flores.

Ernst von Klippstein se detuvo para esperar a Marie, que apareció por la puerta del camposanto con un centro de hiedra y lirios blancos. Las flores eran un lujo en esa época del año, pero los Melzer habían decidido apoyar a sus amigos y parientes también en la adversidad. El banco Bräuer, que tan poderoso había sido, ya no existía. Edgar Bräuer había aceptado la oferta de fusión del Bayerische Vereinsbank para evitar una quiebra humillante. Hacía una semana que había firmado los contratos. La noche siguiente se suicidó de un disparo.

—No lo juzgo —había dicho el padre Leutwien—. Pero la Iglesia tiene sus leyes y yo debo atenerme a ellas. Aunque me pese en el corazón...

El entierro fue a primera hora de la mañana en un rincón apartado del cementerio de Hermanfriedhof, allí donde encontraban sepultura los pobres y los suicidas. Eso también era una deferencia de la Iglesia, ya que en épocas anteriores aquellos que se quitaban la vida debían ser enterrados fuera de las puertas de la ciudad.

A pesar de lo pronto que era —aún no habían dado las nueve—, la tumba ya se había cubierto con paladas de tierra y solo se veía un montículo marrón alargado, sin cruz, sin nombre. Los asistentes tuvieron que pisar el barro que rodeaba la sepultura. Tronaba, la lluvia tamborileaba sobre los paraguas y caía en regueros al suelo.

—¡Descansa en paz, Edgar Bräuer!

Johann Melzer levantó la voz para que todos pudieran oírlo. Si ningún sacerdote quería acompañar a su amigo en su último destino, entonces él diría unas palabras ante su tumba.

—Dios nuestro Señor conoce nuestro corazón, sabe distinguir a los justos de los farsantes. Todos los aquí reunidos sabemos la pesada carga de infortunio que acarreaste hasta que ya no pudiste más. Nadie lo entiende mejor que nosotros, unidos a ti en el amor y la amistad. Que Dios te conceda piedad y la paz eterna.

Tilly tuvo que sujetar a su madre, que rompió a llorar al ver el túmulo sin lápida. Kitty contuvo un estornudo, Elisabeth permanecía junto a su padre para cubrirlo con el paraguas. Marie dejó el adorno floral sobre el montículo, Tilly también había llevado flores; después se acercaron otros con ramos y coronas. Asistieron la esposa del director Wiesler, que había perdido a tres hijos en la guerra, el matrimonio Manzinger, el doctor Greiner, el abogado Grünling y varios empleados del banco leales a su director. Quién sabía si el banco de Múnich conservaría sus empleos.

Pocos de ellos aceptaron la invitación de los Bräuer a desayunar en la fonda Zum Weissen Schwan; estaban empapados y preferían volver enseguida a casa para no coger una pulmonía. Los Melzer fueron los únicos que hicieron compañía a Gertrude y Tilly; Marie había tenido la genial idea de enviar a Ernst von Klippstein con el coche a la villa en busca de ropa, medias y zapatos secos.

—Klippi es realmente el ángel de la villa —comentó Kitty—. ¿Qué hacíamos antes sin él? Ayuda con la contabilidad, colabora en el hospital, me compra pinturas y pinceles nuevos, sabe de horticultura y jardinería, y siempre está dispuesto a servir a su adorada Marie.

Marie torció el gesto, era evidente que las palabras de su cuñada le parecían poco apropiadas en una ocasión tan solemne, pero Tilly sonrió aliviada y comentó que Kitty era como un rayo de sol en un día sombrío. Se sentó junto a ella e inició una conversación sobre sus cuadros.

—Me sorprendes una y otra vez, Kitty. Lo que pintas es maravilloso y espantoso a partes iguales.

—Siento mucho que te asuste, Tilly. Pero no puedo evitarlo, ¿comprendes? Esas imágenes nacen en mi mente y solo consigo librarme de ellas pintándolas.

—Es arte, querida Kitty. De eso estoy segura. Deberías exponer tus obras.

Kitty se sentía visiblemente halagada y afirmó que solo pintaba para sí misma.

—Es extraño, Tilly. Esos cuadros son como mis hijos. Ahora me pertenecen solo a mí. Pero si los expongo, será como si los perdiera.

Tilly negó con la cabeza.

—¿No te gustaría ganar dinero con ellos? —preguntó en voz baja para que Alicia no la oyera.

—¿Dinero? Bueno, eso… eso no sería mala idea.

Kitty era dueña de la casa de Frauentorstrasse, pues había sido un regalo de Alfons, y de algunos cuadros y objetos de valor, pero la mayor parte de su herencia se había quedado en el banco Bräuer y por lo tanto se había perdido para siempre.

—Quizá habría que ir poco a poco —reflexionó Tilly—. Empezar con una exposición privada ante buenos amigos…

—¿Lo dices en serio, Tilly? La verdad es que no me importaría convertirme en una pintora famosa. Si lo pienso bien, yo también creo que mis cuadros son buenos. Excelentes en realidad. A lo mejor, y solo a lo mejor, podría desprenderme de alguno que otro. Si así hago felices a otras personas…

Habían preparado un comedor apartado para los asistentes al entierro, y les sirvieron café de malta con azúcar acompañado de pan recién hecho, mermelada, sucedáneo de mantequilla y unas pocas lonchas de queso. No era un desayuno especialmente frugal, pero poco quedaba ya de la inmensa riqueza del banco. En ese momento, varios abogados estaban calculando la relación entre deudas y bienes, pero el asunto pintaba mal para los herederos. El declive del banco se había prolongado durante varios años, pero el último año de guerra y la caída del imperio le habían dado la puntilla.

—Esto no habría pasado si Alfons siguiera con vida —dijo Gertrude Bräuer con amargura—. Dios quiera que vuestro Paul regrese a casa sano y salvo. He oído que está en manos de los rusos, y que son impredecibles. Solo espero que no lo manden a picar piedra a Siberia.

La noticia de que Paul era prisionero de los rusos había llegado a la villa hacía un mes, tras una larga incertidumbre, y había provocado sentimientos encontrados.

—Yo me alegro mucho de que esté vivo —dijo Marie—.

Lo demás no importa. Hemos recuperado la esperanza y debemos conservarla.

Los Melzer estaban decididos a no tener en cuenta las palabras de Gertrude. Nunca había tenido pelos en la lengua, y ahora que había sufrido semejante desgracia debían tratarla con especial indulgencia.

—Ha habido soldados que han vuelto de las prisiones rusas —comentó Alicia con suavidad—. Cada día esperamos que Paul llame a la puerta de la villa.

—¡Qué tiempos nos han tocado vivir! —exclamó Gertrude, que ni siquiera había escuchado a Alicia—. Las autoridades se han despedido y la plebe quiere hacerse con el poder. Huelgas, levantamientos, revueltas... ¿Qué se cree esta gente? ¿Que uno se hace rico sin trabajar?

—Tranquilízate, mamá —dijo Tilly, y le agarró las manos—. Las huelgas también tienen su lado bueno. Lograron que se declarara el alto el fuego.

—¿Qué tonterías dices, hija? —refunfuñó Gertrude en un tono más suave—. ¿Qué puede haber de bueno en una huelga?

Durante los últimos meses se habían producido numerosas protestas en la fábrica de maquinaria MAN. Los trabajadores no querían seguir fabricando equipamiento armamentístico para sostener aquella guerra sin sentido. Incluso Johann Melzer, para quien una huelga equivalía a un pecado mortal, había comentado que la gente por fin había entrado en razón. Aunque Marie sospechaba que en realidad se alegraba de que MAN tuviera problemas, ya que, a diferencia de las textiles, las fábricas de maquinaria y las acerías habían hecho un buen negocio con la guerra.

—Qué bien que en vuestra fábrica sigáis trabajando —mencionó Gertrude como de pasada—. ¿Todavía hacéis esa horrible tela de papel?

—Pues sí —respondió escuetamente Johann Melzer, y se

inclinó para mirar por la ventana. Las gotas de lluvia habían dibujado un complicado patrón en los cristales, parecía una maraña de caminos entrelazados.

—No tengo nada en contra de vuestras telas —dijo la incansable Gertrude—. Pero con este tiempo, ese material enseguida se habría disuelto, ¿no? Nada como una buena lana y un buen algodón.

Melzer guardó un silencio obstinado y Marie tampoco respondió al comentario. Pocos sabían los graves apuros por los que estaba pasando la fábrica de paños Melzer en esos momentos. El negocio de la tela de papel pronto se acabaría y, una vez firmada la paz, los competidores ingleses y franceses inundarían el mercado con sus telas. Para poder seguirles el ritmo, habría que invertir, comprar materia prima, poner de nuevo en marcha las máquinas que llevaban paradas tanto tiempo y ganarse el mercado con precios bajos. Las reservas no bastaban, habría que buscar un prestamista, y el Bayerische Vereinsbank, que había absorbido al banco Bräuer, no ofrecía condiciones tan ventajosas como solía hacer Edgar Bräuer. Para colmo, Klaus von Hagemann exigía cantidades ingentes de dinero a cambio del divorcio, de manera que habría que acudir a los tribunales. Y, por lo que parecía, ni Kitty ni Lisa tenían recursos de ningún tipo y se quedarían en la villa; era posible que incluso Tilly y su madre necesitaran la ayuda de los Melzer. El único rayo de esperanza en aquella situación tan triste era Ernst von Klippstein. El amigo de Paul había alquilado un piso en Augsburgo, tenía coche propio y siempre estaba allí donde se lo necesitara. Parecía disponer de recursos económicos, quizá se le pudiera convencer para que invirtiera en la fábrica Melzer...

—¡Madre del amor hermoso! —exclamó Kitty señalando hacia la ventana—. ¡Parece que vamos a emigrar a ultramar!

Ernst von Klippstein había pedido ayuda a los mozos de la fonda para meter las maletas. Se habilitó una sala contigua a modo de vestidor para las damas, mientras que Johann Melzer solo se cambió de zapatos y calcetines y se mostró convencido de que las perneras húmedas de su pantalón se secarían solas.

—Enseguida se siente una mucho mejor —comentó Elisabeth cuando se sentaron todos nuevamente con la ropa seca—. El señor Winkler nos contó ayer que en el orfanato hay cuatro enfermos de gripe. No es de extrañar con este otoño tan frío y húmedo.

Conversaron un rato acerca de la triste situación de los huérfanos, elogiaron la labor del señor Winkler, y finalmente Gertrude preguntó si era verdad que Elisabeth quería formarse como profesora.

—Ya lo creo. Quiero ganar mi propio dinero y no depender del bolsillo de nadie más.

Esa frase tan audaz fue recibida con reacciones muy diversas. Alicia se limitó a suspirar, Johann Melzer dio un vehemente mordisco a su tostada con mermelada, y Gertrude Bräuer puso los ojos en blanco. En cambio, Kitty y Marie pensaban que Elisabeth tenía toda la razón. Los tiempos en que una mujer de buena familia se quedaba en casa y bordaba pañuelitos se habían acabado para siempre.

—¡Igual que las faldas largas y las costumbres rancias! —exclamó Kitty en tono beligerante, y levantó la taza de café—. Soy una artista y pienso vender mis cuadros. ¿Por qué no? ¡Otros ya lo hacen!

—Ay, Dios mío… —Gertrude suspiró—. ¿De verdad crees que alguien pagará por ellos? ¿Qué opina usted, teniente? ¿Le parecería bien que su esposa ganara dinero como una obrera?

Ernst von Klippstein se vio en un aprieto, ya que no quería enemistarse con ninguna de las damas.

—Bueno, como en estos momentos no entra en mis planes contraer matrimonio, no tengo mucho que decir al respecto, señora…

—Oh, ¡es usted un cobarde! Desde luego, mi Tilly no acabará en las filas de las obreras y las secretarias.

Hasta entonces Tilly había escuchado en silencio, pero ahora se atrevió a alzar la voz.

—Pues me he planteado contribuir un poco a nuestra economía, mamá. Correos ofrece a las jóvenes de buena familia la posibilidad de trabajar como telefonistas.

Gertrude aspiró con fuerza. Era inconcebible. Una telefonista era presa fácil para los funcionarios de correos.

—¡No mientras yo viva! Por todos los cielos, si tu padre té oyera. Pero así son las cosas. Siempre ocupado con el banco, y yo lidiando con los problemas familiares. Y ahora nos ha dejado definitivamente solas…

Se echó a llorar. La tristeza que con tanto esfuerzo había reprimido la desbordaba a traición.

—Así son los hombres —sollozó—. Parten a la guerra o se sientan en su despacho. Y cuando los necesitas…

—Tranquila, mamá —dijo Tilly con dulzura—. No te preocupes. Saldremos adelante juntas. Lo conseguiremos.

Gertrude se secó la cara con el pañuelo y le dio unas palmaditas en el brazo a su hija.

—Pero no trabajarás en correos, Tilly. Te lo prohíbo.

—Como tú quieras, mamá. Solo era una idea.

Trajeron otra jarrita de café de malta y una cesta con dulces, bollitos rellenos de crema de nuez y mermelada. Al parecer, Ernst von Klippstein había pedido esas delicias y también las había pagado.

—Es muy amable por su parte —dijo Marie.

—Es un placer para mí darles una alegría.

Kitty intercambió una mirada traviesa con su hermana: vaya un leal paladín. Disfrutaron de los dulces mientras hablaban sobre el acuerdo de paz, cuyas condiciones se estaban negociando duramente, aunque todo indicaba que arrojaría un mal resultado para Alemania.

—*Vae victis*, ¡ay de los vencidos! —dijo Johann Melzer—. Quien pierde paga.

Ernst von Klippstein lo contradijo. Alemania aún tenía potencia militar, habría podido seguir luchando para obtener más poder de negociación.

—¿Cuántos muertos más tiene que haber? —intervino Marie, indignada—. Todo lo contrario, la paz tendría que haberse firmado hace mucho. Hace años. Lo mejor habría sido que esta maldita guerra no hubiera comenzado jamás.

Von Klippstein solo le dio la razón en parte. Claro que Alemania habría salido mejor parada si hubieran aceptado la oferta de paz que los aliados habían presentado el año anterior. Sin embargo...

—Ahora ya es tarde —gruñó Johann Melzer, y tragó el dulce con un sorbo de café de malta—. Tendremos que pagar reparaciones. Durante años. Todos pondrán la mano, primero los franceses, pero también los rusos, los malditos ingleses, los polacos y los italianos. Por no hablar de los estadounidenses.

—Pero es injusto atribuir la culpa de esta guerra solo a nuestro país, ¡no puede ser! —se acaloró Von Klippstein—. Harían bien en mirar a Austria. Y a los serbios, que fueron quienes la desencadenaron. Ese insidioso asesinato en Sarajevo...

—No deberíamos alterarnos —dijo Marie, que se temía una discusión inacabable—. Creo que va siendo hora de marcharnos.

Von Klippstein se ofreció de inmediato a llevar a la señora Bräuer a casa, y esta aceptó agradecida. También había sitio en el coche para el matrimonio Melzer.

—Si tienen un poquito de paciencia, señoras, regresaré para llevarlas a la villa sin que tengan que mojarse.

—Es muy tentador —respondió Kitty con un parpadeo seductor—. Pero a nosotras cuatro nos gustaría ir a pie.

—¿Ah, sí? —se le escapó a Lisa.

Al sentir que el tacón del zapato de su hermana se le clavaba en los dedos del pie, rápidamente aseguró que necesitaba tomar el aire. Se despidieron, se echaron encima el abrigo húmedo y se pusieron el sombrero.

—¡No os resfriéis, muchachas! —les gritó Alicia por la ventanilla.

—¡Mamá! Ya somos mayorcitas.

—Tienes razón. Se me olvida constantemente.


Kitty soltó una risita. Cuando el automóvil se puso en marcha en dirección al centro de la ciudad, se agarró del brazo de Marie y les dijo que por fin llegaba la parte agradable del día. Mejor dicho: la parte emocionante.

—¿A qué te refieres? —preguntó Marie, que conocía las ocurrencias de Kitty y sintió cierta inquietud.

Lisa tampoco ocultó su curiosidad, y Tilly fue la única que guardó silencio.

—Ya veréis —dijo Kitty con aires de misterio—. Os garantizo un espectáculo emocionante. ¡Lo de María Estuardo no fue nada comparado con esto!

Las cuatro caminaban muy juntas, de manera que los viandantes con los que se cruzaban debían bajar a la calzada para dejarlas pasar.

—Pero a María Estuardo la decapitaron —comentó Elisabeth.

—Yo me propongo algo parecido.

—Se ha vuelto loca —le dijo Elisabeth a Marie.

Recorrieron varias callejuelas y salieron a la Annastrasse. Marie, Lisa y Tilly hicieron todo tipo de suposiciones. Kitty actuaba en secreto en una obra de teatro. ¿No? Había alquilado un estudio donde dibujaba a modelos desnudos. ¿No? Una nueva película. ¿No? ¿Un amante? ¡Claro que no!

—Sois todas tontas… tontas… tontas… —canturreó Kitty.

Entonces se detuvo tan bruscamente delante de un local que Tilly, que caminaba agarrada a ella, casi tropezó.

—¡Aquí! —anunció.

—¿Aquí? ¿Y qué es esto?

Marie fue la primera en darse cuenta. Después Tilly. Elisabeth fue a la que más le costó.

—Es… es una peluquería.

Kitty entró en el pequeño local con paso resuelto. El dueño, un hombre bajito de ojos marrones redondos y cejas negras, se deshizo en atenciones, la acompañó a una silla y se frotó las manos como si tuviera que prepararse para una gran empresa.

Las demás la siguieron vacilantes y con el corazón a mil por hora; se quedaron de pie junto a la puerta e intercambiaron miradas de preocupación.

—Sabes que a mamá le dará un síncope —dijo Lisa con cierta angustia—. Y papá…

—Sobrevivirán. Empiece, por favor. Un *bob*, muy corto. Con flequillo. O… ¿cómo suele decir papá? Con copete.

—Como desee. Es una pena con un pelo tan bonito…

Soltó el peinado de Kitty y su brillante cabello oscuro le cayó en suaves ondas sobre los hombros y la espalda.

—¿A qué está esperando?

Cuando la tijera cortó los primeros mechones, Elisabeth se dolió con un suspiro. Sonaba como si cortara filamentos de vidrio.

—¿No quieres tú también, Marie? —preguntó Kitty, que asistía emocionada al proceso en el espejo—. Te sentaría de fábula.

No, Marie no tenía ninguna intención de sacrificar su largo pelo. ¿Qué diría Paul cuando regresara? Ahora que se había firmado el armisticio, no tardarían mucho en volver a verse. No podía faltar mucho, no podía faltar mucho… Qué dolorosa podía ser la esperanza.

—¿Y tú, Tilly? Un corte rubio a lo paje sería una maravilla.

Tilly opinaba que su madre ya tenía suficientes preocupaciones para añadir una más. Quizá más adelante, no lo descartaba. Además era muy práctico.

Kitty se sopló el pelo cortado de la cara y admiró su nuevo flequillo. Extraordinario. Estaba deseando que el peluquero diera el corte por finalizado.

—Le queda de maravilla, señora. Es como si el estilo se hubiera diseñado para su rostro.

Tenía razón. El pelo de Kitty caía tal como exigía la moda, se amoldaba a su cabeza con una preciosa curva y terminaba en dos puntas bajo las orejas. El flequillo realzaba de forma muy seductora sus ojos azules.

—¿Y bien? ¿Qué os parece? —preguntó triunfal. Sacudió la cabeza y se pasó los dedos por el cabello corto.

—¡Impresionante! —Tilly suspiró.

—No está nada mal —opinó Marie.

Elisabeth no dijo nada. Se acercó a su hermana. Le tocó el pelo, se lo ahuecó un poco y sacudió unos pelillos de la capa oscura que el peluquero le había puesto a Kitty.

—¡Lo mismo para mí! —dijo entonces.

# 36

—¡Pues sí que estamos frescos! —dijo Fanny Brunnenmayer.

La cocinera había extendido el *Augsburger Neuesten Nachrichten* sobre la mesa de la cocina y leía el editorial con las gafas de Else.

—¿Y ahora qué pasa? —se lamentó Else—. Casi preferiría que volviera la guerra. Por lo menos había paz y tranquilidad aquí en Augsburgo. En cambio, desde que tenemos una república y nuestro emperador Guillermo nos dejó, no hay más que follones por todas partes. Ya ni me atrevo a salir a la calle.

La cocinera le advirtió que no dijera tonterías. Nadie quería que volviera la guerra, pero la república también podrían ahorrársela.

—Ahora tenemos una república consejista, Else —explicó—. Lo dice el periódico.

Else solo miró de reojo los titulares, era evidente que no tenía ningunas ganas de profundizar en el artículo. Además, la señora Brunnenmayer llevaba puestas sus gafas.

—¿Y qué es eso de una república consejista?

A pesar de haberlo leído dos veces, Fanny Brunnenmayer no había comprendido bien en qué consistía exactamente. Solo que a partir de entonces los representantes del pueblo y de la clase trabajadora llevarían la voz cantante, y que las penurias de la población pronto pasarían a ser historia. De todos modos, el anterior gobierno también había prometido esto último.

—Vamos a acabar viviendo como los rusos —dijo la cocinera en tono apático—. Han elegido a un «consejo revolucionario de trabajadores». Serán quienes manden a partir de ahora.

Else la miró asustada. Tenía pavor a los obreros, siempre estaban en huelga y montaban alborotos por las calles. Y encima esa horrible palabra: «revolución». Como en Rusia. Allí los revolucionarios se habían peleado hasta la muerte, los bolcheviques y los otros, ¿cómo se llamaban? No conseguía acordarse. Pero daba lo mismo, esos rusos eran todos igual de malos.

—Siempre los obreros —se lamentó—. ¿Por qué son ellos los que mandan? Pero si no tienen ni idea. Solo saben discutir y darse mamporrazos. Se arrepentirán de haber echado al bueno del emperador Guillermo, ya verás.

Humbert entró en la cocina con una bandeja llena de vajilla y mantuvo hábilmente el equilibrio hasta llegar al fregadero. Comunicó que los señores querían más café.

—Al parecer la fábrica está parada otra vez. Lo llaman huelga general. La joven señora Melzer y el señor director están sentados a la mesa del desayuno con los demás y hablan sobre la nueva república, que ya se ha proclamado en Múnich.

—La república consejista —añadió Else, y se ganó una mirada de asombro de Humbert. No estaba acostumbrado a que Else estuviera al tanto de los acontecimientos políticos.

—Sí, creo que se llama así. La señora Von Hagemann está muy emocionada porque el señor Winkler participa en el proceso. Por lo visto ahora será un hombre importante en Augsburgo.

—¿El mismo señor Winkler que dirige el orfanato? —preguntó sorprendida la señora Brunnenmayer—. Un hombre importante… ¡es para echarse a reír!

La cocinera preparó café con grano de verdad, el teniente Von Klippstein lo había conseguido en alguna parte y se lo había regalado a la familia Melzer. Para los empleados solo quedaba la segunda infusión, pero incluso eso era mucho mejor que el café de malta mohoso.

Como atraídas por el aroma, Auguste y Hanna aparecieron en la cocina para la pausa de la mañana.

—¿Hay café? —preguntó Auguste, y miró con envidia cómo la cocinera vertía el agua caliente en la cafetera—. ¿O es otra vez para «las damas del hospital»?

—Es para los señores —gruñó la señora Brunnenmayer—. Trae aquí esa jarra, Humbert.

Al fondo de la cafetera que ya se habían bebido los señores se habían acumulado los posos. La cocinera vertió agua hirviendo.

—¿Os acordáis de cuando la señorita Jordan nos leía el futuro en los posos del café? —comentó Auguste, y le alcanzó la taza vacía a la señora Brunnenmayer—. A ti te profetizó un gran amor, ¿no es cierto, Else?

Else se ruborizó y no dijo nada. No tenía ganas de que le recordasen esas tonterías.

—Eso lo leyó en las cartas —dijo Hanna—. Y quién sabe, puede que algún día suceda.

—¿Qué tienes en el bolsillo del delantal, Hanna? —quiso saber Auguste—. Es una carta, ¿no? De tu guapo amante. Pero qué suerte tienes de que la guerra haya terminado. Habrías podido acabar en la cárcel…

Hanna se llevó la mano al bolsillo del delantal, del que efectivamente asomaba el sobre. Por nada del mundo abriría en la cocina aquella carta que acababa de llegar con el correo.

«Qué pena», pensó Auguste, le habría gustado saber qué decía.

—Es increíble que te tragaras el mejunje de la señorita Jordan, yo no lo habría hecho jamás. Y menos mal —prosiguió—. Llevaba una eternidad vendiendo sus remedios, no quiero saber a cuántas pobres les habrá hecho lo mismo.

La tarde anterior había visto a Maria Jordan en Maximilianstrasse. Llevaba de paseo a un grupo de huérfanas, todas niñas, pequeñas y mayores.

—Iban de dos en dos, agarradas de la mano. Caminaban muy obedientes, como los soldados pero más silenciosas. Y delante la señorita Jordan, esa vieja urraca...

Humbert les contó que el señor Winkler dejaba a sus empleados a cargo del orfanato a menudo porque él tenía que asistir a las reuniones del consejo.

—Tiene unas ideas bastante extravagantes el señor Winkler —dijo sacudiendo la cabeza—. Cosas como que todas las personas somos iguales, que no habrá amos ni sirvientes. Y dice que mi oficio no tiene futuro.

Auguste lo escuchaba con la mirada encendida.

—Si prometéis no contárselo a nadie... —dijo en voz baja, y se inclinó un poco hacia delante para que desde el otro lado de la mesa la oyeran bien.

—¿Qué pasa? —preguntó Hanna con curiosidad.

Auguste miró a su alrededor, le gustó que todas las miradas se centraran en ella.

—Ay, no sé —dijo, y volvió a echarse hacia atrás—. Es mejor que no diga nada. Mi Gustav me mataría si supiera que he estado a punto de contarlo.

Así llevó la expectación a su punto álgido.

—Primero te haces la importante y después nos dejas en ascuas.

Else le dio un codazo en el costado. Auguste ni se inmutó, desde su tercer embarazo estaba bien acolchada. Por supuesto había sido otro chico, era lo único que sabía hacer Gustav.

—Bueno, vale. Pero juradme que no saldrá ni una palabra de esta cocina.

Se lo garantizaron. Solo la cocinera refunfuñó que tenía cosas que hacer y que se dejara de tanto teatro.

—Gustav quiere abrir un negocio. Comprar un trozo de terreno a los Melzer y plantar una huerta. Con flores y verduras para el mercado. Puede que también gallinas y gansos.

Todos se quedaron pasmados. La cocinera dijo que tuviera cuidado de que todos esos pájaros que tenía en la cabeza no salieran volando. Else soltó una risita boba y Humbert se encogió de hombros. Hanna opinó que los Melzer jamás le venderían a Gustav parte de sus buenas tierras.

—Y aunque así fuera, ¿cómo ibais a pagarlo? —preguntó Humbert.

—Auguste ha ahorrado con mucho esmero —dijo Else en tono mordaz—. Liesel os ha traído suerte.

—¡Bah, cierra el pico!

Auguste no se enfadó por el comentario malicioso, sobre todo porque a Else no le faltaba razón. La pensión alimenticia que le había pagado el mayor durante un tiempo estaba guardada en el calcetín de los ahorros, no había gastado ni un penique. Había que pensar en el futuro, y por desgracia Gustav era demasiado ingenuo para eso. Pero ella no había nacido ayer. Sabía cómo funcionaban las cosas. Todas las fábricas textiles estaban arruinadas, algunas habían tenido que vender, y otras seguían a flote con muchas dificultades. A los Melzer también les iba mal, ¿por qué no iban a renunciar a un pedazo de terreno a cambio de un buen dinero?

—Si creéis que los Melzer os darán de comer hasta el fin de vuestros días, estáis muy equivocados —dijo en voz alta—. Puede que antes fuera así, pero vivimos nuevos tiempos. El señor Winkler tiene toda la razón. Pronto no habrá criados y todos tendremos que salir adelante por nosotros mismos.

—Pero qué sarta de estupideces —soltó la cocinera con sequedad.

—¡Ya verás!

—Fuera de aquí —la regañó la señora Brunnenmayer—. Ya casi son las diez. Else, ve al hospital y pregúntale a la señorita Schmalzler cuándo vendrá a comer con las hermanas. Todavía tengo que ir a hacer la compra a la ciudad.

Else se levantó del banco de mala gana. Auguste comentó que el día prometía ser soleado y que Humbert podía sacar fuera las alfombras del salón rojo para sacudirlas.

—Habría que limpiar la plata —replicó Humbert, que no soportaba que Auguste le endilgara el trabajo sucio—. La cubertería buena se ha oscurecido mucho. Da vergüenza ponerla en la mesa.

Else volvió y dijo que en el hospital reinaba el caos porque dos de las hermanas no se habían presentado a su turno. El tranvía, que había vuelto a funcionar hacía un tiempo, estaba en huelga.

—La señorita Schmalzler ha pedido que llevemos allí el café y los bocadillos. Dice que está sola con la señorita Tilly y que no tiene tiempo de venir a la cocina.

Hanna recibió el encargo de ocuparse de la comida del hospital mientras la señora Brunnenmayer y Else iban a hacer la compra. Se decía que en la tienda de Rosel Steinmayer se vendían desde el día anterior especias exóticas: pimienta rosa, curry, nuez moscada... No eran baratas, pero para una bolsita sí les llegaría.

Auguste y Humbert subieron al salón rojo para enrollar las alfombras, así que Hanna se quedó sola en la cocina. Atizó el fuego y puso el hervidor de agua sobre el fogón para preparar el café, cortó el pan en rebanadas y lo untó con paté de hígado. Como el agua no terminaba de romper a hervir, se sentó en el banco y sacó la carta del delantal. Levantó la cabeza y escuchó con atención: no, no había nadie en la escalera de servicio, y en el hospital necesitaban todas las manos disponibles. Dejó la carta en la mesa y estudió una vez más la dirección.

Señorita Hanna Beber
Fábrica de paños Melzer
Augsburgo
Germania

Era un milagro que el cartero la hubiera encontrado. Acarició las líneas con el dedo, estaban escritas con tinta y eran muy enrevesadas. El que las había escrito no estaba acostumbrado a las letras latinas, era ruso y utilizaba su propio alfabeto. ¿Cómo se llamaba? Cirílico.

El corazón le latía como las alas de un pájaro. ¿Debía abrir la carta o tirarla al fuego? No tenía más que levantarse, apartar la tetera, quitar la tapa con el gancho de hierro para que las llamas crecieran y se acabó. Se acabó la carta, y con ella el arrepentimiento y la esperanza.

En lugar de eso le dio la vuelta y examinó el remite. Estaba en cirílico y, por mucho que lo leyera, no tenía sentido: «zpuzopuu» y «wykob». Pero la ciudad estaba en ruso y en alemán: «Petrogrado».

Se secó los ojos y levantó la barbilla. No tenía sentido echarse a llorar ahora. Lo hecho hecho estaba. Había asesinado al niño; el hijo de Grigorij estaba muerto. ¿Cómo podría explicárselo? Ah, ojalá no hubiese recibido esa carta.

Finalmente cogió un cuchillo y abrió el sobre. Había un pedazo de papel de líneas arrancado de un cuaderno y doblado por la mitad. Dentro había un billete.

Mi querida Hanna. He venido de Zúrich a Petrogrado cuatro días antes con tren. Mis padres y familia sanos y contentos. Tú vienes a Petrogrado, yo espero. Coge rublos y compra billete de tren. Te quiero. Grigorij.

¿Se lo habría escrito alguien en alemán? Tuvo que leer varias veces aquellas pocas frases para comprender lo que decían. Así que había logrado llegar a Suiza y desde allí había regresado a Petrogrado... Le había escrito solo cuatro días después de llegar a casa, y encima le había enviado dinero. Examinó el billete, un pedazo de papel gris en el que se veía a una mujer vestida de forma espléndida. Era hermosa y joven. Llevaba una corona con un velo, y sostenía un escudo y una espada. ¿Sería la zarina? Pero se decía que habían expulsado a los zares. A la izquierda de la mujer había un número. Un uno con tres ceros detrás. Mil rublos. Dios mío, ¿cuánto sería eso en marcos?

Alguien tosió en la escalera de servicio y Hanna se apresuró a guardar el billete y la carta en el sobre. El agua hervía desde hacía un buen rato, y la tetera escupía gotitas de agua que caían sobre el fogón y se evaporaban con un siseo. Humbert entró en la cocina tosiendo y estornudando.

—Las alfombras..., el polvo... asqueroso —graznó—. ¿Queda algo de café?

Hanna se metió rápidamente la carta en el bolsillo y corrió a verter el agua caliente en la cafetera. Llenó una taza y se la alcanzó a Humbert.

—Toma. Tienes el azúcar al lado.

—Gracias.

Mientras él soplaba el café caliente, ella colocó la cafetera y el plato con los bocadillos de paté en una bandeja, y la cogió para llevársela.

—Mira —dijo Humbert agachándose—. Se te ha caído algo.

Hanna dejó la bandeja encima de la mesa, asustada, y le quitó a Humbert la carta arrugada de la mano.

—¿De Rusia? —le preguntó.

Humbert era distinto a los demás. A Hanna le caía bien. Aquella vez que el policía sospechaba de ella y casi se muere de miedo, Humbert la salvó. Nunca lo olvidaría.

—Sí —dijo en voz baja.

Humbert la miró y guardó silencio un momento.

—¿De Grigorij?

Ella asintió. Lanzó un profundo suspiro e intentó alisar el papel arrugado.

—Quiere que vaya con él. Incluso me ha mandado dinero. Mil rublos.

Humbert contempló asombrado el billete. ¿Cuánto valía eso? Hanna se encogió de hombros.

—De todos modos no puedo ir con él.

—¿Por qué no?

La muchacha tragó saliva y dudó si contárselo. Pero luego se dio cuenta de que él ya lo sabía desde hacía tiempo. Todos lo sabían.

—El niño —dijo—. Porque me lo quité. Y porque el doctor me ha dicho que ya no podré tener hijos.

Humbert le dedicó una mirada compasiva, y después negó con la cabeza.

—Puede que no sea cierto.

Hanna sonrió con tristeza. Sí, era posible que el doctor se equivocara, pero el niño estaba muerto, un alma sin bautizar. Y eso era un pecado grave. No, no podía ir a Petrogrado con Grigorij. ¿Qué diría su familia?

—Si quieres, te doy los mil rublos, Humbert. Puedes cambiarlos y usar el dinero para ir a Berlín.

Él le había contado lo de Rosa Menotti. Solo a ella. Con la promesa de que guardase el secreto.

—¡De ningún modo! —exclamó—. Ese dinero es tuyo, Hanna.

—Pero no lo necesito. ¿O prefieres que lo tire al fuego?

Él hizo un gesto de súplica con los brazos y le advirtió que no fuera tonta.

—¿Acaso no lo amas?

Hanna cogió la bandeja y la levantó con ímpetu.

—¡Eso ya no importa! —exclamó, y se fue de la cocina.

# 37

—¡El Señor ha resucitado! ¡Aleluya! ¡Podéis ir en paz!

El mensaje de Pascua resonó en la iglesia abarrotada, luego el órgano entonó el posludio y los feligreses se levantaron de los bancos para enfilar la salida.

El banco de los Melzer estaba cerca del altar, un privilegio que se concedía a las familias notables. Sin embargo, al salir se cumplió aquello de que los primeros serían los últimos, ya que, si el sacristán no abría la puerta lateral, los Melzer tendrían que esperar un largo rato hasta que se despejara el camino de salida. Se armaron de paciencia, saludaron a amigos y conocidos, se felicitaron mutuamente la Pascua, y Rosa Knickbein dedicó todos sus esfuerzos a mantener de buen humor a los gemelos. Dodo siempre se echaba a llorar en cuanto las primeras nubes de incienso se extendían por la iglesia. Kitty había preferido no acudir con Henni a la misa de Pascua porque la pequeña tenía fiebre.

—¿Dónde se ha metido nuestro leal paladín? —preguntó Johann Melzer con una ligera ironía.

—Klippi se ha escabullido entre la gente porque quería traer el coche a la puerta de la iglesia —informó Elisabeth—. Le preocupa que nos enfriemos.

—Es tan atento… —Alicia suspiró—. Es increíble que esa Amanda engañara al pobre chico de un modo tan indigno.

—Adele, mamá. Se llama Adele —repuso Elisabeth.

—Es cierto, Adele. Dios mío, Lisa, deberías dejarte crecer el pelo.

—¡Mamá, por favor!

Elisabeth llevaba un sombrero oscuro con forma de casquete bajo el que asomaba su pelo corto. En opinión de Marie, aquel peinado moderno no le quedaba tan bien como a Kitty. Al parecer, Sebastian también había mostrado reticencias. Por mucho que luchara a favor del progreso de la humanidad y la soberanía del pueblo, en los asuntos privados era muy conservador. Una mujer no debía parecer «mundana», sino mantener la «naturalidad». Cabello largo, falda larga y carácter suave. Y no veía con buenos ojos que las mujeres fumasen; era vulgar. También rechazaba el uso de lápiz de labios y esmalte de uñas.

—A ver si podemos salir de una vez —comentó Marie, que llevaba a la llorosa Dodo en brazos—. Mi niñita necesita que le dé el aire.

—¿Qué necesita? —preguntó Johann Melzer, que no lo oyó bien por la música del órgano.

—¡Que le dé el aire! —exclamó Marie.

Entonces miró a su alrededor asustada, porque justo en ese momento el órgano había enmudecido y sus palabras resonaron por toda la iglesia. Recibió miradas divertidas. La esposa del director Wiesler le preguntó si la pequeña estaba enferma.

—No, no... Es el incienso, cada vez que...

Marie se interrumpió porque en la puerta de la iglesia se había formado un tumulto. Nadie prestaba atención a los dos monaguillos que sostenían las limosneras, una masa de gente salía pero otra parecía volver a entrar en la nave.

—¡A cubierto! ¡Todos a cubierto! —gritó alguien.

Una mujer chilló porque la habían aplastado contra una columna, los niños lloraban, afuera ladraban los perros.

—¿Qué sucede? —balbuceó Alicia.

Tilly y su madre ya habían llegado al pasillo central, pero se detuvieron asustadas.

—¿Oís eso? —le gritó Tilly a Marie—. Estoy casi segura de que son disparos.

—No puede ser —dijo Johann Melzer mostrando su irritación.

En ese momento se oyó una detonación y cundió el pánico entre la gente.

—Las tropas del gobierno... ¡están disparando a todo y a todos!

—¡Quedaos en la iglesia, aquí estamos a salvo!

—Abrid paso. Nuestros hijos están en casa... ¡Dejadnos salir!

Los empellones a la salida cada vez eran más enérgicos. Un niño se cayó al suelo y chilló asustado, las mujeres insultaban a voz en grito. El sacristán salió de sus dependencias con un gran manojo de llaves en la mano.

—Mantengamos la calma, queridos hermanos —se oyó entonces la voz del padre Leutwien—. Quien quiera salir que camine despacio y no empuje. Quien quiera quedarse que se aparte para dejar pasar a los demás.

—Va a abrir las puertas laterales —susurró Elisabeth a su madre—. Rápido, salgamos.

No fueron las únicas en darse cuenta de lo que se proponía el sacristán. Enseguida se formaron varios grupos ante las pequeñas puertas abiertas. No obstante, los Melzer consiguieron llegar a la plaza de la iglesia casi sin percances. Allí, el abogado Grünling conversaba acaloradamente con el matrimonio Manzinger y el doctor Greiner.

—¡Vayan a casa lo antes posible! —les gritó el doctor Greiner—. Las tropas gubernamentales han entrado en Augsburgo. Han llegado por el norte y por el sur al mismo tiempo, se están librando combates en Lechhausen...

Marie palideció. En Lechhausen. Eso estaba a pocos kilómetros al norte de la zona industrial, donde también se encontraba la villa.

—Confiemos en que no acaben disparando a la casa y arrestando a sus ocupantes —se lamentó Alicia.

—¿Cómo es posible? —intervino Melzer, alterado—. Pero si han negociado. La república consejista se había disuelto. Se habían cumplido todas las condiciones del gobierno de Hoffmann…

El abogado se encogió de hombros. Era imposible saberlo. La república había aguantado cinco días, pero el antiguo gobierno, que había huido a Bamberg, decretó un bloqueo de alimentos hacia Augsburgo y finalmente se vieron obligados a negociar. Todo parecía arreglado, se habían puesto de acuerdo, la ciudad estaba abierta al antiguo gobierno. ¿A qué venían esas tropas?

—Se dirigen a Múnich y aprovechan que pasan por aquí para arrasar.

—Al parecer no se fiaban y han preferido someternos con las armas.

—¡Qué vergüenza!

—¡Acaba de terminar la guerra y ahora los alemanes empezamos a asesinarnos entre nosotros!

—Bah, no será para tanto.

—¡Dios lo oiga, señor Grünling!

Marie había rodeado la iglesia y se había acercado a la entrada con la pequeña Dodo en brazos, y ahora les hacía señas a los demás. Von Klippstein los esperaba con el coche. Debían darse prisa y llegar a casa antes de que los soldados bloquearan el centro de la ciudad. Los Melzer se apresuraron a obedecer a Marie. Tilly y Gertrude Bräuer también corrieron hacia la puerta principal de la iglesia de San Maximiliano. El pequeño Leo berreaba porque quería caminar él solo en lugar de que Rosa lo llevara en brazos.

—¿Qué te pasa, Lisa?

Tilly se volvió hacia Elisabeth, que se quedó rezagada. Lisa hizo un gesto con la mano hacia Tilly y después le dijo algo al doctor Greiner. Este se inclinó y asintió tres veces, después fue detrás de los Melzer a paso rápido. Era evidente que Lisa le había cedido su sitio en el coche. Tilly se soltó de su madre y volvió corriendo donde ella.

—¿Por qué no vienes con nosotros? No querrás quedarte en la ciudad, ¿no? ¿Es que no has oído lo que dicen? Las tropas ocuparán el centro, el ayuntamiento, la estación. Puede que haya combates...

Elisabeth parecía decidida, y en parte se debía a los mechones de pelo que asomaban del sombrero. A diferencia de Kitty, que con ese peinado resultaba incluso más seductora, a Lisa ese corte le daba un aire audaz.

—Yo me quedo, Tilly. No te preocupes y corre con los demás.

Tilly la miró fijamente durante varios segundos, entonces cayó en la cuenta. Aunque a veces viviera un poco alejada de la realidad, era una chica lista.

—¿Quieres avisar al señor Winkler?

Lisa no dijo nada pero se sonrojó ligeramente, lo que fue bastante elocuente. Por supuesto que se preocupaba por Sebastian Winkler. Intercambiaban libros, tomaban el té juntos, él la había convencido de que se hiciera profesora...

—Pero seguro que ya lo sabe, Lisa. No puedes ayudarlo.

—Debe esconderse, Tilly. Si lo encuentran, lo encerrarán. Ha sido un miembro destacado de esa desafortunada república consejista.

Tilly lo entendió.

—¿Qué te propones?

—Tendrá que ponerse ropa vieja, y luego lo acompañaré por los callejones para cruzar el Lech. Lo esconderemos en la villa hasta que todo haya pasado. Nadie lo reconocerá como un paciente más del hospital.

Sonaba aventurado. Tilly titubeó un instante, pero al ver que Lisa se marchaba en dirección a Jakoberstrasse, corrió tras ella.

—Voy contigo.

—Pero no puedes ayudarme, Tilly.

—No está bien que una joven vaya sola por la calle.

Elisabeth no estaba de acuerdo, al fin y al cabo había recorrido muchas veces sola el camino al orfanato para visitar a Sebastian. Pero no era el momento de discutir sobre convenciones sociales, así que aceleró el paso, y a pesar de que Tilly era buena andadora, tuvo que hacer grandes esfuerzos para seguirla. Había movimiento en toda la ciudad, la noticia de que se acercaban los soldados había corrido de boca en boca y todo el mundo tenía miedo. Vieron a un hombre mayor que esperaba con un cesto lleno de narcisos para vendérselos a los feligreses y no entendía por qué todo el mundo pasaba de largo. En Jakoberstrasse los comerciantes protegían con tablones sus escaparates, otros recogían la mercancía y la guardaban en el almacén por miedo a los saqueadores. De las ventanas asomaban muchos curiosos que buscaban a los soldados con la vista.

—¿Por qué iban a entrar en un orfanato? —comentó Tilly, que se había quedado sin aliento—. Basta con que sea discreto y no le pasará nada.

Ya estaban en la entrada del hospicio de las Siete Mártires y Elisabeth sacudía la campanilla.

—Saben cómo se llama y a qué se dedica, tontorrona —le respondió—. Participó en las negociaciones. Vendrán a buscarlo.

Tilly lo dudaba, pero se quedó callada para no alterar más a Lisa.

—¡Abrid de una vez! Soy yo, la señora Von Hagemann.

Elisabeth llamó con tanta insistencia que una ventana se abrió en el piso de arriba. Apareció la cabeza de un muchacho rubio enmarcada por dos orejas de soplillo.

—¡Esto es un orfanato! —chilló con voz aguda—. ¡No tenemos nada que ver con los consejos!

Elisabeth levantó la vista hacia el chiquillo y puso los brazos en jarras.

—¡Thomas Benedictus! ¿No me reconoces?

El muchacho estiró el cuello para verlas mejor, pero era muy pequeño y corría peligro de caerse por la ventana.

—¡No tenemos nada que ver con los consejos! —repitió la frase que había aprendido de memoria.

—¡Maldita sea! —gruñó Elisabeth—. ¡No somos soldados! ¡Dile al señor Winkler que puede abrir la puerta sin temor!

Entonces apareció un segundo rostro en la ventana, y Tilly reconoció la barbilla puntiaguda de Maria Jordan. Se había puesto las gafas para ver mejor a los visitantes.

—¡Ah, es usted, señora Von Hagemann! La campanilla sonaba tan fuerte que ya nos temíamos que fueran los soldados los que llamaban.

Elisabeth puso los ojos en blanco. No había motivo para tantas precauciones, todavía no habían visto un soldado en kilómetros a la redonda.

—Ya voy, ya voy —dijo Maria Jordan—. Entiéndalo, estoy aquí sola con los niños y debo tener cuidado, no me gustaría que...

—¿Está sola? —la interrumpió Elisabeth. Entonces bajó la voz para que no la oyeran los vecinos—. ¿El director Winkler no está aquí?

—¡Pero si nunca está! —refunfuñó la señorita Jordan desde la ventana—. Ya solo se preocupa de sus reuniones, y también acude a las asambleas de trabajadores a dar discursos grandilocuentes. Tengo que hacerlo todo yo...

—¿Y dónde está ahora?

Maria Jordan había cogido carrerilla y lamentó que volviera a interrumpirla. Pero sabía a la perfección por qué estaba tan alterada la señora Von Hagemann.

—¿Dónde va a estar? Seguramente en el ayuntamiento. Si es que no se lo han llevado con los demás consejeros para ahorcarlos.

—¿Por qué dice eso, señorita Jordan? —preguntó Elisabeth, pálida de repente—. ¿Por qué iban a llevarse a los representantes elegidos o... condenarlos?

—¡Qué sé yo! —respondió encogiéndose de hombros—. El vecino sepulturero ha dicho que las tropas del gobierno colgarán a todos los hombres de Augsburgo y Múnich que hayan participado en la república consejista. Ese desde luego ya habrá calculado cuánto va a sacar de todo esto, el muy avaricioso...

Tilly rodeó a Lisa con el brazo y la apartó de la entrada del orfanato. No había tiempo que perder, los disparos se oían cada vez más cerca y era de suponer que los soldados pronto tomarían el centro de la ciudad.

—Vamos, Lisa. Si está en el ayuntamiento no podemos hacer nada. Ponerte en peligro no lo ayudará.

Sin embargo, Elisabeth se zafó de ella y corrió en dirección a Perlachberg. Tilly no tuvo más remedio que seguirla para evitar que cometiera una imprudencia.

—Sé razonable, Lisa... Te lo ruego. Piensa en tus padres. Como te pase algo...

—¡No te he pedido que me sigas! —respondió Lisa, y apretó el paso.

Recorrieron sin aliento las callejuelas que subían hasta la colina y pasaron junto a personas que iban y venían nerviosas, portales con barricadas levantadas a toda prisa y perros sin dueño.

—¡Señora Von Hagemann! —gritó alguien por la ventana—. ¡Señorita Bräuer! ¿Adónde van? Por todos los cielos, ¡deténganse!

Doblaron una esquina y las dos se quedaron clavadas en el sitio. Allí estaban. Las tropas habían tomado la plaza del

497

ayuntamiento. Las divisiones a caballo se adentraban en los callejones en pequeños grupos, los soldados de infantería habían rodeado el ayuntamiento y los edificios colindantes, por Maximilianstrasse se acercaba una división de artillería que traía consigo varios cañones pequeños.

—¡Demasiado tarde! —se lamentó Lisa, y apoyó la espalda en el muro de un edificio—. Dios mío, van a arrestarlo. Pero él buscaba justicia para todos. Luchaba por los pobres y los desamparados. Ay, Tilly, no puede ser que ahorquen a alguien por eso.

Se oyeron disparos en la plaza, en Karolinenstrasse se había formado un tumulto. Parecían combates, pero desde tan lejos era difícil saber quién se estaba enfrentando a las poderosas tropas gubernamentales. Tilly arrastró a Lisa al portal más cercano porque un grupo de soldados a caballo había enfilado el callejón. Avanzaban al trote, las herraduras golpeteaban contra los adoquines, los soldados aún llevaban el uniforme del ejército del emperador, aunque algo gastados y les faltaban piezas. Iban armados con fusiles y bayonetas, y clavaban la mirada en los portales y las ventanas. Las dos jóvenes que se apretujaban atemorizadas les parecieron inofensivas. De vez en cuando algún jinete les sonreía y las saludaba con una inclinación de cabeza, sin aminorar el paso.

—Son los mismos soldados que lucharon por el emperador y la patria —dijo Tilly con rabia—. Ahora disparan a su propio pueblo.

Elisabeth también estaba enfadada. ¿No se había derramado ya suficiente sangre? Pero seguía habiendo hombres que amaban el oficio de soldado y no querían abandonarlo. Por lo visto les daba igual luchar en Francia, en Rusia o en su propio país.

Cada vez entraban más jinetes en el callejón. Los combates al otro lado de la plaza se habían extendido y ahora Tilly vio que se trataba de jóvenes obreros que habían bloqueado una bocacalle con barricadas. Se defendían de los soldados con vehemencia, se oían disparos y voces de mando cortantes, estaban colocando los cañones en posición.

—No se les ocurrirá disparar granadas... —gimió Elisabeth—. No en el centro de nuestra preciosa Augsburgo. Hay mucha gente inocente en las calles. Mujeres y niños...

Una llave giró en la cerradura detrás de ellas y alguien entreabrió la puerta. En la penumbra del pasillo, Elisabeth reconoció una silueta delgada de hombre y un pálido rostro de barba puntiaguda.

—Señora Von Hagemann, señorita Bräuer, entren, rápido. Solo estoy yo, Sibelius Grundig. Pasen, pasen antes de que empiecen a disparar.

Tilly no tenía ni idea de quién era aquel hombre, pero Elisabeth lo conocía bien. Era el fotógrafo al que tantos encargos solía hacerle su padre. Había tomado incontables fotos familiares de los Melzer, y también realizaba folletos para la fábrica.

—¿Señor Grundig? Disculpe, me ha costado reconocerlo en la oscuridad. Muchas gracias.

Las condujo a su estudio por un pasillo estrecho, les ofreció asiento y llamó a su esposa y a su hija para que atendieran a las damas.

—Es horrible... Dicen que en Oberhausen ya han muerto diez personas —se lamentó Grundig, que también había cerrado y entablado su negocio.

—Si estalla aquí, que Dios se apiade de nosotros —gimió la señora Grundig—. Lo destrozarán todo.

Elisabeth sintió pena por los Grundig. El viejo Sibelius, judío, era un hombre hábil. Había alcanzado la prosperidad con la esperanza de que su hijo heredara el estudio, pero este había caído por la patria en el Marne. Solo les quedaba su hija, Elise, a la que por desgracia una enfermedad infantil había dejado ciega.

—Tendrán que atravesar el jardín y escalar el muro —dijo la muchacha—. Después bajar por la colina hasta la muralla. Junto a Santa Úrsula hay un puente estrecho que conduce a los prados…

Lisa la miró sorprendida. La chica levantaba un poco la cabeza y sonreía. Tenía los ojos entrecerrados y se le veían las pupilas blanquecinas.

—Cuando era pequeña recorría ese camino a menudo —dijo en voz baja—. Aún me parece ver cada casa y cada adoquín. También los prados verdes y el riachuelo.

—Mi hija tiene razón, señora —dijo Sibelius Grundig—. Las tropas pronto bloquearán el centro de la ciudad y ustedes ya no podrán regresar a la villa de las telas. Naturalmente, aquí las acogeríamos encantados, pero quizá también estemos en peligro…

Tilly miró a Lisa muy seria. Esta aún estaba considerando la posibilidad de entrar en el ayuntamiento para interceder por Sebastian Winkler. Al fin y al cabo era una Melzer. Pero cabía la posibilidad de que los oficiales de Múnich no conocieran a los notables de la ciudad.

—¿A qué estás esperando, Lisa? —insistió Tilly.

—Está bien…

Jamás olvidarían la huida apresurada de aquel luminoso domingo de Pascua. Se deslizaron como dos vagabundas por el jardincillo, donde el cebollino ya asomaba en los bancales y los arbustos de grosellas lucían hojas verdes. Aquel muro debía de datar de la Edad Media, estaba desmoronado y cubierto de musgo. Una vez superado ese obstáculo, se abrieron paso por el laberinto de callejuelas bajando por Judenberg hasta la muralla. No eran las únicas. Por todas partes se veía gente huyendo con cajas y maletas, empujaban carritos en los que llevaban a niños pequeños, carretillas con sus pertenencias. Se sobresaltaban constantemente por los disparos, las salvas que restallaban breves una tras otra y después se sosegaban. Varias veces creyeron oír que lanzaban granadas, explosiones sordas seguidas de gritos estridentes.

Cruzaron el foso por el convento de las ursulinas y se adentraron en la zona industrial por caminos de tierra. El frío era helador, tenían los zapatos empapados y los abrigos salpicados de barro. Los soldados habían tenido que aparecer precisamente el domingo de Pascua, cuando más elegantes se habían vestido para acudir a la iglesia.

Cerca de la fábrica de papel, tuvieron el tiempo justo de esconderse detrás de un muro cuando vieron acercarse una tropa de caballería. Esperaron largo rato de pie y expuestas al frío hasta que el último rezagado alcanzó la ciudad por la carretera adoquinada. Entonces pudieron acometer el último trecho de su azaroso camino.

—Un baño caliente —gimió Lisa cuando entraron en el parque de la villa—. Auguste tiene que prepararnos un baño enseguida. Es lo único en lo que puedo pensar ahora mismo.

Tilly no dijo nada. Pero, en su opinión, aquello era lo más sensato que había dicho Lisa en todo el día.

# 38

*Hamburgo,*
*3 de mayo de 1919*

Estimada señora Melzer:

Le escribo estas líneas a petición de su esposo Paul Melzer,
compañero y buen amigo mío. En abril del año pasado caí-
mos prisioneros de los rusos en Sebastopol y nos enviaron a
un campo en Ekaterimburgo, en los Urales. No le relataré los
detalles de nuestro cautiverio, pero sí le diré que Paul estuvo
a mi lado y me salvó la vida más de una vez. Hace un mes me
trajeron de vuelta a Alemania junto con otros prisioneros; no
sabría decirle por qué precisamente a mí. Pero le prometí a mi
amigo Paul Melzer que enviaría un mensaje a su familia lo antes
posible. Paul conserva el ánimo, la herida del hombro comienza a curarse y seguro que la fiebre pronto remitirá. Los saluda
a todos de corazón, en especial a su querida esposa Marie y a
sus dos hijos Dodo y Leo. Cuando se haya recuperado y pueda
soportar el largo trayecto en tren, él también regresará a casa.

La saluda, sin conocerla,

JULIUS LEBIN
Abacero en Pinneberg/Hamburgo

—Dios mío... —Alicia suspiró y se secó los ojos con la
mano—. Qué alivio recibir noticias por fin. Aunque no sean
motivo de alegría precisamente.

Marie le dio la razón. ¡Llevaban tanto tiempo viviendo en la incertidumbre respecto al destino de Paul! Ni una carta, ni una postal, tan solo un breve mensaje del alto mando informando de que el soldado Paul Melzer se encontraba cautivo en Rusia. Ahora sabían más: estaba herido y cerca de Ekaterimburgo, en los Urales. Marie había consultado de inmediato el atlas: los montes Urales estaban al este de Moscú, pero no era Siberia.

—Qué pena que Lisa y Kitty no se hayan presentado a desayunar, habrían podido leer el mensaje —se lamentó Alicia—. No me gusta nada cómo se está desmoronando nuestra vida familiar. ¡Todos van y vienen a su antojo y yo me siento como si estuviera en el restaurante de una estación!

No le faltaba razón. Kitty llevaba días ocupada con su exposición en la residencia del director Wiesler, una empresa que había acometido con tanta dedicación que ni siquiera se permitía desayunar. Y Lisa, junto con algunas damas de la sociedad benéfica, cuidaba de los funcionarios de la república consejista que estaban encarcelados a la espera de juicio.

—Enseguida vendrá Rosa con los tres pequeños, mamá —la consoló Marie—. Entonces habrá más animación y ya no tendrás motivos para añorar tiempos pasados.

Alicia sonrió y afirmó que sus nietos eran su mayor alegría. En especial Dodo, que parloteaba de la mañana a la noche y hacía montones de preguntas; a menudo se trataba de tonterías, pero a veces le sorprendían lo profundas que eran, y casi siempre bastante sensatas. Hasta el momento Leo no había mostrado mucho interés por hablar, se limitaba a nombrar aquellas cosas que quería a toda costa, pero, eso sí, lo hacía a plena voz. Henni parloteaba de forma incomprensible, solo Kitty y Rosa entendían lo que decía. A cambio tenía una sonrisa encantadora, ¿de quién la habría heredado?

—¿Papá ya ha ido a la fábrica?

Alicia plegó la carta con cuidado y se la tendió a Marie.

—Sí, se ha marchado temprano. Cuando lo veas, dale la carta. Johann es muy reservado en lo que respecta a Paul, pero sé que tiene sus esperanzas puestas en él.

Marie asintió y se guardó la misiva. Era un momento propicio para irse, pues ya se oían las agudas voces de los niños en el pasillo. Marie le hizo un gesto con la cabeza para indicarle que ya llegaban y le deseó una mañana agradable y no demasiado fatigosa.

Todavía tenían que salir de la villa por la galería, pero ya faltaba poco para que desmontaran el hospital, algo que Elisabeth y Tilly lamentaban profundamente. En cambio, a Marie le parecía la señal esperanzadora de un nuevo comienzo. Cuatro largos y horribles años de guerra eran suficientes, por fin podían confiar en que las armas callarían y no habría más víctimas. Los prisioneros regresarían a casa. ¡Ojalá sucediera pronto!

En el patio, Humbert trajinaba debajo del capó de uno de los automóviles.

—Un momento, señora —se disculpó, y retiró el soporte para poder cerrar el capó—. Enseguida estamos listos.

Ella lo tranquilizó con un ademán. No tenía por qué preocuparse, aprovecharía aquel hermoso día de mayo para ir a pie.

—Dígame, Humbert —añadió entonces. Se acercó un poco y bajó la voz—. Ha llegado a mis oídos una historia extraña. Seguramente se trata de un error, así que me disculpo de antemano por la pregunta…

Él se puso rígido, y su gesto evidenciaba tanta culpabilidad que ni siquiera hizo falta que se lo preguntara. Así que, efectivamente, era Humbert Sedlmayer al que Ernst von Klippstein había visto en una función de cabaret. El joven imitaba de forma magistral al antiguo emperador e incluso a su esposa, y causó regocijo en toda la sala. Von Klippstein le contó que la dama situada tres asientos a su derecha se había sofocado de la risa.

—¿Así que actúa usted en el cabaret?

Estaba tan abochornado que soltó el capó. El golpe metálico al cerrarse lo sacó de su estupefacción.

—Fue... fue... Solo fue una prueba, señora. En realidad no quería, pero el señor Stegmüller, que dirige el cabaret, dijo que primero quería saber si podía actuar delante del público. Y yo... yo... me dejé convencer.

A Marie no la alegró oír eso. Aunque, si era sincera, desde el principio habían visto que aquel joven tan peculiar escondía talentos insólitos.

—No estoy enfadada con usted, Humbert —dijo con una sonrisa—. Pero sabe que la villa no puede aceptar un criado que actúe en el cabaret. Tendrá que tomar una decisión.

Humbert tragó saliva y balbuceó que le estaba infinitamente agradecido a la familia Melzer, que allí se sentía como en casa y que no concebía marcharse de la villa. Le suplicó que no contara nada a sus suegros. Tampoco hacía falta que la señorita Schmalzler se alterara por semejante tontería.

—Por ahora guardaré silencio —respondió ella—. Pero si su nombre aparece en un cartel en letras grandes, ¡no puedo prometerle nada!

—Claro que no, señora. Ha sido cosa de una vez. No actuaré nunca más, se lo juro.

Marie fingió creerle y se encaminó hacia la carretera. La primavera estallaba con fuerza a su alrededor. Si bien abril había sido frío y desagradable, los primeros días cálidos de mayo habían hecho milagros. Las prímulas y los pensamientos florecían en los arriates, por todos lados brotaban hojas nuevas. Kitty había asegurado recientemente que se podía oír cómo los capullos del haya roja se abrían con un «plop». En los jardines, Gustav y su abuelo se dedicaban a plantar los arriates.

Al ver la fábrica Melzer, el ánimo primaveral de Marie se ensombreció. Durante los años de guerra, las naves, los muros y los edificios de la administración habían adquirido un aspecto aún más gris y sombrío, el revoque de las paredes se desprendía en muchas zonas, y los marcos de las ventanas se habían deformado. Y no disponían de dinero para los arreglos o para una capa de pintura. La situación no solo era desesperada por las frecuentes huelgas: apenas había ya compradores para la tela de papel, y el algodón y la lana, que habían vuelto al mercado, eran demasiado caros para producirlos de forma rentable.

—¡Hola, señor Gruber!

—¡Buenos días, señora Melzer! El señor director ya ha preguntado por usted. ¿Ha visto los lirios de los valles que han florecido en el prado?

—¡Sí, lirios de los valles y dientes de león!

—Esos no desaparecen, señora Melzer. El diente de león seguirá floreciendo en estos campos cuando nosotros ya estemos bajo tierra.

El viejo portero llevaba años sin tomarse un solo día libre, cumplía con su labor incluso cuando había huelga en la fábrica. Marie le sonrió y cruzó el patio.

Solo se trabajaba en dos de las seis naves, y en ellas la mayoría de las máquinas también se encontraban paradas. En ese momento estaban terminando varios de los últimos pedidos de tela de papel con la que se confeccionaba ropa de trabajo, sacos para patatas y tapizados para oficinas, una idea propuesta por Marie que se había vendido muy bien durante un tiempo. Sin embargo, ahora se habían levantado las barreras comerciales y las telas baratas venidas de Inglaterra e India inundaban el mercado alemán.

A pesar de la triste situación, se esforzaban por mantener ocupada a parte de la plantilla, sobre todo a los que volvían a casa tras la guerra y querían recuperar su antiguo empleo. Pero en la administración había varios escritorios vacíos, y las dos secretarias, Hoffmann y Lüders, compartían un único puesto.

—El señor director la espera, señora Melzer. Yo diría que está un poco… alterado.

Cuando Marie entró en su despacho, Johann Melzer estaba rojo de ira. Se había servido un licor de ciruela casero, seguramente para aplacar los nervios, y se lo bebió de un trago con desdén. Para colmo de males, se le habían agotado las reservas de coñac francés y whisky escocés.

—¡Por fin has llegado! —le gruñó a Marie—. Toma, lee esto. No, primero siéntate, necesitarás una silla.

Cogió una carta escrita a máquina de su escritorio y se la tendió como si fuera un trapo sucio.

—De Estados Unidos, de Greenville. ¿Dónde está eso? —preguntó Marie, que se había sentado obediente y estudiaba el encabezado.

—En algún lugar del interior de Estados Unidos. Tiene una longeva industria textil. ¿No te suena?

Al principio Marie no entendía nada. La carta estaba escrita en un alemán torpe, pero era evidente de qué se trataba.

… Por eso estamos interesados mucho por comprar la patente de sus muy magníficas máquinas. Sobre todo las de para tejidos con estampados, pero también selfactinas para hilar hilos distintos. Algunos años atrás, algunos expertos de nosotros tenían la oportunidad de comprobar que las máquinas muy bien. Estamos seguros por llegar un buen acuerdo. En Alemania, sabemos la situación de economía es difícil, pero estamos convencidos de pronto hacer buen negocio juntos.

Atentamente,

JEREMY FALK
Director

Johann Melzer se había sentado en la esquina de su escritorio y se había servido otro trago del líquido transparente. Mientras bebía, observaba la reacción de Marie.

—¿Examinaron nuestras máquinas? —preguntó sorprendida—. ¿Cuándo fue eso?

—Antes de la guerra —dijo Melzer con rabia contenida—. En otoño de 1913, si no recuerdo mal. Sí, fue más o menos cuando tú llegaste a la villa.

Mientras lo miraba, su ira cedió por un instante y sonrió. Había entrado en la casa como ayudante de cocina, una niña delgada de enormes ojos negros. Él la odiaba y la temía. Lo había llevado al borde de la muerte y lo había enfrentado con su propio lado oscuro. Johann Melzer tenía parte de culpa en el amargo final de sus padres, una culpa que no había querido afrontar durante décadas. ¿Y ahora? Ahora ella era su apoyo, la única que lo comprendía, que permanecía a su lado sin desfallecer.

—¿De modo que ese tal Jeremy Falk quiere comprar la patente de las creaciones de mi padre? —preguntó, y entrecerró los ojos porque no estaba segura de lo que iba a decir—. Pero... ¿hay alguna patente que comprar?

Johann Melzer negó con la cabeza. Su padre diseñó las máquinas y se construyeron en la fábrica. Después iba aplicando mejoras y las plasmaba en sus planos, pero esos planos habían permanecido ocultos durante años.

—Lo sé, papá. Los tuviste delante de las narices durante todo ese tiempo, ¡pero por desgracia no los viste!

Le gruñó que no era el momento de burlarse de él. En cualquier caso, su padre no llegó a registrar la patente de ninguno de sus inventos, y él tampoco lo hizo una vez recuperados los planos.

—Así que, en teoría, ¿cualquiera podría construir máquinas como estas?

Melzer sonrió con malicia. Para eso necesitarían los planos, y saber leerlos. Porque la caligrafía de Jakob Burkard era pésima, con perdón, y sus dibujos solo podían entenderlos expertos en la materia.

—Otra posibilidad sería desmontar algunas de las máquinas para descubrir sus secretos —añadió—. En realidad se trata solo de pequeñas mejoras, pero son tan geniales que tienen un gran impacto.

Marie le devolvió la carta y, encogiéndose de hombros, comentó que no entendía por qué estaba tan alterado. Si los señores americanos querían comprar patentes, mala suerte. La transacción no podría llevarse a cabo debido a la ausencia de estas. Y punto.

Él la miró fijamente un instante, decepcionado por su reacción. ¿Acaso no veía la astucia con la que actuaban esos arrogantes? Que la situación económica en Alemania era difícil… Sabían perfectamente que estaban bajo mínimos y que se verían obligados a agarrarse a un clavo ardiendo. Aquello era un infame intento de extorsión.

—¡Pero no cederemos, papá! Tengo buenas noticias.

Sacó la carta del abacero Lebin del bolsillo del abrigo y se la dio a Johann. Alicia tenía razón: se le relajó el gesto, la rabia y el enfado por la crueldad del mundo desaparecieron. Qué angustia debía de sentir por Paul.

—Esto nos da esperanza —dijo finalmente.

No añadió nada más, pero le puso el tapón a la botella de licor de ciruela y volvió a guardar a su ayudante espiritual en el archivador.

Marie se despidió y se dirigió al despacho de Paul, en el que se había instalado temporalmente. Tenía un par de ideas nuevas sobre aplicaciones de la tela de papel que no había terminado de desarrollar y que todavía no había presentado a su suegro. Además, un inventor de Rosenheim que había regresado de la guerra le había escrito porque, al parecer, sabía cómo fabricar textiles a partir de glicerina y ciertas resinas. Lo más probable es que fuera un chiflado, pero a papá no le faltaba razón: en esos tiempos difíciles había que agarrarse a un clavo ardiendo. Acababa de sacar la carta del sobre para leerla otra vez cuando Lüders llamó a la puerta.

—¿Señora Melzer? El señor Von Klippstein pregunta si podría dedicarle unos minutos.

Ernst von Klippstein se había hecho cargo de las cuentas de la fábrica durante meses, pero dos de los contables habían regresado a sus puestos, de manera que ya no necesitaban su ayuda. Desde entonces se había presentado varias veces en su despacho con propuestas para garantizar la subsistencia de la fábrica. Marie no terminaba de comprender por qué no se las exponía a su suegro.

—Que pase, señorita Lüders.

Como siempre, Von Klippstein permaneció un instante en la puerta con la mano en el picaporte, como si quisiera asegurarse la retirada. La miró con una sonrisa y analizó su rostro para confirmar que no se presentaba en mal momento.

—¿Ha recibido buenas noticias, Marie?

Siempre la dejaba estupefacta el instinto certero con que captaba su ánimo.

—Efectivamente, así es —respondió—. Entre y siéntese.

Cerró la puerta y se acercó a una de las butacas que había frente al escritorio, pero no se sentó hasta que ella lo hubo hecho. El rostro de Klippstein reflejaba una tensa expectación.

—Tenemos noticias de Paul. Está en un campo de prisioneros cerca de Ekaterimburgo, en los Urales.

¿Sintió alivio al saberlo? Al menos afirmó alegrarse mucho. Ahora solo quedaba esperar que Paul regresara pronto a casa. Guardó silencio con gesto desanimado. ¿Era la felicidad en los ojos de ella lo que lo incomodaba? Él ya sabía lo mucho que amaba a su marido. Marie estaba segura de que Ernst consideraba a Paul su mejor amigo. Y sin embargo…

—He reflexionado mucho durante las últimas semanas —comentó Klippstein de pronto—. Quiero hacerle una propuesta, Marie.

«Otra vez», pensó ella. «¿Qué se le habrá ocurrido ahora

a este solícito ayudante?» Lo observó sentado en la butaca, con las piernas cruzadas, la espalda recostada y la mirada esperanzada dirigida hacia ella. Nada que ver con el herido al que habían llevado al hospital de la villa dos años antes, cuando le confesó que no tenía ninguna esperanza y que solo quería morirse de una vez. Desde entonces se le habían curado las heridas, había recuperado casi toda la movilidad, había asimilado su separación y parecía rebosar de planes de futuro.

—Dígame.

No apartó la vista de ella mientras le exponía su idea, y ella comprendió que no solo era importante para él, sino que lo decía muy en serio.

—Como ya sabe, querida Marie, le he cedido a mi exesposa la finca con todos los terrenos, los edificios e incluso la cría de caballos.

Hizo una breve pausa y Marie comentó en voz baja que había sido extremadamente generoso por su parte. ¿La finca no era una propiedad familiar?

—Así es —reconoció—. Por eso se ha establecido que mi hijo sea su único heredero. Hasta entonces, los ingresos de la finca les corresponderán íntegros a mi exesposa y a su segundo marido. Sin embargo, no me he ido de vacío: he recibido una considerable suma de dinero que ahora está depositada en el banco.

«Mira por dónde», se dijo Marie. Así que el bueno de Ernst no era tan magnánimo como podría pensarse en un primer momento. Aunque tenía todo el derecho. Cualquier otro arreglo habría sido una solemne estupidez.

Von Klippstein se irguió, se apoyó en los reposabrazos acolchados y prosiguió con entusiasmo.

—Como ya sabe, la situación económica de nuestra desgraciada patria no presenta buenas perspectivas. Por eso me temo que mis activos en el banco pronto perderán un valor considerable. He pensado en invertirlos con inteligencia…

Ella entendió adónde quería llegar. Quería prestarles dinero, quizá incluso participar como socio y reflotar la empresa con una aportación de capital. Podrían comprar algodón, buena lana, reactivar la producción. Hacer cálculos modestos, conseguir nuevos clientes con estampados y colores originales, y derrotar a la competencia extranjera. Quizá incluso pudiera hacer realidad su sueño de abrir un estudio de costura, diseñar moda y vender sus creaciones en serie.

—Y, naturalmente, mi primera opción ha sido la fábrica de paños Melzer.

Lo dijo en un tono que a ella le pareció tan amable como enternecedor. Parecía una tímida petición en lugar de una oferta que, en realidad, era todo un golpe de suerte para la fábrica.

—Eso sería… sería una inversión muy bienvenida —balbuceó impresionada—. De todos modos, debería estudiar usted en detalle la situación de la fábrica y después decidir si quiere cometer la osadía de invertir su dinero en nosotros.

Él le aseguró que conocía la situación de la fábrica a la perfección, había visto los libros y sabía que las dificultades que atravesaban se debían únicamente a la escasez de materia prima como consecuencia de la guerra. La fabricación de tela de papel —una idea genial— había mantenido la empresa más o menos a flote, pero ahora era necesario invertir de nuevo.

—¿Y cuál es su propuesta?

Él volvió a recostarse, apoyó las manos relajadamente encima de los reposabrazos y explicó con gesto cándido que su idea era convertirse en socio. Melzer & Klippstein. O simplemente Melzer & Asociados. Quizá eso habría que consultarlo con algún jurista.

—En cualquier caso, no es mi intención imponer formalidades de ningún tipo —afirmó, y la miró con gesto franco—. Lo único importante para mí sería el vínculo con la familia

Melzer. Un futuro conjunto, tanto empresarial como personal. Eso es a lo que aspiro.

A Marie en principio la propuesta le pareció honesta, movida por la amistad y la simpatía. Aunque era cuando menos dudoso que su suegro la aceptara. Eso de Melzer & Klippstein no le gustaría demasiado.

—Sobre todo quería hablarlo primero con usted —dijo Ernst von Klippstein en tono persuasivo—. Es muy importante para mí que usted, querida Marie, esté de acuerdo. Espero que no me malinterprete. De ningún modo querría hacer algo que la molestara. O que le resultara mínimamente impertinente.

Sus ojos azules habían adquirido una expresión distinta. La escrutaban expectantes, esperanzados, con la obstinación propia de un hombre que había escogido a una mujer y jamás la dejaría ir. De golpe se dio cuenta de qué sentimientos alimentaban su generosa oferta, y supo también cuál debía ser su respuesta.

—Si me permite serle sincera, querido Ernst…

Él arqueó las cejas y tensó el cuerpo. Ella vio que se había arreglado especialmente para aquella visita, llevaba un traje nuevo y una flor en el ojal.

—¡Por supuesto, Marie!

—Bien —dijo, y respiró hondo—. Personalmente rechazo su propuesta. Pero es obvio que la decisión no depende de mí.

—Claro —dijo él en voz baja.

Se comportó de forma exquisita. Charlaron un rato sobre el clima primaveral y el acuerdo de paz que aún no se había firmado pero que pondría fin a la guerra de una vez por todas. Cuando estaba abriendo la puerta y pensó que nadie lo veía, ella atisbó su gesto derrotado y tuvo remordimientos. Había seguido su instinto, y al hacerlo no solo había provocado la infelicidad de un hombre amable sino que, seguramente, había perjudicado a la fábrica de paños Melzer.

# 39

—Ay, odio viajar en tranvía —se lamentó Elisabeth al bajar con Tilly en Königsplatz—. Ese olor a alquitrán y suciedad, y las estrecheces. Y el estribo está demasiado alto, como para romperte una pierna...

Tilly se agarró de su brazo y comentó que el viaje en tranvía era un lujo comparado con su huida por la ciudad baja y los prados encharcados de hacía unas semanas.

—¡No me lo recuerdes!

Giraron a la derecha por Annastrasse y se detuvieron una y otra vez delante de los escaparates, aunque la oferta era escasa. La situación todavía era muy distinta a la de antes de la guerra. Entonces las tiendas rebosaban de artículos de todo tipo, los escaparates del centro de la ciudad estaban iluminados por las noches, por no hablar de los restaurantes, los pequeños teatros, las funciones de ópera y los conciertos de verano en el parque...

Contemplaron melancólicas el único objeto expuesto en un negocio de fontanería: un retrete blanco de líneas elegantes. Estaba cubierto de una fina capa de polvo porque aún no había encontrado dueño. No era de extrañar, ya que los precios subían día tras día y nadie sabía adónde conduciría aquello.

—Y eso que ahora se puede comprar casi de todo —dijo Tilly, indignada—. Pero, claro, no todo el mundo puede permitírselo. Pero, si tienes dinero, en el mercado encuentras todo lo que desees.

Avanzaron un poco más y se calmaron al ver los altos árboles con su hermoso follaje primaveral. ¿Acaso no era motivo de alegría que la guerra hubiera terminado? Al igual que la naturaleza, el país y sus habitantes también se recuperarían y florecerían de nuevo.

—Sebastian no quería que sucediera esto —dijo Lisa sin poder evitarlo—. Quería justicia. Que nadie pasara hambre y que nadie viviera en la abundancia. Por eso ahora está en la cárcel. Como si hubiera cometido un crimen. Y eso que fueron los otros los que asaltaron nuestra querida Augsburgo con soldados y cañones.

Tilly le apretó el brazo y le pidió que se tranquilizara. Por desgracia, este mundo no siempre era justo, pero ahora la situación era estable y las tropas se habían retirado.

—Pronto lo dejarán libre, Lisa.

Elisabeth suspiró. Había intentado repetidas veces visitar a Sebastian Winkler en la prisión, pero no fue posible. Le había llevado comida, ropa y calzado, pero ni siquiera sabía si lo había recibido. Incluso le había enviado al abogado Grünling, pero después este le dijo que el señor Winkler era un fanático y que no podía hacer nada por él.

—Y aunque lo liberen —prosiguió Lisa con amargura—, ¿cómo se ganará la vida? Ahora el orfanato lo dirige Maria Jordan.

Tilly no lo sabía.

—¿La señorita Jordan es la directora del orfanato? Eso sí que es un ascenso inesperado para una antigua doncella.

—Un desacierto absoluto, querrás decir —refunfuñó Lisa—. Para eso podrían haber conservado a la arpía de la señora Pappert. Ay, Tilly, Sebastian era como un padre para los niños, los protegía, los educaba con cariño…

Tilly estaba empezando a hartarse de los lamentos de Lisa.

—Pero ¿qué te pasa? No deberías preocuparte tanto por el señor Winkler. En todas partes buscan profesores, seguro que encontrará trabajo en algún sitio.

Lisa guardó silencio. Tilly tenía toda la razón, faltaban hombres en muchas profesiones. Habían caído en la guerra o habían vuelto lisiados, en Maximilianstrasse había muchos mendigando un par de peniques. Sebastian había perdido un pie pero podía trabajar, había tenido suerte. Sin embargo, no conseguiría un puesto de profesor en Augsburgo. Y su propio divorcio aún no era oficial. Klaus von Hagemann había pasado los últimos días de la guerra en un hospital de campaña de Prusia Oriental, y desde entonces no había recibido noticias suyas.

«Tal vez lleve tiempo muerto. En ese caso te ahorrarías el divorcio», le había dicho Kitty encogiéndose de hombros. Kitty, su hermana pequeña. Cuánto había cambiado en los últimos cuatro años. De una mocosa malcriada había pasado a ser una esposa y madre cariñosa. Tras la muerte de Alfons, cuando todos creían que sucumbiría a la tristeza, salió de la crisálida como una colorida mariposa transformada en... artista. Elisabeth no sabía muy bien si debía admirarla o enfadarse por ello. En cualquier caso, Kitty se había mantenido fiel a sí misma. Sobre todo en sus crueles opiniones.

—Ya hemos llegado, Lisa. Mira, ya hay tres, no, cuatro automóviles. Parece que sí vendrá gente a la exposición de Kitty...

Lisa aguzó la vista y reconoció a Humbert; ayudaba a una dama a bajar del coche. ¿Era mamá? No, era la señora Von Sontheim, la madre de Serafina. Elisabeth se animó. Qué alegría volver a ver a su amiga. La pobre había perdido a su padre y a uno de sus hermanos.

—Ahí está el incansable Klippi —bromeó Tilly—. Qué tipo tan encantador. Ha traído en coche a tus padres y a Marie.

Se encontraron en la entrada del gran edificio de Karlstrasse y se saludaron efusivamente. Qué primavera tan maravillosa, ¿verdad? Las lilas estaban en plena floración. Eso solo podía ser un buen augurio.

—¿Han visto los cerezos de los prados? —preguntó Von Klippstein, y le ofreció el brazo a Tilly para acompañarla al primer piso, donde residía el director Wiesler—. Parecen estar cubiertos de espuma blanca.

—Sí —dijo ella sonriendo—. Si las abejas se esmeran, recogeremos una buena cantidad de cerezas y podremos hacer tartas.

—Qué agradable encontrar a una dama con un sentido práctico tan desarrollado.

—En absoluto —dijo ella riéndose—. Lo de hornear las tartas se lo dejo a otros.

Arriba los recibió la esposa del director Wiesler, de negro y engalanada con perlas. A Tilly le pareció demasiado exaltada, saludó a todos los invitados uno a uno y expresó lo inmensamente feliz que la hacía el tener amigos tan simpáticos e interesados por el arte. Dos criados —uno de ellos era Humbert— ofrecían vino espumoso sobre bandejas de plata, y Von Klippstein no descansó hasta que Tilly se bebió al menos media copa.

—Por una artista hay que brindar con auténtico vino espumoso, querida señorita Bräuer. Y su cuñada es una artista de verdad. ¡Debo decir que estoy gratamente sorprendido!

Tilly conocía la mayoría de los cuadros de Kitty, pero tuvo que reconocer que enmarcados y distribuidos por las paredes impresionaban aún más. Sobre todo, las siluetas de la ciudad bajo la bóveda de un extenso cielo. Sí, se le daba bien pintar cielos. Oscuros nubarrones iracundos, delicadas nubes esponjosas bajo una bruma azul celeste, velos grises deshilachados por la tormenta, el profundo e intenso azul oscuro del firmamento…

—¡Tilly, cariño! ¡Qué alegría que hayas venido! ¿Has traído a tu madre? ¿No? Qué pena. Tiene que salir de casa de una vez... Dios mío, Tilly, ya he vendido tres cuadros. Y eso que ni siquiera hemos empezado. Ese joven de ahí, el del grano en la nariz y las gafas metálicas, es del periódico...

Kitty estaba más guapa y más vivaracha que nunca. Su pelo corto se agitaba cuando giraba la cabeza, de vez en cuando se lo apartaba con un gesto arrebatador y se lo colocaba detrás de la oreja, donde no aguantaba más de un segundo. Y la falda estrecha que llevaba, Dios mío, solo le cubría un palmo por debajo de las rodillas. Carísimas medias de seda y unos zapatos blancos cautivadores.

—¡No me lo puedo creer! —exclamó, y salió corriendo—. Señor Kochendorf, cuánto tiempo sin vernos. ¿Su señora esposa? Encantada de conocerla. ¿Sabe que antes lo llamábamos Hermanhambre? Qué niños tan estúpidos éramos...

Tilly recorrió las estancias con la copa medio llena en la mano y contempló los cuadros de Kitty con atención. Eran muchos, los Wiesler habían retirado todas sus pinturas para poder exponer aquella marea de obras. Qué diferentes eran entre sí. Las espantosas cabezas de peces —¿o eran reptiles monstruosos?— estaban dibujadas al detalle con pincel fino. También había cangrejos, ratas, y en uno de los cuadros se amontonaban unas arañas repugnantes. Tilly sintió un escalofrío. ¿Quién compraría una pintura así? Solo se imaginaba colgando eso en el comedor en caso de recibir invitados indeseados. En una fase posterior, Kitty había pintado aquellos maravillosos paisajes inundados de sol. Había sido el verano anterior, cuando iba de aquí para allá con el caballete por todo el parque.

—Mis queridos invitados y amigos —se oyó decir a la señora Wiesler en el salón.

Tilly no la veía, pero su voz penetraba sin esfuerzo hasta el último rincón de la vivienda. A diferencia de su esposo, un erudito parco en palabras, director del instituto de secundaria

Anna, a la señora Wiesler le gustaba hablar en público. Y aprovechó la oportunidad para pronunciar un discurso de elogio hacia la joven artista, a la que había cedido tan generosamente sus estancias.

—… un talento único. Mis queridos amigos, pueden estar seguros: el nombre de Katharina Bräuer pronto será conocido en todo el imperio…

Tilly sonrió divertida. El entusiasmo había hecho olvidar a la señora Wiesler que ahora vivía en una república. El emperador se había exiliado a Holanda, se decía que estaba talando árboles.

—… en esa pequeña buhardilla de Montmartre donde todo empezó. Sí, en París, cuando aún reinaba la paz y el arte ocupaba las calles de la ciudad…

—Increíble —susurró Lisa, que se había colocado junto a Tilly con Serafina—. La artista de Montmartre. ¡Esta mujer vendería arena en el desierto!

Serafina von Sontheim saludó a Tilly con bastante frialdad y luego arrastró a Lisa a la siguiente sala, donde se encontraban algunos de sus conocidos. Tilly vio que susurraban entre ellos pero enmudecieron en cuanto vieron a Lisa.

Seguía doliéndole ser el blanco de toda aquella gente que había perdido su dinero en la quiebra del banco Bräuer. Por eso su madre apenas salía de casa, rechazaba incluso las amables invitaciones de los Melzer. Era injusto. Ni ella ni su madre estaban al tanto de la situación del banco. Y su padre había muerto. ¿Eso también querían reprochárselo?

—… esos grandiosos paisajes bañados por la dorada y cálida luz del sol, una vibrante sinfonía a la esperanza y a la belleza desbordante. Admiren la enérgica pincelada…

La palabrería pomposa de la señora Wiesler le alteró los nervios, así que se situó junto a la puerta para poder salir al pasillo si se sentía indispuesta. Allí la interceptó Ernst von Klippstein, que justo quería entrar en la habitación.

—¿No estará pensando en marcharse ya? —le preguntó en voz baja—. Sería una pena. Tenía ganas de llevarla en mi coche. La señora Melzer nos ha invitado a todos a cenar.

Seguramente Marie le había encomendado esa tarea, siempre se preocupaba por todos. Tilly se lo agradecía. Era agradable saber que tenía amigos que permanecían a su lado.

—No, no, solo quería apartarme un poco —lo tranquilizó—. No me gusta estar en el centro, estoy más a gusto cerca de la puerta.

Él se quedó junto a ella, bebió un sorbo de su copa y le dijo que le pasaba lo mismo. A él tampoco le gustaba lucirse en público, prefería retirarse y dejar el protagonismo a otros.

A Tilly le costó un poco entender lo que decía porque la voz de la señora Wiesler seguía llenando la habitación. Al mismo tiempo, le sorprendía que Klippi le dedicara tanta atención esa tarde, ya que todos sabían que bebía los vientos por Marie. ¿Le habría parado ella los pies y por eso necesitaba una sustituta a corto plazo? La idea la divirtió. Pobre chico, ¿cómo podía haberse dejado llevar por una pasión tan estéril?

—… creo que fue la señora Von Hagemann la que me habló de su vocación, querida Tilly.

—De mi… ¿vocación?

Él sonrió abochornado, tal vez preocupado por si había cometido una indiscreción.

—De su interés por la medicina. Incluso mencionó que quería ser médico.

Ah, a eso se refería. Había que ver las cosas que Lisa iba contando por ahí. Y ella que pensaba que se había guardado ese sueño para sí misma.

—Bueno, por desgracia no es muy realista. Primero tendría que cursar el bachillerato y después ir a la universidad.

—¿Y qué se lo impide? —preguntó ingenuo.

Estaba a punto se señalar que para una formación de ese tipo eran necesarios unos recursos económicos que lamentablemente ahora escaseaban en el hogar de los Bräuer. Pero se quedó muda al ver a un invitado de última hora que entraba en ese momento.

¿De qué conocía a ese hombre? Su atuendo era muy poco apropiado para la ocasión, en lugar de un traje de tarde llevaba una chaqueta gris desgastada y unos pantalones marrones que parecían irle grandes. ¿Sería un artista? Sus rizos negros revueltos y la barba corta parecían indicarlo. Se acercó a las puertas del salón donde la señora Wiesler estaba pronunciando las últimas frases de su discurso. Se detuvo allí, se estiró un poco para mirar por encima de las cabezas de los invitados que tenía delante, y cogió una copa de vino espumoso de una bandeja que alguien había dejado junto a la puerta.

—Qué tipo más extravagante —dijo Von Klippstein en voz baja—. Al final resultará que solo ha subido para comer y beber gratis.

Justo entonces una figura delgada se acercó a toda velocidad y arrastró a Von Klippstein hacia el pasillo, y como Tilly estaba muy cerca de él, se la llevó consigo también.

—Se lo suplico, Klippi —susurró Kitty muy alterada—. Debe salir de aquí de inmediato. Acérquese a él y dígaselo. De inmediato. Como lo vea papá…, o incluso mamá…

Von Klippstein no entendió de quién hablaba hasta que ella señaló al desconocido con el dedo.

—Pero ¿por qué? ¿Quién es? No puedo echar a un hombre al que no conozco de nada, querida Kitty. Y menos aún de una casa ajena.

—¡Por favor, Klippi! Me moriré aquí mismo si no lo hace. Caeré redonda sobre esta alfombra persa.

Le temblaba el cuerpo de tal modo que parecía estar a punto de sufrir un ataque de nervios. Y entonces Tilly lo entendió todo.

—Venga conmigo —dijo en voz baja, y cogió del brazo a Von Klippstein para llevárselo a un aparte.

—Pero qué… qué pasa…

—Es Gérard Duchamps. ¿Entiende? El francés con el que Kitty huyó hace años.

Él la miró fijamente, y después se volvió hacia el hombre que iba vestido como un mendigo y que ahora estaba apoyado en la puerta bebiendo vino espumoso.

—Lo más probable es que cayera prisionero de los alemanes y esté de camino a Francia.

—¡Dios mío! —exclamó Von Klippstein, y carraspeó—. Qué situación tan incómoda. Pero, de acuerdo, no quiero disgustar a la dama.

Se irguió, con un leve asentimiento le dio a entender a la desesperada Kitty que cumpliría con sus deseos y cruzó el pasillo. Tilly y Kitty siguieron los acontecimientos conteniendo la respiración.

Fue muy poco espectacular. Von Klippstein abordó a Duchamps, y este se volvió hacia él con gesto interrogante. Entonces Von Klippstein se inclinó un poco, seguramente para presentarse. Duchamps también pronunció su nombre, y a continuación escuchó con calma lo que le decía su interlocutor.

—¿De qué están hablando? —gimió Kitty—. ¿Por qué no se va? Ay, mis nervios. Klippi es demasiado amable. Debería echarle con cajas destempladas. ¡Ya!

—Chisss, Kitty. Es mucho más inteligente no causar revuelo, ¿no crees?

—¿Cómo ha podido hacerme esto? —musitó con voz llorosa—. Precisamente hoy, en mi gran día. Aparece como un espíritu maligno. Una sombra del pasado. Lo ha hecho a propósito. Solo para molestarme.

Había movimiento en el salón. El público aplaudía efusivamente a la oradora y todos alzaron las copas para brindar por la joven pintora.

—¿Señorita Bräuer? ¿Dónde se ha metido? ¿Dónde está la artista?

Tilly cogió a Kitty del brazo y la llevó dentro. En cuanto Kitty vio tantas miradas clavadas en ella, su rostro dibujó una sonrisa radiante.

—¡Aquí! —exclamó alegre, y levantó el dedo como si estuviera en el colegio—. Aquí. Presente. Feliz y orgullosa. Preparada para todas las burlas. Ay, os quiero a todos.

Tilly presenció divertida su entrada triunfal en el salón, donde la señora Wiesler la estrechó contra su pecho maternal, derramó lágrimas de emoción y propuso un brindis en su honor.

—Por nuestra joven artista, descendiente de una familia de Augsburgo e hija de mi querida amiga Alicia.

Cuando Tilly regresó al pasillo, Gérard Duchamps se había ido. Ernst von Klippstein permanecía junto a la entrada con gesto angustiado y pareció alegrarse de que Tilly hubiera vuelto.

—Pobre hombre —dijo—. Me ha dado pena echarlo. Estaba usted en lo cierto, ha estado cautivo y lo han liberado hace poco.

—Pero ¿qué hacía aquí?

Él se encogió de hombros. Seguramente había visto el nombre de Kitty en el cartel.

—Es evidente que aún siente algo por ella. Figúrese, Tilly: me ha preguntado si es cierto que su marido ha caído en combate.

—Vaya —murmuró Tilly—. ¿Y qué le ha dicho?

Von Klippstein no respondió a su pregunta. En lugar de eso, le ofreció el brazo para entrar juntos en el salón.

—¿Qué ha sido de su espumoso, Tilly? Debemos brindar por la artista.

# 40

La pequeña Dodo se tapó los oídos y cerró los ojos. En el vestíbulo de la villa se oían martillazos y golpes, se despejaban rincones, se arrastraban muebles, se proferían gritos y maldiciones.

—¡Rooosaaa! —lloriqueó Henni, y extendió los brazos para que la cogiera.

Rosa Knickbein accedió a sus deseos. La niñita era extremadamente sensible a los ruidos, había sido un error entrar por el vestíbulo. Pero la lluvia había vuelto a inundar el camino del jardín y habrían tenido que secar y untar con betún tres pares de zapatos de niño.

—¡Leo! ¡Ven aquí! Deja ese martillo. ¿Me has oído?

Leo lanzó una mirada malhumorada a su niñera. Cómo no, siempre le estropeaba la diversión. Levantó el martillo lo más alto que pudo, para lo que necesitó todas sus fuerzas, y se sorprendió de que los hombres manejaran esa cosa tan pesada como si fuera una pluma.

—¡Leo! ¡No!

Rosa tardó demasiado porque para acercarse a quitarle el martillo tuvo que dejar a Henni en el suelo. Leo aprovechó para golpear una de las piezas de hierro que estaban apoyadas en la pared. Con enérgicas consecuencias. El martillo se le resbaló de las manos, el cabecero de hierro pintado de blanco cayó hacia delante, arrastró dos piezas más, y todo se desperdigó por el suelo con gran estruendo. Dos cajas apiladas con ropa de cama y mantas de lana se tambalearon pero permanecieron en su sitio.

—¡Leo! ¡Por el amor de Dios! ¡Leo! ¿Dónde estás?

Rosa estaba al borde del infarto. ¿Le había caído encima la estructura de la cama? ¿Lo había aplastado? ¿Estaba muerto? ¿Deformado para siempre?

—¡Buaaaahhhhh!

Dos peones se acercaron corriendo, contemplaron el estropicio y comentaron que el crío había tenido suerte. Con un par de movimientos volvieron a colocar los cabeceros contra la pared y le recomendaron a Rosa que tuviera más cuidado con los niños.

—¡Estamos trabajando! —añadieron a gritos mientras ella se dirigía a la escalera con los tres niños llorando—. ¡Esto no es un parque infantil!

En la amplia escalinata se encontró con Marie Melzer, que iba de camino a la fábrica. Del otro lado apareció Elisabeth von Hagemann, y la señorita Schmalzler también se acercó, alarmada por el fuerte golpe y el llanto de los niños.

—¿Qué ha hecho esta vez? —preguntó Marie cogiendo a su hijo en brazos.

Leo pegó la cara llena de lágrimas a su blusa blanca recién lavada y balbuceó sílabas que nadie entendió.

—Bu... be... me... si... ¡aaah!

Lisa levantó a Henni, que sollozaba, su cariñito, su terroncito de azúcar...

—¡Cómo se le ocurre, Rosa! —la reprendió—. ¡Los niños podrían estar muertos!

—Pero si no ha pasado nada —se quejó Rosa—. Leo solo llora porque se ha asustado.

—No —dijo Marie—. Tiene una astilla en el dedo. ¿Lo ve?

—Ay, Dios mío…

La señorita Schmalzler comentó entonces que todos los niños tienen un ángel de la guarda que los protege de lo malo. Rosa añadió en voz baja que el ángel de la guarda de Leo estaba ocupado día y noche. A Marie le costó que el pequeño, que seguía con el berrinche, volviera con la niñera. Solo logró convencerlo diciéndole que la abuela lo esperaba arriba con galletas.

—¡Ha salido a nuestro padre! —exclamó Lisa cuando la niñera se marchó con los tres.

Marie se miró la mancha húmeda de la blusa y comentó que también podía ser que hubiera salido a su propia madre.

—No tengo muchos recuerdos de ella —añadió con una sonrisa—. Pero me han contado que tenía una voluntad de hierro.

—Oh, entre los Von Maydorn también había unos cuantos que no dejaban que les dieran gato por liebre —apuntó la señorita Schmalzler—. A menudo me acuerdo de la época en que viví en la finca de Pomerania y el difunto barón Von Maydorn llevaba la batuta.

Lisa ya tenía la cabeza en el trabajo. Por suerte, las paredes divisorias de madera ya se habían retirado y partido en trozos, en invierno se utilizarían como combustible para las estufas. ¡Ojalá llegaran pronto los camiones para recoger las camas y los colchones! Se repartirían por distintos hospitales y lo que sobrara se entregaría a familias sin recursos. La ropa de cama y las mantas se las llevaría la Cruz Roja, así como otros muchos objetos: cubos, orinales, cuencos, pisteros y muletas de madera. Por el momento, todo eso se apilaba en la entrada.

—Ha sido un trabajo encomiable —dijo Eleonore Schmalzler, que también miraba hacia el vestíbulo—. Pero lo único que deseo ahora mismo es ver esta sala en su estado original una vez más.

Lisa le dio la razón. Ya faltaban pocos días. Sin embargo, hasta entonces quedaba mucho trabajo por hacer. Para empezar, las tareas de limpieza. El precioso suelo de mármol se encontraba en un estado deplorable.

—¿A qué se refiere con «una vez más», señorita Schmalzler? —preguntó Marie.

El ama de llaves aún caminaba erguida, pero de un tiempo a esa parte había adelgazado de manera alarmante, y en las manos le asomaban gruesas venas azuladas. Eleonore Schmalzler acababa de cumplir setenta años.

Miró a Marie y a Elisabeth con sus inteligentes ojos grises. Esa mirada todavía conseguía penetrar en lo más profundo de las personas, aunque Lisa pensó que el iris se le había empañado también en los últimos meses.

—Tiene usted buen oído, señora Melzer —dijo, y sonrió pensativa—. ¿Recuerda nuestra primera conversación? Han pasado casi cinco años desde que una muchachita tímida y delgada se presentó para el puesto de ayudante de cocina. Ay, enseguida supe que tenía algo muy especial. Y no me equivocaba.

—Entonces sentía un enorme respeto por la imponente ama de llaves —comentó Marie con una sonrisa.

—¿Y ahora? —preguntó Eleonore Schmalzler.

—Ahora la sigo considerando el puntal de la villa. No sé qué haríamos sin usted.

—Bueno —dijo la señorita Schmalzler—. Las dos sabemos que ha llegado el momento de despedirse.

Marie guardó silencio y Elisabeth la imitó. Claro que lo sabían. Habían hablado muchas veces con Alicia sobre la señorita Schmalzler y habían acordado ofrecerle un lugar en la villa para su jubilación. Además de la casita en la que vivía Auguste con su familia, había otros dos edificios pequeños. Se acondicionaría uno de ellos con dos habitaciones, estufas, una cocina, una buhardilla y un pequeño jardín. En caso de necesidad, la cocina de la villa podría ocuparse también de ella, o podría seguir sentándose a la mesa con los demás...

—Nosotros no nos planteamos una despedida, señorita Schmalzler —dijo Elisabeth.

Le gustó que hubieran pensado en ella. A medida que Marie le explicaba lo que habían planeado, los ojos se le iluminaron de felicidad. Estaba profundamente agradecida a la familia, se sentía tan unida a ellos como si fueran sus propios parientes.

—Pero he decidido marcharme de Augsburgo, señora Melzer...

—¿Quiere dejarnos? —preguntó Elisabeth con cara de susto—. No puede hacernos eso, señorita Schmalzler. ¡Siempre ha estado aquí, desde que tengo uso de razón!

—Han pasado muchos años, señora Von Hagemann. Y la edad no perdona.

—Pero ¡qué dice! Tiene un aspecto magnífico. Solo está un poco fatigada por el trabajo en el hospital. Pero eso se acabó.

—Sí, eso se acabó —repitió el ama de llaves con suavidad—. En otoño me iré a casa de mi sobrino, en Pomerania. De allí es de donde provengo, de la finca de los Von Maydorn. He ahorrado algo de dinero y quiero ayudar a la familia de mi sobrino. Tengo ganas de volver a ver aquel paisaje, ¿sabe? Seguro que lo recuerda. Antes solían pasar los veranos allí con su madre y sus hermanos.

Lisa miró a Marie con ojos suplicantes. Quería marcharse a Pomerania. Pero ¿acaso su hogar no estaba allí, donde había vivido y trabajado durante más de cuarenta años? Además, el hermano de mamá, el tío Rudolf, había fallecido hacía unas semanas, y la tía Elvira estaba pensando en vender la finca.

—Claro que me acuerdo —dijo—. Es precioso. Pero debería pensarlo bien, señorita Schmalzler. Dentro de poco la finca ya no pertenecerá a los Von Maydorn, y la familia de su sobrino…

Sintió la mano de Marie en el brazo y se calló. ¿Qué estaba diciendo? La señorita Schmalzler había tomado una decisión, y la conocía lo bastante como para saber que era una decisión meditada.

—Si me lo permiten, debo volver al trabajo —dijo el ama de llaves con amabilidad, como si nada hubiera pasado.

—Pues claro, señorita Schmalzler.

Marie suspiró. La familia tendría que sentarse a deliberar, pues varios empleados dejarían pronto la villa. Humbert planeaba viajar a Berlín y quería llevarse a Hanna con él. Auguste y su marido pretendían comprar una parte del parque y sembrar una huerta. Y ahora también el ama de llaves.

—No creo que resulte muy difícil encontrar nuevos empleados —comentó Lisa.

—No, no se trata de eso —dijo Marie en voz baja—. La cuestión es si podremos permitírnoslos. La situación de la fábrica en estos momentos es cualquier cosa menos buena. Debemos transmitirle con delicadeza a mamá que en el futuro vamos a tener que arreglárnoslas con menos personal.

Elisabeth asintió. Pobre mamá, tendría que renunciar al estatus al que estaba acostumbrada. En cualquier caso, ella deseaba ser profesora cuanto antes y eso supondría un gasto menos para la familia.

—Hasta el mediodía —dijo Marie, y bajó las escaleras con prisa.

Lisa la siguió con la mirada, la vio deslizarse entre cajas y estructuras de cama hacia la salida, detenerse allí un momento para intercambiar unas palabras con Tilly, y después abrir una de las preciosas puertas talladas.

En la entrada había una dama. Seguramente había tocado la campana, pero nadie la había oído debido al ruido de la sala. Lisa reconoció de inmediato el sombrero negro pasado de moda con la pluma de garza y el traje de terciopelo verde. El paraguas verde con el ribete negro tampoco le era desconocido.

Riccarda von Hagemann parecía tener prisa. Apenas dedicó un instante a saludar a Marie Melzer, y el sombrero con la pluma de garza enfiló el vestíbulo en zigzag en dirección a Elisabeth.

Lisa tuvo un mal presentimiento. Hacía más de un año que no había visto a sus suegros, concretamente desde el día de aquella desafortunada discusión con Klaus en su antiguo hogar de Bismarckstrasse. Desde entonces no había vuelto a pisar aquella casa ni había pagado el alquiler. ¿Pretendería Riccarda von Hagemann presentarle ahora una factura desorbitada? Sintió que el miedo crecía en su interior. ¿Tendría que responder por las deudas de sus suegros?

Riccarda von Hagemann se detuvo a varios pasos de ella, apoyó el paraguas cerrado en el suelo y miró a Elisabeth sin disimular su desprecio.

—Ha llegado el momento —dijo—. Ya que decidiste romper tus votos matrimoniales, deberías concretar los detalles con mi hijo.

Elisabeth la miró fijamente. Aquella mujer tenía cierto aire de pájaro de mal agüero, ¡llevaba los reproches escritos en el rostro! «Romper tus votos matrimoniales.» Qué moral tan exagerada.

—Me encantaría —respondió—. ¿Han podido contactar con él?

—Regresó a Augsburgo ayer a primera hora y se ha instalado con nosotros.

—Bien —dijo Elisabeth con frialdad—. Entonces avisaré a mi abogado. El señor Grünling concertará una cita con él.

—En mi opinión, es mejor que hables tú misma con Klaus.

Al parecer lo consideraba importante, ya que lo dijo asintiendo con la cabeza, y la pluma de garza se balanceó adelante y atrás. «Seguramente espera que su precioso hijito me disuada de mi propósito con su encanto y sus artes persuasivas», se dijo Lisa.

—No creo que sea necesario. No veré a Klaus hasta que estemos ante el juez. Ese será también nuestro último encuentro.

Riccarda entrecerró los ojos y apretó los labios. ¿Era rabia? ¿Acababa de frustrar Elisabeth su última esperanza?

—¡Quiero que te presentes ante él, Elisabeth!

Algo en aquella frase la hizo ponerse en guardia. Qué testaruda era aquella mujer. ¿La habría enviado Klaus? Elisabeth no lo creía posible. A su marido se le podían reprochar muchas cosas, pero no era el tipo de hombre que enviaría a su madre a solucionar un problema.

—Lo siento muchísimo, querida Riccarda —dijo Elisabeth con falsa cortesía—. Pero no cumpliré tus deseos. Y ahora te agradecería que dejaras de importunarme.

Riccarda resopló con fuerza. ¿Estaba temblando? La pluma de su sombrero vibraba en el aire.

—Te… te lo ruego, Elisabeth —balbuceó—. Te lo pido por favor. También por ti. Es posible que algún día te arrepientas de tu inclemencia.

Sonaba patética, Lisa estaba convencida de que era todo teatro. Sin embargo, dudó. Su suegra nunca le había pedido nada. Y en realidad… ¿Qué tenía de malo volver a ver a Klaus? No cambiaría nada, y quizá le diera la oportunidad de llegar a un acuerdo amistoso.

—Aguarda aquí. Voy a por el abrigo. Y un paraguas.

El paraguas resultó ser innecesario porque Humbert se había dado cuenta de lo que se proponía y le preguntó si quería que las llevara. Lisa accedió. Sabía de sobra que él buscaba cualquier excusa para no trabajar en el vestíbulo, y le concedió ese tiempo libre.

—No vamos a Bismarckstrasse. Gire a la izquierda. Allí delante, otra vez a la izquierda…

«Ajá. Así que han dejado aquella casa tan cara y se han trasladado», pensó Elisabeth. «Claro, sin el dinero de la nuera no les alcanzaba para el alquiler y las deudas acumuladas.»

Riccarda hizo parar a Humbert cerca de Milchberg, y Elisabeth le pidió que la esperara en el coche. No tenía intención de estar mucho tiempo dentro.

La nueva residencia de los Von Hagemann se encontraba en el segundo piso de una casa estrecha y apretujada entre otros edificios. Sin duda no era una vivienda acorde con la posición de una familia noble, pero seguramente se correspondía con sus posibilidades económicas. Un gato gris atigrado se les apareció de un salto en el portal, les bufó y se deslizó por su lado hacia el callejón. En la escalera olía a sopa de col y madera enmohecida. La puerta del retrete en el entresuelo estaba entreabierta y los goznes crujieron cuando pasaron por delante. Al llegar a la puerta de la vivienda en el segundo piso, Elisabeth tuvo que respirar hondo por lo rápido que habían subido, pero también porque los olores de la casa le repugnaban. Riccarda von Hagemann sacó un manojo de llaves del bolsillo de su chaqueta y abrió la puerta.

—Entra y espera en el pasillo hasta que te llame —le ordenó su suegra.

Elisabeth lamentó haber sido tan indulgente. ¿Por qué se había dejado convencer? Ahora estaba en un pasillo mohoso obedeciendo las instrucciones de su suegra. ¿Realmente necesitaba aquello? Ay, qué tonta era, siempre caía en la misma trampa…

Riccarda von Hagemann había desaparecido en el cuarto contiguo, en el que ahora se oían voces. Elisabeth se estremeció. No cabía duda de que era Klaus. Qué tranquilo estaba, hablaba muy despacio y en tono impasible. Le extrañó. A fin de cuentas, estaba a punto de hablar con su esposa, decidida a divorciarse. Lisa esperaba algo más de tensión. Pero, por lo visto, con el tiempo se había vuelto indiferente. Seguramente ya tenía otros planes, tal vez cierta señorita de Bélgica esperara un compromiso inminente...

Se abrió la puerta y Riccarda von Hagemann le hizo un gesto para que entrara. Elisabeth observó el saloncito, reconoció sus cortinas y una preciosa cómoda que también había sido suya. Entonces vio a su marido. Estaba junto a la ventana y le daba la espalda.

—Klaus —dijo su madre—. Mira, he encontrado el abrecartas...

Elisabeth no entendió el porqué de aquellas palabras hasta más tarde. Durante los siguientes segundos se quedó paralizada por el espanto y no fue capaz de pensar en nada. Klaus se había vuelto hacia ella. Su rostro era una máscara lila atravesada por líneas oscuras. La boca no tenía labios, la nariz era una protuberancia y los ojos estaban hundidos en dos profundos huecos oscuros. Tenía parte del cráneo quemado, el pelo le había desaparecido y el cuero cabelludo era una herida rosácea.

Klaus necesitó un momento para comprender que su madre había utilizado una treta para que se mostrara ante su invitada. ¿La había reconocido? ¿Veía siquiera? ¿O se había quedado ciego?

—¿A qué viene esto, madre? ¿Por qué lo has hecho? —se quejó—. Te he dicho que no quiero ver a nadie...

Elisabeth tuvo que apoyarse en el marco de la puerta, temblaba como una hoja. ¿Era una pesadilla lo que estaba viviendo? ¿Una cruel alucinación?

Él se había dado la vuelta de nuevo y Elisabeth vio que se tapaba el rostro con las manos.

—Puedes estar satisfecha, Elisabeth —dijo Klaus con amarga ironía—. ¿No es sublime el castigo que me ha impuesto la providencia? El seductor desfigurado. El hombre de la máscara de hierro. Qué romántico, ¿verdad? Al parecer, hay damas que incluso se enamoran de rostros grotescos como el mío…

Le temblaron los hombros. ¿Se reía? ¿O era un sollozo histérico?

—Para ya —dijo Elisabeth—. No seas tan cínico. Lo… lo siento muchísimo.

—Ahórrate la compasión, no la necesito. Nos veremos ante el juez, tesoro. Y después nunca más. Nunca jamás. Tal como tú querías.

Elisabeth no supo qué responder. En su interior bullía una espantosa mezcolanza de horror, compasión, asco, culpabilidad y mil sentimientos más. Se tambaleó varios pasos hacia atrás, después se quedó en el pasillo perpleja, intentando recuperar el aliento.

—Quería que lo supieras. ¡Y ahora largo! —le dijo Riccarda von Hagemann, y cerró la puerta del salón.

# 41

Por la mañana, Alicia Melzer había dicho que el vestíbulo de la villa nunca había lucido tanto como tras aquella renovación. Habían retirado las últimas cajas, y las estancias del servicio que habían hecho las veces de salas de tratamientos y enfermería volvían a cumplir su función original. Dos días antes los pintores habían desatornillado los estantes y los ganchos de las maltratadas paredes y habían aplicado una nueva capa de pintura. Alicia había deliberado con Kitty y Marie acerca del color, y tras algunas discusiones se habían decantado por un delicado verde claro. Daba una sensación de frescor primaveral y conjuntaba con los marcos dorados de los cuadros, los armarios tallados de madera de roble y las dos cómodas sobre las que colgaban los espejos ovalados. Todas las mujeres de la familia Melzer solían realizar una última inspección ante uno de aquellos espejos antes de salir de la villa.

Esa tarde, Gustav y Humbert colgarían los cuadros y colocarían los muebles en su sitio. Pero antes había que limpiar a fondo el suelo y tratarlo con un aceite especial para que el mármol recuperara su viveza original.

—Vosotras frotad aquí delante, yo empezaré por allí —ordenó Auguste—. Y tened cuidado de no rayar más el mármol.

Hanna dejó el cubo lleno en el suelo y enseguida la reprendieron. Con delicadeza, que dejaba marcas. Y nada de limpiar con el estropajo. De rodillas y con un trapo.

—¿También tenemos que besar el precioso suelo? —gruñó Else, que había tenido la precaución de coger cojines para las rodillas.

—Chisss, Else —susurró Hanna—. Ahí viene la señorita Schmalzler.

Else, que siempre era valiente cuando no había peligro, se encogió de hombros y se dirigió con su cubo hacia las puertas de la terraza. Había perdido todo el respeto a la señorita Schmalzler, sobre todo desde que sabía que estaba a punto de jubilarse.

—Humbert —llamó el ama de llaves—, reparta este líquido en tres frascos pequeños y déselos a las mujeres. Es para la suciedad incrustada, hay que frotarlo despacio y después aclararlo con agua.

Llamaron a la puerta. Humbert cogió el producto y salió corriendo a abrir al cartero. Llevó el montón de cartas a la cocina para clasificarlas, y después le puso a Hanna la botella con el líquido milagroso delante de las narices.

—¡Toma! Busca tres frascos vacíos en el armario y llénalos con esto. Y… ah, sí, tienes una carta. ¡Vaya, de Petrogrado!

Hanna se secó las manos en el delantal y se metió la carta en la blusa. Después cogió la botella del espeso líquido blanco y se lo llevó a la despensa. Entornó la puerta y encendió la luz, una bombilla colgada del techo que apenas iluminaba los estantes repletos.

De Petrogrado… Pero esta vez la dirección estaba escrita a máquina. «Hanna Beber.» ¿Por qué escribía «Beber» y no «Weber»? Tenía los dedos hinchados de fregar, así que le costó abrir el sobre. Entonces se detuvo porque el corazón le latía con tanta fuerza que se mareaba. Ay, estaría enfadado porque no había ido. Había intentado enviarle una carta, pero en la oficina de correos le dijeron que la dirección estaba incompleta. Y en el banco por los mil rublos solo le daban tres marcos y cincuenta peniques, así que prefirió conservar el billete. Como recuerdo.

Sacó la carta del sobre con tanta torpeza que rasgó una esquina. Al desdoblarla, las letras se desvanecieron ante sus ojos. Letras a máquina. De grosor irregular. La «e» apenas se veía, pero la «o» casi taladraba el papel. Arriba, a la derecha, se leía su propia dirección. Al otro lado, la fecha: «8 de mayo de 1919».

*Señorita Hanna Beber*
*Augsburgo*
*Casa Melzer, «Villa de las Telas»*
*Junto al Proviantbach*
*Germania*

Estimada Hanna Beber:

Mediante esta carta le comunico que a partir del día de hoy no mantendré ningún tipo de contacto con usted.

Por deseo de mis padres, me casaré con una joven rusa y serviré a la República Socialista Federativa Soviética de Rusia con todas mis fuerzas.

Atentamente le saluda

GRIGORIJ SHUKOV
Oficial del ejército soviético

Debajo de la última línea estaba escrito con tinta el nombre de Grigorij en alfabeto cirílico. Clavó la mirada en las escasas líneas y las leyó una y otra vez. «Ningún tipo de contacto... una joven rusa... a la República Soviética con todas mis fuerzas...» Una vez superado el primer dolor, se dijo que era mejor así. De todas formas no tenía intención de ir a Petrogrado. «Una joven rusa...» Eso no hacía falta que lo supiera. ¿Por qué se lo contaba?

Levantó la hoja y la sostuvo delante de la bombilla. Allí

donde la máquina había tecleado una «o», la luz se colaba por el agujero. Si Grigorij tenía una máquina de escribir con alfabeto latino, ¿por qué le había escrito a mano la primera carta? ¿Y por qué de pronto se expresaba tan bien en alemán? No había ni un solo error en todo el texto. Solo ese estúpido «Beber».

Entonces se dio cuenta de que Grigorij no había escrito aquella carta. Alguien la había redactado y se la había dado para que la firmara. ¿Lo habría hecho voluntariamente o lo habrían obligado? Dio rienda suelta a su imaginación. Grigorij en prisión, las manos y los pies atados con cadenas de hierro. Grigorij inconsciente y sangrando en el suelo. «Si te casas con esa fulana alemana será tu fin. Los alemanes han incendiado nuestros pueblos, han apaleado a los campesinos, han violado a las muj...»

—¡Hanna! —se oyó la estridente voz de Auguste desde el vestíbulo—. ¿Dónde te has metido, holgazana? ¿Crees que queremos hacer todo el trabajo nosotras solas?

—Ya voy —respondió—. Estoy rellenando los frascos.

—¿Qué ha dicho? —chilló Else, que últimamente no oía bien.

—¡Se habrá metido en la despensa a rezar salmos!

Hanna volvió a guardar la carta en el sobre y lo dobló varias veces. Después se lo escondió en el bolsillo del delantal para echarlo al fuego en cuanto pudiera. Cuando por fin rellenó los frascos con el apestoso líquido blanquecino y los repartió, recibió miradas de enfado.

—Te has tomado tu tiempo, ¿eh?

Guardó silencio y se puso a trabajar. Era entretenido limpiar el mármol sucio, dedicar todas sus energías a esa actividad y que el esfuerzo no le permitiera pensar. Cuando las marcas negras se resistían, vertía un poco del líquido blanco y frotaba hasta que desaparecían. El dibujo del suelo era bonito. Se parecía a las alfombras que había arriba, en las estancias de los señores. Una secuencia infinita de rombos y estrellas, círculos, garabatos, cuadrados... Era fácil perderse en ellos.

Hacia las once, el suelo estaba limpio y reluciente gracias a la capa de aceite de linaza que después habría que frotar con trapos viejos. En la cocina, la señora Brunnenmayer había preparado café y bocadillos con intención de que todos cogieran fuerzas para las tareas que los esperaban.

—¡Qué me dices! —exclamó Auguste dando una palmada—. Pero si ha venido la señorita Jordan. La señora directora del orfanato de las Siete Mártires nos honra con su visita.

Hanna habría preferido estar a solas con Humbert, ya que era el único a quien había confiado sus preocupaciones. Pero aquel día Humbert estaba inquieto porque por la noche actuaría en el cabaret. Un número importante, le había dicho. Veinte minutos para él solo.

—Cómo voy a olvidarme de mis viejos amigos —dijo Maria Jordan, que ya tenía delante una taza de café con leche—. Serví en esta villa durante más de quince años.

Se sentaron con ella y se pasaron la cafetera. La señorita Jordan elogió el trabajo de los empleados, dijo que el suelo del vestíbulo relucía más que nunca. Entonces quiso saber si era cierto que la señorita Schmalzler se jubilaba.

—¡Vaya si lo es! —exclamó Auguste—. Si te das prisa puedes presentarte al puesto de ama de llaves, Jordan.

Else soltó una risita y la señora Brunnenmayer le dirigió a Auguste una mirada de reproche. ¡Eso no podía decirse ni en broma!

—Gracias —repuso Maria Jordan en tono mordaz—. Estoy bastante satisfecha con mi puesto actual y no tengo intención de cambiar. Es una labor tan agradecida...

—Esos pobres chiquillos indefensos —murmuró Else.

—La guerra ha dejado a muchos niños huérfanos —prosiguió la señorita Jordan sin inmutarse—. Es una auténtica bendición que la Iglesia administre este tipo de instituciones. Si supierais las historias tan tristes que han vivido esas criaturas dignas de compasión…

Al escucharla, causaba sorpresa lo bien que conocía a sus protegidos. Uno de los chiquillos había perdido a su padre en la guerra y su madre había muerto de pena; a una niña la había llevado su tía al orfanato porque su nuevo amante le había echado el ojo a la sobrinita…

—Es muy importante que esos niños reciban una educación moral sólida.

—No hay duda de que usted es la persona indicada para ello —dijo la cocinera con sequedad.

Maria Jordan enmudeció un instante y la escudriñó con la mirada. Como esta no dijo nada más, explicó que se entregaba a la tarea en cuerpo y alma.

—Pero ten cuidado no vayas a acabar como tu predecesora —comentó Auguste con una sonrisa burlona—. La señorita Pappert debe de seguir en la cárcel.

La señorita Jordan hizo caso omiso del comentario y cogió un delicioso bocadillo de paté de hígado que la señora Brunnenmayer había adornado con pepinillos en vinagre picados.

—Si tan ocupada está, señorita Jordan —comentó el ama de llaves con el ceño fruncido—, ¿cómo es que tiene tiempo de venir a almorzar con nosotros? ¿Quién está cuidando de sus protegidos?

La directora masticó pensativa y después dijo que había salido para realizar unos trámites oficiales y solo había parado en la villa un ratito. Los niños estaban a cargo de un ayudante voluntario.

—Mira tú por dónde —dijo Auguste con sarcasmo—. Un ayudante voluntario.

—Seguro que es joven y apuesto —añadió Else con malicia.

—O un viejo verde —bromeó Humbert, y se puso a brincar por la cocina con las rodillas dobladas y la espalda encorvada.

Todos se echaron a reír, parecía un mono.

—En absoluto —replicó Maria Jordan con una calma gélida—. Es Sebastian Winkler, el antiguo director. La semana pasada salió de prisión, en silencio y en secreto, sin causar revuelo. Y como el pobre hombre no sabía adónde ir, lo acogí en el orfanato.

Hanna no comprendió de inmediato las circunstancias, y a Else también le llevó un rato, pero los demás fueron más rápidos. Auguste, que tenía la lengua más ágil que nadie, fue quien lo comentó.

—Muy hábil, señora directora. Haces trabajar gratis al pobre hombre mientras tú sales a pasear y a tomar café.

—Duerme en el orfanato, y también se le da comida —se defendió ella—. Para alguien que acaba de salir de la cárcel con lo puesto es un auténtico golpe de suerte.

Añadió que lo había acogido por pura caridad cristiana, y que incluso había puesto en peligro su empleo, ya que se trataba de un delincuente político.

—Qué buena persona es usted, señorita Jordan —dijo el ama de llaves con una sonrisa tan amable que nadie habría pensado que estaba siendo irónica.

Los bocadillos desaparecieron del plato. Auguste les informó de que por fin habían comprado un terreno, un prado entre dos riachuelos que hasta entonces había pertenecido a la fábrica Aumühle. Todas las máquinas de la nave estaban paradas, al igual que en otras muchas empresas. Era casi un milagro que la fábrica de paños siguiera produciendo, pero a la joven señora Melzer siempre se le ocurría algo. Ahora estaban elaborando tela de papel para decorar las paredes.

Auguste no comentó que habían intentado comprar un trozo del terreno de los Melzer pero que la respuesta fue negativa. Seguramente Alicia Melzer habría preferido cortarse el meñique antes que desprenderse de una parte del parque.

—Lo que se ha propuesto Gustav es ambicioso —comentó Else—. Espero que lo consiga pese al pie de madera.

—Mejor un pie de madera que una cabeza de serrín —replicó Auguste con maldad—. Y en un par de años los muchachos y la niña podrán ayudar.

—Uy, sí, la pequeña Liesel. Y su madrina, la señora Von Hagemann, también podría contribuir. Se emocionó mucho cuando le pusiste su nombre —comentó Maria Jordan al tiempo que cogía la cafetera para servirse media taza más. Pero estaba vacía, solo le cayeron posos.

Auguste se había puesto colorada. Ya era un secreto a voces que el padre de Liesel no era Gustav sino otro hombre. Quizá por eso esperaba que la huerta saliera adelante lo antes posible, para no depender de los Melzer.

—La señora Von Hagemann tiene otras preocupaciones en estos momentos —se defendió.

—Ha regresado, ¿verdad? —dijo la señorita Jordan sin segundas intenciones.

—¿Quién?

—El apuesto mayor. Del que Elisabeth quiere divorciarse.

—Ah, ese…

Auguste les aseguró que no tenía ni idea. Corrían todo tipo de rumores, pero no se había confirmado nada.

Todas las miradas se dirigieron a Humbert, él era el mejor informado sobre esos asuntos. Naturalmente estaban al tanto de que unos días antes había llevado a Riccarda von Hagemann y a su nuera a la ciudad. Cuando le preguntaron más tarde, solo dijo que había esperado fuera y no se había enterado de nada.

—¿Y qué? ¿No ha contado nada? ¿Ni siquiera a sus padres? —inquirió Maria Jordan.

Humbert arqueó las cejas y adoptó la expresión de arrogancia e indiferencia de un mayordomo inglés.

—No acostumbro a espiar a los señores, señorita Jordan —dijo con voz gangosa.

—Dios mío —dijo Maria Jordan con un gesto de irritación—. ¡Qué criados tan perfectos! Discreción por encima de todo. Menos mal que tengo mis propios informantes.

Se recostó en la silla y dirigió una sonrisa de suficiencia al resto. Efectivamente, sabía algo que los demás desconocían, y se moría de ganas de contarlo. Pero se haría de rogar, por supuesto.

La señorita Schmalzler se levantó y anunció que el almuerzo había terminado y era hora de volver al trabajo. La señora Brunnenmayer también se puso de pie, cogió la cafetera e indicó con un gesto a Hanna que llevara las tazas y los platos al fregadero. Auguste y Else se quedaron sentadas, les picaba la curiosidad. Humbert tampoco se movió de su sitio; no le gustaba que Maria Jordan fuera contando cosas que no todos los que estaban en la cocina tenían por qué saber.

—A ver, ¿qué informantes son esos? No serán espías... —se burló Auguste.

—Tonterías. Me lo ha contado la hermana Hedwig. Los Von Hagemann la llamaron porque era enfermera en el hospital.

—Esa Hedwig es una chismosa de cuidado.

—¿Quieres saberlo o no?

—¡Cuéntalo de una vez!

Maria Jordan hizo una pausa para asegurarse de que todos la escuchaban. Entonces, ignorando las miradas de advertencia de Humbert, prosiguió:

—Está desfigurado —susurró—. Tiene un aspecto espantoso. Como una calavera. Recibió un impacto en la cara. Tiene el pelo quemado, ha perdido la nariz, los ojos...

—¡Ya basta! —exclamó Auguste, y se tapó los oídos—. Eso es mentira, Jordan. ¡Te lo estás inventando, bruja!

—¡Me da igual que no te lo creas!

Maria Jordan se cruzó de brazos y disfrutó de la reacción que había causado su noticia. Casi todos la miraban espantados, solo Humbert parecía furioso. Así que él ya lo sabía. Y Auguste —quién lo habría dicho— se echó a llorar. Vaya, vaya…, al parecer el apuesto Klaus le gustaba más de lo que daba a entender.

—Creo que debería ocuparse de sus tareas como directora del orfanato, señorita Jordan —le dijo Eleonore Schmalzler muy seria, y añadió con dureza—: Y preferiría no volver a verla por aquí.

Humbert observó con gran satisfacción que a Maria Jordan se le alargaba el rostro y la barbilla se le afilaba aún más. Se levantó en silencio, cogió su sombrero y se lo encasquetó.

—Le deseo una feliz jubilación, señorita Schmalzler. Por suerte ya no queda mucho, ¿verdad?

Con esas palabras se dio la vuelta y se marchó. La oyeron cerrar la puerta tras ella.

Auguste seguía hecha un mar de lágrimas y ahora buscaba con la mirada a Humbert, al que le habría gustado escabullirse pero no encontró el valor para hacerlo.

—Entonces, ¿es verdad? —preguntó con un hilo de voz, y lo miró suplicante.

Él asintió en silencio.

—¡Dios mío! —se lamentó Auguste, y rompió a llorar de nuevo—. ¡Espero que no haga ninguna tontería! No sería el primero que…

Se secó la cara con la manga y salió corriendo.

Humbert se pasó la mano por el pelo y sacudió la cabeza como si quisiera librarse de los malos pensamientos.

—Precisamente hoy tenía que venir aquí esa cotilla —refunfuñó—. Me ha puesto de mal humor. Y esta noche tengo que hacerlo bien. ¿Vendrás, Hanna? ¿Y tú también, Fanny? ¡Os he reservado dos entradas!

—Claro que iremos, Humbert. Y antes te desearemos suerte.

Hanna aprovechó el momento de desconcierto. Se acercó al fuego, abrió la tapa y tiró la carta dentro.

—A los artistas no se les desea suerte, Hanna, sino mucha mierda.

# 42

Esa mañana Marie no tenía buen aspecto. «No me extraña», pensó mientras se examinaba las ojeras. Se había pasado la mitad de la noche discutiendo con dos hombres y luego permaneció en vela hasta la madrugada. Se peinó y se cubrió la cara con polvos, pero su aspecto no mejoró mucho. ¿De dónde habían salido esas arruguitas de la frente? También tenía algunas junto a los ojos. ¿Con veinticuatro años ya era una mujer mayor?

«Es por la larga espera», pensó. La preocupación. Una herida en el hombro. Fiebre. ¿Seguiría vivo? ¿O hacía tiempo que había...? No, no quería creerlo.

Se sujetó el pelo en la nuca y volvió a mirarse en el espejo. Seguía siendo guapa. Cuando Paul regresara, no notaría ningún cambio en ella y se mostraría tan enamorado y cariñoso como siempre. Si es que regresaba.

Había hecho de tripas corazón: dejó a un lado sus reservas sobre la oferta de Von Klippstein y se la expuso a su suegro. Johann Melzer manifestó su entusiasmo de inmediato; al parecer llevaba tiempo esperando en secreto que Von Klippstein les prestara ayuda económica. Sin embargo, su deseo de convertirse en socio le gustó un poco menos. La noche anterior habían discutido largamente en el salón de caballeros de la villa. Johann Melzer propuso la fórmula de la obligación, Von

Klippstein quería participar en la dirección de la fábrica, y Marie trataba de mediar entre ambos. Incluso se habló de convertir la fábrica en una sociedad anónima, como habían hecho tiempo atrás otras empresas de Augsburgo, pero al final los dos comprendieron que, dada la catastrófica situación económica, una operación de ese tipo no era en absoluto aconsejable. Los periódicos estaban llenos de noticias acerca de la «paz infame» que se había visto obligada a firmar Alemania en Versalles. ¿Para qué tanto sufrimiento y tantas muertes? ¿Para qué tantas víctimas? ¿Y todo el heroísmo de la lucha por la patria? Todo había sido en vano. Los responsables de aquella desgracia habían huido como cobardes y habían dejado a la gente en la estacada cuando más los necesitaban. Su suegro y Von Klippstein estuvieron a punto de enfadarse porque el prusiano, a pesar de todo, seguía siendo fiel a su emperador y al alto mando del ejército, mientras que el industrial Melzer afirmó rotundo que eran todos unos estúpidos y unos criminales. Habían engañado a la población con sus empréstitos de guerra, les habían dejado con lo puesto, les habían quitado hasta los anillos de boda. Les habían hecho creer que algún día se lo devolverían todo con ganancias. Cuando vencieran al enemigo y este les pagara reparaciones. ¿Y quién pagaba ahora esas reparaciones? Los alemanes. Y eso significaba que la economía alemana tardaría años en levantar cabeza.

Marie terminó enfadándose. ¿Estaban allí para lamentarse de que la economía alemana no tenía futuro? Si todo el país pensara así, nadie movería un dedo. Precisamente entonces necesitaban ideas nuevas, valor, espíritu emprendedor y, por supuesto, capital. Recibió la aprobación de ambos, eso era lo que pensaban, y ella lo había formulado de forma muy acertada. Von Klippstein levantó la copa y aseguró que era una mujer excepcional, que su amigo Paul podía considerarse afortunado. Johann Melzer explicó con una sonrisa satisfecha que su nuera tenía la cabeza dura pero que hasta el momento sus ideas habían dado resultados inmejorables en la fábrica. Marie los dejó hablar y se alegró cuando por fin llegaron a un acuerdo sensato. Conservarían el nombre Fábrica de paños Melzer, y Von Klippstein se convertiría en socio, recibiría un sueldo y participaría de los beneficios. El pacto se selló con un apretón de manos, y en los próximos días todo se pondría por escrito y se firmaría. Después comprarían las materias primas que tanto necesitaban y pondrían en marcha la producción. Naturalmente, Marie ya había diseñado patrones nuevos y actuales, encargarían los rodillos de estampado y dejarían fuera de combate a la competencia gracias a la modernidad de sus ideas.

¡Ojalá fuera tan fácil! Después de que Von Klippstein se despidiera de ella —con el acostumbrado y respetuoso beso en la mano— y Johann Melzer subiera a su dormitorio, las preocupaciones ocuparon los pensamientos de Marie. ¿Y si no conseguían vender las telas? ¿Y si los costes de producción se comían los beneficios? ¿Y si los trabajadores seguían en huelga y reclamaban sueldos cada vez más altos?

Acababa de tomar la firme decisión de no permitirse tener más pensamientos negativos cuando Kitty apareció en el pasillo. Marie sabía que su cuñada había acudido a una función de cabaret junto con Lisa y Tilly, pero ya hacía rato que Lisa había regresado.

—¿Marie? —susurró Kitty mientras se acercaba a ella—. Vaya por Dios. Sigues despierta. ¿Has estado discutiendo con Klippi y papá hasta ahora? ¡Pobrecita! Estás pálida y pareces cansada…

Llevaba los zapatos en la mano y caminaba de puntillas; estaba claro que esperaba llegar a su habitación sin que nadie la viera.

—Sí, hemos estado negociando hasta ahora. ¿Y tú? ¿De dónde vienes tan tarde?

—¿Yo? —preguntó Kitty, y se llevó el pelo detrás de la oreja—. Ya sabías que iba al cabaret con Lisa y Tilly. ¡Ay, Marie! Ojalá hubieras venido con nosotras. ¡Ha sido fantástico! ¡Y Humbert! Qué artista. Es increíble, al principio ni siquiera lo he reconocido. Ha imitado al emperador, y a nuestro nuevo alcalde…, e incluso a la actriz Asta Nielsen, ese ha sido su gran éxito.

En realidad Marie estaba demasiado cansada para interrogarla. Además, Kitty era adulta y podía cuidar de sí misma. O eso esperaba. Y en cuanto a Humbert, bueno, todo indicaba que iban a perderlo. Era triste, aquel joven tan peculiar se los había ganado a todos. Pero debía seguir su vocación.

—¿Has ido después a casa de Tilly? ¿Está mejor tu suegra?

Kitty la miró con sus enormes ojos sinceros, sin comprender nada. No, no había estado en casa de Tilly. Lisa la había acompañado justo después de la función porque su madre todavía sufría esa terrible bronquitis que ahora le afectaba al corazón.

Marie no dijo nada. Se le caían los ojos de cansancio, pero estaba claro que Kitty quería contarle algo. Algo que tenía que sacarse de dentro porque de otro modo no se quedaría tranquila en toda la noche.

—Sí, figúrate… Después del cabaret he salido por ahí.

—¿Ah, sí? ¿Tan tarde? ¿Y adónde se puede ir a estas horas?

Kitty esbozó una sonrisa angelical y le explicó que en el centro había varios cafés pequeños muy agradables donde además de café se podía tomar alguna otra cosa después de medianoche.

—Hemos bebido vino espumoso. Incluso champán.

—¿Hemos?

—Pues claro —dijo con una indignación comedida—. ¿No pensarás que he ido a un café yo sola?

Marie se sintió un poco mareada, tal vez se debiera a la

falta de sueño que trataba de disimular. O a la incipiente preocupación por que Kitty se abandonara a una vida frívola y bohemia y fuera a cafés oscuros frecuentados por hombres extraños.

—No pongas esa cara, Marie —susurró con suavidad, y le acarició la mejilla—. Mi querida Marie. Mi amiga del alma. Mi única confidente.

«Dios mío», pensó Marie. «Ahora solo puede venir una terrible confesión. Ojalá estuviera ya en la cama...»

—He estado con... con Gérard —musitó Kitty.

—Con... ¿con quién?

Marie no entendía nada. ¿Se refería a Gérard Duchamps? No podía ser verdad.

—No creas que lo he hecho a propósito, Marie... Ha sido pura casualidad. Estaba en el cabaret a dos asientos de distancia, ¿no te parece extraño? Y tenía mucho mejor aspecto que el día de mi exposición. Aquel día iba desgreñado y harapiento como un salvaje, daba miedo verlo.

Le contó que Gérard Duchamps la había abordado después de la función y le había propuesto ir a un café y ponerse al día. Lo más probable es que no la hubiera perdido de vista desde la exposición en casa de la señora Wiesler. Era increíblemente insistente. ¿Qué se pensaba? Era francés, ¿de verdad creía que lo recibiría con los brazos abiertos? ¿O solo esperaba una aventura con la arrebatadora Kitty?

—Ha cambiado por completo, Marie. Estuvo a punto de morir en el hospital, y fue testigo de muchas miserias en la guerra. Me ha dicho que es algo que no se puede contar, que hay que lidiar con ello en solitario. Y figúrate, está peleado con su familia. Lo han desheredado. No tiene recursos de ningún tipo, pero no quiso aceptar mi dinero, bajo ningún concepto. Incluso pagó el vino. Y no... claro que no pasó nada entre nosotros. ¿Cómo iba a pasar? Solo había mesitas e incómodos asientos de felpa de un color rojo horrible.

Marie cada vez estaba más mareada. Por hoy ya era suficiente...

—¿Y qué pasará ahora? Con vosotros dos, quiero decir.

Kitty sonrió ensimismada y se encogió de hombros. Ah, eso lo diría el futuro.

—Me ha dicho que Alfons Bräuer era una persona maravillosa. Antes de la guerra, Gérard tuvo tratos ocasionales con el banco Bräuer, por eso lo conocía.

Marie la agarró de los brazos llevada por un impulso.

—Eres adulta, Kitty. Toma las riendas de tu vida. Haz caso a tu corazón si crees que debes hacerlo. Pero no olvides que tienes una familia y una hija pequeña. Y que todos te queremos mucho.

—Ay, Marie, mi Marie...

Kitty se abrazó entre sollozos a su cuñada, le susurró al oído que sabía que la entendería y, una vez halló consuelo, se fue por fin a su cuarto.

Cuando Marie entró en el comedor a la mañana siguiente, Alicia y Elisabeth estaban desayunando. A juzgar por la expresión de ambas, la conversación entre ellas no era demasiado agradable. Aun así se esforzaron por saludar a Marie con una amable sonrisa.

—Buenos días, mi querida Marie —dijo Alicia—. Qué pálida estás. ¿Te dieron mucho la lata los dos hombres anoche?

—Al contrario, mamá —bromeó—. Cuando acabé con ellos, se fueron agotados a la cama.

Elisabeth descabezó un huevo pasado por agua y le puso sal. Alicia sonrió al oír la broma de Marie pero dijo que no creía que hubiera sido para tanto, ya que Johann había desayunado temprano y se había marchado a la fábrica. Ni siquiera se había parado a echar un vistazo al *Augsburger Neuesten Nachrichten*.

—Normal —comentó Elisabeth mientras Marie se sentaba en su sitio y desdoblaba la servilleta blanca—. Lo que se lee estos días no es precisamente edificante. Todos se abalanzan como buitres sobre nuestra pobre Alemania.

—Si pretendes cambiar de tema con ese comentario, me temo que no te servirá de nada —dijo Alicia—. Insisto, Elisabeth. Hay ciertas reglas que una dama de buena familia debe respetar. Incluso hoy en día. Una de ellas es no frecuentar locales como los cabarets. Y en caso de hacerlo, entonces siempre en compañía de un caballero.

Ah, por ahí iban los tiros. Marie cogió un bollito de pan; ya podían comprarse, aunque a un precio cuatro veces superior. Todo se encarecía a una velocidad alarmante. Ernst tenía toda la razón: era un error dejar el dinero en el banco.

—Éramos tres —repuso Elisabeth.

—¡Eso no cambia las cosas, Lisa!

Marie captó la mirada de disgusto que le dirigió Elisabeth, y se disponía a intervenir para apaciguar la situación cuando Lisa estalló.

—Si de verdad quieres saberlo, mamá, sí que me acompañaba un hombre. ¿Estás contenta?

Marie abrió el bollito y untó las dos mitades con mermelada. Bebió un trago de café y esperó en silencio a la pregunta que inevitablemente vendría a continuación.

—¿Y puede saberse quién era? Sigues oficialmente casada con Klaus von Hagemann, no te olvides.

Lisa metió la cucharita de nácar en la cáscara de huevo y la dejó en posición vertical.

—Seguro que no se me olvida, mamá. Pienso en ello día y noche, puedes estar segura. Pero ayer fue el señor Winkler quien me acompañó.

Alicia respiró profundamente, era evidente que tenía mucho que decir. Pero se sirvió otro café, le puso leche y azúcar, y guardó silencio. Marie sabía de sobra lo que opinaba Alicia sobre la amistad de Lisa con el profesor Sebastian Winkler.

No la consideraba adecuada para su posición social. Si una mujer se separaba de un hombre de la nobleza, lo menos que podía hacer era no rebajarse hasta el punto de dar el sí a un simple maestro de escuela. Pero, claro, ahora todo había cambiado. Las jóvenes tenían ideas «modernas», llevaban faldas por encima del tobillo y se cortaban el pelo. Así pues, qué valor podían tener las opiniones de una madre que, tal como Kitty había comentado sin miramientos unos días antes, se había quedado anclada en el siglo pasado.

—¿El señor Winkler? —preguntó Marie—. ¿El antiguo director del orfanato de las Siete Mártires? Me han hablado muy bien de él. ¿Ha encontrado ya otro trabajo?

—Me temo que no. Aquí ninguna escuela quiere contratarlo. Está muy disgustado.

—Bueno —intervino Alicia—. Si el señor Winkler, tal como se ha dicho, posee habilidades pedagógicas, el Estado tendrá buenas razones para negarle un empleo…

Elisabeth no respondió al comentario. Era inútil discutir con sus padres sobre política. La república ya les parecía un problema. Una república consejista supondría para ellos la decadencia definitiva de la patria.

—¿Dónde se ha metido Kitty? —preguntó Alicia—. No la oí llegar a casa. Esa muchacha es sigilosa como un gato.

—¿Kitty? —dijo Lisa con una sonrisita—. Creo que aún duerme como una marmota.

—Pues las ocho y media es una hora más que decente para bajar a desayunar —repuso Alicia mostrando su descontento—. Aunque se haya trasnochado el día anterior. Marie también…

Se interrumpió porque sonó el teléfono en el despacho. Dudó un instante si levantarse a contestar. Pero en ese momento Humbert entró a traer el correo y le encargó que cogiera el aparato.

—Por supuesto, señora.

—¡Estuvo usted fantástico anoche, Humbert! —exclamó Elisabeth—. Casi nos morimos de risa.

Él hizo una breve reverencia al pasar, como un servicial mayordomo, pero los ojos le brillaban. Éxito. Un éxito total. Le habían aplaudido durante varios minutos y le hicieron salir una y otra vez. Ahora sabía que los aplausos eran la felicidad absoluta, una felicidad adictiva.

—Muchas gracias, señora.

Alicia soltó otro largo suspiro. Mientras hojeaba la pila de cartas, le dirigió una elocuente mirada a Marie. Así no podían seguir, tendrían que contratar a otro lacayo, parecía decirle. Qué triste que aquel joven se jugara un empleo seguro por actuar en un cabaret…

Oyeron a Humbert hablar por teléfono en la estancia contigua, y después reapareció en el comedor.

—La señorita Lüders le pide que vaya a la fábrica lo antes posible —le dijo a Marie.

—Gracias, Humbert. ¿No ha dicho nada más?

—No, señora. Solo que se dé prisa.

¿Habrían discutido de nuevo los dos caballeros y necesitaban una mediadora? Marie se levantó y bromeó diciendo que jamás se libraría de los espíritus que había invocado.

En el pasillo se encontró con Humbert, que la estaba esperando, y comprendió que en el comedor solo le había contado parte de la verdad.

—Será mejor que la lleve en coche, señora. Están sucediendo cosas extrañas.

—Por todos los cielos, ¿qué ha pasado?

—La señorita Lüders ha mencionado un asalto. Dice que ha avisado a la policía. Y que el señor director está desesperado.

Marie arrancó su sombrero del perchero y ni siquiera se detuvo a ponerse una chaqueta. Tampoco era necesario, el sol de agosto calentaba con fuerza.

—¿Un asalto has dicho? Pero eso es ridículo.

¿Otra huelga de los trabajadores? ¿Habrían conseguido entrar en el despacho de su suegro? ¿Lo estarían amenazando? Pero si Von Klippstein estaba allí. ¿No era el tipo de hombre que solventaba situaciones como esa?

Tuvo que esperar un rato a la salida del parque hasta poder tomar la carretera. Pasaron varios camiones en dirección a la ciudad; levantaban nubes de polvo amarillento de los arcenes que envolvían a los vehículos.

Humbert comenzó a toser. Avanzaron un trecho a través de la nube de polvo y un poco más adelante vieron la fábrica.

—¿Qué está pasando ahí? —murmuró Marie.

Las puertas estaban abiertas de par en par. A la izquierda de la entrada había cuatro camiones a la espera de que los cargaran. Los que ya estaban llenos utilizaban el carril derecho para salir de los terrenos de la fábrica.

—Para detrás de los camiones, Humbert.

—¡Si me lo pide, entraré hasta el patio, señora!

—No. Me bajo aquí.

—Entonces espere. Iré con usted.

Nadie les prestó atención. Cuando se acercaron a la puerta envueltos en una nube de polvo, los camiones cargados siguieron rugiendo impasibles. En la entrada alguien les preguntó a gritos qué se les había perdido allí.

—Es la señora Melzer —dijo la voz asustada del portero—. Es quien dirige…

El camión que tenían detrás arrancó y pasó junto a ellos en dirección al patio de la fábrica. Lo que estaba sucediendo allí era tan incomprensible que al principio Marie creyó estar teniendo una pesadilla.

Un ejército de trabajadores acarreaban piezas de metal hasta las cajas de los camiones. Piezas grandes y pequeñas, las pesadas las llevaban entre varios, otras diminutas las habían recogido en cubos. Manivelas brillantes, ruedas dentadas, bielas montadas sobre mecanismos, barras relucientes, cadenas, tubitos impregnados de aceite. Marie tardó un instante en comprender que estaban desmontando pieza por pieza las selfactinas, las tejedoras y las estampadoras, y las estaban cargando en los camiones.

—Están... están robando las máquinas —balbuceó Humbert—. No puede ser... No pueden hacer eso...

Marie intentó reconocer a alguien entre la muchedumbre. ¿Aquel no era Von Klippstein, junto a la entrada del edificio de administración? Estaba de espaldas y hablaba acaloradamente con otro hombre.

—¡Ven! —le ordenó a Humbert, y se abrió paso entre los trabajadores.

Él la siguió pisándole los talones, preocupado por que le pasara algo y al mismo tiempo con miedo a meterse en una pelea o algo parecido. Podía ser muchas cosas, pero desde luego no era un héroe.

Antes de alcanzar a los dos hombres, Marie tuvo una sospecha. ¿Sería posible? Desde luego, no de forma honesta. ¿Qué había dicho Lisa? Como buitres...

—¡Es ilegal! —oyó que decía la voz iracunda de Von Klippstein—. No tiene derecho a desmontar estas máquinas. Hay convenios. Estas actuaciones están reguladas por contrato.

—*We don't care, Mr. Klichen... You lost the war, so you will pay the debt...* Pagan... porque han perdido esta guerra... Así es la vida, *my boy.*

—¡La policía se encargará de este asunto!

—*We are not afraid of the German police...* Hemos comprado *machines...* Con contrato, *signed by Mr. Melzer...*

—Solo puede tratarse de una falsificación. El director Melzer jamás les habría vendido las máquinas...

—¡Yo puedo confirmarlo! —exclamó Marie a plena voz—. ¡Incluso puedo declararlo bajo juramento!

El hombre con el que discutía Von Klippstein llevaba un

traje de corte extraño y el sombrero ladeado, de forma que le caía en diagonal sobre la frente. Estaba gordo y la cara le brillaba de sudor.

—*Who are you?*

—Este es míster Jeremy Falk, de Greenville, en América —le dijo Von Klippstein a Marie, indignado por la falta de educación del estadounidense. Entonces se volvió hacia Falk—. La señora Marie Melzer, nuera del director y gerente adjunta de la empresa.

—*I am very sorry, Mrs. Melzer* —dijo el hombre obeso sin dirigirle a Marie ningún saludo o al menos quitarse el sombrero—. *The game is already over...* Pena, pero ya todo terminado...

En ese momento oyeron un grito. Un alarido desesperado.

—¡No! Desgraciados, no os llevaréis mis máquinas. Las máquinas que construyó Jakob. Mis máquinas no... No se os ocurra...

—Por el amor de Dios —susurró Marie—. ¡Es papá! ¿Dónde está?

Von Klippstein echó a correr y se adentró en el caos del patio. Un grupo de trabajadores se había arremolinado; otros hablaban, dejaban sus bultos en el suelo y señalaban.

—¡Un médico! ¡Llamad a un médico! —gritó alguien.

Marie apartó a los hombres tirándoles de las mangas y clavando los codos para llegar al centro del grupo. Allí, Von Klippstein se había arrodillado junto a una figura tumbada en el suelo con los brazos extendidos y las manos extrañamente retorcidas. Marie reconoció el traje de verano gris claro, los zapatos grises de cordones, y el reloj de muñeca de plata con correa de cuero del que tan orgulloso estaba su suegro.

Se acercó, se arrodilló junto a él y vio su semblante pálido. De su boca medio abierta caía un hilo de sangre.

—Todavía respira —oyó decir a Von Klippstein—. ¿Dónde tiene el coche? Tenemos que llevarlo al hospital...

Marie captó una mirada de los ojos casi cerrados de Johann Melzer. Un simple destello, quizá un último gesto, o puede que una simple reacción del iris ante la muerte que se le extendía por el cuerpo.

—¡Humbert! —gritó Von Klippstein—. ¡Humbert! ¿Dónde se ha metido? Traiga el coche, rápido.

Su voz se ahogó bajo el ruido de un motor, el conductor del camión que tenían al lado había arrancado.

—*I'm so sorry, Mrs. Melzer* —dijo alguien muy cerca de Marie—. *We didn't touch him. He just fell down...*

Apenas lo oyó. Posó la mano sobre el rostro de Johann Melzer, le acarició la frente en un delicado gesto de despedida y le cerró los ojos. Marie lloraba. Pero en medio de aquel alboroto de gritos y motores nadie se dio cuenta.

## 43

—Se acaba una era —dijo la esposa del director Wiesler con voz temblorosa—. Mi más sentido pésame, querida…

Abrazó a Alicia Melzer y después se llevó el pañuelo a los ojos para secárselos rápidamente. El director estrechó la mano de Alicia en silencio y asintió varias veces, como si ya le hubiera expresado su compasión y solo tuviera que ratificarla. Alicia sonrió agotada, le dio las gracias y atendió al siguiente invitado que se disponía a darle el pésame. Siempre las mismas palabras: «Muchísimas gracias. Qué bien que hayan venido. Se lo agradezco de todo corazón. Sí, es un duro golpe para todos nosotros. Sí, ha sido completamente inesperado. Muchas gracias. Las flores entrégueselas a Humbert, por favor. Sí, esta tarde, justo después…».

Habían instalado la capilla ardiente de Johann Melzer en el vestíbulo de la villa. El ataúd abierto descansaba sobre un catafalco negro bajo una tenue luz azulada, rodeado por ocho velas sobre candeleros de plata. Las gruesas cortinas tapaban las puertas de cristal que conducían a la terraza, y Alicia también había ordenado que se cubrieran todos los espejos con paños oscuros. Johann Melzer reposaba rodeado de encaje blanco, con gesto severo y las manos juntas, envuelto en un mar de flores.

—Se lo debemos a nuestros amigos —había dicho Alicia—. Los Melzer son una institución en Augsburgo, Johann siempre le dio mucha importancia a eso. Todos deberían venir a despedirse de él.

Marie estaba asombrada de la serenidad con la que Alicia había aceptado la muerte de su marido, a cuyo lado había vivido tantos años felices, pero también difíciles. Seguramente se reprochaba el distanciamiento que había entre ellos, y que quizá habrían podido solucionar con un poco más de comprensión por parte de ambos. Marie sabía que Alicia había amado a su esposo. Ahora, en la tristeza más profunda, estaba siendo fuerte. Había consolado a sus hijas, que estaban desoladas, había hablado con los empleados y se había encargado junto con Marie de organizar el funeral.

El propio señor Falk se había asustado con el incidente. Tras cierta confusión, ordenó que pusieran al hombre inconsciente en la caja de uno de sus camiones. En ese momento solo Marie sabía que Johann Melzer ya había pasado a mejor vida, pero no se opuso a las órdenes de Falk. Más tarde, cuando los médicos del hospital confirmaron su muerte, llamó a Alicia. A Kitty tuvieron que ir a buscarla a la ciudad, había ido de compras, y a Lisa la encontraron en el orfanato con Sebastian Winkler.

Alicia insistió en velar a su marido durante la noche anterior al entierro, como era costumbre. Nadie la contradijo. El padre Leutwien administró la extremaunción y permaneció largo rato junto al ataúd, absorto en la oración. Después, Kitty, Elisabeth y Marie se turnaron para sentarse junto a Alicia en aquellas sillas incómodas, contemplaron fijamente el rostro cerúleo del difunto y sintieron la oscuridad del enorme vestíbulo sobre sus espaldas. La señorita Schmalzler y Fanny Brunnenmayer también cumplieron con la tradición durante unas horas, y después se encargaron de servir café, té y agua regularmente. Pocos habitantes de la villa durmieron aquella noche, incluso los tres niños estaban intranquilos y lloraban.

Los primeros dolientes se presentaron a partir de las once del día siguiente: notables de la ciudad, amigos y conocidos, también obreros y empleados de la fábrica. Una vez transmitían sus condolencias a los familiares y entregaban sus flores, subían al primer piso para saludar a los demás y tomar un pequeño tentempié.

Humbert trabajaba sin descanso, disponía las flores junto al ataúd, llevaba y traía bandejas con café y aperitivos a las distintas estancias, buscaba gafas y bolsitos olvidados y mientras trataba de responder a numerosas preguntas.

—Serán cotillas —se quejó en la cocina, donde la señora Brunnenmayer preparaba huevos con mostaza y tostadas de jamón con la ayuda de Auguste.

Hanna y Else se encargaban de fregar, se necesitaban muchísimas tazas, copas y platitos.

—¡Ay, el alcohol! ¡Al difunto señor Melzer le gustaba mucho el coñac! —susurró Humbert con voz de señora mojigata. Después adoptó el tono grave de los caballeros del ayuntamiento—: La fábrica está definitivamente en quiebra, ¿no es cierto? —Y sin ninguna transición, imitó a la señora Von Sontheim—: No entiendo por qué la señora Von Hagemann no se ha divorciado todavía.

Else se secó los ojos con el trapo de cocina. ¡Qué mala podía ser la gente! ¡La fábrica en quiebra! Eso sí que les gustaría.

—De haber sabido para qué limpiamos y arreglamos con tanto esmero el vestíbulo… Ahí está, rígido y mudo en su ataúd. Y el lunes todavía me llamaba la atención por arrastrar los pies…

La señorita Schmalzler entró en la cocina vestida de negro de pies a cabeza y con un lazo de luto en el pelo. Se había puesto polvos y un poco de carmín para disimular la palidez de su rostro después de la noche en vela. Sonrió a las mujeres de la cocina para animarlas. Como en sus mejores tiempos.

—Todo está saliendo muy bien. La señora Melzer está muy satisfecha de que hayan acudido tantas personas. Tenemos que dar lo mejor de nosotros mismos para mantener la reputación de la villa de las telas. También en estos momentos de tristeza. Precisamente ahora, queridos...

—¡Ay! —gritó Auguste, y se llevó el índice ensangrentado a la boca—. Jesús, Fanny, sus cuchillos están afilados como navajas...

—Eso te pasa por hacer tonterías.

La señorita Schmalzler buscó a Humbert con la mirada.

—El alcalde Von Wolfram y su esposa acaban de llegar. En el salón faltan copas y una jarra de agua fresca.

—Enseguida, señorita Schmalzler.

Humbert se deslizó junto al ama de llaves y fue capaz de subir las copas por la escalera de servicio sin que tintinearan lo más mínimo. Era mucho más rápido que el montacargas, que de todos modos estaba lleno de vajilla usada.


Hacia la una, la afluencia de dolientes menguó un poco, ya que muchas familias comían a esa hora. El bochorno entumecía el cuerpo y la mente. El calor había secado la tierra, había zonas en las que incluso se había levantado, algunos de los riachuelos más pequeños ya no llevaban agua, y solo los viejos árboles del parque, cuyas raíces penetraban a mucha profundidad, resistían la sequía sin una hoja amarilla.

—El cielo está encapotado —le dijo Ernst von Klippstein a Marie—. Espero que no haya tormenta.

—Bah —comentó Kitty con amargura—. A papá le habría divertido que lo enterraran con rayos y truenos. Cómo se habría reído al ver a toda esa gente empapada...

—Es muy posible —intervino Marie, y rodeó a Kitty con el brazo—. Esta vez nos llevaremos los paraguas por si acaso, ¿de acuerdo?

Kitty asintió y se apretó contra Marie. Había pasado la mayor parte de la noche en el cuarto con su cuñada, hablando y llorando sin parar, y también soltando alguna risita tonta. ¡Ay, papá! Qué rápido se había marchado. Ni siquiera pudo despedirse de él.

—Tendrían que encerrar a ese estadounidense. ¿Cómo se llamaba? James Fork o algo así. Da igual. Un maldito impresentable. Un asesino miserable.

—Chisss, Kitty —le susurró Marie al oído—. Ahora no, aquí no.

—¿Por qué? —sollozó Kitty—. A papá le habría gustado. De haber podido, habría derribado a ese tipo de un puñetazo. Así, y solo así, es como hay que tratar a esa gente, en el Salvaje Oeste no conocen más que la pura violencia.

Marie sabía que no tenía ningún sentido llamar al orden a Kitty, así que le acarició el pelo y le dio un beso en la mejilla. Ernst von Klippstein estaba a su lado con gesto compungido; el comentario de Kitty había hecho mella en él. Se reprochaba no haber actuado con más decisión cuando Jeremy Falk entró en la fábrica. Confió en la policía, a la que había alertado la secretaria. Trataba de evitar una escalada de tensión. Y había fracasado estrepitosamente.

—Mira, Kitty —dijo Marie—. Ahí vienen Tilly y su madre. ¿Quieres saludarlas?

—Ay, sí. —Kitty suspiró—. Será mucho más agradable que soportar a esos cuervos del ayuntamiento, que lo único que hacen es graznar «mi más sentido pésame» una y otra vez.

Von Klippstein se quedó junto a Marie.

—Quería decirle algo, Marie —comenzó a hablar con voz apagada—. Mi decisión de entrar en la empresa como socio sigue en pie. Mantengo mi palabra. Y ahora permaneceré a su lado como director de la fábrica. Sobre todo ahora, Marie.

—Se lo agradezco mucho.

Ocultó su malestar tras una sonrisa amable. Era fácil adivinar lo que sucedería a partir de entonces. Ella no podría dirigir la fábrica sin la autoridad de Johann Melzer, que la apoyaba aunque no siempre fuera de buen grado. Necesitaba a Von Klippstein para que los trabajadores la aceptaran, además de su dinero para que la empresa sobreviviera. Pero ¿se sometería él a sus propuestas? ¿Defendería las decisiones que ella tomara? ¿La ayudaría a poner en práctica ideas nuevas y audaces? Quizá sí. Pero antes o después exigiría que se le recompensara por ello.

Paul. ¡Ojalá regresara pronto! Se sentía desfallecida, indefensa, sin ánimo ni esperanza. Pero debía ser fuerte. ¿Quién quedaba para luchar por la supervivencia de la fábrica? Solo ella. Toda la responsabilidad recaía sobre sus hombros.

Hacia las dos, el calor se hizo sofocante, el cielo estaba cubierto por una pálida neblina, a lo lejos se oían los primeros truenos. En el vestíbulo se habían presentado seis hombres fuertes vestidos de negro enviados por la funeraria. Llevarían a hombros al que había sido el señor de la villa, a través del parque y hasta la carretera. Allí los esperaba un carruaje que trasladaría el ataúd al cementerio de Hermanfriedhof, donde Johann Melzer había adquirido un panteón familiar varios años antes.

Fue conmovedor ver cómo levantaban el ataúd cerrado y lo conducían hacia la salida con paso lento y solemne. Marie había rodeado a Alicia con el brazo, por precaución; Kitty y Elisabeth iban de la mano, y Tilly sujetaba a su madre, muy afectada por esta pérdida.

—Qué ceremonioso. Ha venido incluso el alcalde. Cuánta pompa… A tu pobre padre tuvimos que enterrarlo en la intimidad —musitó Gertrude Bräuer.

—Mamá, por favor…

—¿Es o no es verdad?

—¡Chisss!

Cuando el ataúd pasó por su lado, Gertrude dijo en voz alta:

—Era un hueso duro de roer, pero era un buen amigo… El mejor que hemos tenido jamás.

Entonces Gertrude se echó a llorar y a Tilly le costó mucho calmarla.


Afuera, los truenos eran cada vez más audibles, hacia el oeste un manto negro parecía cubrir la ciudad, se veían relámpagos aislados. De vez en cuando, un viento cálido levantaba polvo y hojas marchitas, formaba remolinos fantasmales en los senderos del parque y después los dejaba caer de nuevo. Una larga comitiva de personas vestidas de negro avanzaba lenta y solemne detrás del ataúd, la mayoría sumidas en una profunda tristeza, solo algunas miraban preocupadas hacia el cielo una y otra vez. Humbert, que seguía al cortejo en último lugar, había cerrado la puerta de la villa. No había quedado nadie dentro, todos los empleados seguían a su señor en su último paseo, incluso Rosa y los tres niños los acompañaron hasta las puertas del parque.

Elisabeth y Kitty caminaban junto a Alicia justo detrás de los portadores del ataúd, y a Lisa le pareció que su madre había empequeñecido un poco. Y eso que se mantenía erguida, con la espalda recta y la cabeza alta, tal como había aprendido de niña en la finca de los Von Maydorn. Lisa envidiaba su porte sereno. Ella se había encerrado en su habitación, vencida por la tristeza. A diferencia de Kitty, que se echó al cuello de Marie, no era propio de ella confiarse a otras personas. Lisa había llorado sola en su almohada. Nadie de la villa habría podido consolarla. El único capaz, el único al que habría permitido ofrecerle palabras de ánimo y consuelo, no podía acercarse a su familia.

Ese día solo había visto a Sebastian cuando se acercó a ella vestido con un traje prestado y le expresó sus condolencias con la formalidad que requería la situación. Durante un instante temió que perdieran la compostura. Lisa vio un estremecimiento en sus brazos, quería abrazarla pero no se atrevía. Ella también estuvo a punto de lanzarse a su pecho, pero las convenciones fueron más fuertes y se habían limitado a estrecharse la mano.

Ahora caminaba muy atrás en la comitiva, junto con los trabajadores de la fábrica. ¿Habría sentido él lo mismo? Y si así era, ¿qué pensaba, qué sentía ahora?

Apartó esos pensamientos y trató de concentrarse en la solemne ceremonia. Dios mío, en ese ataúd estaba papá. Lo había perdido… para siempre. Nunca más se sentaría en su despacho. Ni desayunaría con ellas mientras hacía bromas gruñonas. Nunca más la rodearía con el brazo…

Un fuerte trueno hizo que todos se sobresaltaran. Cuando los relámpagos brillaron como un zigzag resplandeciente en el cielo se vieron rostros preocupados. Un golpe de viento zarandeó los viejos árboles e hizo crujir las hojas, dos sombreros salieron volando, rodaron por el camino polvoriento y alguien los atrapó.

—Ya estamos llegando —dijo alguien—. ¡Gracias a Dios! Bajo estos árboles es fácil que nos caiga un rayo.

En la mente de Lisa reinaba la confusión. ¿Cuándo había sido? ¿La semana pasada? ¿O antes? ¿Por qué recordaba justo en ese momento la conversación que había tenido con su padre?

—No tiene nada, Lisa. Y yo no puedo darte una segunda dote.

—¿A quién le importa? Trabajaremos.

—Si es que encuentra empleo…

—¡Entonces trabajaré yo por los dos!

—Eso será cuando hayas terminado la formación. ¿Cuándo la empiezas?

—¡Pronto!

—En ese caso, ¡os deseo paciencia!

—¡Muchas gracias!

—¿Por qué eres tan obstinada, Lisa? Eres una chica lista. ¿Qué es lo que no te gusta de mi propuesta?

—¡Todo, papá!

El féretro había llegado a la puerta y la comitiva se disolvió poco a poco. Los más miedosos corrieron a casa, otros asistieron a los esfuerzos de los hombres para subir el ataúd al carruaje. Fue complicado porque los caballos estaban inquietos con la tormenta y el coche se balanceaba con fuerza.

Rosa y Else regresaron rápidamente a la villa con los niños; los demás empleados esperaron hasta que el carruaje se puso en marcha y después volvieron también.

La familia y los amigos más íntimos se dirigieron al cementerio. Lisa se sentó junto a su madre en el asiento trasero del coche, conducido por Humbert, y otros automóviles los siguieron en el lento trayecto. Justo detrás iba Klippi, que llevaba a Tilly y a Gertrude Bräuer, así como a la señorita Schmalzler y al doctor Greiner. Lisa no distinguía quién iba en los otros coches, pero era de suponer que nadie había invitado a Sebastian Winkler. Y no iba a recorrer andando el largo camino hasta el cementerio; al fin y al cabo había perdido un pie y llevaba una prótesis. Lo más probable era que hubiera decidido regresar al orfanato.

«Papá tenía razón. No tiene nada y nadie lo respeta. En este mundo no basta con ser una persona decente», pensó afligida.

La prolongada ceremonia estaba siendo una tortura. Era increíble la fortaleza con la que su madre soportaba todo aquello. En el cementerio se había congregado un gran número de personas para despedirse de Johann Melzer. Los caballos estaban asustados y tironeaban del carro, a los portadores casi se les resbaló el ataúd. Mientras tanto, los truenos retumbaban en el cielo como en un barril vacío, caían rayos, y las nubes negras se amontonaban sobre las cabezas.

Se aceleró el ceremonial con la intención de terminar antes de que comenzara a llover. Los hombres acarrearon el ataúd a una velocidad casi indigna, por poco atropellaron a una anciana que iba con su regadera a la fuente, y lo dejaron sobre los tablones que cubrían la tumba. Lisa sintió que la mano helada de Kitty rozaba la suya y agarró los dedos de su hermana. El viento tironeaba de las ropas del sacerdote. Cuando levantaba los brazos, Lisa tenía la impresión de que quería echar a volar como un pájaro. Entonces vio que Marie abrazaba a Alicia, y oyó los fuertes sollozos de Kitty. Habían retirado los tablones y el ataúd descendía sujeto con dos cuerdas.

Comenzó a llover mientras estaban ante la tumba abierta y Alicia lanzaba un puñado de tierra. Al principio solo fueron algunas gotas gruesas, pero al poco el agua cayó en tromba, y fue una suerte que Klippi hubiera cogido un paraguas por si acaso. Sobre ellos parecieron estallar rocas de granito, y los relámpagos iluminaron las lápidas durante varios segundos con tanta intensidad que podía leerse cada letra grabada en ellas. Después todo volvió a sumirse en una oscuridad gris bañada por la lluvia.

—Manténgase cerca de mí —oyó decir a Klippi—. Mi coche está justo en la entrada del cementerio.

A Lisa le daba igual mojarse. A su alrededor, los dolientes corrían apresurados hacia la salida, los paraguas flotaban ante ella, sombreros y abrigos protegían los peinados. Entonces reconoció vagamente a tres figuras que avanzaban en dirección opuesta. Les estaba resultando difícil, tenían que esquivar a los que huían y salir al césped para que no los atropellaran.

—¡Lisa! —gritó Kitty—. ¿Por qué te quedas ahí parada?

Eso era asunto suyo. Siguió a los tres visitantes bajo la lluvia torrencial sin saber muy bien por qué lo hacía.

Riccarda von Hagemann y su marido se situaron ante la tumba abierta de Johann Melzer, se dieron la mano y se asomaron a la fosa. Lisa vio que Christian von Hagemann le decía algo a su esposa y ella asintió. Klaus estaba detrás de sus padres, llevaba el sombrero calado y un paraguas.

No esperaban encontrarse con Elisabeth y levantaron la cabeza, perplejos, cuando se dirigió a ellos. Klaus se apartó, no quería que viera su rostro desfigurado.

—Seguro que hoy has oído estas palabras numerosas veces —le dijo Riccarda—. Pero no hay muchas más opciones para expresar lo que se siente en momentos como este. Te acompañamos en el sentimiento, Elisabeth.

Les dio las gracias, estrechó las manos que le tendían. Finalmente Klaus también se volvió hacia ella. Sujetaba el ala del sombrero con la mano, como si quisiera calárselo aún más.

—Han sucedido muchas cosas, Lisa —dijo—. Desearía poder empezar de cero. Pero es demasiado tarde.

No estaba segura de si lo decía en serio. En ese momento descargó un trueno sobre ellos, como si el cielo quisiera avisarle.

—Tengo una propuesta, Klaus. Escúchame con calma y después tendrás tiempo de pensarlo y decidir.

# 44

—¡Chisss!

La estúpida puerta emitió un crujido. Dodo asomó la cabeza por la rendija y trató de distinguir algo en la penumbra.

—¡Quita! —dijo Leo tras ella, y le tiró del vestido.

—Déjame...

—¡No podemos mirar ahí dentro!

La puerta volvió a crujir porque Leo pasó junto a su hermana. En el cuarto de la abuela apenas había luz, las cortinas estaban cerradas. Se distinguía la cama de matrimonio con los adornos dorados, al lado los contornos del tresillo, el tocador con los tres espejos móviles y la cómoda con superficie de mármol. La abuela parecía muy pequeña en esa cama tan grande. Estaba tumbada de espaldas y tenía la tez muy pálida.

—¿Está muerta? —susurró Leo.

—No —musitó Dodo—. Está durmiendo la siesta. Tiene migraña.

—Con eso se puede morir.

Dodo se llevó el dedo a la sien para indicarle que estaba loco. Su hermano era tontísimo.

—Pero si respira. Fíjate...

Leo entrecerró los ojos y comprobó que el pecho de la abuela subía y bajaba a intervalos regulares. No sabía si eso lo ponía alegre o triste. Más bien alegre. Aunque la muerte era un misterio que lo tenía fascinado.

—¡No podemos despertarla! —dijo Dodo muy seria, como hacían los adultos—. ¡La abuela necesita descansar!

Leo resopló. Dodo siempre lo sabía todo. «No podemos entrar en la despensa. No podemos pintar con los pinceles de mamá. No podemos arrancar hojas de las plantas de la galería...» Las niñas se creían muy listas.

—Igual se despierta sola —reflexionó.

—Sí, más tarde —susurró Dodo—. Ha prometido jugar con nosotros a papás y mamás.

Leo cerró despacio la puerta del dormitorio. Esta vez crujió más fuerte. No tenía ningunas ganas de jugar a ese estúpido juego. Siempre le tocaba hacer de papá. O de hijo. Y ninguna de las dos cosas era divertida. Él prefería ser ladrón. O pirata. Pero a eso solo jugaban con mamá, y ella nunca tenía tiempo.

—¡No puedes hacer eso!

Él se volvió bruscamente hacia ella y se puso el índice sobre los labios. Dodo enmudeció, lo miraba con los ojos muy abiertos. Estaba prohibido entrar en ese cuarto. Rosa se lo había dicho muchas veces. Nadie podía entrar excepto la abuela. Y Else, que a veces lo limpiaba. Pero nadie más. Ni siquiera mamá.

Leo había decidido hacer de ladrón. Bajó la manija y se apoyó contra la puerta. No quería abrirse.

—Está cerrada con llave —susurró Dodo a su espalda—. ¿Lo ves?

Un auténtico ladrón no se contentaba con un «lo ves». Leo empleó todas sus fuerzas, empujó la puerta con el hombro, y de pronto cedió. Casi se cayó dentro de la habitación, y con él Dodo, que se le había agarrado.

Los recibió un olor raro. A alfombra, a cortinas, a ropa de cama y un poco al abuelo. Eso que colgaba del armario seguramente era su levita.

—No podemos estar aquí —susurró Dodo, pero lo siguió con mucha curiosidad hacia el reino de lo prohibido.

Las cortinas de color azul claro solo estaban echadas a medias, de manera que se veía el cielo gris y cargado. Todo estaba como si el abuelo siguiera con ellos. La cama llena de cojines, los periódicos y los libros apilados en la mesilla, incluso sus gafas de leer. Sus zapatillas descansaban sobre la alfombrilla de pelo suave, y se oía el fuerte tictac del despertador redondo. El abuelo lo necesitaba para despertarse por la mañana. Leo se preguntó si el abuelo seguiría viviendo allí. ¿Y si estar muerto significaba volverse invisible?

—Como la abuela se dé cuenta...

El reloj de pulsera estaba sobre la cómoda, delante del espejo. Al lado, la brocha de afeitar. La navaja plegada descansaba sobre un platillo de cristal. Leo vaciló, porque la navaja lo tentaba, pero se decidió por el reloj. No fue fácil alcanzarlo porque la cómoda era alta y él todavía no había cumplido los cuatro años.

El reloj brillaba y era redondo, bajo el cristal se veían las agujas y los números. Leo ya sabía contar con los dedos hasta cien. Bueno, casi todos los números. No sabía escribirlos, solo decirlos.

—Hay que darle cuerda con esa ruedecita —dijo Dodo, atenta—. Funciona así.

—Ya lo sé —gruñó él.

La giró un poco, oyó un suave crujido y lo dejó estar. La abuela le había dicho que algún día ese reloj sería suyo. Pero que antes lo llevaría papá. Cuando regresara de Rusia. Leo no se acordaba muy bien de su padre. Dodo tampoco. Mamá tenía muchas cartas suyas en el escritorio. Y dibujos que él había pintado. Casas y árboles y gente, eran bastante aburridos. Y también había un caballito tallado en madera al que le faltaba una pata.

—¡Dodooo! ¡Leooo!

Los dos se sobresaltaron, y Leo dejó el reloj en la cómoda tan rápido que se cayó al suelo. Por suerte aterrizó en la alfombra y no se rompió.

—¡Dodooo! —gritó Henni mientras se acercaba sigilosa por el pasillo—. ¡Leooo!

Los gemelos siempre hacían frente común contra Henni. Dodo recogió el reloj de pulsera y lo puso en su sitio, y Leo ya estaba junto a la puerta para cerrarla tras ellos sin hacer ruido.

—Ahí no podéis entrar.

Los había visto. Henni estaba en medio del pasillo, un angelito de rizos dorados y ojos grandes tan azules que parecía que el cielo se reflejaba en ellos. Y eso que en realidad era un diablillo. Al menos a veces.

—No hemos entrado —mintió Leo.

Henni se quedó perpleja un instante. Su mirada escrutadora iba de Leo a Dodo y parecía estar reflexionando.

—Te he visto cerrar la puerta —le dijo a Leo.

—¿Y qué?

—Eso es que habéis estado dentro —concluyó la pequeña detective.

—¡No es verdad!

—¿Y por qué estaba abierta?

Leo lanzó una mirada rápida a su hermana para asegurarse de que estaba de su parte. El rostro de Dodo mostraba una determinación firme.

—Solo estábamos mirando —se arriesgó Leo, y Dodo asintió.

—Mirar también está prohibido —respondió Henni, contenta—. ¡Os vais a llevar una buena tunda!

Leo se indignó con la fierecilla. Si jugaban con ella, tenían que bailar a su compás. Si se enfadaba, se iba corriendo a los brazos de Rosa y se echaba a llorar. Y así siempre conseguía lo que quería. Porque Henni era la más pequeña y los niños mayores tenían que aprender a ceder.

—¡La que se va a llevar una tunda eres tú! —la amenazó entrecerrando los ojos.

Henni ladeó la cabeza y trató de averiguar si la amenaza iba en serio. Al fin y al cabo, Rosa estaba abajo en la cocina y no podía protegerla. La abuela dormía justo al lado, seguro que intervendría si gritaba lo bastante fuerte. Pero la abuela no era tan fácil de enredar porque Leo era su nieto preferido.

—Después quiero jugar con vosotros —exigió—. Y yo seré la hija, ¿vale?

Leo miró a Dodo y sintió alivio al ver que su hermana asentía.

—Está bien. Pero irás en el carrito y yo te empujaré.

—Pero no muy fuerte —pidió Henni.

La última vez, el viejo cochecito se volcó y Henni se cayó sobre un montón de piezas de construcción de madera. Le dolió mucho y desde entonces no había querido volver a ser la hija…

Al otro lado del pasillo se abrió una puerta y apareció la tía Kitty. Se había arreglado para salir y llevaba un abrigo amplio de lana roja que le llegaba por debajo de las rodillas. La parte baja era muy estrecha, de manera que la mamá de Henni parecía un gran globo rojo.

—Henni, cariño… Ven aquí, tesoro. Rosa te cambiará enseguida, vamos a la ciudad.

El entusiasmo se reflejó en la cara de los gemelos. ¡Se habían librado de ella! Henni fue con su madre, le tironeó del abrigo y le preguntó por qué tenía un cuello tan grande.

—Para poder levantarlo, cariño. ¿Ves? ¡Así!

El cuello casi le cubría la cabeza por completo, solo asomaba el pelo.

—¿Podré comer caramelos?

—Solo si te portas bien. Ven, cielo. No hagas ruido, la abuela tiene migraña.

Kitty volvió a su cuarto en busca de su bolso, rebuscó dentro, cogió un poco de dinero del cajón secreto del escritorio y lo guardó en el monedero.

—¿Rosa? Póngale las botas. Y el abrigo blanco con el cuello de pelo. Y el gorro de lana...

—Nooo —se resistió Henni—. El gorro de lana no, mamá. ¡Pica mucho!

—Pero está nevando...

—Me subiré el cuello. Como tú.

Entonces Kitty le ordenó que se pusiera una bufanda. Recordaba de su infancia el horrible picor de los gorros de lana. Lo peor eran las medias de lana. Por eso a Henni solo le compraba medias de algodón.

Agarró a su hija de la mano y bajaron las escaleras. El vestíbulo ya estaba adornado con ramas de abeto y estrellas doradas de papel hechas por los niños. La Navidad se hallaba a la vuelta de la esquina, por fin una Navidad sin guerra, pero, por lo que parecía, también sin su Paul. Seguían sin tener noticias de él, nadie sabía decirles si estaba sano o cuándo lo dejarían volver por fin a casa. Mamá había dicho en voz baja en una ocasión que era mala señal que ya no escribiera. Pero desde la muerte de papá, mamá estaba de un humor sombrío, dominada por el pesimismo, siempre esperaba lo peor.

—¿Tendremos árbol de Navidad, mamá?

Kitty no estaba segura de si su madre iba a permitirlo tan pocos meses después del fallecimiento de papá. Por otro lado, para los niños sería maravilloso; durante los últimos tres años no habían podido poner un árbol grande por culpa del hospital. Ay, qué bonito era cuando Gustav y su abuelo traían el abeto del parque y lo adornaban todos juntos. Lucía espléndido. Todo el vestíbulo olía a abeto, y en Nochebuena, Auguste y Else colgaban las galletas de especias de las ramas.

—Sí, yo creo que sí, Henni. Y será gigante. Casi hasta el techo.

—¡Hasta el cielo! —exclamó llena de alegría la niña, y descendió a saltos los peldaños de la entrada.

Abajo, en la entrada, las esperaba Humbert. Había quitado la nieve del coche y estaba secando el parabrisas con un pañuelo.

—Adelante, señora —dijo abriendo la puerta del conductor con un gesto elegante.

—Pero usted tendrá que sentarse atrás con Henni.

—No se preocupe, señora. Y arranque con suavidad. No acelere demasiado. Sienta el motor…

Kitty se sentó al volante sin hacer caso de las protestas de Henni. Humbert llevaba varias semanas enseñándole a conducir, lo que no era nada fácil, ya que por lo visto ella carecía de sensibilidad para la técnica. Pero perseveraba, al fin y al cabo Lisa también había aprendido.

—No quiero que conduzca mamá —se quejó Henni, sentada en el regazo de Humbert—. ¡Tengo miedo!

—El arranque…, el embrague…, primera…, muy bien. Cambiar de marcha…, levantar…, suave…, suave…

El primer intento fracasó. El vehículo dio un brinco, Henni gritó y se aferró a Humbert. El segundo intento salió mejor. Kitty metió primera a duras penas y consiguió poner el coche en marcha. Recorrieron despacio el acceso nevado del parque en dirección a la entrada. Incluso logró meter la segunda y la tercera sin más incidentes. Solo falló al frenar delante de la puerta, el coche se desvió y acabó en la hierba. Pero eso fue culpa de la nieve.

—Lo ha hecho muy bien, señora. Un par de días más y conducirá a toda velocidad. Ponga el freno de mano, por favor.

—Ay, sí, casi se me olvida.

Cambiaron de sitio. Humbert enfiló el coche hacia la carretera y condujo hasta la ciudad. Los copos de nieve se pegaban al cristal, y tenía que utilizar el limpiaparabrisas constantemente para ver mejor.

—No quiero que conduzcas, mamá —refunfuñó Henni—. Da botes todo el rato.

—Pero, cariño, tengo que aprender porque Humbert se va a Berlín en enero. ¿O quieres que vayamos a pie a todas partes?

—Pues que conduzca la tía Lisa.

Kitty guardó silencio, disgustada. Era innegable que su hermana conducía tranquila y segura. Pero sus planes eran insólitos, nadie sabía si se marcharía pronto de la villa.

—Déjenos en Maximilianstrasse, Humbert. Recorreremos el último tramo a pie. Está todo tan bonito cuando nieva…

—Como desee, señora.

A pesar de la difícil situación económica, la ciudad se preparaba para las fiestas. En la amplia Prachtstrasse habían levantado un par de casetas de madera adornadas con ramas de abeto donde los comerciantes ofrecían sus productos. Se podían comprar juguetes tallados, velas, dulces de colores y castañas asadas; en un puesto había ángeles de pan de oro, cascanueces con uniforme de gala y todo tipo de juguetes metálicos de cuerda. Bandadas de niños vestidos con ropa gastada y demasiado grande rodeaban la caseta de los juguetes, lanzaban miradas de deseo a los coches de hojalata y las muñecas de porcelana, y el dueño los ahuyentaba una y otra vez.

—¡Caramelos, mamá! ¡Ahí hay caramelos de frambuesa!

Kitty compró una bolsa de caramelos coloridos y pegajosos y advirtió a su hija que esta vez tuviera cuidado. Hacía poco se tragó un caramelo de frambuesa sin querer y por poco se ahogó.

Henni se metió la golosina en la boca ante las miradas de envidia de los niños pobres y siguió a su madre a través de la nieve hasta el estudio de Sibelius Grundig. Kitty odiaba tener que pasar por delante de los mendigos e inválidos, y justo en esa época previa a la Navidad estaban por todas partes. Incluso se habían sentado en la nieve, con una manta debajo y los hombros cubiertos con una capa andrajosa. Rebuscó la calderilla que llevaba y la repartió; habían enviado a esos hombres a la guerra y ahora estaban allí, lisiados, ciegos o sordos por culpa de la patria. Los habían traicionado a todos.

¿Qué habría pasado si Alfons hubiera regresado mutilado? Prefería no imaginárselo.

La campanilla tintineó cuando abrió la puerta del estudio de fotografía de Grundig. Dentro se habían retirado casi todos los muebles, la pequeña estufa proporcionaba un calor agradable a la estancia vacía. Kitty comprobó que sus cuadros todavía estaban embalados y apoyados en la pared, así que había mucho que hacer.

—¡Aquí estás! ¡Y has traído a la pequeña Henni!

Tilly salió de la habitación contigua y cogió a Henni, que se abrazó a ella. El recibimiento fue muy cariñoso, Tilly era la tía favorita de Henni.

—Vaya, pero qué mejillas tan pegajosas tienes —dijo Tilly riéndose.

—Caramelos de frambuesa —farfulló la niña.

—¿Quieres ayudarnos?

Sí que quería. Le encargaron sostener la cajita de los clavos mientras mamá y Tilly quitaban las telas que habían protegido a los cuadros durante el transporte.

—Tela de papel de la fábrica —dijo Kitty con una sonrisa—. Ya no la vendían, así que me la he llevado. Es perfecta como envoltura protectora.

Tilly plegó con cuidado las telas color marrón y observó a Kitty colocar sus lienzos a lo largo de la pared. Eran mezclas curiosas de rostros y paisajes floridos, Tilly nunca había visto algo parecido. Eran caras de soldados, se veían los cascos y las gorras. Todos eran grises o azulados, tenían los ojos hundidos, muchas bocas dibujaban una mueca.

—Me temo que nadie querrá comprarlos —dijo Kitty—. A todos les parecen fantásticos, pero eso no quiere decir que estén dispuestos a colgarlos sobre el sofá. Y además tienen que conjuntar con la decoración. Sujeta aquí, Tilly. Más alto, a la izquierda… Muy bien.

Trajeron una escalera y Tilly cogió un clavo de la cajita. Henni observó con curiosidad cómo se subía a la escalera y lo clavaba en la pared con unos cuantos martillazos.

—Perfecto —exclamó Kitty—. Es usted maravillosa, doctora Bräuer.

—No vayas gritándolo por ahí. Queda mucho para eso.

—Lo conseguirás. Primero el bachillerato y después la carrera de Medicina en Múnich. Yo te ayudaré, te lo prometí.

—Ay, Kitty… No me resulta fácil hacerlo a vuestras expensas…

—No digas tonterías. Después podrás curarnos a todos gratis, nos ahorraremos mucho dinero.

Tilly suspiró y cogió el cuadro que le tendía Kitty para que lo colgara. Estaba estudiando el bachillerato como alumna externa en el instituto masculino de Santa Ana, y quería examinarse en primavera; de momento era la única posibilidad para las mujeres. Si todo salía bien, comenzaría la universidad en el semestre de invierno del año siguiente. Pero solo podría hacerlo si los Melzer la apoyaban económicamente, ya que, como suponían, a ella y a su madre no les había quedado nada. Vivían en la casa de Frauentorstrasse gracias a Kitty, pues Alfons le había regalado la propiedad justo después de su boda. Kitty no les cobraba el alquiler, de vez en cuando incluso les daba algo del dinero que ganaba vendiendo sus cuadros. Oficialmente ese dinero era para reformas.

—¿Señora Bräuer?

La señora Grundig se asomó a la puerta, lanzó una mirada crítica a los cuadros de Kitty y entonces descubrió a Henni y en su rostro se dibujó una cálida sonrisa.

—Ay, ha traído a la pequeña. Elise se pondrá muy contenta. ¿Puede venir?

—Si ella quiere…

A Henni no le hizo mucha gracia separarse de la cajita con los bonitos clavos, además Kitty sabía que los ojos raros de Elise le daban un poco de miedo. Aunque fuera muy cariñosa con ella y le hiciera barcos y pajaritas de papel.

—Aquí hay alguien que quiere hablar con usted, señora Bräuer.

La señora Grundig pronunció esa frase en voz baja, en tono misterioso, y después se llevó a Henni a la vivienda y dejó la puerta abierta. Tilly bajó de la escalera y vaciló un momento, acto seguido dijo que tenía que comprar un par de ganchos metálicos en la ferretería de enfrente, se puso el abrigo y salió.

Kitty se quedó allí con sentimientos encontrados. Qué vergüenza. A plena luz del día. Y en un local donde podían verlos por el escaparate. Por un instante tuvo la tentación de salir corriendo, pero era demasiado tarde.

—Solo un par de minutos —dijo Gérard—. No quería marcharme sin decirte adiós.

Cerró la puerta tras él y se quedó a la expectativa, no sabía cómo reaccionaría ella a ese encuentro sorpresa. Kitty lo miraba con los ojos muy abiertos.

—¿Quieres volver a Francia?

—No tiene sentido quedarme aquí más tiempo.

Ella guardó silencio, confusa. Naturalmente tenía razón. Se habían estado viendo a escondidas durante meses, casi siempre en aquel pequeño café a las afueras de la ciudad, donde solo había dos mesas y cuatro sillas. Eran encuentros sofocados, horas demasiado cortas, en las que hablaban de todas las locuras posibles y jamás expresaban lo que sentían de verdad. Otras veces se veían en el parque o en la calle, caminaban juntos un trecho, parloteaban de asuntos triviales y se separaban con una frase alegre. Kitty creía que todo aquello no significaba nada; encuentros con un viejo conocido, un buen amigo. Nada de romances ni cosas parecidas. Esos días habían pasado. Ahora se daba cuenta de lo mucho que echaría de menos su presencia.

—Es… es una pena —dijo, y en ese mismo momento supo que no era eso lo que sentía.

—Así es como debe ser, Kitty. De lo contrario se me partirá el alma.

Se atrevió a acercarse varios pasos, y ella tuvo que contenerse para conservar la calma. Se había dicho cientos de veces que era una tonta. ¿Qué tenía él que no conociera ya? En París se amaron todos los días, incluso varias veces, ay, qué locuras hicieron juntos… Pero entonces todavía era una niña, y ahora era una mujer adulta y tenía una hija pequeña.

—¡No! —exclamó alterada—. No sigas. De ningún modo. ¡Ni un paso más!

Él se detuvo, obediente, la miró con gesto dubitativo y después sonrió.

—No me tengas miedo, Kitty —dijo en voz baja—. Ya no soy el que era. Mis años salvajes pasaron. Mira…

Se llevó una mano a su cabellera rizada y le mostró los mechones de las sienes. Efectivamente, tenía algunas canas, y eso que estaba en la treintena. A Kitty no le pareció menos atractivo por ello, más bien al contrario.

—Los dos nos hemos hecho adultos —dijo mientras asentía muy seria.

Él siguió observándola sonriente. Empezó a ponerse nerviosa ante su mirada, cada vez le resultaba más difícil dominarse. Claro que echaba de menos que un hombre la abrazara. Pero no era eso. Lo que la empujaba hacia él era otra cosa. Una extraña familiaridad, el deseo de llegar a un lugar que has buscado en vano durante mucho tiempo. A casa.

—Sí, somos adultos —respondió él—. Pero ha sido la guerra la que nos ha cambiado. Los dos hemos vivido experiencias amargas…

Durante sus encuentros a veces hablaban de Alfons, más adelante también de su padre. Gérard le dedicaba palabras de consuelo y comprensión, pero apenas mencionaba sus propias vivencias. Kitty solo sabía que la fábrica de seda de su padre estaba en la ruina y que todo el mundo odiaba a los alemanes por lo que habían hecho en Francia.

—¿Qué harás ahora? —le preguntó—. ¿Volverás con tu familia?

Sí, se lo debía. A pesar de las desavenencias, sus padres se alegrarían de volver a verlo sano y salvo. Lo demás ya se vería. Les había escrito para anunciarles su llegada.

Kitty no tenía ninguna opinión al respecto. Muchos deseos de ver a sus padres no albergaba, de lo contrario no se habría quedado varios meses en Augsburgo y habría regresado de inmediato a Francia. Era un misterio cómo se había mantenido económicamente durante ese tiempo. Le había ofrecido dinero un par de veces, pero él lo había rechazado.

—Entonces...

Tuvo que carraspear porque de pronto sintió un nudo en la garganta.

—Entonces esta es... ¿la última vez que nos vemos?

Habló con un hilo de voz casi lastimero. Los grandes ojos de él parecieron abrirse aún más, la absorbieron por completo, la acariciaron, la besaron, le susurraron palabras de amor y deseo.

—¿Es eso lo que quieres, Kitty?

Ella tragó saliva, se pasó la mano por el pelo y después por la cara. Pero era imposible liberarse del influjo de sus ojos negros.

—No —murmuró—. Desearía que te quedaras, Gérard...

Sucedió lo que tenía que suceder. Dos pasos más y ella cayó en sus brazos, sollozó en su pecho, le pidió que no la abandonara, y solo enmudeció cuando él cubrió sus labios con los suyos. El beso fue aún más maravilloso de lo que había imaginado en sueños. Era nuevo y distinto, lleno de pasión y al mismo tiempo contenido, amargo y de una ternura infinita.

—No puede ser, mi amor —le dijo él al oído—. Nunca me he sentido más cerca de ti que ahora, Kitty. Nunca te he amado tanto como estos meses, porque eras inalcanzable. Pero lo nuestro no puede funcionar ahora que la guerra ha envenenado de odio el alma de nuestros pueblos.

Ella se apretó contra él y respiró su aroma, tan familiar, y al mismo tiempo tan nuevo. Le pasó los dedos por el pelo y recorrió con delicadeza la línea de sus cejas.

—Eso no es cierto —lo contradijo—. A nadie de mi familia le importará que seas francés. Menos aún a Marie, que dirige la fábrica junto con Klippi. Tú entiendes de sedas. Únete a ellos.

Sintió que el cuerpo de él temblaba. Se estaba riendo de ella. Y eso que lo decía en serio. ¿No era una idea fantástica? Gérard como segundo director de la fábrica de paños Melzer.

—Eres una soñadora —musitó él, y volvió a besarla—. No, cariño mío. Si es posible, levantaré la fábrica de Lyon y volveré al negocio con nuestras sedas.

Durante un instante Kitty vio varios rostros al otro lado del escaparate: un grupo de niños aplastaban la nariz contra el cristal. Pero, como solo veían cuadros, enseguida perdieron el interés y se marcharon.

—De acuerdo —dijo Kitty, y se sorbió la nariz—. Si eso es lo que quieres, entonces hasta siempre. Tenía la esperanza de que aceptaras mi propuesta.

Él la apretó contra sí y, aunque ella fingió resistirse, se dejó hacer. No quería volver a perderlo. Si se marchaba a Francia, jamás volvería a verlo. ¿No decían que la frontera estaba cerrada para los alemanes?

—No ahora y no así —dijo muy serio—. Te has convertido en una artista y te admiro profundamente. Pero ¿quién soy yo? Un don nadie. Un prisionero de guerra liberado que sale adelante con pequeños negocios en el mercado negro. Un hombre que no puede dirigirse en público a la mujer a la que ama. Un hombre que no puede dejarse ver con ella en ningún sitio. ¿Quieres que siga?

Ella negó enérgicamente con la cabeza y se tapó los oídos. Entonces protestó diciendo que no la había escuchado. Cuando fuera director de la fábrica de paños Melzer…

—Calla, amor mío —susurró él con dulzura—. Mejor dime si me esperarás. Aunque tarde meses, o incluso años.

—¿Años? —repitió ella sin comprender.

—Eres mi gran y único amor, Kitty. Lo fuiste entonces y lo eres ahora, eso no ha cambiado. Acaparabas todos mis pensamientos cuando creía que iba a morir. Y si regreso a Francia, solo lo hago para ganarme el derecho a pedir tu mano algún día.

Un grito estridente interrumpió sus palabras. Salía de la garganta de Henni, que al parecer se aburría y llamaba a su madre. Gérard sonrió y besó a Kitty en la nariz para despedirse.

—La pobre Tilly está congelada delante de la ferretería —comentó medio en broma, medio compasivo—. Ha llegado el momento de que me vaya.

Kitty sintió frío cuando él la soltó. Intentó sostenerle la mirada. Al menos un ratito más…

—Te esperaré —dijo en voz baja—. Escríbeme.

—Lo intentaré.

La campanilla de la puerta sonó cuando salió. Kitty se acercó al escaparate y lo vio alejarse como una sombra entre los remolinos de nieve.

# 45

«Qué preciosidad», pensó Elisabeth. «Así es como debe ser. Un abeto de verdad. Y lo decoraremos todos juntos.»

Estaba junto a la entrada con el abrigo y el sombrero puestos, y observaba a Gustav y a Humbert arrastrar el gran abeto hacia el vestíbulo. Los niños los seguían a una distancia prudencial, porque Gustav les había dicho que si alguien tocaba el abeto antes de que estuviera colocado, se quedaría pegado a él hasta Navidad.

—¡Tía Lisa, tía Lisa! —exclamó Dodo, y la rodeó con los brazos dejando su abrigo claro salpicado de manchas húmedas—. Todos vamos a colgar una bola. ¡Tú también!

Elisabeth la aupó y le contó que el día de Navidad también colgarían deliciosas galletas de especias, pero Dodo ya lo sabía por Henni.

—¿Es cierto que pronto te irás muy lejos, tía Lisa?

—¿Quién ha dicho eso?

—Auguste se lo ha dicho a Else.

Pues claro. Las criadas tenían oídos en todas partes. ¡Esa chismosa de Auguste!

—No te creas nada.

Volvió a dejarla en el suelo y Dodo se marchó reconfortada. Arriba por fin apareció Marie, intercambió varias frases con la señorita Schmalzler y después bajó al vestíbulo. Allí tuvo que rodear con cuidado el abeto, que seguía tumbado esperando a que lo colocaran en el pedestal de madera.

—¿Dónde te habías metido? —la reprendió Lisa—. Llegaremos tarde…

Marie no respondió porque en ese momento los gemelos se abalanzaron sobre ella y la avasallaron con su parloteo. Que dónde estaban las bolas de colores. Y los pajaritos de cristal. Y el espumillón plateado…

—¿Sabéis qué? Subid con la abuela, ella os lo enseñará todo…

—¡Sííí!

La pequeña jauría subió las escaleras liderada por Liesel. Alicia lo tendría difícil para tranquilizarlos.

—¿Mamá no lo sabe? —preguntó Elisabeth en voz baja.

—He preferido no decírselo. No quería que se hiciera ilusiones que quizá después se quedasen en nada.

Elisabeth se dio cuenta de que Marie no había pegado ojo a causa de los nervios. Ella también había dormido mal. Kitty tenía un dolor de cabeza espantoso y estaba en la cama.

—Seguro que es uno de ellos, Marie. Lo intuyo —dijo, y se agarró del brazo de su cuñada—. ¡Hoy lo traeremos de vuelta a la villa de las telas!

—¡Que Dios te oiga, Lisa!

La tarde anterior habían recibido la noticia de que un tren con prisioneros de guerra liberados llegaría de Rusia a la estación de Augsburgo ese mismo día hacia las once. No había confirmación oficial, tampoco había salido en los periódicos. Sin embargo, medio Augsburgo era presa de la emoción, y sin duda la estación estaría a rebosar de familiares esperanzados.

Al bajar la escalera exterior, Lisa y Marie sintieron en ellas numerosas miradas. Entre los empleados se había extendido la noticia de adónde se dirigían, y todos estaban muy agitados. Humbert había preparado el coche, le había puesto gasolina y aceite y había limpiado los cristales. La tarde anterior, Gustav y su abuelo habían apartado la nieve del acceso a la carretera. Nadie se lo había pedido, lo habían hecho por su cuenta.

Lisa condujo despacio, con mucho cuidado de no salirse del camino o de cometer algún error tonto. Tuvo que esperar un rato a la salida del parque porque pasaron varios camiones cargados de nabos y patatas en dirección a la ciudad. Marie iba sentada a su lado muy tensa y en silencio, con la vista fija en la carretera. A Lisa tampoco se le ocurrió ningún tema de conversación. Tenía los dedos helados, debería haberse puesto los guantes de cuero.

Como era de esperar, la estación estaba rodeada por una multitud, así que dejaron el coche en Prinzregentenstrasse y fueron hasta allí a pie. Habían enviado a la policía para que la muchedumbre no se descontrolara; por todas partes se oían instrucciones: «Caminen despacio», «No se amontonen», «Lleven a los niños de la mano».

—Ya son las once —dijo Marie con la mirada puesta en el reloj de la estación.

—¡Te dije que llegaríamos tarde!

Marie se quedó rezagada en la entrada y le preguntó a Lisa si no sería mejor que esperaran allí. Pero los que llegaban detrás de ellas las arrastraron como una riada, así que tuvieron que salir al andén, quisieran o no. Allí se apretujaban sobre todo mujeres, jóvenes y mayores, esposas, madres, abuelas, acompañadas de hijos adolescentes con ojos asustados y muy abiertos, y niños pequeños que lloraban. Algunos iban bien vestidos, otros llevaban chaquetas gastadas y zapatos con suela de madera, pero todos tenían en común la esperanza dibujada en el rostro.

La multitud empujaba a Lisa y a Marie, que pasaron junto a un sinnúmero de personas que aguardaban, y finalmente encontraron un sitio ante las vías vacías. El tren venía con retraso. No era de extrañar, suponiendo que la situación fuera similar en todas las estaciones en las que se detenía.

«Va a ser imposible encontrar a nadie entre esta muchedumbre», pensó Lisa con angustia. «Estamos tan atrás que no vamos a ver a los soldados cuando se apeen.»

Le agarró la mano a Marie y la apretó para infundirle valor.

—Tendríamos que habernos quedado en casa —dijo Marie—. ¡Cuánta gente! Vamos a morir asfixiadas.

En efecto, había empujones, gritos de enfado, niños que lloraban. Aun así, la mayoría conservaba la calma, y todos intentaban tener cuidado con los demás en la medida de lo posible. Los de atrás preguntaban impacientes a los de delante si ya veían el tren, pero de momento no habían recibido la respuesta que esperaban.

—¿Te acuerdas? —preguntó Marie—. Hace cinco años y medio también estuvimos aquí. Tú repartías bocadillos entre los soldados y yo corría junto al tren para alcanzarles tazas de café caliente.

—Dios mío, que si me acuerdo —se lamentó Elisabeth—. Los compañeros de clase de Paul fueron de los primeros en marcharse. Y el pobre Alfons…

—Sí —dijo Marie con amargura—. Qué emocionados estaban. Qué seguros de la victoria. Aquellos jóvenes nos sonreían y se despedían con alegría, y nosotras nos sentíamos bien por estar repartiendo bocadillos y café a los futuros héroes.

—Todos pensaban que estarían de vuelta para Navidad —murmuró Elisabeth—. La Navidad de hace cinco años…

Un movimiento recorrió la multitud, en el borde del andén se oyeron gritos enérgicos.

—¡Atrás! ¡Cuidado! ¡Aparten a los niños!

Alguien pisó a Lisa. A Marie la empujaron hacia atrás, junto con otras jóvenes. Se perdieron de vista. Entonces Lisa vio el humo gris de la locomotora y el corazón se le aceleró. Paul. Su hermanito Paul. Ojalá fuera verdad.

—Por favor, Dios —susurró para sí misma—. Por favor, Dios...

El tren entró muy despacio en la estación. Muchas de las ventanillas estaban bajadas y los hombres se apretaban en ellas para ver a la multitud que los esperaba en el andén. Aquí y allá se oía algún grito, algún nombre, algún sollozo. Alguien había reconocido a su esposo, a su hijo, a su hermano. Entonces el chirrido de los frenos ahogó cualquier otro sonido.

Varias mujeres empujaron a Lisa hacia delante, chocó contra el poste de una farola de arco y se quedó allí. No muy lejos de ella se había abierto una de las puertas, y del tren bajaban hombres con pantalones y chaquetas gastados, rostros grises y chupados, algunos ni siquiera llevaban zapatos sino que se habían envuelto los pies con trapos. Lisa sintió un escalofrío. ¿Eran aquellos los mismos muchachos optimistas que se habían marchado? Qué mayores estaban, qué desmejorados, muchos cojeaban, otros llevaban vendas, parches, avanzaban a duras penas con muletas. Al principio se detenían, confusos, pero después avanzaban para que los demás pudieran bajar; solo algunos afortunados recibían los abrazos de esposas y madres. Lisa intentó imaginar qué aspecto tendría Paul después de todo lo que había vivido. ¿Lo reconocería? Miraba fijamente a los que pasaban junto a ella, pero ninguno era su hermano.

¡Qué caos! Decidió quedarse quieta y esperar a que el gentío se dispersara un poco. Por todas partes veía a personas llorando abrazadas, mujeres deshechas en lágrimas, niños llorosos, hombres que no podían creer que hubieran regresado a casa. Al cabo de un rato sintió que la agarraban del brazo: era Marie, que por fin la había encontrado.

—Se habrá apeado y nos estará esperando en algún lado —dijo—. Supondrá que hemos venido...

Se cogieron de la mano y lo buscaron con la vista hasta donde pudieron. Los que se habían reencontrado se dirigían a la salida. Otros estaban igual que ellas, aguardando esperanzados. Los repatriados de los que no se ocupaba nadie recorrían lentamente el andén, algunos llevaban fardos con lo poco que les quedaba. Después se oyó el siseo y el bufido de la locomotora, de nuevo envuelta en vapor. Las puertas se cerraron, los rostros habían desaparecido de las ventanillas, un revisor volvió a cerrarlas.

Marie y Lisa esperaron hasta que el tren salió de la estación, después recorrieron el andén mirando constantemente a su alrededor, observando con atención a cada retornado. Estuvieron un rato en el vestíbulo, caminaron entre la gente, buscaron, vagaron, trataron de conservar la última esperanza.

—Puede que no lo hayamos visto —dijo Lisa en tono neutro—. No sería raro con tanto ajetreo. Tal vez haya ido a la villa en tranvía.

—Es posible —respondió Marie, derrotada.

Las dos se aferraron a esa remota posibilidad. Cómo se reiría Paul de ellas cuando llegaran a casa. Mientras lo buscaban en la estación, hacía tiempo que él estaba en casa tomando café.

Recorrieron presurosas las calles hasta el automóvil y pasaron junto a familias felizmente reunidas, mujeres solitarias de mirada decepcionada, niños que no entendían por qué los habían arrastrado hasta allí. Vieron a Tilly, que también había ido a la estación, y gritaron su nombre, pero ella no se dio la vuelta.

—¿No decían que el doctor Moebius estaba desaparecido? —preguntó Marie, acongojada, una vez se sentaron en el coche.

—Creo que sí —contestó Lisa—. Pero supongo que aun así tenía esperanzas.

Esperanzas. Elisabeth condujo despacio por las calles, se detuvo una y otra vez para ceder el paso a peatones o ciclistas, siguió a los carros de caballos que iban al trote. Cuando dejaron atrás la puerta Jakober comenzó a llover. Al girar hacia el parque vieron que el acceso volvía a estar cubierto por una fina capa de nieve. Lisa pasó junto al arriate redondo del centro del patio y se detuvo un poco antes de la escalinata de entrada. Se quedaron un momento en el coche aferrándose al último y precioso pedacito de esperanza. Entonces Humbert abrió las puertas, junto a él apareció Auguste. Su rostro esperanzado dictó sentencia.

—Quizá todavía esté de camino —dijo Elisabeth.

Marie negó con la cabeza, cansada.

—Me temo que no, Lisa. Hemos hecho bien en no decirle nada a mamá.

—Algún día volverá —insistió Elisabeth—. ¡Estoy completamente segura, Marie!

Se abrazaron, luego bajaron del coche. Subieron los escalones de la entrada, aspiraron el aroma navideño del vestíbulo y vieron a Else, a la cocinera y a Hanna desaparecer por la escalera de servicio a toda prisa. ¿Se habrían colocado para recibir al «joven señor»? Bueno, ahora ya todos sabían que Paul Melzer no había regresado de su cautiverio en aquel tren.

—¡Ahí estáis! —Era la voz de Alicia—. Kitty os estaba buscando. Al parecer habéis ido a la ciudad a por algo para ella.

Alicia les sonreía desde la barandilla de la escalinata que subía al primer piso; observó los esfuerzos de Gustav por darle al abeto una elegante forma piramidal con ayuda de las tijeras de podar y una sierra.

—Enseguida iré a ver a Kitty —dijo Marie—. Antes quiero hacer una llamada rápida a la fábrica.

—Hoy no deberías ir a trabajar, Marie —la reprendió Alicia—. Mañana es Nochebuena, y esta tarde vamos a adornar el árbol. Los niños se mueren de ganas.

Marie no dijo ni que sí ni que no, y subió con una sonrisa amable a llamar por teléfono desde el despacho.

—Dile al señor Von Klippstein que será un placer recibirlo como invitado tanto en Nochebuena como en Navidad —dijo Alicia mientras se alejaba. Después se volvió hacia Elisabeth como si de repente hubiera recordado algo importante—. Ay, sí, ese profesor te está esperando, Lisa. Lo he hecho pasar al salón de caballeros y le he dicho que comeremos hacia la una.

—¿El señor Winkler? ¡Mamá, por qué no me lo has dicho antes!

Alicia suspiró y comentó con un deje de reproche que aquella visita le parecía inapropiada. No causaba buena impresión que la familia Melzer mantuviera contacto con un socialista condenado y antiguo miembro de la república consejista.

Elisabeth se quitó rápidamente el abrigo, dejó el sombrero y subió a toda velocidad. Se detuvo un instante ante la puerta del salón de caballeros para recuperar el aliento. Había llegado el momento decisivo. Debía conservar la calma. Ser amable. Complaciente con su amigo. Apoyarle en los momentos difíciles...

Sebastian Winkler se había sentado en uno de los sillones y leía el periódico. Cuando Lisa apareció, dejó el diario en la mesa y se levantó. ¡Qué delgado seguía estando! La maldita señorita Jordan solo le daba una ración de la comida del orfanato, pero un hombre adulto no podía saciarse con aquello. Sin duda la preocupación por su futuro también lo atormentaba. Y quizá su amor por una mujer inalcanzable...

—¡Sebastian! Siento que haya tenido que esperar. Mi cuñada y yo estábamos en la estación.

Él lo entendió enseguida. Por supuesto, también se había enterado de que muchos prisioneros de guerra regresaban a casa desde Rusia. Y por su gesto afligido dedujo que su hermano Paul no había sido uno de ellos.

—No pierda la esperanza, Elisabeth —dijo—. Vendrán

más trenes. En cuanto a mí, no me ha importado esperar. Solo me preocupaba ser una molestia para su madre.

Hablaba despacio y a veces se detenía para pensar la frase siguiente o encontrar la expresión apropiada. A Elisabeth le encantaba su carácter prudente, la sonrisa tímida que se dibujaba en su rostro sin que él se diera cuenta. Y admiraba la firmeza que se escondía detrás de su apariencia sencilla.

—Mamá está un poco alborotada —comentó sin darle importancia—. Los preparativos de Navidad son un quebradero de cabeza para ella. Pero dejemos eso, Sebastian. Sentémonos.

—Como quiera.

Esperó hasta que ella tomó asiento y se situó enfrente. Elisabeth sintió que se acaloraba. Lo que se proponía hacer con él no era decoroso. No lo era en absoluto. En muchos sentidos.

—He dedicado un tiempo a meditar su oferta —comenzó a decir él entre titubeos—. Para mí fue toda una sorpresa y temía perjudicarla si la aceptaba. Esa era mi mayor preocupación, Elisabeth. Jamás me perdonaría que su reputación quedara en entredicho por mi culpa.

Qué tierno era. Le habría gustado acariciarle la mano, rodearle el cuello con sus brazos. Pero esas familiaridades solo lo habrían confundido.

—En ese sentido puede estar tranquilo —dijo—. Nadie se enterará. Y Pomerania está lejos.

Él sonrió y asintió con la cabeza. No parecía feliz. Pero ella tampoco esperaba que lo fuera. El objetivo era que su Sebastian se sintiera muy desgraciado. Al fin y al cabo, lo estaba enviando lejos.

—Usted lo ha dicho, Elisabeth —prosiguió, y sacó el pañuelo para secarse la frente—. Pomerania está lejos. Pero es lo que me merezco.

Estaba inclinado hacia delante con la cabeza gacha. Cuando levantó la vista apesadumbrado, ella tenía el corazón en un puño. Pero debía mantenerse firme. Él jamás se prestaría a ese juego voluntariamente. Debía guiarlo hacia su propia felicidad con triquiñuelas.

—Pensé que le gustaría la idea de ordenar la extensa biblioteca de mi tía —comentó esperanzada—. La inició mi bisabuelo, y todas las generaciones posteriores la ampliaron. Seguro que esconde tesoros, Sebastian…

Sabía que era un bibliófilo, pero su entusiasmo tenía límites. La finca de los Von Maydorn estaba muy apartada: en coche de caballos se tardaba tres horas en llegar a Kolberg. Y el correo solo se entregaba una vez a la semana.

—Si acepto el puesto, Elisabeth, será porque algún día quiero entregarle a usted la biblioteca organizada.

El corazón le latía con fuerza. Había ganado.

—¿Así que acepta? —le preguntó con la respiración contenida.

—¿Cómo podría rechazar una oferta tan amable y generosa?

Se esforzó por sonreír, pero en el fondo se sentía derrotado. Había recibido su condena, lo enviaban al destierro. A Pomerania, donde daba la vuelta el aire. Elisabeth luchaba contra sus remordimientos, y se dijo que lo hacía todo por su propio bien.

—Me alegro mucho, Sebastian —dijo con un profundo suspiro—. Naturalmente, espero noticias regulares sobre sus progresos.

Aquello era una oferta para un intercambio de correspondencia. Al parecer la idea lo animó, ya que la miró agradecido. Pero después su gesto se endureció y se quedó absorto.

—Hubo un tiempo, Elisabeth, en que forjaba planes descabellados. Soñaba con un mundo en el que un industrial rico y un pobre profesor se relacionarían de tú a tú. Y realmente creía que sería posible unir nuestros destinos.

Negó con la cabeza como si no diera crédito a lo ingenuo que había sido.

—Yo también tenía los mismos sueños, Sebastian —dijo Lisa en voz baja—. Pero la realidad nos ha obligado a despertar. El mundo es como es, y es un error resistirse a su curso. Los recientes acontecimientos nos lo han demostrado una vez más.

Esa confesión fue recompensada con una mirada prolongada. Qué cálidos y profundos podían ser sus ojos. De pronto tuvo dudas sobre lo que se proponía. ¿Podía exigirle algo así? Era un hombre decente. Tenía principios morales. ¿Y si perdía su amor?

—Al final ha decidido no divorciarse, ¿verdad? —preguntó él de forma inesperada.

Ella solo lo había mencionado de pasada, pero sabía que la noticia le preocupaba.

—Sí —admitió, y pensó rápidamente qué podía contarle—. Mi esposo sufrió heridas de guerra muy graves, y no me vi con fuerzas de exigirle el divorcio. Las mujeres no podemos evitar ser compasivas. Seguiré a su lado, aunque ese matrimonio no me aporte más que frialdad y soledad.

Lo miró de tal manera que él tuvo que contenerse para no tomarla en sus brazos. Ofrecerle consuelo y calidez, toda la ternura que le faltaba. Pero no se atrevió, y ella no hizo nada para alentarlo.

—La señorita Schmalzler, nuestra ama de llaves, también viajará a Pomerania en enero para pasar allí su jubilación. Quizá podría ir con ella.

Sebastian asintió resignado y dijo que sin duda sería muy práctico, ya que la dama conocía la zona. A continuación recogió su sombrero, que había dejado en el sillón de al lado, y se levantó.

—Cuente conmigo, Elisabeth —dijo con una breve inclinación—. Haré cualquier cosa con tal de serle de utilidad.

# 46

—Queridos…

Alicia hizo una pausa y carraspeó, la emoción la embargaba. Era la primera vez que daba el discurso navideño. Antes siempre se encargaba Johann.

—Queridos todos… —prosiguió.

Recorrió con la mirada a los comensales vestidos de fiesta que la rodeaban. ¿No debía sentirse afortunada de tener allí a su gran familia? Sin duda, estaba muy agradecida a Dios por ello. Aunque faltaran muchos rostros queridos a la mesa.

—Siento una gran alegría por teneros aquí reunidos en este día de Navidad. Queremos celebrar con devoción y agradecimiento las primeras fiestas después de los horribles años de guerra, por lo que…

Un grito de enfado la interrumpió. Al fondo, donde Rosa se había sentado con los niños, un tenedor cayó al suelo y se oyeron los susurros irritados de la niñera.

—¡Henni, deja eso! Devuélvele la cucharilla a Leo. Henni, te lo pido por favor. Si no me haces caso, la abuela se pondrá triste…

—¡Nooo! ¡La quiero yooo!

Los adultos comenzaron a murmurar y a sacudir la cabeza, la tía Helene comentó que habría sido mejor dejar a los niños arriba. Kitty se levantó y cogió en brazos a la gritona de su hijita.

—¡Ya basta! —la reprendió—. ¡Si no, te llevo a la cama!

Henni se sorbió un par de veces más la nariz, pero como mamá la había sentado en su regazo, se conformó. Al otro lado de la mesa, Leo sostenía con gesto de triunfo la cucharilla de postre que había logrado recuperar.

Alicia presenció la escena con el ceño fruncido. ¿Cómo era posible que los niños fueran tan respondones? Cuánta falta les hacía un padre.

—Me alegra especialmente que mi cuñado Gabriel haya venido con su querida esposa Helene y retome así la antigua tradición de las visitas navideñas.

Kitty utilizó la servilleta almidonada para limpiarle la nariz a Henni. Nunca había soportado a la tía Helene ni al tío Gabriel, y en el fondo se alegraba de que la inseguridad de la línea ferroviaria hubiera impedido sus visitas durante los años anteriores. Pero ahora le daban lástima. Sus dos hijos mayores habían caído en la guerra y el tercero había muerto de una pulmonía, solo les quedaba una hija de salud enfermiza. Kitty opinaba que ambos parecían derrotados, casi encogidos. Sería interesante dibujarlos. Tantos pliegues y arrugas. El párpado caído del tío. No, no se parecía en nada a papá, a pesar de ser su hermano pequeño. Y la tía siempre se tapaba la boca cuando hablaba porque le faltaba un incisivo.

Mientras mamá saludaba al padre Leutwien y al doctor Greiner, antiguos y estimados invitados, Kitty miró a Marie. Ay, sabía perfectamente lo infeliz que era en esos momentos. El día anterior, en la misa de Navidad, la esposa del doctor Wiesler, esa cotilla sin escrúpulos, les había susurrado con lágrimas en los ojos que el pobre Paul estaba en manos de Dios. A saber qué quería decir con eso.

Junto a Marie se hallaba Ernst von Klippstein, su fiel sombra. Se había hecho un traje de tarde a medida para la ocasión, y le sentaba de maravilla. En general era un hombre apuesto, ahora volvía a lucir un pequeño bigote, y sus ojos azules habían adquirido un aire triunfal. Era demasiado prusiano para el gusto de Kitty, pero sobre gustos... Últimamente se lo veía a menudo en compañía de Tilly, aunque ella no parecía muy interesada en él. Era posible que aún llorara al pobre doctor Moebius. ¡A cuántos hombres como él se había llevado por delante la guerra, inteligentes y con grandes esperanzas de futuro!

—Mamá, ¿cuándo viene el pudin? —Henni interrumpió sus pensamientos.

—Cuando nos hayamos comido la sopa, el pescado, el asado y la verdura —le susurró al oído.

La pequeña torció el gesto y dijo que no quería verdura. Pescado y carne, sí. Pero verdura, ¡no!

—Si no hay verdura, no hay pudin.

Su hijita se lo pensó un momento, después se acurrucó contra ella y le sonrió, angelical. Mamá no solía titubear, era muy capaz de levantarse y encerrar a Henni en el cuarto de los niños. Rosa jamás haría algo así.

—Serás zalamera —susurró Kitty, y la besó en la mejilla.

Habían inundado a los niños de regalos. Klippi había sido el más exagerado; seguramente pretendía comprar así el afecto de Marie, el muy testarudo. A Leo le había regalado un juego de construcción de piezas metálicas, y a Dodo, una cocinita de juguete con un fogón que funcionaba de verdad, además de cazuelas, cucharones, un servicio de café y un libro de cocina para mamás de muñecas. Sin embargo, el regalo de Henni era el que se había llevado la palma: un caballito balancín enorme, de pelo marrón y tan grande como un ternero. Naturalmente los gemelos también querían montarlo, y Henni, el diablillo, disfrutaba cuando le pedían permiso.

—Ha nacido el Salvador —dijo Alicia, solemne—. Celebremos juntos este nuevo comienzo. Que nos conceda paz en la tierra a nosotros y a toda la humanidad, que cure todas las heridas y anuncie tiempos mejores.

Le aplaudieron, y Von Klippstein se adelantó para aclamarla y afirmar que había expresado lo que sentían todos los presentes. A Kitty le pareció un tanto exagerado, pero mamá se había esforzado de verdad. Los discursos de papá eran más breves, más concisos, y al final solía hacer un chiste. Cerró los ojos un instante para dominar la tristeza que le sobrevenía. Cuánto echaba de menos a papá. Su carácter parco y gruñón. Sus manos torpes cuando le acariciaba las mejillas. Las Navidades pasadas estaba ahí sentado junto a mamá. Quién habría imaginado que sería la última vez…

Humbert, junto a la puerta, había aplaudido al mismo tiempo que los invitados. A la señal de Alicia, comenzó a servir la sopa. Caldo de ternera con huevo. Todos habían colaborado para preparar aquel opíparo banquete navideño. De momento las cosas en la fábrica iban bastante mal. Ese impresentable, el estadounidense, había desmontado algunas de las mejores máquinas y se las había llevado, y ni la policía ni el juzgado mostraban interés por el caso. El perjuicio causado a la fábrica era grande. Por lo que había entendido Kitty, de momento no podían sustituir las máquinas que se habían llevado.

Qué rabia que Gérard fuera tan testarudo. ¿Qué se le había perdido en Lyon? En Augsburgo habría sido de gran utilidad. Estaba claro que en la fábrica faltaba un hombre que supiera de telas e hilos y que impresionara a los trabajadores.

—Mira, Henni —dijo en tono persuasivo—. Humbert te ha llenado el plato. Vuelve con Rosa y enséñanos cómo te comes la sopa sin mancharte.

Henni prefería quedarse en el regazo de su madre, así que hizo pucheros, pero al final se marchó.

Kitty observó lo que hacía su hija con mirada severa, después empezó a comer también. La sopa no era su plato favorito, por eso Humbert le había servido poco. Suspiró en voz baja. Era una verdadera lástima que aquel chico encantador y algo peculiar fuera a dejarlos pronto.

—¡Qué bonitos los adornos de la mesa! —exclamó Gertrude Bräuer en voz alta—. Abeto y espina santa, además de rosas de Navidad blancas. Qué buen gusto. Ayer pusimos una preciosa corona de hiedra y lirios blancos en la tumba de Edgar, ¿verdad, Tilly?

Tilly siempre se sonrojaba cuando su madre hablaba tan alto y sin pensar. Gertrude Bräuer apenas salía de casa, solo los domingos iba al cementerio en compañía de Tilly y decoraba la tumba. Si Gertrude había aceptado la invitación de los Melzer para las fiestas de Navidad había sido gracias a las dotes persuasivas de Tilly.

—Sí, mamá —dijo educadamente—. Pero no hablemos de tumbas y cementerios hoy, por favor.

Gertrude arqueó las cejas y comentó que su hija se había vuelto bastante «impertinente» en los últimos meses.

—No sé si sabe que está estudiando el bachillerato —le dijo en tono de confidencia a Ernst von Klippstein—. Tiene que aprender latín y griego, ¡figúrese! Una joven que no es nada fea peleándose con semejantes materias. Y no es ninguna marisabidilla. ¿No cree también usted que es guapa?

Kitty casi se atragantó con la última cucharada de sopa. ¡Por todos los santos! Pobre Tilly. Ahora seguro que se arrepentía de haber arrastrado a su madre hasta allí.

—¡Mamá, por favor!

Estaba roja de vergüenza por el evidente intento de su madre de publicitarla. Sin embargo, Gertrude no se dejó amilanar y relató a plena voz que su hija ya había rechazado varias proposiciones de matrimonio.

—A la niña se le ha metido entre ceja y ceja convertirse en médico. ¿Qué le parece? ¿Se pondría usted en manos de una doctora, teniente?

Kitty llevaba observando a Von Klippstein un rato. Al

principio a él también le resultaba incómodo el parloteo de Gertrude, pero ahora parecía divertirle.

—No tendría inconveniente, señora —dijo, y le dedicó una mirada pícara a Tilly—. Siempre me sentí muy a gusto en las manos de su hija.

Gertrude se quedó sin habla, para variar, y la tía Helene y el tío Gabriel, abochornados porque no conocían el trasfondo del comentario, clavaron la mirada en su plato vacío. Tilly no sabía si debía sentir enfado o vergüenza, pero en cualquier caso decidió aclarar el asunto.

—¿Se refiere a cuando estaba herido en el hospital, señor Von Klippstein?

—Por supuesto, señorita Bräuer.

—Entonces le agradezco de corazón los elogios.

El joven bajó la mirada, y Kitty comprobó sorprendida que ahora era él quien se había sonrojado.

Al otro lado de la mesa, Marie hablaba con el doctor Greiner de la consulta que había alquilado el doctor Stromberger. Su ubicación en el centro de la ciudad era inmejorable, y su predecesor le había dejado todo su equipo y sus instrumentos, además de sus tres empleados.

—Tiene la sala llena de pacientes de la mañana a la noche —comentó el doctor Greiner con envidia—. Pero cobra unos honorarios exagerados. Con él solo puede curarse la gente adinerada.

Hanna, que llevaba un vestido negro y un delantal blanco de encaje, recogió los platos soperos; en el montacargas ya esperaban las carpas en mantequilla con guarnición de verdura y patatas.

«Qué guapa está Hanna con ese vestido», pensó Kitty. «Parece más mayor. Y siempre un poco triste. ¿No tuvo una historia tonta con un prisionero de guerra ruso? No, eso habría sido una desgracia para ella. Podría posar para mí. Sí, qué buena idea…»

—A mí me da igual —interrumpió Gertrude Bräuer sus pensamientos—. Es más, tendrían que haberlo entregado. Para que lo encerraran en la torre. ¡A pan y agua!

Recibió intensas críticas. Sobre todo de Klippi, a quien sus palabras habían indignado especialmente.

—A un monarca no se le puede exigir lo mismo que a los demás, señora Bräuer. Aunque estuviera equivocado, Guillermo II es y seguirá siendo el emperador alemán, y me tranquiliza en extremo que los holandeses no piensen entregarlo a los aliados.

Se acaloraron hablando del tema; Alicia afirmaba que la república que se había instaurado no duraría. Klippi estaba de acuerdo con ella. Los llamados «demócratas» se agrupaban por todas partes, fundaban ligas y partidos, era imposible llevar la cuenta. Comunistas, espartaquistas, socialistas... Proliferaban como setas.

—Como si nuestro país no tuviera ya suficiente —dijo Von Klippstein—. Hemos tenido que entregar toda la flota mercante. Hemos perdido todas las colonias. ¿Cómo vamos a recuperarnos si ni siquiera tenemos un gobierno sensato? Una personalidad fuerte, un hombre que nos guíe hacia el futuro.

Elisabeth no había dicho gran cosa hasta entonces, pero decidió intervenir.

—Nuestro país no necesita flota ni colonias —dijo, y miró a Klippi combativa—. Nuestro país necesita un reparto justo de los bienes.

«Ay, Dios», pensó Kitty. «Ya vuelve a hablar como una socialista. Eso lo ha aprendido del señor Winkler, está chiflada por él. Qué alivio que al menos haya abandonado la descabellada idea de ganarse la vida como profesora.»

Entretanto, el tono de la conversación había subido, ya que las palabras de Lisa habían encendido los espíritus. Mamá y Klippi la contradecían con especial intensidad, Gertrude también creía que Elisabeth decía cosas abstrusas, y el tío Gabriel se atrevió a opinar que había que restituir al emperador, de lo contrario todo iría «cuesta abajo y sin frenos». Marie y el padre Leutwien fueron los únicos que se pusieron del lado de Lisa diciendo que había que dar una oportunidad a la república; al fin y al cabo, en Estados Unidos funcionaba.

—Tengamos la fiesta en paz, queridos míos —zanjó Alicia, a quien la discusión ya le resultaba demasiado vehemente—. Por favor, ¡es Navidad!

—¡Como si es Año Nuevo! —exclamó Gertrude—. En Estados Unidos, con los indios, la demo…

No pudo seguir hablando porque de pronto sufrió un ataque de tos. Se llevó la mano al cuello y empezó a jadear como si no le entrara aire.

—Tenía que pasar —dijo el doctor Greiner con conocimiento de causa—. Una espina. Abra la boca, señora Bräuer. No se asuste. Dele agua, señorita Bräuer.

—¡Por el amor de Dios! —exclamó Alicia.

—Mira lo que pasa por discutir —dijo la tía Helene.

Tilly le hizo beber un vaso de agua. Gertrude gimió y aseguró que tenía la carpa entera atravesada en la garganta, que se moriría allí mismo.

—Tonterías, mamá. Cómete una patata. Y otra. Traga con fuerza. Sí, ya sé que duele. Otra patata…

Kitty se había levantado de un salto, como los demás. «Qué horror. Tenía que pasar precisamente en Navidad», pensó.

—Qué bien lo hace —dijo Klippi a su lado—. Es admirable cómo conserva la calma.

—Desde luego —convino Marie—. Tilly es una joven asombrosa. Creo que Gertrude ya se encuentra mejor.

—Humbert —llamó Alicia—. Traiga más patatas.

—Por supuesto, señora.

Abajo, en la cocina, la actividad era frenética. El menú de Navidad siempre había sido el evento culinario del año. Incluso ahora que había que improvisar porque no se podían comprar todos los ingredientes, la cocinera estaba en su elemento. En su cabeza había un complicado plan con el que coordinaba la preparación, la cocción, el reposo y el emplatado de todo el banquete en una secuencia precisa, y se ponía hecha una fiera si Hanna, Else o Auguste no hacían exactamente lo que les decía.

—¿Patatas? —rezongó, inclinada sobre la cazuela del asado—. ¿Para qué quieren patatas? Las necesito para el plato principal.

—No hay más remedio —dijo Humbert mientras llenaba una fuente con los tubérculos humeantes que Auguste estaba pelando en ese momento—. La señora Bräuer se ha atragantado con una espina.

—Por mí como si se ahoga, pero que no me descabale el menú —gruñó la señora Brunnenmayer.

—Qué se le va a hacer —comentó Auguste encogiéndose de hombros—. Había que llevar las patatas arriba de todos modos. Así ya estarán en la mesa cuando se sirva la carne.

La cocinera no se molestó en responder. Desplazó la cazuela al borde del fogón, donde el calor era menos intenso. Ojalá no se entretuvieran tanto los de ahí arriba. O al final el asado acabaría seco y correoso. Y las zanahorias con col y cebollitas también estaban listas.

—¿Qué harás con la pieza de lana azul que te han regalado por Navidad? —preguntó Auguste.

Else, que estaba junto al fregadero, dijo que quería hacerse una chaqueta.

—¿Y cuándo llevas tú chaqueta? ¿Sabes qué, Else? Te la cambio por las botas de invierno que me han regalado a mí. Con esa tela podría hacerle unos pantalones y un abrigo a Maxl.

Else quería probarse las botas primero. Porque si le rozaban, haría un mal negocio.

Los regalos de los empleados también habían sido menos espléndidos ese año. Telas de las reservas de la señora, algunos vestidos y zapatos descartados, dibujos hechos por la señora Kitty Bräuer y un par de collares o broches de poco valor del joyero de las señoras. Antes solían darles dinero, pero ese año nadie lo había recibido, ni siquiera Eleonore Schmalzler.

—¿Habéis visto lo que les han regalado a los niños? —preguntó Auguste mientras dejaba la última patata pelada en la fuente—. Vaya espectáculo. Menos mal que los míos no se han enterado. Al menos por ahora. Más adelante, cuando jueguen juntos, seguro que les enseñarán sus tesoros.

—Lo ha traído todo el teniente —dijo Else—. Tiene tanto dinero que no sabe en qué gastarlo.

Hanna opinaba que el teniente Von Klippstein era un «pobre hombre» porque estaba enamorado en vano.

—Cosas del corazón —comentó Auguste como de pasada—. Si el señor finalmente no regresa, ¿aceptará la señora al teniente? Siempre es mejor que nada. Y de todas formas ya ha puesto dinero en la fábrica.

—Haz sitio, ¡tengo que cortar el asado! —exclamó la cocinera, y puso la enorme tabla de madera sobre la mesa—. Qué cosas decís. Pues claro que el joven señor va a volver. Y Marie Melzer nunca le sería infiel. ¡Y si no dejas de decir tonterías te las verás conmigo, Auguste!

Esta se secó las manos con un trapo y respondió que de todos modos no seguiría mucho tiempo en el servicio. Gustav había contratado a varios trabajadores con los que labraría los prados y plantaría los arriates. Al año siguiente ya estarían vendiendo flores y verduras.

—Uy, seguro que os llueven los millones —comentó Else con sarcasmo.

Humbert apareció en la cocina e informó de que la señora Gertrude Bräuer había sobrevivido, pero que se había tumbado en el sofá del despacho y no quería comer más.

—No me extraña —dijo Else—. Si se ha comido toda la fuente de patatas...

—Hanna, ya puedes recoger. Y justo después serviremos el plato principal —dijo Humbert.

—Alabado sea el Señor —exclamó la cocinera, aliviada—. ¡Trae las tres fuentes de plata! ¡Venga, venga! Auguste, tú rociarás las lonchas de carne con la salsa. La que hay en la cazuela junto a la olla. Muy despacio, no de golpe...

Afiló una vez más el cuchillo largo y cortó el asado en finas lonchas con mano firme. La verdura también se serviría con distintas salsas, además de con conserva de arándanos rojos con licor de ciruela y setas confitadas.

La señorita Schmalzler entró en la cocina para comprobar que todo estuviera en orden. Arriba faltaba agua, y el mosto de los niños también se había acabado. Ella subiría a preparar el servicio de moca en el salón rojo, ya que los señores se retirarían allí más tarde. Le pidió a Else que, en cuanto estuviera libre, barriera rápidamente la alfombra otra vez, pues el pequeño árbol de Navidad que la señora Von Hagemann había colocado allí ya había dejado caer algunas agujas.

Con eso, salió de la cocina. Auguste y Else esperaban al montacargas para recoger la vajilla usada y llevarla a la cocina y a continuación cargarlo con las bandejas y las fuentes ya preparadas.

—¡Esto marcha! —dijo Fanny Brunnenmayer, satisfecha al oír que Humbert servía arriba el plato principal—. Solo que las patatas ya estarán frías. Una lástima.

Se secó la cara con la esquina del delantal y se concedió un breve descanso antes de ponerse con el postre. El pudin ya estaba cocido y repartido en los moldes de porcelana, solo quedaba ponerlos al baño maría y volcarlos. Después las salsas dulces y las frutas confitadas con un poco de coñac. Para los niños, sin coñac pero con perlitas de azúcar de colores.

Else y Auguste también se sentaron un momento a la mesa, el fregado de platos podía esperar; de todos modos, Hanna tenía que retirar primero las espinas de las bandejas y los platos, si no acabarían en el agua de fregar y se pincharían los dedos.

—Jesús, María y José, ayer vi a la señorita Jordan en misa —les contó Else—. Estaba sentada delante con sus pupilos, en la iglesia de San Maximiliano. Los huérfanos tenían un aspecto de lo más piadoso. Y María llevaba un abrigo con cuello de piel, ¿qué me decís?

—¿El de zorro? —preguntó Auguste, e hizo un gesto de rechazo con la mano—. Ese se lo regalaron los señores hace años porque perdía pelo.

—Puede que tengas razón —reconoció Else—. Pero el señor Winkler, que estaba sentado junto a ella, ni siquiera llevaba abrigo. Una chaqueta nada más…

Auguste soltó una risita y comentó que el señor Winkler ya llevaba una temporada viviendo en el orfanato. A ver si la señorita Jordan se había buscado un amante a su edad…

—¡Pero qué cosas tienes! —intervino la cocinera—. El señor Winkler se marcha a Pomerania justo después de Navidad. Ha conseguido un puesto de trabajo.

Auguste no se lo creía. ¿Cómo se había enterado? ¿Se lo había contado Maria Jordan?

—Me lo ha dicho la señorita Schmalzler. Porque viajará con él. Y se alegra mucho, porque es una persona agradable y así no tendrá que ir sola en el tren. No hay que olvidar que llevará una maleta bien pesada…

—Pues mira qué bien —reflexionó Auguste—. Al final resulta que el señor Winkler sí ha encontrado trabajo como profesor. Puede que incluso cerca de la finca.

Fanny Brunnenmayer no era una persona chismosa. Pero aquel había sido un día muy largo y todavía tenía que preparar el moca, colocar los *petits fours* que había horneado en los expositores de plata...

—Bah —resopló, y se secó la cara una vez más—. El empleo es en la propia finca. En la biblioteca.

De la sorpresa, a Auguste casi se le cayó la cuchara con la que estaba retirando los restos de salsa de la cazuela. Entonces se echó a reír y no paró hasta que le dio el hipo y Else tuvo que golpearle la espalda.

—Pero... pero... pero qué lista es... Actúa como si nunca hubiera roto un plato —jadeó Auguste—. La mujer fiel..., la esposa compasiva... —Volvió a echarse a reír—. ¿No decían que Elisabeth von Hagemann se haría cargo de la finca de Pomerania? El tío Rudolf ha muerto y el hijo que les queda no la quiere...

Entonces a Hanna también se le iluminó la bombilla. Así que la señora Von Hagemann quería mudarse a Pomerania, y se llevaría consigo a su esposo, a sus suegros y también al señor Winkler.

—Necesita al esposo para administrar la finca, colocará a los suegros en alguna casita apartada, y visitará al señor Winkler todos los días entre sus libros. ¡Pues sí que se lo ha montado bien!

Auguste estaba admirada. ¡Quién habría creído capaz de algo así a Elisabeth von Hagemann!

—Es una manera de devolverle la jugada —comentó Else con una sonrisilla.

—Y bien que se lo merece —dijo la cocinera—. Pero ahora es un pobre diablo. La señora los había invitado a la comida de Navidad, a él y a sus padres. Pero como él no quería venir, los padres también se han quedado en casa.

—¿Y por qué no quería venir? —preguntó Else.

—Pero mira que eres tonta —contestó Auguste—. Porque tiene un aspecto horrendo. La verdad es que yo no probaría bocado con alguien así sentado a la mesa.

Humbert se arrastró hasta la cocina, él también se concedió un descanso antes de volver para preguntar qué querían los señores.

—Aplausos para la cocinera —informó—. El asado está jugoso y la salsa es una maravilla.

Fanny Brunnenmayer lo aceptó como una obviedad. Ella era quien mejor sabía si podía darse por satisfecha con su trabajo o si un plato le había salido mal. En esa ocasión, el único problema habían sido las patatas, le habría gustado condimentarlas con mantequilla derretida y perejil seco.

—Pon el cuenco metálico grande en la mesa, Humbert —ordenó—. Else, llénalo con agua caliente del caldero. Y vosotras dos traed los moldes de pudin y las tres cazuelas con las frutas confitadas de la despensa. Venga, venga. ¿Qué te pasa, Auguste? ¿Se te ha quedado el culo pegado al banco?

Dio una palmada y volvió al trabajo, su gran pasión. El postre era el momento cumbre del menú. Rogó que todas las raciones de pudin se despegaran de los moldes.

—Pronto solo podrás mangonear a Else, Brunnenmayer —comentó Auguste con sorna—. Humbert se marcha a Berlín y se lleva a Hanna consigo.

Hanna dejó dos moldes de pudin encima de la mesa. Uno tenía forma de corazón y el otro de trébol.

—Yo me quedo —le dijo Hanna a la cocinera—. No me voy a Berlín. No puedo hacerle eso a la señora Melzer.

—Al final cada uno forja su destino —gruñó Fanny Brunnenmayer, y metió los moldes en el agua caliente.

# 47

Después de Navidad comenzó a deshelar. La nieve de los prados de la villa se derritió formando islitas. Cuando estas desaparecieron, solo resistieron a las altas temperaturas los tres muñecos de nieve que habían hecho los niños. Entonces empezó a llover y, de la noche a la mañana, de los formidables muñecos solo quedaron unas piedrecitas que habían hecho las veces de boca y ojos.

—Las desgracias nunca vienen solas —dijo Alicia en el desayuno—. El Lech estaba alto por el deshielo y ahora lleva días lloviendo.

Marie comentó que el Proviantbach ya se había desbordado en algunos puntos, pero que la fábrica no corría peligro.

—Basta con no pasear por los prados —dijo con una sonrisa—. Para no hundirse en el barro.

Elisabeth cogió la cafetera y sirvió a todos. Otra vez café de malta: tras las espléndidas fiestas de Navidad, en la villa se imponía ahorrar de nuevo.

—Hoy más vale no pasear por ningún sitio —dijo señalando la ventana—. No se ve ni torta.

El parque y los senderos estaban envueltos en una densa niebla que al parecer también impedía al cartero cumplir con su labor, ya que el correo todavía no había llegado.

—Por lo menos ya no llueve —dijo Marie—. Así el equipaje no se mojará. Pero es muy posible que el tren se retrase.

Lisa untó sucedáneo de mantequilla en el bollito y sintió envidia de Kitty, que seguía acurrucada en la cama. La pequeña Henni también era una dormilona, pero los gemelos ya estaban despiertos y volvían loca a Rosa en el baño.

—No os lo toméis a mal, hijas —dijo Alicia, y se llevó el dorso de la mano a la frente—, pero quiero acostarme; me temo que tengo algo de fiebre. Seguramente sea un resfriado, y no sería de extrañar con este tiempo tan frío y húmedo.

Lisa y Marie le recomendaron que se metiera enseguida en la cama.

—Enviaré a Else con una infusión de camomila —le dijo Elisabeth—. ¿O prefieres leche con miel?

—No, no —respondió Alicia—. La infusión es lo mejor, tengo que sudar el resfriado.

—Llamaré al doctor Greiner —se ofreció Marie.

Pero Alicia opinaba que tampoco había que exagerar; además, una visita del médico no entraba en su presupuesto.

Marie le hizo un gesto a Lisa para que no siguiera discutiendo. Informaría al médico de todos modos. Alicia llevaba días tosiendo, no podían permitir que enfermara de neumonía.

—¿Quieres que suba contigo, mamá? —preguntó Lisa cuando Alicia se levantó.

—No, no, mi niña. Creo que deberíais salir con tiempo. Eleonore no está acostumbrada a viajar, tiene miedo de perder el tren.

Marie la siguió con la mirada mientras salía del comedor con paso lento. No logró cerrar la puerta tras ella hasta el segundo intento.

—Está afectada. —Elisabeth suspiró—. La señorita Schmalzler llevaba más de cuarenta años en la villa. No entiendo por qué quiere irse a Pomerania a toda costa. Espero que no se arrepienta.

Marie contuvo un comentario irónico. La decisión de Elisabeth de hacerse cargo en primavera de la finca de Pomerania también era, cuando menos, cuestionable. Sin duda había argumentos a favor. La tía Elvira se alegraba mucho de poder dejar la responsabilidad de la propiedad en «manos elegidas». Sobre todo porque nunca se había ocupado demasiado de la finca. Para Klaus von Hagemann era un golpe de suerte, ya que, tras resultar gravemente herido, su futuro era bastante sombrío. Para los Von Hagemann, poder vivir en una finca como aquella era un regalo caído del cielo. Al fin y al cabo ellos habían perdido sus propiedades años atrás. Por otro lado, Marie dudaba de que, a la larga, la vida en el campo fuera suficiente para Lisa. Y ese asunto del bibliotecario... No, eso a Marie no le gustaba en absoluto. Pero Lisa era adulta y sabía lo que hacía.

Else abrió la puerta y al entrar golpeó el tablero con la bandeja de madera.

—Disculpe, señora... El señor Winkler ha llegado y está en el vestíbulo. Ha dicho que la niebla en la ciudad no es tan densa como aquí.

Recogió los cubiertos sin usar de Alicia y después preguntó si querían más café.

—Gracias, Else. Nosotras ya hemos terminado. Kitty y los niños vendrán enseguida.

—Muy bien, señora Melzer.

Cuando levantó la bandeja, la porcelana tintineó. Volvió a golpear el tablero de la puerta, exactamente en la misma muesca.

—Será mejor que sea Hanna la que sirva —comentó Lisa con un suspiro.

Marie no estaba de acuerdo, pero no quería discutir. Hanna debía aprender costura, eso la ayudaría a progresar. Era demasiado buena para ser la ayudante de cocina y la chica para todo de la villa.

Lisa se levantó, miró hacia la ventana y se estremeció.

—Uf, vaya tiempo. Seguro que el tren se retrasa. Nos quedaremos congelados en el andén.

—Qué detalle que el señor Winkler haya atravesado la niebla a pie para venir a la villa —comentó Marie—. Podríais haberlo recogido en el orfanato.

—Estos últimos días se ha alojado en otro sitio —respondió Lisa con ira contenida—. La señorita Jordan opinaba que su presencia en el orfanato podía perjudicar su reputación.

—Pues hay que ver cuánto ha tardado en darse cuenta —comentó Marie.

Le hizo un gesto con la cabeza a Lisa y subió al segundo piso para ir a ver a los gemelos. Ambos se le echaron encima; iban vestidos solo con las camisitas, pero ya estaban limpios y peinados con esmero.

—Nos ha lavado las orejas, mamá. Muy fuerte. ¡Con jabón!

—¡Y yo siempre tengo que ponerme medias de lana!

—Y nuestros muñecos de nieve han desaparecido…

Marie prometió jugar con ellos por la tarde, cuando volviera de la fábrica, y leerles el libro nuevo.

—¡Pero solo si habéis ordenado los juguetes!

No parecían muy contentos. Los estupendos regalos de Navidad tenían su lado malo, y es que Rosa insistía en que cada tornillito, cada cazuelita y cada cucharilla estuvieran en su sitio todas las tardes.

—¿Qué pensará papá si vuelve a casa y ve este desorden?

—Pfff.

Dodo hizo morritos y Leo puso los ojos en blanco.

—¡Pero si papá no existe!

—Chisss. —Dodo le dio un empujón—. ¡No puedes decir eso, Leo!

Abajo, en el patio, un motor arrancó y Marie dejó la reprimenda para más tarde. Era difícil que mantuvieran la fe en el regreso de su padre cuando no lo recordaban.

Los viajeros estaban en el vestíbulo. Al final los tres se subirían al mismo tren hacia Berlín. La señorita Schmalzler y Sebastian Winkler tenían intención de pasar una noche en un hotel de la ciudad para continuar en dirección noreste al día siguiente, mientras que Humbert ya habría llegado a su destino.

—¡Ven aquí! —exclamó la cocinera dirigiéndose a Humbert—. Toma. Os he preparado el almuerzo. Cuidado con las botellas, llevan café con leche. Y en la bolsa hay huevos duros...

Marie se detuvo en la escalera y sintió que el ambiente de despedida también se apoderaba de ella. Fanny Brunnenmayer había cuidado de Humbert como una madre; sin duda le dolía mucho que se marchara. Pero no era de las que expresaban sus sentimientos, y por lo que Marie sabía, incluso había animado al chico a dar ese paso.

—La señora Von Hagemann ha dicho que salgáis, el motor ya está en marcha. Y quiere colocar el equipaje.

Else tenía las mejillas sonrosadas; ese día se sentía muy importante porque, con la marcha de Eleonore Schmalzler, ella se convertía en la empleada más antigua de la villa. Marie quería hablar cuanto antes con Alicia de cómo se repartirían las tareas del personal en el futuro. Pero ahora Alicia estaba enferma, y seguramente Marie tendría que decidirlo sola.

—Ha llegado la hora —dijo Eleonore Schmalzler, y se acercó a Marie para estrecharle la mano—. Le deseo toda la suerte del mundo, señora Melzer. Sé que la prosperidad de la villa depende en gran medida de usted. Tengo presentes a todos los seres queridos, y rezaré por usted.

Marie estrechó la mano fría y arrugada de la mujer y dijo algo que más tarde ya no recordaría. Qué extraño se le hacía ver al ama de llaves vestida con el abrigo de viaje gris y el anticuado sombrero. La noche anterior la señorita Schmalzler se había despedido de Alicia. La última conversación entre ambas mujeres había sido discreta y afectuosa; Marie no sabía de qué habían hablado. Junto a la puerta de la cocina, Humbert y la señora Brunnenmayer se abrazaban. Auguste estaba a su lado y se tapaba la cara con un pañuelo. Hanna también lloraba.

—No entiendo que no quieras venir conmigo —le dijo Humbert sin soltarle la mano—. Pero quién sabe. Te escribiré y puede que al final te animes. Me alegraría mucho, así ya no estaría solo…

Sebastian Winkler se hallaba entre todas aquellas personas que se despedían y parecía apenado; como nadie le hacía caso, cogió el equipaje de Eleonore Schmalzler para llevarlo al coche. «Ni siquiera tiene un abrigo de invierno», pensó Marie con lástima. «Y todo su equipaje no es más que un hatillo anudado.» Pero era una persona encantadora. Ojalá las cosas salieran bien y acabara satisfecho, quizá incluso feliz.

—¿Qué pasa? —oyeron la voz irritada de Lisa—. ¡Si queréis llegar al tren, más vale que salgáis de una vez!

Humbert se acercó corriendo a Marie para despedirse de ella, después cogió su maleta y la bolsa de comida y salió a toda prisa.

Marie se acercó despacio a la salida y los observó repartir el equipaje por el coche, tomar asiento y cerrar las puertas. Vio la mano de la señorita Schmalzler, que se despedía mientras el coche se ponía en marcha. Después la imagen se volvió borrosa, la niebla desdibujó los contornos del vehículo oscuro, lo tiñó de gris, y lo hizo palidecer cada vez más hasta que por fin se lo tragó.

—¡Ya está, ya se han ido! —dijo Auguste, que también estaba en la puerta con Else y Hanna.

—Y no volverán jamás —comentó Else con voz de ultratumba.

Desde la cocina oyeron refunfuñar a la señora Brunnenmayer. ¿Dónde se había metido Hanna? Tenía que picar las cebollas. Y pelar las patatas.

Marie no pudo evitar sonreír. La cocinera se había refugiado en el trabajo, la mejor manera de ahuyentar la tristeza.

—Hanna, dile a la señora Brunnenmayer que el señor Von Klippstein comerá hoy con nosotros. Y cuidad de mi suegra, que no se encuentra bien. Espero que el doctor Greiner venga a lo largo de la mañana, lo llamaré desde la fábrica.

—Muy bien, señora Melzer.

Descendió los peldaños hasta el patio, Auguste cerró la puerta tras ella. Ese día el paseo hasta la fábrica no sería agradable, se había puesto botas por si acaso, pero con la cantidad de charcos que había no tenía garantías de llegar con los pies secos. Lo peor era la niebla, que se había posado sobre el parque y la carretera como una nube gris y no quería levantarse. Avanzó despacio por la amplia avenida en dirección a la salida del parque y ahuyentó la idea de que los árboles desnudos de ramas nudosas pudieran ser espíritus que la observaban a través de la neblina. De vez en cuando un viento débil desplazaba el velo gris y dibujaba siluetas de niebla en el camino; Marie vio durante un instante un trozo de hierba, un banco y un cedro azulado. Intentó fijar su atención en el camino y evitar los profundos charcos y los regueros de agua; no quería estar en la oficina con los pies empapados.

Por desgracia, allí no había mucho que hacer, la producción estaba parada. Habían adquirido varias carretadas de algodón en rama, pero las selfactinas que les quedaban fallaban constantemente. La propuesta de Ernst von Klippstein de invertir en máquinas nuevas sin duda era sensata. Pero ¿cuáles? Seguían teniendo en su poder los planos de su padre, con los que podría construirse una moderna hiladora de anillo. Pero era difícil leer los dibujos; hasta el momento nadie lo había conseguido excepto ella y Paul.

Se detuvo y se dio la vuelta. La villa casi había desaparecido entre la niebla, solo se distinguía un pedazo del tejado gris y, muy débilmente, el porche de columnas. En el segundo piso había tres ventanas iluminadas, a buen seguro Kitty se disponía ya a trabajar. Pronto inauguraría una exposición en Múnich; trabajaba con ahínco en sus ideas. ¡Ah, qué suerte tenía Kitty de poder dedicarse a su don con entera libertad!

La tristeza volvió a apoderarse de ella. Debía de ser el tiempo. Esa horrible niebla. Las despedidas en el vestíbulo. En primavera Lisa también se marcharía de la villa, y nadie sabía dónde acabaría Kitty. Entonces ella, Marie, se quedaría allí sola con Alicia y los gemelos.

«Ya basta», se dijo con rabia.

Pasara lo que pasase, mantendría a flote la fábrica para sus hijos. Esa era su misión en la vida, y estaba decidida a cumplirla.

Dio la espalda a la villa y siguió avanzando con decisión hacia la salida. A derecha e izquierda los espíritus de los árboles se balanceaban, extendían las ramas hacia la niebla y parecían lamentarse también del mal tiempo. Marie aceleró el paso, llegaba tarde; Von Klippstein seguramente llamaría a la villa para preguntar si debía pasar a recogerla con el coche.

Por fin, allí estaba el portón de entrada. Las amplias puertas de hierro forjado seguían abiertas. Por lo visto, Gustav estaba demasiado ocupado con sus propios planes para volver a cerrarlas después de que un coche las atravesara.

Se detuvo porque vio la silueta de un hombre. Estaba en medio del camino, oscuro, envuelto en la niebla, solo se reconocía el contorno de la figura. ¿El cartero? No, no llevaba ninguna bolsa. ¿Quizá un trabajador que quería pedirle algo? Sí, era posible. Hasta donde le alcanzaba la vista, diría que llevaba un gorro pero no abrigo, solo una chaqueta.

—¡Buenos días! —dijo en voz alta para disimular su miedo—. ¿Puedo ayudarlo?

El hombre se acercó a ella con paso lento, sin prestar atención a los charcos. Marie se inquietó, el extraño se movía tan rígido como un sonámbulo. Pero al mismo tiempo su silueta le resultaba familiar. Aunque en realidad...

—Marie...

Se quedó petrificada. No estaba soñando. El corazón se le salía del pecho. Que no fuera un sueño, por favor.

Su rostro emergió de la niebla. Pálido y delgado. Los ojos hundidos. Y sin embargo aquella sonrisa...

—Paul... —susurró. Más tarde él le contaría que gritó a pleno pulmón. Que la habían oído desde la villa. Si no la hubiera abrazado enseguida, habría aparecido la policía.

Su boca, sus labios cálidos, lágrimas saladas, risas, sollozos. Balbuceos sin sentido. Apodos cariñosos que solo ellos conocían. Y lágrimas incesantes. Eran sus brazos los que la abrazaban, el olor de su pelo, su piel. Paul. Su querido Paul. Su esposo...

—¿De dónde has salido? ¿Por qué no has llamado? Dime, ¿estás sano? ¿El hombro? Ay, Dios mío, qué alegría le vas a dar a mamá...

Él no hablo mucho, se limitó a abrazarla, hundió el rostro en su hombro. Después la rodeó con el brazo y caminaron lentamente hacia la villa. Los espíritus negros de los árboles les flanqueaban el camino, escoltaban solemnes la entrada triunfal de la pareja como un destacamento de viejos guerreros.

Cuando distinguieron la silueta de la villa, oyeron voces agudas de niños. Rosa estaba en el patio, envuelta en un amplio abrigo que la hacía parecer redonda como una taza de café del revés. Junto a ella, Dodo y Leo se peleaban por una pelota roja y, naturalmente, pisaban todos los charcos. Al acercarse vieron cómo se salpicaban de agua.

—Esos no serán nuestros dos...

La última vez que había visto a sus hijos gateaban a cuatro patas y balbuceaban sus primeras palabras. Ahora ya casi tenían cuatro años, corrían, saltaban, se lanzaban el balón.

Marie sonrió al ver lo perplejo que estaba, observaba jugar a sus hijos negando con la cabeza y al mismo tiempo muy contento y orgulloso. Ay, muchas cosas serían nuevas y extrañas para él, pero ella estaría a su lado. Lo acompañaría hacia su nueva y antigua vida hasta que fuese lo bastante fuerte para arreglárselas solo.

—¡Es mía!

La pelota roja había rodado hasta los pies de Paul, y este la recogió. Sonrió a los dos niños, que lo miraban curiosos.

—¡A ver quién la coge! —gritó, y lanzó la pelota al aire.

Leo saltó un poco más alto que su hermana y atrapó el balón. Dodo se enfadó.

—¿Y tú quién eres? —le preguntó al hombre que había llegado de pronto con mamá.

—¡Tu papá!

Marie contuvo la respiración. ¿Qué pasaría? ¿Miedo? ¿Incredulidad? ¿Susto? ¿Resistencia?

Dodo ladeó la cabeza y miró a su hermano con expresión interrogante. Este levantó la barbilla y agarró la pelota con fuerza.

—¿Juegas con nosotros? —preguntó dubitativo.

—Claro…

—¡Pues vamos!

# megustaleer

Esperamos que
hayas disfrutado de
la lectura de este libro
y nos gustaría poder
sugerirte nuevas lecturas
de nuestro catálogo.

Si quieres formar parte de nuestra
comunidad, regístrate en
**www.megustaleer.club** y recibirás
recomendaciones de lecturas
personalizadas.

Te esperamos.